U0738236

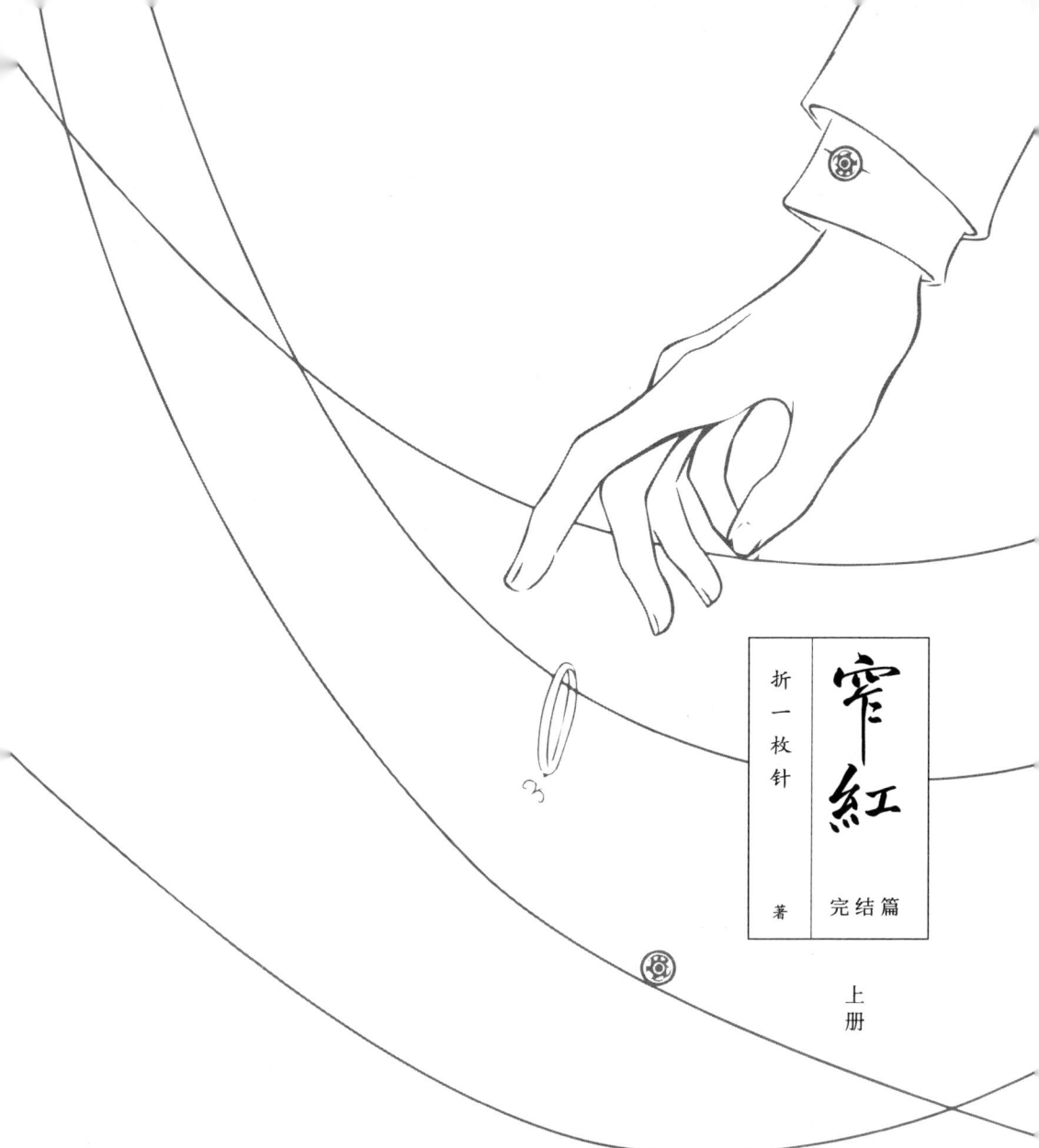

窄红

折一枚针 著

完结篇

上册

北京联合出版公司
Beijing United Publishing Co.,Ltd.

图书在版编目（CIP）数据

窄红.完结篇：全两册 / 折一枚针著 . — 北京：北京联合
出版公司，2022.6

　　ISBN 978-7-5596-6147-0

　　Ⅰ . ①窄… Ⅱ . ①折… Ⅲ . ①长篇小说—中国—当代
Ⅳ . ① I247.5

　　中国版本图书馆 CIP 数据核字（2022）第 059703 号

窄红.完结篇：全两册

作　　者：折一枚针
出 品 人：赵红仕
出版监制：辛海峰　陈　江
产品经理：小乔 Dream
责任编辑：刘　恒
特约编辑：丛龙艳

北京联合出版公司出版
（北京市西城区德外大街 83 号楼 9 层　　100088）
北京联合天畅文化传播公司发行
天津中印联印务有限公司印刷　新华书店经销
字数 499 千字　710 毫米 ×1000 毫米　1/16　30.5 印张
2022 年 6 月第 1 版　2022 年 6 月第 1 次印刷
ISBN 978-7-5596-6147-0
定价：89.00 元（全两册）

目录

第三折

黄金台

<u>78</u>

宝绽憧憬的，就是在 Kindle 里记下这些话的人。

"她激动的地方，我也激动；她愤怒的地方，我也愤怒；她记下的那些话，像是从我心里说出来的，只是我说不了那么好。"

匡正惊诧，原来自己就是他向往的另一个世界，宝绽渴望着、好奇着，同时也失落着的，正是十一二年前的自己。从来不是他单方面喜欢这个弟弟，那么多个艰难的年头，宝绽一直孤零零在这里等着，是他来晚了。

第二天是个艳阳天，但进入 10 月末，气温开始走低，匡正穿着一件偏厚的羊毛针织猎装外套，给宝绽围了一条围巾，暖暖和和地一起出门上班。

车停在如意洲底下，两个人说了会儿话，都是柴米油盐的小事。宝绽下车后，匡正还在楼下待了一会儿，直到发现宝绽从二楼的窗口偷偷往下望，才掉头离开。

匡正到万融臻汇时是九点半，段钊还没到，夏可和黄百两正在喝咖啡，蓬蓬头的来晓星在资料柜里翻文件，左胳膊上套着一只略窄的红色袖箍。

"嗯？"匡正从办公区经过，"晓星参加居委会了？"

夏可和黄百两对视一眼，哈哈大笑。

匡正当然是开玩笑的，但表情严肃："公司批准了吗？"

夏可憋着笑，给来晓星辟谣："不是，老板，是基层党组织进私银——"

来晓星狠狠给了他一下，一张仓鼠脸涨得通红。"老板，你别听他瞎说！"他抱着文件夹过来，"是我们战国红论坛搞线下活动，持有者统一在左臂佩戴红色袖标，自愿参与，时间是一周！"

战国红是生意的一部分，匡正停步："哦？小众金融产品搞得这么高调？"

"这个暗号，"来晓星骄傲地抬了抬左臂，"只有同好才知道，战国红的中国区只有七十五名用户，碰面的可能性极低，即使碰到，也可以不认亲，大家相视一笑。"

匡正皱了皱眉，不是很理解"技术宅"的浪漫。

"那有什么意义？"黄百两问。

"集体荣誉感啊，"来晓星答，"我们战国红还是很抱团的。"

"你们ID都是虚拟的，"夏可嘲他，"有什么团可抱？"

"差不多得了。"黄百两可以欺负夏可，但夏可不能欺负来晓星，"喂，你说那个小顾会不会戴这个？"

"不会吧？"夏可撇嘴，"那种富豪，还是大家族，怎么可能干这种傻事？"

"你说谁傻？！"来晓星举起文件夹。

匡正笑着进电梯，到达三楼办公室。他从公文包里取出一个纸袋子，里头是克莱门的乐高死侍，一副牛哄哄、贱兮兮的样子，他摆在办公桌一角，希望万融57层能给他带来好运气。

接下来，看客户资料、分析托管资产数据、研究业务拓展方向。十点多，匡正拎上段钊准备的一堆礼物，驱车去万融总行。

这是他每周必做的功课，跟东楼的商行部搞好关系，尤其是发贷款、做担保、国际结算几个部门的老大。一圈走下来，正好是午饭时间，他进休息区打电话，听到贵宾室门口有人在嚷嚷："……凭什么！你们万融真行啊，店大欺客，是吧，觉得我没钱，是吧？"

匡正往那边看，是个打扮不错的大姐，有两个理财经理陪着，不像没钱的样子。

匡正不是个多管闲事的人，但那位大姐这样在公共区域大吵大闹会让其他客户的观感很不好，他收起手机走上前："这位女士。"

匡正每周都来东楼，底下人全认识他，立刻叫了一声："匡总！"

那个女的一听他是什么总，来劲了，抓着他的胳膊不撒手："你是总啊？总好啊！我就问问你，那个富利通，凭什么别人都能买，就不卖给我？！"

富利通，匡正知道，最近很火的一款理财产品，香港那边卖得最凶，买家大多是内地去的有钱人，那是一种低买高卖的金融衍生品。

"我们在卖富利通吗？"他问那两个理财经理。

那两人面露难色，放低了声音："限量产品，已经售空——"

"售什么空？！"大姐咄咄逼人，"我邻居的弟妹昨天才在你们这儿买的，怎么着，你们觉得我买不起吗？我也是尊享客户！"

匡正听明白了，神色严峻，朝其中一个经理招招手，把他叫到一边："我们怎么会卖富利通？"

那个经理瞟一眼周围："上头已经意识到问题了，"声音小得几乎听不见，"昨晚通知全面叫停，售空只是对外的说法。"

匡正点点头："卖了多少？"

"抱歉，匡总，"部门内部信息不能透露，"不过不多。"

匡正理解，正要告诉他怎么办，那位大姐突然接了一个电话："……国银能买？富利通！真的？好好好，我要两千万……对，现在过去！"她讲着电话往外走。

匡正盯着那个艳俗的背影，如果是过去在M&A，他才不管她的死活，但现在他是做私银的，眼看着几千万资产有可能一夜间灰飞烟灭，出于职业道德，他必须出声："女士！"

那位大姐挂断电话，回过头："叫屁啊！"她一股盛气凌人的刁钻劲儿，"把客户赶走了又想请回来？想得美！"

说到底，匡正不是商行部的人，她尊享的也不是万融臻汇的服务，帮她是帮她，但真用不着跟她客气。"你要是不想倾家荡产，"匡正管他男的女的、老的少的，直接给她一句，"就给我站那儿！"

79

倾家荡产，很重的四个字。那位大姐站住了。

匡正大步走上前，压根儿没在她身边停，而是扔下一句："跟我出来。"

"哎，你……"她让人捧惯了，突然面对这么冷冰冰的一位，满肚子的气没处发。

匡正站在停车场对面的路肩上，那位大姐别别扭扭地踱到他身边，抬头看了看太阳，拿手遮着脸："有话快说，有屁快放！"

匡正乜斜了她一眼："你火气挺大啊。"

"你们万融做事不地道，"她理直气壮，"拿尊享客户当什么了？！"

匡正看她这架势，一句话两句话说不清，便掏出烟："可以吗？"

那位大姐没回话，打开包，也拿出来一盒烟，抽出一根。

两人谁也不管谁，自己点自己的。

吐了一口烟圈，匡正说："现在是牛市，大家都想多赚钱，才有富利通这种东西。"他没做过富利通，但玩了十年金融，对小把戏一眼就能看穿，"各家的合同大同小异，都是承诺客户以低价买入股票，一年后再高价抛出。"

"对，"那位大姐翻着夹烟的手，趾高气扬，"稳赚不赔的买卖。"

"你注意，我说的是牛市，"匡正冷冷扫了她一眼，"这一年之间，你有没有想过，股市崩了会怎么样？"

她突然愣住，扭头瞪着他。

"我告诉你会怎么样。"匡正抖了抖烟灰，"一年期的合同无法取消，所以你要被迫以合同价格继续买进，不过那时的股票价格已经远远低于合同价了。"稍顿，他说，"买几个月的赔钱货还不是最恐怖的。"

那位大姐狠吸一口烟，对，最恐怖的情况是："跌破发行价……"

"一旦跌破发行价，"匡正的语气异常严肃，"你就要双倍平仓，假设股市低迷半年，半年的平仓金额加上追加的保证金，以本金两千万元计算，你估计是多少？"

那至少是另一个两千万，那位大姐夹烟的手微有些抖，实际数额甚至更大。

"那我……"她的气势瞬间弱下来，"不光本儿没了，还得再往银行里填窟窿？"

她的脾气差是差，但人不笨。

"富利通这种东西，"匡正一言以蔽之，"别玩儿。"

"可我周围买的人……"

"已经玩儿了的，"匡正没有多余的同情心，"自求多福吧。"

她似乎还不想放弃，在巨额利润的刺激下，每个人都有赌徒心态："万一股市这一年真挺住了，那……"

"那就赚翻了。"匡正谈起这些利来利往非常平静，"不过，你觉得股市保持一年坚挺的可能性有多大？"

几乎没有。

"冷静。"匡正最后吸了一口烟，把烟头在垃圾桶上捻灭，"铁打的场子，流水的玩家，想玩儿得久，就得改改你这脾气。"

说着，他向帕纳梅拉走去。那位大姐看他要上车了才反应过来："哎，你……你是哪个部门的？我上哪儿找你？"

"你误会了，女士，"匡正拉开车门，"我根本不是万融商行部的。"

"那……"她费解，"你为什么告诉我这些？"

匡正耸了耸肩："难道我看着你往火坑里跳？"

她怔住了。话是这样说，可看着人往火坑里跳甚至拉着人跳火坑的，这个圈子里的还少吗？她把烟头扔到地下，用高跟鞋踩灭，看着帕纳梅拉拐出停车场，然后自己返身走进万融大楼，她今天就要知道这个厉害的小子究竟是哪尊佛。

匡正边开车边给宝绽打电话。每天中午他们都约着一起吃饭，今天电话响了好几通却一直没人接，他转而拨时阔亭的号："喂，宝绽怎么不接电话？"

时阔亭正在吃东西，咕哝了一句："他没接吗？"电话里能听到应笑侬的声音："离我远点儿，像个居委会大妈似的……"

"居委会"三个字很熟悉，但匡正顾不上这些："他没和你们在一起？"

"没有啊，"时阔亭咽下饭，"他回家了。"

回家？匡正踩一脚刹车，往左并线："他回家怎么也不告诉我一声？"

"那什么，"时阔亭的情绪不高，"上午我们和小牛解约了。"

左转灯变绿，匡正挑了挑眉，掉头过去。

"小牛说了几句不好听的，"时阔亭叹了一口气，"宝绽可能走心了。"

匡正能想象到，宝绽那么重情义的人，下这个决定对他来说不容易。但匡正没看到当时的场面——在戏楼大厅，小牛指着宝绽的鼻子，恶狠狠地骂："你们困难的时候，是我帮着你们，现在你们好了，第一个就把我踢开！"

"忘恩负义的东西！"大厅空荡荡的，这回声振荡了很久。

"你帮着劝劝，"时阔亭有些低落，"他心里不好受。"

"放心。"匡正给一脚油，挂断电话。

宝绽终于走了这一步，向着前头，向着高处，毫不犹豫地踏出去。他这步没走错，没有谁可以一个人都不得罪就闯出一片天地，人生在世，会得到很多，同时也会失去很多。

匡正继续打宝绽的电话，结果还是忙音，他有点儿担心。从地铁站到家有一段不短的路，他怕宝绽碰到什么事儿，可又想不出能碰着什么事儿，大白天的，一个小伙子，神经兮兮地穷操心。

回到家，他楼上楼下喊了一圈，没有人，卧室、衣帽间、健身房，他连储藏室都找了，宝绽根本没在家。这一刻，他慌了，各种乱七八糟的念头在脑子里撞，他甚至怀疑是不是代善把宝绽怎么样了，理智的弦彻底绷断。他掏出手机要打代善的电话，这时听到外头有狗叫，一声接着一声，很狂躁。

"哪儿来这么多野狗！"他骂了一句，突然反应过来，那声音像大黑的。他连忙推门出去，果然是大黑，正冲着对面叫，见匡正这边开门，它急着跳起来，转身往树林里跑。

匡正立刻跟上去，林子没多大，也就几分钟路，在这么几分钟内，他却把什么可怕的情形都想遍了：宝绽可能被车撞了，或是被袭击了，也许受了伤，如果叫救护车，多长时间能过来，以这里到市区的车程，他能不能挺到急救……

蓦地，匡正停住脚步，在几丛低垂的枝丫下，在一地金色的落叶间，他看到了宝绽——他闭着眼睛躺在那儿，那么安详，满身零落的秋叶让他像极了莎士比亚笔下的奥菲利亚，有着惊心动魄的美。

"宝儿？"匡正闻到了浓重的酒气。

宝绽在耀目的金色中动了动——他只是喝醉了，路上买的白酒还在手里攥着。

"宝儿，"匡正在他身边蹲下，摸着他微凉的脸，"你吓死我了。"

大黑凑过来，嗅了嗅宝绽的头发，呜呜地叫着。

匡正想把他从落叶堆里拉起来，但刚抓住他的手，宝绽倏地睁开眼，从极近处看着他，一定是认出他来了。突然，手机在兜里响，是个陌生的号码，匡正撸了把头发，接起来："你好，哪位？"

"我。"一个熟悉的女声。

匡正一时没听出来："您是？"

对方说了三个字："富利通。"

匡正意外，是刚刚在万融碰到的那位大姐，应该是找理财经理要的他的电话："我现在有事儿，晚点儿给您打回去。"说着他要挂电话。

"等会儿，"那边快人快语，"我就一句话。"

这时宝绽揪了揪匡正的袖子，他回过头，见小醉鬼迷迷糊糊地想从地上爬起来。

"我看你人不错，"那位大姐说，"我把我姐夫介绍给你，他比我有钱多了，过两天出来见一面，我给你搭桥。"

匡正急着去拉宝绽。

"喂？"那边没听到回话，"你听着吗？你是做私银的吧？"

"啊，是……是。"匡正含混地答。

"行，你等我电话。"她干脆利落，"我姐夫姓韩，韩文山，你记一下。"

80

第二天宝绽酒醒了，系着个小熊围裙，拿着煎鸡蛋的铲子，死活不承认昨天睡在了树叶堆里："不可能，你别瞎说啊。"

"不信？"匡正掂着餐刀，优雅地涂黄油，"不信你问大黑。"

"大黑要是能说话，"宝绽把一碟煎蛋撂在他面前，"肯定向着我。"

"小祖宗，我给你拍下来就好了。"匡正有点儿后悔，"录视频，把你抓着我在地上爬那段录下来，回来反复播放。"

爬……宝绽腾地红了脸："你……再乱说，晚上没有饭。"

吃饭可是大事，匡正举手投降，停止语言骚扰。收拾好餐桌，两个人一起上班，然后和往常一样，中午一道吃饭，约好了晚上一块儿回家。今天是韩文山赎出如意洲后的第一场演出，宝绽和应笑侬浓墨重彩，要联袂来一段《坐宫》。

雉尾红蟒的杨四郎，芍药花一般的铁镜公主，一个风流潇洒，另一个娇丽婀娜，台上你一言我一语，交织出一场瑰丽痛快的大戏。

应笑侬唱铁镜公主，不柔不腻，不是浓艳的杨玉环，也不是凄清的虞美人，有一刀下去成两段的干脆，唱活了一个泼辣大气的番邦女子："听他言吓得我浑身是汗，十五载到今日才吐真言，原来是杨家将把名姓改换，他思家乡想骨肉不得团圆！……"

宝绽接他的唱，应笑侬的戏俏，他的则要沉，一把雍容馥丽的嗓子腔调十足："我和你好夫妻恩德不浅，贤公主又何必礼仪太谦！杨延辉有一日愁眉得展，忘不了贤公主恩重如山。"

应笑侬顶着一副硕大斑斓的两把头，在层层叠叠的珠翠下，一甩帕子："说什么夫妻情恩德不浅，咱与你隔南北千里姻缘！……"

颇吃劲儿的一段西皮快板，邝爷和时阔亭稳稳控着节奏，这段唱最怕走急了，稀里糊涂听不出个数，那就没了韵味。

时阔亭的弦稳，宝绽的唱更稳，别看他只有二十八岁，登了台就如百万雄兵，有不动如山的大将风度，那唇齿是真利落，时老爷子曾赞他"咬字如擒兔，字字圆如珠"，再快的弦，他嘴里都是清清楚楚的，金石般掷地有声。

"萧天佐摆天门两国交战，老娘亲押粮草来到北番。"宝绽一抖翎子，眉目传神，"我有心回宋营见母一面，怎奈我身在番远隔天边！"

应笑侬骄矜一笑："你那里休要巧言改辩，你要拜高堂母咱不阻拦！"

宝绽右手握拳，往左手一砸："公主虽然不阻拦，无有令箭怎过关！"

应笑侬眯细了杏核眼："有心赠你金钑箭，怕你一去就不回还！"

宝绽跟他叫劲："公主赐我金钑箭，见母一面即转还！"

应笑侬犀利地动了动眉头："宋营离此路途远，一夜之间你怎能够还？"

宝绽顶一口气："宋营虽然路途远，快马加鞭——"一个小气口，"一夜还！"

短短两分钟的唱，把杨四郎和铁镜公主之间十几年的夫妻情、抹不掉的家国恨表达得淋漓尽致。韩文山坐在台下，却有些心不在焉，《坐宫》是常演的戏，各个剧团各种版本他听了不下几十遍，早没了新鲜感。

"公主去盗金钑箭，"宝绽正身对着他，虽然偌大的观众席上只有这一个看客，但戏就是戏，要唱圆、唱满，娓娓道来给知音听，"本宫才把心放宽，扭转头来——"

韩文山向前倾身，一出戏听了这么多遍，也就是等一句"叫小番"。

唱烂了的"叫小番"，对宝绽这把玻璃翠来说，跟玩儿一样，他轻轻松松往高一走，赫然一声，唱出了唢呐腔，一嗓子捅到顶，丝毫不留空隙，全没有余地，满扎满打，惊艳了最挑剔的耳朵。

"好！"韩文山按捺不住，给了个彩儿。宝绽在台上稍稍转身，扬起广袖，没把劲头放在高腔上，而是落在了最后一句："备爷的战马扣连环——"他头颅微仰，那气势，俨然已不是愁锁深宫十余载的驸马爷，而是一杆长枪震沙场的杨四郎，"爷好过关！"

韩文山愣了，原来真正的"好儿"在这儿呢，他冒冒失失，刚才那一嗓子喊早了！意外过后，他觉着自己像是被宝绽这孩子耍了，浸淫京戏二十年，也疲，也倦，一直希望有朝一日能被哪位角儿耍一把，今天在如意洲，他竟得偿所愿。

宝绽唱罢下台，他立刻起身离席，激动着往后台去，一个助理模样的人跟着他，替他拿着手机和大衣。

听《坐宫》要听"叫小番"，是因为这句难唱，多少人唱完这一句后头就水了，而对于宝绽这样的嗓子，"叫小番"不过是雕虫小技，他有的是力气去雕琢下一句，所谓惊喜，全仗着功夫，功夫到了，自然化腐朽为神奇。

韩文山走进后台时，应笑侬已经抹了头，在给宝绽摘髯口，台上是恩爱夫妻，台下是一对如花的兄弟。

"各位辛苦了，"韩文山没有一点儿老板架子，给助理递个眼色，"我替大伙儿叫顿消夜——奉阳楼的打卤面。"

他待人尊重，大伙儿也就敬他，纷纷起身道谢。

韩文山的意思在宝绽，他走过去客气地叫："宝老板。"

宝绽没抹头，仍带着驸马爷的贵气："今儿这戏一般，韩总见笑了。"

韩文山摇头："咬字千金重，听者自动容。"

宝绽微讶，出师这么多年，他给敬老院、给少年宫、给那些"富二代"唱了多少戏，从没一个人对他说过这样的话，甫听见，差点儿眼热。

韩文山看出来了，爱重地扶着他的肩："什么时候有空，"他邀他，"到我家唱一场，我派车来接你。"

去家里？应笑侬的眼尾一动。

"堂会戏吗？"宝绽还傻乎乎地问。

"没有外人，"韩文山的声音低沉，"只是家人。"

"家你个大头鬼！"应笑侬脸上笑着，心里已经在磨刀，正想着怎么宰这个道貌岸然的家伙一刀。韩文山来了个电话，是约他明天去见什么人，这个话头也就岔过去了。

随便又聊了几句，韩文山告辞。应笑侬把宝绽拽到一边，担忧地说："不许去他家，听见没有？"

"小侬，你别拉我，"宝绽急着去卸妆，"老匡该等急了。"

"老匡老匡，"应笑侬抓着他不撒手，"我看你脑子里一天天全是那姓匡的。"

这话一出，宝绽吓住了似的，别开眼："没有，你别瞎说——"

"哎呀，姓匡的，我不管了，"应笑依不是不管，是管不过来，"这个姓韩的——"

"不去他家，我记住了。"宝绽是真宠他，见他稍有点儿脾气就哄，"我只是觉得，人家给咱们投了八百多万……"

八百多万在应笑依那儿根本不算钱："那才不是给咱们的，是给你的！"

宝绽无奈地笑："给我，给如意洲，还不是一样？"

不一样！应笑依瞅着他这个傻样儿，忽然灵机一动："这么着，你回去问问老匡他同不同意。"

"问他干吗？"宝绽解开红蟒，露出里头贴身的白衣，"戏的事儿，我听你的，不听他的。"

这句话，可把应笑依高兴坏了，他还戴着妆，像个娇艳的恶霸，挑了宝绽的下巴一把，哼着歌卸妆去了。

宝绽也赶紧换衣服，然后到洗手间用香皂搓一把脸，拎上包就跑下楼。出了楼门，一眼没看见匡正的车，他往路两边瞧，巷子里头僻静处亮着一道窄窄的红尾灯，他没多想，跑过去敲了敲车窗，拉开门，坐上副驾驶座。

"哥，"脸还湿着，他翻包找纸巾，"等急了吧？"

旁边没说话。

"今天真冷，你想不想吃酸菜锅，"宝绽抬起湿淋淋的头，"我晚上给你做——"

旁边坐着一个不认识的人，利落的寸头，鬓角剃掉了一道，下面的耳朵上打着一排钻石耳钉，应该是真钻，特别闪。

"对……对不起……"宝绽极其尴尬，"我上错车了。"

他扭身要下去，车门这时却啪地一响，锁住了。

<h1 style="text-align:center">81</h1>

哎？怎么锁了……宝绽还蒙着，车居然开了起来，逆着他平时回家的路，往附近的富人区开。

"我上错车了……"他没反应过来是怎么回事，还跟人家说着。

那人瞧他一眼，薄薄的单眼皮，岁数不大，很有男人味儿："上错就上错吧。"

"什……"宝绽没明白他什么意思，眼见着车要开出他认识的地方，急得直拍车窗，"停车，我要下车！"

人家根本没理他，嚼着口香糖，脚尖轻点，加速。

宝绽摸黑在门上找开锁按钮，匡正的车他会用，对这辆车不熟悉，找不到。

"像个瞎子似的摸什么呢？"那小伙儿瞧他好玩，乐了，啪地把锁打开，"怎么着，还要往下跳啊？"

宝绽听见锁响，真的扳着把手要开门。"我去！"小伙儿吓着了，赶紧减速，把门重新锁上，"你找死啊！八十迈！"

宝绽转头瞪着他："小小年纪，又狂又坏。"

小伙儿有点儿愣，似乎从没被人这么说过，边看路边瞧着他，两人在忽明忽暗的街灯下短暂对视。

宝绽扳不开门，只好掏手机："你再不停车，我报警了！"

小伙儿皱起眉头，这才信他是真的上错车了，但他赖着不让宝绽下去。"你报，"他一脸吊儿郎当的样子，"你自己上的我的车，我又没怎么着你，警察来就来呗。"

"我上错了，你就不让我下去？"宝绽点开拨号键盘，"你图什么！"他第一个想到的不是找警察，而是给匡正打电话："哥！"

"马上到。"匡正的声音总是那么稳，"公司出来的路口查酒驾，你在楼上等我，太冷了，别下来——"

"哥，"宝绽抓着电话，很窘迫，"我……我上错车了！"

那边静了一秒，没理解："嗯？"

"我……"宝绽的脸通红，很丢人，"他不让我下车，开走了！我现在在西边这片大房子附近，你……你快来！"

匡正捋了一下他的话，宝绽上错车……让人拐了？虽然觉得荒谬，但他立即变道，抄近路往那个方向赶。"定位发我，"他很冷静，"别怕，保持通话。"

突然，那小子要抢宝绽的手机，幸亏宝绽反应快，往后一闪："你……干什么？！"

匡正听见了，死瞪着路面，电话里是一个年轻男人的声音："碰你怎么了，你金镶银镶的，不能碰啊？"

"宝绽！"匡正担心他遇到了变态，握方向盘的手汗湿了，冲着电话嚷，"别激怒他，等我，我马上到！"

宝绽并不害怕，从听到匡正的声音那一刻起，他心里就有底了，对那小子说："我告诉你，我家里人这就过来，你现在靠边停车让我下去！"

"啧！"那小伙儿无所谓地翻了个白眼，"不就是你哥吗？我不聋，让他来，看是他的车快还是我的车快！"

说着，他轰油门，宝绽连忙给匡正发定位。九点半，路上的车仍然不少，他担心地嘱咐："哥，你……一定注意安全！"

怎么可能注意安全？匡正满脑子都是宝绽，想着他在来路不明的人车上，他只有拼命，把稳方向盘，仪表盘上的红色指针不断攀高。

宝绽也知道他慢不了，转过身，扒着座椅往后看。

"我去！"那小伙儿说着风凉话，"至于吗？"

没多久，匡正追上来了，闪着头灯出现在宝绽的视野里，宝绽立刻抓起电话："哥，我看见你了！"

"蓝色阿斯顿·马丁？"匡正在电话里问。

"就那帕纳梅拉？"那小伙儿口气轻蔑。

两边的车牌子，宝绽都说不清，只能自责，怪自己冒失，害他哥大晚上为了他在马路上狂飙。

"你看没看清我是什么车，"那小伙儿很来气，"这也能认错？"

"你开飞机开火箭跟我没关系，"宝绽冷冷的，就一句话，"我要回家。"

"家"这个字似乎刺激到那家伙了："妈的，有家你大晚上浓妆艳抹地往豪车上钻？！"

宝绽看着匡正像一颗流星，灼热着，闪耀着，横冲直撞地向自己接近，一颗心滚烫，忍不住吼："谁浓妆艳抹了？！"

那小伙儿没想到他嗓门这么高："你！"

"你哪只眼睛看见我浓妆艳抹了？！"

"我两只眼睛全看着呢！"

宝绽忍不住口出恶言："你瞎！"

"你屁颠屁颠地往我车上蹿，"那小伙儿嚷，"你才瞎！"

宝绽长这么大还没跟人凶过，简直要气炸了，他知道危险，知道这样做不对，可还是忍不住去抓那小伙儿手里的方向盘。

"我×！"那小伙儿推开他，脚下连踩刹车，趁这会儿工夫，匡正赶上来，猛地开到右车道，摁着喇叭和他们齐头并进。

宝绽拍着窗户，一声声喊"哥"，匡正听不见，但看他那个无措的样子，心都揪紧了，当机立断，指了指自己的安全带。

宝绽疑惑，那样子像是让他系安全带，可为什么？

尽管不理解，但是匡正让他做，他当即照做。

匡正看他系好了安全带，深吸一口气，突然提速，同时向左打轮，不要命地往阿斯顿·马丁前头横过去——对方的前脸正对着他的驾驶室，如果发生碰撞，他的车整个会被撞瘪。

"我去！"那小伙儿猝不及防，一脚刹车踩到底。

"哥！"宝绽眼看着匡正的车打横过来，整颗心都停跳了。

电光石火间，他明白匡正为什么让他系安全带，是为了他安全，可他就没想过自己的安全吗？嘎吱一声，车身往前狠狠一晃，停住了。

安全气囊没弹出来，两辆车也没碰上，宝绽瞪着眼睛坐在副驾驶座，旁边那小伙儿及时踩住了刹车，匡正毫发无伤。

"不要命的浑蛋！"他骂，"找死别拖着别人！"

帕纳梅拉打开门，匡正走下来，宝绽紧盯着他，看他绕到后备箱，从里头拎出一根高尔夫球杆，拖在地上，径直走向自己。

"我去我去我去我去！"那小伙儿解开安全带想下去，但没来得及，匡正向宝绽做了个躲避的手势，一杆子就朝副驾驶坐的窗户砸了下来。

车窗玻璃不是一下子碎的，而是咚咚响着，慢慢布满蜘蛛网纹，匡正也没用衣服护下手，一拳头打进来，甩着零落的碎片摸到门锁，啪地打开。

宝绽说不清这一刻的感觉，他从小没有爸，妈又不够疼他，后来虽然有了师父一家，但眼下这感觉和那不一样，不是师徒兄弟的情分，而是可以为对方舍生忘死的感情。

车门从外头拉开，宝绽扑进匡正怀里，像是扑进一个等了许久的怀抱，不顾难看，不顾丢人，死死抱住。

"没事儿了，"匡正扔下高尔夫球杆，用带血的手揉着他的脑袋，"哥来了。"

"浑蛋……"那小伙儿打量匡正的身高、体格，没敢下去，"你砸老子的车干吗？"

匡正没理他，拉着宝绽回帕纳梅拉，等他坐进副驾驶座，又走回来，掏出名片夹，扔一张给那小子："玻璃赔你，少废话。"

他多一个字都没有，返身上车，挂挡、给油、一个利落的甩尾，辗着一地玻璃碴子绝尘而去。

车开出了很远，宝绽仍然心有余悸，瞧见匡正握着方向盘的手，拳峰上有一排细小的伤口："哥，我——"

"没事儿，"匡正不让他说自责的话，"别多想，不是你的错。"

"因为我上错车……"

"上错车没有错，"匡正笃定地说，"错的是那公子哥儿。"

宝绽这才放松下来，破碎的玻璃、弯折的球杆、差点儿发生交通事故，都不是他的错，匡正也没有怪他："我当时蒙了……他突然把车锁上，我都不知道他要干什么。"

"戏楼那一片是富人圈子，"匡正神情严肃，"富人圈子很复杂，他们有时候只是玩儿，对普通人来说却够呛。"

"他为什么不让我下车……"宝绽绞着手指，"为什么非要弄成这样？！"

匡正叹了一口气："你看看镜子。"

"啊？"宝绽愣愣的，"我的脸……怎么了？"

匡正摁个按钮，车顶的小灯亮了起来。

宝绽去翻镜子，看到薄光下的自己，呆住了，半深半浅的长眉，嫣红的眼角，嘴唇上还带着一点儿胭脂——离开如意洲时太着急，他没把妆卸干净。

"怪不得……"刚才那小伙儿说他"浓妆艳抹"，他居然真的是浓妆艳抹！

匡正无奈地问："你知道自己很漂亮吗？"

宝绽茫然地眨了下眼："我……不是女孩儿。"

"宝绽，"匡正觉得今天必须说一说这事儿了，他打个灯，靠边停车，"这个世界不是只有女性在被消费，尤其是萃熙华都周围……"他不知道该怎么说——纸醉金迷的富人区、专搭豪车的年轻男女，"很复杂，你要保护好自己。"

宝绽认真地看着他。

"从万融臻汇到如意洲，三个路口，"匡正擦去他眼角的油彩，"都能发生这样的事，以后要是需要出差应酬，你让我怎么放心走？"

"哥，"宝绽抿紧了嘴唇，"以后不会了，我保证。"

82

司机停稳车，下来给匡正开门，匡正收起手机，拢了拢大衣，迈步下去。

这是一辆迈巴赫S560，连车带司机租了三个月，给他和宝绽暂时代步。昨晚他连闯红灯带超速，驾照肯定是要被暂扣的，他还得抽出一周时间去学交通规则，科目一考试通过后才能重新上路。

司机去停车。面前是一家叫"世有佳茗"的老茶馆，匡正走进去，按着富利通那位大姐发来的信息，上二楼，进201包房，挂好大衣，在桌边坐下。

屋子里有淡淡的茶香，经年留下的，清甜中带着苦涩，纯透中还有些深沉，让他想起了宝绽。

走廊上传来利落的脚步声，径直来到门口，匡正起身系好西装。韩文山，富利通大姐口中坐拥数亿资金的大客户。

门从外推开，进来的是个和他差不多高的男人，外衣在他助理怀里，他只穿着一件浅灰色针织毛衫，率先伸出手："久等了，韩文山。"

匡正有点儿意外，这位"姐夫"礼貌得体，和富利通大姐的风格相去甚远。"韩总，"他回握住他，"久仰，万融臻汇匡正。"

助理把大衣挂好，出去安排茶水，韩文山和匡正在桌边坐下，没什么客套，直接切入主题："我小姨子都要把你夸上天了，非让我把钱给你管！"

匡正挑了挑眉，等着他往下说。

"她看投资是真不行，"韩文山有些批评的意思，"投十次赔七次，人又急躁，"说到这儿，他话锋一转，"但在我这里讲话很好使。"

匡正信，不好使也不会有这次见面。

"其实没见你之前还好，"韩文山随意靠着椅背，有粗疏爽朗的气度，"见了你，我反倒担心了。"

"哦？"匡正发现他说话很艺术，三言两语，牢牢掌控着谈话的节奏。

韩文山轻笑："她别是看你长得帅，才让我投钱的吧？"

匡正一愣，自然而然地笑起来，原来在M&A做项目时，他很少有机会接触大佬，现在出来做私银，经常和那1%的人群打交道，才发现这些成大事的没有一个不聪明，至少交往起来令人很舒服。

"谢韩总夸奖。"匡正只能这样说。

韩文山谈笑风生，他也潇洒自若，没有一点儿贴上来抢资金求合作的意思，而是一个真正有资历有身价的总裁，用专业素质说话："韩总，您对什么样的投资感兴趣，或者说近期有哪些资金规划？"

这时有人敲门，是茶水来了。旁人在的时候，韩文山一句话都不说，等布置停当，闲人出去，他才再开金口："我找私银不是为了做投资，是想处理一点儿家事。"

匡正非常敏感，马上意识到他接下来要说的恐怕不是什么光彩的事："愿闻其详。"

"我呢，"韩文山开始摆弄那些复杂的茶具，"最近看上一个人。"

匡正想蹙眉，但忍住了。

"特别好，"韩文山回味无穷似的，玩着手里的小杯，"只是可惜啊，"他暗示，"家里已经有一个了。"

匡正明白了，是他最烦的那些糟烂事儿。

"我就想着，"水开了，腾起轻盈的白雾，韩文山提起茶壶，"还是找专业的人帮我处理一下。"

"处理一下"，匡正心中冷笑，说得真是轻描淡写，像他们这个级别的富豪，无论是合法配偶还是长期情人，要处理干净都不容易。

"韩总指的处理，是……"

匡正以为是离婚、赔偿、分割财产这些，没想到韩文山上下嘴皮子一碰："都可以啊，经济上的、法律上的，"他甚至说，"物理上的。"

物理上的？匡正愕然。

韩文山把沸腾的茶汤浇在陶瓷南瓜上，嗞地一响："实在是看烦了。"

匡正有再好的修养，见过再大的世面，这时候也免不了铁青着脸。

"来，喝茶，"韩文山和煦地笑着，洗过的茶汤金红、通透，"这事儿不好办，但只要你办好了，我立刻在你们万融臻汇开代管户头。"

物理处理应该只是句玩笑话，但能拿朝夕相伴的人开这种玩笑，匡正不想和他深交，想好说辞正要拒绝，韩文山给他加码："三千万美元，够不够？"

两个多亿人民币！万融臻汇还没做过这么大的代管账户，匡正怔了怔，只有短暂的迟疑，仍然坚持："韩总——"

"匡总，"韩文山打断他，拍着他的肩膀，"考虑一下，"他客气地为他添茶，"我等你的电话。"

这顿茶，匡正难以下咽，韩文山却喝得津津有味，其实也没喝几杯。天一黑，他就要去听戏，从"世有佳茗"直奔如意洲。

今天唱的是《贺后骂殿》，应笑侬饰贺后，宝绽饰赵光义，算是一出老生捧着青衣唱的戏，唱了不长一段，却有绕梁的余韵。韩文山意犹未尽，又叫了消夜，请宝绽陪他到三楼的贵宾室一起吃。

仍然是奉阳楼的打卤面，茄子、土豆和肉末煸香，调上百年配方的老酱，用手工擀出来的宽面一拌，浓香扑鼻。

两人没有别的话，面对面聊的全是戏。说着说着，韩文山又提议让宝绽上他家："赏个脸吧，宝老板。"

他话都说到这分儿上了，宝绽于心不忍，但想起昨天应笑侬的嘱咐、匡正的告诫，铁了心推辞："对不住，韩总，师傅在世的时候给我们立过规矩，只唱台上的戏，不出堂会，要和院团一样管理。"

这是借口，但无论他说什么，韩文山都信。"就破这一回例，"他很恳切，有请求的意味，"宝老板，实在是我家里有——"

他的手机放在面碗边，屏幕朝上，这时有电话进来，宝绽一眼看见来电显示，是"匡正"两个字。

"匡总，"韩文山接起来，他们分开还不到两小时，"这么快？"

虽然不到两个小时，匡正打这个电话却是经过深思熟虑的。"抱歉，韩总，"他直说，"万融臻汇目前没有处理您家事的能力。"

韩文山似乎不意外，还露出了些许笑意："不再想想了？两亿多人民币，你们不做，有的是人做。"

这个数目让宝绽瞪大了眼睛，他听不到电话的内容，不理解这么大的案子，他哥为什么不接。

"匡总，"韩文山的语气变了，像是在威胁，"这个电话撂下，你可就没机会了。"

匡正相信自己对是非的判断，毫不犹豫："韩总，抱歉。"

韩文山没再说话，直接把电话挂断，扔回桌上，见对面的宝绽直着眼睛瞧他，便指着手机随口一说："他会后悔的。"

会后悔的……宝绽抿起嘴唇，他不想让匡正后悔，但刚才韩文山说，万融臻汇已经没机会了……

宝绽的心揪起来，匡正对他那么好，为他做过那么多，想起他拳峰上的伤口，他就算赴汤蹈火，也要给匡正争一个机会。

<h1 style="text-align:center">83</h1>

应笑侬甩着手从二楼洗手间出来，一扭头，就见宝绽门口站着个人，是韩文山。屋门开着，亮着的灯啪地熄灭，宝绽拎着包出来锁门，然后和韩文山并肩往楼梯这边走。

应笑侬皱起眉头："宝处？"

宝绽在前头几米处停步。

应笑侬瞥了韩文山一眼："要走啊？"

宝绽不大敢看他，没说话。

"昨天那事儿到底怎么定的，"应笑侬开始瞎掰，回身推开自己屋的门，"你来一下。"

宝绽显得为难，韩文山马上说："我先下去，车里等你。"

应笑侬盯着他，直到那个高大的身影转过楼梯拐角，看不见了，才回头瞪着宝绽："你要干什么？！"

宝绽不瞒他："我去一趟。"

"你胆儿肥了，"应笑侬把他往自己屋里拽，"你昨天怎么答应我的？"

"就这一回，"宝绽解释，"他家里有病人，想听戏——"

"屁！"用了八百辈子的烂借口，应笑侬冷笑，"戏的事儿听我的，是不是你说的？"

宝绽很坚决："这回不是戏的事儿。"

应笑侬看他铁了心，砰地端着门："今天我就是拿绳把你捆上，也不能让你去！"

半晌，宝绽轻声说："老匡需要客户。"

"什么？"应笑侬怀疑自己听错了。

“有一笔两个亿的生意，他们没谈成。”

应笑侬愕然：“你为了姓匡的……至于到这个地步吗？！”

宝绽是真倔，又倔又硬：“他为我做了多少事儿，你不知道。”

这句“你不知道”有点儿伤着应笑侬了，但他强忍着，两手翻宝绽的兜：“来，你现在就给匡正打电话，你问他让不让你去！”

宝绽一把抓住他的手，平静地说：“他肯定不让。”

应笑侬抬头看着他。

“小侬，”宝绽有一股气势，说一不二，“我有分寸，公关嘛，别人能做，我也能做，没什么委屈的。”

应笑侬眉头舒展，松开他。宝绽已经想好了，今儿就是龙潭虎穴，他单枪匹马，也要去走一遭。

应笑侬斩钉截铁：“我跟你一块儿去。”

叫劲的时候，有人愿意和他共进退，宝绽感激地点了点头。

两人一道下楼，时候还早，匡正没来，只有一辆黑色宾利停在戏楼门口，见他们俩要一起去，韩文山有点儿犹豫，但没说什么，只是叫助理下班，他自己坐进副驾驶座，让他们兄弟坐后座。

韩文山的家离这儿不远，就在前边那片富人区。路上宝绽给匡正打电话，告诉他别来接了，晚点儿有车送自己回去。

匡正哪能放心，一串问题在后头等着：“什么事儿？几点回来？谁的车？”

宝绽知道他担心，特别是在昨天那件事之后：“没事儿，小侬陪着我呢。”说着，他把电话递给应笑侬。

“喂，”应笑侬对匡正没好气，一个字都不想多说，“有我呢。”

匡正看他在，真就放心了：“交给你了。”

“得了。”应笑侬挂断电话，把手机扔回给宝绽。

过了三道起落杆，前两道是自动的，后一道是人控的，进入一个叫君子居的园区。这是市中心的一片独栋别墅，每家都有独立的绿化景观区，占地面积在一亩以上，雄踞的气派令人咋舌。

下了车，应笑侬紧跟着宝绽，从大门到三楼，经过一处天井、小走廊、会客厅，到起居室，在最后一扇门前面，韩文山把应笑侬拦住：“请宝老板跟我进去。”

他说话很有分寸，只说请宝绽，不说不请应笑侬。

应笑侬和宝绽对视一眼。"韩总，"他笑了，"都到这儿了，怎么单拒着我呢？"

他的口气显得尖锐，但韩文山没介意："屋里有病人，人多不方便。"

真有病人？应笑侬将信将疑，盯着那扇门，宝绽微微朝他点了点头，随着韩文山进去。

偌大的卧室，结构复杂，从这头一眼看不到那头，陌生的空旷感让宝绽感到不安。这时，他在墙边的小桌旁看到一辆轮椅，和普通轮椅不太一样，它又高又大。接着，他又看到一张架着金属设备的大床，床上躺着一个瘦骨嶙峋的女人。

宝绽吓了一跳，顿住脚。

韩文山走过去，跨在床上，架着女人的腋窝把她扶起来，往背后塞一个枕头，关切地问："晚上的按摩护士给你做了吗？"

那女人好像吐字困难，嗯嗯地，动了动嘴角。

韩文山在床边坐下，那样一个病态的女人，他却挽着她的手，介绍宝绽："这就是我跟你说的，如意洲的当家，宝老板。"

女人的脸缺乏表情，但那双眼睛温和含笑，宝绽连忙走上去，点个头："您好。"

"这是我夫人，"韩文山细心地揉着她的手，"得了肌萎缩侧索硬化症。"

宝绽没听过这种病，有些茫然。

"也叫渐冻症，"韩文山说，"十年了。"

渐冻症，宝绽知道，是一种不治之症，患病的人身体像是被冻住，慢慢地会丧失行动能力，可即使眼睛都不能眨了，意识也是清醒的，他们会真切地体会到世界在离自己远去，最终变成一具活死人。

宝绽张着嘴，没想到韩文山这么有钱的人也会遭遇如此巨大的不幸，原来疾病真的对每个人都是公平的。

"她维持得很好，"韩文山笑着说，替他夫人捋了捋稀疏的短发，"经济条件如果不行，也就三四年。"

所以还是要感谢钱，是韩文山的钱让她坚持到今天，患病十年，她得病时也就三十出头，和匡正差不多的年纪。宝绽忽然感同身受，这样的病，十年辛苦照顾，韩文山这么出色的男人，却从没想过把她抛弃，宝绽不禁红了眼睛。

"请宝老板为我夫人唱一出，"韩文山礼貌地说，"她也喜欢戏。"

宝绽克制着，强挤出一个笑："夫人想听哪一出？"

"《武家坡》，"韩文山摇着夫人的手，"苏龙、魏虎为媒证，我给你搭王宝钏。"

《武家坡》是大戏《红鬃烈马》的一折，讲的是丞相之女王宝钏下嫁乞丐薛平贵，为了他苦守寒窑十八年，薛平贵衣锦还乡来找她，两人在窑前的一段对话。

"《武家坡》的词，"宝绽瞧了瞧韩夫人，"不太合适吧？"

"没关系，"韩总慵懒地靠着床头，和他夫人肩并着肩，"她最喜欢这出戏，我们就是听这出戏认识的。"

他们之间有坚贞不渝的爱情，不因为金钱、疾病和死亡而改变。

宝绽的指尖轻轻颤抖，不用韩文山给他搭戏，他转身走向门口，把门拉开一道缝，应笑侬立刻走过来。"别进屋，"宝绽说，如果他是韩夫人，一定不希望陌生人看到自己怪异的样子，"《武家坡》。"

"怎么……"应笑侬意外，"真唱戏啊？"

宝绽没回答，他觉得和韩文山对他夫人的感情相比，他们的心都太脏了。提起一口丹田气，他边往床边走边唱："那苏龙、魏虎为媒证，王丞相是我的主婚人！"

应笑侬听着点儿，在门外接："提起了别人奴不晓，那苏龙、魏虎是内亲。你我同把相府进，三人对面就说分明！"

安静的房间里，没有伴奏，干净净、赤条条两把好嗓子，一宽一窄，一阴一阳，隔着一扇将开不开的门，互相追逐。

"我父在朝为官宦，府下金银堆如山，本利算来有多少，命人送到那西凉川！"

"西凉川四十单八站，为军的要人我不要钱！"

韩文山和夫人携着手听，十年前，她没得病的时候，他们一定也是这样，疾病的力量如此强大，只有艺术可以短暂慰藉心灵。

而这，就是宝绽的价值。

"好一个贞洁王宝钏，百般调戏也枉然，"他钦佩着，动容着，有些哽咽，"腰中取出银……一锭，将银放在地平川……"

应笑侬在门外听见他卡壳，愣了。

宝绽吸了吸鼻子："这锭银子三两三，送与大嫂做妆奁，买绫罗、做衣衫、打首饰、置簪环，我与你少年的夫妻就过几年！"

应笑侬不知道门里发生了什么，盯着那道狭窄的缝隙："这锭银子奴不要，与你娘做一个安家的钱，买白布、做白衫、买白纸、做白幡——"

"够了！"宝绽突然吼了一嗓子，白布、白衫、白纸、白幡，在这间开着呼吸机的房间，太刺耳了，他攥起拳头，一抬头看见韩夫人枯瘦的脸，忽而抱歉，抱歉没有带给她一次完美的演唱，"对不起，韩总，我……"

韩文山从床边起来，宽容地拍了拍他的肩膀，先是说："没关系。"然后说，"谢谢你。"

最简单不过的几个字，却让宝绽险些落泪。

84

韩文山送宝绽出屋，应笑侬迎上去，见宝绽的眼角有点儿红，立刻问："怎么了？"

宝绽摇了摇头，没说话。

韩文山亲自送他们下楼，三个人很安静，谁也没先开口。走到二楼转角的时候，宝绽忽然问："韩总……你有孩子吗？"

这问得太唐突了，应笑侬都替他尴尬，没想到韩文山居然答："没来得及。"

没来得及？应笑侬觉得奇怪，要孩子有什么来不及的？

没来得及。宝绽无言，二十七八还是打拼的年纪，可能想晚几年再要孩子，这一晚，妻子就得了重病。十年过去，韩文山依旧无儿无女。

"宝老板，"韩文山停步，"咱们听戏的人，或多或少都有点儿轴，你知道是为什么吗？"

宝绽仰视着他。

"你看和阎惜娇偷情的张文远，在小说里是个俊俏书生，可到了戏里，却让一个丑角来演，"韩文山说，"因为戏让人看的不是他的皮相，而是他的所作所为。"

阎惜娇是宋江的外室，而张文远是宋江的同僚，这确实不是一桩光彩事。

"戏听多了就有了羞耻心，知道不能做丑人、不能办丑事，"韩文山感慨，"所以人就轴了。"

不，宝绽在心里反驳，那不是轴，是良知，虽然时代变了，但基本的操守不能丢。

"韩总，"今天这个氛围，宝绽不应该说这些，"其实晚上给你打电话的匡正……"但不说不行，他必须豁出去，"是我哥。"

韩文山意外，接着马上明白，口口声声说不出堂会的宝绽为什么突然同意来他家。

"他……"宝绽的睫毛有些抖，"本来是买卖公司的，在万融，做得很好。"

韩文山反应了一下，他说的大概是并购。

"可上司让他出来做私银，"宝绽的语气、神态，都是家人才有的关心，"他真的很不容易，没有资源，没有人脉，他……真的很需要客户。"

应笑侬惊讶地看着他，宝绽这个人不傲，但他从没有为了什么事开口求过人，他心里一直有一股劲儿，说好听了是执拗，说难听了是迂腐、不合时宜，但现在，为了匡正，他把这股劲儿放下了。

"你们电话里说的两个多亿……"宝绽攥紧了拳头，"能不能……"

这么简单的一句话，却让他说得支离破碎，韩文山实在看不下去，笑着告诉他："那笔钱本来就是要让他管的。"

啊？宝绽惊讶地抬起头。

"而且不是两个亿，"韩文山据实以告，"是将近六个亿。"

难以想象的天文数字，宝绽完全被镇住了。

"谈委托前我得先试试他，"韩文山严肃地说，"看看他的人品。"

商场上打滚儿的都是老狐狸，应笑侬见怪不怪。

"可是你……"宝绽记得韩文山放下电话后的那句话，"你说他会后悔的。"

"当着你的面，我总得说点儿什么吧？"韩文山哈哈笑，"要不你会觉得我这么个大老板让人拒绝了都不吭一声，太难看了！"

宝绽空张着嘴，脸微微有些红，应笑侬一瞧，该自己出场了："那什么，挺晚了，有什么话明天戏楼说吧。韩总，还得麻烦你司机送一趟。"

"当然，"韩文山今天对应笑侬有了新认识，直脾气，讲义气，为兄弟能两肋插刀，"既然来了家里，就是朋友，以后叫大哥吧。"

应笑侬看他是个规矩人，没什么说的，很痛快："行，韩哥，走啦。"

宝绽站在那儿，深深地朝韩文山鞠了一躬，感念他的提携，敬佩他的为人，郑重地道一声"韩哥，晚安"，转身走向明暗驳杂的夜色。

还是那辆宾利，先送应笑侬，再送他。寂静的夜，一个人的车后座，宝绽想起韩夫人，她是不幸的，在最好的年华罹患重病，她又是幸运的，有个温柔的人不离不弃地爱着她。

想到爱，宝绽的眼角湿了，远远地，夜色中有几块温暖的光斑，是家里的灯，无论多晚，他哥都为他点亮。

匡正披着大衣站在门口，见宝绽从一辆宾利上下来，皱了皱眉，正要迎上去，宝绽却直直向他跑来。

"怎么了？"

"哥，"宝绽的声音哝哝的，"我没在家，你吃没吃饭？"

匡正扑哧一声笑了："我还能把自己饿着吗？吃了。"

"吃的什么？"

"小凤凰的红烧肉，"匡正说，"没你做的好吃。"

"明天我给你做，"宝绽喃喃地说，"做最好吃的红烧肉。"

两人进屋。在明亮的灯光下，匡正瞧见宝绽湿润的眼角，还有他粉红的鼻尖，愕然瞥向窗外闪着尾灯开走的宾利，一把拉住他的肩膀。

宝绽还没从韩文山和夫人的感情里出来，迷蒙着眼，微有泪光："哥？"

"你跟哥说，"匡正没法儿不紧张，盯着他的耳垂、嘴角，甚至扯开他的外套，阴暗地，想看一看他的领口，"到底怎么了？"

"没事儿，"宝绽抓着他的手，牢牢握住，"哥，这个世界太好了。"

嗯？匡正摸不着头脑。

"这个世上有那么多难事儿，"宝绽捋着他的手指，闹着玩似的，"天塌下来的难事儿，只要有爱，就能撑过去。"

匡正正要说什么时，大衣口袋里的手机突然响，他放开宝绽，掏出来一看，是韩文山。

——他一直在等这个电话。

揉了揉宝绽的头发，他走到一边："韩总。"

"匡总，还没休息吧？"

"还没有，"匡正看一眼表，刚到十一点，"在等您的电话。"

"哦？"韩文山颇意外，"你怎么知道我要打给你？"

"猜的，"匡正轻笑，"猜对了。"

事实上，他打完那通拒绝电话就反应过来，韩文山把他耍了，什么"看上一个人""物理处理""看烦了"，都是扯淡，谁会对一个刚见面的陌生人翻这种底牌，何况介绍人还是小姨子，这只能有一个解释，韩文山在试探他。

可是为什么？

"那就好谈了。"韩文山很满意，匡正不仅正，而且精，整件事的逻辑很简单，但当有两个亿压在上头的时候，没几个人能不犯迷糊。

人这种东西很奇怪，再真的话，从乞丐嘴里说出来也是假的，再假的谎，从富豪嘴里扯出来也是真的，芸芸众生对金钱有一种盲目的信赖，而匡正对财富不盲从，他身上有一种罕见的东西，像一千棵树里唯一笔直的一棵，那么出众。

"我有五亿七千万需要打理。"这才是韩文山的底牌。

匡正瞪着眼睛，愣住了。

"我要做长期投资，"韩文山给要求，简单明了，"不求回报，但求稳健。"

五亿七千万？匡正一屁股坐在沙发上，怪不得韩文山要试探、要考验，以万融臻汇现在的资历，根本配不上这么大的客户。

"我小姨子那个脾气，萍水相逢的你能帮她，"韩文山说，"我选你，是看重你的人品。"

匡正仍然不理解，G&S、德班凯略、富荣，要给五亿七千万找个可靠的乙方，他有很多很好的选择，而人品这东西……那么重要吗？

"这几年的经济形势不好，我身边好几个朋友破产了，"韩文山叹了一口气，"什么大佬、富豪，十亿二十亿，一夜间灰飞烟灭，但我家里有病人，我可以身无分文，她不行，无论在什么情况下，我都要保证她的生活。"

匡正没想到是这样的原因，缄默了。

"我要找一家私银，"韩文山一板一眼地说着狠话，"即使哪天我嘎嘣死了，我也要她活下去，而且活得有尊严。"

没有人能不被这份对家人的爱打动，匡正承诺："韩总，我以我的职业生涯保证，绝不在你的户头做任何风险投资和过激套利，万融臻汇会竭尽全力，确保这五亿七千万永续，确保您的家人享受最好的医疗服务。"

"好，"韩文山信任他，"明天，我去你那儿签约。"

匡正慨然说："恭候大驾。"

电话挂断，匡正直了会儿眼，狠狠拍了一把大腿："宝儿！"他从沙发上跳起来，"五亿七千万！"

宝绽一直听着他打电话，韩文山会说什么，他全知道，抿着嘴，忍着不经意流露的笑。

"你哥厉不厉害？"匡正向他走来，那个献宝的样子，像个傻气的高中生。

"厉害，"宝绽低着头，怕他看出端倪，"真厉害。"

匡正哈着腰，歪头瞧他："偷着坏笑什么呢？"

"没坏笑，"宝绽说，"替你高兴。"

85

"哥……哥？"

匡正皱着眉头睁开眼，面前是宝绽的脸。

"你怎么这么能睡啊？"宝绽拍拍他的被子，去拉窗帘，"快点儿，饭都做好了。"

匡正懒洋洋的："你先下去，我洗脸刷牙。"

"那你快点儿，"宝绽边往外走边唠叨，"大磨蹭。"

匡正半个多小时后出来，趿拉着拖鞋下楼。今天吃瘦肉粥，加一点儿食用碱，味道香极了，宝绽托着下巴坐在桌边，无所事事地等他。

"怎么不先吃？"匡正拉开椅子。

"等你嘛，"宝绽一见他就笑，"一个人吃没意思。"

匡正也笑了，端起碗，加了碱的米粒泛黄，舀一勺，浓香扑鼻，这就是他想要的生活，每日每夜，岁月静好。

吃完饭，匡正把熨衣板挪到小客厅，给宝绽熨衬衫。入秋了，他们新做了一批西装，还有从门店买的，要一件件提前熨好。

"谢谢哥，"宝绽靠在沙发上吃香蕉，活儿没干，嘴倒甜，"我吃完就过去，跟你学。"

衬衫西裤有一套固定的熨法，匡正手到擒来："吃你的吧，哥给你熨，你穿就行了。"

"那多不好，"宝绽把香蕉皮摆在茶几上，摆成个歪坐的小人儿，"我有手有脚的。"

"你有哥呢，用不着你，"匡正熟练地翻转衣袖，手法利落，"以后你管饭，熨衣服哥包了。"

宝绽嘿嘿笑，盘起腿，抱着沙发背看他。

"对了，"匡正想起来，"那五百万到账了吗？"

"到了，"宝绽说，"早到了。"

"你们团谁管钱？"

"师哥。"

匡正点头："五百万不能干躺着，以后还会有钱进来，得做个规划，首先剧团财务和个人财务要分开，税务的问题也要考虑。"

宝绽对这些一窍不通，听得头大："哥，你说怎么办，我听你的。"

匡正立起熨斗，提着衬衫抖了抖："一会儿你跟我去趟公司。"

宝绽穿着匡正亲手熨的衬衫，配一条暖姜色领带，外面是颜色稍深的羊毛西装，大衣是拉克兰袖的溜肩设计，垂坠的A字版型很适合他。

匡正从里到外和他同色同款，除了大衣，是经典的爱尔兰风格，剪裁硬挺利落，双排扣加贴带式口袋，左胸塞一条硬质口袋巾，有笔挺的英伦气质。

在万融臻汇对面的停车场，匡正把宝绽的脸扳过来，头发是他亲自给弄的，这时再拢一拢，两人一起下车。

这是宝绽第一次来万融臻汇——他哥的王国。带露台的四层小楼，偏窄的复古转门，走进去的第一感觉来自脚下，地毯柔软得像雏鸟的羽毛，大堂算不上富丽，但是简洁的立体主义风格，身高和他相仿的接待小姐微笑着问好："匡总早！"

匡正领宝绽到办公区，到得有点儿晚了，大家都在做业务，瞧见老板身边这个年轻人，以为他是新来的客户，谁也没当回事。

宝绽的样子很体面，体面得像哪家娇生惯养的公子，幼年丧父的阴影、艰难挣扎的岁月用昂贵的面料一包，都不见了，只剩下蜜糖似的富贵。

"给大家介绍一下，"匡正昂着头环顾四周，意思是让所有人都过来，"我弟弟，如意洲剧团的团长，宝绽。"

一听是匡正弟弟，众人的眼神变了，打电话的放下电话，开文件的点击关闭，纷纷起身，段钊系着西装扣子率先走上来，向宝绽伸出手。

"客户经理，"匡正介绍，"段钊，段金刀。"

段钊笑着瞥他一眼："花名也介绍啊，老板。"

匡正一脸"少废话"的表情："我平时只叫你花名。"

宝绽的气质得益于他十多年的京剧训练——笔直的背、平正的肩，他落落大方握住段钊的手："幸会。"

匡正给段钊递眼色："叫宝哥。"

匡正的弟弟，段钊没什么说的，痛快地叫："宝哥。"

下一个是黄百两，清瘦的个子薄情脸，他推了推金脚眼镜，走上前来。匡正器重地握住他的肩膀："法律顾问，黄百两。"

"你好。"宝绽主动握手。

匡正往后招手，下一个是夏可。没用匡正介绍，他狗腿地叫一声："宝哥！"然后开始控场，"我是咱们万融臻汇的首席公关，匡总手下最得力的干将，也是办公区首屈一指的业务骨干，姓夏，单名一个可，请宝哥多多关照！"

匡正逗他："你哪儿那么多话？"

"见了贵人，"夏可俏皮地答，"舌头也兴奋啊。"

背后的来晓星嫌他话痨，推了推他，走到宝绽面前，鞠了一躬："宝哥好，我是公司的中台支持，来晓星。"

宝绽看他毛茸茸的，很可爱，像什么小动物，一时想不起来。匡正偏过头，凑着他的耳朵说："仓鼠。"

对，宝绽和匡正对视一眼，默契地笑。

"都认识了，"匡正摆了摆手，让大家回去工作，"以后宝团长到了，跟我到一样，都麻溜点儿。"

办公区异口同声："是，老板！"

匡正让夏可这个"首席公关"招待宝绽，然后动了动指头，把黄百两叫到一边："他们团的财务、税务都要规划，我弟弟，你明白。"

黄百两颔首："肯定用心，老板。"

匡正又朝段钊扬下巴，那小子今天一身反绒西装，衬衫领子风骚地敞开，也不怕冷："什么吩咐，老板？"

"我弟弟的个人收入，你亲自打理，"匡正强调，"给我万无一失。"

段钊是专业的，先问情况："多少钱？"

"他们团现在账面上有五百万。"

段钊差点儿笑喷："不是吧，老板，五百万，"他低声说，"他个人收入撑死百八十万，按咱们现在的运作，带不起来啊。"

匡正早想到了，一锤定音："和我的钱放在一起。"

段钊微怔："不是，老板，"他回头瞄着宝绽，"是亲的吗？钱掺到一起，一滚起来可就分不开了，将来有什么纠纷——"

匡正打断他："照我说的做。"

段钊瞧这架势，是铁了心了："得嘞。"

都交代好，匡正叫宝绽上楼看他的办公室，还有大卧室、卧室里的按摩浴缸、桌面的乐高死侍，好一顿献宝。宝绽几次想走，他都赖着不让，一磨蹭就到了中午，两个人并肩下楼。到办公区，匡正拍了拍手："中午宝团长请大伙儿吃个便饭。"

宝绽一愣，惊讶地看向他，匡正在下面抓住他的手，握了握。

去的是街对面的馆子，叫兰亭集序，专做淮扬菜的，人均消费四五百元。宝绽正和大伙儿过马路，手机忽然收到一条通知，他低头一看，是支付宝转入了一笔钱——五千块。

"哥！"他立刻去抓匡正的手。

"请我公司的人，"匡正反手握住他，轻笑，"当然我出钱。"

一进兰亭集序的门，马上有侍者来领位，一伙人聊着天往里走。这时休息区那边有人叫了一声："宝先生？"

宝绽应声回头，只见一个穿着立领西装的中年人正从沙发上起身。

"梁——叔？"最开始给宝绽介绍基金会帮助如意洲起步的贵人，他惊喜着奔过去，"梁叔！"

他带着一种发自内心的真诚，像梁叔这样世故的人也免不了露出微笑，像看一个亲近的晚辈，上下把他打量："宝先生变化真大，差点儿不敢认了。"

段钊突然拽了匡正一把，瞪着眼睛问："你弟弟什么来头？"

"嗯？"匡正的注意力全在梁叔身上。

"梁俟道，"段钊说，"清迈何家的大管家！"

清迈何家？有点儿耳熟，但绝不是匡正接触过的领域："泰国人？"

"最早的一批南洋华侨，"段钊想不到宝绽认识这个级别的巨鳄，"这些年开始回大陆活动，全球资产数以百亿计，号称'东南亚船王'！"

86

匡正盯着和梁叔说话的宝绽，年轻、漂亮，有俊秀的古典气，站在硕大的王羲之刺绣行书条屏前，一点儿也不逊色，这样隔着一段距离看他，他已然不是家里那个红着脸叫"哥"的男孩儿，而是一颗珍宝，任谁都瞧得出来地耀眼。

"我记得何家正房只有一个儿子，"段钊说，"跟我差不多大，现在全球经济看中国，应该是带着管家回来开拓的。"

匡正眉头一皱，泰国船王这么冷门的家族，他说得头头是道："金刀，你有没有哥，"又一想，"或者弟弟？"

段钊看向他，眯了眯眼："没有，我是——"

"独生子？"匡正已经猜到答案。

段钊正要点头，宝绽那边叫："哥！"

匡正向他看去，即使穿着一件几万块的大衣，他仍然朴拙、自然，丝毫没有被行头压住性格："这是我之前跟你说的梁叔！"

他太真了，真得晶莹剔透，可匡正和梁叔都是场面上的老手，一对视就快速分析对方的年龄、性格乃至行为模式。

匡正伸出手，随着宝绽叫："梁叔，久仰。"

简单一握，梁俟道并不太愿意跟他说话，因为已经把他看透了，三十多岁，像是名牌大学出身，很可能是干金融的，穿戴打扮是中高层，这种人对他来说就像蝼蚁一样，密密麻麻，了无生趣。不过，听宝绽叫他"哥"，两人明明是两个世界的人，却这么亲近，梁俟道第一反应是这孩子别被人骗了："你们……是表兄弟？"

"不是，"宝绽照实说，"我干哥，之前剧团最难的时候，他一直照顾我。"

"哦……"干哥哥，梁俟道不知道往哪个方向想好，多看了匡正两眼，"你好。"

"我哥经营一家小私银，"宝绽没做过牵线搭桥的事，有点儿不好意思，

"刚起步，梁叔，你亲戚朋友要是有需要，可以去看看。"

他把私银说得像是自家饭馆，匡正笑这傻小子，他要是知道他嘴里的梁叔是船王家的管家，绝对说不出"亲戚朋友"这种话。

果然，梁俟道一愣，笑了，宝绽的推销实在太朴实，没技巧，以至他毫不反感，反而愿意顺着他："好，我给你问问。"

他只是敷衍，但匡正还是掏出名片夹，不急切，也不谄媚，因为宝绽的自然、坦率，一切都那么水到渠成："万融臻汇，就在马路对面。"

梁俟道象征性地看了一眼，顺手把名片揣进兜里。匡正明白，他们这个级别的富豪都有自己的家族办公室，私银对他们来说太低端了。

氛围这种东西很奇怪，匡正在，之前和宝绽聊天的那种轻松不见了，只剩下客套的寒暄。梁俟道显得心不在焉，匡正看出来了，适时道一声"失陪"，便领着宝绽上楼去包房。

这家店常来，不用侍者带路，他们并肩走在安静的走廊上。

"下次要给哥拉客，"匡正说，"你站那儿就行，不用说话。"

宝绽很敏感："我说错话了吗？"

"没有，"匡正想了想，正相反，"你说得很好。"

"那怎么了……"宝绽有些不安。

"就是说得太好了，"匡正逗他，"我弟弟太优秀，我有危机感了。"

"什么啊，"宝绽推他，"老匡，你真的，烦人巴拉的。"

两人斗着嘴进屋，酒已经倒好了，夏可端着红酒杯主陪。匡正让宝绽坐主位，自己在副位坐镇，一顿饭吃得有声有色。

宝绽喝红了脸，收了一堆名片，下楼时用匡正给的钱结了账，又到隔壁的甜品店给公司女孩儿每人点了一份蛋糕，外加送过去，方方面面做到位。匡正送他回如意洲。

在戏楼下分手，宝绽带着醉意上二楼。他先到应笑侬那屋，敲了敲门："小侬，招呼大伙儿到我那儿，开会。"

如意洲搬家这么长时间，从来没这么正式过，今儿是头一回。椅子是各屋搬来的，宝绽坐在窗下，应笑侬和邝爷坐一边，陈柔恩和萨爽坐另一边，地方基本摆满了，时阔亭靠门边站着，五双眼睛齐刷刷盯着他。

"我先给大伙儿鞠一躬，"宝绽脱掉大衣，直直溜溜，板板正正，向大伙儿弯下腰，"谢谢大伙儿对如意洲的付出。"

"哎哟，我的宝处！"萨爽看不得他低头，像被火烫了屁股似的，从椅子上跳起来。

宝绽握住他的肩，拍了拍，让他坐下，然后看向邝爷："老爷子七十多岁了，大晚上还跟咱们一块儿演出，六七点钟等戏，坐着就睡着了，可只要一上台，就心明眼亮，精神十足，手上没差过分毫。"

是，大伙儿都是亲眼见的。

"师哥，"宝绽看向正对面，时阔亭歪着头站着，高个子，那么帅气，"如意洲本来是姓时的，可这么些年，无论好了、坏了、穷了、富了，你从来都是在我背后撑着。"

时阔亭受不了他说这些，绷着嘴角："宝处，你醉了……"

"还有小侬，"宝绽打断他，看向应笑侬，"咱们都知道，小牛那一百二十万是怎么来的，是小侬连台唱、连宿喝，豁出去赚来的！"

那段日子，应笑侬的确是如意洲的功臣，但此刻他斜倚着扶手，跷着二郎腿，微微一笑，满脸的"那都不是事儿"。

"小陈，"宝绽又转向陈柔恩，"九十月份那么冷的天，穿着背心短裤，大晚上在三楼摔把式，那一地的汗，我是亲眼见过的。"

"团长……"陈柔恩挺硬的性子，让这气氛搞得，眼圈有点儿湿了。

"咱们萨爽，"萨爽就在身边，宝绽再次握住他的肩膀，"最晚来咱们团的，虽然是为了他师姐——"

"哎呀，宝处！"萨爽小脸通红，"别老提过去行不行……"

"但每次有事儿，"宝绽的手上使了力，"他都冲在最前面，搬家、帮着出主意、给团里写APP，太多太多。"

这么多人挤在一间屋子里，却很静，谁也没发出声音，聚精会神地听着。

"大家的好，我说不过来。"宝绽吸一口气，"有时候想起从老剧团搬来那天，租的车，白天不让进市里，咱们晚上搬的。小侬，你们几个挤前头，我和师哥在后边跟家什待一起，那时候真不容易。"

那天晚上除了邝爷，几个年轻人都在，如意洲能有今天，每个人都花了心血，宝绽一一谢过，唯独没提他自己。

通过梁叔结识基金会的是他，力排众议和小牛签下经济约的是他，不顾小牛的反对，坚持唱出风骨的也是他，然后才有了韩文山的青睐，有了今天的五百万，没有他，如意洲只是个用着别人戏楼的空壳子。

所有的难，都咽在他的喉咙里，所有的苦，都咬在他的牙齿下。

"现在好了，"宝绽缓缓地笑，酒精使得他的脸酡红，"咱们有钱了，不光有钱，还有未来。"他正色，"从今天开始，如意洲要走上正轨，公私账目分开，大伙儿的工资按月发，五险一金足额缴，该是如意洲回报大伙儿的时候了。"

听他这一席话，每个人都热血沸腾，不是因为有工资有五险一金，而是因为苦尽甘来，终于从自己的耕耘里看到了收获，他们坚韧，他们拼搏，他们逆天改命，这种创业成功的狂喜在旱涝保收的专业院团里绝对体会不到。

"暂定一个月一万，"宝绽开金口，掷地有声，"争取一年内达到人均年收入二十万，不算奖金和年底分红。"

"一万？"反应最大的是陈柔恩，她二十出头，刚从戏校毕业，工作第一年就月入过万，这是之前想都没想过的，"我的天哪……"

相比之下，应笑侬、萨爽他们淡定得多，只是挑了挑眉，还挺满意。

"押对宝了！"邝爷替这些年轻人高兴，拿拐棍用力点着地，"我们如意洲……"他有些哽咽，"熬出头了！"

"公账上的钱交给专业机构运营。"宝绽从大衣兜里掏出一沓名片，第一张就是段钊的，"师哥，这是万融臻汇的客户经理，你负责和他对接。"

"哟，"应笑侬提起嗓子，带着一股大青衣的劲儿，"真是近水楼台先得月，咱们都用上私银啦？"

"让小侬来吧，"时阔亭有点儿犯难，"我搞不明白那些。"

"赶紧的，"应笑侬伸着腿踢他，"你家的剧团，凭什么让我给你操心？"

时阔亭做做样子踢回去："不一直是我管钱、你管账吗？"

"这可不是账，哥们儿，这是——"应笑侬从宝绽手里抽出名片，要塞给他，一眼瞧见上头的名字，愣住了。

"是什么？"时阔亭跟他并着头看。

应笑侬躲了一下，挪开一步，把名片拍到他手上："私银玩儿的都是真金白银，你可得盯紧了。"

时阔亭拿好名片，小心地收起来。

"好了，"该说的，宝绽都说完了，整个人柔软下来，瞧着屋里这几个伙伴，都是他的战友，是如意洲的四梁八柱，"早点儿回家，好好休息。"

大伙儿搬着椅子回屋，临出门，宝绽忽然说了一句："用心练功，干净唱戏，会有光亮日子在前头等着。"他的声音那么轻，不知道是说给大家的，还是说给他自己的。

应笑侬拖着椅子到自己屋门口，掏钥匙开门，一偏头，见时阔亭在隔壁门口，右手像是使不上劲儿，甩了又甩，把钥匙换到左手里。

"喂，"应笑侬冷冷叫他，"过来一趟。"说完，他就进屋了。

时阔亭站在原地怔了怔，扔下椅子跟过去："我说你这一天天的，能不能给我个好脸？"

应笑侬在翻柜子，没说话，拿眼往窗边瞟了瞟，让他过去。

"干吗？"时阔亭的语气不耐烦，人还是过去了，一回头就见应笑侬拿着一瓶红药走来。"你手疼多久了？"他问。

这小子竟然发现了，时阔亭有些意外："没有，就前一段，连排练带演出，天又凉……过两天就好了。"

应笑侬没废话，抓过他的手，晃了晃铁瓶，朝他虎口和手腕那个位置喷过去，周围顿时腾起浓烈的药味，很苦，时阔亭的心却暖起来："我说，周末有空吗？"

"干吗？"应笑侬斜他一眼。

"陪我去看个房。"

应笑侬像听了个天大的笑话："妈呀，真是膨胀了，你都敢想房了？"他挖苦道，"付得起首付吗？"

时阔亭狠狠弹了他个脑崩儿："先看看。"药雾喷过的地方先是凉，然后发热，"迟早得买个房，宝绽总在匡哥那儿住着也不是个事儿。"

"人家俩住得好好的。"

"再好，"时阔亭笑了，"也不是家啊。"

"人家宝绽不找对象啊？"

"他那傻小子，见着女孩儿比女孩儿还害羞，"时阔亭恨铁不成钢似的，"我先收着他吧，要不怎么办？"

应笑侬看傻子一样看他，撕了一片大膏药，啪的一声，重重拍在他的手腕上。

87

韩文山的合同细节，两边的法务过了几遍，确认无误后，下午五点，他本人来了一趟万融臻汇，和匡正把字签了，然后两人喝茶，聊一聊未来的投资方向。

在谈话的过程中，匡正发现他很疲惫，两个眼圈都是青黑的："韩总，没休息好？"

"资金吃紧，"韩文山捏了捏眼角，"我三个厂子——两个医疗设备、一个精密仪器，都压着大笔资金，还有一个医药研发项目，都是吃钱的。"

既然这么缺流动资金，匡正为他的主业着想："要不这五亿七千万转过来一半，剩下的先应急——"

"不，"韩文山马上拒绝，"这笔钱不能动，"他很坚决，"这是留给我夫人的，山穷水尽的时候能救她的命。"

既然他决定了，匡正就不再说什么。一壶茶喝完，他亲自送韩文山到门口，见到他的座驾，愣了一下——似曾相识的黑色宾利，车牌号好像也差不多，匡正皱了皱眉，觉得大概是自己记错了。

韩文山上车离开，匡正转身回来，走了几步，背后响起脚步声，应该是生人的，因为接待小姐清脆地招呼："欢迎光临万融臻汇，有什么能为您服务？"

那人带着笑意，只说了一句话："我找你们匡总。"

匡正停住脚步。很熟悉的声音，年轻、干脆，还有点儿小傲气。他回过身，见大门口站着一个小伙子，一身的阿玛尼秋季新款，湖蓝色的刺绣领带，头发用发泥拢得干净利落，俨然金融街上耀眼的金童。

匡正笑起来，两手把西装下摆往后一甩，掐住胯骨，扬着头叫了一声："段小钧。"

"老板！"段小钧大步向他走来，他的变化很大，不光在穿着打扮上，整个人的气质都成熟了，干练、自信，让匡正想起十年前的自己。

"算你小子有良心，"匡正向他伸出手，一把揽住他的肩膀，把他往办公区带，"还知道来'边陲'看看我！"

办公区只有夏可和黄百两，段钊陪客户去了，来晓星请假早退，匡正熟稔地拍着段小钧的胸口，骄傲地介绍："万融投行部并购分析师，我的小老弟，段小钧！"

三个人互相问好，握手、寒暄、交换名片，一套程序下来，段小钧跟匡正上楼，隐约听见背后夏可对黄百两说："……都姓段，还都是金字旁……"他回头瞥了一眼，走进电梯。

到了三楼的总裁办公室，隔着克莱门的乐高死侍，段小钧和匡正相对而坐，一时竟有些无言。

匡正笑了笑，起身给他倒了一杯白州12年威士忌，加冰："你小子状态不错，没给我丢人。"

"那当然，"段小钧自豪地挑起一侧眉峰，"刚做成一笔大单，我挑梁的，合同一签就跑你这儿来了。"

"行，出息了。"匡正听克莱门说过，他现在是白寅午的心腹。

"没成绩也不敢来呀，"段小钧凑着桌子看他，有点儿当初青涩的样子，"要么不得被你撑死？"

"我嘴那么臭吗？"匡正有些想不起M&A时的自己了，短短一个多月，竟像是过了前世今生，"老白还好？"

段小钧咽一口酒，摇了摇头："他不好弄。"

匡正立刻蹙眉。

"投行部现在是行政化管理，"段小钧握着酒杯，掌心的温度透过玻璃壁，一点点融化冰块，"连进数据室的日期都得逐级批，总部过来一个行政总监，如今的西楼是一匹马两个笼头，乱着呢。"

这是来分老白的权了，匡正一听就明白，前人栽下的树，总有八竿子打不着的人跑来乘凉，乘凉不算，还要把树据为己有。

"就是想分老白的权嘛，"匡正看到的，段小钧也看到了，一针见血，"投行部是老白一手干起来的，这么大一摊业务，总部那些人谁不想分一杯羹？狗屁的行政化管理，就是搞篡权的。"

怪不得他变了，匡正点头，万融这种形势不容他不变："新VP对你还不错？"

提起上司，段小钧显得冷漠："谁对我都差不了。"他拎了拎自己的西装领子，"你说得对，好西装就是名片，是盔甲，让人不敢得罪。"

他成熟了，同时也世故了，匡正亲眼看着他在短短几个月内改变，这就是金融街的力量，不知不觉，但摧枯拉朽。

段小钧咂着酒，先是沉默，忽然放下杯："老板，我过来跟你干行不行？"

不在总部待着，跑这穷乡僻壤来？匡正乐了："你没事儿吧？"

段小钧却坚持："收了我吧，老板！"

匡正眯起眼睛瞧他："你为什么想来？"

"我想跟着你干，"段小钧斩钉截铁，"不光我，克莱门、小冬，我们几个都想到万融臻汇来。"

匡正半晌无言，然后清楚地说："我不要你。"

段小钧瞪起眼睛："为什么？！"

"如果你说，比起并购，更愿意做财富管理，我会考虑让你过来，"匡正起身走到窗边，看着淡粉色的夕阳，"但只是奔着我，你图什么？"

"图开心，"段小钧秒答，"图痛快！图大伙儿加班到后半夜三点还能嘻嘻哈哈！图三个月没有一天假也甘之如饴！"

匡正摇了摇头，仍然说："我不同意。"

"我想帮你，老板！"

"你想帮我就留在M&A！"匡正回头看着他，"帮我顾着老白，帮我盯着市场，"他冷冷地说，"然后赚大钱。"

段小钧懂，万融总部有金融街最灵通的消息，有强大及时的市场分析部门，他也有更好的路走，像万融臻汇这样的小庙，年纪轻轻进来，一辈子也就看到头了。

"最近市场的资金面怎么样？"匡正想起韩文山的话，有针对性地问。

"很紧，"段小钧答，"异常紧，各期限利率不断刷出新高。"

果然不是个例，匡正稍一思忖，像一头在荒原上觅食的狼，凭着多年的经验，准确锁定了猎物："有没有短期货币型高收益投资品？"

段小钧本来垮着肩膀，这时猛地抬头，微张着嘴，一脸的佩服："老板，你真是……什么时候都是我老板！"

资金紧张，借贷利率必然走高，相当于货币变得更值钱了，短线投资稳赚不赔。

"想办法，"匡正朝他挤了挤眼睛，"找投研部或者市场部，给我选几个可靠的。"

"没问题，"段小钧腾地起身，目光灼灼，瞬间充满了干劲儿，"明天，你等我消息。"

两个人聊得差不多了，一起离开万融臻汇，段小钧回公司加班，匡正去如意洲接人。自从出了上次的事，他跟宝绽说好了，别自己下楼，在屋里等他。

"哥，你说你，"宝绽把东西收拾好，拿上手机，"看我跟看孩子似的。"

"我不看着你行吗？"匡正帮他把大衣披上，"差点儿让人拐跑了。"

关灯锁门，他们并肩往外走，走了两步，宝绽突然站住。

"怎么了？"匡正回来扶他。

"没事儿，"宝绽动了动脚腕，"新鞋，磨脚。"

宝绽平时穿运动鞋，脚舒服惯了，皮肤也嫩，被再软的牛皮拘了一天也觉着疼。匡正蹲下去，按着他的鞋尖："这儿？还是这儿？"

宝绽往前头看，应笑依那屋的灯还亮着："起来，快点儿。"

"揉个脚怎么了？"匡正不管那个，就着半蹲的姿势转过身，"来，我背你。"

"脚磨了，又不是脚断了，"宝绽拍他的背，"不用你背！"

"我愿意背，"匡正一点儿也不知道小声，"又不是第一回了，上次你自己往我身上跳，你忘了？"

宝绽觉得尴尬，一跺脚擦过匡正，忍着疼快步下楼。

司机在车里等着，见宝绽出来，连忙下车给他开门。匡正随后才到，自己从另一边上车。司机回驾驶室发动引擎，缓缓开上主路。

88

到了家，匡正拨通韩文山的电话："打扰了，韩总。"

韩文山那边应该是一个人，隐约地，能听到咿咿呀呀的戏腔。匡正皱了皱眉，在沙发上坐下："韩总，我有个想法。"

"你说。"韩文山的声音很轻。

"那五亿七千万不变，仍然转入代管账户，"匡正扯开领带，扔到茶几上，"但其中两个亿，我想用来投资市场短期货币型高收益产品，从而解决你的资金短缺问题——"

"我不同意。"韩文山没等他说完，直接拒绝。

"韩总，"匡正马上解释，"五亿七千万仍然是专户的钱，只是把其中两亿用作短线投资，一周到两周时间，收益可以——"

"你不用说了，"韩文山没有商量的余地，"你是怎么答应我的？你说以你的职业生涯保证，绝不在我的户头做任何风险投资和过激套利。"

是，匡正是这么说过，但这不矛盾，他只是通过金融手段，利用资金短缺的形势解决韩文山资金短缺的问题："这样吧，韩总，你考虑一下，产品我也在物色中，但就这一两天，这一波过去就没机会——"

"我不需要考虑，"韩文山再次打断他，"任何人，在任何情况下，都不许打这笔钱的主意，无论是为了什么。"

这简直是违背经济学利益最大化的基本原则，匡正意识到，韩文山很轴，至少在这件事上，他在感情用事。

这也是做私银和做M&A的不同，M&A是机构对机构，参与者基本是理性的，但私银服务的是个人，是个人就有偏好、有喜恶，有明明正确但就是不肯接受的建议，换句话说，私银的决策不是最好的，而是财富的主人所期望的，这在某种程度上和经济学强调的最优效应有所偏差。

而匡正的职责就是磨合、沟通，让客户在正确的时间以正确的方式把钱投到正确的地方。"韩总，"他从沙发上起来，"你做实业，不研究金融，但我是你的私银，玩金融，我是专业的，我需要你相信我。"

韩文山想相信他，但有顾虑："我说过，我夫人的身体不好。"

就是癌症晚期，按最高的治疗标准，几千万也够了。"两个亿，"关键时刻，匡正拿出十年练就的自信，"我保证不会赔。"

他们在博弈，第一次合作，无论脾气还是理念，都要统一到一条路上。

宝绽在一旁听着，觉得匡正说得对，他只是不知道韩夫人的病，如果见过她的样子，他一定能理解韩文山的心情，也能体谅他的过度谨慎，但现在他们的信息不对称，这种不对称会引起误解，甚至矛盾。

"不，"韩文山主意已定，"这两个亿我不投。"

"韩总，"匡正最后一次争取，"我请求你，再考虑一下。"

匡正是为韩文山好，只是不能把他说服。宝绽一着急，穿着拖鞋跑过来，从匡正手里拿过手机，张口就叫："韩哥，是我，宝绽。"

匡正的手还维持着握电话的姿势，瞪着他，愣了。

"哥，你听我说，"宝绽的语气和匡正的不一样，他不是搞金融的，也不是韩文山的乙方，自然亲近，更像是朋友，"我知道你什么都为嫂子想，但老匡也是为你想，你俩的想法都没错，可这是个金融的事儿，你得承认，他比你懂。"

宝绽接过电话，韩文山没意外："我知道你哥是为我想，但我们的出发点不同。"

匡正是为了让他多赚钱，但比起钱，韩文山更在意妻子未来的保障。

"嗯，韩哥，"宝绽顺着他的话往下捋，"所以从道理上，你是认同老匡的，只是感情上，你不愿意冒险，怕他搞砸了。"

是这么回事，韩文山承认："毕竟第一次合作。"

"韩哥，你信不信我这个弟弟？"

他们是知音，韩文山当即答："自然信。"

"你要是信我，"宝绽扭头看向匡正，"那你就信他，因为我比相信自己还相信他。"

匡正盯着他，什么都明白了，似曾相识的宾利、刚刚电话里的戏腔，宝绽和韩文山早就认识，甚至是能互谈信任的关系。

"韩哥，"宝绽像个请求长辈的晚辈，"就让老匡做吧，他不会让你失望的。"

同一件事，让宝绽循循一劝，韩文山的态度就软了："宝老板……"他叹了一口气，"行吧，跟你哥说，让他注意风险。"

"好，"宝绽的脸亮起来，"谢谢韩哥！"

电话挂断，宝绽特别高兴，他帮他哥把事儿谈成了，韩文山也有了资金，他把电话递回去："哥，韩哥同意了！"

韩哥！匡正可笑不出来，冷冷地凝视他，声音比眼神还冷："所以，韩文山这一单，是你大晚上去给我求来的？"

那天宝绽回来晚了，韩文山的车给送到门口，他刚到家，五亿七千万的电话就来了，匡正这么聪明的人，怎么可能想不明白这之间的联系？

他压着难言的怒火，压着一肚子忌妒："你拿什么换的？"

"不是的，"宝绽扬着头，一对清澈的眸子，坦荡荡望进他的眼睛，"是你自己争取来的，"他抿着嘴，"你明明知道。"

对，匡正知道，是他自己坚持原则通过了韩文山的考验，可他就是拧不过这个劲儿，他的甲方是宝绽的大哥，他们在他不知道的地方相谈甚欢。"那你为什么背着我？"后面这些话，完全是出于非理性的忌妒，"认识他！"

毕竟是做总裁的，他发起脾气来很吓人，但宝绽并不怕："我认识他，是因为戏。"他清清楚楚地说，"把如意洲从经济约里解放出来，愿意投五百万支持我们梦想的，就是韩文山。"

匡正怔住了，那个随随便便拿出八百六十万还害他跟宝绽吵了一架的金主竟然是韩文山？有钱人的世界……竟这么小吗？

"我那天晚上去他家唱戏，"宝绽如实说，"确实是想帮你揽生意。但韩哥不是那样的人，他亲口跟我说的，这笔钱已经想交给你了，他选你，是信任你。"

好嘛，韩文山是正派人，他宝绽也正派，只有自己是个小心眼儿，匡正想小题大做，又抓不住宝绽什么，只能怪他："那你为什么不跟我说？"

宝绽确实理亏，低下头："我错了，"他乖乖的，"你罚我吧。"

匡正哪舍得罚他，声音大一点儿都怕吓着他，今天真是气狠了，板着脸吼他："你给我过来！"

宝绽也不信匡正会真罚他，仗着他对自己好，痛痛快快地过去，本来以为就是被捏捏鼻子拽拽耳朵，没想到匡正一把拽住他，啪啪地，狠狠打他的屁股，打得他哼了两声，身板直晃。

闭着眼睛挨了几下，也就四五下，宝绽探出头："还生气吗，哥？"

匡正没理他。

宝绽笑："不生气了吧，哥？"

再硬的心，这时候也化了，匡正只是嘴硬："生气。"

"那你再打我两下，"宝绽调皮地说，"我挺得住。"

啪，匡正又给了他一下，比之前轻得多。宝绽嘿嘿笑："不生气了，哥，"他踮起脚，欠欠儿地去捏匡正的嘴角，想给他捏出个笑模样，"我就说嘛，再大的事儿，我哥都不会跟我真生气。"

89

第二天早上起来，匡正顶着一对发青的眼圈，愤愤地对着镜子揉眼霜。

宝绽在楼下喊："哥，吃饭了！"

那嗓子是真亮，穿过大半套房子透上来，匡正挑了挑眉，没理他。

"吃饭了，哥！"宝绽继续喊，反正也不费劲儿，"刚出锅的小包子啊，哥！白白嫩嫩的小包子！你最喜欢的那种一个肉丸的包子啊！"

匡正笑了，绷着嘴角开始抓头发。

"快点儿啊，哥！"宝绽坚持不懈，"你的宝贝弟弟好饿啊！"

听他说饿了，匡正匆匆洗了把手，没好气地吼了一声："来了！"

他拎着今天要穿的西装走下去，见宝绽背对着他坐在餐桌边，一手勺子一手筷子，那个蓄势待发的架势，好像匡正一到战场，他就要风卷残云。

果然，匡正一坐下，宝绽就开始扒粥。包子是昨天生鲜包裹里带的，限量新品，猪肉鲜虾马蹄馅，只有四个，宝绽拨过来一个，给匡正留了仨。

"喂喂喂，"匡正看他那个小猪似的吃相，直皱眉头，"慢点儿吃，噎着！"

"来不及……"宝绽鼓着腮帮子，觉睡得好，皮肤溜光水滑，"你也快点儿！"

匡正夹起包子，慢条斯理地咬一口，觉得味道不太够，起身要去调酱料，宝绽一把抓住他的老头衫。"别讲究了，"他急，"刚才韩哥……韩文山来电话，说晚上要带几个朋友来如意洲，让我好好准备，我这争分夺秒呢！"

又是韩文山，匡正现在对这个名字很反感。"一大早打什么电话？"叮的一声，他把碟子撂回桌上，"不急，你慢慢吃，一会儿哥给你飙到一百八。"

"还飙什么啊？"宝绽垮着脸，"你本儿都没了。"

对，匡正反应过来，驾照还扣着。"我为了你，真是，"他摇头，"命都不要了。"

"嘿嘿，"宝绽傻乐，两腿在桌子底下轻轻踢了踢他的脚，"我都记着呢，以后报答你！"

匡正瞧他一眼，眼里带笑，没再说什么。

两个人仓促吃了几口，穿上全套行头出门。迈巴赫准时等在外头，司机小郝给宝绽开了门，返身上车，一脚油冲到市内，生生堵在了二环上，磨蹭了快一个小时才到如意洲，把宝绽放下，朝涌云路驶去。

宝绽上楼召集大伙儿，把韩文山的事一说，全团都很重视。韩文山对他们关照，人家带朋友来听戏，如意洲当然得给足面子。

众人商量了几个方案，最后还是决定用上次查团长来打前站时的配置：陈柔恩的《打龙袍》开场，萨爽的《雁翎甲》接上，随后是应笑侬的《霸王别姬》，最后宝绽来一段《定军山》，强势收尾。

戏码定好，大家心里有了底，该干吗干吗。应笑侬回自己的屋，拿着小刷子刷虞姬的水钻头面，刷着刷着想起来，时阔亭那手就喷了一回药，也不知道今晚行不行。放下头面，他拿上红药去敲隔壁的门。

屋里没人，侧耳听了听，也没听到胡琴声，他觉着奇怪，转身上楼。晚上有戏，那家伙眼下最可能待的地方就是三楼排练厅。

果然，时阔亭在，但不是一个人，陈柔恩和他在一起，靠着把杆说话。

"你的手怎么了？"俩人应该是在走戏，陈柔恩拎着个挺大的矿泉水瓶。

"没事儿，"时阔亭晃了晃右手腕子，"好多了。"

"膏药是你自己贴的？"陈柔恩笑话他，"丑死了。"

时阔亭抬起右手，虎口和腕子上贴着两大块胶布，皱巴巴的，是有点儿丑。

陈柔恩把水瓶扔到一边，要去碰他的手："我给你重新粘一下——"

时阔亭突然往后缩，露骨地一躲，气氛一时有些尴尬。

"不用，"他别过头，"大老爷们儿，好不好看的无所谓。"

应笑侬在门外看着，他这愣劲儿太伤人家姑娘了，没想到陈柔恩昂着下巴，大大咧咧地说："怎么着，还以为本姑娘对你有意思呢？"

时阔亭装镇静，其实连头都不敢回。

"我告诉你，"陈柔恩挺胸抬头，有点儿旧社会女悍匪的样子，"那时候姑奶奶岁数小，不懂事儿，让你这欧巴脸和小酒窝给迷惑了！"

时阔亭没吱声，她小，也就是两个月前的事……

"自从见识了宝处，"陈柔恩钦佩地说，"我才知道，男人不能光看脸，得看这儿，"她指着自己的心口，"胸膛里装得下日月山川，那才叫魅力！"

时阔亭倏地回头，对她有点儿刮目相看的意思："行啊，丫头，大了！"

"那是！"陈柔恩娇蛮地翻下眼皮，"我早大了，就是你们没发现！"

"得，"时阔亭抱歉地笑笑，"我给您赔个不是。"

陈柔恩乜斜他一眼。"来吧，"她伸手，"爪子给我。"

"这个真不用，"时阔亭一笑，小酒窝露出来，"你在这儿等我，我去换个药，回来咱们再过一遍这段西皮流水。"

说着，他往外走，见排练厅正对面的窗台上孤零零放着一瓶东西，有点儿眼熟，过去一看，竟然是应笑侬的红药。

应笑侬回了屋里继续刷头面，一副玲珑的水钻蝴蝶，被他刷得亮晶晶、光灿灿。这时楼梯上有脚步声，到了门口也不敲门，径直往里闯，是时阔亭，到他桌前把红药一摆："喂，帮换个药。"

应笑侬的眉梢吊起来，一张芙蓉脸，似笑非笑："找我干什么？"他呼地往头面上吃了口仙气，玻璃蝴蝶像是活了，颤颤地动了动翅，"让小姑娘给你换去啊。"

"少废话，"时阔亭知道他嘴欠，逮着机会不损人两句就难受，"你不给我换，晚上我没法拉了，数你那《夜深沉》活儿重。"

"哟，"应笑侬放下头面，端端起身，"威胁我？"

"哪敢啊？"时阔亭微仰着头，眼皮朝下瞧他，嘴角的酒窝又露出来，有股灿阳般的帅劲儿，"我可得求着您，娘娘，给喷个药？"

应笑侬让他逗笑了，一把掂起红药，拿拇指把瓶盖掰开，摇着腕子："把旧膏药撕了，"他嘴是刀子嘴，心是豆腐心，"晚上悠着点儿。"

"知道。"时阔亭应着，下一秒，冰凉又炙热的感觉伴着苦涩的药味儿又来了。

一个下午，大伙儿各忙各的，六点多，稍稍垫一口东西，到后台集合。梨园行的规矩，丑角儿不动笔，哪个也不许上妆，萨爽第一个勾完脸上厕所，回来经过向街的大窗，扒着窗台嚷："你们快来！宝处！"

陈柔恩正画眉毛，让他一喊，差点儿描偏："你小子诈什么尸！"她啪地拍下笔，气哼哼出去，没两秒钟，也跟着嚷："宝处！宝处，快来！"

"这帮小崽子，"应笑侬揉了揉太阳穴，到宝绽身后，搬着他的椅背往后撤，"走吧，一起去看看。"

宝绽带着半面胭脂妆起身，和他并肩出屋，在走廊尽头的大窗前站定，打眼一看，呆住了——平时匡正接他的那条小街，现在被各式各样的豪车塞满，令人眼花缭乱的车标，他只认得奔驰、宝马，少说有十七八辆。

"我去，这场面，"萨爽咋舌，"今晚这儿附近有富豪聚会啊？"

"快看看有没有霸道总裁。"陈柔恩抵着玻璃往外瞧。

萨爽赶紧挡着她："看什么看，谁能有我霸——"

"啊！"陈柔恩突然抓住他的胳膊，要多使劲儿有多使劲儿，"宝处，是韩总！"她指着其中一辆车上下来的人，披着一件深灰色呢子大衣，里头是正式的黑西装，打着手势呼朋唤友，"是韩总领他们来的！"

宝绽愣了，脑子里一片空白，韩文山是说要带朋友来，可他以为是两三个人，看眼前这架势，今晚如意洲门口少说聚了二十几个大佬，簇拥着，等着看他们的戏。

隔着一扇窗，所以人心里都起了一股劲儿，《打龙袍》《雁翎甲》《霸王别姬》《定军山》，他们今夜要一战成功劳！

90

宝绽全套行头站在侧幕后，往台下看了看，除了一排一号留给匡正的位子，前五排中间的座儿全满了，三十来个人，是如意洲观众最多的一次。

宝绽回身，陈柔恩站在几步外，戴着老旦凤冠，一身黄女蟒，攥着拳头在那儿紧张。她是唱开场戏，被富豪簇拥的舞台，她要替大伙儿第一个踩上去。

"小陈。"宝绽轻声叫。

"啊？"陈柔恩抬起头。

前头邝爷的锣鼓点敲起来，疾风似的，催着角儿上台。

"想好怎么唱了吗？"在急切的锣鼓声中，宝绽和缓地问。

陈柔恩还记得，上次也是唱这一出，下台回来，宝绽对她说，如意洲存在的意义就是让大伙儿唱出自己的风格，拿出自己的做派，人不同，戏自然有千秋。

她的目光沉下来，深吸一口气："想好了。"

她端起玉带，迈着沉稳的小八字步，一步一顿，擦过宝绽，迎着光走向舞台。

耀眼的照明灯闪得台下一片白茫茫，邝爷和时阔亭在侧首盯着她，只等她一开口，场面立即跟上。

"唉！"陈柔恩鼓着气叹了一声，年轻的嗓子宽厚、洪亮，"我骂你这无道的昏君！"

锣鼓点随即走起，西皮流水也跟上，她那么漂亮的喉咙，满可以大开大合，一举把台底下镇住，但她没有，而是吊着气悠悠地唱："一见皇儿跪埃尘，开言大骂无道君！"

今儿的观众都是戏油子，她这句一出来，众人不免一愣，纷纷交头接耳："哎，她这味儿不一样……有点儿意思！"

陈柔恩能感觉到他们在窃窃私语，但她不在乎，脚下这一小块舞台是她的，哪怕只有短短几分钟，她也要把场子踏住："二十年前娘有孕，刘妃、郭槐他起下狠毒心，金丝狸猫皮尾来剥定，她倒说为娘我产下妖精！"

这些年，老旦的唱腔越来越华丽，一味地追求高、宽、亮，有时候甚至有压花脸一头的架势，唱牦耋领兵的佘太君，这样行，唱慷慨刺字的岳母，这样也行，可要唱二十年来受尽寒苦的李后，就显得喧宾夺主，徒有演员，没有人物了。

所以陈柔恩不走这一路，她明明有一条响透天的好嗓子，这里却压着火拿着劲儿，探索一种沧桑自然、朴实无华的风格。

"多亏了恩人来救命，将为娘我救至在那破瓦寒窑把身存，"她不徐不疾，娓娓道来，几处字词的处理借鉴了老生的韵味，"白日讨饭苦处不尽，到夜晚我想娇儿，想得为娘一阵一阵眼不明——"

"好！"台底下突然给了一个"好儿"，还不是某个人，而是一撮人，显然是被她这种不落俗套的唱法惊艳了。

但这里是没有"好儿"的，正是一段唱的当中，陡然来这么一下，陈柔恩乱了节奏，嗓子卡住了。

她今年刚毕业，岁数也不大，登台的次数一只手都数得过来，又是第一个上场，还是对着一帮老板、富豪，紧张加紧张，彻底哑那儿了。

她一停，场面跟着停，整个舞台寂然无声。

萨爽扒着侧幕直跺脚："师姐，怎么回事！"

"今天什么场面，"应笑侬也有点儿沉不住气，"她出这种事故！"

什么场面，三十来个富豪又怎么样，演出都是一样的，不分贵贱。"她能缓过来，"宝绽信她，陈柔恩硬气也聪明，不会就这么认栽，"谁没在场上失误过？都是这么过来的，千锤百炼才成材。"

还行，观众都是讲究人，没喝倒彩。陈柔恩呆立着，仿佛世界空了，只剩她自己，要是照一般的小姑娘，这时候铁定要回头去找团长，但她忍着，拼命想宝绽，如果是他，他会怎么做？她想起韩文山第一次来听戏，宝绽不肯穿着王伯当去唱秦琼，只着一件水衣子清唱了一段《三家店》，风流潇洒，不卑不亢。她稳住心神，学着那天宝绽的样子，向台下深鞠了一躬，再昂起头，有角儿的风度，微微向侧幕示意，请锣鼓和胡琴再起。

邝爷和时阔亭对视一眼，起板搭弦，从头来过，陈柔恩还没开口，台底下响起连绵的掌声，这是肯定，是鼓励，是帮这个年轻演员重新站起来的一双手。

"一见皇儿跪埃尘，开言大骂无道君！"陈柔恩气沉丹田，从头唱，这一次全然放松了，一放松，才发现过去自己一直是绷着的，怕观众挑剔，怕不小心犯错，今天一下子错到底，倒不怕了，反而无所畏惧，能挥洒自如。

"多亏了陈州放粮小包拯，天齐庙内把冤伸，"她高处有堂音，低处迂回婉转，气息又长又稳，一整句下来不偷一个字，"包拯他回朝奏一本，儿就该准备下那龙车凤辇，一步一步，迎接为娘进皇城！"

她唱得精彩，台下的观众却压着，唱到"险些儿你错斩了那架海金梁擎天柱一根"，实在压不住了，爆出满堂的"好儿"。这一次，陈柔恩不会被叫好声惊住了，她已经胸有成竹，游刃有余地施展："我越思越想心头恨，不由得哀家动无名！"

宝绽他们在侧幕看着，那哪是个二十出头的小姑娘，倒像是轻车熟路的老演员，演活了摆架回宫一雪前耻的李太后。

"内侍看过紫金棍，"她提一口气，利落收尾，"替哀家拷打无道君！"

潮水般的掌声，一浪接一浪，从后台听着，难以想象台下只有三十来个人。陈柔恩大汗淋漓地回来，宝绽接着她，只说了一句话："毕业证是张纸，今儿你算出师了！"

陈柔恩激动得张不开嘴，为了这舞台，为了台下懂她的观众，也为宝绽这个好团长、好师傅，热泪盈眶。

宝绽回身拍一把萨爽，让他上。

萨爽受了陈柔恩的鼓励，把心一横，把眼一定，飞步上台。他们团这两个小的，宝绽基本是放心了，从侧幕回来，拿起桌上的保温杯，听着台上萨爽的功夫、台下观众的掌声，两边一应一和，缓缓地，喝了口水。

　　应笑侬站在侧幕边看他，他不再是那个为了一点儿赞助费累瘫在台下的小演员，而是一个成长中的领导者，关键时能当机立断，危机时能稳住阵脚，时老爷子没选错人，如意洲有了宝绽，才真正所向披靡。

　　陈柔恩开了个好头，下头的戏一出比一出有彩儿，掌声和叫好声不断，最后是宝绽的老黄忠立马横刀，高唱着"到明天午时三刻，定成功劳"，于华彩处结束了这场略带着生猛气的演出。

　　掌声经久不绝，宝绽已经下了台，外边还在整齐地拍手，虽然只有三十来个人，但对如意洲这样野生的小剧团来说，有如过节一样热闹。

　　"哎，宝处，"应笑侬提议，"咱们一块儿出去吧，谢个场。"

　　"谢场"两个字，宝绽是陌生的，他担了如意洲十年，从没遇到过等他谢场的观众。

　　"对啊，"萨爽一拍大腿，"人家专业院团都谢场，还献花呢！"

　　"花儿，咱们没准备，安排不上了。"应笑侬把宝绽往侧幕推，"宝处，你领大伙儿出去，挨个给介绍一遍。"

　　宝绽在台上是当仁不让的黄忠，是力挽狂澜的寇准，下了台，抛头露脸的事全想往别人身上推："师哥，要不你来吧？"

　　"我来什么？"时阔亭笑了，"谁是当家的谁来，"他问大伙儿，"对吧？"

　　五分钟后，宝绽领衔，如意洲全体成员一起登台，打扮不太齐整，陈柔恩和萨爽早卸了妆，应笑侬也捈了头，只有宝绽还插旗披靠，高出大伙儿一截，时阔亭搀着邝爷到舞台中间，六个人齐刷刷站成一排，朝台下鞠了一躬。

　　在这个玲珑的小舞台，宝绽杀过敌、起过解、探过母，正经八百说话倒是头一遭，显得有些腼腆。"各位晚上好，欢迎来到如意洲，"他没有麦克风，纯是靠着一条脆亮的嗓子，"我们是一个有百年历史的剧团，现有团员六人，分别是——"

　　他撤到一边，把舞台中央让出来："鼓上蚤时迁，"他先点方才戏里的角色，再报演员的行当和名字，"文武丑，萨爽！"

　　伴着热烈的掌声，萨爽一个跟头翻到台前，一口气没歇，连着二十个空翻，抱拳亮相，然后飒爽归队。

"狸猫换太子李后，"宝绽继续介绍，"老旦，陈柔恩！"

掌声再起，陈柔恩穿着一件米色毛衫，长头发还没来得及拢，随意披在肩头，青春美丽一个姑娘，盈盈一笑。

"虞兮虞兮奈若何，"宝绽的声音高起来，那是他的看家宝贝，"大青衣，应笑侬！"

应笑侬还戴着妆，玉树似的男儿身，顶着一副倾国倾城的女儿貌，袅袅婷婷，背对着观众猛一个下腰，带刺儿的花一样，叫人着迷。

接着，宝绽看向他的师哥，他十年来朝夕相伴的亲人："一弓两弦立天地，琴师，时阔亭！"

时阔亭没像其他人那样秀本事，而是径直走向宝绽，他太激动了，当着所有团员，当着那么多陌生的观众，一把将他抱住，颤着声说："你做到了，宝绽！我爸妈在天上看着，你做到了！"

短短两句话，宝绽的眼角就湿了，他咬住嘴唇，亲自走到台中央，搀起邝爷："如意洲百年传承，"他郑重地向台下介绍，"老鼓师，邝有忠！"

台下的观众集体起立，亢奋着，手心都拍红了，掌声仍然不息，这是对老艺人的尊重，是对京戏这份美的热忱。

都介绍完了，宝绽退回台边，示意全体下台，可大伙儿都戳着不动，还一个劲儿朝他使眼色。

"嗯？"宝绽不解地皱起眉头，台底下的观众却笑了，座儿一笑，他更发慌。

攒局儿的韩文山看不过去，冲他喊了一嗓子："你把自己落下了！"

随着哄堂的大笑，宝绽涨红了脸。"抱歉抱歉，"他插着一背将军靠，又一鞠躬，"头一回谢场，紧张了。"

他是无心之语，台下富贵的看客们却心生波澜，这么好一个团，这么好的一些人，过去却连一个谢场的机会都没有。

"我叫宝绽，文武老生。"宝绽不是个话多的人，可能是今天的氛围，也可能是这些爱戏懂戏的人，让他不由自主说了心里话，"师傅临终前把如意洲托付给我，没别的念想，只是希望剧团别倒了，招牌别砸了，功夫别没了。"

他有些哽咽，停了停，舞台上下一片肃静。

"只是这么点儿希望，"宝绽垂下眼，"却太难了……"那些难，他不堪说，说了就像剐骨割肉，叫他疼，"我——"

"我们不会叫你难！"韩文山从座位上走下来，挺拔的高个子，背后是他非富即贵的戏迷圈子，"宝老板，如意洲是颗蒙了尘的宝珠，而我们，"他看向他的朋友们，"从今往后，就是如意洲的捧珠人！"

91

匡正披着大衣站在门外，宝绽今天没让他接，又是别人的车给送回来的，这次是一辆劳斯莱斯。

下了戏，韩文山在奉阳楼开了三桌，给如意洲办庆功宴，宝绽喝了点儿酒，身上带着辛辣的酒气。

"哥，"他微醺，红扑扑的脸蛋，不算醉，"我回来晚了。"

目送着劳斯莱斯开走，匡正问："谁的车？"

宝绽回忆了一下，从奉阳楼出来乱糟糟的，他只顾着让韩文山送陈柔恩，自己上的谁的车没印象："我……没注意。"

"没注意谁的车你都敢坐？"匡正瞥他一眼，转身回去。

宝绽追着他，在台阶上趔趄了一下，匡正眼疾手快地拉住他，搂着肩膀把他揽进屋。

"哥，"宝绽踮起脚，"今晚特别好。"

"韩文山那几个朋友？"匡正话里话外透着酸，"还是劳斯莱斯？"

宝绽根本没注意送自己的是什么车，只是沉浸在演出的余韵里，那片经久不息的掌声现在还在他耳边响："哥，你摸我的心，都要跳出来了。"

他抓着匡正的手："感觉到了吗？"宝绽靠着他的肩膀。

匡正感觉到了，勃勃地，和自己的心跳一样快。

"它要炸开了。"宝绽抬起头，从极近处看进他的眼睛。

那样一双漂亮的眸子，像有月光在里头流淌，又像猛虎，毫无防备地咬上你的咽喉。

"我最想告诉的人就是你，"宝绽低头看着他的手，额发垂下去，脖颈露出来，"如意洲有出路了，大伙儿的苦日子要到头了。"他接着说，"哥，我要是真好了，一定把最好的给你。"

匡正还记得，夏天的时候，他们在吃黄土泥烧鸽子，宝绽端着一杯劣质啤酒，实心实意地说："哥，我不会总让你照顾我的，等我好了，我也给你买恐龙蛋，请你吃腓力和那什么鹅肝。"

匡正笑了，拿指头轻轻地刮他的脸。

宝绽觉得痒，歪了歪头，喃喃地重复："真的，把最好的都给你。"

"什么是你最好的东西？"

"嗯？"宝绽没想过这个问题，他一无所有太久了，空着手，像个乞儿，"你要什么，我有的都给你。"

匡正点点头，转过身："饿没饿？"

"饿了。"今晚上二三十个大老板，宝绽跟着韩文山一个一个地敬酒，没顾上吃东西，"你给我买吃的啦？"

匡正打开冰箱，拿出一盒高野限定果冻，下了班特意到萃熙华都买的，一个哈密瓜的、一个白桃的，用可爱的小礼盒装着。

他这边洗手，准备餐具，那边宝绽偷偷从大衣口袋里掏出一颗糖，扭开糖纸，拿出里边的巧克力，趁匡正一回头，塞到他嘴里。

"有巧克力……"匡正咂了咂，很高级的味道，"干吗饿着？"

"只有一颗，"宝绽去门廊那边脱大衣，"我特意给你拿的。"

匡正笑了，舔一舔嘴唇，舌尖上微苦，心却是甜的。

"韩哥说里头有金箔，"宝绽换上大衬衫，盘腿往沙发上一坐，等匡正给他端吃的，"迪拜空运来的。"

"喜欢吃的话以后我给你买。"说着，匡正把"白桃"和"哈密瓜"的盖子掀开，露出里头嘟嘟的果冻，一对摆在茶几上，"来吧，两个都是你的。"

宝绽喜欢桃子，也喜欢哈密瓜，匡正是按着他的口味买的。他拿起勺子，一样舀了一口，眯起眼睛靠在他哥肩膀上："我太幸福了，哥，要飘起来了。"

匡正胡噜猫似的胡噜他的下巴："两个果冻就幸福成这样？"

宝绽仰着脸看他："唱完戏，和懂戏的人喝两杯酒，回到家，还有你在等我。"

匡正从他手里拿过勺子，把白桃果冻端过来，舀一勺："你应该说，回到家，还有你哥在伺候你。"边说，他边摇晃勺子，眼看勺子上的果冻要掉下来，宝绽张大了嘴去接，那个天真的样子，像个无忧无虑的孩子。

第二天是周末，上午十点多，应笑侬在萃熙华都南面的小广场上等时阔亭。这里紧挨着世贸步行街，人来人往的，很热闹。他靠墙站着，上身穿一件新宿风重工刺绣夹克，两肩是鲜艳的牡丹麒麟头，下身穿一条黑色牛仔裤，做旧的牛皮短靴散着鞋带，上下装之间露出一截打褶的黑色布料，短短的，有点儿蓬，像女孩子才穿的短裙。这么一身打扮，再加上那张艳若桃李的脸，在人流如织的商业街，让人不由得多看两眼，一看就移不开眼睛，因为雌雄莫辨。

　　应笑侬对这种眼光早习以为常了，两手插着夹克兜，一副没兴趣理你们这些凡人的样子，翻着眼皮往天上看。

　　"嘿，妞儿，"忽然有人叫，是两个流里流气的小子，和应笑侬差不多高，挺帅，拿眼上上下下扫他，"是妞儿吧？"

　　应笑侬在心里骂了句"瞎啊"，冷淡地瞥向一边，没应声。

　　"哎，哥哥跟你说话呢。"其中一个好像对他很感兴趣，笑着往前凑，"你说你长这么好看，把自己搞得不男不女——"

　　"小侬。"背后有人过来。他们回头看，是个一米八几的大个子，灰色卫衣的帽子套着头，露出半张胡同帅哥的脸，一条洗白了的牛仔裤，脚上是一双老军钩，那个大小、重量，踹人一脚怕是能给踹残了。

　　应笑侬横那俩二流子一眼，意思是让他们滚。他们看看他，又看看时阔亭，估摸着惹不起，一步三回头地走了。

　　时阔亭瞧了瞧那俩人："你又招蜂引蝶了？"

　　"我是花啊？"应笑侬走到他身边，"再说了，那就是俩臭虫。"

　　他们并肩走上步行街，过街到天桥对面，再往东走二十分钟，是一片居民区。楼是老楼，地段却不错，主要是离如意洲很近。时阔亭路上拦着个老大爷，打听了一下这儿附近的租房中介，招呼应笑侬过去。

　　"不是买房吗，"应笑侬一逮着机会就损他，"怎么改租房了？"

　　"现在这房子也忒贵了，"时阔亭没好意思说，昨晚他算了，他那点儿钱连首付都不够，"租一个先住着吧。"

　　"就住剧团呗，"应笑侬继续挤兑他，"摆什么谱？"

　　"怎么也是月入过万的人了，"时阔亭拍了他后脑勺一把，"少废话。"

　　小区不怎么样，租房中介倒挺气派，工作人员一水儿的西装领带，可见这地方租房的行情很好。接待他们的是个寸头小伙儿，人很热情，拿出一沓房源资料，时阔亭挑了几个。于是，三个人一起去看房。

老小区，2008年翻新过一次，电梯、停车位什么的都不缺。看了一个三楼、一个四楼，时阔亭都不太满意，最后来到顶层八楼。望出去没遮没拦的，通风和采光都好，还正南正北，一进屋就觉得亮堂。

中介小伙儿看出他喜欢了，一个劲儿地敲边鼓："这是我手里最好的一套房子，房主急着出国，爽快付订金还能有优惠。"他瞄着应笑侬，"这种户型最适合小情侣了，将来升级成小夫妻连格局都不用改。"

时阔亭推开窗子往外看，隔着萃熙华都，能看到如意洲的一角："我和我哥们儿住。"

什么玩意儿？中介小哥干这行一年半，头一回碰见带着女朋友来给哥们儿看房的，行吧，谁让他见过的奇葩多呢，见怪不怪。"和哥们儿住太没问题了，老房子公摊少，你们按八十六平米付房租，实际上享受的是一百二十平米的生活，一个人六十平米，各带一个女朋友还富余。"

时阔亭走到应笑侬身边，征求他的意见："你觉得怎么样？"

中介小哥无语地瞅着他，又是羡慕又是同情：羡慕的是，他人高马大，长得帅，有这种模特似的女朋友；同情的是，他情商实在太低，看不出来女朋友不高兴，全程黑脸，没说过话，也不想想，哪个姑娘愿意来看男朋友和哥们儿的房……

"行倒是行，"应笑侬偏了偏头，"什么价格？"

他一张嘴，中介小哥的下巴差点儿没掉了，这是……女低音？要么是……感冒嗓子哑了？听着怎么跟老爷们儿似的……

"小伙儿，"应笑侬回头叫他，"实在价，多少钱？"

这声线，这气势，真是个爷们儿，中介小哥终于反应过来，原来真的是"哥们儿"。"那什么……多少钱来着，"他唰唰地翻资料，"哦哦，九千二！"

"九千二？"时阔亭摇了摇头，确实是市中心，挨着商圈，乘公交、地铁都方便，但也太贵了，关键是他一个月才一万。

应笑侬把头一扬，重工夹克让阳光一晃，艳得不行："小伙儿，不是说还能便宜吗，到底多少？行，我们就下手；不行，互相别耽误工夫。"

中介小伙儿也是这么想的，他也想做成，中介费不少呢。"这么说吧，房主留的底价是八千，你们要是诚心租，"他掏出手机，"我再给你们问问。"

"行，"应笑侬挺痛快，"你打吧。"

"不是……"时阔亭吓着了，如意洲是见起色了，他手头有了点儿闲钱，可也不能这么花，"应笑侬，飘了啊你！"

"你不是喜欢吗？"应笑侬把眼一挑。

"喜欢是喜欢，"时阔亭压着声音，"喜欢的东西多了，我哪儿来的钱？"

应笑侬那么厉害的一张嘴，这时候难得说了句体己话："这些年你一直在剧团对付，也该换个正经住处了。"

他这一说，时阔亭反倒不适应："我……也就是想想，再说宝绽现在跟匡哥住得好好的，又不能过来，这么大房子我一个人……"

"我给你出一半，行了吧？"应笑侬居然说。

啊？时阔亭愣了，直直盯着他。

"我那房子也到期了。"应笑侬的房租在老剧团附近，从南山区到如意洲，每天早上得一个多小时，"我忍忍吧，跟你凑合一下。"

两人合租，八千劈一半，一人四千，每个月能剩六千，刨掉吃的、穿的、交通费，存个三四千没问题，时阔亭的眼睛放光，嘴却欠："你真忍得了？"他笑，小酒坑露出来，"忍不了千万别勉强。"

应笑侬眉头一蹙，眼刀子飞过来："给你脸了。"

时阔亭马上服软："娘娘，我错了，以后咱们好好处……"

"先生，"中介小伙儿打完电话，"让了两百，不能再低了。"

四千变三千九，时阔亭立马拍板，催着小伙儿带他们去看房证和委托书。临出门时，他回头瞧一眼这屋子，大白墙面、褪色的地板、几样过时的老家具，还有射进窗户的光线，所有这些，马上都是他和应笑侬的了。

92

吃完饭，时阔亭买了绳子、胶带，去老城区帮应笑侬搬家。

应笑侬租的是个单间，特破的一栋砖楼，跟老剧团差不多岁数，墙皮一碰就掉，五楼。时阔亭边上楼边想，这小子家里那么有钱，在这种地方住了三四年从没叫过苦，他那个性子，大家也想不到他苦，说到底，如意洲没有一个人是容易的。

小小一间屋，收拾得很干净，是那种连洗手池都擦得晶亮的干净。屋里没多少东西，一张床、一台老电视机，桌上有一台旧电脑，二手的，键盘已经磨秃了，机箱上贴着几张贴纸，是Q版的京剧人物。

"你这儿也没什么东西，"时阔亭把胶带扔下，挽起袖子，"我看一两个小时——"

唰地，应笑侬拉开衣柜，里头黑压压一片，密密麻麻，全是衣服，而且不是挂着的，是塞在一起的，那个紧密度，像真空压缩箱。

时阔亭呆住了："你小子……搞服装批发啊！"

"少废话，"应笑侬把重工夹克一脱，"动起来。"

两个大老爷们儿开始倒腾衣服，上身的、下身的、冬天的、夏天的，有一小半是裙子。时阔亭平时和他有一句撑一句，对着这堆裙子却什么也没说。

"我从家里出来，"淡淡地，应笑侬自己说，"就拿了这点儿衣服。"

"啊，"时阔亭摸着那些料子，看见标签上的外文字，知道不是便宜货，"挺好。"

应笑侬总有股要和人顶的劲儿："好什么？"

偏时阔亭能接住他："等你以后娶媳妇了，裙子，夫妻俩都能穿，多好。"

应笑侬狠狠给了他一下。

他们边斗嘴边干活儿，收拾得差不多了，直起腰一看，八点整。应笑侬叫了外卖，凉皮、肉夹馍，外加一个小菜、一个汤。两人往桌边一坐，对着吃。

"我说，"时阔亭瞧着桌上这些吃的，"咱俩以后一起住，开销小不了。"

"俩大老爷们儿哪来的开销？"应笑侬嘴损，"又不会整出个孩子来花钱。"

时阔亭拿眼斜他："我能整，你能生吗？"

"滚。"

"你看我平时一个人，就要一份炒饭，"时阔亭给他算，"现在咱们两个人，就加了个菜，往后兴许还得来两瓶酒，隔三岔五地再出去吃一顿，这都是钱。"

应笑侬盯着手边那碟酸辣土豆丝，这也叫菜？

"你一个月一万，还差这点儿小钱？"

"光房租就四千，"时阔亭咂嘴，"还是得省着过。"他合计合计，又说，"不知道宝绽和匡哥是怎么过的。"

"你管人家干什么？"应笑侬不吃肥肉，连剁得细碎的肉夹馍他也挑，

　　　　　　　　　　　　　　　　窄红：完结篇

"姓匡的有钱，你看把宝绽养的，溜光水滑的。"

"真是，"这时阔亭是真服气，"你摸宝绽的肩膀，都有肉了。"

应笑侬点头："你拍他屁股，溜圆。"

时阔亭皱眉毛："你拍他屁股干什么？"

"又不是女的，"应笑侬把挑出来的肥肉粒码在外卖盒盖上，"拍拍怎么了？"

"你看你这个矫情劲儿，"时阔亭看不过眼，拿筷子把肥肉弄成一团，夹起来吃，"肥肉比瘦肉有营养。"

"我挑出来的，"应笑侬拧着脸瞅他，"你恶不恶心？"

"真男人就这样，"时阔亭还挺骄傲，"你慢慢习惯吧。"

应笑侬无形中被撑了一把，扔下筷子，嘀嘀咕咕站起来："我真是脑抽了，跟你租一个房子，以后不得天天打架？"

"你放心，"时阔亭把外卖盒盖扣上，用塑料袋装好，"我脾气好，我让着你。"

吃完饭，两个人接着收拾东西，全归置好时快十一点了。时阔亭洗了把手，坐下脱鞋："我跟你这儿对付一宿，明早直接搬过去。"

"脸那么大呢？"应笑侬踢他，"我可没留你。"

时阔亭指着窗外，一片漆黑："没车了。"

"打车啊，"应笑侬边脱衣服边说，"月入过万的人了。"

时阔亭黑下脸，扬着下巴："就不打，怎么的？"

应笑侬撇嘴："小抠。"

时阔亭不管他，卫衣、仔裤扔到椅子上，露出一身米白色的秋衣秋裤。应笑侬转头瞧见，眼都直了："时大爷，您是老寒腿啊还是类风湿，穿这个？"

"滚！"时阔亭挺大个帅哥，即使穿着秋衣秋裤，也是内衣模特那个水准，"宝绽给我买的，特舒服。"

应笑侬翻了个白眼："宝绽可真想着你。"

"那是，"时阔亭嘚瑟，"他是最贴心的人。"

应笑侬瞧他那个享受样，咕哝一句："往后不知道贴谁的心去了。"

时阔亭没听清："你说什么？"

"没有。"应笑侬趿拉着拖鞋去洗脸，"我说，你把椅子搭一搭，垫两件衣服睡。"

睡椅子？那是不可能的，时阔亭趁他不在，麻溜躺到床上，先把被窝占了。

周日晚上，韩文山的司机送来一车东西，说是周五那晚的戏迷送的，因为如意洲没有门房，就全拉到宝绽家来了。

二三十份挺贵重的礼物，小山似的堆在客厅里，宝绽蹲着一样一样看，手表、领带、铂金袖扣是一类，燕窝、红酒、深海鱼胶是另一类，还有送卡的，银行卡、购物卡、高端俱乐部会员卡，有两个居然直接包了红包，塞着几万块现金。

"哥……"宝绽为难地看着匡正。

匡正刚洗完澡，穿着浴袍喝着红酒，瞅着地上那堆东西，心里堵得慌。宝绽的好被越来越多的人看见了，还不是一般人，个个是腰缠万贯的大佬，和他们比起来，自己的光环又在哪儿呢？

"这么多东西……"宝绽愁眉苦脸，"能要吗？"

"不要，"匡正放下酒，蹲在他身边，"还给他们送回去？"

宝绽欲言又止，看样子是想还。

"不能还，"匡正告诉他，"太驳人面子。"

富豪不在乎钱，在乎的是人前人后的脸面，把这么点儿不起眼的东西送回去，彻底把人得罪了。他翻了翻那堆东西，翻出一只江诗丹顿——几十万元的常规款，直接扯下了吊牌。

"哥！"宝绽抓着他的手，吓着了。

匡正两手揉着表带，把皮子弄软一些，给他戴上。"干吗，哥，"宝绽往下捯，"人家的东西，我不要——"

"戴上，"匡正有点儿霸道，"送礼的人不管你怎么想，只会觉得你清高。"

黑色鳄鱼皮，白金表壳，戴在宝绽的腕子上有点儿大，他惴惴地问："多少钱？"

匡正想骗他说两千块，但没必要，对宝绽来说，拿人两千块和拿人二十万没有本质区别，何况二十万只是个开始，他踏踏实实地唱下去，往后两百万、两千万都不在话下，他的眼界绝不止于此。

"二三十万吧。"

宝绽瞪大了眼睛，难以置信地盯着他。

"先戴着。"匡正私心不愿意他戴别人的表，但宝绽终究不是谁的私有物，"你现在不一样了，如意洲接触的都是大人物，和那些人喝茶聊天，你总不能掏出个手机看时间。"

匡正说得没错，如意洲是野路子小剧团，但也是宝绽的事业，既然是事业，就要正儿八经地做，客人尊重演员，演员也得把客人尊重起来，几件像样的衣服、一只得体的手表，是最基本的装扮。

"东西分一分，"匡正只扫了一眼那些礼物，就做好了规划，"俱乐部和高订店的会员卡留下，这些是人际资源。你唱戏累，留几样补品，银行卡里的钱和现金统一入公账，剩下的拿去给大伙儿分了。"

他有主次地摆布得当，宝绽认真听着，打心眼儿里佩服，匡正不只现金、股票玩得溜，待人接物也很有一套。

"如意洲尽快雇一个门房，"匡正接着安排，"一定要手脚干净的，我再给你找个代账的会计，你还得做好预算，准备请接待、领位这些人。"

宝绽点点头，如果不是匡正，他真不知道拿地上这堆东西怎么办，摸了摸腕子上那块表，他到这一刻才认识到，他真的踏入了一个挥金如土的世界。

第二天一早，迈巴赫准时停在门口，匡正让小郝把东西装上车，到如意洲后一样样卸在大堂里。宝绽招呼大伙儿下来领东西，每个人都很高兴，不在礼物多少，而在观众的这份心，让人觉得饿着肚子给他们唱，值。

晚上有戏，大家上午都在排练厅练功。练到中午，宝绽在三楼最里头辟出了一间员工餐厅，让萨爽从附近的饭店里挑一家，订了一个月的六人午餐，每天十二点按时送来，给大伙儿改善伙食。

今天的菜色是番茄开背虾、毛式红烧肉、有机菜花和芥蓝烧木耳，还有一个汤和七八样小菜。邝爷、时阔亭、应笑侬坐一边，宝绽和萨爽、陈柔恩坐另一边，两两相对，刚动筷子，宝绽问："师哥，支付宝和微信的收款码申请了吗？"

"申好了，"时阔亭答，"下午我去打印。"

"我去吧。"萨爽说，"我还给咱们每个人做了个名牌，老式的那种木牌子，今晚上戏前就能挂上。"

宝绽点点头："咱们团的票价……"上周五散戏后的饭局上，韩文山给如意洲定了个价码，一张票三万三，宝绽觉得太多了，"依我的意思，先不定价，客人来了自己扫码，愿意付多少就付多少，多了，咱们感谢，少了，咱们也不怪罪。"

自助京剧？大家伙儿头一次听说，陈柔恩觉得不托底："那他们要是都不掏钱呢……"她首先想到的是自己那一个月一万块的工资，"咱们不是赔大了？"

"也是，"时阔亭担心，"中国人的素质还没高到自觉买票的程度，一个逃票，全跟着逃票。"

邝爷也说："宝处，我知道你难得碰着懂戏的观众，心里拿他们当知音，但大伙儿也得吃饭，剧团刚见着起色，还是稳着点儿吧。"

宝绽低着头没说话，陈柔恩给了萨爽一脚，让他表态，萨爽不情不愿的："既然韩总说三万三，就三万三呗……"

只有应笑侬的意见和他们不一样："宝处，这主意，我看行。"他扣上饭盒站起来，扔下一句话，"你们哪，低估了中国人的素质，更低估了中国有钱人的攀比心。"

结果真让他说中了，晚上七点多，大伙儿在后台备戏，时阔亭的手机开始跳，一共没跳几下，可能是周一，有钱人事也多。时阔亭滑开屏幕，想看一眼收入，这一看，整个人惊住了："我去……宝处！"

宝绽在旁边喝水，以为没收上来钱，急着过来看，见页面上拢共只有七笔收入，从三万五到六万六不等，越走越高，总数居然有三十二万！

"我的天……"时阔亭像做梦一样，小牛管他们的时候，一个月二十万，他觉得够多了，现在一天就收入三十万，还只是七个观众的票钱，"这世界疯了！"

应笑侬今儿晚上是上《望江亭》，正对着镜子插正凤，不用瞧，一准儿是财神爷们较着劲儿撒钱了："你们往后瞧，咱们的票价啊，"他微微一笑，"还得高。"

还得高，比一天三十万还高吗？宝绽有点儿喘不上气，说是不爱钱，可这么多钱一股脑儿砸在眼前，换谁，谁都得蒙。他穿着一身蓝褶子，走出后台想喘口气，刚在走廊的窗边站定，就听到洗手间门口有人打电话："……别耍脾气行吗，家里钱少了吗，你花钱没个规划，怪我了？"

宝绽循声看去，是个穿黑风衣的客人，个子不高，挺眼生的。

"……跟朋友出来听戏，"他的语气不大耐烦，"我骗你干什么？我不听那玩意儿，鼎泰证券的老杜爱听，这是个圈子！"

宝绽向他走去，那边叽歪了两句挂了电话，一回头，正对上宝绽画着油彩的脸。

"抱歉，"宝绽稍点个头，"唐突了。"

一看就是这儿的演员，对方冷淡回应："你好。"

"刚才听您在打电话，"宝绽不会跟陌生人套近乎，硬着头皮说，"好像家里的财务缺乏规划，我朋友是做私银的，就在前边涌云路，您有时间可以去咨询一下。"

这是推销？对方皱了皱眉，他是想找一家私银，但还不至于听一个唱戏的建议，板着面孔正要拒绝，大堂那边有人进来，远远打了声招呼："宝老板！"

宝绽回头看，是上次饭局上的一位大哥，和韩文山称兄道弟，酒量很好，爱吃辣，一嘴的湖南口音。

"方哥来啦！"

那是赛通物流的大股东，上个月刚兼并了吉通、百速和易事快，身价翻了近十倍。

宝绽转回头，见面前递过来一张名片。"请问，"对方的语气客气了许多，"您说的私银是……"

"哦，"宝绽双手接过，"万融臻汇，总裁姓匡，是我朋友。"

名片很奇怪，颜色设计得乱七八糟，最显眼的不是人名，而是公司的名字：动影传声科技有限公司。这人姓房，房成城，职位是董事会主席兼CEO。

93

房成城很快联系了匡正，因为匡正是宝绽的朋友，所以他以为匡正也是圈子里的人，客气地请他到家里去一趟。

匡正很意外，动影传声是这一两年爆发式成长的科技公司之一，旗下的短视频APP"风火轮"风头正劲，房成城更是坐着火箭挤进了互联网顶级新贵的行列，第一次面谈直接约去家里，不太合常理。

"房总，"他不得不问一句，"请问您是从哪里了解到我们万融臻汇的？"

"如意洲的宝老板介绍的，"房成城半真半假，"我是戏迷。"

匡正怔了怔，竟然是宝绽。

不得不承认，他和大多数不听戏的人一样，并没把如意洲放在眼里，那如果不是宝绽的事业，他大概连瞧都懒得瞧一眼，但就是这么一个小小的京剧团，渐渐地，开始在财富圈崭露头角。

匡正带着段钊过去，考虑到家里的氛围和公司不一样，特地叫上夏可，一行三人驱车前往房成城位于北郊的别墅。

北郊是山地，气温比市内低一两摄氏度，一路上看到的已经是萧索的冬景。这里有两座天然温泉，傍着温泉建起了一片高级别墅区，叫如梦小筑。

迈巴赫缓缓驶过山路，两边排布着建筑面积在三千平方米以上的大型豪宅，带园林景观和室外游泳池，虽然冬天基本是废的，但那宏大的气势还是很霸气。

到了地方，有专人接待、引路。匡正走进举架近十米高的门厅，同样叫别墅，相比起来，他和宝绽那个八百平方米的家简直小得可怜。

会客室里，房成城一家都在，夫人和两个孩子——一个男孩、一个女孩，穿着名牌童装，可爱地问好。这是个典型的富豪家庭，丰裕、体面，看似和睦。

"匡总，"房成城热情地招呼，"请坐。"

匡正先坐，段钊和夏可随后坐下，简单做了介绍，开始寒暄："房总这别墅真不错，有点儿世外桃源的意思。"

房成城轻笑，他对瞧得起的人还是很随性的："朋友都说看我的名字像做房地产的，我挑房子怎么也得对得起我这个名。"

一屋子人都让他逗笑了，匡正要是知道他是这种性格，根本不用带着夏可。

"夏天风景好，冬天温泉水入户，是不错，"房成城遗憾地拍了拍膝盖，"可和市中心的君子居、得意城还是不能比。"

一句话，匡正就听出了他的弦外之音，君子居、得意城都是市中心的富豪社区，房子很老，但是身份的象征，这个房成城一夜暴富，光有钱不够，还想在有钱人里拔得头筹，急于挤进传统的富豪圈子。

"我今年是赚了不少，赚得也够快，"房成城爽朗地笑，对自己的成就还是满意的，但也有不如意的地方，"我攥着这么多钱，连套君子居的房子都买不着，还丢人现眼地窝在城北，我倒是没什么，我夫人觉得委屈。"

"就是，"房夫人开口了，"孩子去上个芭蕾课都不方便，邻居有几家买了直升机，我看也没什么用。"

夏可听见"直升机"三个字，严重怀疑自己是活在霸总小说里的虚拟人物，偷偷瞄了一眼房夫人，恰好房夫人也转头看他，视线相对，多停了一秒。

"君子居就那么大块地皮，住着十几家，这几年一直没人出手，"匡正实话实说，"我帮房总留意着，但急不来。"

房成城明白："我今年三十八，事业、家庭都还可以，"他疼爱地摸摸儿子的头，"想再干个十年，把CEO让出来给专业经理人做。我现在最关心的是一家人的健康，还有我这两个孩子，未来十五年要面临教育问题。"

"融资要求呢？"匡正考虑得比他专业，"投资和风险偏好？"

"干我们这一行，"房成城自负地笑，"不缺流动资金，投资，我不懂，也没时间研究。"他想起来，"哦，我太太总是抱怨钱不够用。"

匡正大体明白了，瞥段钊一眼，段钊立刻抽出一张表格放在桌上："请房总填一下，我们会根据您的资产情况，结合您的诉求，做一个详细的配置方案。"

他们开始聊资产细节——现金、股票、基金、不动产，除了数字就是百分比，房夫人百无聊赖地欣赏着自己新做的指甲，时不时抬头瞧一瞧夏可。

夏可让她瞧得直发毛，心说，这女的是怎么回事，老公、孩子还在呢，就对"小鲜肉"垂涎三尺。但他转念一想，自己这英俊的外表和不落俗套的气质，害富太太压抑不住内心的冲动一见钟情，也是可以理解的。

当场，段钊拿出了一个粗略的方案。他已经不是两个月前匡正接手万融臻汇时给大妈做理财的小客户经理，现在的他迅速、敏锐，在大净值财富的规划上得心应手："房总，您原先的预计加权平均综合收益约为7.15，配置后，我们保守估计在7.54左右，提高了39BP[1]，同时基本可以满足您刚才提出的几点要求。"

他做得很漂亮，从实业资产到金融资产，一一配置到位，甚至细化到现

---

1. BP：基点，金融术语。

金理财、教育规划、医疗费用、养老信托几个方面，让人对万融臻汇的专业性刮目相看。

但匡正知道，这样远远不够，任何一家私银——G&S、富荣、德班凯略——都可以做得这么漂亮："房总，"他们必须拿出撒手锏，才能摁住这个客户，"在动影传声的长期规划上，我建议您考虑一下海外上市。"

"海外上市"四个字一出，会客室的氛围立刻变了，段钊惊讶地盯着匡正，想不到他居然藏着这么大的手笔，房成城虽然没说话，但那张脸退去了初次见面的客套，露出了一个逐利者真正的凶猛。

匡正知道，自己押对宝了："比如纳斯达克。"

房成城专注地盯着他，许久，问了三个字："可能吗？"

"当然。"匡正已经把他看穿了。这个人一两年内就赚到了别人十几年才赚得到的钱，伪装得再客气、再谦虚，内心也是膨胀的，单纯的财富已经满足不了他，他还想要名气、地位和闪闪发亮的光环。

"动影传声的用户量每季度以千万级增长，"匡正来之前做足了功课，"国内的市场已经没什么悬念了，也许房总下一步该想的不单单是海外上市，还有产品的跨境登录，甚至在全球范围内全面铺开。"

三两句话，说得房成城热血沸腾，他想了想，直指关键问题："你们万融臻汇以前策划过海外上市吗？"

哪有以前？万融臻汇起死回生才两个月。"没有，"匡正干脆、大气，一点儿不藏着掖着，"希望动影传声是我们参与的第一单。"

房成城瞧着他，笑了："那我干脆找G&S得了，他们就是美国投行。"

"房总，如果您聘请万融臻汇做您的私银，我们也建议您雇用G&S进行海外上市相关操作。"匡正将了将领带，跷起二郎腿，"我在万融投行部做了十年兼并收购，在伦敦、新加坡都做过IPO，我想，G&S跟你鬼扯一堆SEC[1]、CUSIP[2]的时候，你总希望身边有个人能帮你把鬼话翻译成人话吧？"

房成城一愣，哈哈大笑，从这一声笑开始，他和匡正的关系变了，不仅是私银和客户，更是共同谋划一件大事的朋友。

"喝茶！"房成城亲自给他们仨添茶，放下轻薄的骨瓷茶壶，他忽然说，

1.SEC：美国证券交易委员会。
2.CUSIP：美国证券统一辨识码。

"宝老板果然没介绍错人，"接着，又说了一句，"如意洲真是个深不可测的地方。"

返程时，匡正一直琢磨他这句话，宝绽如何如何、如意洲如何如何，从第三人的口中听到，他才意识到自己对宝绽的事业一无所知，不清楚他身边还有多少韩文山、房成城这样的富豪，他甚至没去看过一场如意洲的演出。

匡正无法不自责，和宝绽给他拉客户的这份心相比，他对宝绽那点儿心不过是不痛不痒的自我陶醉。

把段钊和夏可带回公司，匡正吩咐小郝送他回家。下午四点多钟，西边的天空已经微微发红，天短了，凛冬就要来临。

开门进屋，家的气息那么浓，他脱掉大衣，走进宝绽的房间，坐在那张床上，摸了摸浅黄色的床单，一偏头，看到床头柜的小灯上缠着一条缎带，高雅的墨绿色，有点儿眼熟。

宝绽总是把老Kindle放在床头柜里，那么宝贝。匡正拉开抽屉，和Kindle一起的，还有一个廉价的塑胶摆件，是一只抱着蜂蜜罐子的小熊。

一瞬间，匡正想起来，小熊，还有灯上的那条缎带，都是来自上次他买给宝绽的那捧花——带着露水的白玫瑰，花枯萎了，宝绽却偷偷把不值钱的配件留了下来。

打开Kindle，他漫无目的地翻着，在自己的批注后头，有时跟着宝绽的批注，比如这一句，他写道："怎样才能抓住自由飞舞的蝴蝶？"

宝绽的答案在下面："盖一座花园。"

94

周四晚上没有戏，中午吃过饭，宝绽接到一个邀请，请他下午去家里唱一出。请他的人姓康，是最开始跟着韩文山来听戏的人之一，六十多岁，总是笑呵呵的，很和蔼客气的一个老人。

因为发出邀请的是老人，宝绽没多想就答应了，坐着来接他的车，到离市中心不远的得意城。这里也是个富豪社区，比君子居新，但房子要小一些，别墅之间的楼间距也近，远远看去略显局促。

一个家庭秘书似的人把他领上三楼，拐了一个又一个弯，在通向书房的小走廊上，那人接了个电话，说是康总的董事会还没结束，要请宝绽等一等。

走廊窗下有一张米白色的沙发椅，紧挨着书房门，宝绽脱掉大衣，就在那里坐下。

他今天穿的是时阔亭给做的黑长衫，肩背上的金仙鹤迎着窗外的日光，扑动着羽毛振翅欲飞。这么一身东方味十足的打扮，腕子上却戴着一只洋表，风马牛不相及的东西，在他身上倒相得益彰。

空等着实在无聊，宝绽掏出手机给匡正打电话，可能匡正正忙着，没有接。

远处走廊上忽然有人喊了一嗓子："你小子往哪儿跑，看见你了！"接着是一串咯咯的孩童笑声。没多久，一个四五岁的小男孩儿从转角跑过来，白白胖胖的脸蛋，下巴上有些嘟嘟肉，看见宝绽，大眼睛好奇地眨了眨，趴到地上，撅着屁股往他的长衫底下钻。

"哎，脏！"宝绽起身想抱他，那孩子却死活拽着他的裤脚，奶声奶气地命令："坐好，躲猫猫！"

这副小大人的样子把宝绽逗乐了，他回身坐下，拿长衫把孩子遮住。很快，转角那边追过来一个年轻人，嚣张的寸头，右边鬓角剃掉了一道，耳朵上打着一排宝石耳钉，赤橙黄绿青蓝紫，是渐变的彩虹色。

宝绽腾地从长椅上起来，惊讶得瞪大了眼睛。

那人也认出他了，上次大半夜上错车，还让人砸了他的车玻璃："是你啊！"

上次是在车上，宝绽怕出事，现在脚底下踏踏实实，宝绽一点儿不示弱："是我，怎么样？"

那小子翻了个白眼，大声嚷嚷："康庄，给我出来！"

宝绽不知道他在喊谁，空荡荡的走廊上寂静无声。

"听见没有？"那小子使劲儿跺了跺脚，"你不出来，我可走了！"

忽然，宝绽的长衫下摆一动，那个胖嘟嘟的小孩子拱了拱，从椅子底下钻出来。

"你个没出息的，"那小子看见他，歪歪头，招招手，"过来。"

胖小子不动弹，因为没躲成功，委屈巴巴地噘着嘴。

"干什么？"寸头小子先是凶他，"男子汉大丈夫，不许唧唧歪歪的！"然后疼爱地摸摸他的头，"走，我带你下楼玩。"

胖小子乐了，踮着脚去够他的手。宝绽看他们那样子，仿佛一对感情很好的兄弟，但看年龄差距又不像，正疑惑，匡正的电话打回来了。

　　"宝儿，"那边压着声音，头一句话先解释，"刚才有个客户。"

　　"嗯，我没事儿，"宝绽也压着声，背过身，"我到客人家里来唱戏，要等一会儿，闲着无聊给你打了个电话。"

　　寸头小子听见他这样说，倏地转回身，皱着眉毛打量他。

　　"没事儿的，"宝绽向着窗口，嘴角抿着笑，"是个老人家，常来听戏的，嗯……出去吃？别了，回家我给你做吧，你想吃什么？"

　　寸头小子的眉毛皱得更厉害了，小胖子见他不走，着急地拽他，他一弯腰，抱西瓜似的把他抱到怀里，向宝绽走去。

　　宝绽挂断电话，一转身就见那个家伙冲自己过来，下意识后退了一步。正在这时，走廊上响起洪亮的一声："宝老板！"

　　宝绽和那小子双双回头，是姓康的老人过来了，他有一头整齐的短发，虽然灰白，但很茂密，脸色红润，有几分矍铄。

　　"康总。"宝绽点个头。

　　"爸爸！"小胖子响亮地叫。

　　宝绽诧异，六十多岁的老人和四五岁的孩子，任谁看了都不会觉得是父子，更像一对祖孙。

　　姓康的揉了揉儿子的脸蛋，对抱孩子的小子很冷淡："你回来干什么？"

　　"康庄想我。"那家伙也很冷，叛逆地扬着下巴。

　　姓康的转过脸，对宝绽和蔼地笑："感谢宝老板拨冗来寒舍，"他请他进书房，"我这个老家伙今天有福了！"

　　宝绽感觉哪里不对劲，但说不出来，回头瞧一眼，那小子嚣张地盯着他，怎么看都不像好人，宝绽收回视线，跟着姓康的走进房间。

　　这是个有些昏暗的屋子，放着许多书，大桌子上有几个玻璃罐子，泡的都是药酒，怪吓人的。

　　"康总，"他没敢往里走，"您想听哪一段？"

　　姓康的进屋就把西装脱了，随手搭在椅背上，去酒柜那边鼓捣了半天，端过来一杯水："来，宝老板，先润润嗓子。"

　　"多谢。"宝绽接过杯子，正要喝，外头有人敲门。

　　姓康的不想理，但不理又说不过去，烦躁地问："谁？！"

"爸，"门直接从外头拽开，那个一耳朵宝石的家伙还没走，"我。"

他们果然是父子，宝绽不意外，端起杯又要喝，那小子很不客气地打断他："喂，你跟我出来一趟。"

"康慨！"康总似乎很急，突然拍了把桌子，"你给我出去！"

那小子笑了，坏坏地勾起嘴角，指着宝绽："这家伙欠我钱。你让他自己说，是不是欠我一扇窗玻璃。"

宝绽觉得这个家怪怪的——一个人前和蔼、人后暴躁的老人，一对年龄相差二十多岁的兄弟，一间阴暗怪异的书房。他看着门外那小子，刚才他们明明说过话，他只字没提赔玻璃的事儿，这时突然提起……

宝绽是不信任他的，谁会信任一个半夜开车撒野的人？但这一刻，他放下杯子，垂着眼睛："抱歉，康总，我确实欠他钱，我出去一下，马上回来。"

不知道是屋里的光线还是什么，康总的表情显得狰狞，只是一瞬间，他很快扯出一个虚伪的笑，点了点头："我等你。"

宝绽转过身，临出门看了康慨一眼，这一眼，他发现那小子明显松了一口气，是为自己。

走出书房，门在背后关上，宝绽还没来得及问是怎么回事，康慨一手抓着他的胳膊，一手从长椅上捞起他的大衣，急着把他往外推："赶紧走。"

"到底怎么回事？"宝绽茫然，"你说清楚，我还得回去唱戏——"

"回个屁！"康慨的嘴是臭，但在粗俗的语言背后，是他仅有的一点儿善意，"那就是个老变态！"

宝绽脑子里轰的一声，跟着康慨快步下楼。两人刚走到门口，那个秘书模样的人又出现了，笑着拦住他们："少爷……"

"滚！"康慨根本不让他说话，推着他的胸口给宝绽开道，宝绽披上大衣跑出去。完全陌生的环境，他两眼一摸黑，在一排排豪车中间，看到了那辆蓝色的阿斯顿·马丁。

他奔过去，几乎同时，康慨按下车钥匙，车头灯双闪，宝绽拉开门，坐进副驾驶座。几秒钟后，康慨上来，连安全带都没系，打个轮儿拐出别墅，一脚油从得意城蹿了出去。

康慨有匡正的名片，上头写着万融臻汇的地址，他凭着记忆开到涌云路，不长的一条小马路，很好找。

匡正刚谈完一笔生意，出来送客户，见前头不远处有一辆扎眼的阿斯顿·马丁，是熟悉的冰蓝色，他看一眼车牌号，真对上了。

客户的车掉头开走，匡正插着兜，好整以暇地等着。他以为那小子是来要玻璃钱的，没想到车在马路对面停下，副驾驶的门打开，宝绽一偏头踏了出来。

匡正瞪直了眼睛，他想不到任何一种能让他们在一起的理由。顾不上时间场合，他莽撞地吼了一声："宝绽！"

宝绽抬头看见他，赶紧跟车里说："快走。"

康慨是谁？是老康家最能折腾的少爷，是年轻一辈"富二代"里的混世魔王，他非但不走，还把车熄了火，直接往禁停区一扔，摇着车钥匙下来了。

宝绽几步跑过马路，拦着匡正："哥！"上次的高尔夫球杆让他心有余悸，"我碰着点儿事儿，他帮了我一把。"

匡正眯着眼瞧他，不是不信，是怪他和这种浑小子混在一起："什么事儿？"

康慨过来了停都不停，径直走进万融臻汇："你们先聊，我里边等着。"

匡正的火腾地蹿了起来，他的地盘，凭什么让这种东西登堂入室？！他转身要跟过去，宝绽死死拽着他，把得意城的事儿说了。

匡正意外，冷静下来，与宝绽并肩走进万融臻汇。

康慨在接待区，被一帮小姑娘伺候着，见匡正进来，他放下二郎腿，向前倾身。"哥们儿，"他这样称呼匡正，"教我玩玩资本呗。"

他没提宝绽，也没提今天下午的事，匡正意外地挑了挑眉。

"我看你这儿不错。"康慨环顾四周，万融臻汇已经很成规模，除了夏可、黄百两几个核心员工，还雇了大量的投研人员，办公区热闹忙碌，"我这回彻底把我爸得罪了，要是自己不长点儿本事，我怕将来是不好混。"

这是邀功来了。匡正很有风度地扬起手，指着办公区："你去1号桌，就说我交代的，让他带带你。"

"得嘞。"康慨打了个响指，从真皮沙发上起来，插着兜走向办公区。

1号是段钊的位子，他是万融臻汇毋庸置疑的头牌经理，但他下午有客户，中午就走了，电脑开着，桌面上是小顾的战国红账户，来晓星正在做分析。

"喂，"康慨往1号桌前一站，看到一个毛茸茸的蓬蓬头，他很少接触客户经理，但也觉得怪，"你们老板让我找你。"

那团毛球动了动，一张稚气未脱的脸抬起来，黑框大眼镜，一片淡淡的小雀斑，仓鼠似的吸了吸鼻子："让你找我？"

"嗯，"康慨侧身往桌上一坐，"姓匡的是不是耍我，你这样的小屁孩儿，能教我吗？"

来晓星猜匡正是让他找段钊，但听他这么一说，好胜心就起来了："我教不了你？"他推了推鼻梁上的大眼镜，镜片反出一道光，"给你出道题，你答上来再跟我说话。"

康慨压根儿没看得起他，乐了："来吧，小可爱。"

来晓星生平最烦别人说他"小"，第二烦别人说他"可爱"，这家伙一下全占了："假设你所在的公司有八个人，你们都想知道自己的工资是高是低，但公司有规定，不可以向其他人透露自己的工资数，你怎么做？"

康慨看傻子似的看他："公司不让问，我不会偷着问吗？"他吊儿郎当的，"晚上约出来喝顿酒，就什么都问出来了。"

来晓星白了他一眼，拖动鼠标继续干活儿。

康慨被他晾在那儿，三分钟、五分钟，乖乖地从桌子上下来："你说，怎么办？"

来晓星像没听见一样，眼神都不给他一个。

"喂，"康慨从旁边拖了把椅子，挨着他坐，"你说说，我真想知道。"

"你不是说我教不了你吗？"来晓星小鼻子小眼儿的，心眼儿也不大。

康慨往椅背上一靠，痞里痞气地激他："你是不是压根儿没答案，忽悠我？"

来晓星手里的鼠标咔嚓一响，飞快地动起来，几下做完小顾的数据，退出战国红账号："想知道自己的工资是高是低，没必要知道每个人的具体工资，只要知道公司的平均工资就够了。"

康慨不上班，对工资这玩意儿没概念，抱着膀子听他说。

"你心里随便想一个大数，比如5201314，把自己的工资加上去，写在纸上传给第二个人，同理，让他把自己的工资也加上去，写在另一张纸上给第三个人，以此类推，你拿到最后一个人的数，减掉5201314，除以8，就是这个公司的平均工资。"

康慨坐在那儿，煞有介事地点头。

"这是最简单的解密问题，"来晓星一板一眼地说，"也是密码学的基础，像区块链那么复杂的技术都是从这种小概念发展起来的。"

"哦——"康慨一副恍然大悟的样子，斩钉截铁地说了两个字，"没懂。"

来晓星一口老血，差点儿没让他噎死。

"不过，"康慨站起来，一脚把椅子踢回去，嚣张地指了指他，"你这个小可爱师傅，我认了。"

95

匡正和宝绽下车，迈巴赫掉头开走。天刚擦黑，匡正拉住宝绽掏钥匙的手，拽着他，往别墅后的树林里带。

"哥，"宝绽不愿意去，"天晚了。"

"陪我走走。"匡正不容拒绝。

林子里比外面昏暗，两个人挨在一起，匡正问："你有没有想过考个驾照？以后自己开车，比较安全。"

宝绽笑起来："那我就可以送你上班了。"

"那敢情好，我正好要重考科目一，我们一块儿？"

宝绽想了想："现在剧团刚起步……还是等稳定一点儿吧，我有时间了再去。"

正说着，身旁的草丛突然抖了抖，黑暗中响起一阵危险的低吼。

"哥！"宝绽立刻把匡正往后拽，层叠的枯枝挡住了一部分月光，看不真切，只见到一双黄绿色的眼睛，从几米外死死盯着这里。

匡正第一反应是大黑，但马上意识到不对，因为那东西从灌木丛里出来了，比大黑的体形更大，样子更凶，戒备地盯着这对误入它领地的"敌人"。

"哥，"宝绽冷静地护着匡正往后退，"我们慢慢分开，我吸引它，你快走。"

开什么玩笑？别说是只狗，就算是头狼，匡正也必须是留下来那个，他借着月光往周围看，贸然从宝绽身后走出来。一个目标变成了两个，大狗有短暂的迷茫，但很快凭着本能在两个目标中选择了体形较小的那个，径直扑向宝绽。

匡正是去捡棍子。地上有很多折断的粗枝，他拎起来，见宝绽有危险，什么都没想，直接拿棍子砸了过去。

野狗被打中了左脸，停在宝绽面前几步，龇着犬牙，立着耳朵，彻底被激怒了。它很大，真的很大。宝绽眼看着它冲向匡正，那么有力、那么凶猛，匡正来不及再找武器，被它咬住大衣，猛地拖到地上。

这一刻，宝绽的脑子一片空白，一支箭似的奔向匡正，在大狗疯狂的吠叫下，纵身覆住他。

"宝绽！"匡正浑身的血液都凝固了，他能看到那只张开的大嘴，里头是森森的白牙，他宁可这一口咬的是自己，便铆足了力气想翻身，但已经来不及了，锋利的犬齿就要楔进宝绽的肩膀，突然，一股巨大的力量从斜刺里冲过来，卷着那只狗滚到地上，激烈地搏斗，扬起一地枯叶。

预想的疼痛没有出现，宝绽回过头，只见从枯树下到灌木丛，两只大狗咆哮着一路撕咬——是大黑，它在关键时刻救了自己。

"宝绽，"匡正心有余悸，"没事儿吧？"

宝绽却执拗地盯着背后，大黑明显比那只狗小了一圈，只凭着相对灵活的速度躲避它的攻击，它明知道敌强我弱，但为了曾经给过它一口饭的人，还是选择了挺身而出。

宝绽不能让它独自面对强敌。他两手在地上摸，摸到一截很粗的树枝，头脑一热拎起来，迎着风走上去，不过是眨眼间的事，一树枝打下去，只听呜呜两声，树林里安静了。大狗被打中了脑袋，吐着舌头躺在那儿，不知道死了没有。大黑一声都没叫，围着它跑了两圈，绕到匡正这边，似乎是看一看他怎么样。

匡正下意识伸出手，想像对家狗那样摸摸它，大黑却没有温驯地伸出脑袋，而是骄傲地扬着头，那么冷漠，那么野，一转身，钻进漆黑的夜里。

宝绽盯着它离开的方向，从一只可怜的野狗身上，他看到了一些东西——果敢、坚毅、高傲、自由，人做不到这样，即使一无所有，也能顶天立地。

天彻底黑下去，西天上荡着最后一片撕裂的云，有缥缈的未尽之意。

回到家，宝绽去煮饭，匡正的手机响。是段钊。他坐在沙发上，盯着厨房里那个忙碌的身影："什么事儿？"

"老板，"段钊叹了口气，"房成城回信儿了，先做一个两亿的专项信托计划，交给我们管理。"

匡正皱了皱眉，跷起二郎腿："两亿？"

"只是他可投资资金的五分之一。"段钌有些灰心，"这家伙太谨慎了，也许是想看看海外上市的后续，再追加资金。"

"慢慢来，"匡正安抚他，有沉稳的大将风度，"这些富豪本来就狡兔三窟。"

"那么，老板，"段钌请示，"我明天去万融总行做个对接？"

"不用，"涉及东楼，匡正还是坚持亲自去，"上头我去疏通，你做好客户就行了。"

"好，"段钌跟他嘀瑟，"这个月的业绩我再给你翻一番。"

"悠着点儿，"匡正懒洋洋的，"那个小顾把手里的钱都掏给你了吧？"

"别提他，"段钌压低了声音，似乎那家伙就在身边不远，"烦死了。"

匡正笑笑，又聊了两句，放下电话。厨房那边宝绽叫："哥，洗手，吃饭了。"

第二天，匡正去万融东楼，提前用电话沟通过。冯宽早早到大厅等着，见到他，挂着一脸讨好的笑："来啦，财神爷！"

"瞎叫什么。"匡正嘴上这样说，心里却高兴，他不是刚离开双子星时的那个弃子了，带着越做越大的案子，带着源源不断的资金，他每一次来，都是衣锦还乡，"单总在吗？"

"在，"冯宽搭着他的膀子，凑着他的耳朵，"单子给我，你上去吧。"

"谢了，哥们儿。"匡正把房成城的材料给他。

"谢什么？"冯宽接过来，"我才要谢你，隔三岔五给我送大单，这单我让茂茂参与一下？"

茂茂？匡正稍一反应，是杜茂茂。"无所谓，"他只专注于目标，对多余的东西毫不关心，"该怎么办怎么办，你安排。"

他很大气，大气得让人发憷，在冯宽的印象里，他原来就大气，但不至于到面对这种几个亿的单子还波澜不惊的程度，是私银大笔的流水把他喂饱了，和过去那个加班做并购的高级打工仔判若两人。

匡正到6011，敲门进屋。单海俦在等他，虽然没管他叫财神爷，但满眼是不加掩饰的欣赏。"你小子，"他递过来一杯酒，"名片给你了，你一次不来找我，太不给我这个老家伙面子了吧？"

"藏得住的才叫底牌，"匡正微微一笑，"没到时候。"

单海俦在他对面坐下，亲近地问："没回去看看老白？"

没有，做得还不够好。匡正刚要开口，手机这时响。是来晓星。他把电话摁掉："万融臻汇的规模还不够看，回去见师傅，丢人。"

"哟，"单海俦轻笑，"自视甚高。"

"徒弟随师父。"匡正撇撇嘴，"腰杆不够硬，贸然回去，老白还要笑话我——"

手机又响，还是来晓星，匡正觉得奇怪，第二次摁掉："再说，当初是他把我踢出来，谁还没点儿脾气——"

段钊又打过来，他第三次摁掉。

单海俦盯着他的手机："回去忙吧。"

"没事儿，"电话这么密，家里肯定有事，但匡正硬着头皮，"不差这一会儿。"

"你我之间不用来虚的，"单海俦站起来，"我送你。"

匡正没再推辞，跟他走到门口，郑重地道歉，然后快步走进应急通道，给段钊回电话。

那边秒接："老板！"很少见地，那小子连声音都是抖的，"战国红……出问题了！"

96

匡正回到万融臻汇，大堂的迎来送往一切正常，只有办公区的一角，段钊和来晓星几个人聚在一起，低声商量着什么。见匡正回来，他们齐齐起身："老板！"

匡正走过去，居然在人堆里看见了康慨，但没顾上问，直接走到段钊的电脑后头，盯着屏幕上密密麻麻的数据："怎么回事儿？"

小顾的账户数据一切正常，没有大幅度的行情波动，甚至仍在持续上扬。

"老板，"来晓星负责技术，他很紧张，"两个小时前，战国红分岔了！"

分岔？匡正皱起眉头："什么意思？"

"战国红采用的是区块链技术，"来晓星找了支笔，给匡正画图示，"它没有中央处理器，是完全去中心化的，一笔交易的完成要靠其他战国红用户来确认，经过确认的交易形成一个区块，这样一个一个区块不断确认、延长，形成的链条就叫区块链。"

区块链技术，匡正知道个大概，近几年正在风头上，但金融领域只应用产品，并不了解详细的技术背景。

"昨天晚上，使用9.0.4版本的战国红创建了一个很大的区块。"来晓星在纸上继续画，"恐怖的是，这个版本和使用9.0.3版本客户端创建的区块不兼容！"

匡正听得一头雾水："那又怎么样？"

"结果就是，"来晓星在9.0.4区块后面画上一串长长的链条，"使用新版本的用户确认了这个区块，"接着，他又在9.0.3区块后画上同样的链条，"而使用旧版本的用户选择了拒绝，并生成了自己的区块链！"

图示上一目了然，战国红的区块链分岔了。

匡正意识到了问题，如果战国红的交易要靠唯一的一条区块链来确认，那么两条同时出现的链条中究竟哪一条才是"真实"的呢？

"术语上，"来晓星在链条分岔处画了个大圈，"这种情况叫51%攻击，是足以毁灭一个产品的巨大危机。"

五十对五十，战国红的版图发生了分裂。

匡正盯着他，汗从耳后冒出来，小顾买了一千万美元的战国红，这个月升值了百分之七百二，五个多亿人民币，会在一夜间化为乌有？

"是恶意攻击吗？"匡正先想到最坏的结果。

"不是，"来晓星可以肯定，"区块链的优势之一就是安全性和抗攻击性，虽然战国红的圈子不大，但要垄断全网一半以上的算力制造分裂，目前还没有机构具备这样的能力。我分析，这是一次偶发性事件。"

"算力""垄断"这样的术语，匡正不关心，他看一眼小顾的账户："但现在的行情很好。"

"因为社区还没反应过来，"来晓星客观地说，"不是所有战国红用户都像我这样研究技术，他们也不会一整天坐在电脑前盯数据。"

也就是说，万融臻汇是目前少数掌握先机的关系者之一，这就像股市暴跌前，知道内部消息的人可以全身而退。

"去年阿布扎比的一个金融产品就是这样崩溃的，"来晓星计算了，给出清晰的时间点，"二十四小时，最迟七十二小时之内，市场的震荡就会显现，战国红对美元将暴跌三分之一，然后……"

彻底从国际投资圈消失。

在场的所有人都陷入沉默，只有康慨去倒了杯水，默默放在来晓星手边。匡正盯着那杯水："我们抛掉。"

眼下战国红还在高点，全部抛掉，高位退出。

"不行！"来晓星腾地站起来，"我们拿着这么大的量，一旦抛售，战国红就完了！"

"它分岔了，"生死关头，匡正理智而冷酷，"我们不抛，它一样完蛋。"

但来晓星不同，他是陪着战国红一路走过来的，从它最开始在互联网现身，到进入主流投资圈，到赢得投资者的青睐，到今天越走越高，他不忍心看着它死去，因为他不只是投机者，他还对战国红有感情。

"晓星，"段钊这时开口了，"老板说得对，你、我，这里的所有人，都有钱押在战国红上，客户不想赔，我们也不想。"

来晓星露出心痛的表情，刚要开口，康慨抢先说："喂，你们有没有良心，"他站到来晓星身后，"就知道钱钱钱！"

段钊的眼眉凌厉地一挑："你是哪根葱？"

康慨不示弱："我是把你抽清醒的那根葱。"

段钊被噎了一下，反倒笑了："小子，战国红和你有关系吗，没关系就滚。"

"我也投了战国红，三千万，"康慨把小寸头一扬，"我有份说话！"

"好了，别吵了，"来晓星拽了他一把，抬起毛茸茸的脑袋，"我想到一个办法。"

所有人的目光都向他投来。

"我联系我朋友，他不光是中国区的版主，还是交易平台的控制者，只要他把平台暂时关闭，分岔就不会加剧。"

"交易平台在他手里？"段钊惊讶。

"对，"来晓星点头，"他在战国红社区很有影响力，我们都怀疑他就是战国红的实际创始人。"

"然后呢？"匡正问。

"我想办法联系到9.0.4的大账户，"来晓星切换工作表，"我查了，是个叫B.D.的联合账户，他们在今年七八月间开始大规模吃进，那时战国红对美元比价是 1∶0.00025，这四个月里翻了百倍不止，是除了创始人和小顾之外战国红最大的所有者，我去说服他们退回到 9.0.3 版本。"

"怎么可能？！"段钊觉得他异想天开，"你让人家退回到昨晚的状态，意味他们在这期间的所有交易都要取消，要是你，你干吗？"

来晓星抿住嘴唇："这是为了社区。"

"谁会在乎你那什么社区！"段钊话糙理不糙，"你也说了，战国红是去中心化的，没有一个中央服务器能管理或仲裁，截止这个月初，战国红在全球有五千七百多个账户，要让六千人做出同一个决定，你知道有多难吗？"

是难，但来晓星不放弃希望："我们战国红是个团结的社区——"

"你太天真了，"段钊狠狠地把他的希望击碎，"和钱比起来，没有什么东西是坚不可摧的！"

整个团队陷入死寂，所有人都等着，等匡正拿出一个决断，他是万融臻汇的掌舵者，只有他，能平衡针锋相对的声音。

这一刻，匡正没考虑自己投在战国红上的那几百万，而是考虑万融臻汇，这家刚刚起步的小私银，一笔几亿元的损失足以把它兜头击倒，白寅午、单海俦都救不了，它只会头破血流，再也爬不起来。不能冒险，他从人堆儿里走出来，站到阳光和煦的窗下。他们做金融的都有个习惯——反向思维，他需要判断的是，如果来晓星的方法奏效，战国红挺住了呢？那么这个产品将在投资圈声名鹊起，价值滚雪球般膨胀，无论是他、小顾还是康慨，所有持有战国红的人都将一夜暴富，而万融臻汇这个名字，也将响彻金融界。

这是他接手私银以来最大的危机，危是危险，机则是机遇，赢了一鸣惊人，输了万劫不复，他敢放手一搏吗？

"晓星，"匡正转过身，初冬的日光打在他的背上，"二十四小时，我只能给你二十四小时，明天早上九点，情况如果没有好转，我们就全线撤出。"

段钊惊讶地瞪大了眼睛。

来晓星没想到他有这种魄力，感激，又敬佩，深深地鞠了一躬。

这天晚上匡正没回家，就在办公室等着，等来晓星关闭战国红交易平台，等他联系上那个叫 B.D. 的联合账户。但等到十一点，一个好消息也没有，这两个关键人物一个不在线，另一个追踪不到。

"今天是星期五，"来晓星垂头站在桌边，"可能都没在电脑边。"

"战国红和美元的比价怎么样了？"匡正揉着眼角问。

"开始跌了，"段钊两台电脑对着看，"不到一个点。"

匡正深吸一口气："我得去见一趟小顾，"他显得很疲惫，"不管是输是赢，得先跟他打个招呼。"

现在看来，无疑是输了。

"他住富美华，"段钊尽管不赞同他的决定，但时刻给他全力的支持，"你直接过去吧，我帮你约好。"

匡正穿上大衣，和他擦肩时，感谢地拍了拍他的肩膀。

一出门，迈巴赫等在楼下，匡正有些意外："不是让你去送宝绽吗？"

"没送，"小郝给他开门，"宝哥也没回家，说要等你，让我回来听你安排。"

匡正坐进后座，一颗心瞬间被温暖涨满，宝绽就是这样，总是默默地为他着想。

匡正到达富美华，小顾在顶楼的咖啡座等他，没聊几句，有钱人的耐性都差不多。"匡总，朋友是朋友，"那张年轻的脸冷硬而傲慢，"我当初找私银时说得很清楚，要找了解战国红的，就是为了碰到这种情况，能给我利利索索码平。"他最后喝了一口咖啡，"具体你操作，但我不喜欢听到坏消息。"

他起身离开，匡正一个人坐在午夜的咖啡座，窗外是辉煌璀璨的夜景，斑斓闪动的霓虹灯仿佛这个城市的心脏，每跳动一下，都有大笔的财富生灭。

"老板？"入口那边忽然有人叫。

匡正回过头，隔着几张无人的空桌，看到一对年轻男女，男的是段小钧，女的有一副微胖的身材，是跟段小钧同期的邦妮。

97

段小钧和邦妮在匡正对面坐下。"好巧啊！"他们笑得真诚，应该是刚狂欢过，身上带着浓重的酒气，"大半夜在这儿遇上了！"

匡正端起咖啡瞧着他们：段小钧状态很好，神采奕奕的，邦妮还是老样子，开朗自然的小胖妞儿，两人并肩坐着，亲密无间得像是一对儿。

"怎么，"匡正有点儿打趣的意思，"约会？"

段小钧在M&A，邦妮在信息部，两个风马牛不相及的部门，周末晚上约着一起出来，不怪他有这种猜想。

那两人对视一眼，哈哈大笑。"老板，我们是来庆功的！"段小钧把大衣搭在椅背上，露出里头靛青色的西装，"我们有点儿自己的小生意。"

匡正恍然大悟："黄金？地产？"

投行一般也就玩这些，段小钧却讳莫如深。"别的，"他深吸一口气，像是连自己都不敢相信，"昨晚阴差阳错地，拿下了半壁江山。"

半壁江山，这个"半"字，让匡正联想到战国红的51%攻击，神情暗淡下去："投资靠运气，恭喜。"

"老板，"段小钧对他的情绪很敏感，"怎么了？"

匡正放下杯，碰着点儿坎儿，小事情，还不至于跟过去的下属倒苦水："没事儿，风风雨雨的，习惯了。"这话不像他，少了些睥睨四方的锐气，多了些折戟沉沙的沧桑。

"老板，"段小钧向前倾身，"你说，只要我帮得上的，赴汤蹈火在所不辞。"

上次韩文山那两个亿，就是段小钧给找的短期高收益产品，短短九天，代管账户上的收益就令韩文山目瞪口呆。

匡正信任他，但战国红的情况属于内部信息，他不能透露更多："帮一个客户搞小众金融产品，昨晚区块链分岔了。"

对面瞬间安静，有那么几秒钟，段小钧和邦妮什么都没说，匡正以为他们不懂分岔的意思，看一眼表，已经是星期六的凌晨，他没时间多解释："我先回公司，改天再聊。"

段小钧随之起身，一直送他到电梯口才返身回来，招呼侍者要了两杯蓝山咖啡，皱着眉头陷入沉思。

邦妮瞥了他一眼，掏出手机，开静音玩消消乐，直到段小钧忍不住叫她："他说的肯定是战国红。"

"嗯，"邦妮回应，"9.0.3那边的。"

段小钧再次沉默，他们投战国红几个月了，从当初二厘五毫的比价到今天的一块一毛九，翻了整整四百七十六倍，以他们首字头命名的联合账户B.D.已经是全网排名第三的大玩家："邦妮……"

"你可想好，"邦妮知道他要说什么，"9.0.4这边，我们是毋庸置疑的领头羊。"她抬起眼，从手机上看过来，"你刚才那个词用得很好，我们手里掌握着战国红的半壁江山，将来还可能是整个天下。"

段小钧盯着她，目光没有一丝波动，他显然不在乎这些："你不是说这次的分岔很可能导致整体崩溃？"

"没错，"邦妮是学这个的，"不能同时存在两条有效的交易链，但如果我们把9.0.3干掉……"

段小钧悚然，她了解身边这个胖姑娘，她活泼开朗，喜欢甜品，喜欢潮玩，但要是看准了机会，她绝不心慈手软。

"邦妮，"段小钧郑重地说，"没有老板，就没有我的今天。"

"你可别扯了，"邦妮不爱听，把手机扔到桌上，"你只跟了他两个月，他走以后，今天M&A的一切不都是你自己拼出来的？"

"不，"段小钧摇头，"我心里清楚，是他塑造了今天的我，精明、凶猛但不无耻，如果跟的是别人，现在我可能是个废物，或者浑蛋。"

"雏鸟效应，"邦妮摊手，"他是你第一个老板，你的'职场初恋'。"

"说什么呢？"段小钧反驳，"他是我一辈子的偶像。"

邦妮玩着自己的大耳环："我说，B.D.可是我们的联合账户，为了你的偶像，让我放弃当战国红的女王？"

"你不是也很喜欢他吗？"段小钧记得她说过，"说他胸大，是性感尤物。"

这听起来像个玩笑，其实他是在不着痕迹地恳求，认识邦妮这么久，他从没求过她，这是第一次。

"那有什么用？"邦妮可以拒绝，也可以一带而过，但她妥协了，继续这个玩笑，"又不是我的，我又玩不着。"

段小钧笑了，摸摸自己的胸："我现在胸肌练得也不错，要不让你玩一下？"

邦妮其实有点儿兴趣，但怕合作伙伴搞复杂了不好收场，只稍稍瞄了一眼："你那个是高仿的。"

段小钧啜一口咖啡："高仿的质量也不错。"

邦妮转头看向窗外，浅浅地，抿起一个笑："哪天检查一下。"

"那我当你答应了，"段小钧悠闲地跷起二郎腿，"B女士。"

邦妮无奈地耸耸肩："先想办法暂停平台交易吧，D先生！"

匡正离开富美华回到万融臻汇，第一个就找来晓星，答案仍然令人失望，战国红的交易还在继续，B.D.依旧失联，他沉着脸回到自己的办公室。

除了等待，没有别的办法。在办公桌后枯坐到六点，他去如意洲接宝绽吃早饭，一进大堂，宝绽和萨爽一前一后下楼，楼上应笑侬和时阔亭在锁门。

匡正意外："大伙儿怎么都在？"

"他们非陪着我等你，"宝绽揉着眼睛，"正好今天周六，打了一宿麻将。"

原来是这么回事，匡正招呼萨爽："走吧，一起吃一口。"

"不了，匡哥，"萨爽昨晚特别背，变着法儿给下家喂牌，这要是赢钱的，他连裤衩都输没了，"我回家吃……"

和宝绽他们分手，他坐公交车回家——一个离这儿不远的老小区，四十多分钟路。到家时七点半，他搓着脸进屋，靠墙是一排专业电脑，全是中塔式侧透骨伽机箱，黑机和白机间隔着放，乍一看很有气势。

他按下一溜开机按钮，风扇和主板发出五颜六色的炫彩光，坐在同色系的人体工学椅上，他握住硕大的垂直鼠标，开浏览器上网。

在三台机器上进入战国红社区，登录不同的ID，屏幕上同时蹦出几百条信息，他快速浏览，说的都是同一件事：战国红分岔。

前天晚上，萨爽就注意到9.0.4版本的异常了，但他没干预，或者说漠不关心，因为他不是战国红的追捧者，也不是真金白银的投资者——他是它的创始人，是战国红世界里"要有光便有光"的上帝，他像造物主观察自己创建的宇宙一样，冷眼旁观着战国红的成长。

在所有这些消息中，有一个账号以每十五分钟一次的频率规律闪烁，那是他认识了两年的好友，ID名为拉格朗日的战国红骨灰级用户。

雁翎甲："拉老师，早。"

拉格朗日："！！！！"

拉格朗日："鸡毛，你怎么才上来！"

拉格朗日："我联系了你十八个小时！"

雁翎甲："看到了。"

拉格朗日："喂，你这口气，不会不知道小红分岔了吧？"

"小红"是他们俩对战国红的昵称，听起来像个扎辫子的小女孩儿。

雁翎甲："分就分呗，版本原因。"

拉格朗日："分分分，再分下去小红就完蛋了！"

雁翎甲："干吗这么激动，你又不是它亲妈。"

拉格朗日："它是我干闺女！"

隔着冰冷的电脑屏幕和每秒10Gbps[1]的光纤线路，萨爽不相信任何人，尤其是战国红膨胀式发展之后，所有这些所谓的关心不过是在意它带来的金钱。

雁翎甲："代码是写定的，它们自己会生长，用不着我们干涉。"

拉格朗日："代码是死的，人是活的。"

雁翎甲："你想说什么？"

拉格朗日："做你该做的，挽救战国红的命运。"

萨爽的手指悬在键盘上，没有敲下去。

拉格朗日："关闭交易平台，以大区版主的身份发表声明，号召所有9.0.4版本的用户退回到9.0.3版本，消灭分岔，维护战国红的统一！"

萨爽盯着那行字，心里有一种说不清的东西，他从小学戏、搞编程、写代码、研究哈希算法[2]这些只是玩儿，他从没想过在虚拟的网络上找什么热血的满足感，对做一帮投机者的救世主也不感兴趣。

拉格朗日："？？？"

拉格朗日："鸡毛！"

拉格朗日："别装了，都这时候了，我们早怀疑你就是小红的创始人！"

萨爽移动手指，慢慢在对话框里输入了几个字："你投了多少钱？"想了又想，才按下发送键。

拉格朗日："？？？"

雁翎甲："你这么急着救小红，是把全部身家都押上了吧？"

雁翎甲："小红崩了，你也倒了？"

雁翎甲："你是想救小红，还是你自己？"

灵魂三连问，对话框那边长久地沉默，差不多五分钟，新消息发过来："鸡毛，还有一个小时，九点整，9.0.3的第二大用户就会开始抛售，你知道这意味着什么，我不想看到小红还没长大就被资本夭折！"

被资本……夭折，萨爽心头一动，是的，战国红如果死在这里，不是因

1.Gbps：网速单位。

2.哈希算法：区块链技术的核心算法。

为自身的设计漏洞，而是因为投机资本的逃逸，是钱杀了他的小女孩儿。可是……

雁翎甲："没有用的，将近六千个用户，不是一篇声明就能力挽狂澜。"

拉格朗日："不试一试怎么知道不行？！"

雁翎甲沉默。

拉格朗日："我想救小红！"

雁翎甲仍然沉默。

拉格朗日："鸡毛！！！你这个浑蛋！"

萨爽想回一句什么，隔壁电脑上忽然有新的对话框闪烁，他移动椅子滑过去，一眼看见对话框上的ID，愣住了。

是两个简单的英文字母——B.D.。

98

吃过早饭，匡正回公司继续盯行情，宝绽跟他一起，一进办公区，段钊就实时汇报："跌了18%。"

匡正看一眼表，离九点只剩下两个小时，大局已定："做撤出的准备吧。"

段钊喝了一口咖啡，点点头。

匡正领宝绽上三楼。11月的办公室阴冷，他把人带进休息室，打开空调，屋里有一张宽大的双人床。

"要不要洗洗？"匡正问。

"不了，就眯一会儿。"宝绽打着哈欠解开领带，怕把衬衫压皱了，和西装西裤一起脱下来，钻进被窝。

被窝里冰凉，他翻腾着喊冷，匡正本来不睡的，带门正要出去，听他说冷就又折回来。

他一进来，宝绽就不叫唤了。

"还冷吗？"匡正坐在床边，搓着他的双手。

宝绽闭着眼睛摇头。

"哥，"宝绽眨巴着眼睛看他，"你碰到难事儿了。"

"别担心，"匡正举重若轻，"干我们这行，没事儿就不正常了。"

宝绽看着他的脸："我能不能帮上你？"

"有的你能帮，"这么难的时候，对着这张脸，匡正还是不由自主地微笑，"有的帮不了。"

宝绽垂下眼睛，好像在自责，怪自己没有能力，解不了他哥的燃眉之急。匡正懂他："我给你唱个歌？"

宝绽让他逗笑了："唱什么？"

唱什么呢？匡正揉着他的头发想，想到一首最近很火的歌，清了清嗓子，用广东话唱："心里的花，我想要带你回家，在那深夜酒吧，哪管他是真是假。"

宝绽听不懂粤语，但调子很喜欢，想起小时候的刘德华、郭富城，有种时光倒流的温暖惬意。

匡正掏出手机。房成城变成客户之后，他下载了个风火轮，从来没点开过，今天给宝绽打开，随机第一个视频就是这首歌的——"野狼Disco"，嘻哈热闹的曲风，宝绽看着那歌词，嘴唇却抿住了，没说话。

匡正滑向下一个视频——胖乎乎的小奶狗伸着舌头跑向大海，再滑下一个——独臂的女孩在熙熙攘攘的街头起舞。宝绽放松下来，眯着眼睛就要入睡，忽然，门外有人喊："老板！"

听声音是段钊。匡正拎着西装出来，神色严峻："怎么了？"

现在是八点四十六分，离九点还有十四分钟，段钊这时候找他，肯定是有突发情况，一时间，无数念头蹿进脑海，战国红提前暴跌？百分之二十五？百分之三十？他怎么跟小顾交代，万融臻汇怎么渡过这关……

"有新情况。"段钊没细说，急着叫他下楼。

两人走楼梯到办公区。夏可正坐在段钊的电脑后，旁边的椅子上，来晓星在掉眼泪，康慨蹲在他面前，拿着一盒纸巾，手忙脚乱地给他擦脸。

匡正心里咯噔一下，小仓鼠哭成这样，战国红……恐怕已经崩溃了。

"大男人哭什么？！"他吼，强压着心里的焦躁。

"老——老板！"来晓星的脸涨得通红，满头的卷毛随着抽噎一颤一颤的，"我……我就说我们战国红是最团结的，谁也打不倒我们！"

匡正皱起眉头，夏可立刻给他让位。屏幕上是战国红社区，全黑的底色上有大红色的水墨纹样，这是一条联合声明，发布者有两个，来自9.0.3版本的中国区版主雁翎甲和来自9.0.4版本的联合账户B.D.，声明不长，用中英两种文字写道：

嘿，战国红社区的兄弟姐妹们，你们好。

我们来自世界各地，因为一个共同的目标会聚在这里，接下来的内容，你们或许无法马上认同，但五年、十年后回头再看，相信所有人都会认识到，现在正处在战国红历史上生死存亡的一刻。

为了维护战国红版图的统一，

为了维护绝大多数战国红持有者的利益，

为了让战国红真正坚不可摧，

我们代表新旧两个版本的用户做出如下决定：首先，从11月13日9时起，战国红国际交易平台将关闭二十四小时；其次，我们号召所有9.0.4版本的用户退回到9.0.3版本，并刷新账户；最后，未来所有危害战国红统一的个人或组织，无论来自哪个国家，无论出于什么目的，都将被视为全体用户的敌人，受到社区的共同抵制。

之所以做出以上决定，是因为我们从心底里相信，金融产品虽然没有温度，但持有它的我们众志成城，战国红承载的将不仅仅是财富，而是我们共同的美好愿景。

谢谢，祝大家周末愉快。

匡正盯着那句话——"金融产品虽然没有温度，但持有它的我们众志成城"，即使不懂技术，不理解"技术宅"的罗曼蒂克，他的血仍然沸腾了。这一刻，他明了了来晓星昨天的坚持，明白了他傻傻地戴着红袖标的骄傲，明白了人类对于技术创新的追求，支撑着战国红的绝不只是电力和算法，还有一个个活生生的人，所以它才能生存下来，在凶险的资本丛林里顽强地闯出一条路。

旁边的电脑上，段钊突然说："回升了，"他的声音很轻，但非常激动，"九毛五……一块……一块一、一块一毛五……回来了！"

一块一毛九，战国红二十四小时前的价格。

匡正连忙过去看，战国红的行情持续走高，一块三、一块五、两块！市场的迅速反应说明了两件事：第一，联合声明奏效，越来越多的用户放弃新版本，退回到旧版本；第二，国际资本一直密切关注着战国红的动向，他们在观望、在考验、在判断，最后亲眼见证了一个强大产品的新生。

从11月13日9时起，战国红将成为国际市场上受信任的金融产品，这意味着巨大的升值前景，而这个时间点是由中国一家小小的私银万融臻汇决定的。

赌赢了。

匡正呼出一口气，并没有什么狂喜，更多的是劫后余生的庆幸。"金刀，"他布置，"通知小顾，告诉他，他的身价要翻番了。"

"是，老板，"段钊难以置信似的，说了一句，"这是我第一百零一次服你！"

"夏可，"匡正想了想，当即决定，"周一记着通知财务，今天在这儿的所有人，每人五十万奖金，当天发放到位。"

大家对视一眼，还没来得及欢呼。"百两，"匡正还有指示，"你今天加个班，拟一份新闻通稿出来，电邮发我。"

"没问题，老板。"

匡正一扭头看到康慨，终于腾出工夫关心他了："你这两天到底跟这儿干什么呢？"

康慨抓着一把纸巾，理直气壮地答："陪我师傅啊。"

匡正瞄一眼段钊，段钊一副"跟我没关系，你看我干什么"的表情，匡正不解地问："你师傅？"

"不是你安排的吗？"康慨揉着来晓星的脑袋，嚣张地瞪眼睛，"1号桌找师傅，区块链，我学了，这回的战国红，我也投了，够听话了吧？"

匡正慢慢挑起一侧眉毛，这应该叫……歪打正着？

方方面面安排完毕，他拍了拍手："好，解散，都回家睡一觉。"他勾起一抹极富魅力的笑，瞧着自己这班兄弟，自豪地说，"周一见，我的勇士们。"

第二天是星期日，宝绽九点多来到戏楼。如意洲想排一出《二进宫》，但团里没花脸，应笑侬前两天去请张雷。市剧团最近忙着"国粹下乡"，他只有周末有空，大伙儿就约着今天到戏楼排练。

宝绽从迈巴赫上来，头上零零落落飘着细小的雪花。冬天到了，他呵一口气，成团的白雾随风消散。

"宝处！"背后有人叫。是应笑侬。

两人并排上楼，掏钥匙开门。时阔亭噔噔噔跑上来，拎着两套煎饼果子："应笑侬，你是不是穿我袜子了？"

应笑侬皱了皱眉。

时阔亭把左脚从军钩里拔出来，袜子小，退到了脚后跟："沙发上就两双袜子，你先穿的，肯定是你把我袜子穿走了。"

"是吗？"应笑侬没注意，"来，咱俩换。"

宝绽愣愣的："师哥，你们……"

"我们住一起了，"时阔亭冲他笑，"就前边不远，远航小区，等都收拾好，叫大伙儿过来吃饭。"

宝绽惊讶，看着时阔亭进屋，和应笑侬并排坐在沙发上，拌着嘴，把臭袜子往对方身上甩。

"哎，宝处，"应笑侬开玩笑地踩着时阔亭的大腿，"你刚才要说什么？"

"没……"宝绽移开眼睛，侧过身，"没什么。"

他抿着嘴唇，转身回屋，还没走到门口，兜里响起微信的提示音，掏出来一看，是匡正发来了一条三十秒的语音。

匡正有事一般都打电话。宝绽觉得奇怪，开门进屋，把手机放在桌上，点下语音条，去换练功服，短暂的空白之后，阳光充沛的小房间里响起低沉的歌声："心里的花，我想要带你回家……你是最迷人的，你知道吗？"

昨天宝绽说，他喜欢这歌，想录下来天天听，匡正就给他发来了。

不久，张雷到了，三个角儿——一个大净、一个须生、一个正旦，时阔亭给他们操琴，只过了一遍，搭配起来行云流水，严丝合缝。

结束时还不到十一点，宝绽也没法儿留人吃饭，送张雷到门口，正要道别，从外头闯进来一个短头发的姑娘，白净脸，个子不矮，单揪住张雷的脖领子，大骂了一声："你个吃里扒外的东西！"

宝绽他们都傻了，七手八脚想拉开她，张雷却一副死硬的样子，用那条叫破天的嗓子嚷："多小静，你差不多得了！"

没想到姑娘的嗓门比他还高："张雷，你小子钻钱眼儿里去了！告诉你多少回了你不长记性，团里的活儿爱搭不理，跑到这种野剧团来充门面！"

"野剧团"三个字冲了宝绽的耳朵，他沉下脸，颇有气势地说："姑娘，听话音儿你也是行里的，来我们如意洲闹什么事？"

"如意洲？"这个姓多的姑娘翻眼瞧着这座大戏楼，带着一股目中无人的狂气，"不就是有几个臭钱吗？图我们市剧团的名声，"她一双雪亮的眼睛朝张雷瞪过去，"也就这种孬种上你们的套！"

"宝处，"应笑侬拽了拽宝绽，贴着他的耳朵，"我想起她是谁了。"

宝绽随着他转身。

"还记得我去市剧团应聘那次，"应笑侬旧事重提，"和张雷一起的那个女老生？"

宝绽记得，七年前，在市剧团的后台，那天张雷也是上《二进宫》，给他配杨侍郎的是个女角儿，他们双双考上了，应笑侬却落马——原来就是眼前这姑娘！

宝绽转回身，挂着一抹锋利的笑："听你的口气，好像如意洲这块牌子配不上你们市剧团的演员？"

"哼，"她无礼地笑，"那当然！"

宝绽已经不是七年前那个势单力薄的男孩子，现在的他要钱有钱，要圈子有圈子，在唱戏这件事上，他有上天摘星辰的底气。"在我看来，"他昂起下巴，从容地说，"市剧团已经日薄西山了。"

这话呛了多小静的肺管子，她横眉立目："说什么呢你，让钱撑傻了吧？"

时阔亭和应笑侬对视一眼，也觉得宝绽的话说过了。

"我们如意洲才是红日当空，"宝绽不是个狂人，但偶狂着，要为如意洲争脸面，"不服来战？"

多小静是个暴脾气，硬压住了，咬着牙说："好啊。"她一把拽住张雷的领子，扫一眼如意洲的三个人，"下周，有胆子就到市剧团来，我摆开场子等你们！"

宝绽潇洒地拱起手，抱了个拳："回见。"

她狠狠地横他一眼，拽狗似的拽着张雷走了。

时阔亭和应笑侬一左一右站在宝绽身后，一个说："冲动了，宝处。"另一个说："咱们要是真去市剧团砸场子，那就和整个正统京剧圈为敌了。"

半晌，宝绽问："怕了吗？"

"开玩笑，"应笑侬答，"长这么大不知道'怕'字怎么写。"

"喂，"时阔亭活动了一下酸痛的手腕，"咱们是不是有点儿飘了？"

"也该杀个回马枪了，"宝绽的声音不大，但很坚定，"让如意洲重新回到正统京剧圈的视野。"

99

周三是商量好去市剧团找多小静的日子，吃过午饭，如意洲一行五人坐公交车到市剧团门外，给张雷打了个电话。

"你们还真来啊！"张雷跟收发室打个招呼，领人进院。

"人家话都说到这个分儿上了，"应笑侬穿着一身雪白的长款羽绒服，往办公楼前的薄雪上一踩，倍儿漂亮，"我们不来，显得如意洲没骨头。"

"得，"张雷摇了摇头，"你们都把戏里戏外这点儿事儿当真，就我是个凡人。"

他领他们去一个内部的小剧场。四五十人的观众席上坐满了十四五岁的学生，玩手游的，吃零食的，闹闹哄哄。

"小静比你们还当回事儿，"张雷无奈地说，"研究了两天，搞出这么个场面，说是咱们两边搭对儿演，让戏校的孩子们评分，输赢看平均分。"

算平均分很公平。宝绽没想到，多小静看起来风风火火的，倒是个头脑清晰的人。

"行，"他瞧一眼那舞台，不大一块地方，没有侧幕，拉了个帘子，开着上场门和下场门，"咱们定戏吧。"

对儿戏，顾名思义，就是一出戏，市剧团和如意洲各出一个人，两边搭着演。市剧团这边只有张雷和多小静，如意洲的人不能都上，合计了一下戏码，让陈柔恩和应笑侬出马，宝绽作为团长，后边来个轴子。

多小静姗姗来迟，披着一件羽绒服，捧着一只保温杯，活像个五六十年代的老干部，短头发一甩，在宝绽身边坐下："来啦？"

宝绽脱掉大衣，点了点头："来了。"

"天儿冷，嗓子还行？"她看过来。

宝绽也回看着她："还行。"

老生对老生，一样的修竹之姿，一样的龙睛凤目，一对上，棋逢对手。张雷赶紧插到两人中间："我和小陈定好了，《赤桑镇》。"

多小静仍然盯着宝绽，显然想跟他一较高下："谁和我搭？"

"我来。"宝绽另一边，应笑侬露出半张芙蓉面，懒洋洋的，"早听说市剧团有个厉害的女老生，我来领教领教。"

"《武家坡》？"这是一出生旦戗着唱的戏。

应笑侬莞尔一笑："还是《坐宫》吧。"显然，他嫌《武家坡》戗得还不够狠。

唇枪舌战间，戏码定下来了，也不分什么前台后台，所有演员都坐在第一排，该谁唱了谁上去，与其说是擂台，更像是班级联欢会。

陈柔恩和张雷很熟了，俩人你让着我我让着你，笑呵呵地上台。台下都是小朋友，看节目似的拍巴掌捧场，气氛特别好。

市剧团的主场，用的是多小静的琴师和鼓师。张雷先开一嗓子，大刀阔斧："嫂娘！"

他那嗓子，不用说，下头立时喊成一片，在这芜杂的喊声中，出乎所有人意料地，陈柔恩提起中气，愤然一声："好奴才——"

《赤桑镇》是一出传统戏，讲的是，包拯从小父母双亡，由嫂子吴氏含辛茹苦养大，包拯长大后做了开封府尹，侄子包勉也做了萧山县令，但他在任上贪赃枉法，被包拯大义灭亲处死在铡刀之下，嫂子吴氏得知后赶到赤桑镇，痛骂包拯忘恩负义。

陈柔恩这一嗓子，整个场子都惊住了。多小静诧异地盯着台上，小姑娘唱得好，不是她调门起得高、嗓子喊得亮，而是那股舍我其谁的气势，仿佛她踏在那儿就是角儿，这是经过场面、一场场淬出来的，从这一句"好奴才"，她就窥见了如意洲的实力。

锣鼓点走起，引出一段西皮导板，陈柔恩沉稳发力，声势更上一层楼："见包拯怒火满胸——膛！"

漂亮！台底下炸了，压轴级别的开场，小朋友们纷纷关掉游戏，放下零食，开录像，满剧场全是手机屏幕。

导板转快板，陈柔恩把着节奏，玩儿一样："骂声忘恩负义郎，我命包勉长亭往，与你戗行表衷肠，谁知道你把那良心丧，害死我儿在异乡！"

张雷也是万里挑一的嗓子，接得住她："包勉他初任萧山县，贪赃枉法似虎狼！……叔侄之情何曾忘，怎奈这王法条条……"

"你昧了天良！"陈柔恩一喉咙捅过去，真有点儿打擂台的意思，"国法今在你手上，从轻发落又何妨！"

他们俩你来我往，珠联璧合，旗鼓相当，短短十分钟的戏，听得人直起鸡皮疙瘩，真真当得起"酣畅淋漓"四个字。

　　在一片叫好声中，他们联袂下台。下一折是生旦戏，应笑侬要用自己的琴师，临上场给时阔亭递眼色："给我起平时和宝处的调儿。"

　　"是不是有点儿高？"时阔亭低声问。

　　"宝处是男的都不嫌高，"应笑侬挽起袖子，露出水葱似的胳膊，仿铁镜公主的旗装，"她一个女的，高什么？"

　　"人家是女老生，"时阔亭实话实说，"唱高了没法儿听了。"

　　"你是哪边的？"应笑侬横他一眼，"戏台子上哪有那么多说法，行就活，不行就死，谁管她是哪门哪路！"说着，他抽张纸巾当帕子，婀娜上台。

　　下头一看是这么俊一个"格格"，都嗨了，吹着口哨喊"姐姐"。应笑侬给大伙儿福了福身儿，含笑朝多小静一抖手。驸马爷迈着方步也上来，朝台下鞠一躬，准备开戏。

　　"呀——"应笑侬轻讶，如水的目光一转，进西皮流水，"听他言吓得我浑身是汗，十五载到今日他才吐真言！"

　　胡琴一起，多小静就听出调门高了。应笑侬唱旦角用小嗓，多高都不怕，她唱老生用真嗓，还不能露出女音，就有些为难，但她死要面子，不肯当着这么多人的面降调，强撑着重重一叹："公主啊！"她铆足了气，进快板，"杨延辉有一日愁眉得展，忘不了贤公主恩重如山！"

　　接下来就是经典的生旦对唱，生唱"我和你好夫妻恩德不浅"，旦就唱"说什么夫妻情恩德不浅"，旦唱"因何故终日里愁眉不展"，生便唱"非是我这几日愁眉不展"，总之怎么戗怎么来，让应笑侬和多小静一演，火药味儿更足了。

　　应笑侬不是个善茬儿，不光调儿起得高，还越唱越快，他的本事在那儿，倒着唱都不怕，时阔亭注意着多小静的嗓子，不免替她捏了把汗。

　　果然，唱到"宋营虽然路途远，快马加鞭一夜还"，多小静就不行了，气息明显变短，声音也薄了，精疲力竭，被应笑侬赶了个半死。

　　应笑侬扬起帕子，一个泼辣的笑，冲着她："你到后宫悄改扮，盗来令箭爷好过关！"

　　多小静知道他是故意整自己，但人在台上，就是死也得挺住："一见公主盗令箭，不由本宫喜心间，"她面露"喜"色，正身对着台下，目光所及处恰是宝绽扬起的脸，"站立宫门——"

后边就是"叫小番"，宝绽直盯着她，觉得她恐怕上不去，但暗暗地，又佩服她。一个女老生，嗓子的宽度、厚度、底气都不如男人，她却没找一个借口，没露一点儿难色，尽着自己的全力，憋得脸都紫了："叫——"来了，她瞪起一双凤眼，对着一帮戏校的孩子，满扎满打毫不敷衍，一嗓子通天，"小番！"她上去了，不光上去了，还带着老生的腔儿。

"好！"宝绽腾地站起来，实实在在给了个彩儿。他们是对手，也是同行，见到对方身上的光彩就免不了惺惺相惜。

多小静能在市剧团挣下一份名气，绝不是浪得虚名。她满头大汗，下台时甚至有些踉跄。应笑侬从后头扶了她一把："对不住，"他说戏文里的词儿，"各为其主，兵不厌诈。"

多小静明白，这是比试，是比试就有明有暗，有高有低，她没那么小心眼儿："你确实好，我服气。"

下面是宝绽的《甘露寺》，他施施然上台，凛然往台中间一站，风姿卓然，略向时阔亭一摆手，唱起西皮原板："劝千岁杀字休出口——"

这是三国戏《龙凤呈祥》中的一段，讲刘备想要迎娶东吴孙权的妹妹孙尚香，诸葛亮略施小计，请周瑜的岳父乔玄游说孙权的母亲，孙刘终成眷属的故事。

娓娓道来的一出戏，宝绽唱着得心应手："刘备本是靖王后，汉帝玄孙一脉留，他有个二弟，"忽而转流水，铿锵有力，"汉寿亭侯，青龙偃月神鬼皆愁！"唱着唱着，他不禁想起市剧团对应笑侬的傲慢，想起如意洲就是被眼前这些人称为"野路子"，神儿一个没拢住，突然卡在那儿，忘词儿了。

"怎么回事？"萨爽猛推陈柔恩，"宝处怎么……"

陈柔恩难以置信："他恍范儿了……"

台底下的学生不知道他是谁，前两段戏又都那么出彩，这时候没轻没重一窝蜂地喝倒好儿。宝绽完全蒙了，他从没在台上现过眼，甚至不知道自己唱到哪儿了。忽然，一个声音轻轻从台下传来："他三弟翼德威风有，丈八蛇矛惯取咽喉……"

宝绽茫然看去，不是别人，正是多小静。

他感激得一顿首，接着唱："虎牢关前三战过吕温侯，当阳桥前一声吼，喝断了桥梁水倒流……"

接上也不行了，气势已经不在，唱的明明是"盖世英雄冠九州"的赵子龙，他却丢盔弃甲、兵荒马乱，草草收了尾，转身想下台，台底下又是一通大笑，他乍然抬眼，发现自己竟然错走了上场门，行话这叫"踏白虎"，是犯忌讳的。

十年，他担着如意洲艰难跋涉，闯不完的难关说不尽的苦，好不容易累积起来的骄傲和荣誉，就在这里毁于一旦。

100

宝绽从下场门进后台，舞台小，后台也很寒酸，不大一间屋子，有两三把椅子，他恍恍惚惚，在其中一把上坐下。

仍然听得到外面的喧哗声，好像是在嘲笑，笑他临场忘词儿，在这么小一个舞台上丢人现眼。

他刚坐下，下场门的帘子匆匆掀开，应笑侬走进来，轻着声，站到他面前："你怎么了？"

宝绽没脸见他，耷拉着脑袋，不说话。

应笑侬抓住他的手，握了握："还能唱吗？咱们杀回去，把名声正回来。"

他说得对，在哪儿跌倒的，就在哪儿爬起来。可宝绽怕了，整个人六神无主。"张不开嘴，"他从来不这么丧气，"让我歇歇。"

应笑侬皱起眉头，宝绽是他们如意洲的顶梁柱，他要是垮了，就什么都完了。

唰地，下场门从外头掀开，是多小静，披着羽绒服，甩着一张纸。"我说，投票结果出来了，"她也拉了把椅子，挨着应笑侬坐，"看看吗？"

应笑侬嫌她来得不是时候，一个劲儿给她使眼色。

"眨什么眨，"她大大咧咧地，把那张纸拍在他胸前，"你第一。"

应笑侬根本没心思关心比试结果，把纸一团，揣进兜里。

"我第二，"多小静微倾着身，直视宝绽，"然后是雷子，他有点儿群众基础，你们团那小姑娘第四。"再往后她没说，显然给宝绽留着面子，"咱们两家打了个平手。"

平手，宝绽苦笑，多小静口下留情了："多谢。"

相对而坐的三个人，谁也没说话。半晌，多小静支使应笑侬："你出去。"

应笑侬倏地挑眉，这么多年，宝绽都没用这种口气跟他说过话，他腾地起身，盯了多小静一阵，翻着眼皮转身离开。

狭小的后台，两个老生亦敌亦友，多小静跷起二郎腿，只淡淡地说了一句："峣峣者易折，皎皎者易污。"

越是性格刚直越容易折断，越是洁白的东西越容易被污染，人也是一样，她直来直去："今天你失手，未必是坏事。"

她看出来了，宝绽性直且净，他有一条好嗓子，对自己的戏信心十足，因为在技艺上，他从没被质疑过。

"我……是拿戏当命的，"小屋子里，两个人，宝绽说了心里话，"今天我是自己把自己的脖子扼断了。"

"拿戏当命，"多小静咂摸这词儿，笑了，"咱们得过得多惨啊，才能拿戏当命。"

她的语气里有自嘲，有无奈，但宝绽注意到她说的是"咱们"，她也是个拿戏当命的人，所以才能为张雷到如意洲"走穴"而愤怒，为了一场仓促而就的比试费尽心思，他们是一模一样的人。

"我第一次登台的时候，"她回忆往事，不免感慨，"站在那儿五分钟，没张开嘴。"

宝绽一愣，抬起眼。

"真的，"多小静勾了勾嘴角，像是笑，又像要哭，"琴师都停了。"

宝绽难以置信地盯着她。

"因为我临上台，后台有人说风凉话。"说到这儿，她的声音有点儿抖，"他说……'女人唱什么老生，小鸡嗓子学虎叫，市剧团没爷们儿了吗？'"

这是赤裸裸的歧视。宝绽瞪大了眼睛，在男旦被蔑视、被鄙薄的同时，女生面临的又何尝不是一条坎坷路？

"我不是也过来了？"事过境迁，多小静已经能淡然处之，"靠的是什么？靠这条嗓子，让他们望尘莫及，都给我闭嘴。"

此时此地，宝绽明白了，没有谁的七年是容易的，这七年，自己在如意洲勉力支撑，多小静则在正统京剧圈苦苦挣一个认同，她也"峣峣"过，她也"皎皎"过，捶捶打打，练成了今天这副火暴脾气。她不火暴不行，一个

窄红·完结篇

女人，想在市剧团挑梁当"男主角"，谈何容易？

"嗓子是老天爷给的，"多小静平静地说，"心气儿是自己挣的。宝团长，"她第一次这样称呼他，"我等你，欢迎随时回来踏碎这个舞台。"

她身上有一股气，和男人不一样，嶙峋处有女性特有的温柔，宝绽打心眼儿里佩服。他站起身，郑重地一鞠躬："我会回来的，"接着，拱了拱手，"回来会朋友。"

多小静没送他，只是拢起羽绒服，点了点头。

宝绽向出口走，走到门前又停住："多老师，"他想了想，诚心邀请，"我们如意洲每星期都有演出，欢迎你和市剧团的老师们……来玩儿。"

来玩儿，不轻不重的一个词，让人舒服，多小静却意外，如意洲再怎么风光，也是个小剧团，宝绽本身是老生，还敢请她去"戗行"，这不是一般的气度。

"好，"她这才起身，微笑着说，"你等我吧。"

没有像样的道别，也没握一握手，宝绽从后台出来，如意洲的大伙儿立刻围上去，簇拥在他前后，像是怕这方小舞台把他伤着。

走出剧场，外头阳光正好，从雪地上反射出莹莹亮光。宝绽眯着眼睛前行，今天的戏输了，他却得到了另一些东西。

他对市剧团一直有一股劲儿，如意洲慢慢好起来，这股劲儿没过去，张雷纡尊降贵来如意洲搭戏，他也没过去，直到方才多小静的一番话，他才真正意识到自己的狭隘——过去那些苦日子，他牢牢记着市剧团的傲慢、对应笑侬的轻蔑，靠着这一丁点儿朦胧的恨意，他才咬牙坚持到了如今。但市剧团和如意洲从不是敌人，正相反，他们是并肩作战的伙伴，尽管这不同那不同，但他们有一个共同的目标，那就是坚守传统、弘扬国粹的心。就为这八个字，宝绽该把一切都放下。

回到如意洲，宝绽给小郝打电话，他累了，想回家。他上了车，小郝说匡正已经回去了，正在家等他。

到家开门，一眼看见匡正正在灶台边煮东西，宝绽吓了一跳。"哥，"他扔下大衣跑过去，"你没摔坏东西吧？"

匡正刚挂断电话，稍背过身，把应笑侬的号码从通话记录里删掉，转过身来："你哥在这儿辛辛苦苦给你炖燕窝，你在那儿担心盘子？"

宝绽理亏，咕哝了一句："我就问问……"他注意到匡正还穿着上班的衬衫，应该是一到家就开始忙活了，"哥，累了吧？"

"不累，"匡正知道他刚经历了什么，心疼，也自责，"正宗的马来西亚龙头天盏，雨季头期，以后每周给你炖一盏。"

宝绽站在旁边，能闻到他身上淡淡的香水味儿，有点儿暖，有点儿涩，让他特别想依赖。

"好了，"匡正关火，用隔热手套把炖盅端起来，"哪儿吃，餐桌还是电视？"

宝绽笑："电视。"

匡正把炖盅端到茶几上，回身去开电视，宝绽在厨房拿勺子。

电视上是纪录片频道，正演着蜜蜂给雌花的花柱授粉。

宝绽尝了一口，除了冰糖的甜味儿，吃不出什么味道，他垂着眼，把勺子给匡正说："哥，你……也吃。"

他这些笨拙的小动作，匡正一眼就看透了，但捏着勺子没动弹。"我不吃了，"他滑动喉结，一不小心说道，"孕妇才吃这个。"

宝绽听见，脸唰地红了："孕妇吃的你给我吃？！"

匡正哈哈笑："你唱戏累，得像宝贝孕妇一样宝贝你！"

101

周五晚上，匡正推掉了两场面谈，八点多从万融臻汇出来，坐迈巴赫到如意洲。到的时候戏已经过半，他一进大堂，听到散花天女袅袅的仙音。

看一眼戏牌子，是应笑侬的《天女散花》，并排挂着两出戏——萨爽的《盗钩》和陈柔恩的《钓金龟》，唯独没有宝绽的。

匡正向前走进剧场，观众席上光线昏暗，舞台上却灯光璀璨，应笑侬扮的天女顶着满头珍珠水钻，鬓花、云肩、腰裙随着旋转上下翻飞，手中一条一丈六的彩虹色绸带活了一样，在半空中蜿蜒。

祥云冉冉婆罗天，

离却了众香国遍历大千。

诸世界好一似青烟过眼，

一霎时来到了毕钵岩前。

明艳动人的一出戏，匡正想就近找个座儿看，眼神一扫，发现第一排中间有个空位，在密密匝匝的观众中显得很突兀。

"你是这戏楼的第一个观众，"宝绽迷离的醉态忽然从记忆深处浮现，一束光、一滴水那样动人，"这个座儿，我永远给你留着。"

匡正猛然记起，一排一号，是他的位子。这么长时间了，宝绽一直给他留着，他却一次也没有来。他怪自己粗心，迎着光走上去。卓尔不群的高个子，奢华笔挺的长大衣，引来众人侧目。走到那个位子前，他看上面粘着张纸条，写着"预留"两个字，于是脱掉大衣，正身坐下。

绿柳枝洒甘露三千界上，

好似我散天花粉落十方，

满眼中清妙境灵光万丈，

催祥云驾瑞彩速赴佛场！

应笑侬甩起彩绸，一个回眸，在五彩斑斓的绮色间看见他，唇边隐约挂上笑，小碎步走到下场门，鹞子翻身下蹲亮相，七彩的绸带在身后缓缓落下，仿佛真是天上仙家，轻踏在一片腾起的云雾之上。

台下是轰然的彩声，应笑侬敛袖下场，进后台。见宝绽正靠在桌边喝茶，他凑过去低声说："你哥来了。"

"谁？"宝绽没反应过来。

应笑侬朝他挤眼睛："姓匡的。"

宝绽愣了一下，别过头："别瞎说。"

"真的，"应笑侬把他往侧幕拽，"你看，最帅的那个，一排一号。"

一排一号，宝绽的心狠狠动了一下，倚着侧幕往下瞧。匡正真的坐在那儿，穿着一件落日色羊毛西装，领带结下少见地套着一个镶钻的金属箍，远远看去，微微闪光。

他来了。宝绽的心勃勃跳动。"小侬，"他急切地说，"小陈唱完，我上。"

今天没宝绽的戏。这两天排练，他的状态不好，声音憋在喉咙里出不来。"你行吗，"应笑侬怕他逞强，"这可不是市剧团，是咱们主场！"

这要是砸了，如意洲真别混了。"我行，"宝绽笃定地说，有当家老生的凌然气，"《甘露寺》，清唱。"

应笑侬愕然，前天在市剧团宝绽唱的就是《甘露寺》，同一出戏，前脚栽了，后脚就捡起来，他真有这个把握？

陈柔恩在台上慨然唱着"抛下了母子们苦度光阴"，宝绽静静坐在后台，闭着眼，想着匡正。这出戏他只给他一个人唱——他最好的哥哥、他的一排一号，他要让他看看，自己这样的丑小鸭也会发光。

陈柔恩擦着汗回来，宝绽从桌边起身，劲竹般的神气，白鹤样的身姿，顺手抓过应笑侬放在桌上的泥金扇，目空了一切似的，向着舞台走去。

三出戏演完，台下的观众按理说该走了，匡正却觉得他们坐在那儿都在打量自己，他下意识扭头一看，怔住了。

那是一张金融街上无人不知的脸，鼎泰证券数一数二的大股东，姓杜，外号"杜老鬼"，出了名地难伺候，此时却温和地看过来，向匡正颔首。

匡正强作镇定，礼貌地回一句"你好"。他在万融做并购的时候，能和这个级别的大佬同乘一架电梯都是值得说一说的事，难以想象，今天杜老鬼竟然出现在宝绽的观众席上，还就在自己身边。

忽然，台底下唰地静了，所有人都往台上看。是宝绽，清风入林般上台，没化妆，只穿着平时的练功服，雪白的一道身影，执着一把扇，亭亭立在光下。

"感谢众位朋友对小团的抬爱，"他深鞠一躬，嗓音如水，"恰逢周末，学生加唱一段《甘露寺》，请诸公雅正。"

匡正能感觉到，整个观众席上刹那间的激动，但没一个人喧哗，而是默默等着他，等他为大家开嗓——

"劝千岁——"金玉相击般的一声，赫然从宝绽喉咙里出来，不是很亮，但有婉转曲折的韵味，"杀字休出口！"

只是一句，匡正胳膊上的汗毛就立起来了，他听过他的戏——《游龙戏凤》，娇俏的李凤姐和风流的正德皇帝，在酒醉后的深夜。但这次不同，没有男欢女爱，不是靡靡之音，而是一股浩然气，化成了满耳的快哉风。

宝绽掭着那把扇，悠然自得，像是以戏会友，自一派潇洒风流："刘备本是靖王后，汉帝玄孙一脉留，他有个二弟，"节奏在这里一转，进西皮流水，"汉寿亭侯，青龙偃月神鬼皆愁！"

匡正不懂戏，但也听得出其中的劲头，最让他想不到的是，满观众席都在随着他打拍子，舞台上下全然是一个节奏——宝绽的节奏，他就在自己那立锥的方寸间，用简简单单一条嗓子，用盖不住的才华和风采，将这些金字塔尖的大佬玩弄于股掌之上。

"白马坡前诛文丑，在古城曾斩过老蔡阳的头！"前天在市剧团，就是这里，宝绽把好好的一段唱扯成了断线的珠子。

今天在如意洲，他要把这些珠子一个个捡起来，严丝合缝重新连缀到一起："他三弟翼德威风有，丈八蛇矛惯取咽喉！"

"好！"后排有人给了个好儿。

不温不火的一出戏，却让宝绽唱出了火候，为着这声好儿，他含笑抬手，陡然把彩扇振开，唰的一下，亮在身前："他四弟子龙常山将，盖世英雄冠九州！"那嗓子像是拿最细的砂纸打过，越来越美，越来越亮，"长坂坡，救阿斗，杀得曹兵个个愁！"

台上的宝绽有一股魔力，牵着匡正的眼睛、耳朵和心，每一个感官都被他操控，恍惚间，匡正甚至觉得，即使不认识他，没吃过他做的饭，没被他一声声叫"哥"，也会在这一刻倾倒。

"这一班武将哪个有，还有诸葛用计谋！"宝绽人在台上，心却落在台下，一双眼睛看着匡正，丝丝入扣，"你杀刘备不要紧，他弟兄闻知是怎肯罢休，若是兴兵来争斗，曹操坐把渔利收！"

隔着一道栏杆，匡正仰望着他，听着他口里的故事，跟着他心潮澎湃，他们仿佛在另一个时空，换了另一种方式，重新认识了彼此。

"我扭转回身奏太后，"宝绽啪地收起折扇，旋身一转，目光越过肩膀，仍投在匡正身上，"将计就计——结鸾俦！"

一曲终了，耳边是经久的掌声，所有观众都站起来，激动地喊着"宝老板"。匡正被这种氛围感染，没命地鼓掌，两眼死死盯着宝绽，看他利落地一鞠躬，像消失在清晨的最后一抹星光，稍闪了闪，便藏身到幕后。

结束了，宝绽带给观众的兴奋感太强，像是一把刀锃锃闪着寒光，又像是一只手牢牢扼住咽喉，现在这把刀入鞘，那双手松开，匡正才能获得平静，好好地喘上一口气。

他刚喘口气，左右的大佬们纷纷围过来，热情地跟他寒暄，向他递出名片。"一直好奇这个预留的一排一号,"有人说,"今天终于见到庐山真面目了!"

"和宝老板是什么关系?"也有人这样问,毕竟宝绽在台上看向他的目光太亲近。

"万融臻汇……"还有人拿着匡正的名片,连连惊呼,"不就是前几天震惊国际金融圈的私银吗?战国红!"

在众多或真或假的恭维声中,又一张名片递过来,匡正低头一看,上面用中英两种文字写着"正彩电子,张荣"。

匡正抬头,果然,是那张熟悉的脸。就在这里,如意洲三楼,这家伙曾指着他的鼻子说:"我是看你够孙子才用你!"现在他却换上了一副面孔,热情地打招呼:"好久不见,匡总!"

102

客人三三两两地散去,张荣没走,想跟匡正谈一谈。

宝绽在三楼给他们开了间房,张荣进屋一看,乐了,正是上次他和匡正发生口角的屋子。

"三十年风水轮流转,"他在桌边坐下,"这还不到三十年,才一个月?两个月?你们兄弟身价涨得够快的。"

匡正把大衣搭在椅背上,在他对面坐下,有工作人员来上茶,是今年的大吉岭,澄透的金红色,带着喜马拉雅山的香气。

张荣端起杯,看了看:"以前这屋是喝酒的,"他呷了一口,不无感慨地说,"请宝老板陪着喝过酒,如今在圈子里也是很有面子的一件事了。"

匡正一直没张口,这时说:"如意洲以后没酒了。"

张荣想了想:"酒倒是有,只是不是以前那个价了。"

匡正皱眉,他不喜欢宝绽被人这样议论:"大周末的,不回家,跟这儿耗着,咱们就说这些?"

他用词很不客气,张荣也理解他的不客气,毕竟当时把话说绝了的人是自己:"都是场面上的人,匡总,我那时那些话,你明白吧,充面子而已。"

"早翻篇了。"匡正说。他确实翻篇了,这种人这种事,不值得他记一回。

"那好，"张荣端起杯，和他的杯碰了一下，"我以茶代酒，咱们化干戈为玉帛。"

化干戈为玉帛，说得容易。匡正把茶放下。"张总，你真犯不着这样，"他直说，"你是做大买卖的，我就是家小私银的老板，碍不着你的生意。"

张荣和他撕破过脸，所以双方都不玩虚的，有一说一。"你是个小私银，可你身边的都是大人物，就连你这个唱戏的弟弟，"张荣指着墙上宝绽的剧照，"在圈子里都是说话好使的主儿。"

匡正明白他的意思，看今天宝绽受欢迎的程度，他替谁张张口都能带来巨大的利益流动，但匡正了解他，越是这样，他越会小心，什么都不会说。

"韩文山、房成城，还有温州顾家的长房，都在你这儿吧？"张荣转过腕子，自己把茶喝了，"别说我恰恰认识你，就是不认识，费尽心机也得认识你。"

他毫不掩饰自己的想法、动机、目的。匡正觉得他是那种典型的斯文败类，刚认识的时候彬彬有礼，再接触，发现他是个浑蛋，到现在，又见识了他见风转舵的一面，这种人即使不是朋友，也不能成为敌人，毕竟圈子就这么大，不能把路走死了。他稍缓和，和张荣闲扯了几句，这一扯发现他是清华大学毕业的，北大东门斜对着清华西门，几百米路，匡正和他年纪又相仿，说不定在中关村什么地方还擦肩而过过，距离一下子拉近了。

"张总，别兜圈子了，你有什么事儿，说吧。"

张荣确实有事，殷勤地给他续一杯茶。"战国红那么冷门的东西你都玩得转，"他试探，"是不是在国外有什么门路？"

匡正蹙眉："你指哪方面？"

张荣有所保留："资金。"

匡正很敏感，马上意识到："收并购？"

张荣不知道他原来是干这个的，惊讶得瞪大了眼睛。"猜得这么准？"他放低声音，"我想收购日本的一家元件厂，钱我有的是，但出境有点儿麻烦。"

匡正懂，外汇资本项下有管制，资金的跨境调动壁垒重重："你可以向外管部门申请售汇，走海外收购程序。"

"我问过了，"张荣一副要了命的表情，"没几个月下不来，这还是快的，匡总，商场如战场，时机啊！"

匡正门儿清，做M&A，黄金的接洽时间可能只有那么几周。

"能不能帮着想想办法？"张荣问。

匡正不想跟他有业务往来："找G&S啊。"

张荣扫兴地靠回椅背："匡总，我们正彩干的虽然不是什么保密行业，但也有几项国际领先的技术，"他明确地说，"至少现阶段，我不想跟境外投行有深入的接触。"

这家伙是个利益至上的人，但在国家荣誉这件事上，他有所坚持，就为这份坚持，匡正松了口："周一上午十点，万融总行，我找上冯宽，咱们仨聊聊。"

"冯宽？"张荣心里瞧不上冯宽，一个靠老丈人起家的银行油子，但匡正要找他，他没说的，"行，准时到。"

两人从房间里出来，刚走几步，隔壁的门开了。宝绽站在那儿，卸好了妆，在等他哥一起回家。

他不是两个月前那个能随便吆喝的小戏子了，张荣礼貌地道别："宝老板，多谢招待。"

宝绽不喜欢他，但仍客气应对："张总慢走。"

张荣点个头，和匡正握了握手，转身走向楼梯口。宝绽目送着他的背影，拉住匡正的胳膊："没吵架吧？"

"没有，"匡正习惯性搭住他的肩膀，"有说有笑的。"

"嗯，过去的事都过去了，抬头不见低头见的，别搞僵。"

匡正爱听他说话，都是大白话，但里头的道理不浅，和他们这些清华、北大毕业的差不了多少："饿了吧，附近吃一口再回去？"

"不了，"宝绽拉着他下楼，"回家我给你做吧。昨天韩哥让人送来两个大肘子，我蒸一蒸，咱俩边看电视边啃，一人一个，多香！"

匡正扑哧一声笑了，想象了一下那个画面，他和宝绽穿着老头衫，一人捧着一个肘子，过的真是实在日子。

转个弯，一楼到了，时阔亭和应笑侬正站在门口的灯下，翻着兜像是在找零钱，匡正以为他们要坐公交车："走，我送你们一段。"

"不用，"时阔亭把兜里的东西都掏出来交到应笑侬手上，"我们就住前边，拐过去，过个天桥就是。"

"你们……"匡正记得北戴河那阵宝绽提过一嘴，时阔亭住戏楼，应笑侬在老城区租房子，"住一起了？"

"对，合租便宜。"时阔亭说。

匡正点个头，和宝绽推门出去。

应笑侬催时阔亭："快点儿，找着没有？咱俩就这一把钥匙！"

"等会儿。"时阔亭那么大的个子，像个让老婆逼着交私房钱的"耙耳朵"，把全身上下的兜都掏遍了，"没有……"

"再好好找找！"应笑侬怒了，"这大晚上的到哪儿找开锁的去？！"

"要不……"时阔亭挂着一身翻出来的兜底儿，"附近找个小宾馆对付一宿？"

"我可不去，"应笑侬一脸嫌弃，"你不知道那些爱情宾馆有多脏。"

时阔亭拉开门，应笑侬手都不伸一下，大老爷似的晃出去，时阔亭颠颠儿地跟上来："要不找个你喜欢的酒店，贵的那种？"

应笑侬停住脚，挑着眉看他："你个守财奴，舍得？"

"谁让你讲究多，"时阔亭把心一横，"我也享受一把，有叫床、带早餐、满被都是玫瑰花那种！"

"滚你的！"应笑侬又给了他几脚，"叫早，不是叫床！"说着，他气哼哼地把手插进兜里，里头硬硬的，碰着什么东西，掏出来一看，是家门钥匙。

"我去！"时阔亭揪住他，跳起来压到他身上，"一直在你兜里，你把我翻得跟个抽屉似的！你小子是不是故意的，让我出血领你去开房？"

正闹着，旁边有一对下晚自习的母女经过，妈妈两手捂着女儿的耳朵，看鬼一样看着他俩，惊恐地自言自语："这条路真不安全，妈以后天天来接你！"

103

周一上午十点，张荣准时到达万融总行，坐电梯到32层。冯宽远远迎过来，热情地领他到自己办公室。

他们一进屋，匡正已经到了，正坐在办公桌边看手机，是微信页面，脸上挂着少有的温柔笑容。张荣猜，手机那头十有八九是宝绽。

"匡总。"他打个招呼，到他身边坐下。

"张总。"匡正收起手机，神情立马变了，严肃、职业、气势迫人。

冯宽坐他们对面，刚想寒暄两句，匡正抢过话头，开门见山："张总近期有海外收购计划，需要一笔境外资金。"

张荣盯着冯宽，果然，那家伙一脸茫然，只这一瞬，张荣就对万融、对匡正失去了信心，他觉得自己大周一取消例会就跑到这个破地方来，真是吃饱了撑的。

"张总，"匡正的时间也金贵，一句废话都没有，直接给出方案，"收购需要的资金，你把足够的人民币存到老冯这儿，剩下的就不用管了。"

冯宽对匡正是真信任，怎么回事都没搞明白就跟着点头。

张荣没说话，心说"我缺美元，你们这帮浑蛋倒惦记起我的人民币了"，皱起眉头正想说几句难听的，匡正转而对冯宽说："老冯，你用他这张存单，向万融香港分行申请抵押贷款，要等额美元，尽快。"

冯宽明白，行话叫"内保外贷"。"没问题，"对他来说，这是小菜一碟，"那边管事的是我轮岗时候的哥们儿，最多一周搞定。"

张荣瞠目结舌，原来这就是冯宽的用处，不用他献计出力，也不用他披荆斩棘，只要一个电话，就能接上关键的一环。

"张总，"匡正转过来，"海外美元的贷款利率低于国内人民币的存款利率，这边的收入足以弥补你那边的利息，放心吧。"

张荣再次惊讶，他想到的、没想到的，匡正都替他想到了，而且细致入微，滴水不漏。

"现在，正彩电子可以实现资金零成本的跨境使用了，"匡正和冯宽对视一眼，开玩笑地说，"我们金融狗的一点儿小手段。"

在张荣他们做实业的人看来很挠头的事，到了玩金融的手里，一杯茶的工夫就迎刃而解。张荣的态度变了，他低头瞧见匡正杯里的水不满，连忙执起桌边的茶壶，给他添上，而冯宽的杯子就在前头几厘米处，他却没理会。

张荣这样的老总是不屑给冯宽添水的，在万融商行部，谁是孙子谁是爷，一直泾渭分明。冯宽在和匡正研究内保外贷的细节，看起来像是没注意，心里其实跟明镜似的，他也习惯了。忽然，匡正顺手提起壶，给他把水倒上。

冯宽愣了，张荣也愣了，一抬手几滴水，尊重、轻蔑、傲慢、温情，都在不言中。

冯宽绷起嘴角，匡正是拿他当哥们儿，什么是哥们儿，就是别人瞧不起你的时候，他能及时伸一把手。

"老冯……老冯？"匡正是有意为之，但却装作是无心之举，毕竟都不是小年轻了，帮人也要留面子，"想什么呢，这个时间点没问题吧？"

"啊？啊，"冯宽走神儿了，根本没听清他问的是什么，但只要匡正让他办的，他一概没问题，"交给我，你放心。"

匡正点点头，看一眼表，十点十五分。"解决了，张总，"他对自己的效率很满意，"只要你的资金到位，具体的我们万融操作。"

张荣也看一眼表，从进门到现在，十五分钟，匡正用难以想象的短时间解决了他上亿美元的大问题，除了服气，他没什么说的。

"匡总，"张荣从椅子上站起来，"下午赏个光？我刚买了个高尔夫球场，在西郊，你是我请的第一个客人。"

冯宽跟着站起来。张荣请匡正去家里的球场，很给面子，谁知道匡正却推辞："今天不了，"他说拒就拒，"高尔夫一打起来没完没了。"他对张荣很随便，直说，"晚上宝绽有戏，我去捧个场。"

张荣一副恍然大悟的样子："是是是，我怎么忘了？"他还得给自己找借口，"可惜我晚上有约了，给宝老板带好。"

"一定。"匡正送他到门口，关上门，返身回来。

冯宽坐在办公桌后，感慨地说："哥们儿，你还记得吗，三个月前，你给他媳妇擦过鞋。"

大丈夫能屈能伸，匡正耸耸肩。

"三个月，"冯宽难以置信，"他反过来对你俯首帖耳，张荣这种狗人儿！"他羡慕，但不忌妒、恨，因为人家是匡正，是他望尘莫及的人物，"你真行，老弟。"

匡正对他这儿很熟，自己找咖啡："运气好而已。"

冯宽摇头："有几个被从双子星踢出去，屁都不给，靠自己扒拉，能扒拉成你这样？"他自问自答，"没有，你就是金融街上的神话。"

"得了，"匡正倒水把咖啡冲上，"酸不酸？"

"干吗喝速溶的？我有咖啡机。"冯宽起身要给他鼓捣，"我要是你，我正眼都不给他一个，还给他内保外贷？"

"低头不见抬头见的，别搞僵。"匡正说，说完才发现这是宝绽的话，"顺便给你拉点儿储蓄，怎么样，今年的奖金能不错？"

冯宽乐了："都是你带的货，谢了。"

"谢什么？"匡正知道他不差这点儿钱，差在老丈人那儿的面子，"我最难的时候，是你雪中送炭帮的我，忘不了。"

冯宽想了想："我这辈子积的最大的德，可能就是那时候手欠帮你了。"

两人你一言我一语，聊了也就五分钟，冯宽开始赶人："真不留你，我这中午前得把日总结、周计划交上去。"

"什么玩意儿？"匡正觉得好笑，"又不是政府机关，搞这套。"

"现在就这风儿，西楼那边也一样。"冯宽往电脑后头一坐，打开 Word，"赶紧走，不送你了。"

匡正就这么被下了逐客令，从 35 楼到停车场，坐上迈巴赫离开金融街。

忙碌的周一，市中心的主干道上是鱼贯的车流，得意的人、失意的人，每个人都在为了温饱或理想而拼搏。年轻的戏曲演员们也一样。下午四点，多小静带着人从市剧团来到如意洲。门房接着他们，客气地安顿在贵宾室，上楼通知宝绽。

"多老师！"宝绽带着全体团员下楼来迎，除了多小静，张雷也来了，还有一个大武生和一个小花旦，颇有风采的四个人。

两边介绍寒暄，宝绽顺理成章地请一顿点心，然后邀他们晚上在如意洲开戏。

"这……"张雷看向多小静，"不好吧？"

助演是一回事，带一帮人占人家场子是另一回事，但多小静之前和宝绽有约，今天就是来切磋的，既会友，也拼戏。

"谢宝老板的台子，"她比张雷痛快，"你们愿意要，雷子给你们，我和我师弟、师妹，三个人三出戏。"

"愿意，"宝绽大气一笑，"当然愿意！"

张雷扯多小静："别胡闹，你不知道这边的观众，不是一般人——"

多小静就不爱听他说这个："有钱人也是人，雷子，戏就是戏，眼里别那么多东西。"

他俩话都说成这样了，他们团那两人也不吭声，萨爽看不过去，插科打诨开了几个玩笑，把话头带过去。

大家歇一歇，过了五点，陆续进后台。戏牌子是临时写的，陈柔恩的《行路寻子》、大武生和萨爽的《三岔口》、小花旦的《拾玉镯》、多小静的《上天台》，还有宝绽、张雷、应笑侬的《二进宫》，一共五出戏，是如意洲行当最全的一回。

七点半，准时开锣，宝绽一身素衣先登台，给寥寥的几排观众鞠一躬："今儿是周一，人不多。"说着，他笑了，像邻家的弟弟，闲话家常，"在座的有眼福，市剧团著名女老生多小静老师今晚携班底加入，戏码在外头挂着，诸位见着了，外来是客，咱们勤给好儿，宝绽在这儿谢过了。"

简单几句话，请在座的行家们多鼓励、别欺生，是做东道的本分，观众也捧场，一片热络的掌声把他送下去。陈柔恩穿着一身浅色老斗衣走上来。

今晚的戏，两边不露声色，但都较着劲儿，因为较劲儿，一出比一出精彩，到《二进宫》唱完，观众叫着嚷着，说什么也不放他们谢幕。不得已，宝绽和多小静一商量，每人返场来一段绝活儿，或做或打，给座儿一个圆满。

匡正恰是这时候到的，他本来要早到的，结果房成城一会儿一个电话，跟他确认海外上市的细节，他耗到八点半才从万融臻汇出来。匆匆进剧场，刚在一排一号坐下，他就见宝绽穿着一身净白的水衣子立在聚光灯下，突然一个横岔，狠狠劈在台上。

匡正腾地从座位上起来，愕然盯着台上，背后是潮水般的掌声，他却愤怒，这些人只顾着看宝绽摔得漂亮，谁也不关心他是不是危险、是不是疼。

宝绽的薄衣是湿的，唱《二进宫》流下的汗水，现在又是旋子又是鹞子，一层浸着一层，粘在背上，显出他瘦削的身形。

"坐下！"背后有人喊。

匡正没动，攥紧了拳头，恨不得一抬腿冲上去，把宝绽从台上抢下来。

宝绽一个筋斗翻起身，还想再摔一个僵尸，拧着腰一回眸，见匡正直直站在台下，他一怔，顿时停在那儿——他也知道，他做这些，他哥会心疼。

台上台下，一眼万年。

"宝老板！宝菩萨！"台底下有人扯着脖子乱喊。宝绽顺势一转身，抬手扬向侧幕，多小静带着她的师弟师妹，应笑侬引着萨爽陈柔恩，今晚所有演出的人员一齐登台，连成一排隆重谢幕。

并没有过去看戏往台上扔银元扔镯子的桥段，只是时阔亭下了戏掏出手机一瞧，满屏都是令人咋舌的"66666"，刷了好几下都没见着底。

这是如意洲和市剧团联袂的第一场，双方都知道，以后还会有第二场、第三场，宝绽高兴，让工作人员通知每位客人，今晚如意洲在对面的朝鲜饭店开席，请莅临的戏迷朋友们消夜。

宝老板做东，没人不来，熙熙攘攘的三四桌，宝绽拉着匡正挨桌去敬酒，殷殷地向他们介绍，这是他哥，做私银的，请一定多多关照。

老总们很给面子，说不清是谁起的头，甩扑克牌似的把名片甩到桌上，桌台一转，第二个人再往上甩，这么一圈转下来，一沓十几张名片就转到匡正面前，每一张背后都是不可估量的财富和资源，除了万融臻汇，还没有哪家私银做推广有这么大的排面。

104

第二天依旧是小郝来接他们上班。在如意洲把宝绽放下，迈巴赫从萃熙华都拐弯向南，三十多公里，到达1421广场——以1421年郑和船队发现世界命名，集中着全市主要的科创和文创企业，年产值达数百亿元，动影传声的总部就在这里。

匡正坐电梯上49层。难以想象，风火轮每个月那么大的流水，办公地点却是租的——麒麟大厦A座从45到50层，只租了六层，员工人数不到一百名，却运营着全国乃至世界顶尖的视频平台。

匡正到达会客室，先和公司负责海外上市的团队碰面，然后一起去大会议室。他是作为房成城的私人顾问参与进来的，相当于老总的钦差，几个年薪上百万元的副总全程捧着他聊，再加上他过人的外表和谈吐，很快打成一片。

海外上市先要甄选代表投行，虽然匡正和房成城都属意G&S，但也想听听业内其他投行的方案。今天就是个简单的见面会，有承揽意愿的投行派代表过来，每家二三十分钟的面谈，加一份推介文件。

推介文件，包括投行资历、排名表、市场概要等十几个方面，匡正摸着桌上一份份厚厚的PPT，感慨万千。他原来就是干这个的，IPO和M&A差不多，都是没日没夜地加班、不厌其烦地删改，等精美的推介书摆到甲方桌子上，人家连看都不看。

匡正曾经以为自己一辈子就靠推介和估值活了，甚至以此为荣，直到今天坐到甲方的位子上，以一种挑剔的眼光审视过去的同行，听他们谈着PBR、PER[1]，只报以微微一笑时，才知道过去自己的眼界有多小。他要感谢白寅午，亲手把他带起来，又亲手把他推到深渊里，当他挣扎着抬起头，才发现这所谓的"深渊"是通向另一片天地的入口。

上午的最后一家公司是万融，方副总带队，跟着一个VP和两个工作人员。金融的世界就是这么小，绕来绕去，绕不出这个圈儿。

方副总的脸很僵，当时匡正走，他是说了风凉话的，没想到人家没死，反而万里封侯回来了。论级别，他们平起平坐，但论资源和位置，他连匡正的一根头发都比不上，短短一个季度，已经望尘莫及。

"老方！"匡正率先伸出手，"好久不见！"

"匡总！"方副总虚伪地迎向他。

匡正代表甲方，可以叫他老方，他却不能再像过去那样叫他小匡，这就是地位，和年龄、资历无关。VP是个生面孔，自己介绍是从国银跳过来的，两个工作人员，匡正都叫得出名字，握了握手，和其中一个寒暄："有女朋友了吧？"

那人瞪大了眼睛，显然被猜中了。

"胖了，"匡正指着他的肚子，一看就是女朋友给养的，"注意健身。"

在这种场合，当着这么多大佬的面，匡正对他这样的"虾米"仍然亲切，即使他过去不了解匡正的为人，现在也了解了。

甲方和乙方分别在长桌两侧就座，气氛不错，谈得也融洽。快接近尾声时，方副总忽然觍着脸说："有匡总在这儿，我们怕什么，回去等消息就行了！"

他哈哈大笑，在场其他人的脸色却难看，他或许是想套近乎，也有可能是故意给匡正下不来台，但不管出于什么目的，在这间会议室说出这种话，对动传和万融双方来说都非常不恰当。

偌大的屋子，没一个人说话。

在动传看来，万融私银和万融投行是一家，这话有暗示匡正拿着他们的

1.PBR、PER：市净率和市盈率，评估股票的两个常用指标。

钱给东家放水的意思；对万融来说，两家分号在一桩生意里相遇，避嫌都来不及，方副总却明晃晃地点出来，好像匡正不站边表态都不行。

"老方，"匡正坐在甲方二号人物的位置，歪了歪头，"万融臻汇和万融投行是兄弟，有钱一起赚，没说的。"他跷起二郎腿，话锋一转，"但亲兄弟也得明算账，我今天代表的是动影传声的房总，不是万融。"他说得很清楚，楚河汉界，把自己和姓方的一刀割开。

"万融臻汇的理念，客户第一，"匡正必须重申，这是他安身立命的根本，"无论是谁，无论什么原因，都不能损害我客户的利益。"

被当场驳了面子，方副总黑下脸，正尴尬的时候，房成城的身影在门外一闪，有人看见他，叫了声"房总"，满会议室的人全站了起来。

房成城和煦地笑着，谁都没叫，唯独朝匡正招招手。匡正系上西装扣子走出去，房成城搭了一把他的后背，回头对大伙儿说："你们继续。"

从大会议室出来，两人上楼到总裁办公室。一进屋，房成城反身把门锁了，匡正皱起眉头："房总？"

房成城没说话，指了指里头的休息室，匡正跟他进去，看他关上第二道门，一屁股在床边坐下，疲惫地搓了搓脸。

"怎么了？"匡正有不好的预感。

房成城把脸搓得通红，叹一口气："我要离婚。"

匡正始料未及，一时没反应过来。

"财产分割这块，你们万融臻汇参与进来，律师的联系方式，我晚点儿——"

"房总！"匡正震惊地瞪着他，控制着语气，"好好的，离什么婚？"

房成城抬起头，能感觉到他的怒气："我……伦敦还有一个家，"他大大咧咧的，这种事对他来说不丢人，甚至算有面子，"孩子上礼拜生的，我得多照顾。"

匡正瞪着他，简直不能理解，不是不理解他搞外遇、非婚生子，毕竟有钱人有三四个家的比比皆是，他是不理解为什么要和原配离婚："现在是什么时候，房总，你的公司正准备海外上市！"

"公关团队到位，"房成城轻描淡写，"没问题吧？"

这就是他们有钱人考虑问题的方式，出了麻烦，就知道用钱压。

"这是离婚！"匡正的嗓门高起来，"什么团队能给你公关到民政局去？！"

房成城不说话了。

"你离婚的消息一公布，不用说海外上市，就是国内……"匡正按着额头，仿佛已经能看到当天动影传声的股价，刺目的一条血红，"必然暴跌。"

"太夸张了吧，匡总？"房成城笑，笑得极难看。

"夸张？"匡正冷笑，"你刚才也说准备做财产分割，动影传声不是你名下的吗？一个要分割的公司，谁敢把钱往里投？"

大跌是必然的，只是跌到什么程度、会不会伤筋动骨。

房成城直愣愣地盯着他，匡正不认同他的所作所为，但事已至此："孩子生了，你就好好当爸爸，"他背过身，"但离婚，不要想。"

半晌，房成城吞了口唾沫："她已经知道了。"

匡正悚然回头，这个"她"不用问，是房成城的老婆，上次在他家见过的丰腴的小妇人，给他生了一双可爱的儿女，这么好的家，他为什么不珍惜？

"她的性格……你不了解，"房成城抱着脑袋，把头发抓得杂乱，"她不会让我好的，她会整死我，让我臭大街。"

你就应该臭大街！匡正心说。但作为房成城的私银，他必须给出解决方案："回去给她跪下，磕头、认罪，本来你就是过错方，怎么样都行，只要她不闹。"

房成城摇头。

"你还不明白吗，房成城？"匡正想骂他，"离婚不是你们两个人的事儿，是动影传声，是你公司上上下下那么多张嘴甚至是买了你股票的普通人的事儿，难道要让他们因为你在伦敦生了个什么孩子就倾家荡产？"

匡正说得对，每一个字都对，但房成城没办法了。"我已经给她跪了，"他沮丧着，终于说了实话，"没有余地，离婚是她的意思，是她要分割财产。"

匡正懂了，事情已经到了不可收拾的地方："婚前协议，或者你之前的私银有没有给你做过财产规划，所有的动产、不动产、股权——"

"没有！"房成城崩溃似的大吼，"我有钱了，搞了个女人，谁知道她要生孩子？！谁知道我老婆会知道？！谁知道这点儿破事儿能让股票他妈的暴跌？！"

他在短时间内积聚起了大量财富，却什么也不知道，匡正仿佛能看见那些金钱的泡沫一个一个，在眼前乍然破碎。

钱来得太容易，所以留不住。

"我知道了。"匡正冷静下来，拍了拍他的肩膀，"房总，你是我们万融臻汇的客户，无论发生什么情况，我们都会站在你身边，这一点请你放心。"

"谢谢……"房成城握住他的手，掌心冰凉。

匡正没再参与下午的见面会，因为没意义了，离婚的事一曝出来，案子必然搁浅。他回到万融臻汇，一进门，和夏可走了个对面。这小子最近不知道怎么了，恍恍惚惚的，挂着两个黑眼圈，差点儿撞到他身上。

匡正顾不上说他，擦身过去往里走，夏可突然回身，叫了一声："老板！"

匡正停步，急躁地看着他。

"我……"热情爱笑的夏可，唠唠叨叨的夏可，眼下却吞吞吐吐，"我有点儿事……想跟你说。"

匡正注意到他的反常，但现在没心思也没工夫管他："公事私事？"

夏可想了想："算……私事吧。"

"那就有空再说。"匡正漠然转身，穿过办公区，点了一下段钊，"金刀，跟我上来。"

段钊立刻从位子上起身，往门口看了夏可一眼，追着匡正跑向小电梯。

和房成城一样，两人进办公室，锁门进休息室，进休息室，再把门关严，匡正把段钊招到跟前，盯着他的眼睛说："房成城要离婚。"

段钊愣了一下，直接开骂："这孙子脑子有病吧？！"

匡正摆了摆手，意思是，没用的等会儿再说。"我们的钱，客户的钱，"他想起来，"还有如意洲的钱，有没有投到风火轮的？"

段钊明白了，匡正的反应太快了，他觉得房成城恐怕救不成，准备止损。"我得回去查一遍，但如意洲有，"他能肯定，"之前时阔亭特意找过我，买了五百万动传的股票。"

"立刻抛掉。"匡正不敢想，时阔亭要是赔了，宝绽得急成什么样，"我们自己的钱，包括如意洲的，还有大客户投资占比超过5%的，都给我处理干净，现在就去！"

105

第二天下午，动影传声科技有限公司房成城遭妻子起诉离婚的消息在各大主流媒体被曝出，一开始并没激起太大的水花，但随着一波营销号下场，"房成城疑似婚内出轨""房成城始乱终弃"等话题开始发酵。

第三天早上一开盘，动传的股价开始下跌，虽然幅度不大，但结束了这只龙头股三个月内连续上涨的神话，家庭不和给企业市值带来的影响初步显现。

匡正有点儿坐不住了，按理说这是房成城的家事，但这家伙显然没有处理家事的能力。他从三楼总裁室下来，进办公区直奔段钊："留没留房夫人的联系方式？"

"没有，"段钊起身，"我们直接找她，合适吗？"

"顾不上合不合适了，"匡正有点儿急躁，这事儿说不上哪里不正常，似乎发展得太快，房成城的应对又显得太无力，"我和她谈谈。"

"那只有找房成城要电话了。"段钊说，"不过，老板，他们家这烂事儿，我建议咱们别参与，客户自己作，和我们私银没关系。"

他说得有道理，但毕竟合作一场，不能人家好的时候紧紧贴着，人家出事了就袖手旁观，匡正还要考虑其他客户的观感："尽人事听天命，我有分寸。"

"老板……"夏可在旁边听见，抬起一双销魂的熊猫眼，"房夫人起诉离婚……是他们家有什么烂事儿？"

房成城在伦敦有私生子还是秘密，万融臻汇只有匡正和段钊知道。"你别管了，"匡正瞧他那副"精尽人亡"的样子，摇了摇头，"回家睡一觉，我给你假。"

"不是，"夏可犹豫了一下，"我……有房夫人的微信。"

匡正怔住，和段钊对视一眼。对啊，那天去房成城家，夏可是一起的。"我怎么把你忘了，"他转身上楼，"把她微信推给我。"

段钊眼珠子一转："我说，小可，我们都没她微信，怎么就你有？"

"那天她说微信号了，"夏可低着头翻通讯录，"你们都没加吗？"

有这事儿？段钊一点儿印象都没有。"我和老板光顾着公关姓房的了。"他叹一口气，"唉，追女人都没追客户起劲。"

匡正在电梯里拿到微信号，立刻发申请："万融臻汇匡正，房夫人，请跟我谈谈。"

他本以为人家不会轻易理他，没想到刚踏出电梯，申请就通过了。他怔了怔，进办公室锁门，点击语音通话。

那边很快接起来，但没说话，断断续续的，像是啜泣声。

"房夫人？"匡正放轻了声音。

"匡总。"房夫人哽咽着，真的在哭。

匡正知道离婚对一个女人的打击有多大，特别是全职照顾家庭的女人，她也不想走到这一步，是房成城让她没路可走。

"抱歉，这时候打扰您，我很理解您的感受，但伤心之余，为了孩子，也为您自己，有些事儿您必须考虑。"

他想告诉她离婚对公司的影响、对夫妻共有财产的损害，请她以大局为重，在律师和财富顾问的帮助下，低调和缓地处理这件事。

但房夫人的反应出乎他的意料。"你不用说了，匡总，"眼泪背后，是一个女人强撑的冷硬，"你是姓房的花钱雇的，你怎么会管我的死活？"

"不，房夫人，"匡正纠正她，"在你们没有正式离婚之前，您和房总对我来说是一体的，我要维护的是你们这个家庭的财富，而不是其中某个人的。"

那边不寻常地安静了，匡正以为有转机，刚想争取，没想到房夫人突然骂："你们都是浑蛋！"她激动得有些突兀，"姓房的畜生……他打我了！"

匡正愣了，脑子里飞速闪过"风火轮老总房成城婚内出轨""为小三抛妻弃子""对原配拳打脚踢"之类的新闻头条。

"因为我跟他离婚……"她抽噎得厉害，"股票跌了，他就打我……我跟了他十年！给他生了两个孩子！生老大的时候我胖了十八斤，现在肚子上还有妊娠纹！为了他，我付出了多少……他就是这么报答我的吗？！"

"房夫人……"匡正无话可说，只有沉默。

"你告诉姓房的，"她抹了把眼泪，恶狠狠的，"这一巴掌他别想白打，他和那个臭婊子的事，我没义务替他遮着，公司的财产，我会向法庭申请保全，他干的那些破烂事儿，咱们网上见！"

通话结束，匡正茫然地盯了一阵微信界面，马上给房成城打电话。那边接起来，房成城居然是醉的。

"房成城！"匡正咬着牙齿，恨不得冲到麒麟大厦去给他两嘴巴，"都什么时候了，你还喝酒？！"

"公关、律师、你……你们都在替我忙活，"听得出来，房成城的状态很糟，"我能干什么，我都给她跪下了……"

"你老婆现在要把你在伦敦有孩子的事捅出去！"匡正在电话里喊，"现在股市还在观望，她这条消息一出，你和你的直播帝国就完了！"

房成城没说话，像是疼，发出些微的呻吟声。

"你是个成年男人，"匡正告诉他，"你得站起来处理这件事。"

"我能怎么办？"房成城哑着嗓子，"杀了她？"

这话一出，匡正就知道他是考虑过这条路的，普通人为了几百万都能铤而走险，何况是几百亿。

"房成城，"匡正压低声音，"你给我记着，不管你是清醒还是醉着，在电话里都管好自己的嘴，如果我开了录音呢？如果我把录音交给媒体呢？你不要不断给自己制造麻烦！"

"匡总……"到了这个关头，房成城才真正相信匡正昨天的话，他说，无论什么情况，万融臻汇都会站在他身边，"我完了……我被一个女人搞死了！"

"房总，你保证不能再动手，"匡正警告他，"别说你婚内出轨在先，光家暴这一样，就够你在微博'红透'半边天了！"

"动手？"房成城马上否认，"我没动手！"

"都这时候了，"匡正冷笑，"你跟我演还有意义吗？"

房成城居然赌咒："我要是动手，天打五雷——"

"行了，别说了，"匡正没工夫跟他废话，"从她有爆料的打算到搜集证据形成文章，至少要三五个小时，通知你的公关公司，压住她，不惜一切代价压住她！"

说完，匡正把电话挂了。他觉得反胃，他在给一个始乱终弃、对女人动手的人渣出主意，他读了四年最好的大学，在并购领域拼搏了十年，难道就是为了给禽兽们擦屁股？但他没得选，私银就是给有钱人解决麻烦的，这是他的工作。

"浑蛋！"这一句，他骂的不是房成城，而是自己。

不过，有一点他搞错了，房夫人并不像他想的那么脆弱，她没用三五个小时，甚至连三五十分钟都不到，十分钟后，当匡正穿上大衣下楼，准备去如意洲找宝绽吃午饭，经过办公区时，段钊突然喊："老板！"

匡正回头，见那小子坐在位子上，愕然盯着电脑屏幕，他身后，夏可、黄百两他们围成一圈，脸上都是一样的表情——震惊、错愕。

"怎么了？"匡正立刻过去，看到的是微博页面，"房成城之妻"实名发帖，上千字的长博文，配着九宫图，有小三的证件照、她和房成城在欧洲的亲密合影，还有孕期的B超照片，最后一张是房夫人被打肿的脸，从下巴到鼻梁一片青紫。

"我去……"段钊惊呼，"这孙子够不是人的！"

"他完了，"黄百两推了推眼镜，"经济上、法律上、道德上，身败名裂。"

夏可却没出声，熊猫眼瞪得老大，还有匡正，他把文字内容重新读了一遍，以及那些照片，一张张看过去，从长微博的措辞到照片获取的难易程度，再到这个账号的信息，都不像出自一个刚刚情绪崩溃的女人，而像出自专业团队的手笔，人设、情绪、标点符号，全踩在点上。

"金刀，"他问，"你记不记得，房成城说过，他老婆总是抱怨钱不够用？"

"老板？"段钊和夏可同时看向他。

"我刚和房成城通了电话，"匡正回忆，那家伙也许没说谎，"他跟我发誓，他没动过手。"

"怎么可能，这伤——"段钊睁大了眼睛，"你是说——她伪造的？"

匡正不敢这么说，没人敢这么说，因为没有证据。但他能肯定，房成城是人渣，他老婆也不是吃素的，如果一切是早就计划好的，那么她所有的眼泪、控诉难道只是为了泄愤？如果不是，那么房成城这回死定了。

"老板。"夏可在身后叫。

"嗯？"匡正不想理他，这小子总在关键时刻出幺蛾子。

夏可没说话，而是把手机递过来，匡正应付似的瞄了一眼，只一眼，他就怔住了——屏幕上是微信聊天记录，一边是夏可，另一边的头像他认识，刚刚通过语音，是房夫人。

匡正拿过手机，皱着眉头往下翻，有对话有图片，还有视频，很多不堪入目。匡正抬头瞧了瞧夏可，怪不得他最近魂不守舍，黑眼圈比熊猫的还大。

"多长时间了？"匡正问。

"从上次咱们去她家，"夏可耷拉着脑袋，"我不敢说。"

匡正给黄百两使眼色，让他把无关人员清退："她骚扰你，为什么不报告？"

"我……"夏可的脸红一阵白一阵，"怕你们笑话我。"

"得了吧，"段钊那张嘴杀人不见血，"你肯定是看人家有钱，长得也——"

"我没有！"夏可急了，"我才不会做破坏别人家庭的事！"

"那你为什么——"

"等等，"黄百两按住段钊的肩膀，"你、老板和夏可一起去，她没看上你们，反倒看上夏可了？"

夏可碰上这种事已经够郁闷了，还要被质疑颜值："小百——"

"她喜欢弟弟型的。"匡正替他答，答案在聊天记录里，不仅如此，从房夫人的只言片语，还可以推测出她有其他的暧昧对象。

"这种女人，"段钊不能理解夏可，"你为什么不拉黑？"

"她老公是大客户，我不敢，"夏可攥起拳头，"再说，她也够可怜的，老公在外面有女人，活活把她逼成这样。"

他说得没错，如梦小筑那么大的别墅，男的见异思迁，女的喜新厌旧，都对婚姻没什么忠诚可言。

"而且，金刀、小百，你们都那么能赚钱，连来晓星那小子都有战国红，只有我……什么都没有。"夏可深深地低下头，"我也想为公司出力，我也想每天风风火火地见客户，我也想做对你们有用的人。"

大家沉默了，不是不理解他的心情，只是……

"被她骚扰，"段钊问，"你就有用了？"

"我想让她给我介绍客户，"夏可承认，"富太太。"

段钊狠狠拍了一把大腿，这小子走偏了，他们干私银的，每天接触大量的有钱人，除了物质上的诱惑，还有业绩上的比较，最后都会落到奖金和职位上，夏可为这个着急上火，情有可原。

他们在这儿争论，匡正那边给房成城打电话，开门见山："房总，调查你老婆的健身教练，"他边翻聊天记录边说，"还有一个姓李的，应该是珠宝顾问，或者形象设计师。"

段钊他们齐齐看向他，再一次佩服他的行动力和专注度。

"记着，"匡正告诉房成城，"拿到东西别急着抖，找专业律师，我们跟她谈判。"

106

匡正把手机扔回给夏可，拍了拍他的肩膀，这是鼓励的意思，夏可却惭愧地低下头。匡正蹙眉："头抬起来。"

夏可没有动。

"抬头。"匡正命令。

"我……"夏可沉痛地说，"错了。"

匡正眯起眼，问他："你哪儿错了？"

夏可一怔，闷声说："我有私心……"

"谁没有私心？"匡正告诉他，"整个金融圈就是私心和欲望堆起来的。"

夏可哑口。

"你做了违背道德的事吗，"匡正问，"违背了良心吗？"

夏可立刻摇头。

"今天这事儿，如果没有你的聊天记录，能有转机吗？"

夏可定定看着他。

"上次是谁，几句家乡话拿下了小顾？"

夏可绷起嘴角，他唯一的这点儿用处，他老板还记得。

"夏小可，"匡正用一种严厉的口吻叫着他在办公室的花名，"每个人的禀赋不一样，你没有金刀的凶猛、百两的冷静，但你有他们没有的东西。"

"嘚瑟吗？"段钊插嘴。

夏可扭头瞪他，这时匡正说："你是万融臻汇不可或缺的。"

夏可倏地转回来——"不可或缺的"，他张着嘴，眼圈微红。

"我来万融臻汇第一天，"匡正迎着他的目光，"是你接待的我，就在这儿，"他指着这片办公区，"还记得你当时什么样吗，连复利都算不明白。"

夏可脸红了，小声咕哝："好汉不提当年勇……"

"现在呢？"匡正问。

段钊第二次插嘴："我忙的时候，投资收益表都是他帮我做的。"

"还有我的法律文件，"黄百两也说，"他帮我归类、排序，贴上彩虹贴，虽然我根本用不着，而且觉得有点儿娘。"

"喂，小百——"

"二十五岁，"匡正还记着夏可的年纪，"人生刚起步，当你要跟别人比的时候，不妨先跟自己比一比。"

跟自己比……夏可忽然明白他错在哪儿了，不是私心，不是愚蠢，而是急躁，他太急于表现，急于证明自己。"老板……"他情绪激动，大家都以为他要说声"谢谢你"，没想到他奔着匡正扑过去，"我爱你！"

"哎呀，我的妈！"段钊赶紧拦着他，"姓房的老婆也是脑残，勾搭小鲜肉勾搭到老公私银来了，不露馅儿都对不起她！"

"房成城也没好到哪儿去。"黄百两过来帮手，揉了夏可的脑袋一把，"你看他老婆爆料，那女的是他们女儿的声乐老师。"

都是窝边草。段钊深有感触："有钱人真的没脑子，"说罢，他和黄百两一起揉夏可，"看把我们夏小可爱糟蹋的，哈哈哈！"

"他们不是没脑子，"匡正系起大衣扣子，进入顶级富豪的圈子久了，他看得很明白，"是钱，钱让他们狂得都忘了自己有脑子。"

他这话说得没错，人生来都是一样的，差不多的智力、人格、善恶观，是远超过生存所需的钱把他们改变了，当一个人可以为所欲为，什么智力、人格、善恶观都无足轻重的时候，做出非人之举也就不奇怪了。

房成城是这样，房夫人也是这样，财富没有成为他们的幸运，反而为他们种下了不幸的种子，说到底，他们没有驾驭财富的能力。

匡正的这个判断很快得到了印证。星期六晚上八点半，流量刚起来的时候，段钊给他发微信，让他看微博。

当时匡正吃完饭，正坐在沙发上看电视，宝绽在厨房那边切橙子，他打开微博，满首页全是从风火轮搬运来的视频，一个接一个，少说有十几个，都是不一样的主播，不乏头部大V[1]，全方位多角度地梳理风火轮老板娘和七八个高分男的风流史。

匡正愕然，这是房成城做的，毋庸置疑。可他不该这么做，万融臻汇给他那么好的线索、足以力挽狂澜的谈判筹码，他却这么轻易就抛出去了，除

---

1. 大V：大流量博主。

了把他老婆搞臭，对挽回他的形象、挽回动影传声的损失没有一点儿帮助。

一出狗咬狗的闹剧，只给吃瓜群众制造了一场周末的狂欢，毫无意义。一手好牌被房成城打得稀烂，也许他是怒，怒这个"贤妻良母"的老婆比他还能玩儿，也许他是恨，恨同样是婚内出轨，只有自己被骂得像条死狗，无论是惩罚还是报复，他都是个被情绪冲昏了头脑的傻瓜。

匡正扔下手机，连气都懒得生，他已经很清楚：第一，房成城这个人不足与之谋；第二，动影传声已经回天乏术。

他只给段钊回了一句话："关注事态，准备抽身。"刚按下发送键，宝绽放在旁边的手机响起来，是个不认识的号码，宝绽甩着手跑过来接，接起来一听，脸色变了："康总——"

康？这个姓有点儿熟，匡正边换台边想，康慨？不，是他老子！他腾地从沙发上站起来，想替宝绽接电话，宝绽却很冷静，朝他摆摆手。

"康总，"他和缓地说，"谢谢您，不去了，如意洲立了新规矩，只在团里唱，不出堂会戏。"

那边又说了什么，大概是听说宝绽去过韩文山家里，不依不饶的。"不是的，"宝绽解释，"去韩总家不是唱戏，是去看他夫人，我们是朋友。"

匡正在旁边听着，惊讶于宝绽的沉稳，对于情绪的控制，他比房成城之流强得多。匡正觉得安心了，宝绽有在富豪之间周旋的能力。

今天很累，匡正早早就睡了。没睡多久，手机在床头柜上响，他睡眼惺忪抓过来一看，是段钊。"喂，"他压着嗓子，"什么事儿？"

段钊在电话那头叹了口气。

匡正下床披上睡衣，带上门，下楼："又是房成城？"

"对，"段钊看一眼表，凌晨一点半，"刚得到的消息，他老婆三个小时前到麒麟大厦房成城的办公室偷了个保险柜，当场被保安摁住了。"

"保险柜？"匡正意外。

"应该是放重要文件的，"段钊哭笑不得，"大概是被晚上那波视频爆料刺激着了，这夫妻俩现在越玩越大，根本搂不住。"

匡正站在一楼走廊的窗下，外面下着雪，轻盈的雪花在金黄色的路灯下飞舞，童话般梦幻："她一个女人，怎么会想到偷老公的保险柜？"

"不知道，可能是小情夫给支的招儿，够弱智的。"段钊已经无所谓了，

"房成城直接把人送警察局了，明早消息上网。"

"知道了，"匡正同样漠然，"到了这一步，神仙也救不了动影传声。"

"我这边都处理好了。"段钊打了个哈欠，"老板，我下班了。"

"辛苦了，"匡正看一眼路上的雪，"慢点儿开。"

挂断电话，他望着窗外的冬景，想起前几年网上挺流行的一句话——"天凉了，王氏该破产了"，此时此刻，他不禁唏嘘，天真的凉了，动影传声也随之陨落，作为房成城的私银，他亲眼见证了财富破灭的过程，一点儿也不好笑。

他叹了口气，转回身，见宝绽正站在楼梯转角的廊灯下，披着一条薄毯子，无声地等他。

"怎么起来了？"匡正迎向他，心里温暖而安静，因为他知道，即使全世界都离他而去，这个人也会在他身后，默默地等他回来。

107

难得匡正比宝绽起得早，到楼下的洗手间洗了澡，吹干头发就去厨房做早饭。

他的早饭就是热牛奶冲什锦麦片，再煎几个鸡蛋。昨天宝绽切的橙子还在原处，稍微有点儿干，他扔进垃圾桶，重新切了两个端上桌。

宝绽从楼上下来，从走廊的大窗户看到外面一片耀眼的新雪："昨天的雪下得好大！"他惊呼，这里的雪和市内的不一样，又白又厚，没有一个脚印，一直绵延到远处的树林，云一样铺满视野。

"宝儿，"匡正叫他，"吃饭了。"

"哥，"宝绽很兴奋，"咱们去堆雪人儿吧！"

匡正放下刀叉，笑了："堆在家门口，拿胡萝卜插个鼻子，把红塑料桶扣在头上，再立块牌子——Kuang & Bao's house？"

宝绽喜欢这个Kuang & Bao's house，眼睛都亮了："好！"

"先吃饭。"匡正看一眼表，星期日上午九点半，这周房成城家那些破事儿搞得他焦头烂额，想出去透口气，"咱们先出去玩儿，回来再堆雪人。"

"去哪儿？"宝绽在桌边坐下，舀一勺麦片，含着勺子看他。

"咱们租个直升机，绕着城飞一圈，看看雪景？"

"直……升机？"宝绽愕然，勺子从嘴里掉出来，落在碗里，溅了一下巴奶。

"我让金刀这就租，"匡正伸手过来，抹了抹他的下巴，"咱们吃完就走。"

"别了，"宝绽不乐意，"昨天他后半夜才回家。"

"没事儿，"匡正说着要掏手机，"金刀没说的。"

"哥，"宝绽咬一口煎蛋，流心的蛋黄香得他眯起眼睛，"咱们别坐什么直升机了，挺贵的，你跟我走吧。"

跟他走，匡正的嘴角勾起来："你不会把我卖了吧？"

"卖你？"宝绽鼓着腮帮子吐槽，"谁买呀？干活儿打盘子，花钱一个顶俩，也就是我吧，没办法了，跟你凑合过。"

"凑合过……"匡正咂摸这词儿，他绷不住，笑了，咬一口橙子，又酸又甜。

用了两个多小时，小郝的车才到，在门口看到一个歪歪扭扭的大雪人，头上扣了个纸壳做的帽子，用彩笔涂成红色，胸前插着个大牌子，上面的花体英文写得很漂亮——Kuang & Bao's house。

他老板和宝哥穿着同款不同色的运动鞋和羽绒服，并排坐上后座。

"郝儿，"这回是宝绽定地方，"咱们去劳动公园，西门。"

听到"劳动公园"四个字，匡正脑袋里嗡的一声，他怀疑宝绽要领他去公园凉亭听老大爷吊嗓子……他也不敢说，他也不敢问，一路上神色严峻。开了快两个小时才到地方，迈巴赫进不去，停在付费停车场，他和宝绽下车走进去。

雪后的公园有种恬静的美，市内的雪没那么大，游人不少。绕过一丛乏味的松林、几处废旧的游乐设施，宝绽领着匡正一转，视线豁然开朗，白雪覆盖的土坡下出现了一片平展的湖面，低温使近岸的一侧结了厚厚一层冰，不少人在冰面上嬉戏。

宝绽回头问："哥，你滑什么刀？"

匡正做梦也没想到宝绽是领他来滑冰，他是个运动好手，篮球、网球、高尔夫，样样精通，唯独不会冰上项目："我……"

宝绽仰着头看他，松枝上的浮雪随风飘落，星星点点落在他头发上。

"我不会滑冰，"匡正直说，"没滑过。"

宝绽眨了眨眼，红着脸笑："走，我教你！"

他们顺着小路跳下土坡，湖边有个穿军大衣的老大爷，揣着袖子守着一堆编织袋，袋子里是各种各样的冰刀，直的是速滑刀，弯的是球刀，还有带锯齿的花样刀。

"海大爷，"宝绽每年冬天都和时阔亭来租刀，认得他，"花样刀，42的，速滑刀有45半的吗？"

45码半，匡正惊讶，自己的鞋号，宝绽知道得那么清楚，一定是收拾鞋柜的时候偷偷看过，记住了。

"半码的没有，"老大爷缩着脖子塌着背，"穿45的吧，紧点儿好。"

"行，"宝绽掏出手机扫码，"您给拿两双刀好的。"

转个身，老大爷拎过来两双破破烂烂的冰刀。匡正一看那样子就生理性抗拒，宝绽拉着他到湖边，穿着上万块的羽绒服，直接坐在雪地上。

"宝儿，"匡正问，"不会有脚气吧？"

"不会吧，"宝绽第一次想到这个问题，"我和师哥年年来，脚都好好的，从来不痒。"

匡正没再说什么，硬着头皮把脚往那个破棉篓子里塞，还行，不挤脚，系上鞋带一站起来，他厌了："宝儿！不行，这不行！"

"没事儿，"宝绽立在花样刀上，又直又漂亮，扶着他的胳膊，"到冰上就好了。"

说实话，匡正惧这玩意儿，他这么大的身高体重撑在两把纸片似的刀刃上，还得往冰上戳，怎么想都瘆人。

"哥，"宝绽上了冰，灵巧地一扭，划个圈儿到他面前，把背给他，"来，你搭着我。"

匡正放眼往冰面上看，大多数是四五十岁的男子，有那么几对小情侣，都是女的搭着男的膀子……

宝绽不知道他心里这点儿小纠结，把他的手放到自己肩上，慢慢地，带着他滑起来。

再难的事，两个人一起做也变得容易了。北风吹来，凉凉的，直往脖子里灌，匡正眼前是宝绽冻红的耳朵尖，薄薄的一点，阳光打上去，看得见半透明的血管。

宝绽哈哈笑："我带着你也怕吗？"他半转过头，"你抱住啦，我要加速了！"

滑着滑着，宝绽叫："哥。"

匡正用鼻音应："嗯？"

宝绽的鬓发被风吹起，迎着风，他问："哥，你有没有怀疑过自己在做的事？"

"嗯？"

"万融臻汇，"宝绽的眼睛那么美，像偷了一把天光藏在里头，"你每天在做的这些事，帮有钱人管钱，处理他们家里的麻烦事，你就一直做这个？"

"顾不上想。"匡正答。

宝绽的速度慢下来，扭着身看他。

"我记得有个人跟我说过，"匡正勾起一侧嘴角，坏坏地笑，"有时候命来了，甭管好坏，咱们先迎头赶上。"

这是宝绽的话，那时匡正刚被从投行部扫地出门，最落拓、最低潮的时候，是宝绽用这样一句话开解他，让他接下私银这个烫手山芋。

"你还记得……"宝绽有些意外。

"你说的每一句话，"匡正盯着他的眼睛，"我都记得。"

"可我……怀疑了。"宝绽说。

"怀疑什么？"

"如意洲，"宝绽停下来，和匡正立在覆着薄雪的冰面上，"我每天做的这些事，给有钱人唱戏，拿着大把大把的报酬，在那样一栋与世隔绝的金楼里。"

匡正没料到他会想这些，诧异得睁大了眼睛。

"过去我渺小，可我有天大的目标，我要救活如意洲，救活京剧！"说起戏，宝绽的眸子闪闪发光，"现在如意洲活了，我却不知道我的未来在哪儿，好像……"他茫然，"好像一下子把路走到顶了，难道就这样一辈子被有钱人追捧着，当个用钱堆出来的角儿？"

匡正懂他，他单枪匹马到万融臻汇，带着一伙杂牌军玩命搏杀，也是千难万险蹚出了一条血路，他成功了，连总行都把他当财神爷供着。就在这时，房成城的离婚丑闻狠狠给了他一巴掌，让他不得不思考，难道一辈子就干这种给有钱人擦屁股的活儿，这就是万融臻汇的定位？

"我想唱给更多的人听，"宝绽很清楚自己要什么，"不是让他们听我唱，而是让他们听京剧，这么好的东西，不该困在那栋金碧辉煌的小楼里。"

匡正专注地看着他，炫目的财富没有把宝绽淹没，他仍然是那个执拗的男孩儿，会为了拉赞助累瘫在台下，会用手掰开滚烫的烧鸽子，会为了一个目标义无反顾。

匡正的目光扫过湖岸，不经意看到一个熟悉的身影正从雪坡上下来，冬季新品大衣，一步一滑的精工皮鞋，竟然是张荣。

108

匡正松开宝绽，疑惑地看过去。果然，张荣在岸边停下，冲他们挥了挥手。

宝绽牵着匡正滑向他，两边打个招呼，都有点儿好奇。无论万融臻汇还是正彩电子，总裁大周末跑到劳动公园来玩儿都不大合常理。

"我眼力还可以。"张荣指了指天，"我太太非要看雪景，租了个直升机，飞到这一片，我远远看着像你们俩。"

这都能看见？宝绽没坐过飞机，吃惊地看向匡正。匡正还是和张荣保持距离，只谈工作："香港的美金到位了？"

"全部到位，"张荣笑起来，"多亏了匡总帮忙。"

宝绽一看他们聊生意就不多打扰，返身滑回冰面。匡正坐在雪地上换鞋，张荣穿着那么新的羊毛大衣，竟然直接在他身边坐下，瞧着眼前这副湖景，感慨地说："真羡慕你。"

匡正皱眉看向他。

"我好多年没来这儿滑冰了。"张荣抓了一捧雪，团在手里。

匡正意外，这种脏了吧唧的破冰刀，张荣也穿过："你会滑冰？"

"我滑得还不错呢。"张荣眉宇间带着一抹平时没有的真实，指着他的冰刀，"海大爷的刀，七块钱一个小时，现在涨价了吧？"

钱是宝绽付的，匡正没注意："都有没钱的时候。"

"我是货真价实的穷学生，"张荣说，"我爸走得早，我是靠助学金上的清华。"

匡正一怔，抬起头。

"我那时候刚上初中，"张荣缓缓地说，"我爸是搞装修的，突然病了，现在想想应该是白血病，90年代末也不懂啊，三个多月人就不在了，我妈……她到市场去卖服装……"长久的沉默，省略了许多艰辛，"真挺不容易的。"

不容易，三个字就囊括了生活中的酸甜苦辣。匡正没说话，忽然能理解张荣的见风使舵、他的实用主义，因为他是受过生活捶打的人。

宝绽在冰面上跳跃旋转，他滑得真好，身上有功夫，无论在台上还是冰上，一样那么耀眼，周围的人都打量他，吹一声口哨，拍一拍巴掌。

匡正看着，和张荣不时聊几句，从经济形势到资产配置，最后聊到了慈善。

"我每年捐五百万元给清华，资助有需要的学生，"张荣对这个很有感触，"就像当年学校帮助我一样。"

有钱人多少都有一点儿慈善支出，钱不多，但可以增加企业的知名度和社会认同度，算是广告费的一种，还可以避税。

"捐多久了？"匡正问。

"记不清了，"张荣想了想，"没多久，七八年吧，以前捐得没这么多。"

都七八年了还没多久？匡正瞥了他一眼，可能是因为新雪，或是因为冰面上天使般的宝绽，他心情很好："我给你做个信托规划吧。"

张荣一愣，笑了："你不是不做我生意吗？"

"这也不是生意，"匡正说，"赠送的。"

张荣哈哈大笑："我捐助学生，你捐助我？"他摆摆手，"不用了，捐出去的钱不用算得太明白。"

匡正以为他是客气："明天让你秘书把公司这部分支出列个详单给我。"

"真没有，"张荣说，"捐赠不是公司行为，是我个人捐的。"

说到这儿，匡正惊讶了。个人捐赠，意味着企业没有从这笔支出里得到一点儿好处。张荣这家伙虚伪也好，势利也罢，至少做慈善，他是真心的。

"一年五百万，"匡正给他算这笔账，"二十年就是一个亿，如果你愿意一次性拿出八千万做一个信托，由专业人士管理，按6%的年化收益率计算，每年的信托收益就可以达到五百万。"

慈善这事，张荣真没算过，不禁露出诧异的神情。

"成立信托之后，每年只要按约定分配信托收益即可，"匡正告诉他，

"这八千万会长期存在下去，即使你破产或死亡，仍然继续。"

张荣被说动了，区区八千万，在他死后还可以帮助有需要的人，他当即拍板："好，没问题！"

"那这活儿我们万融臻汇接了，"匡正云淡风轻，"不要你服务费。"

"谢了，"张荣也没多说什么，只叫了一声，"哥们儿。"

匡正笑笑，最近房成城的事让他对财富有了新认识。过去他渴望财富、追求财富，仿佛那是个死东西，得到了就一劳永逸。但现在他知道，财富是活的，会选择主人，会弃人而去，要长久地守住它，并不是件容易事。

冰面上，宝绽向后抬起左腿，想做一个有点儿难度的单脚旋转，可能是没掌握好速度，转到一半整个人甩出去，狠狠摔了一跤。

匡正腾地站起来，大喊了一声："宝绽！"

他挂着一屁股雪往冰面上跑，一步一滑地赶到宝绽身边，搀着他往回走。

"没事儿吧？"张荣迎上去。

"没事儿，"宝绽大咧咧地笑，"就摔了个屁股墩儿！"

屁股墩儿，好多年没听过的词了，出自如意洲的宝老板——这个周旋在众多大佬之间的红人儿之口。张荣感到有些不可思议。

这时宝绽的手机响，他掏出来一看，脸色变了："喂……康总。"

康总？张荣有印象，如意洲的常客，挺大岁数了，每次有戏都来捧场。

"抱歉……"宝绽的声音很低，"真的不能去，我们有规矩……对，您多包涵。"

张荣注意到匡正的表情，宝绽切断通话后，他甚至说："他再来一次电话，我们报警。"

"匡总，"张荣忍不住问，"要帮忙吗？"

"不用，"宝绽一瘸一拐的，朝他笑，"请唱个堂会，不去就得了。"

临分手，张荣投桃报李，给匡正提供了一个信息：瑞士联合信贷银行2009年在瑞吉山麓建立了一间企业大学，主要培训内部员工，也向全球私银提供培训服务，今年第一次对亚太地区开放报名，月末有一个为期两周的富豪二代领导力提升培训班。张荣有门路，能把万融臻汇推介过去。

这种机会，匡正不可能放过，办培训班说的是学习，更多的是拓展圈子，同一期的学生中有来自日本、韩国、东南亚乃至澳大利亚的顶级富豪接班人，这意味着遍布全球的朋友圈和生意机会，还能接触到欧洲老牌家族的管理经验，没有人不趋之若鹜。

"谢谢，"匡正向张荣伸出手，"哥们儿。"

"客气。"张荣握住他，这是他们继上次尤琴咨询沙龙后第二次握手，早该成为合作伙伴的两个人兜兜转转，终于在这里化干戈为玉帛。

匡正扶着宝绽去停车场，担心地问："你腿这样，明天能上台吗？"

"腿没事儿，"宝绽怪难为情的，"屁股疼。"

"尾巴根？"匡正怕他把尾椎骨摔着了，正骨要遭罪。

"不是，"宝绽哼唧，"屁股蛋子。"

屁股蛋子，这小子怎么这么可爱。

"回去我给你揉揉，推半瓶红花油，保你明天原样上台。"

"别了，你把油给我，我自己揉。"

这个小古板。

匡正逗他："俗话说，自己的屁股蛋子自己揉不了。"

"哪有这句话……"宝绽咕哝着，两人在渐渐融化的雪地上留下一串长长的足迹。

第二天是周一，匡正到公司先把瑞士培训班的事安排下去，然后上楼进办公室，掏出手机点开通讯录。宝绽的名字前头只有一个人——白寅午。

匡正深吸一口气，点击通话，把手机放在耳边。一声、两声、三声，拨号音响了很久，那边接了起来，是一把疲惫的嗓音："喂。"

是老白的声音，匡正认得，只是沙哑消沉了许多。

"是我。"

他们很久没联系了，白寅午沉默片刻，带着和过去一样的笑意："你小子，还知道给我打电话？"

一句"你小子"，匡正的心就颤动了，他自己都没料到，再听到师傅的声音，他这样激动。"怎么了，老白，"他关切地问，"很累吗？"

他叫他老白，而不是白总，白寅午立刻知道，他们还和过去一样，互相信任，情深谊厚。"还行吧，"他强打起精神，"一堆烂事儿。"

"正好，"匡正说，"我这边有个去瑞士的培训班，两周，我带一帮二代过去，你跟我走吧，放松一下。"

这是名正言顺地给他安排带薪休假，白寅午明白，但拒绝了："你们去吧，最近有几个大项目，我走不开。"

"有什么走不开的，"匡正冷笑，段小钧说过，总行派了个行政总监来分他的权，"不是有个吃白饭的吗？让他顶着。"

白寅午笑了，边笑边咳嗽了两声。"那种人，屁都不顶，"他严肃起来，"投行部是我的心血，该在这儿顶着的人是我，也只有我，能把它顶住。"

匡正挑了挑眉，白寅午没变，还是过去那个钢筋铁骨、说一不二的家伙，但今时不同往日了，投行部不是他一个人的，是万融的，是钩心斗角的董事会的，是牺牲品，是战场，不是他豁出命去就能够力挽狂澜。

"你小子干得不错，"白寅午换个话题，"没丢我这老东西的脸。"

"喂，"匡正没大没小的，"说什么呢，谁是老东西？你正当年！"

白寅午长长出了口气，又咳了咳。"老了，"这些话，他只对匡正说，"你走以后，我老得更快了。"

匡正的眼眶乍然发热。"老白，你等我，"他压低了声音，是没对任何人说过的话，"你等我干出个样子，你过来，万融臻汇是我们俩的！"

白寅午没马上表态，听筒里是持续的空白，再开口，他说："匡正，你还年轻，很多事情看不透。"

匡正不服气，有什么看不透的？生意场上，他一直信奉恺撒的那句话——"我来了，我看到，我征服"，对于白寅午此时此刻的唏嘘，他并没有明白。

第四折

连理枝

109

自从知道匡正要去瑞士，还是去两周，宝绽就开始给他收拾东西，每天想起什么就往行李箱里塞一点儿，到匡正走的那天，已经足足塞了三个箱子。

"我说，"匡正瞪着客厅中间那座小"山"，"你是我家宝绽吗？"

宝绽蹲在地上，还在费力往里装："不是宝绽是谁，还能是外星人变的？"

匡正在沙发扶手上坐下，看他把袜子一双双卷起来，用袜子筒包成球："还记得去北戴河，你只背了一个包吗？"

"那是我，"宝绽捧着这堆袜子球，一个一个装进箱子内袋，"咱俩能一样吗？"

他，连他卷的袜子，匡正都觉得有趣："有什么不一样？"

"我是大老粗，差不多就行了。"宝绽边忙活边说，"你是公主，不是，是王子，得伺候到位。"

原来他是这么看自己的，王子，匡正绷着笑。

"再说了，那是国外，"宝绽忧心忡忡的，总怕给他带得不够，"万一缺点儿什么多不方便，多带没坏处。"

"都带什么了？"匡正起身。

"这箱是衣服，羽绒服、大衣都带了，西装带了五套，鞋和靴子各带了两双，方便你换。电脑在这里。还有你的瓶瓶罐罐，常用的都有，我用小瓶装的，香水和面膜在这个夹层，然后是这个——"

匡正忽然开玩笑："真想把你一起带走。"

"那我再拿个箱子？"宝绽抬起头，"你把我卷巴卷巴装里头？"

匡正让他逗乐了："那我一过安检就得被抓起来。"

　　　　　　　　　　　　　　　窄红：完结篇

"注意安全，"他咕哝，"早点儿回来。"

只是两周，不是两个月、两年，去的还是瑞士度假区，不是阿富汗、索马里，他们却搞得像生离死别。

迈巴赫在外头等着，匡正是七点的飞机，宝绽今天有戏，还非要送他。到了航站楼，在安检口分别，两人转眼被淹没在步履匆匆的人群中。

回程路上，宝绽靠着车窗发呆，好几次转头往机场的方向看，也不知道能看见什么。小郝在前头叫："宝哥。"

"嗯？"宝绽心不在焉。

"老板是去两周？"

"嗯。"宝绽忍不住胡思乱想，"郝儿，瑞士没有枪击啊、恐袭什么的吧？"

"啊？"小郝让他问愣了，"没……没有吧，没听说过。"

宝绽不放心，还想问，忽然手机响，他掏出来一看，又是那个让他反感的号码，一而再再而三地骚扰他，这次他没有接。

宝绽到如意洲时是六点半，时间足够他上妆。他下车进门，两个工作人员急急迎过来，神色紧张："团长，来了一伙人，在楼上检查呢！"

"检查？"宝绽蹙眉，"什么人？"

他们说不清，宝绽快步上楼。在一二楼之间的缓步台上，萨爽正等他，已经勾了脸，是《苏三起解》的崇公道。"宝处！"他给他说情况，"来了一伙市场监管局的，说是有人举报我们非法经营，时哥和侬哥陪着上去了！"

非法经营？宝绽看一眼表，这个时间，恐怕要耽误开戏："营业执照给他们看了吗？"

"看了，"萨爽说，"全部手续都拿出来了。"

两人到三楼。真是监管局的，穿着制服，戴着肩章，还举着执法记录仪，一伙人挤在包房里，能听到一个大嗓门在嚷嚷："你们这是超范围经营，罚款！整改！"

"大哥，"时阔亭赔着笑，"我们只唱戏，有时候客人累了在这儿歇一脚，不额外收费。"

他这么说，监管局的还挺不高兴，弯腰四处翻，翻出来两瓶小牛时期的白酒："茶水不收费，酒也不收费？"

那是八百年前的老黄历了，时阔亭想解释："我们——"

那家伙质问："喝没喝过？"

时阔亭没办法，只有承认："喝过。"

"提供餐饮！"人家直接给定性，"街边那种小书店，知道吧？想卖一杯咖啡，都得去办食品经营许可证，你们这么大的门脸，就在萃熙华都对面，万一出了食品安全问题，谁负这个责任？！"他说得有道理。

宝绽走上去，之前他们一门心思唱戏、稀里糊涂经营，不懂法，现在懂了，就得按着法来。

监管局的一回头看见他——卓尔不群的气质、价值不菲的大衣，态度语气收敛了些："你是老板？"

"你好，"宝绽伸出手，"如意洲的团长，宝绽。"

那家伙意思着跟他握了握手："你们这个戏楼现在肯定是有问题，暂停营业吧，等着处罚通知单。"

宝绽没多说什么，只是商量："我们今晚的戏牌子已经挂出去了，客人不知道停戏，大冷天的跑一趟，您看能不能——"

"这没商量，"那人摇头，"群众举报，我们必须得处理。说实话，你这还行，小毛病耽误不了几天，要真是非法经营，情节严重，我们要贴封条的！"

话说到这分儿上，宝绽不再强求，领他们进屋，想聊一聊，了解一下有关规定。时阔亭没跟过去，靠着二楼的栏杆，挺不高兴地冲应笑侬扬下巴："行啊你，真沉得住气，戏楼都快让人封了，跟没事儿人似的！"

应笑侬瞥他一眼，冷哼："老百姓举报，小喽啰来查一圈，你跟着走个过场就得了。"他背过身，一副大娘娘的派头，"等会儿宝处随便给谁打个电话，人家还能不管？今儿晚上的戏咱们照唱。"

时阔亭恍然大悟，怪不得这小子刚才一句话都没说，原来他压根儿没把这帮检查的人放在眼里。"真有你的，"他说不清是佩服还是讽刺，"段公子！"

"少叫我那姓，"应笑侬回头瞪他，"不爱听。"

"亲爹给的姓，哪能不——"

正说着，楼下又进来一伙人，都是男的，有五六个，领头的亮出证件："警察，"他们问工作人员，"你们这儿谁负责？"

蓦地，应笑侬的神情变了，同一天，市场监管人员和民警先后上门，不可能是巧合，这时回头想想那什么"群众举报"，如意洲在闹市区，戏在自己的楼里唱，根本谈不上扰民，哪个没事闲的群众会举报他们？这是有人存心捅刀子。

警察分出两个去一楼转悠，其余的上楼来，锋利的眼睛盯住时阔亭和应笑侬，很不客气地问："你们是这儿的？"

"演员，"应笑侬站到时阔亭前头，"警察同志，我们都是守法公民。"

警察习惯性把他扫视一遍："有群众举报，你们会所以演出为名提供非法服务，我们走访了附近的商户和群众，都反映这里晚间有豪车出入。"说着，他抬眼往上看。

应笑侬顺着他的视线转身，见宝绽站在楼上，是送监管局的人下来，听见警察的话，不知是屈辱还是愤怒，脸色白得像一张纸。

110

飞了十四个小时，匡正在苏黎世机场落地。

这次培训，瑞士联信商学院只提供场地和师资，学员则由参加培训的私银自己召集和组织。匡正安排段钊在家留守，其他人全过来服务，算是一次变相的福利。

学员和工作人员分头报到。这些二代或搭私人飞机，或从家里在瑞士的房产过来，只有康慨，非跟着来晓星挤头等舱，一路和夏可撕来撕去。

商学院派了两辆奔驰商务车来接，从苏黎世火车站到小城卢塞恩，沿途是童话般的雪国景色。星夜下的雪松、被积雪覆盖的小木屋，还有火车在皑皑山景间徐徐穿过，仿佛全世界都在喧嚣中奔跑，只有这里的时间停止在某个宁静的时刻。

到了卢塞恩，一般游客都要找码头坐船过琉森湖，但商学院的车全程走陆路，从白茫茫的森林中穿过，远远地，能看到琉森湖银镜似的湖面，摆渡船三三两两，船头正前方，便是雾气中的瑞吉山。

瑞士联信商学院坐落在山麓，以中国人的眼光看，是不大起眼的一座建筑。大家先后下车，拖着行李走一段雪路。匡正在前头，墨绿色的羊绒大衣，黑色经典款拼接皮靴，短发被山风吹起，飘送淡淡的麝香气。

突然，他的左肩上挨了一下，是打散的雪球。

匡正回头看，背后全是他的人，他那三个箱子，黄百两拖一个，夏可拖一个，第三个应该在来晓星手里，他的手却空着，搓着掌心，像是攥过雪。

"哎哎哎，"眼前忽然一闪，是康慨那排嚣张的钻石耳钉，"他不是打你，是打我，打偏了！"

匡正拍了拍肩膀，推着胸口把他搡开。"你们是来工作的，"他对万融臻汇的人说，"工作做好了，把天掀了我都不管，现在正事儿还没干，乱七八糟的心都给我收起来。"

来晓星抿住嘴唇，惭愧地低下头。

"这里，"匡正跺了跺脚，"是全球顶级富豪的聚集地，2018年私人飞机抵达地区的第三名，一个雪球打偏了，打到的如果不是我，是别人呢？"

来晓星意识到问题的严重性，缩起脖子，那个胆小的样子更像只仓鼠了。

"喂，"康慨重新上来，匡正那个箱子在他手里，"我师傅又不是故意——"

"还有你，"匡正把目光投向他，很严厉，"你是培训班的学员，是我们的服务对象，"他指了指箱子，"替谁拿的，还回去。"

康慨看一眼来晓星，梗着脖子不动弹。

"怎么，"匡正眯起眼，"我说话不好使吗？"

康慨其实怕他，但不服软："我在这儿，不用我师傅干活儿。"

他俩眼看着要呛上，来晓星赶紧过来，从康慨手里抢箱子，康慨不给，两个人拉拉扯扯。夏可在后头看不过去："我说，你们小两口有完没完？"

"夏大嘴巴，你说什么！"康慨怒了，抬手指着他，来晓星趁机把箱子拎走。

匡正转身继续向前，康慨追上来："我说，大哥，你脸怎么那么大，你自己的箱子，让别人拎还理直气壮！"

匡正没好脸色给他："因为我是老板。"

康慨嘀咕："老板也不能欺负人……"

"小子，"匡正忽然停下，康慨一惊，下意识后退半步，没想到匡正却问，"你爸怎么回事儿？"

"啊？"康慨发蒙。

匡正老大不乐意："他最近总给宝绽打电话。"

"不能吧，"康慨瞪大了眼睛，"他还没过去这个劲儿？"

"你问谁呢？"

"我……不跟他住一起，"康慨解释，"我也不花他钱，我花我妈的。"末了，他加上一句，"那就是个老畜生！"

匡正无语，姓康的亲儿子都这么说，他还能说什么？只希望自己不在的这段日子，时阔亭他们能照顾好宝绽。

到前台报到，领了房卡，每人都是单间，匡正的房间正对着琉森湖，窗外就是粼粼的湖面，星辉璀璨，莹白的月光透过落地窗照着床头，他正想放松一会儿，手机铃声响了，拿过来一看，是房成城。

"喂，"他们有段日子没通电话了，"房总。"

房成城上来就问："海外IPO还有希望吗？"他语气急躁，"你再帮我问问，你们万融的投行也行！"

匡正蹙眉："你的婚离完了吗？"

"快了，"房成城说，在那边踱步，"处理财产还得一段时间。"

"暂时别想了，"匡正实话实说，"等你把家里的事儿码平，财产全部分割清楚，咱们再从长计议。"

"从长计议？"房成城的嗓门大起来，"我没那么多时间，老兄！我的股票每天、每小时、每分钟都在跌，我得翻盘！"

"房总，当时我劝你不要离婚，你当耳旁风，"匡正指出他的关键性失误，"好不容易有了你老婆出轨的线索，我让你去查，你记得我是怎么说的？"

房成城不记得，这件事从始至终，他的脑子都是乱的。

"我说，"匡正一字一顿，重复当时的话，"拿到东西别急着抖，找专业律师，我们跟她谈判。"

拿着她红杏出墙的铁证，团队作战拉开了谈，让她撤销离婚申请、删除微博爆料，过几天再改口澄清，把房成城的负面形象拉回来，把风火轮的股价重新托上去。当时如果听匡正的，动影传声绝不会落到今天这个局面。

"可你是怎么做的？"匡正问，"你那时候怎么就不想想，以后风火轮的股票每天、每小时、每分钟都会跌？"

话落，耳边响起占线声，是张荣打进来了。

"我他妈也不想！"房成城吼，"我老婆给我戴绿帽子，还满世界骂我找小三，这种女人，我能让她好？"

"可你对她忠诚吗？"匡正反问，"你们半斤八两！"

这时张荣第二次打进来，房成城还在嚷："男人逢场作戏——"

"逢场作戏？"匡正打断他，"你连孩子都有了！"他冷静一下，不想再争论这些没意义的，"房总，因为这些破事儿，你从天上掉到地下，值吗？"

房成城不说话了，他也知道不值，但为时已晚。

"你已经错过了海外IPO的最佳时机，"匡正给他建议，"只有等，这种时候你越急着翻盘，对你、对公司越没有好——"

啪嗒，房成城把电话挂了。

匡正一屁股坐在床上，很无奈，但无奈也没用，他不是客户，无法替客户做决定，甚至只能看着客户闷头乱撞，一步步走向毁灭。他叹一口气，给张荣打过去："喂，张总，有急事儿？"

张荣一反常态，半天没开口。

"喂？"匡正皱眉。

"是这样，"张荣的语气很平静，"我近期要离婚，想咨询下你的意见。"

匡正腾地从床边站起来。"离婚"，他现在听见这两个字就头大："你没看见动影传声什么下场？"

"看见了，"张荣说，"所以才找你商量怎么办比较稳妥。"

"稳妥……"匡正苦笑，都离婚了还谈什么稳妥，即使不像房氏夫妇闹得那么荒唐，对企业市值一定也有影响，保守估计在百分之十左右，"从私银的角度，我不建议你离婚，你夫人年纪也不大，钱、房子、股票，什么都好谈。"

没想到张荣却说："她不是我夫人。"

这下匡正彻底傻了，半天没说话。房成城那家伙把小家安在伦敦，张荣更绝，直接把小三戳到眼前来。

"我夫人在伦敦，"张荣告诉他实情，"这边这个没领证，只是照顾我。"

照顾，说得真好听。匡正捏着眼角，仿佛已经看到新一波爆炸性丑闻正向他袭来。

"我夫人是我大学同学，"说起妻子，张荣很温和，"她不是那种肯依附男人的女人，她有自己的追求，这些年也不靠我，我们……就像节假日通通电话的远房亲戚。"

"离婚是谁提的？"匡正问。

"她，"张荣答，"有名无实的婚姻，她也觉得没意义了吧？我是不想离的。"

"财产呢，"匡正直击核心问题，"她有什么要求？"

"没有要求，"稍顿，张荣说，"但我创业的时候，她给过我很大帮助，没有她，就没有正彩的今天。"

匡正挑眉："你什么意思？"

"正彩有她的一半，"张荣肯定地说，"我的意思，依法分割财产，但要把我们离婚对公司造成的影响降到最低。"

和房成城看似相同、其实迥异的个案，但在现在这个时代，大到一家上市公司，小到一个三口之家，只要离婚就有风险，对正彩电子这样处于扩张期的企业来说，无异于大风天里走钢丝，稍有不慎，就死于非命。

挂断电话，匡正躺在床上，看一眼表，北京时间上午十点半。他根本不用翻通讯录，直接输入宝绽的号码，拨过去，那边响了一阵才接起来："哥。"

就是这个声音，让匡正平静："到戏楼了？"

"嗯，"宝绽的声音很小，"你也到了？"

"到了，"匡正觉得累，忍不住说，"想家。"

111

宝绽放下电话，对面的桌边坐着一个警察。

这是他第二次进派出所，被当作犯人一样询问。上次是鲁哥的事，他吓坏了，攥着手机喊匡正"哥"，让他来接他。这次同样是莫须有的罪名，他却把匡正的电话放下，不用他来救，更不想让他隔着万里担心。

宝绽变了，已经不是半年前那个挣扎在社会最底层的穷演员，在富豪大佬们的世界里，他见了世面，懂了道理，再也不会为着一点儿歪风就低头。

桌边敲着键盘录口供的那个人，如今在他眼里只是个办事的小警察，他们一没有证据，二来也怕，怕如意洲门口那些豪车的主人，所以才客客气气地让宝绽回家，约他第二天来派出所了解情况。

目前的形势，宝绽掂量得很清楚。时阔亭和应笑依在门外等着。临进屋，他对他们说："你们谁也不要找，等我出来。"

"为什么？"时阔亭不理解，"明明是有人诬陷——"

"因为我们没干违法的事儿，"宝绽的话掷地有声，"谁也不能拿我们怎么样。现在什么年代了，谁还敢硬往我们头上安个罪名？"

时阔亭惊讶于他的硬气。

"而且这不是什么光彩事儿。"宝绽深思熟虑了一夜，"人嘴两张皮，一传十十传百，不一定传成什么样，芝麻绿豆的小事儿，不能我们自己给传成个西瓜。"

"可是——"时阔亭还想说什么，应笑侬一把拉住他，反应过来："宝处说得对，眼下咱们得稳住。"

举报的人是了解他们的，明知道抓不着如意洲什么把柄，才出这种恶心招儿，除了想给他们找不痛快，还想看他们自乱阵脚把消息捅出去，到时候明里暗里再添几把火，如意洲在财富圈就彻底臭了。

时阔亭仍然没转过这个弯儿，但听应笑侬的，点点头，跟宝绽保证："明白了，我们等你。"

"警察同志，"宝绽微笑着道歉，"不好意思，电话有点儿多。"

这一上午他的电话就没断过，除了匡正，还有昨晚没听上戏的熟客们，轮番打过来问他要不要帮忙。

很明显，小警察忌惮他这种成功人士，说话特别客气："宝先生，你看我们这是个严肃的事，方不方便把手机先交给外头的朋友？"

"当然，"宝绽非常配合，"您说得对。"

他起身出去，把手机连大衣一起交给时阔亭，回来重新坐下："警察同志，情况，你也了解了，如意洲是合法经营，场地是基金会为了弘扬京剧艺术无偿资助的，我们证照齐全，也一直依法纳税。"

门外，时阔亭坐在大厅的长椅上，一个劲儿抖腿。应笑侬在对面看着闹心，给了他一脚："别抖了，老子心烦。"

"你管我……"时阔亭抬起头，从他的方向，恰好看见审宝绽的那个警察从屋里出来，没去洗手间，而是拿着手机往楼梯间走。

时阔亭多了个心眼儿，把宝绽的大衣塞给应笑侬，麻溜跟过去。

楼梯间那边是档案室，很安静，那个小警察往下走了半层，停在一二楼之间的缓步台上，在打电话。时阔亭往上走半层，在楼梯上坐下，歪着头听。

"喂，刘队，人，我审了，没问题，"那个小警察点了根烟，边抽边说，"挺正派一个人，应该是诬告。"

时阔亭的心放下来，他刚想拍拍屁股起身，听见底下又说："啊？这可不好办……人家手续都是合法的，咱们也没证据……行吧，我知道了，按规定先扣他二十四小时。"

扣……人？还一天一夜！时阔亭愕然，紧接着明白过来，是举报那家伙找人打过招呼了。"浑蛋，"他心里嘀咕，"哪只疯狗？"

回到大厅，他往应笑侬身边一坐，从裤兜里掏手机。

"你小子，"应笑侬拿肩膀顶他，"离我远点儿。"

时阔亭没理他，开通讯录找匡正的号码。

"喂，"应笑侬拽他，"干什么你？宝处说了，不许找人。"

"匡哥不是外人，"时阔亭朝他靠过来，贴着他的耳朵，"我刚才听见那个警察打电话了，他们要扣宝绽二十四小时。"

应笑侬眉头一挑，心窍灵着呢："那孙子找人了？！"

时阔亭按下匡正的号码："我能让宝绽在这种地方待一天一夜？开玩笑！"

瑞士时间凌晨四点，匡正在商学院的自助餐厅吃早餐。因为亚太学员的时差问题，饮食是二十四小时供应的，不大一间屋子，没什么人，只有角落里坐着一张东方面孔。匡正托着盘子过去，打个招呼，在隔壁桌坐下。

边吃，他们边随意聊两句。对方是个爽朗的人，六十多岁，眼睛特别亮，交换了名片，是日本京都一家有百年历史私银的员工。

匡正在为张荣的事犯愁，恰好碰到前辈，顺便请教了几句，没想到对方微微一笑，用日本人少见的好英语说了一个词——信托离婚。

顾名思义，信托离婚，是指夫妻双方在离婚前各自设立一个家族信托，把共有财产中分别持有的部分，尤其是公司股权，装进这个信托，然后通过信托来持股。由于个人不再是股份的所有者，即使进行财产分割，公司的管理和股权结构仍然不受影响，可以把离婚对企业的损害降到最低。

匡正第一次知道信托还可以这么用，有点儿醍醐灌顶的意思。不过，这个方法说着简单，其实涉及《婚姻法》《公司法》和《信托法》的各种细节。他正想询问具体的安全架构，这时时阔亭的电话打了进来。

他蹙眉，怕时阔亭有事，但半个小时前，他刚和宝绽通过电话，再瞄一眼日本人的盘子，对方已经吃完了，随时会走。

一念之差，匡正匆匆摁掉电话。

没打通，时阔亭一怔，还想接着打，应笑侬一拍大腿，想起来："行了，别打了，姓匡的这两周在瑞士，昨天走的，宝绽还去送了！"

匡正不在，时阔亭有点儿发慌，瑞士在万里之遥，远水解不了近渴。

"韩文山！"应笑侬跺了下脚，从宝绽的大衣兜里掏手机，"韩哥是自己人！"

时阔亭知道解锁密码，接过手机点开通讯录，找到韩文山的号，拨了出去。

"怎么样？"应笑侬盯着他。

居然占线！时阔亭骂了一句，再打，还是占线。他拿着手机，漫无目的地往下翻，H之后是J、K、L，一个挨一个全是客人，按宝绽的意思，戏迷圈里的人不能找。

正焦躁，一个熟悉的名字忽然闪过——梁叔，他不是圈里的，找他不用担心影响。

时阔亭点下去，几秒钟后，电话接起来。

"喂！"时阔亭攥着电话，控制了一下情绪，"梁叔，你好，我是宝绽的师哥。"

那边静了片刻，是个很年轻的声音："宝绽？"

"你不记得了？唱戏的宝绽！"时阔亭刚控制好的情绪又急了，"你家有个小先生，在外头玩喝大了，钱包都让人摸了！"这事宝绽跟他讲过大概，他照猫画虎，"是我师弟大半夜的照顾他，为这事儿，你还帮忙给我们找的基金会！"

那边是长时间的沉默，之后回了三个字："所以呢？"

时阔亭深吸一口气："宝绽他……碰到麻烦了！"

112

半个小时后，警察笑着把宝绽送出来。时阔亭和应笑侬在门口等着，把大衣给宝绽披上，和气地向警察道谢。

"真奇怪，"边往外走，宝绽低声说，"本来说没查清，要留我二十四小时，没一会儿又说查清了，让我回家。"

时阔亭和应笑侬对视一眼，老实交代："那什么……我们找人了。"

宝绽立刻停步："找谁了？"

时阔亭使劲儿给应笑侬递眼色。

"老匡？"宝绽来气，"他在瑞士那么远，就这么点儿破事儿，你让他为我担心？"

"不是……"应笑侬接收到时阔亭的信号，赶紧帮腔，"宝处，举报咱们的人是谁，你有头绪吗？"

不只有头绪，宝绽几乎能肯定是姓康的，但这是他个人的事儿，不该和如意洲搅到一起。"你们别管了，"他追着时阔亭问，"到底找谁了？"

"那个谁……"时阔亭支吾。

"韩哥？"宝绽猜。

时阔亭摇头。

"别的客人？"宝绽千叮咛万嘱咐，这事儿别闹大，他这个师哥就是不听，"你怎么净给我添乱……"

时阔亭怕他生气，痛快撂了："梁叔。"

宝绽一愣，是个完全没想到的人。梁叔不是圈里的，不用担心事情复杂化，他又是如意洲的贵人，从剧团起步就帮衬着，有一种老朋友似的亲近。

见宝绽没生气，时阔亭笑着搂了搂他的肩膀："好啦，我的宝老板，咱们回家！"

他说的"家"是如意洲，迈巴赫在门口等着，三个人上车，宝绽掏出手机给梁叔打电话，想亲自谢谢人家："喂……"

"你好。"那边却是个陌生的声音，很年轻，语气冷漠。

宝绽怔了怔："梁叔……"

"他病了，不方便接电话。"

"病了？"宝绽意外，连电话都不能接，不是小情况，"什么病？"

那边没有说，大概是不熟悉，不方便说。

"哪家医院？"宝绽接着问，"我去看看他。"

"不必了，"人家直接拒绝，"只接待亲友。"

"我是他朋友，"不光是朋友，梁叔还是宝绽和如意洲的恩人，"他病了，我一定要看的。"

"宝先生，是吧？"对方记住了他的名字，"刚才的事不用谢，这边你也不用来，好意心领了。"

"不是好意，"宝绽坚持，语气有点儿急，"人病了这是大事儿，我不是在跟你客套！"

他的执拗出乎对方的意料，半晌，那边说："Golden Maple，五楼东翼。"

金角枫，一家加拿大全资的私人医院。但宝绽的英语只够应付考试的，压根儿没反应过来。"哪儿？"他傻乎乎的，"你别说外语，说中文！"

那边轻笑了一下，重复了一遍中文，宝绽涨红着脸挂断电话。他把时阔亭和应笑侬送回如意洲，让小郝掉头去领馆区。

到金角枫的时候，中午刚过，他匆匆上五楼，在中厅往东拐的走廊上被几个保镖模样的人拦住了。

"我姓宝，是来看梁叔的。"宝绽平时接触那么多富豪，从没见过带保镖的，打个招呼就要往里走。

"抱歉，先生，"对方把他拦住，示意他脱大衣，"例行公事。"

宝绽愕然，他往这些人身后看，那么长一条走廊全被封住了，这时他才明白电话里说的"五楼东翼"，是把这层楼靠东的病房全部包下的意思。

宝绽没办法，只得脱大衣，伸着胳膊让他们搜身。检查程序比机场安检还严，两个保镖反复确认他身上没带锐器和易燃品，然后派人进值班室通报，值班室再出来个人去病房，这么一通下来，宝绽才被放行。

他挎着大衣迈向走廊深处。那是个大套间，厅里也有两个保镖，为他推开小门。门里坐着几个医护人员，有茶点和杂志，再进一扇门才是病人的房间。梁叔躺在床上，左边眼眶青得厉害，脸上罩着呼吸机。

宝绽呆住了，每次见到这个人，他都是一身精神的立领西装，从头到脚打理得一丝不苟，可眼前病床上的他却显得那么无助，仿佛一夜之间被抽走了青春，变成了一个脆弱的老人。

余光里什么东西动了动，宝绽回头，见靠墙的沙发上坐着一个年轻人，微有些卷的浅发，淡褐色的瞳仁，穿着一件普通的白衬衫，肩上披着柔和的亚麻色毛衣，衬衫领口敞开着，露出一块纯金的佛牌。

"你好……"宝绽直直盯着他，那样少见的瞳色，浅得要把人吸进去。

对方只微微点了个头，没说话，也没起身。

宝绽见过他。翡翠太阳的午夜，这人醉醺醺跟他坐在街边的绿化景观下，梁叔称他作"小先生"。

"梁叔是……"宝绽问，"怎么回事儿？"

小先生拿起手机，把英语翻译成中文："脑卒中。"

宝绽没听说过，漂亮的眉头皱了皱。

小先生又看了看手机："也叫脑梗。"

宝绽惊讶得瞪大了眼睛，这个病，他知道，老百姓都叫脑梗塞，最常见的后遗症是半身不遂："怎么会……他才四十多岁！"

大概是宝绽的痛心太真实，不掺一点儿假，小先生站起来："昨天晚上发病的，颞颥叶的血管堵住了，整个左半边身体没有知觉，碰巧他夜里去洗手间，站不住摔倒了，用人听到声音叫的120。"

所以梁叔左眼上才有那么大一块青紫，是脸朝下生生摔的。宝绽不是他的亲人，都觉得心疼："他会不会……"

小先生个子很高，比匡正还猛一点儿，低着头俯视他："丧失行动能力？"

宝绽紧张地盯着他的嘴巴。

"不会的。"小先生说，"一发现就送来了，两个小时以内是抢救的黄金期，打了溶栓针，效果很好，医生说不会影响行动能力，只是语言和吞咽功能会有一些……"

"退化？"宝绽替他说，这个人长着一张介乎中国人和外国人之间的脸，中文也时好时坏，"能走能动就行。"他松了一口气，"梁叔还这么年轻，要是下半辈子都要人伺候，就太可怜……"

"咳咳！"梁叔在床上翻了个身。

宝绽放下大衣奔过去："梁叔？"

梁叔眯着眼睛看他，隔着呼吸面罩，说话确实有些吃力："宝……先生？"

"是我，"宝绽在床边坐下，抓着他的手，"没事儿的，你很快会好的。"

梁叔没说话，似乎知道自己是什么病，四十多岁的人，接受不了这个现实。

"你握下我的手。"宝绽说。

小先生远远站着，听他这么说，往这边走了几步。

梁叔用严重充血的左眼看着他，没有动。

"你握！"宝绽像个任性的孩子，催他。

梁叔应付着握了握。

"使劲儿！"宝绽又要求，同时用力攥紧他。

小先生走到床边，定定看着，他是关切的，只是作为主人，不好表现出来。

当手掌被用力握住，任何人都会忍不住回握，梁叔也是，狠狠地，他握了宝绽一下。

"你看！"宝绽露出惊喜的神色，"你的手多有劲儿！"

这一刻，梁叔的眼睛里有了光，虽然只有一点点，但他缓缓笑了，温和地向宝绽点了点头："会好……会好的。"

"对，"宝绽擦了擦他头上的汗，"会好的。等你好了，来如意洲听我唱戏，"他有点儿埋怨的意思，"你还没来听过呢。"

"听……要听……"梁叔的口齿不灵活，宝绽就陪他慢慢地聊。小先生拖了把椅子坐在旁边，其实也没聊什么，只是一些鸡毛蒜皮的事，可心不在焉地听，跟着笑一笑，再一看表，已经两个小时过去了。

梁叔容易累，宝绽起身告辞，临出门，小先生抓起外衣："我送你。"

宝绽挺意外，但没客气。两人推门出去，一堆保镖立马围上来，宝绽不自在，小先生却习以为常。他们走楼梯到一层，那些人隔着几米远远跟着，到大门口，该分手了，小先生这时来了个电话。

"世上的人儿这样多，你却碰到我，"那么年轻的人，却用一首20世纪70年代的台湾老歌当铃声，"过去我没有见过你，你没见过我——"他接起来，歌声断了，宝绽的心却像被一把刀从中间割过，火辣辣地疼。

是新加坡港口那边的事。小先生随便交代了几句，放下电话转过身，"再见"正要出口，见到宝绽的样子，他愣住了。

那是一张惨白的脸，眼窝湿润，并没有泪，只是眼底发红，像涂了两道血色的眼线。

"你……怎么了？"他问。

宝绽意识到自己失态了，连忙低下头，应该说一句"没事儿"或者"再见"，但他什么都没说，扭过身，径直走出医院的大门。

很多年了，宝绽没听到过这首歌——凤飞飞的《巧合》。

这首歌让他想起妈妈，还有不幸的童年，饥饿、眼泪、思念，伴着这一切的，是桌上老CD机里的歌声，属于妈妈的歌声。

突然，手机在大衣兜里响，他掏出来一看，是匡正："喂……"

"宝儿！"匡正的声音很急，能听到拖箱子的声音，"你没事儿吧？我刚刚给时阔亭回电话了，我现在就买机票回去！"

宝绽停住脚："不，不用，哥，事情已经解决——"

"我的心静不下来。"匡正在那边也停住，叹了口气，"这边的班，黄百

　　　　　　　　　　　　　　窄红：完结篇

两他们可以带，我必须回去看你。"

113

第二天，宝绽没去如意洲，一大早起来收拾屋子。昨天晚上他查了瑞士的航班信息，估摸着匡正天黑之前就能到家。

这么大的别墅，一搞卫生就是一上午。中午随便吃口东西，下午又琢磨着给匡正做手擀面，光是面还怕没营养，再弄两个猪蹄，香香地酱一下。

客厅里放着阿姆斯特朗的歌——*What A Wonderful World*，衬着窗外的雪景、厨房里的蒸汽，有种说不出的幸福感。忽然手机响，宝绽关掉音乐，擦了擦手，屏幕上是个不认识的号码："喂？"

"你好，"那边报上姓名，"何胜旌。"

宝绽意外地眨了眨眼，名字是陌生的，声音却熟悉："小先生？"

听到这个称呼，那边笑了："叫我Thongchai就可以。"

通差？这么怪的名儿，宝绽可叫不出口："你好，有事儿吗？"

那边停顿了片刻："昨天分手的时候，我看你状态不太好。"

"啊……"宝绽局促地抓了抓头发，因为一首老歌，让人见笑了，"没事儿，谢谢你啊。"

"谢谢你啊"，像是街坊邻居在聊天。小先生顺势问："有时间见个面吗？"

"今天？"今天是宝绽特地留给匡正的，"晚上我家人从国外回来，我得做饭，炉子上蒸着猪蹄呢，我走不开。"

他说得有点儿快，小先生没听清："蒸什么？"

"就是那个……"宝绽不知道怎么想的，磕磕绊绊给他说英语，"pig's feet[1]。"

正得不能再正的中式英语，把小先生听笑了："宝先生，在你家附近找个地方可以吗？我们坐一坐，不多耽误你。"

"我家这儿……"宝绽往窗外看，除了林子就是雪，"我这地方特别偏，没有喝东西的地方。"

1.pig's feet：猪脚。

小先生明白了，是别墅区。像他这样大家族的少爷，做事说一不二，从来没有商量的余地："方便在你家门廊聊五分钟吗？"但他强人所难的方式不讨人厌，甚至有些可爱，"给我一把椅子、一杯水就行。"

宝绽让他逗笑了："哪能让你在门廊待着？"梁叔的家人，他也当家人，"你过来吧，我家在红石这边，你先到地铁站，然后往——"

"我们加个微信？"小先生每天交际那么多人，从没主动要过谁的微信，"你把位置发给我。"

"好，"宝绽对他无所求，所以也不知道讨好他，"你加我手机号。"

加上好友，发送位置，他扔下手机就去干活儿了。一个多小时后，窗外响起车轮碾过积雪的声音，宝绽趿拉着拖鞋去开门，远远地看到一辆银白色的车。他是个车盲，但那车他认识，车头立着一个撅屁股的小天使，是劳斯莱斯。

天上又落雪了，宝绽冒着雪朝劳斯莱斯招手，车在门前停下。丁点儿大的雪花，司机下车居然撑开了伞，伺候国王一样伺候小先生下车。

他穿得仍然很少，一条衬衫、一件薄外套。宝绽拉着他进屋，拍了拍他肩上的雪，砰地带上门："你不冷啊？"

"还好，"小先生把屋子扫视一遍，"室内都有空调。"

宝绽蹲到鞋柜前，看了看他那双大脚，把匡正的拖鞋递过去："你怎么没带保镖？"

"带了，"小先生脱掉外套，"车里。"

宝绽撇嘴。

"你家有个大个子。"小先生晃了晃脚上的拖鞋，大小正好。

"我哥。"宝绽仰头看他，"真不知道你们是吃什么长大的，都这么高。"

满屋子都是胶原蛋白的香气，小先生吸了一口。他的每一餐都是专业厨师做好，用人给端到面前，他从没进过厨房，更没闻过这么真实、浓郁、生机勃勃的香味儿。

"你先坐，"宝绽给他倒了杯水，让他去客厅，"我去看看猪蹄。"

"猪脚饭吗？"小先生没过去，跟在他屁股后头，进厨房。

"没有饭，"宝绽嫌他碍事，推了推他，"只啃猪蹄。"

"不腻吗？"小先生探着头往锅里看。

"不腻啊，"宝绽掀开锅盖，猪蹄的味道随着云似的蒸汽，一股脑儿冒出来，"我和我哥都喜欢这么吃。"

"真香啊。"刚出锅的，没有繁复的装饰，没有做作的摆盘，只有货真价实的美味。

人家都这么说了，宝绽不好意思不给，可他一共就酱了两个，热气腾腾的，分一个给别人，他舍不得："给你尝一口吧。"说着，他忍着烫，伸手往锅里抓。

"喂，"小先生很挑剔，"你怎么用手？"

宝绽平时在厨房干活儿都是用手的："我手是干净的。"

小先生板着脸："你刚才拿拖鞋了。"

还不是给你拿的？！宝绽瞪他一眼，刚认识匡正那会儿，他也觉得他穷讲究，但不像这家伙，事儿又多又烦人："你多大？"

"二十八。"

他们一样大。

"年纪轻轻哪来那么多臭毛病？"宝绽抓下来一块肉，"你在家，你妈喂你饭也不用手？"

提到母亲，小先生低下头，不满意地问："你只给我这么一口吗？"

"你还要多少？"宝绽把肉举到他眼前，"就两个猪蹄，我哥一个，我一个，我把我那个最好的地方都给你了。你看，最软最糯的那块。"

小先生下了老大的决心，张着嘴要接，宝绽却没给他："我手脏。"他转身拿了个盘子，把肉放到盘子上，"给，那边有刀叉。"

再嫩再香的肉，往冷冰冰的盘子上这么一扔，也变得没味道了。小先生立刻意识到，他想要的不是肉，而是普通人家的滋味。

"我今天来，"他放下盘子，"其实是想问你，昨天怎么了？"

昨天……宝绽抬起头，面前是一双淡褐色的眼睛，他们不算陌生，但无论是那首歌还是妈妈，他对这个人都开不了口。

"是我的手机铃声吗？"小先生问，他只想到这一个可能性，"那首歌，凤飞飞的《巧合》，对你来说有什么特别的意义？"

宝绽觉得他逾矩了，甚至让人感到不快。

没得到回答，小先生不强求，而是说："那是我母亲生前最喜欢的歌。"

宝绽愕然看向他。他们同年，都只有二十八岁，却一样早早失去了母亲，不同的是，小先生的母亲虽然不在了，却给他留下了难忘的爱，宝绽的母亲还活在这个世界上，却不肯多爱他一点点。

《巧合》，两个母亲的歌，在儿子心里栽下的却是迥异的果，爱着一个死去的人和恨着一个活着的人，说不清哪一个更可悲。

"昨天你听到那首歌的样子，"小先生轻而缓地说，在别人家的厨房，在妈妈似的肉香里，"我还以为是我自己。"

宝绽望着他，说不清这一刻的感受，鼻子酸，眼睛酸，连肋骨的缝隙也是酸的。"我妈妈……"他终于开口，"也喜欢这首歌，我小时候，总是听她放。"

"你母亲……"小先生攥起掌心，为他们的同病相怜。

"她……"宝绽下意识握住左手上的银镯子，又想起高三那年在医院——浓烈的消毒水味儿、继父的电话、冰凉的地板，病房里师哥在嘶喊，"她抛下我，走了。"

小先生难以置信地瞪着他，不确定他的意思。

"她还在，"宝绽明说，"只是不要我了。"

小先生的脸像是凝固了，浅淡的眸子瞬间变色。宝绽能感觉到，他在同情自己，真荒唐，他一个有妈的要被没妈的同情。他挤出一个笑，平静地转过身。过去了，所有那些悲哀、伤痛，现在他有匡正，什么父爱、母爱，世间一切弥足珍贵的感情都能够填补。

"来。"他把自己那个猪蹄从锅里捞出来，沥了沥，放在吸油纸上，然后拿了一个新盘子，还有一双筷子，递给小先生，"喏，这么大一个，都是你的。"

油汪汪的猪蹄，好大一只，小先生挑了挑眉："我们一人一半？"

"分着吃，"宝绽挽起袖子，"你可不一定吃得过我。"

什么盘子筷子，他们直接上手，就在厨房站着，你一口我一口。

"你姓宝，"小先生问，"叫什么？"

"绽，"宝绽熟练地拧开骨头，"绽放的绽。"

小先生想了想，把蹭着油的手掌伸给他，宝绽的手也是油的，拿指甲刮着他的掌心，一笔一画地写："一个绞丝旁，加一个确定的定。"

"一把丝，定下来，"小先生记住了，又问，"昨天你说唱戏——"

"嗯，"宝绽拿着骨头嗍，"我是京剧演员。"

小先生马上说："我看过《牡丹亭》。"

宝绽笑了："那是昆曲。"

"哦。"小先生跟着他笑，浅浅的发色、浅浅的眼睛，像个玻璃做的人，宝绽忍不住问："你是外国人？"

"泰国，清迈，"小先生侧过头，文雅地把骨头吐在掌心，"七代华人，做油轮和码头生意，我父亲有荷兰血统，母亲是台湾人。"

宝绽点了点头："你妈妈肯定是个大美人儿。"

小先生嚼着肉瞧他："你是在夸我长得帅吗？"

宝绽专心致志地嗑骨头，觉得夸他的人肯定不少，懒得说了。

过了一会儿，小先生突兀地说："你妈妈也是美人儿。"

宝绽撕肉的手停了停，他妈妈确实是美人儿，如果不是美，也不会有那么多人追她，她也不会丢下酗酒的老公和儿子，跟人跑了。

114

匡正从接机口出来，坐上小郝的车，顶着雪回家。

手机开机，他先给张荣打电话，信托离婚的事在瑞士就跟他沟通了，已经开始着手处理，这回是确认一些细节。聊完正事儿，匡正漫不经心问了一嘴："如意洲听戏的有个姓康的，你认识吗？"

"知道，"张荣毫不意外，甚至早知道他会问，提前让人做了功课，"做化学制剂的，90年代末给大型锅炉做除垢起家，好像是哪个大领导的上门女婿，离婚挺多年了。"

匡正一听，不是什么惹不起的主儿，冷冷地说了一句："老东西不太地道。"

都是场面上的人，匡正一点，张荣立马明白："做他们这行，上下游卡得很紧，销售主要走渠道，终端代理商的把持能力很强，他基本没什么议价空间。"

换言之，搞他很容易，张荣只是没明说，两个人心照不宣。

匡正给张荣办了信托离婚这么大的事儿，跟他开口顺理成章："有些人跳来跳去的，看着碍眼。"

"我去办，"张荣果然痛快，"你放心。"

挂断电话，匡正看着窗外随风飞舞的雪花。他不是个阴险的人，但是别惹他，尤其别惹他宝贝的东西，要是惹着了，对不起，他也是心狠手辣的，会以牙还牙、以眼还眼。男人到了这个位置，都有大脾气，只是从来不过自己的手，他有的是人脉、能量，一通电话，什么事儿都办了。

刚过红石，房成城的电话打进来，匡正捏着眉心接通："喂。"

"我，"房成城上来就说，"给我介绍个靠谱的并购。"

匡正无奈："你又要干吗，房总？"

"动影传声眼看着要不行了，趁现在还有人要，赶紧出手，"房成城很急，"拿到这笔钱，我转行干别的。"

"干什么？"匡正疑惑，这么短的时间，他能有什么靠谱的规划。

"朋友介绍了家药企，杭州的，握着四种原料药的CEP证书[1]，就冲证书，买了也不亏。"

"制药？"行业跨度太大，匡正问，"你了解这个行业吗？"

"我投资只看回报率，经营让专业的经理人去操心。"房成城这样说，显然主意已定，"干短视频之前我也是两眼一摸黑，谁想到风火轮会火成这样。"

他只是运气好，但匡正没说破。

"我有这个本事，"房成城很自信，"能把风火轮干成行业一哥，制药，我一样能风生水起！"

"好，"匡正不再劝他，劝也没用，"我把万融投行部白总的电话推给你。"

"谢了，哥们儿。"

挂断电话，匡正看向窗外。快到家了，迈巴赫的头灯照着一条白亮的雪路，能看到薄雪覆盖下有一条很宽的车辙，一直通到他们家门口，没再往前，应该是停了一阵，然后打个弯从对向车道开走了。

匡正蹙眉，回过头，见家门开了，宝绽披着大衣站在那儿，抱着肩膀直跺脚。"快点儿，"他催小郝，"他冷。"

小郝一脚油停在门前，匡正不等他开门，直接下去奔着那束光，两步跨上台阶，凶巴巴地问："碰着难事儿了，为什么不给我打电话？"如果是宝绽的电话，无论什么情况，他都会接。

门口，小郝拎着行李进来。宝绽问："郝儿，饿了吧，吃口面再走。"

1.CEP证书：欧盟的药品认证证书。

"不了，谢谢宝哥，老板，明天见。"

匡正对这个小司机很满意，叫住他："最近辛苦了，下个月给你涨百分之十，"他脱掉大衣，"钱不多，不用告诉公司，给你的红包。"

小郝连连说着"谢谢老板"，退出去，带上门。

门啪嗒关上，宝绽往厨房走："哥，我去给你下面。"

匡正扯掉领带想换鞋，一低头，拖鞋不在鞋柜里，而是在脚垫上，联想到外头那道车辙，他问："家里有人来过？"

"嗯，"宝绽开火热锅，"梁叔家的小先生。"

油烟机的声音太大，匡正没听清："穿我鞋了？"

"穿了一下，"宝绽没当回事儿，转头冲他说，"大高个儿，我的鞋穿不进去！"

匡正的眉毛拧起来，他介意这个。

最简单的热汤面，卧一个煎鸡蛋，滴几滴香油，宝绽端上桌，喊他哥："天冷，你快喝口汤顺顺胃。"

匡正没过去，往沙发上一靠，跷起二郎腿。

"怎么了？"宝绽远远看着他，"还有猪蹄，我蒸了好几个小时，可香了。"

匡正板着脸，有意把自己的不高兴表现出来。

没一会儿，宝绽抱着个小盆凑到身边，紧挨着他坐："怎么，把你的鞋给别人穿，生气啦？"

匡正别着头不看他："没有。"

"你要是嫌脏，咱们买新的，"宝绽拿肩膀碰他，"别小心眼儿，人家其实很干净。"

这话匡正就不爱听了，转过头正要说什么，嘴里忽然塞进来一块肉，软软的、糯糯的，是猪蹄上最好的那一块。

匡正的一颗心，像拿掌心包着、拿温水暖着，想冷冷不到底，想怒怒不起来。

"好吃吧？"宝绽问。

匡正点了点头："我说，宝儿——"

宝绽又给他撕了一块："你说你，还得让我喂。"他撕肉的手又瘦又长，裹着一层油。

"宝绽，"匡正直说，"以后不要把别人往家里领，特别是我不在的时候。"

宝绽咕哝道："是我朋友……"

"朋友可以在外面见，"匡正清楚地告诉他自己的底线，"家，是我们两个人的地方，没有第三个人。"

宝绽倏地低下头。

匡正温柔地说："这家不能有别人。"

"没有别人，"宝绽虽然低着头，但语气肯定，"永远不会有别人。"

匡正有了宝绽这句话，什么都够了。

第二天匡正去公司，拢着精悍的短发，系着银灰色的领带，一进大门就听到段钊在教训新来的客户经理："我不听解释！客户就是客户，我不管他是卖种子的还是卖化肥的，客户要什么我们给什么，而不是你认为他们要什——老板？"

见匡正从办公区经过，段钊愣了："你不是在瑞士……"他教训下属的口气像个大老总，至少匡正在的时候，没听过他在办公区这么嘚瑟，有点儿"山中无老虎，猴子称霸王"的意思。

"跟我过来。"匡正冷着脸，朝他扬了扬下巴。

段钊有点儿发毛，怕匡正在意他这点儿小放肆，连忙跟过去。两人先后进电梯，门缓缓关上，段钊夹着尾巴问："怎么突然回来了？"

"宝绽有点儿事儿，"匡正答，"瑞士那边交给百两了。"

原来是宝贝弟弟的事，段钊点头，怪不得他老板打着飞的穷折腾。

电梯到了，匡正开门进总裁室，脱掉大衣直接扔给段钊，往办公桌前的椅子上一坐，跷起二郎腿，拿脚尖点了点对面沙发。

段钊挂完大衣过来，乖乖在沙发上坐下。匡正属于那种不怒自威的老板，训人不用大声，一个眼神就让人畏惧。

"房成城这事儿，"匡正靠着椅背，"你有没有什么反思？"

段钊没想到是聊这个，挺意外。

"客户里如果有三分之一是这种人，"匡正掏出烟，分一支给他，"万融臻汇没前途。"

段钊连忙起身掏打火机："可这一行就是这样，都是围着富豪的屁股转，谁知道哪个客户是个雷，过几年就炸了。"

"万融臻汇必须有自己的撒手锏，"匡正隔着腾起的火焰盯着他，眼睛里有剃刀般的锋芒，"要让富豪围着我们的屁股转。"

段钊收回打火机，想了想："难。"

匡正等着他往下说。

"富豪常玩儿的这些东西。"段钊一样样捋，"私募股权基金一直是G&S的江山。德班凯略擅长做高端房地产。我查了，房成城给小三在伦敦搞那个公寓，就是通过他们拿的。富荣嘛，做贵金属有一套，在汇丰和巴克莱[1]的关系都很硬。"

他说得没错，这些匡正都考虑到了："你就没往自己身上想想？"

段钊惊讶："我？"

匡正吸一口烟，再缓缓吐出去。"艺术品投资，"随着烟一起吐出来的，还有这么几个字，"以及高端奢侈品。"

段钊睁大了眼睛。

"艺术品也可以做成基金，"匡正挑起一侧眉毛，嘴角挂着似有若无的笑，"海德公园一号[2]一套八千万英镑的公寓大厅少不了要配一幅六位数美元的名画，至于黄金，库存的一半换成艺术品，也是一样的。"

段钊没想到匡正这么敢想，他的眼光不仅毒，而且凶。

"G&S的基金、德班凯略的地产、富荣的贵金属，"匡正转身掸了掸烟灰，"我们都可以插一脚，不，"他换了个动词，"我们都要插一脚。"

"不——"段钊却不赞同，"老板，如果是前几年，咱们可以试水，但现在宏观经济整体下行，国家又这么大力度反腐，至少中国的艺术品市场是下跌的，我们不应该在盘整期进入，风险太大了。"

"金刀，"匡正在腾起的烟雾中眯了眯眼，"你不是学金融的，有一种本能你没有，就是买跌不买涨。"

段钊瞪目："可中国的富豪不认艺术品，"他断言，"根本没有这样一个市场——"

"那就创造市场。"匡正一锤定音。

段钊怔住了，胳膊上起了一层鸡皮疙瘩。

"我们要在这个创造出来的市场上制定规则、树立标杆、纵横驰骋，"匡正

1.汇丰银行、巴克莱银行：全球最大的黄金交易银行之二。

2.海德公园一号：曾号称全世界最贵的高端地产。

把剩的一截烟捻灭，"把中国高端艺术品交易市场定位成万融臻汇的市场。"

段钊明白，他的意思是"万融臻汇的狩猎场"。"我……"说实话，他有点儿吓到了，"我回去想想。"

这时匡正的微信跳出来，是以前金融街的老哥们儿，找他去个聚会。"好，"匡正边回信息边说，"我要可行性报告。"

"明白。"段钊起身，匡正从没要求他鞠躬，但他不自觉鞠了一躬，"我需要一到两周时间，做一个全面调研。"

"可以。"匡正收起手机，抬头看着他，"金刀，你在前边放开了砍，背后有我。"

段钊深吸一口气，挺起后背转身出去。他佩服匡正——一个近乎完美的老板：他没有方向，匡正给他方向；他缺乏勇气，匡正赋予他勇气；他要独当一面，匡正从不在前头拦着。他有什么理由不往前冲呢？他得为他肝脑涂地。

匡正重新穿起大衣。华银一老大哥的女儿考上了霍其基斯——全美最有名的中学之一，算是耶鲁大学的附中，找大伙儿去家里喝顿酒，庆祝这段大好前程。

他坐上迈巴赫，半路到常去的酒庄买了一瓶罗曼尼康帝，用牛皮纸包好，赶到微信上的地址。

开发区一栋联排别墅，开门的是家里阿姨，殷勤着就要接酒，匡正只把大衣给她，礼貌地道谢。

"匡正！"华银那大哥远远从北阳台迎过来，不大客气地指着他，"真赏脸，你小子牛了，我们都怕请不到你！"

"少恶心人。"匡正和他一样不客气，"我都被从金融街赶出去了，你们还记着找我，我得谢谢你们这帮浑蛋！"

屋里人听说匡正到了，纷纷出来寒暄，有华银的、万融的、国银的、鼎泰的，半条金融街的都在这儿，不少是同期，一起入的行，一起海外轮岗，一起升迁，一起骂娘，久违了的哥们儿义气。

匡正举起手里的红酒："Blind tasting？"蒙瓶试饮，葡萄酒爱好者的一个小游戏。这帮人都是好手，嚷着"谁怕谁"，勾肩搭背向小客厅走去。

一伙大男人，各式各样的马甲，人手一只巴卡拉杯，向着光摇晃，观察酒体的颜色和挂杯薄厚，边品边聊。

"股市不太好。"

"嗯，大熊市要来了。"

都是玩金融的，匡正的观点和他们的差不多："春节效应[1]能救一波？"

"波动而已，我看——"

"对了，老匡，"忽然有人说，"你们万融人力资源部那个汪有诚，上周被处分了。"

嗯？匡正蹙眉："为什么？"

汪有诚是个人精，总戴着一副金边眼镜，在上头很吃得开。

"打死你都想不到，"那人说，"他给萨得利透内部消息，被抓了个正着。"

萨得利？匡正愕然。是代善。

"人力资源啊，"又有人说，"怪不得代善这几年顺风顺水。"

匡正想起来，代善说过，"人有人道，鬼有鬼道"，他早就知道上头要搞私银，还把匡正忽悠过去，他的"道"原来就是汪有诚。

"黑皮诺！"老沈咂了咂嘴里的酸味儿，肯定地说。

"这么好的黑皮诺，"大伙儿猜，"罗曼尼康帝？"

话落，华银那大哥剥掉瓶身上的牛皮纸，露出经典的白色酒标，ROMANEE-CONTI几个法文字母让在场的人发出一阵惊呼。

115

一伙金融男连喝带聊，等到匡正离开开发区时，天已经黑了。今天是如意洲被监管部门停业整改后复演的日子，他催着小郝赶快去戏楼。

门房和工作人员都认识他，热情地叫着"匡总"。他看一眼表，不到七点，宝绽应该在后台。他径直过去，隔着一扇双开的木门，意外地听到了争论声。

"……别折腾了行吗，宝处！"这是应笑侬的声音。

"不是我折腾，小侬，"宝绽的嗓门不高，但很执拗，"如意洲的戏难道只唱给有钱人听？你、我、小陈、萨爽，我们这一身功夫就给这么几十个人看？"

1.春节效应：每年春节前后，中国的股市行情都会有一波上扬。

"这几十个人，"应笑侬提醒他，"带来的是数万、数十万的收入！"

匡正收回敲门的手，宝绽平时最宠着应笑侬，应笑侬也打心眼儿里替宝绽想，他们俩有分歧，满屋子没一个人敢出声。

"那是眼前，"宝绽想得远，"明年呢，后年呢，我们能总在风口浪尖上？就算我们踩住了这个浪头，钱是活的，它们会来，也会走！"

应笑侬没应声。

宝绽重复自己的想法："我们需要更广阔的观众群。"

应笑侬叹了一口气："宝处，想想咱们在老剧团的日子，别说观众了，连水电都没有，那时候你想过这么多吗？"

没有，那时只要有一个观众，宝绽就心满意足了。

"如意洲有今天，咱们该珍惜，不要不知足。"

"应笑侬！"时阔亭觉着他这话过了。

"小侬，"宝绽没动气，"我并不是想放弃现在的观众，我只是想咱们受受累，周五到周日给富人演，周一到周三免费向市民开放，培养普通观众群，一年不行就两年，两年不行就三年，我就不信，五年十年培养不出一批观众！"

"你想用富人的钱去'养'穷人？"应笑侬笑了，"宝处，钱多的人不是傻子，你知道这些富豪为什么肯一掷千金听你唱三五句话，为什么对如意洲这个小小的编外剧团趋之若鹜吗？"

匡正明白应笑侬，不得不承认，他是对的——

"因为稀缺，"应笑侬一针见血，"因为如意洲已经形成了一个富豪圈子，圈子里的人扬扬自得，圈子外的人急着进来，所以咱们才有价值。如果这个圈子没有了稀缺性，如意洲没有了神秘感，什么百年剧团，不过是一颗死珠子！"

宝绽哑然。

"富人花八万十万买到的优越感，老百姓不花一分钱就能享受，"应笑侬问，"如果你是'捧珠人'，你还会继续砸这些冤枉钱吗？"

匡正庆幸如意洲有一个应笑侬，他是富豪家庭出来的孩子，他说的这些道理，靠宝绽自己悟，一辈子也悟不出来。

"如意洲的目标客户群不能乱，"应笑侬斩钉截铁，"乱了，咱们就是自掘坟墓。"

屋里静了，匡正不好进去，转身向前台走。他很清楚，应笑侬是对的，但宝绽也没有错，如意洲要想走得远，必须从小圈子到大世界，只是这条路在哪里、该怎么突破，宝绽还得摸索。

这和登山是一样的，从珠峰大本营到海拔六七千米的高度，有的是挑战者，可从海拔八千米往上，每走一小步都异常艰难，无数人选择在这里停下，扭身折返，宝绽却是死不回头的那个，他不安于现状，他还要向上攀。

"匡哥？"后台的门开了，匡正回过头，见时阔亭从屋里出来，"怎么不进屋？"

"听你们在商量事儿，"匡正走向他，"我就没进去。"

时阔亭点点头："除了我，宝绽和小侬最亲，他俩顶几句伤不了感情。"

这话无形中把匡正排除在外，他笑笑，没说什么。

"对了，匡哥，"时阔亭露出为难的神色，"我不懂股票，看新闻上说……动影传声的股票跌了？"

匡正皱眉，这事儿他居然才知道："对，跌得厉害。"

时阔亭白了脸："我投的钱……没事儿吧？"

"金刀帮你拿出来了，"匡正拍拍他的肩膀，"高位抛的，没有损失。"

时阔亭长出了一口气："谢了，匡哥，多亏有你们。"他掏出手机，"我下了个APP，以后自己盯着。"

"那笔钱买了正彩电子，"匡正注意到他虎口和腕子上贴着医用胶布，"我们打算做长线操作，具体的，你跟金刀沟通。"

"好，"时阔亭半开玩笑，"只要别离婚就成啊，谁能想到夫妻俩离婚，把公司给离没了！"

正彩电子的张荣也正准备离婚，匡正垂下眼皮，没告诉他。

"匡哥，快到小年了，"时阔亭邀他，"到时候来看封箱戏。"

"封箱戏？"匡正第一次听说。

"就是年底的最后一场演出，"时阔亭解释，"过去戏班子的行头都装在箱子里，唱完这场戏就把箱子封上，所以叫封箱戏。"

"哦，"京剧真讲究，匡正笑着说，"一定来。"

两人在走廊上分手，时阔亭去洗手间，匡正绕到前厅。剧场入口处站着几个人，其中一张脸有点儿熟，匡正想起来，在太子湖的跑马场见过，是G&S私银部的。

"跟你说了没兴趣，你怎么跟到这儿来了？"G&S那人一脸不高兴。

他对面站着个三十多岁的男子，蹩脚的黑西装，外头罩着羽绒服，乍看像地产中介的销售员，点头哈腰地掏出名片："杨经理，您给我五分钟，我保证——"

G&S那人扬手把他的名片打飞，傲慢地说："G&S是什么公司，怎么可能和你们这种小作坊合作，你有点儿自知之明吧。"

名片打了几个转儿，落在地上，滑到匡正脚边。他捡起来。最普通的铜版纸，谈不上字体排版，大概十块钱一盒。

覃苦声，苦声染夏艺术咨询公司，艺术经纪人。

"杨经理，给个机会嘛，"覃苦声嬉皮笑脸，还在推销，"非常有才华的画家，绝对是配得起G&S的大项目！"

"G&S对当代艺术品投资没兴趣，"G&S那人指着他的鼻子，"除非是在顶尖博物馆办过展的大师，否则别再跟着我，我会报警。"他翻起眼睛，招呼着跟班走进剧场。

这是匡正第一次在如意洲见到G&S的人，应该也是闻到了这里的钱味儿，迫不及待想挤进圈子来捞客户。

"你好，"匡正夹着名片走上去，递到覃苦声面前，"你的东西掉了。"

覃苦声的神情和刚才公关G&S时判若两人。那是一张郁郁不得志的脸，眼角眉梢有着与年纪不相符的神经质，他狠狠瞪了匡正一眼，抓过名片，直接在掌心团皱。

匡正很少接触这种性格的人，歪着头，从怀里掏出名片夹，弹出一张给他："万融臻汇，也是做私银的。"

覃苦声的脸仍然紧绷，视线从匡正指尖的名片移到他脸上："没听说过。"

这算是挑衅了，而且很直接。匡正哼笑："你都听说过哪些私银？"

覃苦声答："G&S。"

匡正挑眉："没了？"

"没了，"覃苦声阴沉着脸，"我只知道最好的。"

匡正懂了，指尖一转，把名片收回来："G&S会不会后悔，我不知道，但你，一定会后悔的。"他学着覃苦声的样子，把名片在掌心团皱，侧身走进剧场，"祝你好运。"

开戏前的观众席灯光暧昧，匡正说不好，有种特别的氛围，像老电影里的场景，带着褪色的柔光，远远地，他看见自己的座位上坐着一个人。

他走过去。那是个生面孔，一身惹眼的好西装，华丽的手工刺绣领带，两条醒目的大长腿，不知道是灯光还是什么原因，发色和瞳色显得极淡，像要融化在灯火里。

"抱歉，"匡正得体地提醒，"这是我的座位。"

何胜旌抬起头，几近透明的眸子定在他脸上："我第一次来，没搞错的话，这里不是对号入座的。"

他没有要起来的意思，匡正笑了："确实不是对号入座，但这个位子上写着'预留'。"

何胜旌不置可否，掏出手机："你出了多少，我补给你。"

"不必了，"匡正潇洒地脱掉大衣，"一排一号，我的座位，千金不换。"

何胜旌再次抬头，这次眼睛里带上了某种鲜明的情绪——不顺心、不合意、不痛快但仍然很有教养。"抱歉，"他帅气地笑笑，"可不可以让给我一次？"

匡正觉得这家伙挺逗，第一次来，非要一排一号，不是不知天高地厚，就是有什么大来头。"抱歉，"他瞥向相邻的空位，"二号座也不错。"

何胜旌没办法，只得起身移过去，匡正满意地坐下。他刚落座，周围的老客人立刻跟他打招呼，热络地聊了几句。匡正忽然想起来："常来听戏的……是不是有个康总？"

"有，"马上有人接茬儿，"今天没过来。"

匡正故作惊讶："复演第一天都不来捧场？"

"我约了，"那人说，"好像是公司碰着什么事儿，来不了。"

"哦……"匡正点了点头，张荣办事果然利落。

这时邝爷的锣鼓点敲起来，百鸟朝凤的守旧帘前缓缓踱上来一个人，一身艳丽的红蟒，头顶珍珠绒球，盔帽上插着一对一米多长的雉鸡尾，手里握着一把泥金扇，一双勾魂摄魄的眼，额间擦着霞一样的胭脂——

是宝绽。

匡正从没见过他这样标致的扮相，直愣愣盯着台上。

116

宝绽扮的是《珠帘寨》的李克用。

唐朝末年黄巢起兵，唐皇逃到西岐美良川，请求沙陀国李克用搬兵勤王。李克用是个能一箭射穿双雕的人物，宝绽信手演来，既有《定军山》里黄忠的骁勇，又有《坐宫》里杨四郎的雍容，摇起金扇，活脱脱一个金镶玉嵌的大千岁。

"哪怕黄巢兵来到，"高山流水的嗓音，镇住了满席老到的挑剔看客，"孤与他枪对枪来——刀对刀！"

"好！"伴奏还没结束，叫好声已经响成一片，台上光彩照人的角儿，台下热血沸腾的座儿，匡正被这气氛感染，连连喝彩，却压不住隔壁热忱的掌声。

二号座那家伙很激动，直勾勾盯着台上，盯着珊瑚般闪耀的宝绽。

整了整水袖，宝绽起身谢座儿，眼神不由自主地往一排一座上扫，看到他哥，即使吊着脸、戴着髯口，也难掩笑意。

二号座上那位突然站起来，一脸的受宠若惊，显然是误会了宝绽的视线，以为人家看的是他。

匡正懒得翻白眼，好笑地哼了一声，侧身跷起二郎腿。

下一出戏是应笑侬的《宇宙锋》，风华绝代的大青衣穿着一身黑帔登台，二号座那位压根儿没听两句，迫不及待地起身离开。

宝绽进后台，捺了头揸了汗，靠在桌边喝水，外头有人敲门。没等他请，门开了，进来一个显眼的高个子，发色是少见的浅褐色。

"小先生？"宝绽惊讶。

"宝老板，"小先生听满场都这样喊，也学着叫，"我来听你的戏。"

宝绽真诚地笑了，明珠闪闪地迎向他，陈柔恩和萨爽在一旁备戏，他叫过来热情地介绍："小陈、萨爽，这是我常跟你们提的梁叔——"

"梁叔？"萨爽瞧着眼前这家伙，他有时阔亭的帅、匡正的浪，妥妥的豪华加强版型男，不过，辈分这么大的吗？

"是梁叔家的小先生，"宝绽怪他抢话，"没有他们，就没有我们这个戏楼，没有如意洲的今天。"

他这样介绍，明显带着感恩的意思，小先生有些意外，垂眼看着他。

宝绽的妆还没卸，从眼窝到颧骨铺着一层淡淡的胭脂。"这颜色……"小先生入神地打量，不经意说了一句，"真美。"

陈柔恩和萨爽对视一眼，宝绽只是笑，纠正他："小先生，'美'在汉语里是形容女人的，男人不好用这个词。"

小先生反应过来，马上说："抱歉，我不是指你。"

陈柔恩和萨爽又对视一眼，心说，这瞎话编的，简直侮辱他们的智商。

"我指的是京剧。"小先生说。

宝绽挑起眉，认真看着他。

"世界上有那么多文化，每个民族都有自己独特的化妆方式，"小先生随意一句，背后是他优渥家庭培养出来的学识和见解，"只有中国戏曲这么大胆，敢把大片的粉红色铺上眼眶。"

这话一出，不光宝绽，连萨爽和陈柔恩都愣了，他们唱了小半辈子戏，一直看人用胭脂揉脸，可能是瞧惯了，从没觉得这抹粉色有什么特别，更没试着好好欣赏这抹与众不同的艳色。

"粉色的面颊，"小先生抬起手，没碰宝绽，只是做出承托的动作，"还有眉间的这道红，"他由衷地说，"是独一无二的艺术。"

"艺术"两个字像两枚精致的钉子，砰地打进宝绽的心坎，之前他对小先生好，大多是因为梁叔，现在不是了，他真心把他当朋友："那个……小先生，你坐。"

"叫我通差，"小先生拦着他拖椅子的手，"别忙了。"

"通差……"怪怪的名字，宝绽叫不惯。

"泰语里是'旗帜'的意思，"小先生笑得灿烂，露出一口整齐的白牙，"胜利的旗帜。泰国是个佛教国家。"

宝绽微张着嘴，拗口名字的背后是这样殊胜圆满的含义，这个人人如其名，站在那儿就是一面旗，写着高贵与成功。

"晚上有空吗？"小先生看一眼表，"请你到Boeucc吃顿便饭。"

宝绽没听清："波什么克？"

"Boeucc，"小先生意识到他对上流社会生活的陌生，连忙改口，"米兰一家老掉牙的餐馆，鱼做得不错。"

萨爽背过身，掏出手机查这个波什么克，按着读音输了好几遍，找到一个最近似的：意大利米兰城内历史最悠久的餐厅，建于1696年，过去是王公贵族聚会的场所，曾入选"全球最昂贵十大餐厅"。

"米兰……"意大利？宝绽怕自己搞错，没敢开口。

"我的飞机就在绿水机场，"小先生极力邀他，"睡一觉就到，落地时那边夜色正好，我在Boeucc有位子，吃完饭我们可以去逛运河，等天亮了去布雷拉宫，这两天应该是17世纪伦巴第艺术特展。"

他说的这些，宝绽一窍不通："你是……艺术家？"

"不，"小先生露出遗憾的神色，"我在家族里做生意，艺术只是爱好，读过油画和艺术品修复的学位，明年打算申请巴黎美院的艺术史博士。"

博士……宝绽说不清这一刻的感受，既羡慕又自惭形秽，他总念叨着京剧是艺术、是国粹，实际上他并不懂艺术，他嘴里这点儿东西和小先生知道的比起来，太肤浅了。他们是两个世界的人。

"不了，我还是——"

说话间应笑侬下戏回来，陈柔恩接棒上台，他拢着水袖一抬头，看见小先生，愣了一下，低头走过去。

"小侬，"宝绽叫住他，"这是梁叔家的小先生。"

他每次这样说，小先生都想笑，他怎么成了梁叔家的，明明梁叔是他家的，但他从来不纠正，因为这样听着很有趣。

应笑侬只点了个头，脱下戏服，到自己的位子上坐下，不揉头也不卸妆，掏出手机慢悠悠地刷微博。

小先生谈话很有节奏，暂时不跟宝绽提意大利，只是聊京剧、聊艺术，聊得陈柔恩和萨爽的戏都完了，外头一片嘈杂，他才绕回到自己的主题上："走吧，宝老板，跟我去米兰转转，不会让你失望的。"

宝绽不可能答应他，他得跟匡正回家，什么夜色、运河、布雷拉宫，都没法和电视机前简简单单的一餐饭相比。

"真的不了，"宝绽明确拒绝，"我还得回家做饭。"

小先生不理解，像宝绽这样的艺术品，怎么能走下神坛给人做饭，他应该被真空罩子罩起来，用最好的珠宝装饰，放在聚光灯下供人欣赏："宝老板……"

“宝儿——”恰巧匡正推门进来，看见宝绽被二号座那家伙堵在位子上，眉头立刻皱起来。

“哥，”宝绽探出头，眼睛星星似的亮，“你来。”

哥？小先生明白了，这就是宝绽的家人，今晚的饭应该也是回去给他做的，怪不得他能大摇大摆霸占着一排一座。

“有朋友？”匡正下意识正了正领带，风流倜傥地走来，“去把妆卸了吧，韩总他们要到对面吃口饭，给如意洲洗尘。”

洗停业整改的尘，有钱人在意这个，要去晦气。

“好，”宝绽自然而然拉着他的胳膊，“这是梁叔家的小先生。”

梁叔家……匡正愕然，清迈何家？那个传言中的小主人，东南亚船王的继承者，全球数百亿资产的所有人，就是眼前这个青年？

“你见过的，”宝绽提醒，“你忘了？”

见过……匡正恍然大悟，那晚在翡翠太阳后门，就是这家伙醉醺醺地靠在宝绽身上，他当时没拿正眼看他。

“你好，”匡正笑得颇有风度，“匡正，做私银的。”

“你好，”小先生一样优雅世故，“何胜湛，宝先生的朋友。”

两双有力的手握在一起，几秒钟的接触，他们衡量对方的斤两，结论差不多：受过良好的教育，有不错的品位，经济实力固然有差距，但都是成功人士。

“梁叔对宝绽一直很照顾，”匡正说着场面上的话，用一种不讨喜的口气，“我们非常感谢。”

小先生微微一笑：“哪里，宝先生也很照顾我，”他歪了歪头，“你们家的猪脚很好吃，啊，对了，还要谢谢你的拖鞋。”

匡正的脸僵住，原来那天到家里来的人是他，不光穿了他的拖鞋，还吃了他家的猪蹄。

“哥，”宝绽再迟钝也感觉出他们之间的紧绷了，没多说话，转头到门后把自己的大衣拿来，往匡正的手里一塞，轻声交代，“大门口等我。”

他没受过多高的教育，也不圆滑，但知道怎么委婉地化解矛盾，一件大衣、一句话，表明的不过是个亲疏远近。

117

匡正拎着宝绽的大衣站在戏楼大厅，没抽烟，怕把衣服染上烟味儿。周围是等着去喝洗尘酒的客人们，三五成群聚在一起，聊着笑着，红火热闹。

背后有人叫："匡总？"

匡正应声回头。是G&S那家伙。

"杨经理？"

对方很意外："匡总居然知道我的名字。"

两个小时前刚知道的，匡正笑笑。

万融臻汇从一批新兴的小私银中异军突起，作为竞争对手，G&S不可能跟他们和平相处，姓杨的扫一眼匡正手里的大衣，冷笑："你们也来抢客户？"

匡正挑了挑眉，不置可否。

"你们抢不过我们的，"杨经理一副轻蔑的神态，"咖位还是不一样，私银不像别的，讲究血统、资历和风格。"

匡正觉得好笑，但还是问："G&S是什么风格？"

"精准卓越的纯美资私银风格，"杨经理傲慢地说，"至少不是卑躬屈膝替潜在客户拎大衣的风格。"

他说别的，匡正不动气，但他话里话外对本土私银的蔑视让他反感："杨经理，你信不信，不出十年，所有外资私银都会从中国高净值客户的市场上出局——"

"宝老板！"人群忽然骚动。是宝绽从后台出来了，带着他的琴师、鼓师和引以为傲的演员们，拱着手走到门口。

G&S那家伙连忙掏名片，他知道，这位宝老板是如意洲的灵魂，是富豪们捧在掌上的明珠，只要能接近他，就有源源不断的生意飞进口袋。

"哥。"宝绽径直走向匡正，完全是习惯性的，把后背转给他，下一秒，匡正手里的大衣就服服帖帖披在他肩上。

G&S那人呆住了，茫然地看着匡正搭住宝老板的肩膀，熟稔地和韩文山几个大佬玩笑着，意气风发地踏出如意洲的大门，其他客人纷纷跟上，把他留在了原地。

"经理……"半天，身旁的小跟班问，"咱们还过去吗？"

姓杨的横他一眼。"你没长眼睛吗，"他把单张十多块的烫银名片在掌心团皱，"这里的饭压根儿没我们的份儿！"

如意洲对面的朝鲜饭店是朝鲜商人出资经营的，据说服务员都是从平壤歌舞团精挑细选出来的，能弹电子琴、吹长笛，还可以用中朝双语演唱《刚好遇见你》。

今天韩文山做东，右手是宝绽，左手是匡正，二十个人的大席面。他谈笑风生："第一杯酒，我请宝老板开，宝老板不给面子，非让我开杯！"

说着，他转向匡正："宝老板的哥哥也在这儿，不会挑我的理吧？"

满桌的人哈哈大笑，韩文山在笑声中起身，郑重举杯："今儿是给如意洲洗尘，头三杯我干了，祝如意洲的诸位——太平真富贵，春色有文章！"

他一站，大伙儿全跟着站起来。宝绽亲自给他斟酒，怕他喝多，有心少倒点儿，韩文山还不乐意，指着杯嚷嚷"满上"，满满一杯酒，他往宝绽的杯上磕："小年快到了，我可等着你的封箱戏！"

"封箱戏"三个字一出，大伙儿异常兴奋，迫不及待地问戏码，那个狂热劲儿，简直是一帮追星的老粉丝。

"戏码定了，但小年当天再公布。"宝绽卖个关子，捧着杯站起来，"各位朋友、知音，感谢大家对如意洲的抬爱、对京剧艺术的热忱，我没什么说的，照着韩哥的样儿，三杯酒，祝在座的诸位——利如晓日腾云起，财似春潮带雨来！"

他一仰头，干了，接着要喝第二杯，他的"老粉丝"们不干，怕他伤着嗓子，抢着分他剩的那点儿酒。不大的小杯，从左到右轮一圈，每人一点点，大家雨露均沾。

其间，韩文山有电话，他低声接起来："蓝总……现在吗？行，我在萃熙华都旁边的朝鲜饭店，你过来吧。"

电话挂断，席上有人说："咱们这氛围，别地儿真比不了。"

"没错，老韩，咱们京剧圈比那些红酒圈、古董圈、桥牌圈讲究多了。"

韩文山点点头："物以类聚，人以群分。"

"老韩这话说到点上了，宝老板人品正，戏也正，咱们愿意花钱听艺术，让那帮冤大头砸钱炒拉菲去吧！"

席上又是一通哄笑，就着这个轻松的气氛，韩文山提议："宝老板，你有没有想过成立俱乐部？"

"俱乐部？"宝绽对这个概念很陌生。

"就是把如意洲搞成会员制的，"韩文山一步一步，给他指明未来的路，"你们做一套章程，大伙儿按规定交会费，什么卡呀、徽章、礼盒的，让你哥去办，会费之外的打赏，看会员的个人意愿。"

什么个人意愿？这帮老总给如意洲花钱从来不吝惜，等于在现有门票的基础上再额外收一笔年费。

"好是好，"可照这么搞，如意洲就彻彻底底被有钱人拿链子拴上了，这和宝绽的想法背道而驰，"韩哥——"

"宝绽，"匡正知道他要说什么，及时打断他，"我赞同韩总的意见，会员制可以增强剧团的凝聚力，久而久之，把如意洲做成一个奢侈品牌。"

奢侈……品牌？匡正的话在宝绽这儿很有分量，但他仍然不认同，如意洲确实靠钱才能生存，但单纯的钱绝不是他的初心。

"哥，成立俱乐部之后，"宝绽最不想的就是把如意洲变成一座空中楼阁，"不是会员的人，还能来听戏吗？"

"能来，"匡正颔首，"只是不能随便来了，他要有一定的身价、有几名会员引荐，才有资格坐到你的观众席上。"

宝绽愕然，他唱了十年戏，无论草台班子还是专业院团，只见过观众挑演员，从没听说过演员挑观众。

匡正看着他，认真地说："如意洲到时候了。"

他指的是演出数量、客户黏性、周营业额这些硬指标，但宝绽不理解，在他看来，观众听戏就是来捧场，哪有把捧场的人往外赶的道理？

他正犹豫着，包房的门从外推开，进来一个四十多岁的女人，一头利落的短发，直奔韩文山："韩总，你让我好找！"

应该是方才电话里的人。宝绽不经意瞧了一眼，愣住了。他们有过一面之缘，在如意洲后身的步行街，当时宝绽抱着一沓传单不知所措，她则坐在带阳棚的咖啡座上，悠闲地抽着烟。

"韩总，档期，我可给你拿下了，代言相关的数据，你自己找公司做，我不管了。"她拿出两页资料给韩文山，感觉宝绽盯着自己，抬眼看过去，一下没认出来，又瞧了两眼，露出惊讶的神色。

"来来来，坐。"韩文山给大伙儿介绍，"泱泱娱乐的蓝总，现在你们手机上看到的流量明星，一半都是她的人。"

匡正恰好有电话进来，起身给她让了个位子，蓝天在他的位子上坐下，自嘲地说："我一个人贩子，不值一提。"

"你贩的都是美人儿，"韩文山换个新杯，给她倒酒，"蓝总，太谦虚了。"

泱泱娱乐，国内还算知名的娱乐公司，做明星经纪起家，和各大视频平台都有深度合作，搞了几档自己的综艺节目，还大量投资网剧、短视频和院线电影，蓝天是总公司的二号人物。

"不是我谦虚，"蓝天端起杯，"韩总，听说你是欣赏京剧的，我这青春期唱唱跳跳可没法和国粹比。"说着，她一口干了，比男人还痛快。

韩文山喜欢她的性格："京剧就是一百年前的流行歌，晚清民国那时候，脱衣服耍活宝的粉戏不比正经戏少，只不过大浪淘沙，留下来的都是精品。"

"这个对，"蓝天有点儿男人性格，说话嘎嘣脆，"我们现在也想做精品，争取明后年出一两部现实向电影。不过，说实话，韩总，做娱乐这行，主流还是三俗加狗血，品位太高的东西没人看。"

她很敢说话。宝绽已经记不清和她认识的细节，但她说过要包装如意洲，还约他去家里。

"我们做娱乐的，就是要把俗的包装成雅的，让粉丝花着垃圾钱，还觉得自己很有品位，"蓝天玩着空酒杯，"这容易，难的是把雅的做成俗的，比如韩总你喜欢的京剧，我要是把一伙唱京剧的炒成国粹天团，那才是本事。"

京剧……天团？宝绽从不追星，不懂流量、数据、粉丝经济，但蓝天这番话透露给他一个信息，就是通过经纪公司的运作，京剧一样可以得到曝光度。

门外，匡正接的是段小钧的电话。十一点多了，那小子还在万融57层加班："老板，房成城收购万青制药的案子要第二轮出价了。"

这么快？匡正诧异，当时房成城要收购药企，匡正把白寅午的电话给了他，看来案子是段小钧在负责。

"这个房成城……"段小钧问，"是你的客户？"

匡正听出他语气中的顾虑："怎么了？"

电话那边沉默片刻。"溢价太高了，"段小钧压低声音，"397.26%的溢价，房成城还执意要做。"

匡正愕然，怪不得案子推进得这么快，这是快刀宰傻子呢！

"万青和我们都能狠赚一笔，"电话那边啪的一声，是打火机响，"但人是你介绍的，我不能眼看着他自己坑自己。"

段小钧也开始抽烟了，匡正不意外，M&A那个工作强度和压力，没有烟一天都撑不下去："你帮我缓一缓，就这一两天。"

"好，我的立场不好说什么，你劝劝他，"段小钧的声音透着疲惫，"150%到200%的溢价还正常，将近400%的溢价拿72%的股份，他太着急了。"

挂断电话，匡正回想几个月前的段小钧，那时因为一个没计算溢价的估值，他把千禧的案子搞砸了。现在他不光能准确判断溢价，还知道跳出数据来分析客户的心理，匡正欣慰地笑笑，这小子成熟了。

118

过了午夜，朝鲜饭店的饭局才结束，大佬们坐着各自的豪车离开。银白的月光下，应笑侬和时阔亭带着一身辛辣的酒气，并着肩步行回家。

"我说。"时阔亭拿肩膀撞应笑侬。

"干吗？"应笑侬撞回去。

"韩总说那什么俱乐部，能行吗？"

"能行啊。"应笑侬满脸酡红，连耳朵都是烫的，"韩文山这人真义气，实心实意替咱们想，没一点儿偏的。"

"他老婆身体不大好？"

应笑侬点头："好人没好报。"

"我看宝绽那意思，"时阔亭晃晃悠悠，"好像不愿意搞俱乐部。"

"他呀，"应笑侬给了俩字儿，"太拗。"

时阔亭停步，隔着朦胧的夜色盯着他。

"干吗？"应笑侬来劲地扬着下巴。

"不许这么说宝绽，"时阔亭一脸呆滞的严厉，"他是如意洲的宝绽、我的宝绽，谁也不许说他。"

"他也是我的宝绽，"应笑侬叹一口气，"他就是……太纯粹了，纯得我怕他哪一天把自己打碎了。"

时阔亭皱起眉头，他们仨从如意洲惨淡时走过来，那阵子眼前只有一条路，他们自然齐心协力，现在剧团好了，能走的路多了，分歧也就来了。

"理想是水，现实是岸，水得沿着岸走。"应笑侬望着头上的月亮，呼出一团柔软的白雾，"宝绽把如意洲当理想，可他别忘了，那也是大伙儿的现实，"他生在商人家庭，太懂得钱的重要性，"得先赚钱，有了钱才有资格谈理想。"

"这帮富豪，"时阔亭知道宝绽怕什么，他们一口一个"宝老板"，可说到底，不过是拿唱戏的当消遣，"总有腻的时——"

应笑侬突然给了他一下："什么声？"

时阔亭回过头，眼前是漆黑的马路，冬夜酷寒，干冷的一点儿风，送来隐隐的哭声。

"我去，这大半夜的，不会是闹鬼——啊！"

应笑侬给了他一脚："嘘！"

两个大男人竖着耳朵听，确实是哭声，很弱，好像是从天桥底下的绿化带传来的。"我的天！"时阔亭反应过来，"孩子！"

孩子？应笑侬发蒙，这大半夜的，谁会把孩子留在室外？

时阔亭循着声找，喊了一声："真是孩子！"

应笑侬赶紧跑过去，听到他在拉羽绒服的拉链。

"小手小脚冰凉！"时阔亭急着把孩子往怀里揣，"肚子也是凉的，丧良心！"

天黑，应笑侬看不清，下意识掏手机开电筒灯，乍亮的光下，一个蹬掉了袜子的小婴儿可怜地哭红了脸。

"给我关上！"时阔亭吼他，"晃着孩子的眼睛！"

他从没这么凶过，应笑侬没回嘴，乖乖把手电关掉。"弃婴？"他第一反应是找管这事儿的部门，"送派出所？"

"孩子太冷了，先回家。"时阔亭把羽绒服拉上，两手护着鼓起的前胸，"那什么，你去便利店买点儿奶粉！"

应笑侬张着嘴，呆呆地站在原地，见时阔亭跑了两步又折回来，拎起装孩子的纸箱："会买吗？"

"会，我……全脂奶粉？还是速溶的？是不是得买进口的？"应笑侬是个精明人，但奶孩子这事儿他不懂。

时阔亭也分不清："问店员！"

说着，他像一个瞬间成长起来的爸爸，奔着家的方向快步跑去。

又下雪了，匡正对着大窗扯掉领带，炉子上煮着绿豆汤，咕嘟咕嘟，很有家的味道。宝绽在沙发那边换衣服，电视上演着延时摄影，膨胀变大的白色菌菇和他柔韧的身体同时倒映在窗玻璃上。"哥。"宝绽叫。

"嗯？"匡正套上老头衫。

"你觉得……如意洲能不能走歌手的路？"

歌手？匡正不解地扭过头。

"像那些偶像，男团女团的，"这个想法虽然大胆，但宝绽觉得最有效，"如意洲也上电视，参加节目，那样就有更多的人知道京剧、了解京剧了。"

唱京剧的……偶像团体？匡正不了解娱乐行业，但他记得过去有过民乐女团，凭宝绽和应笑侬、时阔亭的颜值，做个京剧男团似乎也不是难事。

"宝儿，"他想了想，"咱们不如成立个基金会吧，以基金会的名义做杂志、搞宣传讲座，一样可以弘扬京剧。"

杂志、讲座？宝绽摇头："这些都需要钱的。"

"基金会可以盈利。"匡正告诉他，"宜家就是由基金会控制的集团公司，实际掌控者号称不赚一分钱，而且大部分收入还免税。"

宝绽不懂这些高深的概念。

"如果成立了基金会，"匡正握住他的肩膀，和他四目相对，"你不光可以弘扬京剧，还可以资助其他的'如意洲'。"

资助……其他的"如意洲"？宝绽想起他们申请基金资助的时候，那点儿有限的钱给了土家族的打丧鼓，和需要资助的传统艺术相比，资金永远是少的。

如果这个社会能多一家基金会、多一个为濒危艺术出钱的人，当时他和师哥、小侬就不会那么绝望，那么难。

无论京剧还是打丧鼓，别管是基金会还是别的什么会，只要能帮助困境中的艺人，他就干。"哥，"宝绽毫不犹豫，握住匡正的手，"我们做。"

上午十点，匡正看着手机迈进万融臻汇的大门。大盘整体低迷，姓康的

窄红：完结篇

那只股一直在小幅下跌，前台小姐迎上来："老板，有人找。"

"嗯？"匡正收起手机，单手插兜。

"您原来的同事，请到楼上了，204。"

匡正点个头，走楼梯上二楼。应该是段小钧，他们通过电话，房成城急于收购万青制药，溢价非常不合理。

他推开204的门，语气随意："你怎么直接过来了，不是说——"

屋里人却不是段小钧。

匡正愣住了，沙发上转过来一张脸，非常白，男人少有这样青薄的白色，鼻梁上架着一副金边眼镜，睫毛在镜片后动了动，张开嘴唇："匡正。"

"大……诚？"

汪有诚，万融投行部人力资源经理，也是代善的朋友。

匡正转身脱掉大衣，往衣架上挂，脸很冷。代善是他的死对头，即使两人都离开了万融西楼，各走各的阳关道，他仍然厌恶那家伙。而汪有诚就是代善背后的人，是他给代善指路，用一个什么执行副总的位子把匡正玩到了万融臻汇。

大衣下是一身精湛的银灰色西装，特殊面料，转身时微微泛起风骚的藕荷色，香水还是麝香气十足的苔原，像冬日阳光下的一块坚冰，凶猛、强大。

匡正解开西装扣子，在汪有诚对面坐下。

汪有诚的脸色很不好，但笑着："你越来越帅了。"

匡正皮笑肉不笑，掏出烟，递一支给他。各用各的火机，啪啪两声，两团烟雾在彼此间腾起。

隔着烟，汪有诚问："你这儿有没有多余的位子？"

匡正明白他的意思，但装作不明白。

"我想找个容身的地方。"

匡正笑了："别开玩笑了，上边的人头你码得最熟。"

"待不下去了。"汪有诚的手搭在桌边，他习惯用中指和无名指夹烟，看起来有些神经质，"快了，大概是把我踢到哪个分行。"

"踢"这个字眼，匡正感同身受，但他毫不同情："不至于吧，就透了点儿消息——"

"投行，"汪有诚打断他，"对叛徒格外不宽容。"

匡正不否认："分行也不错。"

"去了分行，我就废了，"汪有诚直说，"还不如跟你。"

匡正也不跟他拐弯抹角："你知道我和代善的关系。"

汪有诚断言："我更知道你的为人。"

"甭跟我说好听的，"匡正把烟捻灭，他也知道汪有诚八面玲珑的本事，万融臻汇一直缺一个相对老成的客户经理，"我不缺管人事的。"

汪有诚很痛快："只要不让我在分行的烂泥里被人指着脊梁骨沤到退休，我愿意从头开始。"

匡正没马上表态，手指似有若无敲着桌面。汪有诚虽然是代善的人，但过去匡正只要有事，找他从来没说的，是个哥们儿："薪水，我保证你部门主管的水平，但职务，只是客户经理，你上头还有中层。"

汪有诚抿住嘴唇："没问题，我明天——"

匡正抬手打断他："我去跟老白要人，"他这种情况，自己开口提调动太难堪，"总行那边我也会打个招呼，你等通知。"

汪有诚烟雾后的眼眶微红，匡正看起来冷漠，但细节都替他考虑到了。

"怎么，"匡正扬起下巴，"感动了？"

"没有，"汪有诚别开眼，"烟熏的。"

匡正从鼻子里哼出一声，拨段钊的号："金刀，上来一趟，204。"

放下电话，他对汪有诚说："我的副手，姓段，年纪不大，脾气很差，你跟他。"

这意思很明白，小小的客户经理也不是好当的，但眼下这个局面，汪有诚没有挑剔的资格。

"大诚，"匡正给他保证，"在我这儿，没人敢说你一个字。"

汪有诚倏地抬起头，意外地看向他。这时有人敲门，进来一个二十五六岁的年轻人，一身少见的好西装，精致、锋利。

"金刀，"匡正起身给他介绍，"汪有诚，新来的客户经理，你亲自带。"

一瞬间，段钊的神色难以形容，先是毒蛇吐芯似的瞪了汪有诚一眼，然后把目光投到匡正脸上，绷着嘴，没说话。

汪有诚干了这么多年人事，一看这气氛就打个招呼，识趣地离开。贵宾室的门一关上，段钊就问："我做得不够好吗，你找个老油条来？"

匡正没正面回答，而是说："你该学着当老板了。"

段钊马上回嘴："我手底下有人。"

十七八个蹩脚的客户经理。匡正笑了："汪有诚这个段位的人，你带过一次才明白。"

段钊不屑："客户经理这摊事儿，我不需要更明白。"

"金刀，"匡正严肃地说，"现在万融臻汇需要的不仅是业绩超群的客户经理，还要一个能纵横捭阖的副总。"

段钊一怔。这时桌上有内线电话进来，匡正按下免提，接待小姐清脆的嗓音在不大的隔音室里响起："老板，佟总来了，在一楼。"

万融臻汇只有一个姓佟的客户，就是佟胖子。匡正从衣架上取下大衣，边向外走边说："金刀，别像个女人似的争宠吃醋。"

这话刺激着了段钊，缓缓合上的门缝里传来他的吼声："女人争男人的宠，下属争老板的宠，天经地义！"

匡正掏了掏耳朵，这家伙，被他惯坏了。

他走楼梯到一层，一眼看见前台的佟胖子，他不是一个人，身边还有个小伙儿，一身不起眼的黑西装，罩着同色羽绒服，乍看像地产中介的销售员。

哟，匡正笑了，真是冤家路窄。

他走过去，隔着好几步就听见佟胖子的大嗓门："别提什么G&S了！心比天高，命比纸薄，懂不懂？现在最火的私银就在你眼前——"

"佟哥，"匡正有意提高音量，"好久不见！"

佟胖子转过来，露出身后覃苦声那张阴沉的脸，电光石火间，匡正满意地看到他乍然瞪大的眼睛和迅速涨红的颧骨。

"老弟！"佟胖子仍然热情豪爽，一把握住匡正的手，半转过身，"我给你介绍个小朋友——"

他话还没说完，覃苦声像受了天大的委屈，黑着脸咬着牙，掀起他那身破羽绒服，一个转身，带着风冲出万融臻汇的大门。

匡正真没料到，他以为上次被这小子驳了面子，这次该找回来了，没想到人家二次耍横，又把他晾在了当场。

"哎，我去！"佟胖子尴尬地拍了拍肚子上的肉，跟匡正解释，"这帮搞艺术的，圈儿套圈儿介绍过来，求我帮着找私银，我给带来了，他脾气还这么大！"

匡正哭笑不得："艺术家？"

"哪儿呀，"佟胖子撇嘴，"倒腾画的。"

匡正还记得覃苦声名片上的信息——苦声染夏艺术咨询公司："艺术经纪人。"

"狗屁经纪人，"佟胖子的包子脸一皱，打了几个褶，"不知道从哪儿淘了个穷画家，注册了个皮包公司，在小敦街租了个五十平米的画室，就说自己是什么经纪人，其实饭都吃不上了！"

五十平米的画室，还是租的，怪不得G&S那人说他是"小作坊"。匡正摇了摇头，这种规模，连小作坊都算不上。

119

小年这天下午，匡正去了房成城家。

他已经不住在如梦小筑，把别墅卖了，搬到北一环外一栋高级公寓。

坐着电梯上楼的时候，匡正想，房成城曾想搬到君子居或得意城，那是风火轮最风光的几个月，现在他这个愿望恐怕永远无法实现了。

房成城已经再婚，新夫人是之前伦敦藏的那个娇——一个高挑冷艳的姑娘，拿着本美甲杂志坐在沙发上翻，对匡正的到来漠不关心。

"我建议你再考虑考虑。"匡正说。

"电话里说了多少遍，"房成城不耐烦，"没什么可考虑的。"

"400%的溢价不用考虑？"

"为什么会有这么高的溢价？"房成城自问自答，"因为万青值这个钱！"

匡正压着火："万青的业绩如果真这么好，它就不会卖了。"

"它有四个CEP证书，"房成城仿佛抓着最后一根救命稻草，"全世界都在看着我，我不能等，我房成城就是速度，春节后就要开工！"

全世界才没那个闲工夫盯着某个人看，是失败把这家伙变得过于敏感，匡正叹一口气："买可以，但要等一等，我们——"

"匡正！"房成城吼了一嗓子，声音很大，背后的房间里立刻传来婴儿的哭声。

"王妈！"房夫人终于放下美甲杂志，冲厨房那边喊，"快点儿，孩子哭了！"

急促的哭声中，匡正听见房成城说："我忍你很久了。"

匡正挑眉："忍我？"

"忍你，"房成城铁青着脸，眼中是毫无道理的迁怒，"从到万融臻汇，我的运气就没好过！离婚给我办得一塌糊涂，儿子没了，名声败了，公司抛了，我他妈还剩什么？！"

匡正默然看着他。

"现在我要买个药厂，稳赚不赔的买卖，你三番五次跟我叨叨！还跑到我家来，你要干什么，你只是个私银！"

匡正瞬间冷静，他之前对房成城说过"无论什么情况，我们都会站在你身边"，他确实是这么做的，但到头了，没有什么合作是建立在无休止的争吵和埋怨上的。

"万青这事儿，你不用管了，帮我把基金、债券那些管好就——"

"房总，"匡正打断他，起身系起西装扣子，居高临下地说，"既然您已经不信任万融臻汇，我们没有合作下去的必要了，明天我的法务会联系您。"

他微微颔首，在房成城惊愕的目光中道一声"再见"，转身走向门廊。

廊下站着一个梳长马尾的女孩儿，一身名牌童装，脸上没有任何表情。她的父母离婚，她跟了爸爸，弟弟跟了妈妈，家庭破碎。

匡正在她面前蹲下，第一次也是最后一次摸了摸她的头，女孩儿的脸木然地抖了抖，接着，一滴泪无声地滑下面颊。她才只有八九岁，已经学会了偷偷哭泣。

匡正离开北一环，坐上迈巴赫赶往市中心。今晚是如意洲的封箱戏，那番浮华热闹在等他，宝绽在等他，他该开怀。

戏楼的小年夜灯火辉煌，一进大堂，马上有穿红的工作人员来问好，剧场那边响着欢快的音乐声，是请了大乐队。前厅人山人海，韩文山、杜老鬼这些戏迷都到了，还有张荣，远远地朝匡正挥手。

从门口到后台一段不长的路，匡正逐一寒暄过去，握不完的手、说不完的吉利话，笑得脸都僵了，偶然听到几句只言片语。

"老康没来？"

"他情况不好。"

"他那股票，再跌可就跌停了。"

"经济本来就下行，代理商又联合起来压价，他真是……"

匡正面无表情地擦身过去，敲响后台的门，一进屋，里头比外头还闹腾，嗷嗷的，居然有婴儿在大哭。

匡正皱起眉头，大伙儿都扮上了，一眼分不清谁是谁，他逮着最娇的那个花旦："小侬，哪儿来的孩子？"

"啊？"应声的却是另一把嗓子。

匡正愣了愣："萨爽？"

"匡哥，是我。"

匡正有点儿蒙，萨爽上台从来是一身黑快衣，抹着乱七八糟的小花脸，今儿竟扮了个丫头："谁的孩子？"

"哦，"萨爽揉着白粉的胳膊腕一翻，水灵灵指着窗台那边，"侬哥的孩——"

"滚你的！"这回是应笑侬的声音，又甜又脆，还贼凶，"时阔亭的孩子，跟老子没关系！"

"侬哥，你当着孩子的面儿别总迸脏字儿。"说话的是陈柔恩，可那个扮相……一条蓝茶裤，披着个绿蓑衣，头上还戴个草帽圈，十足的男孩儿装扮。

"'滚'算脏字儿吗？"应笑侬一身俏丽的粉靠，头上插着一对雉鸡翎子，怀里抱着挺大的襁褓，一看就是拿小被裹了一层又一层，"再说了，才几个月听得懂什么！"

匡正觉得魔幻，今天的如意洲好像哪里都不对劲。

萨爽把他拉到门口，妩媚的杏核眼瞥着应笑侬，低声说："他和时哥捡了个孩子，小男孩儿，到派出所登记了。人家要送福利院，时哥舍不得，非要自己养，侬哥不愿意，俩人正闹别扭呢。"

"哦。"这种事，匡正挺应笑侬，孩子又不是小猫小狗，他们两个大光棍儿自己都养不明白，还养什么孩子，"宝绽呢？"

萨爽涂着胭脂的小嘴儿一咧，笑得人见人爱："上楼给孩子洗奶瓶去了。"

听到这个，匡正不大高兴，时阔亭捡的孩子，凭什么让宝绽给他伺候？他板着脸从后台出来，上楼梯，刚拐过缓步台，楼上噔噔噔跑下来一个人，一片素白的衣袂，和他走了个对面。

匡正一抬头，只一眼，就呆住了。

178　　　　　　　　　　　　　　　　　　　　　　窄红：完结篇

那是个一身白的旦角儿，一双桃叶眼水汪汪的，上挑的眼尾斜飞入鬓，有点儿玉面天生喜的意思，一点朱唇半启半合，衬着满头水钻，从骨子里往外透仙气儿。

匡正的心乱了，怦怦地跳，眼前这张脸说不好，他陌生，又熟悉，仿佛在哪个梦里见过，多一分不多，少一分不少，恰好美在他的点上。垂下眼，他绕开那"姑娘"往上走，刚迈出一步，对方忽然伸出手，把他的胳膊拉住了。

匡正这样的男人，身边处处是诱惑，但他冷漠地别开眼，不着痕迹地收回胳膊，继续往上走。

那"姑娘"怔了怔，不解地叫了一声："哥？"

匡正的脚乍然停住，他难以置信地回过头，一张颠倒阴阳的脸，一缕眼角眉梢的春情，一把弱柳扶风的小肩："宝……绽？"

把眼前这位佳人和心里那个男孩儿联系到一起的刹那，匡正不知道作何反应。

正在这时，楼下有人叫："哎，我的娘子！"接着，楼梯转角探出来一张脸，"奶瓶呢？孩子都快哭抽了！"

是时阔亭，也戴着妆，雪青褶子外头罩着一件羽绒服，手里拎着一兜婴儿尿布，是刚从外头回来，看见匡正热情地招呼："匡哥来啦！"

宝绽拿着奶瓶要下楼，被匡正死死拽住："他叫你什么？"他压着声音，"什么娘子，你是谁的娘子？"

"演戏……"

"《白蛇传》，师哥的许仙，我演白娘子。"

原来是这个"娘子"，那匡正也不愿意："不是老生吗，怎么改演姑娘了？"

"封箱戏……"宝绽这身打扮，和他拉拉扯扯的很别扭，"就是反串的。"

说着，他挣开匡正的手，一朵云一缕雾似的跑下去，左鬓上的白彩球荡起来，下头扎的白绸从匡正的手掌上滑过，他下意识抓了一把，滑溜溜的，稍纵即逝，他没抓住。

邝爷的开场锣鼓已经敲起来，客人们纷纷进场入座。匡正下了楼，倜傥地走向他的一排一号。他刚坐下，二号座的人也到了，一头淡色的短发，一双琉璃样的眼，是清迈船王家的小先生。

"匡总。"何胜旌先打招呼。

"何先生。"匡正笑着，心里却不舒服，仿佛一捧白雪落上了灰，又好像一张新纸洇了墨。

乐队的伴奏响起，一串悦耳的笛声，陈柔恩扮的牧童追着萨爽扮的村姑，一对璧人欢欢腾腾跑上台。

观众席上掀起热烈的掌声。封箱戏的看点是反串，今晚如意洲的演员们都不是本工，老生串青衣，青衣串武旦，不讲工整，只图热闹。

萨爽是武丑串花旦，梳着大头，扎着长长的线尾子，额上一排水钻头面，鱼婆罩上顶着大红的绒球，垂下一圈粉色流苏，手上立着一只五彩小鞭，娇俏灵动。

传统戏《小放牛》，讲的是村姑路遇牧童，两人对歌对舞，互生爱慕之情，是一出很吃功夫的戏。

萨爽娇滴滴一扬手，眉含春、眼带笑，露出一口小白牙，脆生生唱响了如意洲蹉跎十年来第一场红红火火的封箱戏："正月里呀迎春花儿开，独占春风好不开怀！"

120

"喜鹊穿青又穿白，锦鹦哥身披着豆绿色！布谷鸟催人把田种，那鸳鸯鸟雌雄不分开嘛哪呼嘿！"

萨爽和陈柔恩一个娇一个俏，对着活泼的民歌小调，载歌载舞跑下台。紧接着是一通催战的锣鼓，应笑侬捻着翎子挎着宝剑，绣鞋尖尖走上来。

"好！"角儿还没开口，台底下先给了个碰头好。这身粉蓝的披挂是《扈家庄》的刀马旦扈三娘，绰号"一丈青"，和宋江的人马对战，生擒了矮脚虎王英，力败梁山众头领，是个千人敌的女豪杰。

应笑侬戴着蝴蝶盔，两鬓一边一把五股的及腰流苏，上台先来了一套功夫把式，灵中透着美，美中透着飒，不吐一个字，就把满座的宾客镇住了。

《水浒传》写扈三娘："雾鬓云鬟娇女将，凤头鞋宝镫斜踏。黄金竖甲衬红纱，狮蛮带柳腰端挎。霜刀把雄兵乱砍，玉纤手将猛将生拿。天然美貌海棠花，一丈青当先出马。"

应笑侬正是应了这几句诗，两手作剑指，一左一右压着翎子，清冽冽地唱："披挂整齐凤翅飞，耀旌旗灿烂，也那云霞碧！"

这是昆腔的曲牌子《醉花阴》，和京剧截然不同的韵味，他且打且唱，旋身踢腿间顶足了气，调子纤毫不乱："紧加鞭龙驹云催，管叫他血染战袍回！"

"好！"台下一通接一通地叫好，不是乱捧场，是应笑侬着实精彩，青衣串刀马旦，没有几年汗流浃背的功夫，半刻钟都撑不下来。

唱到"喜迁莺"一节，鼓点见急，应笑侬踩着节奏鹞子翻身，一翻一转，越转越快，只见一个芍药色的影子在台上飞旋，旋到极处，腰间的宝剑随着惯性脱鞘而出，直冲着一排中间打出去。

这就是男旦的力道和速度，和温吞的女演员截然不同。观众席整个炸了，后排好些人站起来，抻着脖子往下看，一把青蓝宝剑，被匡正和何胜旌双双搪住，一人握柄一人握刃，有点儿二龙戏珠的味道。

"怎么个意思？"马上有人起哄，"应老板的'绣球'还带一抛抛俩的！"

观众哈哈大笑。台上的"女将"没了剑，樱唇漫勾，柳眉轻挑，也不管伴奏了，抬手握拳，翎子一抖来了两个旋子，乍然从京剧转昆曲，唱起了颇有难度的《水仙子》："恨恨恨，小毛贼！"他高踢腿，凤目圆睁，一连三个"屁股坐子"，"似似似，似大鹏展翅飞不起，有有有，有神通难逃画戟！"又是三圈"串翻身"，紧接着一个"倒插虎"，"杀杀杀，杀得他无路奔血染马蹄"。应笑侬咬着一口银牙，交叉叼住两只翎子，随后翻身松口，雉尾活了似的高高弹回半空，"斩斩斩，斩尽了残兵败卒，管教他片甲不存，尸如泥！"

观众沸腾着，简直要为这横刀立马、血溅绣裙的女英雄疯了。潮水般的掌声中，应笑侬昂首走向台前，一抬脚，踏在舞台边的木雕栏杆上，胳膊搭着膝盖，很有些邪气地朝匡正勾了勾手指，跟他要剑。

这可是戏台上少见的景儿。韩文山几个老观众笑得前仰后合，催着喊："匡正，上去，给他！"

匡正回头瞥一眼这帮看热闹不嫌事儿大的老总，拎着剑，不情不愿地起身，走向台上那个泼辣的家伙。明晃晃的舞台灯，一递一接间，应笑侬俯到他耳边问了一句："见着白娘子了？"

匡正一愣，抬头瞧着他，应笑侬笑得像朵盛放的花儿，颤巍巍、水灵灵，把宝剑在手中一转，扭过身施施下台。

这下匡正可成了众矢之的，鼎泰证券的杜老鬼带着头嚷："老弟，'扈三娘'跟你说什么悄悄话了？"

匡正没法答，无奈地摆摆手，坐回椅子上。旁边何胜旌好笑地瞥他一眼，不当不正地来了一句："牡丹花下死，做鬼也风流。"

接下来是宝绽和时阔亭的《断桥》，今晚的大轴子，演的是白素贞水漫金山后，与小青来到西湖边，重遇许仙，悲愤交加的一场戏。

嘈杂的观众席上，匡正还没见着人，手心已经冒了汗。吃尽了苦的宝绽，不解风情的宝绽，谁能想到用胭脂裙衫一扮，他就有那样夺人的颜色，应笑侬和他一比，艳了，拿萨爽和他比，又太娇，他是独一份的出尘脱俗。

少顷，那抹云似的侧影一摆一摇走上来，素白的褶子碎花裙，大红的绒球衬珍珠，一对白绸飘在鬓边，新蕊般的颊上没有笑，覆着一层愁云惨雾，叫人恨不得捧一点儿露水来给他饮饮喉。

观众席骤然安静，满座的看客都和匡正一样，为宝老板的闭月羞花吃了一惊。

"娘子——"侧幕边高高的一声，时阔亭扮的许仙扬着水袖晃着鸭尾巾登上台。

几乎与此同时，何胜旌朝匡正靠过来，皱着眉问："他说什么？"

匡正斜他一眼，重复那个讨厌的词："娘子。"

"娘子……"何胜旌追问，"什么意思？"

匡正露出不悦的神色，跷起二郎腿："My darling。"

何胜旌挑了挑眉，没再说话。

台上的宝绽做足了大青衣的派头，动一动眉头都有说不出的张力，大概因为他是老生，是能挽强弓的黄忠，是大战金沙滩的杨四郎，以至比个兰花指，大伙儿都禁不住要屏息，这是混淆了雌雄的魅力，是另一种倒错的美。

"娘子救命！"时阔亭开蒙学的小生，虽然后来改了琴师，但童子功在，有一把漂亮的龙虎音，"娘子救命哪！"

嚯！台底下意外他这嗓子，齐齐给了个好儿，然后轮到宝绽开腔："怎么，"两句清浅的道白，醇厚、流丽、圆润、空灵，"你今日也要为妻救命么？"

台下没给好儿，不是吝惜，而是怕这时候一出声，坏了他浑然天成的美。

"你，你，你，"白娘子扬起水袖，凄凄切切地唱流水，"你忍心将我伤，端阳佳节劝雄黄！你忍心将我诳，才对双星盟誓愿，你又随法海入禅堂！"

他那双眼睛，和唱老生时截然不同，含着委屈，蕴着悲凉，说凄清，又不失傲骨，说冷硬，又婉转、哀伤，叫人没法不心疼。

"你忍心叫我断肠，平日里恩情且不讲，"宝绽翻下水袖，微微抚着肚子，"不念我腹中还有小儿郎！"

台下狂澜般的喝彩，观众们兴奋地拍掌，为卸去了战甲披红妆的宝绽，为如意洲带给他们的一次又一次的瑰丽惊喜。

121

匡正神采奕奕，换了个发型，西装也挑了一套颜色鲜亮的，昂首阔步走进万融臻汇。

这个风骚有型、能力还出众的老板一到位，整个公司的氛围立刻不一样了，客户经理们纷纷拢头发理西装，连接待小姐都踩着六七厘米高的高跟鞋站直了身体，大堂里一派生机勃勃的气象。

匡正习惯性扫一眼办公区，意外地在段钊身边看到了戴金边眼镜的汪有诚——他节后才该来报到，正式调令还没下，可见他很重视这个岗位，而且少见地穿了一身亮眼的蓝西装，衬得那张脸更白了。

"先生，抱歉……"背后传来接待小姐的声音。

匡正回头看。金碧辉煌的大门口站着一个寒酸的身影，八百年不变的黑西装配长款羽绒服，是开"五十平米小作坊"的覃苦声。

看到他，匡正想了起来。"金刀，"他一叫，段钊立即起身，"让你做的可行性报告出来了吗？"

"出来了，"段钊也是一身好西装，温柔的浅灰色，高掐腰，衬得他优雅、世故，"马上发你邮箱。"

匡正满意地点点头，往里走，背后覃苦声喊："我找他！我就找他！"

"抱歉，先生，"接待小姐拦着他，"我们匡总很忙，您有预约吗？"

覃苦声听见他姓匡，扯着嗓子喊："匡总！我找你，匡总！"

匡正没停步，他不会给连着驳了他两次面子的人机会，何况那家伙手里只有一个穷画家、一个皮包公司和一间租来的画室，他没有被原谅的价值。

"我后悔了！"大庭广众之下，覃苦声突然喊，"我瞎！我有眼不识泰山！我活该跑回来求你！我……我给你跪下唱《征服》！"

匡正脚下一顿，转过身，两手插兜，傲慢地昂着头。

"匡总……"覃苦声跟他隔着十来米，那张神经质的脸终于有点儿谦卑的样子，是生存的压力让他低下了头，"给我一个机会。"

匡正面无表情，向接待小姐摆了摆手。

"给我五分钟……"这话，覃苦声跟G&S的人说过。

匡正想听点儿新鲜的。

"非常有才华的画家……"这话他也说过，给艺术家做经纪人，除了没用的傲气就是乏味的推销说辞可不行。

"唱《征服》，"匡正说，"不用跪下，站着唱吧。"

"什……"覃苦声脸色发青，这摆明了是羞辱，是对他曾经轻慢的报复，他该拂袖而去，向这帮掌握着大笔资金的衣冠禽兽说"不"。可然后呢？回到他租金即将到期的小屋，和昨天一样泡一碗老坛酸菜面？

全大堂的人都盯着他，想看他怎样愤怒、怎样退却，没想到他把脸一抹，从羽绒服兜里掏出手机，搜索歌词举到面前，深吸了一口气，大声唱："就这样被你征服，切断了所有退路！"

在场的人都愣了，看傻子一样看他。说实话，他唱得不错，自带十倍杀伤力的苦闷和深情。

"就这样被你征服！"覃苦声豁出去了，握着拳头闭起眼，唱得声情并茂，"喝下你藏好的毒，我的剧情已落幕，我的爱恨已入土！"

"唱得不错。"匡正拍了两下巴掌，笑得不大地道，朝覃苦声勾起手指，"来吧，跟我说说你那画家。"

他自然要叫段钊："金刀，"转身的瞬间，汪有诚的白脸闯入视线，"大诚，你也来。"

四个人上二楼，随便开一间贵宾室，围着桌子坐下。匡正点一支烟，轻薄的烟雾里，段钊替他发话："覃先生，你可以开始了。"

覃苦声脱掉羽绒服，从西装口袋里掏出一片东西给匡正。是一张小小的拍立得照片，不是很清晰，画面正中是一只粉红色的公鸡。

什么玩意儿？这是匡正的第一印象，他顺手把照片给汪有诚，汪有诚更不懂艺术，直接皱起眉头，又把照片给段钊。

段钊没瞧上覃苦声，顺手接过来，懒得看，只瞥了一眼，视线就定住了："还有吗？"他盯着照片问，"像素大一些的。"

"没有。"覃苦声答得干脆，"视觉艺术太容易被剽窃了，我只能说原画比照片精彩得多，肌理非常华丽。"

段钊是学艺术品收藏和交易的，一幅画、一件雕塑、一套装置，他一眼就能瞧出个大概，覃苦声手里这个画家，有本钱。但他面上没表现出来，腿在桌子底下往匡正那边伸，中间隔着个汪有诚，他刀子似的瞪他一眼，递个眼色给匡正。

接到信号，匡正把烟掐灭，问覃苦声："为什么想到找私银？"

"这么好的画，"覃苦声把照片收回去，"卖个几千几万元太亏了。"他苦笑，"可现在的艺术圈，办展得几十万，买评论也得上万，上杂志、电视、微博热搜都是不小的支出，凭我自己根本炒不起这只粉鸡。"

粉鸡，非常有辨识度的标签。匡正敏感地意识到，这个概念值得做："你想用我的资源炒你的画家，谁给你的脸？"他说话很不客气。

覃苦声咬着牙忍了："我有一个五十平米的画室，租约下周到期，这半个月我一直吃的泡面，再没有合作，我连泡面都没得吃了。"

"没饭吃，"匡正冷笑，继续挫他的锐气，"卖画啊，几千几万也是钱。"

覃苦声没出声。

"卖不出去。"段钊替他答，"这种纯艺术绘画，在低端市场一文不值，老百姓只认风景画和大美人儿。"

也许是压抑久了的不甘，也许是被"一文不值"戳中了痛处，"对……"覃苦声颤着喉咙，"这只鸡在二路美术市场五百块都没人要！"

他抬起眼，那种郁郁不得志和脆弱的神经质又回来了："但这是艺术品，"他直视着匡正，"是拿到国际上也毫不逊色的艺术品，就因为我们没钱、办不起展、缺曝光度，就得揉碎了才华去贱卖，这不公平！"

不公平吗？正相反，匡正觉得很公平，他是学金融的，知道一个有效的价格从不是由卖家决定，而是由市场决定的，这小子现在需要的不是理解和同情，而是丢下他这身没用的傲气，从那什么艺术家的半空中下来，实实在在地谈生意。

"好，我知道了，"匡正敲了敲桌面，"留下你的名片，我们有兴趣会通知你。"

老总下了逐客令，段钊随即起身，覃苦声慌了："什么时候……通知？"

匡正很冷淡："我认为合适的时候。"

覃苦声明白了，他被耍了，孤注一掷地唱《征服》，不顾尊严地坦白困境，被蔑视被挖苦也硬扛着，都是徒劳，他不过是有钱人的片刻笑料。

"哦，对了，"匡正起身拿大衣，"我办公室缺幅画，你开个价，先去财务那里拿钱，一周内给我送过来。"

覃苦声一时没反应过来，愣在那儿。

匡正还是一副牛气轰轰的样子，擦过他往外走："要带画家签名的。"

合作还没谈，先卖了幅画，甭管几千还是几万，至少过节的饭钱有了，覃苦声忽然意识到，姓匡的这浑蛋……也许是在帮他。

他连忙转身走了。只有段钊理着昂贵的领带站在门口，准备带他去财务。

这个时间宝绽一个人在家，封箱戏之后，剧团停止一切演出活动，再开箱要等过了春节，这段日子是他难得的长假。

开着电视，他系着围裙包饺子，一锅韭菜虾仁馅儿的，一锅酸菜猪肉馅儿的，擀皮、包馅儿、下锅。正忙着，铃声突然响了，他拿出来一瞧，是小先生。

"喂？"电话接通。

"宝老板，"一把雀跃的声音，"在家吗？"

"啊……"宝绽答应过匡正，不领人进他们两个人的家，"没……没在……有事儿吗？"

"我画了幅画，"小先生的声音消沉下去，"画的是你。"

"我？"宝绽意外。

"《白娘子》，凭着记忆画的，记录的是一种感觉，"小先生说，有些恳求的意思，"我想给你送过去。"

"不……不用了，"宝绽捻着围裙上的针脚，"你拍个照片给我看吧。"

小先生沉默片刻，然后说："好吧。"

挂了电话，门铃又响，宝绽走过去："谁？"

"小正？"是个女人的声音。

宝绽打开门，外头站着一个穿红大衣的阿姨，五十来岁，烫着一头鬓发，手里大包小裹，身后是掉头开走的出租车。

"这里……"她举着手机，正对外墙上的门牌号，"是匡正的家吗？"

　　　　　　　　　　　　窄红·完结篇

"阿姨？"宝绽打量她——鼻头、嘴角和匡正有点儿像，"是阿姨吧？快进屋！"

"你是？"匡妈妈端详眼前这个漂亮的孩子。

"匡正是我哥，"宝绽笑弯了一对眼睛，"阿姨，你还没吃饭吧，正好我包了饺子！"

说着，他去接匡妈妈手里的东西，没留神，露出了左手上拴着红绳的银镯子。

122

匡正从车上下来，开门进屋，宝绽在沙发那边叫："哥，你看谁来了。"

匡正定睛一看："妈！"

"小正！"一看匡妈妈的样子，她平时肯定常跳广场舞，跑过去那两步又轻盈又有韵律，她扑到儿子怀里，抱住了不撒手，"哎哟，我们小正呀，一年比一年帅气！这要是走在街上，妈妈都不敢认了，帅得杀人哟！"

匡正直直看着宝绽，他温柔地笑着，满眼是羡慕。

"妈，你怎么来了？"

"小没良心的，"匡妈妈板着脸，捶了他肩膀一把，"什么叫妈妈怎么来了？过春节你不回家，妈妈当然要来看你！"

"你来怎么也不告诉我一声？"匡正笑着说。

匡妈妈往客房走——原来宝绽的那间屋，她暂时安顿在那儿："现在不是流行嘛……色破赖子。"

"哦，"匡正问，"那什么时候走？"

匡妈妈狠狠跺了下脚："刚来就让我走啊！"

"不是，"匡正亲昵地搂住妈妈的肩膀，"节前公司事情多，我安排好时间陪你。"

匡妈妈很好哄，一被哄就笑了："不走了呀，"她捏住匡正的脸蛋，轻轻掐了掐，"陪你过春节！"

"我爸呢，你把他一个人扔家里？"

"他们麻将协会有比赛，这个年要在日本过了，"匡妈妈关上门，"我一个人在家有什么意思？想着过来照顾你几天，没想到你有人照顾，亲手给你包饺子，还调了两种馅儿，这小宝儿真能干。"

匡正听着他妈夸宝绽，嘴角不自觉地上扬。

"小正啊，"屋里只有他们母子俩，匡妈妈的语气和刚才不大一样，"你不是最不喜欢跟人合住吗，怎么家里多了个弟弟？"

匡正坐在窗下的沙发上，解开领带："宝绽之前吃过不少苦，我收留了他一阵儿，处出感情了，"想想和宝绽认识这大半年，他自己都觉得不可思议，"现在是我离不开他做的饭。"

匡妈妈摇了摇头："这可不像你。"

"哪儿不像？"大概是焦躁，匡正很想抽烟，手伸进裤兜里玩着火机。

"你们这些名校毕业的，"匡妈妈了解自己的儿子，"心都冷，说好听了是有分寸感，说不好听就是自私、冷漠，你哪会可怜人哟。"

匡正一时哑口，他妈妈说得对，认识宝绽之前，他确实是个精致的利己主义者。

"我看——"匡妈妈绕来绕去，绕到关键问题上，"小宝儿手上有个镯子。"

匡正心头一跳，猛然想起来，那个镯子……

"你给妈妈看过照片的，说那是将来要娶回家的女朋友，"匡妈妈有些激动，"姓宝嘛，宝贝的宝，你亲口说的，怎么是个男孩子？！"

匡正张口结舌："妈……"

匡妈妈侧过身，不看他："你想好了再说！"

这时候不能想，想了就不是实话，匡正立刻从沙发上起身，坐到匡妈妈身边："妈，我骗你了。"

匡妈妈抬起头。

"没有女朋友，"匡正一脸的坦白从宽，"我根本不想结婚。"

匡妈妈震惊地瞪着他。

"那阵子你催我催得太紧，我就让宝绽帮了个忙。"

"为什么不想结婚啊？！"匡妈妈急了，"结婚多好啊！回家有个人等着你吃饭，晚上两个人搂着睡觉，那么大的床，你不空吗？"

匡正没出声。

"你工作累了、喝多了，有个人照顾你，"匡妈妈伸着一根"易阳指"，没完没了地戳他的胸口，"特别是遇到挫折的时候啊，小正，她能陪着你，给你支撑，你现在是还不懂，我的傻孩子！"

"我那些女朋友……你又不是不知道。"

"小正，不是妈妈说你，你这样乱玩儿……迟早要遭报应的！"

"妈，我只是还没碰到对的人。"

这话让匡妈妈安静下来，她拉住匡正的手，无奈地说："小正，你命好，也不好。"

匡正皱起眉头。

"这些年你做金融，净认识些不三不四的女人，现在年纪轻轻又当了总裁，满眼睛都是钱。"匡妈妈说着说着，眼圈微微发红，"妈妈恨不得你没有钱，就在家旁边上上班，二十多岁娶妻生子，好幸福的。"

她这些话，如果是在半年前说，匡正一定觉得荒谬，但现在，他相信钱没那么重要，只是追求事业道路上的副产品，对他这种男人来说，爱才是真正稀缺的。

"那是因为你儿子有钱，"匡正搂住妈妈的肩膀，捋了捋她新烫的鬈发，"现在你不用为我的事业操心，于是就为我的家庭操心，总之，你要操心的。"

被他说中了，匡妈妈点点头："妈妈爱你嘛，妈妈希望你十全十——"她一低头，看到匡正的腿，不禁拍了一把，"哎哟，我们小正的腿，长死了！"

匡正被她逗乐了，讨好地说："是我妈生得好。"

"就是，我怎么生出来的哟，这么帅的大儿子！"

母子间少有这样温馨的氛围，匡妈妈忍不住问："小宝儿……怎么戴着个女式镯子？"

匡正叹息："是他妈妈的镯子。他从小没有爸，高中的时候妈妈也走了，只给他留了这只镯子，"他揽着妈妈的手不自觉收紧，很心疼，"他真的……太苦了。"

匡妈妈疑惑地看向他。

"我们要对他好，"匡正非常认真，那个神态、口气，就像在说一个家人，"一定要爱他。"

匡妈妈愣住了，她从没在自己儿子身上见过这样有血有肉的一面。

这时门外有脚步声。是宝绽，他没进来，只是说："哥，阿姨，饭好了。"

匡正马上去开门："做的什么？"

"没做太多，青椒炒猪肝、炸虾仁，还有个菠菜粉丝汤，"接着，他小声说，"给你留了几个饺子。"

两个菜一个汤，还有一碟饺子和三四样凉菜，满满当当摆了一桌子。之前戏迷送了几瓶茅台，宝绽开了一瓶，斟了三杯。

"阿姨，"他端着杯站起来，瞥一眼匡正，莫名有几分郑重，"我……是唱戏的，但哥从没嫌弃过我，一直帮着护着，我敬您一杯。"说着，他仰头干了，脸颊迅速充血变红，整个人粉扑扑的。

旁边匡妈妈一个劲儿地给他夹菜："好孩子，多吃点儿。"

猪肝鲜软弹滑，虾仁外焦里嫩，匡妈妈边吃边说："小正，跟妈说说，你这大老板一天都忙些什么。"

"最近在搞艺术品投资，这个领域我要立个标杆。"

"标杆？什么意思？"

"就好比，"匡正说，"一排水果店，家家都有苹果、橘子，只有我的店里有火龙果，买火龙果的人也许不多，但只要想买，就会来我的店。"

匡妈妈笑起来："我儿子真有本事。"

"目前只是个想法，做艺术品需要大买家，不光有钱，还要有眼光，更要对艺术品市场有信心，可遇不可求。"

说者无意，听者有心，宝绽眉头一动，正在这时，他的手机响了。是小先生的短信。

没有文字，只有一张经过压缩的图片，看得出来是一幅画，梦幻般的赭石色中，蓦然回首的白娘子宛若谪仙。

123

匡正到公司，走过办公区。

"老板，"段钊滑着椅子叫他，"覃苦声一早把画送过来了，在你办公室，还没挂，等你过目。"

那小子动作真快，匡正问："他要了多少钱？"

"三万，"段钊耸耸肩，"看来真是山穷水尽了。"

匡正对油画没概念，听段钊的口气，应该是物有所值。他坐电梯上三楼，进办公室。挺大的一个画框面朝里搭在墙边，他脱掉大衣，把画转过来，随即愣住了。这一刻，他真真切切地感受到，什么叫艺术。

画上是拍立得里的那只粉鸡，两米宽、三米高的尺幅，比较大。鸡是粉的，但近距离看，没有一笔是粉色，无数不相干的色块彼此堆叠，形成眼前奇异的视觉盛宴，有些地方的油料甚至高出画框四五厘米，他这时才明白覃苦声说的"肌理华丽"是什么意思。

桌上电话响，他摁开免提，前台小姐的声音传来："老板，有位姓何的先生找您。"

姓何？大客户里没有这号人，匡正正要推掉，忽然一闪念："眼睛的颜色浅吗？"

前台小姐愣了一下："是的……"又问，"要开贵宾室吗？"

"不，"匡正把画转回去，"请他来我办公室。"

"是，老板。"电话挂断。

何胜旌。匡正猜不到他的来意，于是对着穿衣镜理了理头发，把领带和口袋巾也整理好。这时，背后响起了敲门声。

"请进。"他气宇轩昂地转身，门从外面打开，跟着接待小姐进来的果然是清迈何家的小船王，亚洲数一数二的顶级富豪，"何先生，稀客！"

何胜旌一进门就注意到了墙边的画框，微微一笑："匡总。"

匡正给他倒了杯咖啡，隔着偌大一张老板台，两人楚河汉界，相对而坐。

他们没什么可聊的，匡正也懒得寒暄，开门见山："何先生光临鄙行，有什么指教？"

何胜旌笑了，自带一股傲慢的优雅："要听真话还是假话？"

匡正挑了挑眉。

何胜旌的眉毛随着他挑起，两个强大的气场在这里博弈。

"假话是什么？"匡正纯是好奇。

何胜旌十指交握搭在身前："我对艺术品投资有兴趣，中国的市场我不熟，所以来问一问，有没有好的艺术咨询公司推荐。"

匡正错愕，万融臻汇暗中布局高端艺术品市场的动作没人知道，他不得不问一句："真话呢？"

何胜旌笑了，笑得有些得意："一个小时前，宝老板给我打了个电话。"

谜底揭开了，匡正却更惊讶，甚至有些恼怒。

一点儿小小的谈话技巧，何胜旌满意地看到匡正变了脸色："怎么，让你不舒服了？"

匡正迅速冷静，几秒钟后，又恢复了笑容："他找你，是为了我，"明人不说暗话，他重新把谈话节奏抓回来，"我有什么不舒服的？"

何胜旌颇意外，这家伙和他旗鼓相当。

"关于我这儿能提供的艺术品服务，"匡正快速兜回到业务上，既然宝绽打了电话，他就要抓住机会，"你想听真话还是假话？"

同一个球，他又给踢回来，何胜旌觉得有趣，有趣极了："先说说假话吧。"

"我手里有一个新锐画家，"匡正向前倾身，"黑马，业界评价很高，主要是风格，极富辨识度，保守估计，不出一年，翻三十倍。"

吹牛不打草稿的营销话术，何胜旌听得太多，眉头都不动一下，乏味地说："还是来真话吧。"

"有个穷画家，"匡正向后靠上椅背，"他的画，眼下五百块都没人要，我打算用三个月时间，把他炒到五百万。"

从五百块到五百万，整整一万倍，哪个是真话、哪个是假话，何胜旌有点儿分不清了。

"这种无中生有的游戏，小先生感不感兴趣？"

匡正叫他"小先生"，显然是把他当潜在客户来对待。何胜旌意识到，无论是他还是宝绽，对两人的事业都绝不儿戏。

何胜旌的血有点儿躁了："我要见画，见画家。"

匡正立即起身，把墙边的画转过来，一只侵略性极强的粉鸡闯入视野，何胜旌瞪直了眼睛。半晌，他离开座椅，正式向匡正伸出手："和画家约好时间，让宝老板找我。"

"你留个电话，"匡正一把握住他的手，"生意是你我的，和宝绽没关系。"

何胜旌认同他这话，留了一串号码。

他前脚刚走，匡正后脚就拨段钊的内线，两句话："画给我挂上！打电话给覃苦声，"这时手机响了，他一看是时阔亭，"让他这两天带画家过来一趟。"

放下电话，他接起手机："喂，阔亭。"

"匡哥！"时阔亭的声音很急，电话里听得到婴儿的哭声，"正彩电子的老板，那个什么荣，他……他离婚了！"

匡正反应了一下，张荣的信托离婚已经办好，公布就在这几天。他打开浏览器，果然见各大新闻网站的头条都是正彩电子老总婚变的消息，通稿写得很格式化，没有狗血，没有丑闻，甚至连那个小老婆的蛛丝马迹都没有。

"匡哥，钱还能拿出来吗？"时阔亭怕，那么大一笔钱，他赔不起。

"别担心，"匡正说，"我心里有数。"

他心里有数……时阔亭诧异："你早知道他要离婚？"

匡正没否认："阔亭，你相信我，这笔钱我会派专人二十四小时给你盯着。"

"盯着有什么用！"时阔亭搂不住火，"风火轮的事儿才过去多久，匡哥，你明知道正彩有问题，为什么还把我的钱往里投？！"这时内线电话又响，匡正的眉头皱起来："我有我的判断，正彩会挺过去，而且会走得更好——"

时阔亭不听他解释："匡哥，你给我把钱拿出来！"

"正彩现在跌了吗？"匡正找人做的信托构架，他有信心，"等真跌了，你再给我打电话。"

他挂断手机，接起座机："金刀。"

"覃苦声不肯让画家露面，"段钊说，"他毕竟是经纪人，没签合同之前过于谨慎，可以理解。"

"我不理解，"匡正斩钉截铁，"你告诉他，见不到画家，生意免谈，而且，"他加重语气，"不光画家，我们还要查他的经济约和代理协议，所有这些有用的、没用的文件，让他都给我准备好。"

拍下电话，匡正的心情很糟，不是因为时阔亭，也不是因为什么覃苦声，而是因为宝绽，他给何胜旌打那个电话，私下里他们可能还别的联系。想到这儿，他一分钟也坐不住，拎起大衣回家。

匡正到家时，宝绽正给匡妈妈揉肩膀。匡正把他叫到一边，背着他妈妈，低声说："你手机给我看一眼。"

看手机，之前匡正从没要求过，宝绽马上猜到，是小先生的事儿露了。他把手机拿过来，解锁递给匡正，微信、短信里都没什么，只有通话记录里有那么两条，最近的是今天早上，然后是昨天下午。

"我都删了，"宝绽小声说，"他的……都没留。"

匡正把手机还给他："他给你发什么了？"

"画，"边说，宝绽瞥一眼匡妈妈，"他会画画。"

所以他才找的小先生，那家伙懂艺术，而不是什么特别的另眼相看。匡正一下子柔软下来，昨天饭桌上自己不经意的几句话，宝绽全记在心里。

"什么画？"

宝绽低下头。

匡正明白了："他画你了？"

宝绽的表情很局促："不是像你想的那样，他只是喜欢戏。"

匡正不依不饶："他到底画你什么了？"

宝绽往客厅那边看，再拖延，怕匡妈妈起疑心："白娘子。"

这时匡妈妈问："两个人偷偷摸摸说什么呢？"她探着脖子往这边看，"小宝儿脸怎么那么红？"

"过去吧，"匡正脱掉西装，今天是周二，"我给你炖燕窝。"

他转身走进厨房，刚把炉子拧开，时阔亭的微信到了，只发来了一行字："正彩电子跌了。"

124

匡正炖了两盏燕窝，妈妈一盏，宝绽一盏，放了蜂糖和枸杞，满口的清甜爽滑。

"我们小正是有变化，"匡妈妈搅着燕窝，"原来厨房都不进的。"

"只会做这个，"匡正盯着宝绽，看他一口一口吃，"别的都是张嘴等人喂。"

"你们两个大男人，"匡妈妈意有所指，"怎么想起来吃燕窝了？"

"宝绽唱戏累，"匡正不管她话里有话，"别看他现在珠圆玉润的，原来瘦得让人心疼，成天还得挣命练功，不补不行。"

"哎哟。"都到不行的程度了，匡妈妈撇了撇嘴。

宝绽觉得不自在，囫囵吃完放下碗："那个，哥，阿姨……我去冲个澡。"

他一走，匡妈妈也放下碗，抓住匡正的手想说什么。这时，张荣的电话到了。

"喂。"匡正恰好借机起身。

"离婚的消息公布了，"张荣在打斯诺克，听得到清脆的击球声，"两小时前。"

"看到了，"匡正蹙眉，"信托的事儿怎么没一起说，稳一下股市？"

"专业团队研究过了，人家离婚离得轰轰烈烈，到我这儿一点儿浪都没有，"张荣带着笑意，"不行。"

匡正暗骂一句，一帮走钢丝还嫌钢丝粗的浑蛋，这种狗事儿还要比影响。

"明天中午十二点公布，"张荣给他准信儿，"今天小跌一点儿，明天午后会有个戏剧性的反弹，预期涨幅不会小，"接着，他点题，"正彩也需要关注度。"

散户二十四小时的惊心动魄，不过是庄家拉动股市制造话题的一点儿小伎俩，匡正懒得评价。

"对了，"张荣说，"姓康的快不行了。"

匡正知道："脏事儿做多了，迟早得还。"

"这回他不死也得脱层皮，"张荣一手操办的，很清楚，"至少十年翻不了身，他那个岁数，算是完蛋了。"

这就是匡正想要的结果："谢了，哥们儿。"

"我得谢谢你，"张荣轻笑，"正彩市值三百八十亿，我的律师给我算了，照风火轮那架势，你这信托构架至少值五十个亿。"

五十亿，他说少了，但看在张荣比房成城省心得多的分儿上，匡正一笑而过。

挂断电话，他拨段钊的号："金刀，康慨名下的战国红什么规模了？"

"稍等，我查一下，"段钊噼里啪啦地敲键盘，"数小不了，'11·13事件'后，战国红在世界范围内燎原，现在已经是全球排名前三的硬货。"

11月13日是匡正定下的撤资最后期限，也是新旧两个版本用户从分裂走向统一的日子，从11月13日9时起，战国红作为一个强劲的金融产品在国际市场上异军突起，这件事在国际投资圈被记载为"战国红扩张原点"。

"1.45亿，"段钊给出具体数字，"这小子，瞎猫碰死耗子的运气！"

当时康慨投资战国红，只是为了讨来晓星高兴，而这个阴差阳错的小师傅为他种下的却是一棵越来越茂盛的摇钱树。

"好，"匡正放心了，冤有头债有主，康慨帮过宝绽，不该受老康的连累，"这笔钱你替他管好。"

"知道，"段钊大大咧咧的，"老板，现在回头看，还是人家小顾有眼光。"他咂了下嘴，"经济总体下行，金融业进入冰期，什么投资能有战国红这么高的收益？咱们这些当初跟着买的，全发了。"

他说得没错，现在万融臻汇这几个元老，随便拉出来一个都身家千万元。

匡正也没少投，但他眼下的关注点不在自己日益雄厚的资产上，而是在"经济下行，金融冰期"这几个字："你把手头的活儿停一下，马上拉个研究团队，给我找几只成长性好、有长期投资价值的股票。"

说到底，他是学金融的，对钱的敏锐刻在骨子里。

"不是吧，老板，"段钏难以置信，"你又要搞什么幺蛾子，最近股市没得玩儿，咱们玩儿别的吧？"

"照我说的做，明天要结果。"

"明天？我又不是——"

匡正挂了电话，段钏仰天长啸。

匡正第二天到公司，直奔段钏："单子拉出来了吗？"

"老板，我又不是神仙，"段钏放下客户电话，"那不是个小活儿。"

"少谦虚，"匡正握拳敲了敲他的桌板，"我知道你的本事。"

段钏无形中被小夸了一把，有点儿飘："出了个粗略的，还没筛选好，我想做得完美无缺再给你。"

"你再完美无缺，"匡正轻笑，"到我这儿也是一堆毛病。"

段钏差点儿没让他噎死。确实，他们这些小妖精自认为得道成仙，到匡正面前一秒钟就被打回原形，他乖乖点击"打印"按钮。文件出来，匡正直接从打印机里抽走。

最近市场整体低迷，大量上市公司出现估值偏低的情况，匡正要在其中找到有定向增发计划或是证监会已经批准但还没完成募集的新股，待春节过后迅速买入，做一个漂亮的熊市抄底。

边研究清单，他边拨通韩文山的电话："喂，韩哥。"

"哥"是跟着宝绽叫的，韩文山对他也不见外："匡正啊。"

"最近资金活泛吗？"匡正接一杯咖啡，在办公区溜达。

"这种市面，有钱都没地方投。"韩文山笑笑，忽然想起来，"对了，我小姨子让我谢谢你。"

"嗯？"匡正一下没反应过来。

"那个富利通，"韩文山唏嘘，"她邻居一家全赔光了，倒欠银行八千多万，已经走法律途径了，胜诉的可能性不大，一旦败诉，还有一两千万的利

窄红：完结篇

息等着。"

那是匡正刚开始干私银时顺手积的一次德，也是因为这件事，他和韩文山认识，拉来了万融臻汇第一个真正意义上的高净值客户："韩哥，你手头要是有一两个亿的闲钱，我有个产品给你。"

韩文山过去是个对金融市场很谨慎的人，自从跟着匡正做了几把，渐渐对投资有了信心："你说说。"

"咱们捡个漏儿。"匡正把想法大致说了一下，"我会选一只潜力股，至少经得起市场两年的考验，以底价大量买入。"

电话那头，韩文山愕然，眼下这种大熊市，别人避着都来不及，匡正却要逆势而行，在一片恐慌中挖掘低迷本身的价值，这是令人折服的魄力和眼光。

"经济形势一定会回暖，而且不会太久，"匡正判断，"到时咱们这只股势必翻倍，三倍五倍、十倍二十倍都有可能。"

鱼龙混杂的市场上，既有升值空间又能保持相对稳定的股票也就那么几只，这样稀缺的机会，匡正没给别人，而是给了自己，韩文山当即应下："谢了，老弟。"

"哪里。"匡正啜一口咖啡，"韩哥，我不懂戏，对如意洲的关心也不够，你一直给宝绽撑着局面，还替他想着未来，我得谢谢你。"

韩文山立即明白，什么市场低迷、定向增发、一亿两亿，核心都是宝绽，因为自己想着给如意洲成立基金会，匡正反过来要投桃报李，他们这兄弟俩，办事真讲究。

"匡正，"韩文山有些犹豫，"宝老板跟你提过吗，他想给如意洲换一条路走？"

匡正一愣，换一条路？难道是……

"他要找蓝天，"韩文山据实以告，"跟我商量好几次了。"

蓝天……匡正模糊记得，是那天如意洲的洗尘宴上最后到的女人，名头是泱泱娱乐的蓝总。"他想……"匡正皱着眉头问，"走娱乐圈那条路？"

"我本来是反对的，"韩文山叹了一口气，"但他掏心掏肺地跟我说，他不想在财富圈里混，混个五年十年，到头来除了钱，什么都不剩。"

匡正没想到宝绽竟然一直没放弃，这几天人在家，心却全扑在如意洲上，他还是要博、要挣，要从舒适圈里走出去。

"匡正，"韩文山语重心长，"宝老板说得没错，咱们这个圈子是安稳，可转个面看，安稳就是不思进取，他二十八九岁，能把浮华看淡，不容易。"

"他已经联系蓝大了吗？"匡正问。

"应该联系了。"韩文山答，接着补上一句，"过去我喜欢宝老板的戏，喜欢他身上的秦琼、寇准、杨四郎，但现在，我喜欢他这个人。"

因为宝绽骨子里就带着秦琼、寇准、杨四郎的乾坤气。

匡正没表态，在电话里静默。

"当然，你是他哥，也是我的私银，你说话有分量，"韩文山非常干脆，"你要是不同意，我立刻给蓝天打电话，让她驳了宝老板，我听你一句话。"

匡正长时间地沉默，他是不赞同如意洲进娱乐圈的，但再苦再难，那是宝绽的决定，任何人都没资格剥夺他的个人意志。

"我没意见。"匡正一锤定音，"如意洲的事，宝绽自己定，走好了走坏了，我这个哥永远在他身后。"

"好。"韩文山没料到他这么大气，明明有掌控一切的空间，却选择袖手，"老弟，真局气，哥服你。"

匡正苦笑。这时，大门口进来一个人，显眼的高个子，一张胡同帅哥的脸，接待小姐认得他，微笑着问好："时先生。"

时阔亭在办公区一眼看见匡正，跟接待小姐指了指："我找匡哥。"

匡正挂断电话，向他走去，看一眼表，十一点五十二分："阔亭。"

"匡哥，"时阔亭的表情不大自然，"那个……我想把钱拿出来。"

离十二点只有八分钟，张荣的"戏剧性反弹"就要来了，匡正怎么可能同意他这时候"割肉"退出："阔亭，你再给我几分钟。"

"我给不了。"时阔亭很坚决，亮出手机屏幕给他看，上头是正彩的 K 线，一个急转，砍头式下跌，"一晚上，已经跌了近一成！"

匡正的预期是百分之三到百分之五，但动影传声的车翻在前头，市场对公司掌舵人离婚过于敏感也是情理之中。"已经跌了一成，"他放慢语气，想拖延时间，"再等几分钟，也无所谓吧？"

他的轻缓被时阔亭理解成怠慢。"你这是什么话！"他怒了，声音跟着走高，"这不是我一个人的钱，是如意洲的血汗！"

匡正不能当众说"正彩马上会止跌回升"，这有操纵股价的嫌疑，只能盯着分针跟他兜圈子："不就是五百多万嘛，阔亭，赔了多少，我补给——"

"匡正！"时阔亭的脸沉下去，他不理解，这笔钱为什么拿不出来，越是拿不出来，他越发慌，"赔多少我认了，把剩下的给我！"

还有两分钟，匡正给了他三个字："不可能。"

突然之间，时阔亭冲上去，一把揪住他的领子，死死扣住。

整个大堂轰地乱了，老总在自家屋里被人掐住脖子，保安拎着警棍往这儿跑，一伙人拉着时阔亭，匡正的脸眼见着越来越青。保安举着警棍要往下抢，被匡正哑着嗓子吼住："谁也不许动他！"

随着他这声喊，时阔亭血气上涌，扼着他喉咙把他推到墙上，杯里的咖啡泼出去，洒了一地。

"我去他——"夏可抄起桌上的保温杯就要往上冲，被段钊一把拽住："干什么你，别添乱！"

"老板！"夏可指着人群中央的匡正，"老板太给那疯子脸了，发型都乱了！"

这时隔壁桌的汪有诚刷着手机擦过他们，走上去。他有一股小老板的稳劲儿，分开人群，拍了拍时阔亭的肩膀，打声招呼："你好。"

一片闹哄哄中，这样无机质的声音让时阔亭冷静下来，他转过头，看到一张戴金边眼镜的白脸，手里拿着手机，屏幕冲着他。

"跌了百分之十，"汪有诚问，"你说的是正彩电子吧？"

匡正盯着汪有诚的手机屏，是新闻界面，左上角显示时间——12：02，新闻标题是"张荣夫妇离婚采用信托构架，正彩电子股权结构毫发无伤"。

张荣发了，十二点整，这一切终于尘埃落定。

时阔亭读着那条新闻，没读懂："什么意思？"

"看看你的股票，"汪有诚金边眼镜后的眸子含着笑意，声音却凉薄，"从K线图切换到走势图。"

说着，他朝匡正伸出手。

时阔亭按他说的调整界面，只看了一下，眼睛就直了，视线在手机和匡正之间来回切换。12点02分，离新闻发布只过去了两分钟，正彩的股价已经接近一天前的水平。

匡正握着汪有诚的手站直，拍了拍西装，先吩咐人处理地上的咖啡，然后揽住时阔亭的肩膀。

"匡哥……"时阔亭惭愧地低下头。

"没事儿。"匡正碰了碰被掐红的脖子，低声说，"你小子记着，无论是你还是如意洲，只要是跟宝绽有关的一切，我都会竭尽全力。"

时阔亭抬起头，百感交集，绷紧了嘴角。

"你要百分之百地相信我，"脖子刺痛，匡正仍然系紧了领带，"我匡正这辈子，绝不会坑你、坑宝绽。"

125

时阔亭回到家，掏钥匙开门，右手的肌肉有点儿抖，半天对不准锁眼儿，大概是跟匡正犯浑使大了劲儿，手腕和虎口的旧伤犯了。他换左手开门，一进屋，听到了婴儿响亮的哭声。

这孩子有条好嗓子，喇叭似的，震得人耳膜疼，听久了就觉得脑仁疼，最后连神经都疼。他甩着手脱掉军钩："喂，怎么又哭成这样？"

"嗯……"孩子哭得这么厉害，应笑侬居然睡着了，张着嘴仰在沙发背上，杏核眼睁开一条缝，"您老可算回来了，赶紧的，把你儿子领走！"

他一脸嫌弃，手却抱着小粽子没松。

时阔亭叹了一口气，搓了搓脸，挨着他坐下。

他俩最近让这孩子折磨得，脾气都很暴，否则时阔亭也不会一冲动就把匡正的脖子给掐了。"我这性格，"他沉下脸，"真得改改，也快三十的人了。"

"哟，"应笑侬眼尾一挑，露出点儿笑模样，"您还知道哪？"

"少跟我夹枪带棒的。"时阔亭打起精神，把孩子抱过来，"来，儿子，让爸看看。"

应笑侬听见那"爸"字，一脸的受不了："你恶不恶心？"

"我说，"时阔亭瞧着孩子从褯褓中露出来的小脸，巴掌大，泛着不正常的潮红，"他脸怎么这个色儿？"

"哭的吧？"应笑侬盘着腿揉太阳穴，瞄一眼孩子，"成天哭，烦死了。"

"他哭肯定有原因。"时阔亭将了将孩子的软发，是湿的，又往里三层外三层的褯褓里摸，"我去，全是汗！"

应笑侬心下一紧，但被迫带崽的人设不能崩，他坐在那儿没动弹，看时阔亭把裹孩子的小被一层层掀开，露出里头又红又软的小身子，胖嘟嘟的，出了一层汗。

"你把小宝热着了！"时阔亭埋怨。

这话应笑侬不爱听，翻腿踹他一脚："什么叫我给热着了？你天天趴我耳朵边上说你儿子手冷脚冷，我才给裹的，怎么转脸就把锅往我头上推！"

"你看看这汗，"时阔亭也不是怪他，就是看着这么小的孩子遭罪，心疼，"大冬天再焐出痱子来。"

孩子没了束缚，凉快了，靠着时阔亭的肩膀晃脑袋。他有一双特别好看的大眼睛，还没长成，但能看到浅浅的双眼皮，嘴巴紧抿着，小胖手一抓一抓的，要应笑侬抱。

谁对着这么可爱的孩子都会心软，偏应笑侬能扛住，硬着头皮不理他。

"么……"孩子太小，还不会说话，但能模模糊糊发出些音节，听着特别像叫"妈"，"么么……"

"哎，你别乱叫啊，"应笑侬立刻瞪眼睛，凶巴巴地指着他的嘴，"敢乱叫，明天你爸不在，我把你屁股打开花！"

"嗯……"孩子眨了眨浓密的长睫毛，对着眼盯住应笑侬的手指，小胖手两边一抓，抱住了咯咯笑。

"时阔亭……"应笑侬哭笑不得，"你儿子别是脑子有毛病吧？"

"你脑子才有毛病。"孩子前两天刚上医院检查过，很健康，时阔亭架着他的身子，一上一下地荡，"小宝看清楚，这个帅的才是你爸，别跟谁都亲。"

应笑侬看不下去："喂，你别颠他。"

"你管呢，"时阔亭越颠越来劲，"我儿子就喜欢刺激的，你看他多高兴。"

孩子眨巴着大眼睛，整个娃愣愣的，显然是被颠蒙了。时阔亭还浪，一下子把他举到头顶，也就片刻间的事儿，孩子一张嘴，一股白色的黏稠液体从嘴里冒出来，落在他脸上。

"我去！"应笑侬腾地从沙发上跳起来，"时大傻子，吐奶了！"

时阔亭维持着举孩子的姿势，呆呆坐在那儿，应笑侬顺手抓来桌上的抹布，往他脸上揩："趁早的，把孩子送福利院去，"他拧着眉头叨叨，"再带下去，不是咱俩把他糟践死，就是他把咱俩糟践死！"

时阔亭带着一身奶"香"，轻轻拍着孩子裹了尿不湿的小屁股："送福利院，小宝就没爸了，咱俩别的给不了他，一个家、一份爱还是可以的，虽然可能……有点儿兵荒马乱。"

应笑侬在咫尺间和他对视，他一直觉得这家伙莽撞、冲动、一根筋，但这一刻，他在他身上看到了某种博大的东西。"给小宝一个家""让小宝得到爱"，这是最朴素的温情，也是一个男人最重的承诺。

"行了，再说吧，"应笑侬板着脸，从他怀里抱过孩子，"你赶紧洗洗去。"

时阔亭笑了，笑出胡同帅哥的小酒坑，朝小宝做个鬼脸，乖乖去厕所。这时宝绽的电话打进来，应笑侬边哄孩子边接："喂，宝处。"

"小侬，"宝绽那边有点儿吵，是hip-hop[1]风格的音乐声，"明天你和师哥来趟戏楼，咱们年前开个会。"

"知道了，"应笑侬担着孩子的胸脯，给他拍嗝儿，"我们带小宝过去。"

"小宝……"宝绽乍一听像是在叫自己。

"时阔亭起的，"应笑侬刮着孩子软软的脸蛋，"时小宝。"

"你们……"养孩子不是件小事，宝绽问，"想好了？"

"老时吃了秤砣铁了心，"应笑侬一副无奈的口气，老大不愿意似的，"该劝的我都劝了，先这么着吧。"

宝绽了解他，这小子不想做的事，十个时阔亭也没辙，这是默许了，还在这儿死鸭子嘴硬："那我要给小宝当干爹，磕头摆宴的那种。"

小宝抱着应笑侬的脖子，哈巴狗一样啃他的耳朵。"你干爹可不能白当，"应笑侬生无可恋地由着他啃，"过两天我把小宝送你家去，呛奶吐奶、换粑粑褯子、二十四小时魔音穿耳，你和姓匡的也体会一遍！"

宝绽笑着挂断电话，面前递过来一杯奶茶。是涂着烟灰色指甲的蓝天，利落的短头发一甩，在他身边坐下。

"谢谢蓝总。"宝绽很客气。

这里是泱泱娱乐下属制作公司的走廊，音乐声就是从前边的录影棚里传出来的。

"叫蓝姐吧。"蓝天直爽干练。

奶茶杯很暖，宝绽两手握着，点了点头。

"你小子，"蓝天轻笑，"没怎么变。"

1.嘻哈文化，20世纪80年代源自美国。

窄红：完结篇

没变吗？宝绽看看自己的羊毛西装和袖口镶着天然陨石的银扣，跟去年那个在步行街发传单的穷小子判若两人。

"车是迈巴赫，表是江诗丹顿，一身的名牌，"蓝天扫他一眼，"可人还是那样，傻乎乎的。"

宝绽已经很久没听到这么直白的大实话了，腼腆地笑："车不是我的，表也——"

"你这样，"蓝天打断他，"在这个圈子吃不开。"

宝绽抿住嘴，认真看着她。

蓝天做明星经纪出身，过手的帅哥美女少说有一个加强连，宝绽这种真诚老实的性格，她一眼就看穿了："你不适合入这行。"

宝绽知道，但为了从市中心那座小小的戏楼走出去，把京剧捧到更多观众眼前，他必须豁一把，冲破自我。

"这栋楼里，无论是练习生还是已经出道的偶像，"蓝天说，"都比你年轻，更重要的是，他们比你有欲望。"

"欲望？"

"红、赚大钱、出人头地，"蓝天扬起下巴，越过鼻尖瞧着他，"你缺哪一样？"

一样也不缺，宝绽松开奶茶杯，郑重地说："我走这条路，不是为自己，而是为了推广京剧这门艺术。"

"嗬，"蓝天只是一笑，"中国的娱乐工业很包容，甚至到藏污纳垢的程度，什么烂大街的牛鬼蛇神都混到一口饭吃，但京剧，"她直说，"没戏。"

宝绽蹙眉："蓝姐——"

蓝天一摆手："第一，你要知道，这个世界上有两种人，一种是喜欢或迟早会喜欢京剧的，还有一种是打死也不会喜欢的，比如我，我听见锣鼓点就烦。"

宝绽没想到她这么直接，蹙眉看着她。

"第二，你得相信，这个世界上绝大多数是我这种人，别存不切实际的幻想。"

宝绽没有幻想，他早知道京剧处境艰难，否则不会有如意洲的十年惨淡，他也用不着一意孤行，破旧立新。

"要把一个京剧团体推出道，你给我一个卖点。"蓝天摊手，"你们有什么资本，是专业院团吗？不是。有几个国家一级演员？没有。换句话说，你们是一伙压根儿没被体制承认的边缘人，用'艺术家'的标尺来衡量，你们一无是处。"

宝绽哑口无言，连脸颊都微微泛红，被韩文山那帮大佬戏迷捧惯了，他几乎要迷失在财富圈的浮华中，今天被蓝天当头一棒，他才清醒地认识到，如意洲确实不能这么龟缩着，该放手突破。

"要走我这条路，宝老板，先把自己从什么'艺术'上放下来，"蓝天的话很冷，但是实打实，"记住，娱乐业的核心永远是取悦大众。"

甭管京剧还是歌剧，是电音还是饶舌，要活下去就得有观众，这个理，宝绽认，他攥了攥手心，艰难地点点头。

"好。"蓝天这才说出自己的想法，"比起京剧天团，我更愿意把如意洲定位成新国风天团，中国风做胎，戏腔做魂，咱们一起给这个乏味的娱乐圈放一把璀璨烟火，炸它个七荤八素！"

126

宝绽从泱泱娱乐回家，开门进屋，匡妈妈从房间里出来，红毛衣，笑意盈盈的："小宝儿回来啦！"

"阿姨，"宝绽很喜欢这种感觉，再大的屋子，有了妈妈就有了热乎气，他脱掉大衣，把路上买的雪茄巧克力递过去，"买了点儿零食，您尝尝。"

"哎哟，"匡妈妈接过贴着黑标的小木盒，她不懂什么冬季限定，只是笑，"小宝儿有心了，来陪阿姨一起吃。"

说着，她端详宝绽。很漂亮一个孩子，没有匡正高，但肩背笔直，脸是出挑的，配着干净的白衬衫和山水图案的丝巾，要了命地熨帖，像是新上了釉的薄瓷胎，又像是中国画上的月亮，雅得朦胧、含蓄。那个气质好得哟，匡妈妈寻思，不怪她儿子一个劲儿夸。

"小宝儿，"她边开巧克力边问，"你今年……多大来着？"

宝绽去卫生间洗了手，干干净净地过来："我二十八了，阿姨。"

匡妈妈打开盒子，里头只有五根巧克力，她拿出一根给宝绽："小宝儿啊，你哥难为你照顾了。"

"阿姨，你别跟我客气。"

三两句话，宝绽句句都带着"阿姨"。匡正说他没爸没妈，可依匡妈妈看，这孩子的家教比很多有爸有妈的年轻人都强："快吃呀，要化了。"

宝绽听话地咬了一口。

"对了，小宝儿，你二十八了，交过几个女朋友？"

宝绽没想到她问这个，低下了头。

"哎哟，还不好意思了！"匡妈妈和蔼地笑，"和阿姨有什么不好意思的？过完年你小正哥去相亲，你要是没女朋友，阿姨也给你介绍一个。"

"阿姨，我……"宝绽移开眼睛，轻声说，"没交过女朋友。"

匡妈妈猜到了："真的假的？"她仍笑着，嘴角上弯，"现在的男孩子，哪能没谈过女朋友……"

宝绽眉头微蹙，昂贵的巧克力在指尖慢慢融化。

"小正像你这么大的时候，"匡妈妈盯着他柔和的侧脸，"哎哟，作天作地的，工作嘛，也是比别人好一点儿，女朋友隔三岔五地换，都是跳舞的女孩子，腿老长的，那个……他没教你谈一个？"

宝绽把巧克力放回盒子里，手指上粘了几块褐色的污渍。"没有。"他笑着，是硬挤出来的，"原来剧团效益不好，我也没什么钱，没接触过女孩儿，好女孩儿……可能也看不上我，就没强求。"

"怎么是强求呢，傻孩子。"说着说着，匡妈妈忽然想起来，"哎呀，小宝儿，你看阿姨这脑子，饿了吧，锅里蒸了小包子的！"

她匆匆起身，把宝绽一个人留在沙发上。宝绽怔了一会儿，看着她在冒着热气的灶台边忙碌，背影矮小，待人却宽厚。

包子不大，掐着整齐的褶儿，匡妈妈捡出来码在盘子上，她捡包子的工夫，宝绽上楼打了个电话。

"宝儿？"匡正的声音在耳边响起。

"哥……"宝绽欲言又止，忐忑地跟他坦白："我今天去泱泱娱乐了。"

"……哦。"

这个选择，宝绽猜他大概不赞成，明天给团里开会，可能也没人会赞成，但他打定了主意："我想——"

"想做什么就去做，"匡正说，"决定走哪条路，将来走成什么样，哥都陪着你。"

宝绽张着嘴，下意识屏住呼吸。

"你的人生、如意洲的未来，你说了算。"匡正语气平稳，但充满了力量，"还记得我跟你说的吗？立起来，宝儿，我想看你立得漂亮。"

一瞬间，宝绽的眼眶灼热，没拿电话那只手紧紧攥着，指甲陷进掌心。

匡正收起电话。叮的一响，电梯门在一楼打开，他昂首阔步。眼前是万融臻汇铺着豪华地毯的圆形大厅，客户经理和财富顾问来来往往，电话声此起彼伏，窗外的日光照进来，照亮他的天下。

正前方，小转门滑了半圈，接待小姐微笑着迎宾，一个熟悉的身影出现在视线焦点，还是那件磬脚的黑羽绒服，不同的是，他身后跟着一个人。

匡正停步，眯起眼睛。

跟着覃苦声进来的，是个身材偏瘦的年轻人，也是一身黑羽绒服——卖场过季打折399元送手套那种，穿在他身上有股说不出的纤细、阴冷、孤傲，是艺术家特有的颓丧不羁。

"金刀，大诚。"匡正向办公区偏了偏头，伸出右手。

覃苦声随即握过来，一侧身，亮出背后的人："匡总，画家，我带来了。"

匡正和那人四目相对，略长的头发，不大自然地遮住左半边脸，精致的五官令人印象深刻，尤其是眼睛，像映着满天星光的潭水，凄凄然，有千尺深。

"你好。"他的声音冰凉。

在匡正见过的男人里，应笑侬算秀气的，这人比应笑侬还多了几分阴柔，从身材到神态，甚至到手掌的骨节，都透出一种近乎病态的寡薄。

"陆染夏，"覃苦声介绍，"粉鸡的创作者。"

"幸会。"匡正稍一颔首。

陆染夏扬了扬下巴，覆着左脸的发丝因此滑开了一层，黑发下面那只眼若隐若现，和精彩的右眼不同，这只眼凝固、迟滞，如同一汪没有生命的死水。

匡正不禁诧异，创造了粉鸡那幅视觉盛宴的画家用以观察世界、铺陈色彩的眼睛，却有一只是假的。

总裁办公室隔壁的小会议室里，匡正坐中间，段钊和汪有诚在他一左一右，对面是覃苦声和陆染夏，桌上是他们带来的一沓文件。

段钊逐一检查文件，汪有诚配合他在笔记本上做记录，匡正则夹着一支烟，慢慢地打量陆染夏。

那小子也看着他，用仅有的一只眼，桀骜不驯。

"左眼，"匡正笑着，向前倾身，"怎么弄的？"

当面揭穿别人有意遮掩的残疾，这不仅不礼貌，而且残忍。覃苦声不悦地打断他："匡总。"

匡正把烟在金属烟缸里捻灭，一脸的理所当然："覃总，画家靠什么吃饭？"

被称呼"总"，覃苦声不大习惯："……手。"

匡正点头："还有眼睛。"

覃苦声无从反驳。为了做艺术品投资，匡正显然做过功课，画家握笔是用手，但真正决定一个画家造诣高低的是他观察世界的独特方式，或者说，是他的眼睛。

"眼睛有问题的画家，"匡正毫不留情，"对我来说就像不良资产，没有投资价值。"

覃苦声的脸僵住了。

"之前不肯让画家露面，"匡正盯着他，一副质问的口气，"就是因为这个？"

他暗示覃苦声有意掩盖画家左眼残疾的事实，想瞒天过海，欺骗万融臻汇。

"不，匡总，你听我——"

"画，你收了。"陆染夏这时开口，那么柔和的一张脸，说话却有棱有角，"我眼睛有没有问题，你看画，别看我。"

匡正把目光从覃苦声身上收回来，投向他："画是不错，我们也已经锁定了潜在买家，但是，"他寸步不让，"要炒你们这只粉鸡，万融臻汇投的是真金白银，我可不想钱花了，话题也造了，因为你这只眼，半路给我出什么幺蛾子。"

陆染夏蹙眉："你什么意思？"

"我必须知道你的左眼是怎么回事儿，"一只坏掉的眼睛，先天疾病还好说，万一涉及暴力伤害或刑事犯罪，"我怕丑闻。"

上百万的投入不算什么，未来几千万的盈利也不算什么，真闹出纰漏，脏的是万融臻汇这块牌子，掉的是匡正所有客户的身价，做这个尽职调查没有商量的余地。

"如果我们不说呢？"覃苦声还想拉锯。

匡正捏了捏眉心，和搞艺术的谈判就是费劲儿："覃总，我建议你把全部重要信息如实告知合作伙伴，否则，"他轻笑，"一切免谈。"

陆染夏腾地站起来，半长的头发一甩，露出那只死气沉沉的义眼，狠狠踢了覃苦声的椅子一脚。

"干吗？！"覃苦声瞪他。

"走，还耗这儿干什么？"

覃苦声没动。

"走不走？"陆染夏两手抄兜看着他，"小七。"

小七，听起来像"小覃"的谐音，匡正观察他们，无论是神态还是语气，他们都不仅仅是画家和经纪人，而且是关系很好的朋友。

"小六，"覃苦声低下头，万融臻汇这个机会来得多不容易，他自己知道，"别冲动。"

"你个㞞货，"陆染夏横了匡正一眼，"你不走，我走。"

他转身就走，咣的一脚踹开门，头也不回地出去了。

匡正挑了挑眉，合着"小六"的脾气比"小七"的还大，一言不合就华丽地撒野。"你们搞艺术的，"他沉下脸，"都这么欠收拾吗？"

覃苦声无力地解释："他傲，是因为他有才华。"

才华！匡正觉得好笑，不能变现的才华在这个时代只是故步自封的枷锁，扼杀的可能是一个人的一辈子。

匡正没发火，段钊却不干了，他把桌上那堆文件重重一甩，推回给覃苦声。另一边，汪有诚更绝，直接把笔记本关机，拔了电源。

安静的会议室里，覃苦声两手交握，攥紧了又松开，反复好几次。三分钟、五分钟、十分钟过去了，段钊不耐烦地站起来："老板，我不陪了，下头还有事儿。"

"嗯。"匡正没拦他。

段钊绕过桌子往外走，经过覃苦声身边，被那小子一把抓住手腕，用轻得不能再轻的声音说："那只眼睛……"

匡正已经没兴趣了，起身系上西装扣子，这时覃苦声的坦白到了："是我捅的。"

一瞬间，匡正愕然。

"你……捅的？"段钊以为自己听错了。

匡正不信，这不合逻辑："你用什么捅的？"

覃苦声缓缓吐出两个字："刮刀。"

段钊瞪大了眼睛："刮刀！"

匡正对刮刀没概念，身后汪有诚把手机递过来，屏幕上是搜索到的图片——一种扁平的金属刀，有一个笨拙的菱形刀头，边缘没开刃，非常钝，应该是画家用来调色或抹平颜料的。

被这种大头钝刀生生戳进眼睛……匡正背上冒了一层冷汗。

"我……"覃苦声仍是那个垂着头的姿势，"拿走他眼睛的人，是我。"

段钊扭头看向匡正，匡正和他一样，满脸的难以置信。他们无法理解，覃苦声既然刺伤了陆染夏，为什么还要做他的经纪人，而陆染夏明明是受害者，为什么又不让他说出这个血淋淋的事实。

"我们是同一个大学、同一个专业、同一个班，"覃苦声低声说，"上下铺四年，在画室的位子也是挨着的，他的画很棒，我的画跟他的一样棒，我们都欣赏对方的才华……有多欣赏就有多忌妒。"

朋友间的忌妒很常见，尤其是绘画、舞蹈这种艺术专业，因为才华是天赐的，不是足够努力就能改变的。

"我们在全国最好的美院最顶尖的系画最先锋的画，我们就是那种会暗暗较劲儿的朋友，一百块钱一管的老荷兰，我们分着用，我的笔废了，他把他的给我，我们一直并肩奋战，直到大四那年的夏天。"

大四，夏天，段钊意识到——

"毕业展览。"覃苦声说，喉结滑动得厉害。

匡正拖过椅子，在他面前坐下。

"展馆一楼大厅入口正对着那面墙，我们叫1号墙，因为那是整个画展的灵魂。1号墙很大，但从来只挂一幅画。"覃苦声的声音有点儿抖，"那年夏天，那个位置不是我的，就是他的。"

匡正懂这种同学间的竞争，尤其是毕业季，用"你死我活"来形容也许夸张了，但同一个宿舍的哥们儿为了一个面试机会背后捅刀子的事并不少见。

覃苦声沉默片刻，直接说结果："系主任选了我。"

匡正凝视着他。

"那年的 1 号墙是我的，"覃苦声忽然抬头，"我知道他愤怒，但我很痛快。"

匡正的神色复杂。

"然后是各种各样的摩擦，我和他都在爆发的边缘。接着是那天。"覃苦声直盯进匡正的眼睛，"在系里的画室，我找不到刮刀，用了他的。那天特别热，满窗的蝉往死了叫，因为这把刀，他往我身上泼了一瓶松节油，那个味儿……我当时恨不得杀了他。"

"可以了，"匡正不想再听下去，太残酷，"覃总——"

"我那时候一定疯了，灵魂出窍，等我反应过来，满手都是红，不是深红，也不是桃红，"覃苦声瞪着眼睛，"原来是血，刮刀不在我手里，我还给他了……他一声都没叫。"

匡正皱着眉头别过脸。

"他的眼睛很漂亮，对吧？"覃苦声说，"他的画也很漂亮，有种奇妙的纵深，但从那天以后，他再没画出过能把人吸进去的空间感，是我，终结了他的天赋。"

这是严重的人身伤害。匡正拽住他的羽绒服："立案了吗？"

覃苦声摇头："他没报警。"

匡正意外："不了了之了？"

"我们是孽缘，"覃苦声苦笑，"互相欣赏，互相忌妒，互相帮助，互相伤害。"

匡正松开他，他共情不了也不想共情这种病态的相互折磨。

"所以我不画画了，"覃苦声吸了吸鼻子，坐直身体，"我这辈子只剩下一件事，就是让全世界看见陆染夏的画。我拿了他的眼睛和 1 号墙，我会把我的未来还给他。"

所以覃苦声才是陆染夏的经纪人。

所以他们的艺术咨询公司才叫苦声染夏。

"我知道了。"一个沉重的故事，令匡正陷入了一种莫可名状的忧郁。

覃苦声从椅子上起来，垮着肩膀，转身往外走，走到门口，匡正叫住他："覃总，"他很郑重，"抱歉。"

覃苦声没回答，啪嗒，门从外面关上。

段钊回桌边去收拾文件，汪有诚想了想，叫匡正："小画家那只眼睛可

　　　　　　　　　　　　　窄红：完结篇

以做文章。"

匡正迟钝地回过头。

"不过，得换一版故事，"汪有诚夹着笔记本思考，"画家、独眼、血……还缺个漂亮女人，那一刀让女朋友捅，要比男同学捅更有戏剧性。"

匡正觑着他，第一次觉得这个人很冷酷，不愧是做人事的，覃苦声那么强烈的情绪，他都没受影响。

"你同意的话，我找人做个文案，春节买几天热搜。"

但从生意的角度，汪有诚这样做是对的，匡正提醒他："先跟覃苦声沟通好，别往人家的伤口上撒盐。"

汪有诚捻着自己细细的眼镜腿："他不是想让全世界看见陆染夏的画吗？这点儿盐，再疼他也会同意。"

"金刀，"匡正接着布置，"可行性报告通过，你着手吧。"

"明白，"段钊抱起文件，"我这就开始筛选策展人。"

匡正点个头，起身往外走。

"匡正，"汪有诚再次叫住他，"我在想，假如是我，一个对艺术品没有任何兴趣的普通人，画廊办展、美术馆办展，我都不会关注。"他一句话，几乎否定了段钊的半个报告，但接着，他说，"不过，博物馆的展，我会去看。"

相比画廊和美术馆，博物馆本身就带着权威的光环，匡正立刻看向段钊："金刀？"

"国内没人这么做过，"段钊也斜汪有诚一眼，"我得研究。"

"交给你们俩，"匡正抖了抖大衣，"我先撤了。"

他推门出去，汪有诚紧随其后，段钊在背后嚷了一嗓子："姓汪的！"

汪有诚停步，优雅地转回头。

段钊走上来，挤开他握住门把手："别让我再听见你叫'匡正'，"他没汪有诚高，只能伸长脖子扬起脸，"我们都叫'老板'。"

汪有诚瞧着这个比自己小七八岁的年轻上司，笑起来："OK。"

127

匡正回到家，排骨、包子和各色小菜摆了满桌，宝绽递筷子，匡妈妈盛饭，三个人围成一圈坐下来。

吃着吃着，匡妈妈发现，宝绽专挑肉少的骨头吃，大块的都挑出来夹到盘子一边，堆了个小堆儿。

像是……专门给匡正留的。

匡妈妈的心一下子软得不行，咬着筷子尖想，这年头上哪儿找这么好的孩子，对匡正比她这个当妈的还细心……她这正感慨，匡正那边一筷子过去，夹走了最大的一块，理所当然地吃了。

"哎，你……"匡妈妈有点儿来气，人家小宝儿舍不得吃的东西，他随随便便就嚼了，"吃吃吃，就知道吃。"她剜了匡正一眼，给宝绽也夹去一块，"小宝儿，你吃！"

她这一搞，弄得宝绽和匡正都发蒙。"又怎么了，妈？"匡正大手大脚的，从来不拿一块肉当回事。

宝绽则是苦惯了，什么好的都先紧着他哥。"阿姨，我这两天不累，"他看着匡妈妈的脸色，把肉夹回到匡正碗里，"哥还得上班……"

匡正这才意识到，在一起这么长日子，他早习惯了宝绽的照顾，盘子边的肉就是给他的，不光肉，宝绽有什么好东西都先给他。

吃完饭，三个人去看电视，匡妈妈坐中间。茶几上有两个果盘，匡正挑个沙糖橘，扒了皮，给匡妈妈递过去。

"哎哟，这个太甜了，"她摆摆手，"血糖要超标的。"

匡正于是给了宝绽。

新闻上在说吸烟对怀孕的影响，匡正又扒了个沙糖橘，这回问都没问他妈，直接给了宝绽。这么一来二去好几回，匡妈妈品出来了，从一开始就没她什么事儿，橘子一直是给人家宝绽扒的。她这一颗心，拔凉拔凉的，老话说"有了媳妇忘了娘"，这还只是个弟弟，她儿子就变了，她捂着心口憋着气，踢了匡正一脚，从沙发上起来。

"阿姨？"宝绽马上跟着起身。

"没事儿。"匡妈妈气她儿子，不舍得跟宝绽发火，"你明天不是要包饺子吗，我先把韭菜摘出来。"

"阿姨，我摘吧……"

这时桌上手机响，匡正拿过来一看。是房成城，已经解除客户关系的人，应对上更不能怠慢："喂，房总。"

"匡总，"房成城的心情似乎不错，"忙着吗？"

"不忙，"匡正表现得也很松弛，"在家。"

"正彩的离婚，"接着，房成城直奔主题，"是你给做的？"

"对，信托构架是我们的提议。"

电话那头长久地沉默。匡正以为他会怨天尤人或者责怪万融臻汇，同样是离婚，为什么对正彩和风火轮厚此薄彼，没想到房成城只是叹了口气，平静地说："万青，我已经买下了，节后开工。"

事已至此，匡正没什么说的，只回了句"好，一切顺利"，双方互道"再见"。

第二天如意洲有会，宝绽套一件高领毛衫，黑色的针织纹配蓬松的短发，再加上秀颀的身形，活像个跳芭蕾的。他外头罩一件长款驼色大衣，喷一点儿木质香水，和匡正一左一右踏上迈巴赫。

到戏楼，宝绽开自己那屋门。大伙儿拖着椅子过来，各自找地方坐下。几天没见，萨爽剪了头发，陈柔恩接了一对假睫毛，小宝终于不像个粽子了，应笑依给穿了件盘扣小袄，时阔亭爱不释手地抱着。

这么可爱的孩子，大伙儿围着逗，你戳一下我摸一把的，逗得小宝直哼唧。

"哎哎哎，皱眉毛了！"萨爽咧着嘴，非拿小手指头捅人家的耳朵眼儿。

"你烦不烦，"陈柔恩拿眼翻他，"挺大个人了没正形！"

"就是，"时阔亭左右晃着小宝，"把我儿子弄哭了，你哄啊？"

萨爽嘿嘿笑："不是有依哥嘛。"

应笑依冷若冰霜："别惹我。"

宝绽喜欢孩子，可光看着没伸手，就着这个热闹的气氛，有些突兀地开口："如意洲进娱乐圈，大家怎么看？"

这话不知道从何说起，众人一愣，你看着我，我看着你。

"年后，"宝绽说，"如意洲会有一些演艺活动。"

演艺活动？萨爽没反应过来："咱们唱戏不就是演艺活动——"

"不，"宝绽垂下眼，"是进录音棚、出数字专辑、参加综艺节目。"

那不就是……当明星？时阔亭惊了："宝处！"

萨爽也觉得出乎意料："咱们是唱戏的，不是明星偶像，能混明白那个圈吗？"

"只动嗓子，不混圈，"宝绽已经和蓝天谈好了，"如意洲还是以演出为主，戏楼这边的日程照旧，空余时间再去泱泱娱乐。"

泱泱娱乐，时阔亭有印象，上次洗尘宴最后到的那个女老总："剧团好好的，你总想着变，我真不明白你。"

"过去难的时候，咱们是没能力，"宝绽和缓地说，"如今日子好了，该想着做些大事，趁着如意洲现在手里有资源，给京剧培养一批观众。"

穷则独善其身，达则兼济天下，这是大仁义、大智慧，萨爽懂了。

"进娱乐圈耍个帅就有观众了？"时阔亭轻轻拍着儿子，"再说我和小侬……我们也没精力啊，小宝正是需要照顾的时候。"

宝绽瞧着孩子胖嘟嘟的侧脸，小家伙确实来得出乎意料："师哥，你和小侬忙你们的，蓝姐那边有事，我尽量自己上。"

时阔亭没吱声，偷偷拿膝盖顶应笑侬，让他说话。

应笑侬瞥他一眼："从个人的角度，我不赞成如意洲进娱乐圈。"

时阔亭给他帮腔："就是。"

"实话实说，宝处，京剧在娱乐圈没前途，虽然不少歌里都有戏曲元素，但大多都被当成配乐，短短两三句唱词，找的还是专业院团的演员，咱们走马观花去趟一遭，没太大意义。"

时阔亭一个劲儿点头："就是。"

"但从如意洲未来发展的角度，我还是投个赞成票。"

"就——"时阔亭诧异，"小侬？"

"宝处说得对，如意洲眼下有资源有人脉，闲着不用浪费了。"应笑侬话锋一转，拐到宝绽那边去了，"泱泱娱乐这么粗的大腿，多少人想抱还抱不上呢，咱们趁热打铁把如意洲的名气做出去，只有好处，没有坏处。"

"不是，"时阔亭有点儿傻眼，"你之前可不是这么说的。"

应笑侬说过，如意洲一旦没了稀缺性和神秘感，就是一颗无人问津的死珠子。

"给人唱免费戏，我不同意，但娱乐圈能光速提升如意洲的知名度。"应笑侬完全是从商业角度看问题，"有钱人也是人，也喜欢追热度追流量，甚至比普通人更甚。咱们有了俱乐部，再戴上顶'明星'的帽子，身价怎么也得翻几番。"

"我去……"如意洲的账户在时阔亭手里攥着，翻几番是多少，他最清楚。

"宝处，"萨爽表态，"我也赞成。"

萨爽一直玩风火轮，关注过不少京剧播主——都是年轻人，也弄出过一些新东西，但没有大公司和专业团队做后盾，只是小打小闹，掀不起风浪。

"那个，我也——"陈柔恩在角落里举起手。

萨爽一脸的受不了："你可拉倒吧！"

"怎么着，"陈柔恩瞪眼睛，"你赞成行，我赞成就不行？"

"你动机不纯，"萨爽窝着脖子，想说她，又不敢大声，"你个追星女孩儿！"

陈柔恩的刁蛮劲儿上来了："追星怎么了，给九爷当粉丝，我乐意！"

宝绽茫然："九爷……是谁？"

"一个过气偶像。"萨爽可怜巴巴地咕哝，"姐，二十多也不小了，你挺大一把岁数学人家小姑娘追星，还把微博名改了，叫什么'九爷的小宝贝'，满相册的锁骨、腹肌……你也太不考虑我了！"

"滚！"陈柔恩拿出手机，点亮屏幕给宝绽看，壁纸上是个帅得邪乎的男人，敞着性感的黑衬衫，胸肌上抹着一道金粉，"九爷才没过气，人家是新晋影帝！"

"一个三流电影节的最佳男主角，网上都说是花钱买——啊啊！姐！亲姐！"萨爽被陈柔恩揪着耳朵，一使劲儿提溜起来。

宝绽他们赶紧帮着说好话，如意洲年前的最后一次会就这么在萨爽的惨叫声中结束。大伙儿临走时，宝绽给发了红包，小信封装不了多少现金，一人封了一张卡，里头是十万块钱，作为如意洲对大家辛苦付出的感谢。

128

转眼到了农历年，连下属带客户，没完没了地拜年，匡正打了快一个小时电话，点开微信，满屏幕都是红，他从上往下翻，其中有一条段钊的消息："老板，汪有诚那个热搜挂上了。"

匡正切去微博。大年初一的热搜，汪有诚买的是第四位，他点进话题一看，很意外——"天才画家陆染夏"，一条做出来的假新闻，网友的热度居然不低。

名不见经传的画家，按理说，大众的参与度应该不高，匡正看了一圈，发现这个热搜有两个成功点。

第一，汪有诚的文案特别漂亮。拿着那把刮刀捅进陆染夏左眼的换了个人，换成一个打工女孩儿——小W。小W的人设很老套，青春、拮据、近乎病态地偏执。在文案中，她给陆染夏做了三年模特，不可自拔地爱上了他的才华。毕业季来临，陆染夏即将去法国深造，两人面临分别，矛盾于是爆发。

第二个点是陆染夏那张脸。不知道汪有诚是怎么说服覃苦声的，拍了一张陆染夏在画室的特写。陆染夏执着笔，阴柔的脸上蹭了几道油彩，桀骜中添了些艺术家特有的沉郁。匡正不得不承认，在如今这个时代，颜值即正义。这样精彩的脸失去左眼，任谁见了都要叹息一声。所谓悲剧，就是把美好的东西打碎给人看，在陆染夏这出悲剧里，爱、恨、戏剧冲突一个也不少，成功挑起了吃瓜路人的好奇心，快速把他带进了大众视野。

匡正很满意，给段钊发消息："汪有诚可以吧？"

段钊回复："凑合事儿。"

匡正告诉他："你学着点儿。"

段钊不耐烦："行了，知道了。"

匡正退出聊天框，接着往下翻。

这时来了一条短信，是小先生："热搜上那个独眼美人儿，是你家的？"

匡正一怔，独眼……他指的是陆染夏。

小先生："我在中国艺术圈有些朋友，圈里平白无故冒出这么一位，背后一定有资本运作，恰巧你家在做画家，所以我合理推测。"

匡正直接承认："是我家的，粉鸡的作者。"

小先生："编了个好故事。"

匡正知道他有兴趣："一只五百块的鸡，要卖给你这个级别的买家，提前把鸡做好，是我的分内事。"

小先生："这只鸡我要，多少钱，你开价就好了，艺术就是艺术，别像小明星似的炒来炒去。"

匡正轻笑："我要卖的可不只是一只鸡，借着这只鸡，我要把万融臻汇做成中国私银领域艺术品交易的一哥，我的胃口是整个市场，不是一个画家、几幅画。"

小先生喜欢有眼光有雄心的家伙，尤其是和艺术品有关的："对泰拳有没有兴趣？改天约你。"

匡正的笑意渐深："好啊。"

大年初五这天，是如意洲开箱[1]的日子，一串"破五"的鞭炮在戏楼前的空地上炸响，华灯初上，豪奢的客人们如约而至。

人群中，匡正带着妈妈也来了，没去他的一排一号，而是随便找个后排的位子，母子俩并肩坐下。匡妈妈瞧着头上彩绘的雕梁，张大了嘴巴："哎哟，这不拍电视剧可惜了，古色古香的。"

"老戏楼，"匡正没告诉她这是宝绽的剧团，只说正月里图个喜庆，带她来看场国粹，"楼好，戏更好。"

"小正，"匡妈妈知道宝绽是唱戏的，"你真变了，原来最烦这些咿咿呀呀的。"

开场的锣鼓敲起来，时阔亭穿着一身大红的长衫走上台，挺高的个子，玉树临风："新年纳余庆，和乐便为春，诸位看官，过年好！"

台下响起连绵的掌声，他手里捏着个红信封，像模像样抽出一张金纸："先给大伙儿报一下今年如意洲的财神座儿。"他把纸一抖，扬手挥向一排中间偏左的位置，"恭喜何胜旌，何先生！"

---

1. 开箱：和"封箱"相对，也叫开年戏。

观众席有短暂的沸腾，旧时戏班子的规矩，开年卖出的头一个座位叫财神座儿，讨一个招财进宝的彩头，在座好多老总不知道这个讲究，抻着脖子往前看，颇有些遗憾地交头接耳。

匡正挑了挑眉，给小先生发短信："什么时候下手的？动作挺快。"

那边回过来："初一那天，和你聊完之后。"

接着又发来一条："888888。"

匡正知道是钱数，轻哼："中国文化研究得挺明白。"

何胜旌回了俩字儿："哪里。"

匡正收起手机，台上陈柔恩戴着白网子，扎着绸条勒子，一身蟒袍走上来，抬手扬眉亮个相，磅礴开嗓："一见娇儿——泪满腮！"

这是《四郎探母》中《见母》一折，演的是佘太君见到失散多年的杨四郎，一时间悲从中来，细数杨家七子金沙滩大战后的零落遭遇，陈柔恩唱来凄怆中有激昂，苦痛中有豪情，令人动容：

> 儿大哥长枪来刺坏；
> 儿二哥短剑下他命赴阴台；
> 儿三哥马踏如泥块；
> 我的儿你失落番邦，
> 一十五载未曾回来！
> 惟有儿五弟把性情改，
> 削发为僧出家在五台；
> 儿六弟镇守三关为元帅；
> 最可叹儿七弟，
> 他被潘洪就绑在芭蕉树上，
> 乱箭穿身无处葬埋！

干净漂亮的一段唱，匡妈妈看着侧幕边的滚动字幕，听入了神。匡正低声说："演员是个小姑娘，二十出头，很漂亮。"

匡妈妈端详台上的"老太君"，直摇头："漂亮也不行，老气横秋的，配不上你。"

匡正一愣，苦笑："妈，你说什么呢？是个女孩儿就往我身上扯。"

　　　　　　　　　　　　　　窄红：完结篇

"要不扯什么？"匡妈妈拿眼斜他，"妈妈我现在没别的烦心事儿，就是一门心思给你讨个老婆，谁叫你不让我省心！"

下面一出是萨爽的《三岔口》，武生是从市剧团借的，两个练家子一黑一白，鹰啊雁啊一般在台上翻飞。

面对这么精彩的戏，匡妈妈却心不在焉，直到萨爽回身下台，琴声一转，应笑侬袅袅婷婷走上来。满头的珍珠点翠开屏一样华贵，粉面桃腮胭脂唇，含羞带嗔地唱："自那日与六郎阵前相见，行不安坐不宁情态缠绵。"

匡妈妈见着"她"，一下子就被这抹艳光拿住了。

张派名剧《状元媒》，讲的是柴郡主随宋王到边关射猎，在潼台遇到辽兵，被杨六郎解救。恰巧此时，傅丁奎也来救驾，宋王于是误将郡主许婚。柴郡主爱慕杨六郎，偷偷以珍珠衫相赠。回京后误会解开，宋王遵照先王"得珍珠衫者为驸马"的遗训，将柴郡主许配给杨六郎，皆大欢喜。

"哎哟，小正！"匡妈妈拉着匡正的手，"小姑娘好灵啊！"

匡正一脸冷漠："一般般吧。"

"哪里一般般？"匡妈妈压着声音，"你单身久了，看女人的眼光都没了！"

匡正无语："应笑侬，大青衣。"

"你认识？"匡妈妈立刻问。

"嗯，"匡正点个头，"很熟。"

匡妈妈的眼睛都放光了："认识……你不拿下？这孩子！"

匡正笑了："妈，你喜欢这种的？"

匡妈妈看傻瓜一样看他："哎哟，仙女下凡，谁不喜欢？"

"我要是追他，"匡正憋着笑，"你没意见？"

"那我有什么意见？"匡妈妈一本正经，"你要是追到她，我烧香拜佛保佑你们修成正果！"

说到这儿，伴奏的胡琴突然嘎吱一响，时阔亭像是没拿稳弓子，手上脱了扣儿，应笑侬的唱跟着滑出去，跑了音。

开年第一场戏，这是砸锅的大纰漏，满座的客人都听出来，齐刷刷看向侧幕。

应笑侬立在台上没动，梨园行的规矩，角儿上了台不能看场面，不论有没有伴奏，他只管观众，胸口的气定住了，一板一眼接着唱："百姓们闺房乐如花美眷，帝王家深宫怨似水流年！"

台下很静，他一勾一顿，抑扬有致，等着时阔亭的弦儿跟上来，一段端庄婉约的二黄原板，带着失了手的琴师，带着满席挑剔的看客，重新回到柴郡主浪漫的故事中去，回到他强大的艺术魅力中来。

"这姑娘，"匡妈妈由衷佩服，"真有样子，大气、压台。"

"妈，"匡正不得不说实话，"人家不是姑娘。"

匡妈妈没反应过来："什么意思？"

"是个小伙子。"

匡妈妈当他开玩笑："骗妈妈呀？"

"男旦，"匡正撇撇嘴，"脱了凤冠霞帔，又刁又辣。"

男旦……匡妈妈怔在那儿，瞠目结舌。

台上的应笑侬仍然艳光四射，挽着水袖，兰花指将露不露，一举一动雍容华贵："但愿得令公令婆别无异见，但愿得杨六郎心如石坚，但愿得状元媒月老引线，但愿得八王贤王从中周旋，早成美眷——"

柔肠百转的小女儿情态，但因为是郡主，是那个战火纷飞的时代，情投意合中也抛不开家国天下："扫狼烟，叫那胡儿不敢进犯，保叔王锦绣江山！"

"好！"台底下一声接一声喝彩，捧的是倾国倾城的柴郡主，更是临场不乱的应笑侬。匡妈妈跟着拍巴掌，心里说不出地遗憾："这么好的姑娘，怎么成了男孩子……"

应笑侬谢座儿下台，借着扭身的工夫往侧幕一瞥，只见时阔亭在舞台光投下的暗影里默默甩着腕子，他那只精疲力竭的手，怕是不成了。

上台口，宝绽身穿红蟒，顶着雉鸡翎子和应笑侬错身，没有多余的话，只赞赏地拍了拍他的肩膀，阔步登上舞台。

刚踏出个影儿，台下的叫好声就潮水般漫开了。沙陀国的大千岁李克用——和封箱戏一样的戏码，一出威武热闹的《珠帘寨》，把年尾和年头连起来。

宝绽往台中央一站，把金扇一展，两眼迎着掌声，玻璃翠游刃一挑，顷刻间便把台上台下散了的心神收回来，牢牢捏在手心："刘关张结义在桃园，弟兄们徐州曾失散，古城相逢又团圆！"

观众席的氛围瞬间变了，像是惊涛，又似狂澜，在他的摆布下齐齐摇荡。匡妈妈这么大年纪了，都免不了感叹："这小伙子……好俊俏！"

"俊吗？"匡正勾起嘴角，是明知故问，也是骄傲自负。这是他弟弟，于千万人中光芒闪耀，是满天星斗中最亮的一颗。

宝绽把冠上的雉尾一抖，踢动蟒袍下摆织金的海水江崖："城楼上助你三通鼓，十面旌旗壮壮威严！"

匡妈妈下意识捂住胸口，她爱看电视剧，会为了相似的狗血剧情一遍遍流泪，但那些泪从不走心，已经很多年了，她没有过这样热血澎湃的感觉。

宝绽凤目圆睁，嗓子高起一层："哗啦啦打罢了头通鼓，关二爷提刀跨雕鞍！"

匡妈妈随之屏吸。

宝绽捋髯轻笑，嗓子又高一层："哗啦啦打罢了二通鼓，人又精神马又欢！"

匡妈妈耳后的汗毛立起来。

宝绽收拢金扇往掌心一敲，嗓子再高一层："哗啦啦打罢了三通鼓，蔡阳的人头落在马前！"

"好！"匡妈妈不由自主喊出来，和着数十个与她一样的声音，仿佛受了蛊惑。许多人的精神同时被一个人调动，那么昂扬，那么投入，这是真正的艺术，没有拙劣的矫揉造作，只有直入人心的共鸣与震撼。

匡正这时靠过来，俯在她耳边："出色吗？"

匡妈妈连声应着："出色！"

匡正瞧着台上那抹耀眼的红，光彩夺目，无人可及："那是宝绽。"

129

那是……宝绽？

匡妈妈诧异地看向匡正。

"这戏楼叫如意洲，"匡正说，"咱们眼前的雕梁、方才台上那些演员，还有这满座的宾客，都是宝绽的。"

匡妈妈难以置信，在家的宝绽很乖，让做什么就做什么，从没听过他大声，但此时在台上，他灼灼然如彤日，铿铿然如金石，少年意气恣意挥洒，怪不得……匡妈妈懂了，怪不得能和她儿子成为朋友，优秀的人总是被优秀的人吸引。

一曲唱罢，宝绽没下台，而是摘下髯口，向台下深深鞠了个躬："诸位朋友、主顾，今天真对不住，琴师不像样，演员也没火候，宝绽在这里给大伙儿赔不是。"

台底下都是熟人，哪忍心让他弓着，纷纷嚷着"翻篇了"。

宝绽道了谢，又给大伙儿拜了年，随后说："今天如意洲有两件大事，借开箱的日子，跟各位'捧珠人'唠叨唠叨。"

萨爽从侧幕跑上来，把一个卷轴递到他手里。宝绽端着稍稍一抖，亮出一幅红底洒金的竖字——烟波致爽俱乐部。

"头一件是俱乐部正式成立，"宝绽眉头轻动，冠上的翎子随之颤了颤，他开玩笑，"往后如意洲再有戏，可不是谁都有门路来听了。"

台下哄笑，这事儿，韩文山之前在饭局上提过，大伙儿都不意外。

"第二件，"宝绽扎着狐尾，端着玉带，说不出地潇洒俊逸，"和俱乐部一起成立的，还有如意洲基金会。"

"嚯！"台下一片惊呼，俱乐部是伸手收钱，基金会则是往外拿钱，这一进一出，性质截然不同。

宝绽仰头环视这间戏楼，精致工巧，富丽堂皇："去年这个时候，如意洲还挣扎在老城区的出租楼里，一没有观众，二没有水电，三看不到未来，"想起过去，他感慨万千，"最难的时候，是一家基金会借给我们戏楼，让我们落脚，然后才有了一出出好戏，有了诸位，有了如意洲的今天。"

刘备早年编草鞋，秦琼也曾卖过马，英雄都有不如意的时候，如意洲也不例外，但这些苦处，宝绽从没对观众们讲过。

"戏文里说得好，也有'饥寒悲怀抱，世上何尝尽富豪'，"他抱拳拱手，"感谢诸位的抬爱，让我们有戏唱有饭吃，今天才有能力去帮别人。大家交到俱乐部的钱，会由如意洲的专属私银万融臻汇打理，作为基金会的启动资金，资助有需要的艺术家，捐助包括京剧在内的传统艺术，让每一份坚守都有希望。"

观众席上鸦雀无声，匡妈妈的眼角湿了。

接着，宝绽淡淡一笑，没有更多煽情的话，只是以一句戏词做结："分我一支珊瑚宝，安他半世凤凰巢。"

台下轰然响起掌声，雷鸣一般，宝绽鞠着躬后退，一直退到侧幕边，掩进布幔繁复的褶皱中，那个谦恭有礼的样子，令人折服。

匡妈妈吸了吸鼻子，低下头偷偷抹眼角。匡正伸手过来，搂着她的肩轻轻地拍。

宝绽从侧幕进后台，直奔时阔亭，应笑侬已经卸了妆，在摇红药。

"师哥，没事儿吧？"宝绽取下草王盔。

"没事儿。"时阔亭没脸见他，"戏砸了，都怪我。"

"宝处，"应笑侬往时阔亭的右手虎口和腕子上喷药，"咱们得再找两个琴师。"

听见这话，时阔亭反应很大："我就是累了，歇一段就好！"

"你是得歇，但如意洲的戏不能歇，"应笑侬拉着他的手，仔细给他缠胶布，"今天这种事故，不能再出了。"

时阔亭没吱声，后台一片死寂。这时有人敲门。是小先生，穿着一身华丽的酒红色西装走进来。他很少穿西装，何况是这样惹眼的颜色，头发也拢得风流，淡色的瞳孔一眯，帅得惨绝人寰："宝老板——"

他的视线投向宝绽，却不经意在应笑侬脸上一转，定住了。

应笑侬抬头瞧了瞧他，没搭理。

"小……段？"小先生蹙眉。

应笑侬不应声，小先生把他又端详了一遍，几乎可以肯定："你是段家老大吧？"

应笑侬冷着脸："你认错人了。"

小先生摇头："咱们小时候常见面，你的头骨、面部轮廓和肌肉走向都没变。"

他是画画的，人体结构烂熟于心。应笑侬给时阔亭包好手，扔下剪刀、胶布，起身往上台口那边走，招呼他一声："过来。"

"小侬？"宝绽没想到他们认识，惊着了。

应笑侬撂下一句："家里的朋友。"

"原来你是应笑侬，"小先生跟着他，"怪不得。"

"怪不得什么？"下了戏的上台口很安静，应笑侬抱着胳膊转过身。

"怪不得把匡正耍了。"小先生笑着，看见他鬓边没褪净的胭脂，沉声说，"圈里就数你有主意，敢撇下家里的生意跑出去。"

"家里的生意和我没关系，"应笑侬冷淡地垂下眼皮，"我只想唱戏。"

"我也只想画画，"小先生说，有点儿针锋相对的意思，"但我没你那么自私，把家族的脸面和荣誉甩在地上，任别人踩。"

应笑侬挑眉瞪着他。

"你是正房老大，"小先生提醒他，"你从出生起就有责任。"

"责任？"应笑侬先是笑，然后压低了声音，"从我妈走的那天，我就没家了，我爸那么多老婆孩子，用不着我尽责。"

应笑侬是段家的正房长子，小先生是何家的正房长子，两个人打小一块儿玩，不算是朋友，却比朋友还近些。

"你家的事儿我知道，"小先生叹了口气，"我什么情况你也清楚，我现在手机铃用的还是我妈生前常听的歌，我为父亲的家族工作，不代表我忘了母亲的爱。"

同样是早年丧母，小先生能跨过这道坎儿，应笑侬却不能："通差，我们不一样。"

一声"通差"，仿佛回到了儿时，小先生绷住嘴角，不说话了。

"我是唱戏的，你是听戏的，"应笑侬换上平时那副无所谓的泼辣表情，朝他扬了扬下巴，"咱们各安其位。"

说着，他擦过小先生回到后台。

匡正来了，在和宝绽说话："……真的，我妈一个劲儿夸你，说你唱得好。"

宝绽的脸红红的，歪着头看他哥。

"刚在外边她还嘱咐我，说家里煲了排骨汤，让你回去喝。"

宝绽抿着唇，边解红蟒的扣子边问："阿姨真这么说？"

"我妈知道你唱戏累，"匡正点头，"她怕你在外头吃不好，想给你补补。"

宝绽捋了捋汗湿的头发，笑了。

130

如意洲初五开箱，万融臻汇初八进入工作状态。在匡正的投资计划上，整个第一季度只有一个项目，就是陆染夏那只粉鸡。他要通过掌控高端艺术品投资市场，让万融臻汇从二线大部队中杀出去，成为和G&S私银部、德班凯略中华区、香港富荣并驾齐驱的顶级私人银行。

下午两点，他带着段钏和汪有诚，驱车来到老城区团结路的小敦街。街口停着一辆银灰色宝马，小郝按了按喇叭，打双闪让他们跟上。

两辆豪车在狭窄的小路上拐来拐去。一栋老旧的居民楼下，覃苦声迎出来，天暖了，他没穿那件黑羽绒服，换了件洗得发白的棒球衫，抄着手。

各自停好车，宝马上下来两个人，段钏联系的。其中一个姓李，光头，艺术圈都叫他"李老狮"，是这两年风头很劲的策展人，2017年在上海办了个国画狮子大展，十五天成交额达到八百万元，一展成名。另一个也是光头，姓哈，李老狮的朋友，国内最大的私人博物馆观兰馆负责展品策划的副馆长，戴一副圆眼镜，小眼睛要睁不睁的，瞧不起人的样子。

覃苦声领他们上楼，三楼最里面一间，破铁门，门上贴满了铲不掉的小广告。匡正他们进屋，被满屋子刺鼻的松节油味儿呛得直咳。

五十多平米的小居室，住两个大男人已经够挤了，还塞满了半干不干的油画，大的四五米长，小的二三十厘米长。在层叠的画框和斑斓的油彩中，陆染夏安静地坐着，系着一条经年的脏围裙，用一只独眼审视着未完成的画作。

屋里七个人，一个画家、一个画家经纪、一个策展人、一个博物馆的人、三个投资人，互相简单介绍一下，开始看画。"粉鸡"是个大系列，有四五十张。其他的是些静物画和人体画，即使是日常习作，也有一种与众不同的神彩，恣意鲜明，生机勃发，是画家灵魂的碎片。

"凑合事儿。"姓哈的皱着眉头眷着眼，傲慢地说。

李老狮很捧他，亦步亦趋地跟着："是，还嫩了点儿。"

覃苦声没吭声，匡正却说："买家对粉鸡的评价很高。"

姓哈的停住脚，回头瞧他："你懂画吗？"

匡正摇头，笑着说："不懂。"

姓哈的也笑了，他平时被画家和策展人捧惯了，不知道天高地厚："我看你也不懂，倒腾钱的掺和什么艺术，你们上赶着往一个穷画家身上砸钱，还不是看他在网上火了？"

姓哈的傲，有他傲的道理，作为馆方，"粉鸡"要办展就得求着他，但他也蠢，用玩艺术的脑子去揣度资本，他以为万融臻汇因为陆染夏"火了"才做他，殊不知这把"火"就是万融臻汇点的。

世上总有些傻子，自以为高明，其实不过是资本车轮下的一粒石子，看的是资本让他看的，听的是资本让他听的，是另一种意义上的瞎子、聋子。

"我不懂画，"匡正笑得微妙，"我的客户绝大多数和我一样，也不懂画，所以才需要你们这些专家。"

他这话不卑不亢，既肯定了姓哈的专家头衔，又点明了一个道理：在市场上，专家存在的意义是为买家服务，专家可以傲，但不能傲过买家。

姓哈的眼睛一转，撇撇嘴："作品还行，你们打算怎么搞？"

"我们希望在观兰馆办一场春季特展，"匡正单手插兜，视线向下投在他那颗油亮的光头上，"画展由万融臻汇独家赞助，包括宣传在内的所有费用我们出，展览期间产生的全部收益，"他稍顿，"归你们。"

姓哈的愣住了。

"简单说，你们出个名头就行了，"匡正有种睥睨的神态，"哦，不，还有场地。"

姓哈的绷紧了面孔，财大气粗是什么样，他今天算领教了。匡正的提议很明确，把艺术当买卖来做，万融臻汇用钞票换名气，观兰馆用名气换钞票，一场各取所需的双赢。

他看了李老狮一眼："我们馆——"

正在这时，匡正有电话进来，是小先生。

"喂，到了？够慢的，"匡正给汪有诚使眼色，"我的人下去接你。"他挂断电话，微微一笑，"买家到了。"

匡正这么大气，他的买家会是什么样，姓哈的和李老狮很好奇，但还得端着专家的架子，装模作样地研究陆染夏的画。

"这个体积感很有意思，"姓哈的皱眉头，"还不是立体派，介于二维和三维之间。"

"应该是画家的原因。"李老狮指着自己的左眼，暗示陆染夏只有一侧视力，"我喜欢他的用色，要说灰吧，该鲜明的地方一点儿不含糊。还有这个冷暖对比，简直神了，像有一套独立的色彩标准。"

脚步声在门口响起，汪有诚引着小先生进来。衣冠楚楚的大个子，后面跟着两个同样高大的保镖，随意往屋里一站，实力演绎什么叫"蓬荜生辉"。

"何……"姓哈的惊呼，"何先生！"

小先生转身面向他，瞭了一眼，没说话。

"怎么，"匡正明知故问，"认识？"

"不……不认识，"姓哈的一改之前的倨傲，局促地说，"之前在伦敦的达明·赫斯特[1]回顾展上远远见过。"他满脸堆笑，光头上出了一层汗，"何先生是赫斯特的朋友。"

"不，"小先生冷淡地纠正，"我和赫斯特并不熟。那场展是卡塔尔博物馆赞助的，馆长是我朋友，赫斯特在全球最大的买家是中东富豪。"

随意两句话，屋里的氛围立刻变了，李老狮和姓哈的这才意识到，这间不起眼的小民房里要谈的恐怕不是一两幅画，而是数百万元起跳的大生意。

匡正给小先生介绍了陆染夏，随后陪着他看画。大大小小的粉鸡乱七八糟地堆在墙角。小先生和那俩光头专家不同，他蹲下来凑近端详，只看了两三幅就直接拍板："一共多少，我全要了。"

李老狮和姓哈的对视一眼，震着了。

匡正冲段钊打个响指："明天给你报价。"

"打包送我画室。"小先生拎出一张小尺幅的水仙，欣赏细节，"地址，你知道。"

"下个月准备在观兰馆办个特展，"匡正说，"撤展之后第一时间送到。"

"特展？"小先生问，"为什么不去国家馆，或者英国的泰特、法国的蓬皮杜、纽约的现代艺术？"他漫不经心地说，"你挑。"

听见这话，李老狮和姓哈的脸色立马不对了，匡正掏出烟盒，夹一支烟在指间，有点儿大言不惭的劲儿："要是这么说，办个全球巡展也不错。"

小先生一愣，回头盯着他。

匡正潇洒地歪了歪头："我的胃口和你的身价成正比。"

小先生放下画，没答应也没拒绝，起身走向他，不轻不重地给他胸口一拳："有空泰拳场见。"

他的脸冷，浅浅的眸子里却有笑，带着保镖转身离开。

"大诚，"匡正揉着胸口，"送一下何先生。"

何胜旌从来到走，不超过二十分钟，买空了苦声染夏整个画室，还顺手把粉鸡的特展提高了一个档次。匡正解开西装，点上烟："金刀，替我送送两位专家。"

言下之意，无论是一展成名的李老狮还是眼高于顶的哈馆长，他们万融

1.达明·赫斯特：英国成交价最高、号称"全球最富有艺术家"的当代艺术家。

臻汇都不需要了。

姓哈的赶紧掏出名片："匡总，何先生那边展完了到我那儿，我们观兰不要赞助，自己出钱！"

什么观兰、观梅的，匡正已经不稀罕了，但还是礼貌地收下名片。

131

宝绽穿着一条纯白的长衫，带水墨山水印花，领子高得不自然，眨着眼从数字幕布前下来。摄影棚的白灯太亮，烤得他冒汗。

今天早上五点，如意洲的大伙儿在戏楼集合，一起到泱泱娱乐，还没站住脚，就被蓝天和一个姓黄的小助理带到一家叫"极光"的造型工作室。五个人挨个做设计，剪头发、拔眉毛、选服装，活活折腾到下午四点半，又被打包送到萃熙华都附近一家摄影棚。当第一声快门按下，已经是晚上九点。

先拍单人照，宝绽完事后是时阔亭。他和应笑侬把小宝带来了，孩子白天还有精神闹一闹，天一黑就收了神通，攥着小拳头趴在应笑侬怀里，叫都叫不醒。

宝绽长出了一口气，他们唱戏是累，但累的是皮肉，不像当明星，这么昼夜颠倒地熬心血，他摸摸被拔秃了的眉峰，现在还火辣辣地疼。

去咖啡机买了杯奶茶，他到角落坐下，不经意间，听见旁边几个做助理的小姑娘在聊天。

"真新鲜，头一次见着抱孩子来拍硬照的。"

"还是俩男的呢。"

"真的假的？"

"俩大帅哥！"

"不是，咱们棚现在这么low吗，什么人都能抢上槽儿？"

"啧，人家有后台。"

"什么呀，我刚问了，就是一帮唱戏的。"

"唱戏的？'苏三离了洪洞县'那个唱戏？"

"我去，这年头唱戏的都出道了，老娘还在这儿加班给人打光！"

"所以说人家有后台呢，没看泱泱的蓝总全程跟这儿保着？"

"也是，要不就这种路人甲乙丙丁，哪个点能排上？"

"听说把九爷都往后挪了，面子真大……"

宝绽听着，小姑娘闲聊天，也没说什么过分的，可他心里就是不舒服。势利、歧视、挖苦，各种过去鲜少接触的东西一股脑儿摊在眼前，让他难以适应。

前头时阔亭拍完了，换应笑侬上去，短暂的拍摄间歇，蓝天的声音越过人群："韩总！"

宝绽愣了愣，抱着速溶奶茶往玻璃墙外看，真是韩文山，穿着长款风衣，身后跟着拎包的助理，还有几个搬东西的小伙子。

"韩哥？"他放下杯，赶紧过去，"你怎么来了？"

韩文山好像很累，两个眼圈都是黑的，见了他，温和地笑："听蓝总说你们在这儿拍宣传照，我来探个班。"

探班，很"娱乐圈"的词儿，宝绽想得很简单，以为如意洲第一次"出镜"，韩文山过来给他们打气。

"蓝总，辛苦了，"韩文山转向蓝天，"大晚上的，我带了点儿咖啡、蛋糕。"

说是"一点儿"，其实打包了十几摞，咖啡是最近很火的网红款，蛋糕是每日限量款。助理先拿一套给摄影师送去，然后吩咐送货小哥分给在场的每个人，同时不忘提醒："泱泱娱乐的蓝总请大家喝咖啡！"

九十点钟，正是消夜的时间，摄影师忙了一天，满屋子的化妆师、助理也跟着受了不少累，这个当口有人送来排队都买不着的爆款甜品，大伙儿都很高兴，边发朋友圈边说："谢谢蓝总！"

影棚的气氛一下子活了。宝绽意识到，韩文山与其说是来看他，不如说是来教他，咖啡、蛋糕花不了几个钱，但影棚上下买账，蓝天心里也舒服，最后受照顾的还是他们如意洲。

在待人处事这些细节上，他差得实在太远。

"韩哥，"他惭愧地低下头，"这些事儿，以后我自己想着。"

韩文山拍拍他的肩膀，半开玩笑："你哥也要来，没抢过我。"

宝绽倏地抬起头。匡正？

"娱乐圈是最复杂的职场，"韩文山看着这个热闹的影棚，有人的地方就有江湖，"他怕你刚接触这些不适应，也怕你明里暗里受欺负，让我来镇镇场子。"

宝绽一时语塞，果然是匡正，于是整个人放松下来。

这时候门口进来一伙人，打头的几个像是助理，簇拥着一个显眼的高个子——棒球帽上罩着卫衣帽，一副夸张的银色太阳镜，裤子肥肥大大罩着脚面，帽衫胸口印着两个硕大的荧光字——嘚瑟。

宝绽盯着他，移不开眼睛，这种衣服，打死他他都不会穿，但不得不承认，人家穿着就是酷炫，潮到没朋友的街头时尚感，从骨子里往外透着狂。

"啊啊啊！"陈柔恩喊了一嗓子，"九爷！是九爷吗？妈呀，我见到九爷了！活的！"

萨爽正给她开蛋糕盒子，连忙捂住耳朵，一脸的生无可恋。

"快！手机！"陈柔恩像打了鸡血，穷咋呼，"独家私照！我来了！"

萨爽远远斜那家伙一眼，酸了吧唧地说："多大岁数了还'嘚瑟'，造型师长没长心？"

"九爷三十也像十八，"陈柔恩冲他说，"神仙颜值，扛得住！"

萨爽一副便秘的表情看着她："你真让我震惊。"

原来那个就是"九爷"，宝绽生平第一次见到大明星，彼此之间有七八米距离，却像隔着一道次元壁，连空气分子都迥然不同。

绰号"九爷"的文咎也隔着太阳镜也看着他。小助理凑到耳边："也哥，就是那伙穿白大褂的把我们往后挤了一个小时。"

文咎也没吱声，另一个助理愤愤不平："什么咖，这么大来头？"

"嘘，泱泱的蓝总陪着呢，应该是力捧的。"

"力捧，力捧也是新人，范儿太大了吧？"

"我说，穿风衣那个，看着像个老总。"

提到"老总"，助理们的眼神立马邪恶了："直接带影棚来？现在的小新人够高调的！"

一伙人嘿嘿笑，文咎也叱了一句："行了，哪儿那么多废话。"

"不是，也哥，都骑到咱们头上来了。"

"不就是有资方爸爸撑腰吗？"文咎也在圈里混了十年，什么魑魅魍魉没见过，"傍款不算能耐，把款带出来溜就更贱了，咱们跟这种野草一般见识？"

影棚的工作人员见九爷到了，赶忙过来打招呼，借花献佛端上了咖啡和蛋糕。另一边，宝绽送韩文山下楼，回来拿他放在桌上的速溶奶茶，一转身，又听见几个小姑娘在八卦。

"看看看，九爷今天还是那个样。"

"'渣男'两个字，我都说累了。"

"喂，他今天的瓜吃了吗？"

"他怎么天天有瓜，黑成这样了还不煳？"

"人家八点档的热搜！"

宝绽没有微博，对她们说的话也一知半解，纯是好奇，站在那儿没走。

"T姓名媛爆料，遭某数字爷始乱终弃，精神崩溃几欲自杀！"

"我去！"三个女孩来精神了，一起捧着手机刷微博。

"哎呀，这姓文的真不是东西，女方爸爸有钱的时候跟人家玩地下情拿资源，人家一破产，他立马甩掉包袱，轻装前进！"

"好恶心。"

"渣男人设万年不崩。"

"再帅也救不了。"

宝绽蹙眉，难以想象陈柔恩喜欢的九爷是这样一个人。

"还有之前那个买影帝的操作，真的骚。"

"选秀出身的流量，本来也红不了几年，还黑料不断，眼看着岁数大了，不转型根本没路走，买个影帝以后好做演员人设咯。"

"呕！"

"这个圈本来就这样。"

"嗯，够脏。"

宝绽拿着奶茶默默走开。娱乐圈和他想的不太一样，但没关系，圈子脏圈子的，他自己干净就行了。

抬手看一眼表，差十分十一点，他掏出手机，给匡正打电话。

差十分十一点，段钊和汪有诚在万融臻汇加班，明天九点前要把小先生那批画的报价给匡正过目。两个人边估价边抽烟，搞得办公区乌烟瘴气。

"喂。"汪有诚活儿没干多少，一直在玩手机。

段钊没好脸色："我没姓？没职务？"

汪有诚一愣："抱歉，习惯了。"

段钊听匡正提过，这家伙以前是万融投行部人力资源的老大，手底下管着十几号人，有时候露出点儿领导的小派头，很正常。

"段经理，"汪有诚嘬一口烟，眯着眼，"有个叫文咎也的明星，你知道吗？"

段钊噼里啪啦地敲键盘。"不知道，"他加一句，"没兴趣。"

汪有诚不介意他的冷淡："他是今晚八点到十点的微博热搜第一，现在掉到第三了，数据不是做的，这个人的话题度够S级。"

自从上次做了陆染夏的热搜，汪有诚就对媒体运营很上心，段钊觉得他不务正业："你这么大岁数还关注小明星，有劲吗？"

汪有诚挑眉看着他，一副"哥岁数大吗"的自恋样："这个文咎也上热搜，是和某破产名媛分手，被人家曝了。"

"嗯，"段钊漫不经心，"然后呢？"

"这一对……"汪有诚用中指和无名指夹着烟，慢慢地抖，"也算话题男女了。"

段钊不耐烦，转过来盯着他："你到底想说什么？"

汪有诚把烟熄了，向他靠过去："你关于粉鸡的方案，我看了，下一步要搞沙龙，对吧？把我们的艺术品投资业务在富豪圈全面铺开。"

段钊不理解这两件事之间的联系。

"小画家的热度不够。"汪有诚自己做的运营，心里有数。

段钊微微皱眉。

"得给他蹭个热度。"

段钊有点儿明白了，难以置信地瞪着他。

"艺术沙龙的嘉宾名单，"汪有诚镜片后的眸子黑沉，"总要请几个明星、名媛，分手后不小心碰上也正常，你说呢？"

他是想靠娱乐圈粉丝互撕的热度，把万融臻汇这场沙龙的热度带起来！

这么绝的点子，当然，也够损的，段钊不知道他是怎么想的。匡正曾经说这家伙有"段位"，那时候段钊还不以为然，现在他信了。

"你有建议，"他没马上表态，"为什么不直接跟老板提？"

"匡正让我跟你，"汪有诚冲他笑，"我当然向你汇报。"

段钊怔了怔，一时没说话。良久，他板起脸："我说过，不要叫老板的名字。"

132

上午十点，匡正到办公室，脱掉外套，打开电脑。段钊敲门进来。

"老板，报价发你邮箱了。"

"我路上看了，没问题。"匡正往老板椅上一靠，跷起二郎腿，"给覃苦声发一份，让他确认，返回来你们再过一遍，下午四点前给小先生送过去。"

"知道了。"段钊颔首，"老板，还有一件事。"

匡正拿指尖点着桌面："说。"

段钊把汪有诚昨晚的提议讲了，匡正本来漫不经心，听着听着，整个人都惊了，瞪着眼睛向前倾身："够损的，这小子！"

这确实是个阴招儿，名媛凤凰落架，明星始乱终弃，两人分手闹得腥风血雨，这种话题人物在任何一个场合再度相遇，都会引起娱乐媒体和吃瓜群众的极度狂热，妥妥的热搜榜首位。

而作为狗血重逢的重要发生地，万融臻汇艺术沙龙的知名度势必随之上升，万融臻汇将成为有史以来曝光度最高的私人银行。

"我觉得……"段钊经过反复权衡，"可行。"

匡正没马上拍板，毕竟这种借别人的丑闻给自己赚吆喝的手段不地道，不过，做生意，尤其是做他们这种富豪生意，说白了，不玩点儿邪的，迟早让那些比他们更邪的对手吞得骨头渣子都不剩。

"老板，咱们换个角度看，"段钊想打消他的顾虑，"媒体和网友轮话题，不过是帮名媛再出一次气，谁让渣男该骂呢？咱们也算伸张正义——"

"金刀，"匡正打断他，"男人在这个社会上混，做那么一两件违心的事在所难免，但做了，就得认。"他很严肃，"办了上不得台面的事，自己心里得清楚，别自欺欺人地找借口，那样不爷们儿。"

段钊绷紧嘴唇，点了点头："我明白了。"

匡正沉默片刻，最终决定："去做吧。"

"好，"段钊转身要走，"我交给汪有诚。"

"等等，"匡正挑了挑眉，"怎么，肯放权了？"

段钐的表情不大自然："本来就是他的点子。"

匡正笑了："这样才对，细枝末节放得越多，你就有更多精力统揽全局。"他两手交握搭在桌边，"下一步，给我把艺术品抵押的框架搭起来。"

段钐简直要吐血："不是吧……"自从匡正开始搞艺术品投资业务，他肩上的担子就一天比一天重，"你打算做高级当铺老板了？"

匡正轻笑："叫这个名吗？"

"反正不是什么好名头，"段钐有不同意见，"国内根本没有真正的艺术品市场，银行不可能担风险为几幅字画提供贷款。"

"我们可以把有融资意向的高净值客户推荐给海外专门做这项业务的公司，"匡正眨了眨眼，"收个介绍费。"

段钐瞠目结舌。

"总之，"匡正主意已定，不管利润大小，他都要做，"我们的目标是全面垄断国内高端艺术品交易业务。"

段钐的汗毛立起来，他的老板太凶了，巧取豪夺，一点儿不给对手留缝隙。

"否则我们费这么大劲儿创建这个市场有什么意义？"

是，做生意就是要见血封喉，先埋种子，然后拦地，最后收割。

"把市场做起来，"匡正很强硬，"把富豪投资艺术品的习惯培养起来，未来五到二十年，艺术品咨询行业一定有利可图，这也是我们与客户建立强绑定的一种方式。万融臻汇要在这个领域树立专家形象，从艺术品鉴定、税务、存放到出口、运输，为客户提供全方位的服务。"

匡正下的原来是这么大一盘棋！段钐目瞪口呆，可还没来得及热血沸腾，匡正接着又说："这块业务，将来交给你。"

段钐彻底蒙了，这时匡正指了指门："出去吧。"

他总是这样，给人打了鸡血，又不让人家兴奋一下，搞得手下人抓心挠肝，恨不得为他肝脑涂地。

段钐坐电梯下楼，脑子里循环播放刚才匡正说的每一句话，他真的太猛太帅，太让人钦佩了。电梯门打开，他一抬头，面前站着个意料之外的人。

那人见到他，也愣了，两个人惊讶地对视。

"哎，段小钧来啦。"夏可从一旁经过，打了个招呼。

上次段小钧来，段钐没在，匡正正式介绍过——万融投行部并购分析师，他的小老弟。

段小钧没应声，直直盯着段钊，几秒钟的迟疑后，擦过他要进电梯。

"老四。"段钊开口。

段小钧停步，却没回头。

"内部电梯，"段钊有意刁难，"非请勿进。"

段小钧按下上行键："我找匡正。"

"我老板，"段钊转过身，"是你说找就找的吗？"

段小钧哼笑，也转过身来："他给我当老板的时候，你还不知道在哪儿呢。"

段钊发难："你不是应该窝在农村陪老头儿老太太闲聊天吗？"

段小钧立马接上："你不是应该拎着蛇皮袋跑欧洲去批发服装吗？"

段钊讽刺段小钧学的是社会学，段小钧讽刺段钊在奢侈品行业干买手，电梯门开了又闭，兄弟俩针锋相对，谁也不让谁。

"多久没回家了？"段小钧扬下巴，"你妈想死你了。"

"我不像你，"段钊冷笑，"成天往老爷子面前凑。"

"现在也不怎么凑了，"段小钧弹一弹西装领子，"我在万融做并购，没时间。"

"真巧，"段钊皮笑肉不笑，"咱们同一个东家。"还叫着同一个人"老板"。

段小钧扭身走进电梯，示威般笑着，直到电梯门合上，他瞬间黑下脸，狠狠按下三楼。

迈进总裁办公室，他把手包往沙发上一扔，一屁股在匡正面前坐下。

"怎么了，"匡正纳闷儿，"段公子？"

段小钧耷拉着脑袋，咕哝一句："过来给你拜个年。"

"不是电话拜过了吗？"匡正起身给他倒咖啡。

段小钧没好气："我人来不是更郑重吗？"

得，匡正不惹他，把咖啡放在桌上。

段小钧握住咖啡杯，热度慢慢传到掌心。半晌，他轻声说："在楼下看着段钊了。"

"金刀？"匡正蹙眉，他们果然认识。

"金刀"，叫得可真亲，段小钧磨着牙："我爸的儿子。"

"亲兄弟？"匡正意外，他一直猜他们是远房亲戚。

"狗屁兄弟？"段小钧否认，"不是一个妈。"

"哦，"匡正明白了，大家族的恩恩怨怨，兄弟胜仇人，"关系不好？"

"没什么关系，"段小钧端起咖啡抿一口，"他三房，我四房，一年不见一次面。"

四房。匡正没想到，新中国的富豪里也有三妻四妾儿女成群的。

四房，段小钧一辈子无法改变的出身。"算了，"他起身拿包，"我走了。"

匡正留他："好不容易来一趟，喝完咖啡再走吧。"

段小钧回头瞥着那杯咖啡，忍不住说："不光跟我抢爸爸，"他走过去，抓起杯一饮而尽，"还跟我抢老板！"

宝绽坐小郝的车回家，家里静悄悄的，他上二楼。这几天一直在蓝天那边对付，他想拿几件换洗的衣服，七七八八装了一小箱，提着下楼梯。拐过转角时，他见匡妈妈在屋中央站着。

宝绽吓了一跳："阿……阿姨……"

"小宝儿回来啦，"匡妈妈走过来，看到他手里的箱子，"回来了怎么也不叫阿姨？"

宝绽放下箱子："我怕打扰您休息。"

匡妈妈伸手握住他的腕子，缓缓说了一句："瘦了。"

一刹那，宝绽的鼻子发酸。

"吃中饭了吗？"匡妈妈问。

还没有。宝绽摇了摇头。

"阿姨也没吃，陪阿姨去外面吃点儿吧。"

宝绽诧异，看看她，又看看厨房。

"就我一个人在家，"匡妈妈苦笑，"懒得做饭。"

宝绽忽然自责，脱掉外衣挽起袖子："阿姨，我给你做一口。"

匡妈妈赶忙拉住他："小宝儿，这两天小正说了好多你的事儿，还说有个黄土泥烧鸽子很好吃的，阿姨想去尝尝。"

"那，阿姨，"宝绽笑起来，"我请你。"

"哎哟，哪能让你请？"匡妈妈挽住他的手，"阿姨请你！"说着，她把宝绽的行李箱往墙角推了推，没让他拿。

迈巴赫等在门外，宝绽扶她上车，一路上有说有笑，他们轻松自然，仿佛一家人一样。

到世贸步行街口，小郝把他们放下，掉个头去找停车场。宝绽和匡妈妈手挽着手，沿着长街徐徐地走。

"天气不错。"匡妈妈说。

"春天了。"宝绽答。

"春天天气好的。"匡妈妈又说。

"是，天暖了。"

毫无意义的对话。宝绽不经意看向路对面，冷饮店前坐着一对逃课的男孩子，穿着一样的蓝校服，脏书包丢在脚边。忽然，一个老大爷从身后过来，擦过宝绽和匡妈妈直奔过去，手里攥着一根不知道从哪儿撅的树枝。

"小小年纪不学好！"只听啪的一声，树枝抽在其中一个男孩儿身上。

宝绽呆在那儿，满大街的人都朝那个方向看过去。

老大爷嚷着："你个没妈的小畜生，自己不学好，还带着我孙子逃课，我抽死你！"

孩子腾地站起来，怒目瞪着他，另一个连忙拉着他，把他往身后拽。

"你瞪什么眼！"大爷嗓门越来越高，"你妈不要你，跟人跑了，你学坏，别拉着别人！"

宝绽呼吸困难，像被一只无形的大手扼住了喉咙，他也没妈，是个没人要的孩子。他握着匡妈妈的手不自觉收紧。几乎与此同时，匡妈妈把手抽出去，把挎包塞给他，走过去。

宝绽愣了一下，只见那个微胖、穿着红毛衣的身影径直走进人群，用力推开骂人的大爷："干什么你，欺负一个小孩子！"

宝绽怔怔盯着她，不敢相信她过去了。

"你谁呀，"大爷马上冲她喊，"别多管闲事儿！"

匡妈妈挡在孩子前头："你说也说了，骂也骂了，都是当家长的人，怎么这么狠心！"

"你知道他怎么回事儿吗？"大爷隔着她指着那孩子，"他撺掇我孙子逃课！"

匡妈妈绷着脸，没说话。

"闪开！"大爷不好动手，拿着树枝比画。

匡妈妈坚持拦着，没有退缩。

"哎，你这老太太，这小子没妈，小流氓，少教育！"

"没妈怎么了？"匡妈妈嚷回去，一个普通的家庭妇女，讲不出大道理，"孩子逃课不对，你好好教育，动什么手！"

老大爷不依不饶："小孩子不管，将来长大了就成社会的蛀虫了，这种没妈的小畜生——"

"你说谁是畜生？"宝绽站到匡妈妈身前，"你孙子跟人逃课，你不教育他，反倒打别人，你有什么资格？"

看出面的是个成年男性，大爷有点儿发憷，但嘴上不服软："我和她说话呢，有你什么事儿？！"

宝绽盯着他，深吸一口气："她是我妈妈。"

匡妈妈愣住了，扭头看着他。

宝绽也意外，自己冲动之下居然说了这样的话，可能在他的内心深处，这么多年，一直渴望能有一个爱自己、维护自己的妈妈吧。

他拉起匡妈妈的手，转身走出人群。头上的天那么蓝，晴空如洗，万里无云，就像他此时的心情，温暖，安然。

匡妈妈的手紧紧攥着他的，不只是手，还有心，她笑着朝他偎过来，很亲，很温柔。

心里某处的伤被治愈了，宝绽也笑，把挎包还给她："他没碰着你吧？妈……不是，那个，"他的脸一下子通红，"阿姨！"

一次恰到好处的口误。匡妈妈拍着他的手背，宠溺地说："叫'妈妈'吧，你刚才不也说是我儿子吗？"她扶着宝绽的肩膀，替他摆正领口，"小正有你这样的弟弟，妈妈有你这样的儿子，很骄傲的。"

宝绽的眼圈湿了。十年，他没有机会叫妈，在今天这样一个契机，因为这样一件不快的事，他找到了被母亲珍视的感觉。

匡妈妈把他的嘴角往上提，掐了掐脸蛋："小宝儿，咱们别去吃烧鸽子了。"

"啊？"宝绽愣了。

"其实妈妈不爱吃鸽子的，"匡妈妈说，"鸽子飞来飞去，吃了怪残忍的。"

"那……"宝绽一寻思，明白过来，烧鸽子不过是个借口，她只是想找个机会和他出来，拉近彼此的关系，"那，阿姨，你想吃什么？"

"怎么又叫阿姨了？"

宝绽不大好意思，抿住嘴。

　　　　　　　　　　　　　　　　窄红：完结篇

"外面这些饭馆呀，"匡妈妈重新挽住他，"没有家里干净，味道嘛，也没好到哪里去。"

"可这个时间，"宝绽看一眼表，"回家再做太晚了。"

"其实妈妈锅里炖了番茄牛腩的，"匡妈妈掰着指头说，"今早还蒸了豆沙包，冰箱里有一只道口烧鸡，小菜嘛，有——"

宝绽拉着她一个转身，掏出手机拨小郝的号码："走，妈，咱们回家。"

匡正考回了驾照，这几天都是自己开车上班，迈巴赫专门留给宝绽用。

骚蓝色的帕纳梅拉，无论从价位还是气质上都和如今的私银总裁不匹配，它代表的是浮夸的投行时代，而现在匡正更需要的是沉稳和权威。

晚高峰，油门和刹车交替着踩，他有点儿烦，打宝绽的电话。

"哥！"电话接起来，背景里是噼里啪啦的声音。

"干什么呢？"匡正皱眉。

"我在——妈，溅出来了！"

妈？匡正的眉头锁得更深了，接着似乎听到他妈妈的声音："……小宝儿，没烫着吧？"

匡正怔怔盯着风挡玻璃，静了片刻，难以置信地问："你刚才叫我妈什么？"

"啊？"宝绽愣了一下，"我……这儿乱着呢，晚点儿再说。"

"等会儿！"

那边没回应，三五秒后，匡妈妈把电话接过去："小正啊，我教小宝儿炸汤圆呢，化了点儿水，炸锅了。"

匡正不知道怎么回事，但止不住笑："别烫着我小宝儿。"

"哎哟，小没良心的，都不担心烫着你妈妈！"匡妈妈嘴上埋怨，语气里却带着笑，"早点儿回来。"

"好。"匡正挂断电话。恰好前边路口变灯，他一脚油过去，之后的每一个信号灯都是绿灯，一路顺畅到家。

"回来啦。"宝绽还是那件小熊围裙，正往桌上端菜。匡妈妈在一旁摆筷子，两个人有说有笑，屋里飘散着元宵节特有的香气。

"我明天就走了。"匡妈妈说。

"明天就走？"匡正诧异。

"元宵节过完，年也就过去了，"匡妈妈难舍地笑，"妈妈也该走了。"

匡正揉着她操劳了一生的手："妈，明天我送你去机场。"

"必须的呀，"匡妈妈回握住他，"总裁亲自送，妈妈有面子的。"

"妈，我也送你。"宝绽说。

"小宝儿可以不去，"匡妈妈很疼他，"拍照录音到大半夜，明早好好睡一觉。"

匡正感激她对宝绽的体谅，却用不满来表达："妈，你偏心。"

"偏心怎么了？"匡妈妈翻眼皮，"我偏心，不知道谁心里头高兴呢！"

玩笑两句，三个人坐下吃饭。炸汤圆、红烧青鱼、东坡肉、炒笋尖，还有半只道口烧鸡，一人一碗白米饭，是这个家里最热闹的一餐。

133

坐车离开机场，匡正本来想直接回家，但如意洲晚上有演出，他不情不愿地送宝绽到戏楼，然后自己去公司上班。

正是午休时间，他一进门就看见段钊半坐在汪有诚的桌上，两个人争论着什么。

"……这次的艺术沙龙我负责，你服从分配。"

"可以，"汪有诚靠在对面的椅子上，"但联系嘉宾这个环节，我来做。"

"杀鸡焉用宰牛刀？"段钊一口回绝，"一会儿夏可把名单拉出来，我安排两个客户经理去打电话。"

汪有诚往前挪了挪椅子："你是怕我抢你客户？"

段钊哼笑："万融臻汇的客户从来不是某个人的，而是公司的。"

"那为什么不让我做？"

段钊抱着胳膊没说话，半晌，有些丢面子似的说："这种小活儿用不着你，下午你陪我去见几个艺术评论家。"

比起在家打电话，出门应酬更风光，但这不是汪有诚判断分工的标准。"小活儿？"他扭过头，"夏可，你给客户经理的名单是按什么顺序排的？"

"啊？"忽然被叫到，夏可连忙放下零食，"就是平常的顺序，贵宾客户、普通客户，然后是潜在客户，明星、网红之类的嘉宾在最后。"

汪有诚又问："那个姓谭的名媛排在哪儿？"

夏可在文件里搜索："潜在客户，"他解释，"不是客户，不是明星，暂时归到这类。"

汪有诚瞧着段钊，段钊不解地耸了耸肩。

"没意识到问题？"汪有诚目光犀利，"名媛排在文咎也前面。"

段钊仍然没懂，大半个办公区的人也没懂，围拢过来。

"客户经理按着这个名单打电话，百分之百出纰漏。"汪有诚说，"明星工作室不是吃干饭的，以我做HR的思路推断，刚出了丑闻，时间距离又这么近，他们很可能会先确认姓谭的名媛是不是也参加了这次活动。"

段钊怔住了，汪有诚说得有道理，给嘉宾打电话的顺序，一个看似细小的环节，却会影响整个企划的成败。

"金刀，"黄百两也说，"听说很多明星出席活动是要确认嘉宾名单的，甚至有的会直接要求不和某位明星同台。"

夏可抓一把零食："姓文的要是知道他前女友来，肯定不敢露面，毕竟这么大场面，各路富豪外加媒体记者，尴尬太平洋！"

"没错。"汪有诚总结，"所以应该先联系文咎也的公司，如果他们问起，我们就说没联系名媛。事实上，我们在那个时间点确实没联系她。"

"能骗过去就骗？"段钊虽然这样问，但心里对汪有诚是服气的。

"咱们做的既然是损事儿，"汪有诚毫不掩饰，"就得损得全面一点儿，事后对方追究起来，我们也可以当作误会，好下台阶。"

匡正走过去，之前他不理解汪有诚为什么和代善那种人纠缠了十年，现在他知道了，他们在某些方面是相像的，都可以为达目的不择手段，只是比起代善，汪有诚更清醒，他对是非对错有明确的判断。

"老板！"大伙儿见他来了，纷纷问好。

匡正插着兜瞥段钊一眼，当着这么多同事和下属，在一个名单细节上被汪有诚上课，他没表现出愠怒，算是可堪大用。

"金刀，"匡正翻出何胜旌上午发来的短信，"定下来了，特展，在泰特办，作为压轴环节在沙龙会上公布。"

"明白。"段钊在手机上做备忘。

"另外，"匡正稍作沉默，"我们只是要个话题，没必要真泼一桶狗血出去，在日程安排上尽量把那个九爷和名媛错开，别让他们碰面。仇人相见分外眼红，对女性也是二次伤害。"

"知道。"段钊转向汪有诚："那个谁，你跟夏可要名单。"

夏可刚打了一份名单给汪有诚，他正闷头看，没反应。

"喂，"段钊瞪眼睛，"跟你说话呢。"

汪有诚很专注，拿笔在名单上圈圈点点。

夏可扑哧一声乐了，朝黄百两和来晓星挤眼睛："原来金刀是咱们办公区一霸，现在汪哥来了，要洗牌啊这是！"

段钊顺手抓起计算器往他身上甩，这时汪有诚放下笔，叫了一声："金刀。"

段钊额上的血管突突跳："你叫我什么？"

"金刀啊，大家都这么叫。"汪有诚不以为意，"这份名单里连一个奢侈品行业的大佬都没有。"

夏可负责做名单，问他："为什么非要有奢侈品行业大佬？"

"前几年路易威登疯卖了的那个樱桃包，还记得吧？日本艺术家村上隆的设计。"汪有诚点燃一根烟，用中指和无名指夹住，"草间弥生也跟他们合作过，同年，她的波点南瓜[1]价格就翻了一番。"

"我去，"夏可有点儿惊，"汪哥，你一个大直男怎么——"

段钊抬手打断他："让他说。"

汪有诚低头嘬了口烟："奢侈品和艺术品都是视觉产品，两者搭到一起，品牌方显得有格调，艺术家赚钱赚名气，何乐而不为？"

段钊学的是艺术品管理，在奢侈品行业也干了一阵买手，但对艺术圈和时尚圈的内在联系，他没有汪有诚看得透。

"金刀，"匡正很敏锐，"你觉得几家奢侈品巨头在国内的分公司和艺术家跨界合作的意愿有多大？"

段钊沉吟片刻："应该很大，"他从专业角度分析，"路易威登之所以选择和艺术家合作，是因为在90年代中期，它缺乏时尚特质，导致行业地位偏低，通过和艺术家合作，竖立了鲜明的风格，才有今天的品牌影响力。"

汪有诚顺着这个思路假设："如果我们能把小画家成功推向奢侈品行业——"

1.波点南瓜：日本艺术家草间弥生的画作，描绘了一系列布满波点图案的南瓜。

段钌接着说："那就能全面打开粉鸡在亚洲乃至全球的知名度。"

按匡正以往的性格，这时候就要拍板了，但当段钌回头等着听他指示的时候，他没表态，而是微微一笑："金刀，艺术品这块业务归你管，你定。"

办公区一下静了，这明显是在放权，一双双眼睛齐齐投到段钌身上，他有些紧张，但想起那天匡正在办公室说过的话，想起万融臻汇未来在艺术品投资领域的整体布局，他提起一口气："把各大奢侈品牌在中华区的负责人加进潜在客户名单。"他说，同时看向汪有诚，"那个谁，具体你负责。"

汪有诚懒懒地弹了下烟灰："Copy that[1]。"

匡正拍了一把段钌的后背，转身走向电梯。他这帮小老弟开始成熟了，用不了多久，就能独当一面，各领风骚。

回到办公室，匡正显得心不在焉，抽了两根雪茄，时不时看一眼表，好不容易熬到晚上九点，他急不可待，要去如意洲接宝绽下戏。

戏楼暗红色的门灯下，那个人带着未褪净的脂粉和鲜灵灵的水气走向他。匡正接他上车，在夜色中开车回家。

半路手机响。是房成城。匡正接起来："喂，房总。"

那边沉默了几秒钟，传过来一声叹息："药厂开工了一周，情况……不太好。"

匡正对他的药厂丝毫不感兴趣，眼睛转向宝绽那边，宝绽那边也来了个电话："蓝姐，我没睡……啊？现在？"

134

蓝天那边有个饭局，说是有个老总从英国回来，倒时差睡不着，要找几个小明星一起吃饭。她在电话里没细说，只说让宝绽带应笑侬现在过去，她的原话是："领你们团挺漂亮那个一起来。"

漂亮？宝绽疑惑："陈柔恩？"

"不是，"蓝天记不清名字，"叫什么笑的那个。"

应笑侬。宝绽沉默了，原来小牛做经纪人的时候，他们就陪人喝酒，现

---

1. Copy that：收到。

在走娱乐圈这条路，还要陪人喝酒，只是那时候的价码低，现在"高贵"了。

"蓝姐，真不好意思，"宝绽说什么也不会让应笑侬再遭这个罪，"小侬孩子小，你也见过几回，这大半夜的，他来不了。"

要是换别人，蓝天早发飙了，但宝绽不一样，他是韩文山、杜老鬼的朋友，是财富圈的明珠："行，那你再找个谁，我手里有两个位子。"

"好，"宝绽礼貌道谢，"我们马上到。"

他找的是时阔亭。师兄弟坐着小郝的车，在凌晨的马路上疾驰，地点在领馆区一家二十四小时营业的湘菜馆。两人走进大堂时，蓝天在沙发上等着。

"三个老总，英国回来那个是主宾，"她领他们上包房，"这家伙春节前后吃进了大量动影传声的股票，现在是风火轮最大的股东。"

"风火轮……"时阔亭对这三个字有阴影，"不是崩了吗？"

"原来的东家把公司卖了，又倒了几手，"蓝天说，"但风火轮的体量摆在那儿，用户数量仍然是目前短视频平台里最大的。"

所谓"百足之虫，至死不僵"，房成城之所以在那个节点卖掉公司还能再买一家药厂，就是仗着风火轮惊人的用户数，而一个又一个买家接踵而至，为的也是这个用户数，打算接盘整顿后再战江湖。

"他们马上要开一档音乐类综艺节目，"蓝天压低声音，"我想让如意洲上。"

"综艺？"时阔亭惊讶，"风火轮？"

宝绽平时不看综艺，对这些没概念，但蓝天是行家："对，基于短视频平台的明星真人秀，短时长、年轻化、二次元倾向，采用录播加直播的形式，是国内乃至全球第一档短视频综艺节目。"

时阔亭想象不出来，在他的印象里，综艺都是电视台和大视频平台在搞，风火轮更像老百姓展示日常生活的窗口，说好听了是接地气，说不好听了，再红的明星偶像上去，都像是闹着玩儿。

到了包房门口，他们推门进去，迎面是个十五人的大桌，已经坐了好些花枝招展的男女，只有三个主位和门口的末席还空着。

宝绽从家里走得急，穿着一件浅灰色的毛呢西装，敞着怀，露出里头水晶银扣的纯棉衬衫，与其说是个没出道的艺人，更像哪家出来应酬的小开，他绅士地给蓝天拉开椅子，然后在末席坐下。

"蓝姐，"对面坐着个白胖子，打量宝绽和时阔亭，"艺人？"

蓝天点点头："新人，我亲自带。"

一听是新人，满桌的视线都扫过来，这伙人个个是人精，先瞄宝绽的表，再看他的西装、衬衫，都不是新人该有的装备，互相递个眼色，笑了笑，不说话。

挨着宝绽的是个亚麻色头发的男孩儿，二十出头的样子，特别单纯无辜的一张脸，笑起来像个小女孩儿："你好。"

"你好。"宝绽脱掉西装。

主宾应该快到了，服务员走马灯似的上菜，桌上的人互不说话，刷手机的、抱胳膊发呆的、打哈欠的，毕竟是凌晨两点，都有点儿精神不济。

上菜的分成两组，一组在门口左侧，另一组在门口右侧。宝绽背后没人，他从西装口袋里掏出耳机，想听几首这两天存的古风戏腔，旁边的女服务员突然叫了一嗓子。

桌上的人都朝她看过去。那是个铁板菜，烧热的金属下面有个祥云造型的木托，可能有点儿小，她上菜时没注意，两手直接碰了铁板。

和她一组的男服务员小声训斥："傻呀，"接着催她，"快点儿，上菜！"

她一直在甩手，两边的虎口全红了，亚麻色头发的男孩儿就坐在她右侧，却不闻不问，偷偷夹桌上拼盘里的花生米吃。

宝绽不禁感叹，人长得像个天使，心却比石头还硬。他放下耳机，走过去，示意女服务员后退，他双手端起祥云木托，把盛着一整条烤鱼的铁板放到桌上，几十万元的江诗丹顿手表从袖口里露出来，精光一闪。

所有人都在看他，好像在这种场合——一个有大佬参加的高级饭局，他不应该帮服务员端菜，端了，就拉低了所有人的身价。

服务员连连道谢，宝绽摆摆手转身。这时包房的门从外头拉开，贵客到了，进门头一句不是别的，而是惊呼："宝老板！"

宝绽应声抬头，来的人他认识，是正彩电子的张荣。

"宝老板，你怎么……"张荣先是疑惑他在这里的原因，接着瞥见他刚端上桌的那条清江鱼，脸一下子黑了。

宝绽微微一笑，意思是没事儿。

张荣哪能当他没事儿，忙过来拉他坐上座，宝绽推辞了两句，张荣半真半假地叫苦："宝老板，这要是让匡总知道了，你让我怎么做人！"

在场的人，除了时阔亭，没人知道张荣是如意洲的常客。蓝天虽然认识韩文山，但不是京剧圈的，说到底，她对如意洲的人脉资源看得还是太浅。

十五人的饭局，小小洗了把牌，时阔亭和蓝天跟着宝绽往上坐，其他人依次向下移三位。酒杯端起来，气氛有点儿怪，坐末席的小新人成了座上宾，混了好几年饭局的老油条们还是那样，各凭各的本事争奇斗艳。

开过杯，张荣头一个给宝绽倒酒："我说，宝老板，"他用一种老朋友的语气，"怎么来这种场合？吓我一跳。"

宝绽觉得有意思，如意洲刚起步的时候，他和张荣在一张桌上喝酒，如今如意洲成立了俱乐部，他还和张荣在一张桌上喝酒，不得不说这是一种缘分："我现在是泱泱娱乐的艺人，韩哥介绍的。"

张荣不能理解，以宝绽这个身价、地位，大可不必蹚这趟浑水。

"如意洲火了，京剧还冷着，"宝绽说，"我不能停。"

简简单单一句话，张荣明白了，人家要的不只是身价，还有其他更"昂贵"的东西："宝老板，来，我敬你。"

宝绽轻轻跟他碰杯："张总，你是风火轮的大股东？"

"做了点儿小投资。"听话听音，张荣知道他想问什么，"最近风火轮有一批企划，我让他们拉个单子给你，你看有没有瞧得上眼的。"

宝绽抿一口酒，口感一般，跟匡正酒柜里收藏的没法比："那敢情好，"他自然而然地应下，不高傲，也不过分谦卑，"谢谢张总。"

"客气。"张荣一饮而尽，"先不说如意洲的面子，就说匡总，正彩今天还能稳稳当当地赚钱，我得谢谢他。"

他指的是那个信托离婚的架构。宝绽反手给他倒酒，他经历过的局不多，但席上随便拎出来一个都是资产过亿的富豪，所以他能收放自如、游刃有余，这是钱堆里历练出来的优雅大气："我替我哥承情了。"

桌上在打圈儿，从末席依次往上敬酒，轮到时阔亭，他气宇轩昂站起来，有大剧团领队的风采："我敬在座的各位一杯，今天有幸参加张总的饭局——"

"哎哎哎，"张荣熟稔地打断他，"你怎么也来虚的，往后还让不让我去你们如意洲听戏？"

如意洲是什么，在场的小明星没一个知道，但不约而同夸张地假笑。笑声过后，时阔亭要接着说话，忽然发现他们的目光都向他端杯的手投来，他低头一看，那只手在抖，帕金森一样，把杯中酒晃得厉害。

"师哥……"宝绽愕然盯着他的右手。

时阔亭慌了，想把杯放下，但手腕一点儿控制力都没有，杯子咚地掉在桌上，泼出一片刺眼的红痕，接着滚下去摔了个粉碎。

席面上唰地安静下来，饭局上摔杯子不吉利，蓝天马上叫服务员，同时念着"碎碎平安"。

张荣倒没把这当回事儿，但宝绽很难受，上次时阔亭演出走板，他以为他只是累了，歇一歇还是那把精神的好胡琴，没想到养了十多天，他却连杯都端不住了，这让他这个当师弟的心乱如麻。

打这之后，宝绽就有点儿恍惚。清晨，窗外蒙蒙亮了，饭局才散，他分别跟张荣和蓝天道别，上车送时阔亭回家。

师兄弟并排坐进宽敞的后座，宝绽急着问："怎么这么严重？"

时阔亭握住自己痉挛的右手："可能是因为熬夜，有点儿累。"

"你这手，"宝绽皱着眉头，"到底多长时间了？"

时阔亭窝着脖子，没回答。

"师哥！"

"哎呀，没事儿，"时阔亭哪能让他担心，"我什么样，你还不知道吗，我身体好着呢！"

"你还骗我，"宝绽的声音发颤，"你万一有什么事，我怎么对得起师傅！"

正说着，车子转了个弯，突然被什么东西从后头撞了一下，小郝一脚踩住刹车，放下车窗往后看："我去！"他下车去处理。

宝绽攥住时阔亭无力的右手："别回家了，咱们上医院。"

"不用，"时阔亭把手往回抽，他很怕，怕到了医院，他就再也没有借口骗自己，他还想操琴，"严不严重，我自己知道。"

宝绽想劝他，这时车后头传来争吵声，你一句我一句，越来越凶。他开门出去，一转身，愣住了。

时阔亭看他呆站在门外，从另一边下车。撞了他们的是个红三轮，开车的人穿个破棉服，正和小郝胡搅蛮缠："转弯让直行，废话少说，赶紧拿钱！"

"你懂不懂交规？！"小郝挺和气一男孩儿，让他气得直骂娘，"我已经转过来了，你撞我屁股后头，我不跟你要钱就算了，你还讹我！"

"少跟我来这套！"那人浑得邪性，咣地给了迈巴赫一脚，"开这什么山寨的破车，丰田不丰田、大众不大众的，跑爷这儿装来了！"

"你！"

"小郝。"宝绽叫住他，迎着风走上去。

开三轮的骂骂咧咧，扭头看到他，直着眼睛定在那儿。

"鲁哥，"清早的风有点儿凉，宝绽系起西装扣子，"好久不见，你一点儿都没变。"

鲁哥瘦了，更黑了，一个冬天头发长起来，再也不是那个留光头的花脸，看得出来他日子过得不错，三轮车是新的，后窗上贴着喜庆的小对联，算算孩子也快三岁了，所以天还灰着就出来为生计奔波。

"宝处……"

"小郝，"宝绽低头看一眼车尾的刮伤，没什么大事，只蹭掉了一点儿漆，"告诉他，修车要多少钱。"

宝绽是个宽容的人，小郝头一次见他这么强硬，仔细看一眼那处剐蹭："宝哥，得一万打底。"

"滚你的吧！"鲁哥的脸登时变色，"什么车碰个漆要一万！"

"什么人拿了别人的东西，挨了一拳，"宝绽问他，"还逼着人家要一万？"

鲁哥哑口。

这时时阔亭从后头上来，当时那拳就是他打的，宝绽怕他冲动，伸手拦了他一下，没想到他很冷静，反而拉着宝绽："跟他这种人废什么话，咱们走。"

宝绽意外，他师哥变了，不再是过去那个莽撞的小子，而是一个沉稳可靠的男人。"好，"他看向鲁哥，"我听师哥的，你走吧。"

说着，他转身要上车。

"宝处！"鲁哥却叫住他，他纳闷儿他那身价值不菲的西装和这辆不明觉厉的黑车，"连你都不唱戏了？"

宝绽注意到他的视线，冷冷一笑："我今天所有的一切，都是唱戏唱来的。"

鲁哥惊愕。

"如意洲没有散，"宝绽告诉他，捏着拳头有些激动，"我、师哥、小侬、邝爷，我们每个人都很好，我们的汗没有白流，我们的坚持听到了回响。"

而逃兵是眼前这个开着小三轮碰瓷儿的家伙。

司机、豪车、优渥的生活……唱戏能唱来这些？鲁哥难以置信，当时他自以为聪明，离开了如意洲，没想到短短八九个月，曾经被他看作笨蛋的人却一步登天，再相见，已然是另一个世界。

135

即使在酒局上摔了杯子，时阔亭也没去医院。

应笑侬知道，他害怕。

一米八几的大个子，讲鬼故事讲起来没够，为了剧团和宝绽能跟人拼命，但这只无力的右手，他不敢面对。因为他姓时，论血脉，他是如意洲的主人，但他没嗓子，这把胡琴是他和家学最后的联系，如果连这一点儿联系都失去，他成了什么？一个有空去戏楼晃晃的局外人吗？所以他就这么拖着，拖过一周再拖一周，拖得应笑侬跟着着急上火，有事儿没事儿给他一脚，让他"滚医院去"。

时阔亭终于还是去了，少见地穿了一身西装——宝绽年前送的，长短、肥瘦、肩膀都正正好，一上身，气质变了个样，不像琴师，倒像个小金领。

应笑侬抱着小宝送他到门口，上下这么一瞧："哎，别说，你捯饬起来不比匡正差，人模狗样的。"

时阔亭乜斜了他一眼，左手开门："狗嘴里吐不出象牙。"

"狗不过你。"应笑侬作势踹他，抬脚虚晃了一下，"我说……"他装作随意，"用不用我陪你去？"

"不用，"时阔亭的声音有点儿蔫，"你在家带小宝吧。"

"我抱小宝去呗。"应笑侬吊儿郎当的，其实心里想陪他，怕真有什么事，他一个人扛不住。

"医院全是细菌，"时阔亭摆摆手让他回屋，"别把我儿子传染了。"

应笑侬没说话。

"走了啊。"时阔亭头也不抬，转身下楼。

应笑侬关上门，看起来干脆利落，其实站在门口半天没动，直到脚步声听不见了，才抱着小宝去东屋，趴在窗台上往下看。

一个高大的身影从单元门里出来，本该昂首阔步，却耷拉着脑袋，绕过小区孩子们踢来的皮球，沿着路旁抽芽的桃树慢慢向前走。

"看你爸那样，"应笑侬拍着小宝的屁股，"像谁给他气受了似的。"

小宝吃着指头，奶声奶气地应："嗯啊。"

"是吧，"应笑侬撇嘴，"老子跟他真是操碎了心。"

看不见人了，他才从窗台下来，抱着小宝到沙发上坐下，跟往常一样，哼着戏词陪他玩手指头。恍然间，他发现自己变了，原来那个作天作地、游戏打得飞起的应笑侬不知道哪儿去了，现在全是岁月静好。

他低头看一眼怀里的小东西："都怪你，倒霉孩子。"

"嗯啊？"小宝歪着脑袋，无辜地眨巴眼睛。

"大眼睛看你爸去，"他把他放下，掏出手机刷微博，"你这招儿对老子不好使。"

他翻了一圈首页，然后看热搜，第一名又是那个熟悉的名字——九爷。

文咎也是热搜常客，应笑侬兴趣缺缺地点进去。说实话，娱乐圈的瓜，他都吃撑了。随便看两行，他突然愣住，眼前出现了"万融臻汇"四个字，前边还挂着个响亮的名头——"私银艺术品交易一哥"。

应笑侬愕然，这就像在电视上看见了昨晚一起喝酒的大学同学，格外不真实。接着，他皱起眉头，一家私人银行怎么会和明星丑闻扯上关系？

他看了几条微博，说的都是九爷和名媛的事，配图里却没有一张两人同框的照片，最显眼的倒是一只硕大的粉鸡，以一种怪诞的色彩和强势的造型，直冲看客们的视野。这只鸡有股力量，即使对油画一窍不通的人，看到它也会停下来，点击、放大，或赞叹或费解地感慨一句："这是艺术！"

之后，应笑侬点进实时微博看网友们的评论。

"渣男害人不浅，小姐姐有钱的时候默默跟着他，他嫌人家破产，分手也就算了，还跑到人家眼前去晃悠，真的没有心！"

"就是，小姐姐得多伤心啊，原来也是金枝玉叶。"

"少乱扣帽子，一个活动碰上就是渣男？她去的地方，九爷就不能去了？分手了是不是连呼吸都有罪啊？"

"嗯啊啊！"小宝抓着手机不让应笑侬看，缠着要抱抱。

"别闹，"应笑侬架着他的小胳膊，把他放到床上，"平时怎么不见你闹你爸，就知道闹老子。"

小宝呀呀地叫，很黏他，撅着屁股想站起来。应笑侬让他闹腾烦了，扔下手机去开电脑，戴上耳机打游戏。

一个多月没登账号，他专挑狠的打。枪林弹雨，一把反器材大狙横扫四方，子弹砰砰出膛，但不知道为什么，过去那种酣畅淋漓的感觉没有了，取而代之的是一种莫名的空虚，一个接一个目标在枪口前倒下，他却毫无波澜，这时背后咚的一响，是什么东西从床上掉下去了。

应笑侬一把拽下耳机，回头瞪着床，床头乱堆着几个枕头，被子没叠，平展地铺开，小宝没在上头。

他慌了，一瞬间，冷汗从头皮、腋下、后背一起冒出来，从电脑桌到床边也就两三步路，他每一步都像在慢放，不敢想小宝摔成什么样了，只是恨自己为什么要打游戏，为什么不小心翼翼把他抱在怀里！

"小宝！"他绕到床那边，地上只有一本书——时阔亭在旧书摊买的，《控制情绪的五十种方法》。他脑子有点儿乱，扑通跪倒，往床底下找："时小宝？"

忽然，床上传来咯咯的笑声，应笑侬一骨碌爬起来："时小宝！"他跨上床，把整床被子掀起来，"在哪儿呢？不出来一会儿小屁股给你打红！"

"啊……啊啊！"床头的枕头堆里伸出一只小胖手，正冲着他抓。

应笑侬怔在那儿，他没事儿，他只是在玩儿。一阵劫后余生般的狂喜，他爬过去，一个个拿开枕头，小宝在最底下，把自己团成了个球，那么可爱，像个天使。

"小宝，"他把孩子抱起来，用力搂在胸前，"吓死老子了你！"他凶巴巴的，说的话却温柔，"老子再也不玩游戏了，以后就像个探照灯一样盯着你，你到哪儿我到哪儿，看你还敢不敢吓唬老子！"

小宝搂着他的脖子，叭叭地亲，亲得应笑侬的心都化了。他曾经对他那么不耐烦，总当他是个小累赘，是时阔亭硬塞给他的大麻烦，这一刻他才知道，日复一日地爱与付出，这个捡来的孩子已经是他不可割舍的一部分。

小宝呵呵地笑，扭着小屁股坐到他腿上，两手抓住他的手指，特别突然，又像自然而然，软软地叫："么么……么妈！"

应笑侬傻了，愣愣看着她："你……叫我什么？"

小宝无意识地重复："妈……妈妈妈……"

应笑侬说不清这一刻的感受，他明明不是妈，却有了当妈的激动，胸口热起来，咚咚跳个不停："别，别乱叫！"

小宝像是故意跟他作对，大声叫："妈！"

应笑侬直接在床边跪下，捧着这个奇迹般的宝贝。"小宝，"他放柔了声音，"来，跟我学，爸——"

小宝攥着他的指头放进嘴里："妈……"

"不对，"应笑侬纠正，"b——a——bà！爸爸！"

小宝努力地学："妈妈！"

应笑侬着急："爸！"

小宝绷着小嘴巴："妈！"

"哎呀，我的天，"应笑侬直拍大腿，"爸！"

这时外屋有开门声，是时阔亭回来了。应笑侬连忙捂住小宝的嘴，双手合十给他作揖："祖宗，别叫妈，千万别叫妈！"

他抱起孩子出去，调整好语气："挺快啊。"

"医院就在马路对面。"时阔亭脱掉西装，脸色不大好。

应笑侬靠着墙看他，半天才问："怎么样？"

时阔亭脱鞋的手一顿，没回答。

应笑侬随即抿住嘴，没再问。

"饿了吧，"时阔亭挽起衬衫袖子，"给你炒个猪肝？"

应笑侬盯着他，连开冰箱门用的都是左手："老时，你教我做饭吧。"

时阔亭顿在那儿，没拿猪肝，慢慢地，呼出一口气："医生怀疑……是长期肌肉劳损引起的轻度神经粘连，"他把冰箱关上，"要确认，得做进一步检查。"

神经粘连？应笑侬听得懂这个词，但不明白具体意思。

"如果再疲劳，"时阔亭转过来，"可能会造成肌肉萎缩。"

萎缩？应笑侬错愕。

"我……"时阔亭苦笑，"真的不能再操琴了。"

"萎缩了……会怎么样？"应笑侬问。

时阔亭走到他身边，疼爱地摸着小宝胖嘟嘟的手腕："会残疾。"

136

万融臻汇的知名度一夜之间打响，新建的微博账号粉丝数眨眼间破万，当然，其中99.99%都不是目标用户，但这种影响力会吸引到高净值人士，尤其是富二代，那是一伙喜欢热度、喜欢潮流、喜欢跟风的年轻人，是家族财富未来的所有者。

随着知名度水涨船高，蜂拥而至的艺术品咨询订单洪水一样涌向万融臻汇的前台，段钊不得不连夜拉起一个部门，和汪有诚并肩作战。

在经济下行的大环境下，越来越多的富豪开始投资艺术品以实现财富保值，眼下这个对绝大多数金融机构来说的"坏时候"，恰恰成了万融臻汇的"好时候"。

不得不说，匡正的眼光很毒。

他站在客厅窗前，低头刷着微博，九爷的名字已经从热搜榜上消失，在丑闻和假消息层出不穷的时代，没有谁是永远的话题之王，文昝也不是第一个被资本消费的明星，也不会是最后一个，金钱的世界里没有公理，只有弱肉强食。

但这一手做得并不光彩，匡正很清楚，踩着别人的名声成就自己，不是什么值得夸耀的事，之所以当机立断做出这个决策，是因为他是万融臻汇的掌舵者，公司需要的不是他的仁义道德，而是他的冷血铁腕。

窗外，迈巴赫缓缓滑进视野，他马上去开门，宝绽疲惫地从车上下来，耷拉着眼皮投进他怀里："哥，你怎么没上班？"

匡正揽着他进屋："小郝说你今天回来。"

自从那晚张荣的饭局，宝绽差不多两周没在家睡，泱泱娱乐那边不是录音就是应酬，最近好像又在拍什么MV，把他的日程塞得满满当当的。

匡正跟他有说不完的话，连电话来了也不接，微信响了也不看，宝绽融融地笑着，抓起手机立在他眼前，人脸识别自动解锁，段钊的消息显示出来。

"老板！接电话！"

"老板，粉鸡出事了！"

"老板！看微博热搜！"

"老板！！！"

匡正一怔，立刻正色，点开微博，热搜第一名真的是陆染夏，"粉鸡造假"四个字异常醒目，他锁紧了眉头。

原爆料是一段32秒的视频，模糊的镜头里是小敦街那间五十平方米的画室，视角隐蔽，应该是偷拍的。屋子中央立着一块两米多高的画板，上头是半只未完成的粉鸡，画面另一边，拿着板刷的人却不是陆染夏，而是号称不再碰画笔的覃苦声。

匡正的表情凝固了。

陆染夏在覃苦声身后，颓废地叼着半支烟，漂亮的独眼眯起来，指着画面走上去，把烟塞到覃苦声嘴里。

视频结束，没有任何文字说明，匡正沉着脸点进评论，热评第一条是："小学五年级时我为了一包小浣熊干脆面给同学替考被全校通报批评，那时我以为我错了，十年后的今天我才明白，'窃钩者诛，窃国者诸侯'！！！"单这一条就有两千多点赞，底下跟着五百多条评论：

"兄弟好文采！"

"你替考的是古文吧？"

"只有我想问视频里这两人是谁吗？明星，还是什么名人？你们都认识？"

"同不认识。"

"不认识正常，一个画画的，最近上了几次热搜。"

"楼上，用词不严谨，这家伙根本不会画画，画是别人替他画的！"

"连艺术都是骗人的！"

完了，匡正第一次有控制不住局面的恐慌，立即给段钏拨回去："喂，金刀，"他指示，"先稳住客户，挨个打电话。"

"知道，"段钏那边已经在做了，"老板，有人搞我们！"

没错，最近万融臻汇火了，灼了一些人的眼。"同行。"匡正判断，"但小敦街那个地址是怎么流出去的，你给我查清楚。"

段钏眉头一挑："会不会是那个哈馆长……或者李老狮？"

"不，"匡正直觉不是，"他们没那么大胆子。"无论是万融臻汇还是小先生，他们都不敢得罪，"我先联系小先生，你那边——"

说曹操曹操到，这个当口，何胜旌的电话打进来，匡正捏着眉头深吸一口气，切过去："您好。"

"匡总。"小先生的语气很严肃。

"粉鸡的事——"

小先生打断他："应该是我这边泄露的。"

匡正愕然。

"那个画室，"他和匡正一样，先想到这个关键细节，"那天我过去的时候，路上接了个电话，聊了艺术品投资，也提到了小敦街。"

匡正瞠目："对方是谁？"

小先生顿了片刻："G&S中华区的老大。"

匡正随即沉默，G&S确实有背后捅刀的动机，但是……

"小敦街不算长，可也是一片不小的居民区，想在这么大的范围内找出一间五十平方米的画室，"他摇了摇头，"不大可能。"

"不，"小先生非常肯定，"你不了解油画，从稀释颜料的松节油到调色用的核桃油，再到最后的光油，每一种都有明显的味道，而且职业画家有些习惯自己做画框绷画布，布面还要上底漆，这个底漆，大多是在室外晾干的。"

"你的意思是……"匡正懂了，"只要派几个人到居民区找一找问一问，很快就能锁定画室的具体位置？"

"不错，"小先生坦承，"匡总，这件事责任在我。"

不，匡正的头脑很清晰，竞争对手之间使绊子在所难免，客户不小心透露交易信息也正常，问题的症结在于，覃苦声背地里替陆染夏捅刀，这么大的内幕，他们却没告诉万融臻汇这个合作方！

挂断电话，匡正恋恋不舍地瞧了宝绽几秒钟，随即换上一副阴沉面孔，拢好头发扎紧领带，开车直奔小敦街。

赶到画室前，他特地注意了一下。楼前有一片长满杂草的空地，边上是个废弃的凉亭，亭子四周确实立着几块刷过白漆的画框，小先生的判断没有错。

上了三楼，他拍了拍门。铁门从里面打开，陆染夏正握着手机，表情严峻地看着。

"看见热搜了？"匡正带门进去，屋里有一股刺鼻的颜料味儿，"覃苦声呢？"

他来兴师问罪，陆染夏却没有一点儿反省的意思："出去买菜了。"

买菜？匡正的火噌地蹿了起来："他替你谈生意，替你买菜，连画都替你画了，还要你干什么？"

陆染夏垂下那只独眼，无所谓地说："没人真的关心艺术，热度很快会过去。"

"对，没人关心艺术，"匡正告诉他，"所以这个热搜是想让粉鸡死的人买的！"

陆染夏抬起眼，没料到事情这么复杂，确实，艺术清清白白，但一搅上资本，就成了浑水一潭。

"我现在要知道，"匡正指着画布上那只淌着颜料的粉鸡，"这团东西究竟是你们俩谁画的，你，还是覃苦声？"

如果是陆染夏，粉鸡还能活，如果是覃苦声，粉鸡则必死，不光这只鸡，连万融臻汇都会跟着一败涂地。这是匡正决不允许的。

"你少了一只眼，"他问，"根本画不了画，是吗？"

陆染夏还是那副桀骜的样子，转过身，在画布前坐下。

"覃苦声拿了你一只眼，"匡正难以压抑怒气，"所以把什么都给你，连自己的画都要署你的名，是吗？"

陆染夏从油壶里提起笔，用粗糙的廉价卫生纸擦干："覃苦声是个天才。"

他顾左右而言他，匡正没工夫听他废话，抬起右手指着他，这时那小子说："覃苦声的天才来源于他的残疾。"

残疾？匡正蹙眉，覃苦声有残疾？

陆染夏扫一眼调色盘，随意挑了几个颜色，调都没调，直接拍到画布上，啪的一下，大胆而果断。只这一笔，匡正就知道，他能画。

"他是红绿色盲，"陆染夏老练地涂抹油彩，"他分不清浅绿色和深红色、蓝绿色和黄色、紫红色和灰色等等，包括粉色。"

匡正惊讶，这意思是……覃苦声不可能替他代笔？

"我们口中的'粉鸡'，"陆染夏笑笑，"鬼知道在他眼里是什么样子！"

"等等，"这不合逻辑，"色盲怎么可能考上美术学院？"

陆染夏停笔："他背了整整一沓色盲本。"

色盲本，学名叫假同色图，每个人上学体检时都见过，那些花花绿绿的动物图案，对一个根本分辨不出颜色的人来说，要背下来谈何容易？

"现在你明白了吧？"陆染夏把画布转过来，冲着匡正。

不，匡正仍然没懂。

陆染夏指着自己画的那片色彩，厚重、凝丽，兼备粉鸡的形、神，唯独缺了某些怪诞的东西："这里少的那缕'魂'，就是覃苦声'残疾'的色觉。"

匡正恍然大悟，粉鸡不是陆染夏的，也不是覃苦声的，而是……

"你说得没错，"陆染夏扔下画笔，"覃苦声拿走了我一只眼，所以什么都肯给我，包括他的才华，但是——"

匡正知道他要说什么，他还记得那天李老狮来看画，对粉鸡的评价是"有一套独立的色彩标准"，这套色彩之所以特别，之所以绚丽，正是因为它是不正常的，是上帝须臾间犯的一个错。

"粉鸡是我和他的共同作品，"陆染夏撩起额前的头发，露出那只呆滞的义眼，"我用我残疾的眼睛勾勒形体，他用他残疾的眼睛捕捉色彩，我们相辅相成。"

匡正胳膊上的汗毛立了起来。

"粉鸡之所以令人过目不忘，"陆染夏骄傲地说，"是因为它的创作者有两颗心脏、三只眼睛、四只手臂，和一对激烈碰撞又撕扯不开的灵魂。"

137

时阔亭确诊的当天，宝绽来了。

师兄弟在两把相向放置的椅子上坐下，应笑依抱着小宝出去，啪嗒一声，门被从外边带上了。

窗外春光明媚，温暖的房间里，两人默默无语。

慢慢地，宝绽握住时阔亭搭在膝上的手，微微发颤，越攥越紧。

"没事儿，"时阔亭给他宽心，"休息休息就好了，日常生活不耽误。"

宝绽一直低着头："医生怎么说……"

时阔亭沉默片刻："劳损，时间久了，神经有点儿粘连。"

宝绽抬起头："能治吗？"

"能，"时阔亭斩钉截铁，"当然能，方法多着呢，有药，还可以注射什么因子，我这种轻的，扎扎针灸就好了。"

宝绽定定看着他。

"就是……"这回换时阔亭低下头，"琴师这条路，我算走到头了。"

"是我，"宝绽怪自己，把心思都放在剧团上，放在匡正的事业上，"没顾好你。"

"和你有什么关系？"时阔亭反手握住他，牢牢地，"是我自己拖着，给拖坏了。"

师兄弟俩头顶着头，双双耷拉着脑袋。

"往后，"时阔亭忽然说，"我不去戏楼了。"

宝绽的手一颤，心跟着绞紧："师哥……"

"我在家带小宝，清清静静地，等手好了再找个营生，多轻松。"时阔亭笑笑，露出帅气的小酒坑，"不像你们，还得在台上拼死拼活。"

宝绽揉着他那只手，郑重地说："师哥，如意洲，你不能不来。"

时阔亭没应声，他不想去吗？他想，他比谁都想，只是怕，怕看到宝绽他们在台上的英姿，怕听到那声摧心肝的胡琴，怕想起时老爷子临终前饱含着期望的眼睛。他让父亲失望了。他断了和家学的最后一点联系。如意洲已经没有他的位置……

"烟波致爽俱乐部需要一个经理，"宝绽说，声音不大，但很有力，"如意洲基金会也需要一个主席。"

时阔亭张了张口，呆住了："宝……"

"我想了很久，"宝绽不容他拒绝，"只有你能担得起这双名头。"

时阔亭不同意："你才是如意洲的当家！"

"对，我是如意洲的团长，"宝绽直起身，"但我也只是如意洲的团长，业务上的事儿，我管，运营管理的事儿，你管。"

时阔亭一时反应不过来："我这……"

"如意洲本来就是时家的，"宝绽跟上一句，"谁也拿不走。师哥，你只是换了个方式重振家门。"

时阔亭愣愣盯着他，一瞬间，在他身上看到了匡正的影子。"我……"他看向自己无力的右手，"凭什么？"

"如意洲的钱一直记在你名下，"宝绽给他理由，"你是最大的股东。以后俱乐部做大了，我和老匡也要参股，到时候你就是烟波致爽的主席。"

时阔亭被他的话震住了，这个苦命的小师弟，仿佛一夜之间长成了参天

258

大树，有一把漂亮的枝丫，已经能荫蔽他人。

"我哪会管理？"他摇了摇头，"我性子太躁，不是那块料。"

宝绽给他信心："我相信你，师哥。"

时阔亭的心坎发热，甭管前路如何，有宝绽这句话就够了。"你可别乱信我，"他抓了抓头发，难以启齿似的，"匡哥没跟你说吧，我掐过他脖子。"

啊？宝绽意外。

"就因为他给如意洲买的股票跌了，"这件事，时阔亭直到今天都惭愧、自责，"我眼皮子太浅。"

十几年的师兄弟，宝绽了解他，确实急躁、冲动，有时候一根筋："师哥，你知道我为什么下定决心让你挑这个大梁吗？"

时阔亭不知道。

"是那天在街上碰到鲁哥，"宝绽说，"认出他的那一刻，我的血都烫了，恨他，真的恨，在如意洲最难的时候，是他落井下石，但你冷静，拉着我说'咱们走'，那时候我就知道，你成熟了。"

时阔亭睁大眼睛。

"每个人都在成长，"宝绽感慨，"你不可能永远是那个给我讲鬼故事、喂我吃冰棍儿的时阔亭，你迟早会成为站在我身前、和我一起走向荣耀的时阔亭。"他的目光温暖而坚定，"师傅在天上看，看着我们实现他的愿望。"

时老爷子、如意洲、京戏，师兄弟的念想是一样的，尽管有了钱，各有各的牵绊，但骨头里的东西连着，永远扯不断。

"你能成熟起来，老匡让你掐一把也值了，"宝绽开玩笑，"再说，有小侬在你身边，我放心，你怎么说也是小宝的爸，做事儿会深思熟虑的。"

"哟，"时阔亭拍了把大腿，"你这给我分析得，头头是道啊。"

"那可不？"宝绽扬了扬下巴，"知你莫若我！"

两人开门出来，应笑侬抱着孩子等在外头，见他们笑呵呵的，暗自松了口气。宝绽系起西装扣子："来，小宝，亲干爹一口。"

小宝眨着水灵灵的大眼睛，挺不好意思地扭了扭小身子，然后伸出胖胳膊，抱住宝绽的脖子吧唧了他一下。大伙儿哈哈笑了。

宝绽下楼时，段钊的奔驰正在路口等着，汪有诚坐在副驾驶座，远远地看见他，问："那是匡正的弟弟？"

"嗯，"段钊响了声喇叭，"让你别叫老板的名字，总不长记性。"

汪有诚见过匡正的人事档案："他是独生子。"

"认的弟弟。"段钊解开安全带，下车给宝绽开门。

干弟弟？宝绽坐进后座后，汪有诚似有若无看了两眼。

今天万融臻汇有活动，在世贸那边租了一个小剧场，匡正让段钊来接宝绽过去，是为了让他安心。

粉鸡出事这两天，宝绽一直跟着上火，他知道匡正到了关键时刻，这次跨过去，万融臻汇就能跻身头部私银的行列，跨不过去，他们短时间内很难再有作为。

但匡正对这件事的处理令人费解：首先，他不压热度，反而让汪有诚继续给那条爆料视频买热搜；其次，他不做危机公关，而是让段钊打了一圈奢侈品、拍卖行之类的外围；最后，正是风口浪尖的时候，他执意要搞今天这场活动。无论哪一条，都让宝绽摸不着头脑，他替匡正忧心，叹着气点开热搜。第一名仍然是粉鸡造假，他扫一眼评论：

"这只鸡怎么还在热搜上挂着，也没几个人讨论啊？"

"？？？热搜这么便宜吗，天天买？"

"正常热搜排名是浮动的，他这个待那儿一动不动，太假了。"

"……多大仇？"

"史上最假爆料，没有'之一'，简直侮辱老子的键盘。"

"哪儿假，视频拍得清清楚楚你瞎吗？少拿买热搜说事儿，热搜不一定是谁买的呢！"

"我不瞎，是你蠢，人家32秒没画画，你就说人家不会画画？"

宝绽诧异，舆论的风向变了，从一开始一边倒地怒叱艺术造假，到吐槽爆料方买热搜居心不良，到现在不用任何辟谣反转，吃瓜大军已经开始分化、瓦解。

匡正这个热搜买的，不温不火，用对手的刀反身一击，杀人于无形。

到了世贸，段钊去停车，汪有诚陪宝绽进去。大厦大堂围着不少媒体，都是为这只正当红的粉鸡来的。坐电梯到五层，经过严格的安检程序，两人一前一后步入会场。

不到一百人的小剧场，绝大多数是万融臻汇的贵宾客户，只给媒体留了五席。宝绽两手拢好头发，正了正领带，风度翩翩走进去。

汪有诚跟着他，看着他笔直的肩线、窄而挺的细腰、迈步时分寸感十足的摆臂，走到前几排，观众席上有人打招呼："宝老板！"

是韩文山、杜老鬼他们。宝绽优雅地解开西装扣子，倾过身去握手："韩哥，杜总！"

张荣也在，聚过来热络地寒暄。汪有诚等在一边，听见后排有人嘀咕："那个是谁，好大的面子……哪家的，认识吗？"

匡正坐在第一排，穿着一身奢华的丝瓜领单扣礼服，深沉的面料里杂着一点儿银葱，倜傥中带着一股风流劲儿。他回身朝宝绽招了招手。

宝绽到他身边坐下，昂着头，跷起二郎腿："场面不小啊，哥。"

"你要来嘛，"匡正握住他的手，"我得搞得像样点儿。"

宝绽扫一眼左右的名牌："没请小先生？"

"他是大佛，还不到露面的时候。"

这时另一侧座位有人坐下来，操着一把轻浮的嗓子："匡总！"

匡正扭头一看。是G&S那个杨经理，今天的嘉宾名单上是有G&S的人，但邀请的级别是执行副总。

"我们张总有事，"姓杨的还是那个傲慢样，"让我过来应酬一下。"

好大的口气。匡正笑笑，不把这种蚂蚁放在眼里。

"匡总，"杨经理挤眉弄眼，"你们好不容易撬我们行一次，怎么搞成这样？"

匡正蹙眉瞥向他。

"这只粉鸡，"姓杨的皮笑肉不笑，"不是我们G&S不要的，被你捡了吗？"

他指的是那天在如意洲，他打飞了覃苦声的名片，这张名片打着转儿落到匡正脚下，成就了粉鸡和万融臻汇的缘分。

"不是你的，"姓杨的幸灾乐祸，"终究吃不到你嘴里，只是可惜了这么肥一只鸡，要给你们万融臻汇陪葬。"

咚——开场的钟声响起，嘉宾们纷纷入座，匡正顺理成章地面向舞台，不再听这个跳梁小丑废话。姓杨的很憋气，他声情并茂说了半天，结果匡正一句也没回，搞得他灰头土脸，像个傻子。

剧场的光暗下来，幕布徐徐拉开，台上没有主持人，也没有布景，只挂着一方巨大的白布，音乐声由弱渐强，舞台左右各走出一位男性舞者，一个穿黑，另一个穿白，镜像一般相向起舞。

观众席上有议论声，无论是客户还是媒体，都以为今天是万融臻汇的危机公关，至少要就"粉鸡造假"给公众一个交代，没想到一无说明、二无道歉，上来就搞这些噱头，让人不免失望。

宝绽不是跳舞的，但他一眼就注意到，台上两个舞者虽然动作差不多，但明显一个跳的是芭蕾，另一个跳的是古典舞。芭蕾张扬，手要伸得远，腿要踢得开，每个动作都要向"外"放，而古典舞含蓄，手伸出去要收回来，腿踢高了要收拢，处处都在向"内"收，东西文化催生出了两种截然不同的艺术。所以舞者表达的人物也不同，一黑一白的两个人仿佛是一对泾渭分明的灵魂，彼此对抗，又互相吸引，以迥异的方式动情演绎着同一支舞。忽地，音乐声转急，白布后打出强光，一个女性舞者的身影在幕布后高高跃起，恰和台前单脚高踢的黑衣舞者交叠，笛声悚然划过，黑衣舞者捂住左脸扑倒在地。

观众看懂了，这表现的是之前热搜上粉鸡作者被女模特刺伤左眼的桥段，看似哗众取宠的舞蹈，其实在以另一种方式回应客户和媒体的质疑。

黑衣舞者失去了一只眼睛，白衣舞者来到他身边。音乐声柔和下来，两个人彼此攀援着舞动，情绪越来越统一，动作越来越趋同，跨跳、旋身，难以分辨哪一个是芭蕾舞者、哪一个是古典舞者，两种大相径庭的艺术风格在这里交融。

就在观众全心投入开始享受美的时候，黑白舞者分别转身，疾步跑向舞台一角，捧起布置好的道具小桶往白布上泼去，一红一蓝两道颜料，随着震撼的音效，赫然在台上绽放，观众席上发出一阵惊呼。

紧接着，白布如瀑布般滑落，露出背后一方高砌的小台，台上立着一张空白画布，站在布前的艺术家却不止一位——

陆染夏在左，覃苦声在右，各执着一支画笔，以令人惊讶的速度和默契，在同一片画布上创作。

几乎与此同时，音乐声变了，海顿的《f小调第35号弦乐四重奏》，激越、有力，没有任何辩解，不需要过多地澄清，粉鸡的真相已经昭然若揭。

观众席哗然，连宝绽都错愕地看向匡正。实情居然是这样，陆染夏是粉鸡的作者，视频里被曝光的覃苦声也是，没有什么造假，只是一个人默默站在另一个人身后，不计得失和名利，在那样一间狭窄的陋室里追求最纯粹的艺术。

匡正目视舞台，高高昂着头，攥了攥宝绽的手。

这就是他的高明之处，不在媒体上和对手打嘴仗，而是借由一场演出，单刀直入，从情感上取得公众的认同，让他们走进覃苦声和陆染夏的故事，真正体会那种惺惺相惜，让艺术自身来解释艺术。

伴着铿锵的弦乐声，两种反差极大的色块交错拍上画布，一只引颈的粉鸡渐渐在众人面前成形，它威武、骄傲，饱含着蓬勃的生命力，蠢动着，鲜艳着，仿佛在告诉全世界："我在这里，我要你们看到我，我将所向披靡！"

台下响起热烈的掌声，宝绽心潮澎湃。他是个演员，今日却做了匡正的观众，看着他游刃有余，将众人的情绪拿捏在股掌之间。

弦乐声渐渐转弱，段钊穿着一身精致的小礼服走上舞台，一鞠躬："诸位贵宾、媒体朋友们，欢迎来到万融臻汇与国际知名奢侈品牌 D'Alchimie[1] 的联合发布会！"

联合发布会？台下再次哗然，没有急于辟谣，没有被动道歉，万融臻汇反而乘着这个浪头又向前走了一步，牢牢掌握着主动权。

段钊微微一笑："下面有请 D'Alchimie 大中华区总裁米歇尔·德维勒先生登台！"

到这一刻，宝绽才恍然大悟，这个布局早在匡正心里，反向买热搜、公关奢侈品牌、策划发布会，看似无关的三件事，实则紧密相连，共同指向这个辉煌的瞬间。

侧幕边，一位满头银发的绅士走上舞台，段钊操着纯正的法语向他问好。另一边，陆染夏和覃苦声双双捧着刚完成的粉鸡走向台前，未干的调色油还在往下淌，随着二人的脚步形成独特的纹路。

"今天是3月5日，"段钊把画作让到舞台中央，"万融臻汇有幸请诸位贵宾到场，共同见证《粉鸡0305》的诞生。"

说着，他将话筒递到德维勒先生面前。一段简短的法语之后，他译成中文："女士们，先生们，德维勒先生表示，D'Alchimie 集团将买下《粉鸡0305》的独家商用授权，用于制作包括女士丝巾、箱包、香水在内的粉鸡0305系列，并于今年第三季度全球限量发售！"

掌声又一次在台下炸响，这是国内首位与国际一流品牌建立合作的艺术

---

1. D'Alchimie：虚构品牌名，法语，意为"源于炼金之术"。

家，从某种意义上说，粉鸡重重敲下了中国当代艺术走向世界市场的强音。

"不仅如此，"段钊提高音量，"为满足高净值客户对粉鸡收藏的需求，陆染夏和覃苦声先生决定，近日微博视频中的话题之作《粉鸡0229》将参加下周的苏嘉德春拍，还请诸位贵宾和媒体朋友们到场支持！"

拍卖行出现了，宝绽直了背脊，他哥这个人果然没有一步闲棋。

"拍卖才是重点，"匡正向他靠过来，"之前都是铺垫。"

宝绽不是很懂，轻轻点头。

掌声连绵不绝，自始至终，万融臻汇没从神坛上跨下来一步，它矜持、权威、高高在上，代表着品位、荣耀和所有高净值人士追求的东西，它就是奢靡本身。

韩文山率先站起来，随后，满场的宾客先后起立，匡正立即携着宝绽回身面向这群尊贵的客户，频频颔首致意。

在一片鼎沸的人声中，只有G&S的杨经理颓然坐在位子上，兀自望洋兴叹。

138

万融臻汇终于从一众庸庸碌碌的二线私银里冲出来了，尽管还没在公开市场完成一笔真正意义上的艺术品交易，但在业务和品牌辨识度上，已经成为和G&S私银部、德班凯略中华区、香港富荣并列的第四大顶级私人银行。

晚高峰，段钊带着汪有诚和覃苦声，驱车前往苏嘉德位于老城区的艺术中心。接待他们的是粉鸡的拍卖师，姓刘，很丰满的一位女性，乌黑的波浪鬈发，深V领针织衫，围着一条纯色羊毛披肩，胸前露出一只水头很足的翡翠豆荚。

"段总，"她把拍品目录扔在茶几上，指了指自己左腕上的欧米茄手表，"明晚七点开拍，你现在还没把粉鸡的底价给我，我电话都要被打爆了，好吧？"

段钊看一眼目录首页上的粉鸡，抱歉地笑笑："我这边也一样啊，刘老师。"他扭头给汪有诚递眼色，"圈里圈外都盯着呢，我们不得不慎重。"

汪有诚从西装内袋里掏出一张对折的纸，放在茶几上，推到她面前。

刘老师瞄了一眼，没伸手："我们把粉鸡安排在夜场拍卖的最后，够重视了吧？拍品目录首页，最好的位置、全版面，一分钱没收你们的，对吧？"

因为粉鸡够红，段钊笑着点头："好东西嘛，不怕吊胃口。"

刘老师挑了挑眉，她也是有脾气的："你们这么拖，要不转网拍吧？"

"网拍要开，电话竞投的渠道也要开，"段钊说，神态语气很老练，"但粉鸡必须上交易大厅，拍卖玩儿的就是这点儿气氛。"

气氛是拍卖场的精髓，好的拍卖师即气氛大师，只有充满戏剧性的气氛能够创造奇迹，把拍品的价格持续推高，再推高。

刘老师一听这话就知道他是个行家，不兜圈子了："你们这样搞，"她吊着脸，仍然没碰那张纸，"拍不出好价可别怪我。"

"开玩笑！"段钊向前倾身，年轻精致的脸，富家公子哥儿的气派，"您是苏嘉德第一槌，怎么可能拍不出价格？"

刘老师抚着头发笑了，被他捧得很舒服："行吧。"她横了这帮私银的精明鬼一眼，打开纸条，看到上面的数字，愣了愣，"开玩笑吧……段总？"

段钊向后靠上椅背，摇了摇头。

"七十万？"刘老师控制着音量，把纸片拍回桌上，"话题度这么高的明星拍品，你们开价七十万？人民币？"

段钊正襟危坐，严肃起来："这是市场上的第一件粉鸡，"他明确万融臻汇的诉求，"比起钱，我们更在意拍卖的后坐力。"

后坐力？刘老师蹙眉。

"毕竟是新锐画家，底子还薄，这个价格也算适中。"

"我们的估价师给出的区间是二百八十万到三百二十万，"刘老师说，"预计七百万左右落槌。"

段钊笑了："同样是七百万成交，从七十万拍上去和从三百二十万拍上去，您觉得哪个更有'戏剧性'？"

当然是七十万，现在的人都喜欢"草根逆袭"这套。

"粉鸡和别的画不一样，不只在圈里叫得响，这几次热搜轮得，人尽皆知。"段钊跷起二郎腿，有几分匡正的影子，"低价会引来更多陪跑的竞投者，这个人气，是市场对粉鸡需求度的反映。"

刘老师有点儿懂了，重新拿起那张纸。

"七十万到七百万，整整十倍，"段钊似笑非笑，"无论对画家还是拍卖师，都是值得夸耀的成绩。"

刘老师的眼神微变，她只是个叫价的，尽管成交过上亿元的书画、房产、债权，但面对资本这只大手，她还是显得太嫩。

"这就是我们要的后坐力，"段钊直言不讳，"初拍就翻十倍的作品，未来的市场不会小，粉鸡将成为艺术品投资界的宠儿。"

刘老师再没话说，缓缓把那张纸握进手心，点了点头。

段钊领着汪有诚和覃苦声从艺术中心出来。不到九点，满街热闹的灯火，行人络绎不绝，夜风轻柔的晚上，很适合去喝一杯。

"呼——"覃苦声长出一口气。

段钊瞧着他："怎么了？"

覃苦声回头望向苏嘉德艺术中心的大门，那么气派，高不可攀："跟做梦似的……"

段钊哈哈大笑，拍了拍他的肩膀："往后这地方你得常来——"

他正下台阶，一不留神踩了空，幸亏汪有诚伸手揽了他一把："喂，看着点儿！"

段钊勉强站稳，脸上有些挂不住，反手推开他，尴尬地抻了抻西装。

回到车边，奔驰自动解锁，覃苦声拉开车门坐进去。

汪有诚绕到副驾旁也要上车。"喂，"段钊却叫住他，"时间还早，请你一杯百富12年？"

不怎么像样的邀约，谢他刚才那下出手相助。

汪有诚从璀璨的夜色中回过头，春风吹起来，拂乱了他的头发，盯着段钊背光处模糊的身影，他怔了怔，然后摇头："不了，谢谢。"

段钊无所谓地耸耸肩，掏出手机给匡正发微信："老板，搞定。"

匡正接到信息，简单回复："好。"

到了粉鸡拍卖这天，匡正给宝绽挑了一身饿驳领双排扣收腰礼服，配一件小翻领压纹衬衫，没插口袋巾，因为人已经够精彩了，再矫饰就显得画蛇添足。

两人先到万融臻汇，打一圈公关电话，然后叫了两份河豚刺身垫垫胃。天暗下来，他们坐小郝的车去苏嘉德艺术中心。

段钊和汪有诚、覃苦声下午就过来了，做一些拍前的准备，和刘老师沟通几个细节，这会儿正在拍卖大厅入口处的水晶吊灯下接待客人。

其中绝大多数是万融臻汇的客户，之前不是客户的，这两天挖门盗洞也成了客户，一场以当代艺术、收藏级红酒和陀飞轮名表为主题的公开竞拍眼看着要成万融臻汇的主场。

"老板，宝哥！"段钊在络绎的人流中迎向匡正和宝绽，亲自引他们入场，"一排右侧前五个座位是我们的。"

"辛苦了。"匡正满意地点点头，携着宝绽进去。

段钊重新回到前厅，汪有诚站在大吊灯下替他，一张显眼的白脸，金边眼镜，言谈举止潇洒得宜，正和一个傲慢的年轻人寒暄。

段钊一看见那人，便笑着过去："这不是小顾总嘛。"

小顾扭头见到他，伸出手："'总'字给我拿掉。"

"年前就没见你，"段钊把他的手握住，"上哪儿去了？"

"别提了，"小顾抹了把脸，"我黑了吧？一直在印度。"

段钊挑眉："国内的生意都不够你做了？"

"不是不够，"小顾犯愁，"家里的布局。"

段钊点点头，这时门口进来几个客人，他瞥一眼，反常地没打招呼。

小顾眼尖，贴过来耳语一句："你找的托儿？"

段钊瞪他："别说得那么难听。"

"不就是假拍的嘛，"小顾耸耸肩，"哪场拍卖没有？都懂。"

"懂就少废话。"

"啧，"小顾翻眼睛，"你们这只粉鸡，我在印度的华人圈都听说了，火得很，用不着这么搞。"

"粉鸡拍出去不成问题，"段钊深谙拍卖场的不透明性，拍卖师在台上演正戏，台下总得有几个群演，"关键得拍得高、拍得漂亮。"

小顾对艺术品没兴趣，只是凑个热闹捧捧场，他拍一把段钊的肩膀，转身进大厅："有空找我喝酒。"

他前脚走，汪有诚后脚就站过来："客户关系搞得这么到位？"

"羡慕？"段钊嘚瑟，"客户经理的基本功，好好学吧你。"

汪有诚没说话，隔着薄薄的镜片笑了笑。

夜场是顶级拍品最多、成交额最高的拍卖，说是交易场，其实更像是一次名流大佬的社交盛会。今天由于有粉鸡压轴，还没开拍，苏嘉德的网拍在线人数已经破了三万，IP地址遍布海内外，能在眼前这个小小的拍卖厅里占有一席之地的，非富即贵。

七点整，拍卖师上台，她的样子和昨天截然不同，波浪发利落地盘起，V领衫换成了职业套装，只有鞋跟仍然很高，那是为了站上专为男性设计的高台而不显得矮小。她昂着头，略扫一眼台下，拍卖大厅座无虚席，攒动的人头中只有一排左侧第一个位子空着。

她握起拍槌，礼貌一笑，拍卖正式开始。

开场是一对1945年的拉图堡赤霞珠陈酿，之后，各类艺术品、名表穿插登场。第一个小高潮来自一只百达翡丽6002星月陀飞轮，经过四分二十八秒的叫价，以一千一百五十二万元的高价成交，一举把现场的气氛点燃。

这位拍得"第一槌"的虽然是个女性，但面对满座的大佬毫不"手软"，持续用快速的报价控制场面，节奏稳健而又密不透风，直到粉鸡登台——它被两名戴手套的工作人员捧上来，白亮的聚光灯下，艳丽的油彩还没干透。

"女士们，先生们，"她铿锵有力地介绍，"第074号拍品，也是今晚的最后一件拍品，由万融臻汇艺术品交易部委托拍卖的《粉鸡0229》，起拍价七十万人民币！"

七十万，一个令人跌破眼镜的价格，和粉鸡如日中天的地位不成正比，正因为不成正比，所以它带着某种神奇的光环，让一众名流志在必得。

现场的气氛顿时达到高点，已经有人举着牌子跃跃欲试，这时拍卖师一改之前的短、平、快，转而把节奏慢下来："竞拍开始前，关于这幅作品，我做简要的介绍。"

这是另一种策略，锅开得太快容易潽，她转文火，稳中求胜。

《粉鸡0229》，"她抬手指向展示台，"请注意这个编号，四年才有一次的日期，足以说明它的稀缺性。"

买家中少有人注意这种小细节，台下一阵窃窃私语。

"今天苏嘉德有74件拍品，"她拿起拍品图录，"这是唯一没有参加预展甚至没有公开报价就接到无数竞投登记和保证金的作品。"

这说明了市场对它的潜在需求。

"据我了解，"她看向一排右侧起首的位子，"除了四大私银之一万融臻汇的总裁个人收藏的一幅，《0229》是目前粉鸡系列中尺幅最大的作品。"

宝绽惊了，向匡正靠过去："哥？"

"挂在我办公室里，"匡正笑笑，"你喜欢，我让人送家里去。"

七十万的画，挂家里？宝绽可没那么大的心。

"今年春夏之交，"拍卖师挂着沉稳的笑容，"粉鸡系列即将在英国的泰特美术馆举办特展。"

这暗示它巨大的升值空间。

"作为市场上公开拍卖的第一幅粉鸡，"她干练地举槌，提高音量，"下面让我们拭目以待，《0229》在全球的第一位主人，这份殊荣将花落谁家！"

竞拍开始，段钊回头看向沸腾的会场，什么热搜、特展、品牌合作，都是小打小闹，真正决定一个画家价值的是拍卖会的成交记录，也就是说，刘老师今天这一槌，将给粉鸡和苦声染夏未来的身价画下一条基准线。

"一百一十万！"

"一百八十万！"

"二百六十万！"

叫价连续不断，而且速度极快，段钊边盯场边看表，他找的那几个人压根儿没有举牌的机会，两分二十秒，喊价已破七百万元大关，零零星星地，还在往上涨。

几万人同时抢一只鸡，万融臻汇在拍前又做足了噱头，这个价位并不离谱。

"七百五十万！"

"八百四十万！"

"九百万！"

九百万一过，场子立刻冷下来，这是绝大多数竞投者对粉鸡的心理底价，苦声染夏再火，再有话题，毕竟是新锐画家，粉鸡的投资前景如何尚未可知。

"九百万一次！"拍卖师高声报价，从语气中判断，她已经满意了，甚至急于在这个高价落槌，"九百万第二次！"

即将尘埃落定的时刻，拍卖厅的大门从外推开，一个穿白西装的高个子从容地走进来，浅淡的发色，比发色还浅的瞳仁，目不斜视，阔步向前。

场里有认识他的："……清迈何家的。"

"泰国那个……"

"……真正的艺术品收藏家！"

小先生走到一排左侧的空位，似有若无地瞥了右侧的匡正和宝绽一眼，优雅坐下，报了个价："一千万。"

拍卖场瞬间静了。

"一千万！"这是打破瓶颈的一叫，拍卖师迅速反应："这位先生出价一千万！"

何胜旌出的一千万元是一剂强心针，重新给拍卖场注入了活力，叫价声再次四起，开始以一百万一次的阶梯稳步往上走。

匡正拿胳膊肘碰了碰宝绽："举一次。"

"啊？"宝绽愣愣的。

"举牌，"匡正贴近他，"难得有这种机会，玩玩。"

玩儿？这种场面，一举就是一百万，宝绽可不敢："别闹。"

"没事儿，举，"匡正对他低语，"有我呢。"

宝绽犹豫，两手攥着号码牌。

"总要有第一次，"匡正说，"以后再有这种场面，你才能游刃有余。"

宝绽看向他哥，他在帮他，帮他往高了拔，让他在名利场上胸有成竹，在财富圈里真正直起腰杆，宝绽深吸一口气，匆匆地，把牌子举起又放下。

这么快的动作，台上立即捕捉到了："3号！3号一千七百万！"

一千七百万。宝绽吞了口唾沫，不敢相信自己真举了这个价。小先生向他看过来，刚刚叫了"一千万"之后，他再没举牌，此时勾起嘴角，第二次报价："两千万。"

两千万！一幅年轻画家的作品，有点儿过了，拍卖场短暂骚动后，迅速冷却，在座的都认为，这个价位基本上就是粉鸡的成交价。

匡正再次碰了碰宝绽："举牌。"

"啊？"宝绽彻底蒙了。

一条过道之隔，匡正觑着小先生："压他一头。"

再举就是两千一百万了，宝绽真的不敢。

"别想钱，"匡正告诉他，"只当是个游戏。"

宝绽盯着台上高光下的粉鸡，没动作。

"就算真拍下了，"匡正给他吃定心丸，"哥也付得起。"

宝绽还是没动。

"宝儿，"匡正贴着他的耳朵说，"别怕。"

宝绽稳了稳神儿，随即举起号码牌。

"3号先生！"拍卖师即刻报价，"两千一百万！"

还没等宝绽消化这价值千金的一举，下一秒，他的出价就被刷新了，小先生紧跟着举牌——

"2号！两千两百万！"

匡正瞧一眼那家伙，跷起二郎腿："压他。"

宝绽顺着匡正的视线，当即举牌。

"3号，两千三百万！"

小先生微微一笑，跟他对上。

"2号，两千四百万！"

果然，宝绽很快习惯了竞价的气氛和这些大得不真实的数字，没用匡正催促，自己就把牌子举起来。

"3号，两千五百万！"

宝绽等着小先生接招儿，没想到这次过道那边静了，三秒、五秒、十秒，台上的拍卖师举起了拍槌："3号，两千五百万一次！"

什……宝绽愕然仰视她。

"两千五百万！"拍卖师用短促的语速鼓励出价，"现在的价格是两千五百万，两次！"

宝绽越过匡正看向小先生，牌子已经被他撂在椅子上，不打算再举了。

"两千五百万，还有加价的吗？"

宝绽慌了，他能感觉到所有的目光都向自己投来。两千五百万，只是一幅画！他惊恐地看向匡正："哥！"

匡正面不改色，默默握住他的手，用力攥紧。

台上，拍卖师因为这个意想不到的高价微红了脸，高举着拍槌，眼看着要砸下："两千五百万！三——"

"三千万！"一槌定音之际，小先生赫然出价。

嚯！一个名不见经传的当代画家，再有辨识度，再有话题性，三千万也是难以想象的天价，在这样紧张的气氛下，在这样充满戏剧性的转折中，短短九分半钟，从七十万涨到三千万，将近四十三倍，这个夜晚创造了历史。

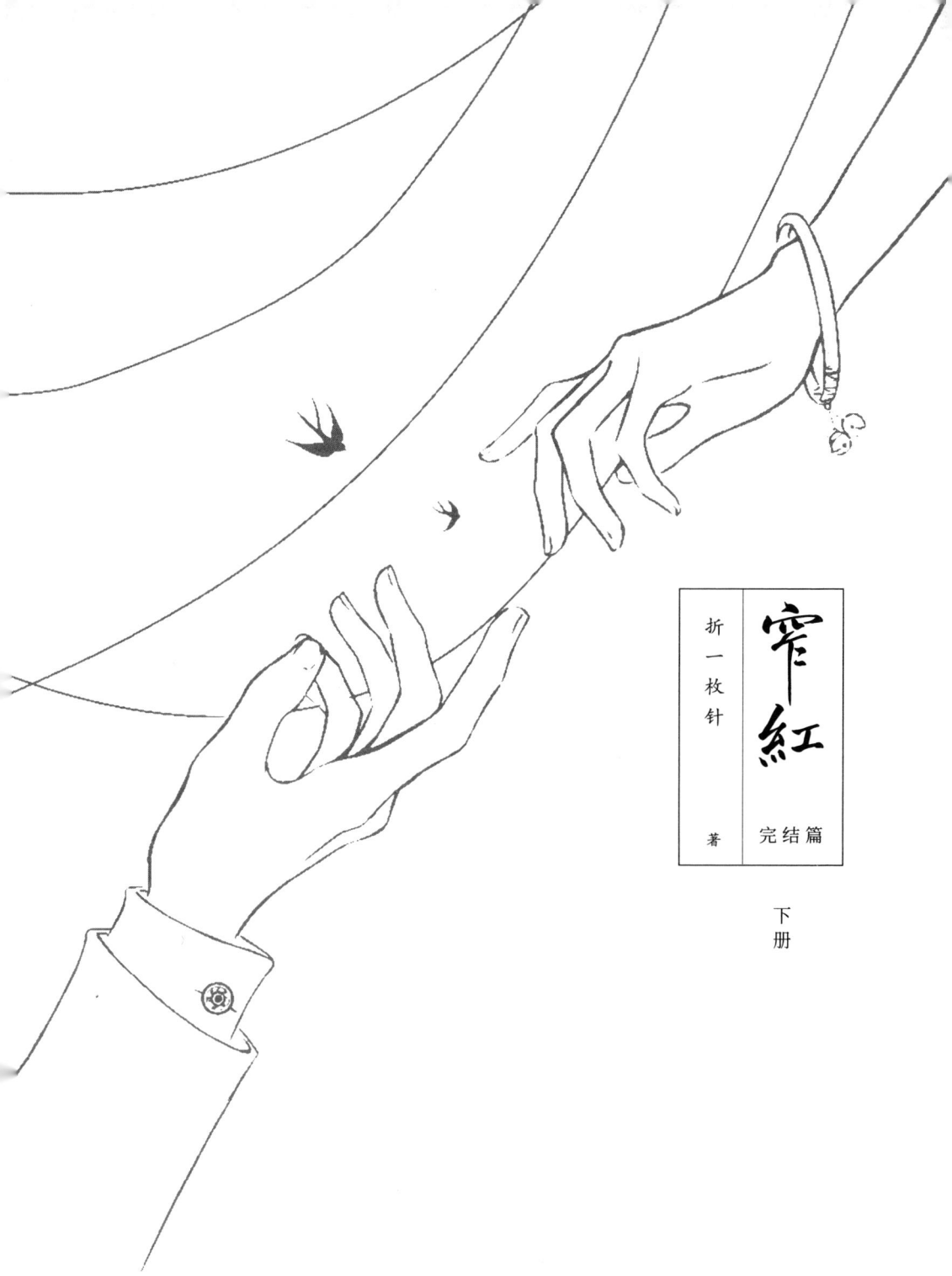

窄红

折一枚针 著

完结篇

下册

北京联合出版公司
Beijing United Publishing Co.,Ltd.

第五折

凤还巢

139

《粉鸡0229》以三千万人民币成交，藏家来自泰国清迈，是有三百年历史的华裔船业家族继承人，同时也是欧洲及远东地区著名的艺术品资助人，由于收藏者特殊的背景，《0229》的身价坐地又翻了一番。

消息第一时间从艺术圈传出去，落槌仅两分钟，粉鸡再度登上微博热搜榜，草根逆袭的套路果然迅速收获了大批拥趸，一只造型大胆、色彩怪诞的鸡就这么在普罗大众还措手不及的时候成了"国民艺术"。

拍卖大厅人声鼎沸，所有人都拥向匡正和小先生，赞赏他们的魄力，祝贺万融臻汇的成功。这些人虽是看客，但在现场见证了粉鸡的"破壳"，见证了一个传奇IP[1]的诞生，未来的很长一段时间里，财富圈都将为这戏剧性的一夜津津乐道。

匡正微笑着，握住每一只伸来的手，简短致谢。在喧闹的人群中，他回头看到了覃苦声，他失神地望着聚光灯下的粉鸡，眼圈似乎泛红。

"覃总。"匡正走过去。

覃苦声迟钝地看过来。

"恭喜。"匡正平淡地说，像个随意的朋友。

覃苦声的表情难以形容。匡正还记得他说过，他这辈子只剩下一件事，就是让全世界看到陆染夏的画，今天他做到了，曾经的破羽绒服、几毛钱一张的廉价名片、四处碰壁的苦日子，都值得了。

"谢谢，"覃苦声的情绪激动，"谢谢，匡总，我终于……"

匡正缄默着，等他说。

1.IP：有影响力和商业价值的知识产权作品。

"我终于，"覃苦声长出一口气，"不用再那么愧疚了。"

对陆染夏的愧疚，对拿走他一只眼睛的自责。

"覃总，"匡正稍改了下措辞，"我一直想对你说，色觉与大部分人不同，并不是残疾。"

覃苦声缓缓眨了下眼。

"正相反，"匡正握了握他的肩膀，"是造物主给你的礼物。"

说罢，他笑笑，转身向宝绽走去。

拍卖结束后，苏嘉德准备了盛大的庆功酒会，在艺术中心三层的宴会厅，今晚的七十四件拍品全部成交，是今年春季第一场"白手套"[1]拍卖，艺术中心的副总亲自到场，开了一瓶尼布甲尼撒级的黑桃A香槟，向小先生致敬。

宝绽喝了不少——各种各样的人物敬的，毕竟他是今天曾离粉鸡最近的竞价者，又坐在万融臻汇的匡总身边，3号牌，来头小不了。

"悠着点儿。"匡正递给他一杯水。

"没事儿，"宝绽真有点儿醉，直往他身上倒，"替你高兴。"

匡正笑了，特喜欢他这种微醺的样子。

"老板，"这时段钊端着酒杯过来，对他耳语，"G&S的人找。"

G&S？匡正蹙眉："他们有什么事儿？"

"说是简单聊聊，在前边休息室。"

今天这一拍，万融臻汇乘着粉鸡的风头行情大涨，担不担待G&S已经无所谓了："我烦那个姓杨的。"

"不是姓杨的，"段钊说，"是他们一个姓张的副总。"

匡正有印象，《粉鸡0305》发布会那天G&S受邀没来的副总就姓张。"终于学乖了。"他系起西装扣子，揽一把宝绽的肩，"好好的，等我回来。"

他们从宴会厅出去，苏嘉德的人在前头引路，拐了两个小弯，到了一间静谧的休息室门前。

"匡总！"G&S的人很热情，到门口来握手。

"张总，"匡正也礼貌，"幸会。"

双方到沙发上坐下，一人一杯勃艮第的霞多丽。

"祝贺啊，"姓张的有一身黑皮肤，像是刚从马尔代夫、大堡礁之类的度

1.白手套：拍卖师的最高荣誉，指在一场拍卖中，所有拍品全部成交。

假胜地回来，"粉鸡旗开得胜，万融臻汇在行业里出了个漂亮的彩儿。"

"哪里，"匡正笑笑，"感谢同行成全。"

他话里有话，姓张的听懂了，但面上一点儿没露出来："同行嘛，应该互相成全。"

匡正挑了挑眉，这话似乎也有深意。

"匡总，"姓张的跟他碰了下杯，"我今天其实是找你谈合作的。"

匡正摸不清他葫芦里卖的是什么药，没应声。

"之前我们那个小杨，"姓张的冷下脸，"说话办事太没分寸。"

匡正垂着眼，呷了口酒。

姓张的向他表态："我开掉了。"

开了？ G&S那么大的家当，不过是从这个部门调到那个部门，匡正明白："万融臻汇是小公司，和G&S合作，我们不敢想。"

"匡总，"姓张的向他靠过来，"今晚之前，若说万融臻汇只是万融集团旗下的一个分公司，没毛病，但今晚之后，再没人敢这么想了。"

匡正很稳，没喜形于色。

"万融臻汇和G&S，"姓张的低语，"我们是平起平坐的。"

对，他们平起平坐了，因为平起平坐，G&S才会派个副总过来，而不是之前那个讨人厌的小经理。

"我给你透个底，"姓张的故作神秘，"我们G&S也打算开发SWAG市场。"

S，silver，白银；W，wine，红酒；A，art，艺术品；G，gold，黄金：SWAG是目前国际金融市场上，除股票、债券、期货等传统投资外，表现较好的另类投资品的总称。

"艺术品，"匡正轻笑，"我们万融臻汇拿下了。"

姓张的没反驳。

"红酒，"匡正放下酒杯，"我们也会拿下。"

而黄金和白银，历来是富荣的天下，G&S只能继续玩它的私募股权基金。

"不，"姓张的也放下杯，"艺术品，你们没拿下。"

这是要动匡正的奶酪，他眼神扫过去，很犀利。

姓张的迎着他的目光："你们只拿下了国内市场。"

匡正心中一凛，确实，以万融臻汇现在的规模，国际市场，他连想都没想过。

"我们G&S是在全球吃业务的。"姓张的重新端起杯，"打个比方，你们要拓展欧美地区的客户，或者帮国内买家在全球市场上搜罗艺术品，仓储、税务、运输这些，光指着拍卖行，行吗？"

匡正没回答"行"或"不行"，只静静地听。

"我们G&S在纽约、伦敦、新加坡这些免税港都有仓库，匡总，"姓张的徐徐晃着杯中酒，"合作方式可以商量，你考虑——"

这时他有电话，看一眼屏幕，不耐烦地接起来："喂，房总。"

匡正意外，是房成城？

姓张的没说几句就挂了，匡正点燃一根烟，不着痕迹地问："万青制药那个房总？"

"嗯，倒霉鬼一个。"姓张的一副轻蔑的口气，"他们万青有四种原料药，三个的CEP证书这个月都被欧洲药管局取消了。"

匡正愕然，当初房成城以397.26%的高溢价收购万青，看重的就是这几个CEP证书。

"三种原料药在万青的总营收中占比45%，"姓张的一句带过，"他废了。"

废了。匡正曾经的客户，高高在上的风火轮房总，自从和老婆离婚，事业就一路走低，终于到了气竭的时候。

从休息室出来，匡正问段钊："知道G&S为什么找我们谈合作吗？"

"正面斗不过了呗。"段钊调整胸前香槟色的口袋巾，"什么美资老牌私银，在大陆这片地上都得给我们跪！"

匡正笑着给了他一下。

"干吗？"段钊一副趾高气扬的样子，等他表扬。

匡正拿指头点了点他："太狂。"

段钊爽了，嘴上还装："你不就要我们狂吗？"

"对，"匡正揽住这个大功臣的肩膀，重重拍了拍，"继续保持。"

140

粉鸡一战成名，匡正心情大好，去宾利4S店提了辆飞驰，又提议如意洲和万融臻汇搞场联谊。时阔亭和段钊一商量，转天就搞了起来，没约在什么高大上的酒楼、宾馆，就约在萃熙华都。

周日中午，人流量最大的时候，应笑侬穿着一件黑色暗花夹克，配一条短裤裙，脚上是厚底带钉齿的战地靴、一双红黑相间的长筒条纹袜，脖子上绑一根血痕造型的围颈带，乍看像让人抹了脖子。时阔亭挨着他，成熟多了，黑西装灰领带，腕上一只金表，头发剃得短短的，介乎精英和运动员之间的潮流范儿。这俩人往一块儿一站，画面感就够强了，应笑侬还抱着个软软的小婴儿，咿咿呀呀地叫"妈妈"。

来来往往的小哥哥小姐姐看到他们，都要停下来偷偷拍照，说不清是拍雌雄莫辨的应笑侬还是拍高大帅气的时阔亭，或者是拍一起带娃的俩帅哥，总之，放眼萃熙华都三层，数他们两个最风骚。

这么惹眼的一对儿，萨爽和陈柔恩从电梯口拐过来就看见了，远远地挥手："时哥！侬哥！"

陈柔恩自从迷上九爷，衣着打扮全变了，原来挺文静一个小姑娘现在仔裤要穿低腰的，波鞋要穿荧光的，一身街头嘻哈的打扮。萨爽跟着她，也被逼转型，眉毛刮了，还被迫画了眼线，像哪家娱乐公司跑出来的练习生。

"侬哥！"陈柔恩晃着手机，"咱们的出道歌听了吗？"

"出道了吗？"应笑侬哄着小宝问时阔亭。

"啊？"时阔亭在看股票行情，"没注意啊。"

陈柔恩撇嘴："团里的事，你们怎么都不上心！"

"谁关心那些没用的？"萨爽在一旁嘟哝，"就你不务正业……"

陈柔恩转过脸，笑呵呵的："小爽？"

"我……我说，好听！"萨爽长期匍匐在她的淫威之下，已经变态了，"时哥，侬哥！你们快听听，特别好听！"

这段日子应笑侬又忙小宝又忙时阔亭的手，没顾上别的："小陈，你放一下。"

陈柔恩点开播放器，最近播放第一首就是，歌名叫《烟波致爽》，仙气十足的中国风，琵琶和二胡的前奏过后，是应笑侬和时阔亭的 A 段：

> 风过山，松尖上停一只孤鸢，
> 踏雪道，鲜衣怒马少年，
> 双斜翼，任那风刀一把，裁出个玲珑春色无边。

"这是我的声音？"录音棚里调出来的，应笑侬不太适应。

"别说，"时阔亭有点儿嘚瑟，"哥们儿这音色还可以。"

应笑侬白他："那是给你柔化、除颤、修正过的。"

"修音怎么了？哥们儿耐修，有些人修还修不出来呢！"

四个人头顶着头，挤靠在一只手机上，陈柔恩特兴奋："高潮！高潮！高潮巨好听！"

> 露重，霜浓，吹雪一帘，
> 摇烛夜，对望一眼！

她跟着轻轻唱：

> 惊了艳，似弱水淬了剑，
> 断了锦瑟冰弦，烫了方寸心尖一点！

大伙儿一道和：

> 大寒夜，醉听孤雁，
> 曾是双把盏，无端碎了半边，
> 新锦当腰剪散，载酒愁肠从中两断！

接着是华丽斑斓的戏腔，青衣、老生、老旦，浓墨重彩地泼洒，杂着丑角和小生的念白，铿锵婉转，每个人都下了力气。

萨爽不无感慨地说："这才是真正的高潮。"

"可大多数人听不出来，"应笑侬实话实说，"他们只当是配乐。"

大伙儿静了，都没说话。这时小宝"嗯嗯"着要上厕所，应笑侬抱着他去洗手间。他前脚走，后脚万融臻汇的大部队到了。

匡正和宝绽打头，后头是段钏、黄百两和夏可，汪有诚感冒没来，队伍尾巴上还有个自来卷的来晓星，康慨跟着他，给他拎包拿水。

"好了，到了，"来晓星背上双肩包，"你快走吧。"

"不是，师傅，一到地方就赶人，过河拆桥也没这么快吧？"康慨有点儿变样了，耳洞还是那排耳洞，只是耳钉换了颜色和材质——透明的白水晶，低调不少。

"今天是联谊，别让人家笑话我。"来晓星怕丢人，夏可他们都自己开车，就他还像个要家长接送的学生。

"行，"康慨把水给他，"散了给我打电话，我接你。"

时阔亭迎上去，跟匡正点个头，和段钊握手："怎么这么久？"

"别提了，"段钊他们今天加班，一身"接客"的笔挺西装，"进地下车库那条道，弯儿又多又窄，一辆出租车从里头出来，看我的是个奔驰，不敢动，让我先进。"

"那个角度我们不好进，"匡正说，"应该他先动。"

"就是，他一动，我们就都好走了。"段钊今天神采奕奕的，显然用心打扮过，"我瞄了半天距离，好不容易过去。那司机看到我后头老板的飞驰，还有老板后头宝哥的迈巴赫，彻底傻那儿了！"

"我们这一串车跟那儿耗了快半个小时。"匡正给时阔亭解释。

时阔亭憋不住笑："这么近，你们就应该打车过来！"

他们在前头聊，夏可猫在后头看萨爽和陈柔恩，边看边拿胳膊肘顶黄百两："小百，你瞧人家搞艺术的，颜值就是高。"

黄百两偏过头，瞥着陈柔恩身上那件山寨版九爷同款"嘚瑟"，冷淡地问："你喜欢这种风格？"

"啧，太肤浅，"夏可搭着他的膀子，"咱们看人，不能看她穿什么。"

"那看什么？"黄百两以为他要说气质、仪态什么的。

没想到他说："看脸。"

那个欠揍样。黄百两立刻撑他："看脸也一般。"

夏可拿眼斜他："我就不信还有比她漂亮——"

他正说着，应笑依抱着小宝从洗手间回来，他是那种少见的艳色，往人群中一站就是焦点。夏可瞧见，往黄百两身上一靠，不废话了。

应笑依习惯了这样那样的视线，没当回事，眼神往时阔亭身边一扫，冷不防，瞧见一张熟悉的脸。

段钊也看见他，惊诧地瞪着眼，错愕中似乎还有别的东西，像是惧。匡正眼看着他身上那点儿神彩瞬间消失，气焰也随之暗淡，整个人黯然失色。

人到齐了，匡正给两边介绍，大伙儿握个手聊一聊，一起进店。地方是时阔亭选的，一家不错的韩国烤肉，十个人的长桌。匡正和宝绽在起首，如意洲和万融臻汇依次往两边坐。末席上，萨爽和来晓星挨到一起，手机往桌上一放，撸袖子开喝。

匡正和宝绽是一家人，万融臻汇和如意洲自然也是一家人，没什么讲究，喝不喝酒随意，敬不敬酒不拘，气氛轻松热闹。碰响的酒杯和蒸腾的热气间，只有段钊耷拉着脑袋，一言不发。

匡正很意外，他以为段家个个是人精，段钊和应笑侬碰上，嘴仗一定打得飞起，没想到事实上不是那样，应笑侬一个眼神没给，段钊已经被压得死死的。他这时才懂，当初段家老爷子即使通过白寅午也要找人去老剧团叫这个儿子回家，应笑侬在段家的地位绝不是什么三房、四房能比的。

匡正忽然有电话进来。是房成城，他接通："喂，房总。"

周围很吵，电话里的沉默却刺耳，匡正不着急，等着那边开口。许久，房成城沙哑的嗓音传来："匡总，我想把万青卖了，"又是一阵停顿，"你再帮我一把。"

匡正什么都没说，只答了一个字："好。"

挂断电话，叮的一响，萨爽跟人碰了一个，杯到嘴边，他放在桌上的手机亮起来。是微信。来晓星不经意瞥了一眼，愣住了。

萨爽干了酒，拿起手机回信息。来晓星想了想，抿起嘴唇："那个……"他推了推鼻梁上的黑框眼镜，"我跟大伙儿玩个游戏？"

如意洲的人很捧场，都放下杯看着他。

"别跟他玩儿。"夏可横插一杠子，揉着来晓星毛茸茸的脑袋，"别看我们小星星长得可可爱爱，其实这里边全是知识黑洞！"

来晓星的仓鼠脸皱起来："夏小可！"

大伙儿哈哈笑，陈柔恩把巴掌一拍："我跟你玩儿！"

来晓星的脸微红："你在心里想一个三位数，然后把这个数乘以91，只要告诉我乘积的后三位，我就能知道你想的数是多少。"

"真的假的？"陈柔恩不信，"没这么神吧？"

萨爽放下手机，瞧了瞧来晓星。

陈柔恩想好了，在手机上一通摁，报出数字的后三位："808！"

来晓星腼腆一笑，连计算器都没用："是888，对不对？"

陈柔恩张大了嘴巴："妈呀，你怎么做到的？"

"行啊，"夏可握住来晓星的肩膀，"撩妹有一手！"

来晓星把筷子反过来，夹住他的手，移开。

陈柔恩特佩服脑子好的人，推着萨爽的胳膊："瞧人家银行工作的，就是厉害！"

萨爽翻了个白眼，告诉她："把808乘以11，后三位就是888。"

"啊？"陈柔恩皱着眉头，"你叨叨什么鬼呢？"

人家算数是厉害，他算数就是叨叨，萨爽不服："91乘以11是1001，任何一个三位数乘以1001后三位都不变。"

陈柔恩的脑子根本不具备处理两位数乘除法的能力，她眨了下眼，扭头拿生菜叶子卷五花肉去了。

萨爽扔下筷子，不开心。这时来晓星凑过来，神秘兮兮地说："任意数乘以400000001，后八位都不变。"

萨爽歪着头看他。

来晓星捏着嗓子，对暗号似的："19801。"

萨爽端详这个小卷毛，徐徐吐出一句："20201。"

19801乘以20201等于400000001，就像91乘以11等于1001一样，一个简单的算数问题，却是密码学的基础，也是包括战国红在内众多区块链产品的算法逻辑。

来晓星眯着眼睛笑起来，把自己的手机推到萨爽面前，点亮屏幕，大红的锁屏壁纸上面是龙飞凤舞的三个字——战国红。

141

从萃熙华都回家，一进门，匡正就轻笑着问宝绽："开心吗？"

宝绽喝得不多，脸蛋红扑扑的，点了点头。

这时匡正有电话。是段钊："喂？"

"老板，"段钊的声音有些疲惫，"我请个假。"

匡正没说的："给你带薪。"

"可能得几天，"段钊解释，"家里有事。"

匡正一愣："好，有搞不定的，随时打电话。"

　　　　　　　　　　　　　　窜红：完结篇

那边静了片刻："谢谢老板。"

挂断电话，宝绽的手机又响。是蓝天。

"喂，蓝姐？"

"明天上午九点到公司，"蓝天一贯地干脆利落，"风火轮那个综艺，要试拍。"

"如意洲全体？"宝绽问。

"没那么多名额。"蓝天一思忖，"你再找个谁吧，难得有正彩张总这层关系，咱们争取上两个人。"

"好。"宝绽于是给应笑侬打过去，那边秒接，上来就是一句："有完没完！我回去还不行吗？！"

宝绽怔住："小侬？"

一听是他，应笑侬就缓下来："宝处……什么事儿？"

他这样子，宝绽哪还有心思说事儿，忙问："你没事儿吧？"

"没事儿，"应笑侬叹一口气，"我得回家一趟，团里请两天假。"

家？宝绽从没听他提过："好，小宝要是需要人，让师哥找我。"

应笑侬草草道谢，挂了电话。

宝绽抓着手机想了想，应笑侬去不了综艺，时阔亭照顾小宝也去不了，陈柔恩……考虑到她最近那股追星的疯劲儿，宝绽在心里打了个叉，她不去，萨爽就不能去，否则会闹意见。最后他给蓝天回电话，他自己一个人上。

第二天匡正送宝绽去泱泱娱乐。这是个阴天，黑压压的乌云从南边过来，像是要有一场大雨。宝绽穿着一件浅灰色休闲西装，褶皱质感的白衬衫敞着领口，明明没有领带，却把一字形的铂金领带针插过领片，露出两侧朦胧的 Akoya 珍珠[1]。

他从宾利上下来，直接上泱泱娱乐的车——一辆白色贵士，坐了好几个人，除了蓝天和助理，还有两个女的，一个是化妆师，另一个是造型师。

车门一关，司机掉头上路。化妆师看了宝绽两眼，拎出工具箱，造型师也一样，边打量他边叫蓝天："姐，甭麻烦了，"她响亮地咋了下舌，"赞助的衣服没一件比他身上这件好的。"

小化妆师坐过来，托着宝绽的脸开始打粉底，另一边，蓝天翻着手机里

---

1. Akoya 珍珠：海水珍珠，品质较高。

节目组发来的文件，介绍基本情况。

节目叫《箱之声：电梯挑战》，是一档基于风火轮平台的短视频歌唱类综艺节目，嘉宾名单还没定，在十个人左右，有唱将有流量，也有网红和宝绽这样的新人。节目采用类直播的模式，嘉宾进入节目组指定的电梯，用手机录下自己唱歌的视频，嘉宾是否晋级取决于同电梯路人的反应。

"在电梯里……唱歌？"宝绽觉得这节目匪夷所思。

"对，重点是用歌声征服路人，"蓝天研究过节目规则，"这里有个时间问题，路人从上电梯到下电梯，最多几十秒，你没有机会热身，必须直接放大招儿。"

宝绽的脸非常周正，粉底拍上去，随便画画眉毛勾勾眼线，用日常色打一下嘴唇，就很漂亮："哪儿的电梯？"

"节目组指定的各种地点，"蓝天说，"比如今天，是领馆区一座高级公寓，你要面对的很可能是外国路人。"

外国路人？宝绽正发蒙，目的地到了，保姆车在一片立着临时编号的停车场停下，阴霾的窗外，有导演和拎着摄像机的工作人员往这边来。

来的是个副导演，要求嘉宾上节目组的车。一水儿的黑色越野，每车跟着一个摄像师，配一台平板电脑，可以实时看到其他嘉宾在电梯里的表现。

宝绽从保姆车上下来，青葱、笔直，似有若无的淡妆很衬他，有种斯文俊秀的气息。这种类型的男艺人在如今的娱乐圈很稀缺，副导演不禁多看了两眼。

他是7号车，蓝天和助理跟着过去。这时，天色已经暗了，空中不时划过一两道闪电，还有令人感到窒闷的雷声。

"剧本、人设这些定了吗？"边往7号车走，蓝天边问。

《箱之声》是类直播综艺节目，"副导演答，"看点就是无剧本。"

无剧本？蓝天难以置信："那艺人怎么定位……"

前头公寓大楼里出来两个人，拿着一副自拍杆，应该是刚结束录制的嘉宾。宝绽瞧了一眼，竟然认识。

亚麻色的头发，女孩儿似的脸蛋，是那天张荣饭局上坐在他左边的"小天使"，他姓什么，宝绽忘了，只记得他偷偷从桌上夹花生米吃。

"宝哥？"人家却记得他，清清楚楚，"你也来啦！"

宝绽笑着问好，心里有点儿过意不去，殊不知人家记得他，只是因为他

窄红：完结篇

坐在张荣身边。

副导演从"小天使"手里收回设备，简单调试后交给宝绽，然后拿了个新的耳返，跟他对了下频道，领他进公寓。

助理跟着进去。蓝天自己去7号车，通过固定在椅背上的平板电脑看宝绽的实时表现。

镜头里的宝绽有些六神无主，虽然二十出头就登台，但参加综艺节目是头一遭，特别是这种在电梯里对着陌生人唱歌的综艺节目，他放不开很正常。

这座公寓叫友谊大厦，装潢算得上高级，但明显有些年头了，大堂很窄，两侧各有一台电梯。他们走过去一看，轿厢果然狭小。

副导演交代："路人对你的歌有反应，主动跟你搭话，哪怕是一个字，都算成功。"

宝绽抿着嘴唇点头。

"三次机会，"副导演强调，"三次都失败，直接出来。"

宝绽深吸一口气："好。"

大概是看出他紧张，黑脸膛的副导演难得露出一丝笑容："试拍而已，做你自己，"他把自拍杆上的手机镜头对准宝绽的脸，"节目组希望看到的是嘉宾的个人特色。"

言下之意，节目组要的不是十个无懈可击的歌手，而是十个水平、风格、性格截然不同的元素，这样才有对比，有碰撞，有成长。

宝绽懂了，多少放松了些，道一声谢，抬脚迈进电梯。

一进去，他就意识到，这里不能唱戏，逼仄的密闭空间，京剧的华彩唱段一出来，只会把毫无防备的路人吓个半死。他一下慌了。不唱戏唱什么？唱什么能唱过那些经验丰富的艺人？唱什么能赢得陌生路人的好感？

"宝哥，"助理递来矿泉水，"润润嗓子。"

这个助理岁数不大，姓黄，但是正宗的冷白皮，一米七的个子，体重一百七十斤，很招人喜欢。

宝绽的背景，他知道，蓝天特地交代过。他们这行，在节目组认识个副导演都算人脉，宝绽却是跳过节目组、平台，跟集团老总称兄道弟，他不敢不好好伺候。

"你喝吧。"宝绽却没有一点儿凌人的架子，温和地笑笑。

电梯门缓缓合上，巴掌大的地方只有他们两个，宝绽清楚地感觉到这个节目的难度。环境是陌生的，而且安静，是那种两个朋友进来都会不自觉放低声音的场所，他却要放开嗓子唱歌，头上有镜头，门外是不可预知的听众，真的很难。

"别有压力，宝哥，"小黄给他宽心，"你想想，外国人都比咱们开放，你一唱，说不定人家倍儿热情，还给你和声——"

正说着，电梯门开了，进来的确实是个外国人，女性，四五十岁，穿着一条保守的古铜色毛呢长裙，冷淡的蓝眼睛扫一眼宝绽手里的自拍杆，反感地转过身。

呃……说好的开放呢，说好的热情呢？小黄的汗下来了。

宝绽站在她身后，局促地盯着手机屏上的自己，几次想张嘴，喉咙却像被什么东西卡住了，发不出声音。

她按的是七层，眼看着楼层指示灯越闪越高，小黄急得直咳嗽。叮的一响，七层到了，她回头瞪小黄一眼，捂着口鼻走下去。

电梯门重新合上，宝绽如获大赦般呼出一口气。十秒，一次机会就这么没了，他甚至没来得及反应，没来得及缓解一下紧绷的情绪。

"没事儿，宝哥，"小黄给他打气，"咱们还有两次机会。"

轿厢又动了，开始往上走，是高层有人叫了电梯。

"稳住，宝哥，稳住！"小黄进入战斗状态，手机镜头另一边是实时评估宝绽实力的节目组和其他嘉宾，要是连着两次掉链子，就太丢泱泱娱乐的脸了，"眼一闭，心一横，就是唱！"

二十二层，电梯门打开，这次是个亚洲面孔，男性，三十岁左右，对宝绽和他的自拍杆漠不关心，转个身低头看手机。

小黄朝宝绽挤眼睛，意思是，这个不错，把握机会！

的确是个好机会，可宝绽没准备好。太快了，这个节目的一切都太快了，上一次失败就在半分钟前，他还没回过味来，瞪着眼前深灰色的西装背影，人完全是蒙的。

从二十二层到一层，最多五十秒，小黄看他迟迟没反应，干脆清了清嗓子，牺牲自己给他打破尴尬的局面："改革春风吹满地！"他豁出去了，扯着脖子唱，"中国人民真争气！"

前头的老兄果然被他吓了一跳，扭过头，只见一个小白胖子晃着肩膀唱："这个世界太疯狂，耗子都给猫当伴娘！"

他笑了，还用外语说了句什么，气氛忽然变得不错，宝绽调整气息就想开口，这时对方来了个电话，他一脸严肃地接起来："もしもし[1]？"

宝绽愣在那儿，第二次机会，又错过了……他涨红了脸，窘迫、狼狈、挫败，还有某种无所适从的茫然，直到听到叮的一响，那个人讲着电话走了出去。

这次小黄什么也没说，耷拉着脑袋，手指蹭了蹭鼻子，心里有点儿怪蓝天，怪她让他跟着这么个窝囊废，关系户又怎么样，没本事，神仙都救不了。

宝绽盯着冰冷的金属门，只剩最后一次机会了，再张不开嘴，他就得灰溜溜地出去，当着所有人的面打道回府。

这不是他想要的，他曾经为了一点儿可怜的赞助给代善连翻了二十个抢背，他曾经在烈日炎炎的7月从红石站走回家，他曾经一无所有，即使今天有足够的能量，给张荣打个电话就能上节目，他也绝不会在这台电梯里不认输。

他沉下气，转身背对着给他带来压迫感的电梯门，调了调自拍杆的角度，正对镜头，慢慢闭上眼。

"宝哥？"小黄不知道他这是什么操作，"你……你面什么壁，赶紧转过来！"

电梯门第三次打开，对宝绽来说，这是最后一次机会。上来的是个将近一米九的白人男性，做工精良的米色西装，一张不苟言笑的脸。

完了，小黄的心彻底凉了。

男人按的是十八层，小黄吞口唾沫，数字也不吉利。

宝绽什么都不知道，他在自己安静的角落里，在一片漆黑中，酝酿着最细微的情感。镜头里是他细长的眼睑，因为紧张而微微泛红，完全东方式的蕴藉的美，他含住一口气，不徐不疾地唱："公子呀——"

那个白人和小黄同时一愣，非常温柔的嗓子，带着一种少见的韵味，是沉淀了二百年的京剧之魂，是削去了锋芒的老生之腔，附在一句古风古韵的网红歌曲上，一刹那，沁进听者的心脾。

"公子呀"，短短三个字，宝绽唱了足足二十秒，好几次转音，中间却没有一次换气。老外惊了，小黄也瞪直了眼睛，震惊于他细瘦的身体惊人的肺活量。

1.もしもし：日语，喂。

宝绽能感觉到背后的视线，他不知道那人是男是女，只把他当作匡正，柔情着，婉转着，对他唱着《公子呀》，唱着"布满苔霜"，把满腔的感情投进去。

三十五秒，叮的一响，电梯门在十八层打开，宝绽也收起嗓子，喘了第一口气。

在光线宁谧的镜头里，他微微睁开眼，像是胆怯，又像是慵懒，把视线稍瞥向身后。那个人终究没有停留，提着公文包走出了电梯。

结束了，仅有的三次机会。宝绽尽了力，坦然面对镜头，手机屏幕上是他绯红的脸和渐渐合上的电梯门。

"宝哥……"小黄想跟他说，他唱得好，真好，虽然在这里败了，但他的歌声有一种独特的美，不落窠臼，不可复制，令人惊叹。

忽然，手机屏上即将合起的门再次打开，那个高大的白人没有走，或者走了又折回来，对着宝绽竖起大拇指，匆匆说了一句："Bravo[1]！"

说完，他真的走了，电梯门啪嗒一声关上了。

宝绽愣着，仍背对着门口。

"我去！"小黄攥着拳头猛跺脚，跳起来抱住宝绽，"宝哥！咱们过关了，宝哥！"

过关了，宝绽笑起来，冰雪消融般，手机屏幕上绽出一张光彩照人的脸。

142

宝绽和小黄走出电梯，从公寓大堂里向外看，天色彻底暗了，轰隆隆的雷声一串接着一串，他们快步出去，没走两步，噼里啪啦的雨点就落了下来。

这场雨又大又急，像是泼翻了一瓢水，打得人晕头转向，宝绽看不清7号车在哪儿，凭着印象找过去，用力拉开车门。

"宝哥！"小黄在后头喊。

"这儿！"宝绽跨上去，扭身把他拽上来，砰地甩上门。

"呼——"宝绽抹一把脸，拢起打湿的头发，一抬眼，愣住了。

1.Bravo：精彩，棒极了。

对面座椅上是一个年轻男人，骄横的目光，冷峻的脸，从眼窝到眉骨打着一层炫目的银粉，身上是一件普通白衬衫，绷着两根黑色背带，左胳膊上系一条红色袖巾，巾角上印着一只骷髅米奇头。

竟然是文咎也。

"宝哥，"小黄垮着脸，"我喊你就是想跟你说，你上错车了……"

车上除了文咎也，还有他的三个助理，八双眼睛齐刷刷地投向宝绽，那架势，活像一窝吐芯子的地头蛇。

"抱歉，"宝绽讪讪的，"等雨小一点儿，我们就下去。"

文咎也冷哼一声，轻蔑地移开眼睛，瞥向窗外。

毫不掩饰的反感。宝绽微微蹙眉。

"也哥，这不是上次摄影棚把我们往后挤的那小子吗？"一个助理说。

"哎哟，还真是。"另一个助理马上搭腔。

他们互相使个眼色，反身搂住摄像大哥的膀子，让他把设备关机。宝绽能感觉到他们的敌意，但不明白为什么，他和文咎也明明没有过节，甚至谈不上认识。他把耳返摘下来，看了看自拍杆上的手机，兴许是刚才跑得急，也可能是进了雨水，屏幕黑着，没有信号。

"《公子呀》这种网红歌，"几个助理开始聊天，"人家唱得还挺艺术。"

"我可欣赏不了，什么玩意儿，歌不歌、戏不戏的。"

宝绽垂下眼，心里明明白白，他们是在含沙射影。

"都什么年代了，谁听那些咿咿呀呀呀，尬得我鸡皮疙瘩都起来了！"

文咎也看着窗外，没有反应，也不阻止。

"人哪，得有自知之明，不行就趁早退出，将来淘汰多丢人！"

宝绽看向另一侧车窗，倾盆的大雨，像给窗玻璃加了一层磨砂，外头昏天黑地。

"要我说，戏曲这种上辈子的东西，干脆绝了得了！"

宝绽眉头一紧。

"用不着你操心，"助理们哈哈大笑，"早绝了！"

唰地，宝绽拉开车门走出去，暗夜般的黑，如织的雨幕，杂着骇人的闪电和雷鸣。

"哎，我去！"助理们惊了，只是几句尖酸话，谁也没想到他性子这么刚，瓢泼的大雨，说出去就出去。

"宝哥！"小黄拍了把大腿，跟着冲进雨里。

一出去，宝绽就被浇透了，头发黏在脸上，显得皮肤青白。他顶着雨回头看，文昝也是1号车，和他的7号车隔着一排车位。这回他找准了，绕过去拉开车门。

从他出公寓，蓝天就看着他，这时给跟车的摄像打个手势，让他关机。

宝绽湿淋淋地上来，往门口的位子上一坐，耷拉着脑袋，一言不发。

蓝天递给他一包纸巾："上谁的车了？"

宝绽闷闷的："文昝也的。"

小黄跑上来，关紧车门，去驾驶室鼓捣暖风。

"这节目适合他，"蓝天说，"他人不错。"

宝绽倏地抬起脸，像是想反驳，但出于修养，没有口出恶言。

蓝天笑笑："这个圈子，你得慢慢品。"

"这圈子，"宝绽的声音低沉，"不知道我能走多久。"

刚才文昝也助理说的那些话，他走心了，娱乐圈不欢迎京剧，在说唱、电音、雷鬼这些外国来的潮流元素面前，他和他的唱腔就像异类。

"第一天，只是让雨浇了，"蓝天倒很乐观，"还不算糟。"

车门咔嗒一响，忽然从外头拉开，一把硕大的黑伞顶在门口，伞底下是个戴渔夫帽的瘦高个儿，一步跨上车："蓝天。"

"贺导！"蓝天站起来，给宝绽介绍，这是节目组的总导演，人称"贺大胆儿"，手里出过好几个金牌综艺节目。

宝绽浑身往下滴水，往旁边让了让。贺导却转向他，主动伸出手："姓宝？"

宝绽完全是下意识地解开西装扣子，把手在衬衫上蹭一蹭，握住他的手："宝绽。"

通过一个小小的举动，贺导就知道他是什么样的人，拍拍他湿透的肩膀，促膝坐下："你是怎么想的，背对着电梯门唱歌？"

宝绽不大好意思："太紧张了，"他没有强调自己是第一次录综艺节目，只是说，"不过已经适应了，下次我正对着门——"

贺导却抬起手："下次你还这么站位。"

宝绽愣了。

"镜头效果很惊艳，"贺导说一不二，"从今天开始，这就是你的站位。"

言下之意，整个节目组只有宝绽可以这么站，从这一刻起，背门而立就是他的看点。

宝绽睁大眼睛，被一场暴雨拍凉的血终于有点儿热起来。

"你的气息很长，"贺导接着说，"这个长音挑战，很多人做过，唱下来不难，但声音质量千差万别，你的是我听过最好的。"

得到专业人士的肯定，宝绽微红了脸："我是京剧演员，老生。"

贺导专注地看着他，似乎不理解京剧演员和气息长之间的关系。

"京剧最讲究气，"宝绽给他解释，"别说这么捧着肚子唱，就是一个跟头翻过去，气也不能断。"

气不断，音就在，贺导懂了，露出某种钦佩的神色。

"好，好，"他转头问蓝天，"哪儿挖来这么块宝？"

蓝天非常骄傲，卖个关子说："黄金池。"

她指的是如意洲背后的财富圈，但贺导没理解，当她是开玩笑，和她逗了两句就准备下车，临开门，又顿住脚："京剧……"

"对，"宝绽有了自信，"西皮二黄。"

贺导肃然地说："国粹。"

是的，国粹，一门顶着硕大名头的式微艺术，宝绽莫名有些激动，今天哪怕只让这么一个人认识到京剧的好，他这顿雨也没白淋。

市中心暴雨过境，瞬时风力达到七级，二百公里之外的西山风景区却一派春意融融，只是到了傍晚，微有一阵潇潇暮雨。

应笑侬推开头上的伞，走进雨中的爱音园。这是一座典型的北方园林，没有成片的池塘，取而代之的是苍松翠柏，掩映着几处嶙峋怪石，大气、疏朗，近处有浓墨重彩的雕梁，远处的烟雨中，一尊白色观音像若隐若现。

这个家，总是让应笑侬百感交集："他们都回来了吗？"

他指的是二房、三房、四房，老管家收起伞："都回了，在东花厅。"

应笑侬没再问，绕过曲折的之字形回廊，跨过一道道门槛，来到北院。高耸的正房就在眼前，他却拐到东厢。东厢房是一间佛室，肃穆的纯金佛龛背后摆着一张大床，床上仰躺着一个人。

一个老人，六十多岁，应该是染着头发去跳广场舞的年纪，却委顿地挂着吊瓶。

应笑侬惊讶，上次见面，他还没这么虚弱。

"回来了。"老人的状态不错，放下手里的相册，一双锋锐的眼睛投向他。

应笑侬在床前的软椅上坐下，仍穿着那些"奇装异服"——夹克上醒目的猛虎玫瑰刺绣，不男不女的裤裙，袜子上一边一只半骨的海绵宝宝。

段有锡缓缓把他看一遍，心里不赞同，嘴上却没责备，只是说："我以为我不死，你不会回来。"

臭老头子，都这样了嘴还那么硬。"你让我回来干什么？"应笑侬冷着脸。

"你说我让你回来干什么？"段有锡有点儿激动。

应笑侬无动于衷。

"你爸快死了！"段有锡坐起来，恶狠狠地瞪着他。

应笑侬很平静："什么病？"

段有锡扭过头："和你没关系。"

之后，应笑侬没再开口。屋子里很静，静得听得见窗外雨滴落下枝头的声音。过了半晌，还是段有锡先说话："你给我回来接班。"

应笑侬笑了："你明知道不可能。"

"好，"段有锡清楚他会这么说，"你不接班，谁也别接！我死都不立遗嘱，让这个家就这么散了，让爱音集团灰飞烟灭！"

应笑侬才不怕他的威胁："集团一直由老二管着，管得很好。"

段有锡突然发怒："你才是我儿子！"

应笑侬挑起眉，眼睛里锋芒乍现："段有锡，你有三个儿子、一个女儿。"

"他们都不算数！"段有锡执拗地坚持，"我只有一个儿子，徐爱音给我生的儿子！"

应笑侬神情陡变："别提我妈的名字，"他磨着牙，"你不配。"

这么大逆不道的话，段有锡却没喝止。

"我妈就是在这屋没的，"应笑侬盯着这张镶金的木床，"让你逼死的。"

那一年，他只有十一岁。

段有锡的脸瞬间灰败，眼神躲闪着，嗫嚅："你妈……是病死的。"

"要不是知道你在美国有老二，"应笑侬咄咄逼人，"她身体再不好，能死吗？！"

段有锡沉默了。

"口口声声说这辈子只爱我妈一个。"应笑侬冷笑。

段有锡马上说："我就是只爱她一个！"

"爱她一个，你成了四个家！"应笑侬腾地从椅子上起来，"老二只比我小一岁！老三和老二是同一年的，你还搞出个老四！"

"我有什么办法？！"段有锡的脸色发青，"你妈身体不好，我三十九岁才有你！"他指着这间金镶玉嵌的屋子，"我这么大的家业，你小时候身体那么弱，我捧金子一样捧着你，半夜做梦吓醒好几回，我不多有几个孩子，行吗？！"

"好啊，现在你有了，"应笑侬啪地踢翻椅子，"你让他们继承去吧！"

他扭头就走，冲出东厢房。老管家站在门口，替他关好门后追上来。穿过三进院、二进院，应笑侬忽然问："他什么病？"

"癌，"老管家实话实说，"没多少日子了。"

应笑侬停住脚，往前走，穿过一进院就是大门，但他脚后跟一转，折了回去。

东花厅是个好地方，夏天总有喜鹊叫，门板常年不关。从北院正厅过去有一面花墙，开着一扇漏窗，窗下立着一只钧瓷挂红彩瓶，不是老物件，但在国际上得过奖，冬天插一枝腊梅、夏天插几枝枯荷，很好看。

站在玲珑彩瓶前，应笑侬听着厅里三房和四房斗嘴，段钊和段小钧没怎么说话，是两个"太太"你来我往。

"……冲我来什么？你找老头子去，除了他那个宝贝老大，咱们这俩都不算儿子！"

"你们老幺还不错了，我们夹在中间的才是连一个眼神都没有。"

"还分什么老幺、老三，堂屋那张桌，不都一样上不去吗？"

她们说的是段有锡平时吃饭的桌子。四个差不多大的孩子，只有应笑侬的碗筷能往上摆，可他离家都这么多年了，这个伤人的规矩居然一直没变。

背后忽然传来脚步声，应笑侬回头看。廊下站着一个细长的身影，明明是女孩子，却留着齐耳的短发，穿着一件蓝西装，不像男人那样系领带，但身量、步态没有一点儿娇柔的样子。

是段有锡唯一的女儿，段家老二段汝汀。

143

暴雨滂沱的第二天，一早上，匡正自己开着车去西山，因为昨晚应笑侬给他打了一个电话。

当时他正给宝绽吹头发，这小子可怜巴巴的，第一天到娱乐圈"上班"就被浇成了落汤鸡。

"哥。"宝绽面对着他，垮着脸。

"嗯？"匡正温柔地应。

"哥……"宝绽不诉苦，就一劲儿叫"哥"。

匡正猜他是在外头受委屈了，拨着他软软的头发："我家宝儿怎么了？"

这时应笑侬的电话打进来，上来就叫了声："匡哥。"

他叫"哥"肯定有事儿，匡正松开宝绽："小侬？"

应笑侬的声音干涩："我……家里有点儿事，你能不能来一趟？"

匡正愣了。他家，那个不知何方神圣的段家，段钊和段小钧也在的段家，他不能贸然过去："哪方面的事儿？"

"财产继承，"应笑侬说，说完又觉得不准确，换了个词，"家族延续。"

这是匡正的本职，私人银行除了给有钱人做做投资、办办离婚，真正的核心业务是为高净值客户做家族规划，搭建包括财富传承在内的各类法律和金融框架。

"没问题。"匡正应下来。

"地方有点儿远，在西山这边……"

"你把地址给我，"匡正很痛快，"明天一早我过去。"

应笑侬知道他仗义："谢了，匡哥。"

匡正回头瞄一眼宝绽："客气什么，都是一家人。"

应笑侬放下手机，松了一口气。

他之所以求助匡正，是因为他家这个现状，不请专业人士介入恐怕要出事儿。

傍晚他在东花厅外和段汝汀打了个照面。那是个轻易不咬人、咬人就要命的主儿，虽然是女儿身，但这些年爱音集团在全球涉猎的十一个行业、二十八家分公司、近四十个办事处、上百亿美元的生意全抓在她手里，她才是段家财富真正的掌控者。

在西山这个园子，论血统，应笑侬是老大，但论实力，段汝汀才数第一，兄妹俩针尖对麦芒，谁都没先开口。这时花厅里说："行了，商量正事吧，财产怎么分？"

应笑侬眼看着段汝汀的眸子一冷，扫向彩瓶背后的漏窗。

"有什么可商量的？平均分呗，"四房说，"老大指定不回来了，人家身上的血都是蓝的，瞧不上咱们这些臭钱。"

"平均分？"三房笑了，"大房走得早，二房在美国，十几年前就离了，只有我跟老头子正儿八经领的是中华人民共和国的结婚证，论夫妻共同财产，先把我那一半刨出来，剩下的，大伙儿平均分。"

段汝汀的眼睛阴沉沉的。

"你怎么那么会想呢？"四房轻哂，"我问过律师，集团是老头子的婚前财产，和你没半毛钱关系，再说了，你想吞大头，老二能让？"

提到老二，屋里静了。过了半晌，三房叹了口气："你说这个家，大儿子弄得像女的，二女儿弄得像男的，真作孽！"

"像男的，"四房说，"她也不是男的。"

段汝汀的脸瞬间绷紧，现出某种锋利的神色。

"好好一个大姑娘变成那样，还不是因为老头子重男轻女？"三房断言，"这个家轮上谁，也轮不到她。"

段汝汀缓缓眨了下眼，什么都没说，转身走了。应笑侬知道她，咬人的狗不露齿。二房、三房、四房之间的矛盾，迟早会把段家搞得支离破碎。

西山有条盘山路，匡正开了三个多小时才到。停车场在爱音园东南侧，应笑侬下来接他，领他从僻静的角门进了园子。

仲春的山景，古色古香的院落依山而建。匡正惊叹，这个年代能在西山有这么大一片地、盖这么一处风雅的园子，绝不是有几个钱就能办到的。

"祖上的房子。"应笑侬说。

怪不得，是个有背景的家族。

"段家第一个经商的，是我爸。"

阳光不错，空气也好，匡正没系西装扣子，迎了满怀的山风。

"改革开放，他二十多岁，从家里跑出去了。"

匡正笑起来："那不是和你一样？"

应笑侬一怔。是啊，段家的四个孩子，数他和段有锡最像，那么死硬，那么倔："他从街头小买卖干起，干了四十年，干出今天的产业。"

四十年不足以有这样的产业，匡正估计，段老爷子的成功离不开家族背景的支撑。

"他和我妈，"提到妈妈，应笑侬的语气变了，"就是那时候认识的。"

匡正看向他——泼辣的应笑侬、不好惹的应笑侬，此时带着某种从未有过的柔软。

"他们……曾经那么相爱，"应笑侬嗓子发颤，"爱到……我爸给集团起名叫爱音，那是我妈的名字。"

"我以为，"匡正忽然说，"你对这个家没有一丝感情。"

应笑侬停步，停在错落的桃枝间。

"我替段老爷子找过你，记得吧？"

应笑侬记得，在老剧团，那也是匡正和宝绽第一次见面。

"你是个打死都不回家的人，现在却让我来帮你处理家族问题？"

这是匡正最大的疑问，出手介入段家事务前他必须知道答案。

"这个家我不要，"应笑侬垂下眼，肯定地说，"班，我也不会接。"

匡正不解地蹙着眉。

"但是段家的四房，"应笑侬斩钉截铁，"不能分家。"

第一次，匡正在他身上看到了大家族长子的气魄，这种东西与生俱来，刻在他的骨头上，写在他的命运里，甩也甩不开。

"爱音集团，"应笑侬拨开桃枝，继续向前走，"这四个字不光是我爸的荣耀，背后还有我妈的心血。"这些话，他没对任何人讲过，是只属于他一个人的坚持，"为了妈妈，我一定要守住它。"

匡正跟上他："你要我怎么做？"

"我要你帮我把段家人绑在一起，"应笑侬的背影不魁梧，有着介乎阴阳之间的靡丽，"保证爱音集团毫发无伤。"

匡正霎时间沉默。这个叛逆的男孩儿，曾经那么激烈地和父亲、和家族对抗，但在关键时刻，他仍然把这个家、把身为长子的责任摆在第一位。

两人穿过东跨院，刚要往二进院的偏门拐，迎面过来一个人，一身的春季新款，正对着手机跟人掰扯估值数据。是打算回公司的段小钧。

看到匡正，他愣了愣，又看到他身边的应笑侬，整张脸拧起来，啪地挂断电话，大声叫："老板！"

老板？应笑侬瞄一眼匡正，凑到他耳边："你到底收了几个段家小弟？"

匡正笑笑："你算我小弟的话，仨。"

"滚。"应笑侬的杏核眼一瞪，丢下匡正和段小钧，跨过偏门高高的门槛，走入二进院。

"老板，"段小钧用一种怀疑的目光看着匡正，"你怎么认识他？"

匡正掏出烟，歪着头点上："他是你宝哥的朋友。"

宝绽是匡正的什么人，段小钧很清楚，在这个敏感的时间点，老大找个私银总裁来家里……他难以置信："段铎打算掺和进来？"

匡正吐出一口烟，原来应笑侬叫这名——段铎。

"你……"段小钧露出戒备的神情，"会帮他？"

"不，"匡正弹了弹烟灰，"我要帮的是整个段家。"

"段家有四个孩子，"段小钧警告他，"你帮了这个，就帮不了那个！"

匡正正要说什么，手机突然响。是段钊："老板，小Ｗ出现了！"

小Ｗ？匡正一点儿印象都没有："谁？"

"捅了陆染夏眼睛那个，"段钊的语气有点儿怪，"女模特！"

匡正越发费解："捅了陆染夏眼睛的不是覃——"猛地，他想起来，小Ｗ是汪有诚文案里虚构出来的女主角，一个并不存在的人，"你在哪屋？我现在去找你。"

"啊？"段钊被他问蒙了。

"我也在爱音园，"匡正偏过头，对上段小钧的视线，"万融臻汇准备接受段铎先生的委托，参与段家财富传承的案子。"

144

入夜，宝绽坐着泱泱娱乐的车去拍摄地点，靠着座椅打开微博，点击热门推荐，往下刷了几条，居然刷到了自己。

他惊讶地坐直身体。是他在电梯里唱《公子呀》的视频，明明说是试拍，节目组却放出来了，还做了个投票链接，引流微博用户去风火轮支持嘉宾，小红心最高的前十位将进入下一轮的正式拍摄。

宝绽有种不真实感，视频里的自己看起来怪怪的，色调和比例似乎被调整过，显得他又白又瘦，双颊绯红，好像喝了酒。

发博的是《箱之声》的官方号，他点进去，《公子呀》视频竟然被置顶了，评论数过万，转发和点赞数都在三万以上。

宝绽看着那些数字，难以置信地点开评论：

"我可！！！！！！！！！"

"这也太好听了吧，我耳朵都怀孕了！"

"已循环一下午，这种唱法好魔性！"

"楼上的，这是老生！"

"不懂就问，老生是？"

"回楼上，京剧！国粹！欢迎了解！"

"你们都在关注什么东西，只有我想说小哥哥好、帅、吗？！"

"姐妹你不是一个人！"

"已奔去风火轮狂点小红心，求小哥哥微博啊啊啊啊！"

"三分钟内我要知道他的姓名、年龄、籍贯、爱吃咸还是爱吃甜，以及吃不吃香菜！"

宝绽微微蹙眉，前座小黄的手机响了一声，没一会儿，他嚷起来："宝哥！"

宝绽抬起头。

"那个小W！"小黄晃着手机上的微信群通知，"进咱们节目组了！"

宝绽茫然："哪个小W？"

"就是昨天上热搜那个，"小黄拿着手机挤到他身边，"前一阵的粉鸡，你知道吧？"

宝绽当然知道，那是匡正的生意，他们家客厅现在就挂着一幅。

"粉鸡的画家不是个独眼嘛，"小黄找到小W的图片，点击放大，"就是她给捅的，可能是看粉鸡火了，昨天发微博出道，今天就进咱们组了！"

宝绽愕然。粉鸡是万融臻汇炒起来的，但对于营销细节匡正从不在家里提，别说小W是个虚构人物，就连陆染夏的眼睛是怎么回事，他都不大清楚。

图片上，小W留着一头乌黑的长发，气质简单干净，戴着一副夸张的太阳镜，遮住了大半张脸。

叮，小黄的手机又是一响，节目组的第二条通知来了。

"宝哥……"他咕哝，"今晚是分组对战。"

"嗯。"宝绽应着，看向窗外，繁华的夜色中一片熟悉的街景，是金融街附近。

"和你一组的，"小黄吞口唾沫，"是文咎也。"

宝绽倏地转回头，一脸的"没搞错吧"。

"终究逃不过命运，"小黄叹一口气，"一会儿咱们得上1号车。"

今晚的挑战地点是一家高端夜店。出发前，小黄很兴奋，嚷着"人生巅峰""梦想终会实现"什么的。下了车，宝绽一看，金碧辉煌的建筑物上四个醒目的大字——翡翠太阳。

车位是节目组提前划定的，1号车在最显眼的位置，宝绽还离着老远，跟车摄像大哥就拉开车门，殷勤地招呼："宝哥，这边！"

宝绽硬着头皮跨上去，文咎也已经在了，今天穿了件廓形感实足的金色鬼脸外套，短发拢高扎在脑后，左眉后段剃了一道，眼神一动，十分凌厉。

宝绽到他身边坐下，正对着摄像头，机器的红灯亮着，镜头和文咎也的双重压力，令他不自在地抿着嘴。

他不说话，文咎也也闷着，摄像师傅无奈了："两位老师互动一下，自然点儿，私下闲聊那种感觉，今晚得放一波预告花絮出去。"

文咎也抱着胳膊，懒懒地扫宝绽一眼，意思是让他起头。

宝绽没经验，脑子一片空白，憋了半天憋出一句："……你好。"

"噗——"文咎也没喷，坐后排那三个助理喷了，"这小嗑唠的，相亲哪！"

宝绽的脸腾地涨红了，尴尬加上紧张，令他直勾勾地盯着镜头。

"上次那首《公子呀》，"文咎也这时开口，"我觉得很有特色。"

宝绽一愣，马上反应过来，他是在演戏："啊……谢谢。"

"京剧元素用得恰到好处。"文咎也把侧脸最好的角度给到摄像头，诚恳地微笑，"宝老师有空教教我？"

这是场面话，笑容也是假的，宝绽别扭地移开视线。"哪里……"下意识地，他又看了一次镜头，"我才要向九爷学——"

咚的一声，文咎也狠狠踹了一脚前座，扬手示意摄像关机，他扭身冲宝绽瞪眼睛："你看什么镜头？"

昏暗的车内，宝绽盯着他眉峰上那道断口，被他的气势压住了。

"什么叫'私下闲聊'，听不懂吗？"文咎也一副教训人的口气，"你不停地看镜头，我得陪你录到什么时候？"

小黄赶紧上来："也哥……"

"也哥！"摄像大哥放下机器，给两边打圆场，"宝哥头一回上镜，不习惯……"

"不习惯？"文咎也很有大明星说一不二的架势，"都是从新人过来的，我怎么从来没不习惯过？"

宝绽哑口无言，文咎也的态度是横了点儿，但他说得没错，自己每看一次镜头，都是在浪费大家的时间。

"新人就该有新人的样子，"文咎也一点儿面子都不讲，"公司不培训你，难道让我们这些合作的前辈培训你？"

宝绽绷紧了唇角，脸色煞白，但没低下头。

文咎也仗着资历和咖位，抬手拨他的下巴："不知道往哪儿看就看我。"他朝摄像大哥打个响指，"再来一遍！"

就在这时，外头有人拍车门。是负责调度的副导演，戴着对讲机打着手势，示意嘉宾下车。小黄连忙拉起宝绽："宝哥，进场了！"

金融街的翡翠太阳，带着股票和钱的味道。去年夏天，宝绽每天都到这儿打工，那时他只能走后面的员工入口。这一回，在工作人员的护送下，他和文咎也并着肩，堂堂正正从大门进去。

因为是对战，同组嘉宾要共乘一部电梯，为了使画面看起来干净，双方都不带助理。导演组事先考察过场地，选的电梯靠近管理区，人流比较小，便于控制节目效果。

架好设备，手机开机，文咎也和宝绽一前一后走进去，轿厢宽敞，他们各站一端，一个对着门，另一个背着门，有点儿楚河汉界、各显神通的意思。

电梯门缓缓合上，狭小的空间静得令人感到窒闷。宝绽呼吸发紧，是刚才文咎也在车里发的那顿火，一块石头似的压在他胸口上，让他不畅快。

他回头看，文咎也的神色也不轻松，拿出私人手机正鼓捣着什么。恍然间，宝绽意识到，他那通小题大做才不是为了什么镜头，而是想从心理上压制自己，好在这场对战中抢占先机。

老油条！宝绽冷冷地收回目光。

第一个路人很快来了。是个醉醺醺的中年人，打着酒嗝拍了把面板，一共四层按钮，全让他按亮了。

四层，十秒，胜负转瞬即定。

宝绽深吸一口气，正要张嘴，文昝也那边突然响起音乐声，一个短暂的小节之后，他随着伴奏漂亮开嗓："And thousand times I've seen this road, a thousand times—"[1]

非常有质感的高音，像是拿银勺子敲击水晶，每一个音符都完美无缺，澄透的音色背后是稳定的气息支撑，一听就是多年训练出来的硬功夫，仿佛在脆弱的水晶外面罩了一只金樽，把这种声音变得大气磅礴。

电梯在二层打开，宝绽盯着醉酒的那位大哥，他没下去，挑战继续。

文昝也专注在自己的音乐上，不带一丝媚色，显然他是要用音乐去征服，而不是去讨好："I've got no roots, but my home was never on the ground！"

"我是无根之木，我天马行空！"宝绽被他和他的歌声吸引了，一刻都不能挣脱，接下来是令人惊艳的转音："I've got no roots uh uh uh uh！"

三楼到了，那位大哥仍然没下去，耷拉着眼皮，跟着"嗯嗯"地哼。

宝绽胳膊上的汗毛立起来，他之前看轻文昝也了，以为他是"流量"、是"渣男"，其实人家有真本事，不光有本事，还有心，会千方百计地先声夺人，会自带配乐，而且是提前剪好的，甚至做了混音，他被称为"九爷"，绝不只是因为名字的谐音。

这一瞬，宝绽深深认识到，他和文昝也虽然年纪差不多，但论用心、论对这一行的投入，两人有云泥之别。

四楼到了，电梯门打开的同时，文昝也华丽地收声，"嗯嗯"半天的那位大哥扶着墙，摇摇晃晃地蹭下去，临走留下一句："电……电梯里……唱歌，有……病吧你！"

宝绽瞠目，接着听到耳返里传来一句："文昝也，挑战未通过。"

宝绽立刻看向九爷，他仰着头正平复呼吸，一定也听到了。

1.歌词，多少次我曾梦游此处，恒河沙数。

145

醉酒的大哥刚下去，下一个路人就进来了。是个二十出头的女孩儿，非常漂亮，画着艳丽的彩妆，头发是淡淡的粉红色，末梢渐变成蓝紫色，微卷。天气明明还不算暖，她却穿着一件露肩露脐的性感上衣，下身是一条金丝绒长裤。

按照节目规则，文昝也挑战失败，主动权就到了宝绽这边，如果他成功，就算胜出，如果他也失败，那么两人进入下一轮对战。

女孩儿喝多了，晃晃悠悠的，闭着眼睛靠着轿厢。

同样是十秒钟，同样是喝醉的路人，宝绽没占文昝也的便宜，他气沉丹田，调整好情绪，正要开口，那女孩儿突然蹭着厢壁往下一滑，扑通，倒在文昝也脚下。

哎？宝绽连忙转身，把自拍杆放到地上。

"你干吗？"文昝也冷冷的。

"扶她起来啊，"宝绽一手托女孩儿的腰一手抓她的肩，"你帮我一把！"

"别碰她。"文昝也没帮忙，而是跨过去按下一层的按键，反身把宝绽拽起来，女孩儿没有意识，重新趴回地上。

"你干什么！"宝绽不理解他的做法，"她喝多了！"

"你跟我嚷嚷什么？"文昝也脱下外套，要往女孩儿身上披。

金属地面那么凉，惺惺作态披件衣服有什么用？宝绽来气，抢下衣服甩回他身上，执意要把女孩儿抱起来。

"让你别碰她！"文昝也突然高声。

宝绽抬起眼，非但碰了，还把女孩的胳膊搭在自己肩上。

"让你别碰她！"文昝也重复了一遍，接着说，"我们俩男的，她一个年轻女的，醉成这样，视频掐头去尾流出去，咱们谁也说不清！"

说不清什么？宝绽震惊于他的冷漠："我们在帮她！"

"视频传到网上就不是帮她了！"文昝也瞪着眼睛，异常严肃，"从夜店电梯里扛个女孩儿出去，那帮正义路人会说我们到翡翠太阳来找乐子，趁机猥亵醉酒女！"他指着宝绽碰触女孩儿皮肤的手，"你死都不知道是怎么死的！"

这种颠倒黑白的事，宝绽反驳："怎么可能？！"

"你们这些带资进组的新人！"文咎也不跟他废话，直接用衣服把女孩儿裹好，让她坐在地上斜靠着厢壁，"我身上就发生过！"

他身上……发生过？宝绽怔了怔，这时电梯门打开，一个夹着手包的平头大哥走进来，看一眼地上的女孩儿，转身按下一层。

文咎也给宝绽使眼色，让他这轮先别唱。宝绽明白，一个大活人坐在地上，他也没心思唱。前头那位大哥偷眼往后看，可能是看女孩儿漂亮，又瞄了瞄宝绽和文咎也，用一种突兀的油滑口吻说："这不是莉莉吗？"

他们认识？宝绽和文咎也对视一眼，哪有这么巧的事？

"我是她朋友，"那个男的呵呵笑，蹲在女孩儿身边，"我们一群人出来的，她说上厕所，怎么跑这儿来了。"

说着，他托住女孩儿的脖子和膝盖，要把她抱起来。

文咎也没吱声，宝绽伸出手："别动，是不是朋友，等她醒了再说。"

那个男的仍然笑着："她醉成这样，什么时候能醒？"

"到一楼，"文咎也站在宝绽身后，"请工作人员处理。"

他原来就打算这么做，给女孩儿披上衣服保暖，然后通过节目组交给翡翠太阳。做了十年职业偶像，他不可能像宝绽那样解决问题。

"不是，你们怎么回事？！"那位大哥急了，仗着酒劲儿，开始耍横，"我今天就要抱她走，你们怎么着！"

"不怎么着，"宝绽回头看着文咎也，他们两个大男人，不可能让一个流氓把喝醉酒的女孩儿带走，"到一楼再说。"

"我去！"那位大哥跳起来，看架势要动手，文咎也拉着宝绽往后退了一步，不跟他发生肢体冲突。

那位大哥气急败坏，把手包塞进裤腰带："装什么好人？！不让我弄，不就是你们想弄吗？"他恶狠狠盯着地上的女孩儿，"看这样也不是什么正经货，她睡电梯，别人睡她！"

按文咎也的性格，才不跟这种垃圾浪费时间，偏宝绽是个认真的，义正词严地说："你别侮辱人！"

"我就侮辱你，"那位大哥昂着头，撸胳膊挽袖子，"我不光侮辱你，我还揍——"

文昝也怎么说也是前辈，这时候得把宝绽往后护，谁知道宝绽竟推开他，一步绕到面板那边，啪地摁了一下按钮，紧接着，轿厢里响起微弱的杂音。

"3号梯，"宝绽硬气开口，"女客人醉酒，陌生男客人要带她走。"

文昝也愣了，下一秒，面板上的扩音设备传出回复："收到。"

那位平头大哥也愣了，马上反应过来，冲着面板喊："你们别听他瞎说！老子有贵宾金卡，是他们想捡尸——"

宝绽不跟他争辩，直接说："前员工编号045720，电梯马上到一层。"

扩音设备里再次响起简短的回复："收到。"

片刻后，电梯在一楼停下，轿厢门缓缓打开，翡翠太阳的应急处理员工已经站在外面，先把电梯锁死，然后进来查看女孩儿的情况。

那位大哥一看这形势，屁都没放一个，灰头土脸地挤出去，溜了。工作人员准备了水和热毛巾，帮助那个女孩儿清醒。宝绽捡起地上的自拍杆，跟着他们出去。

"喂，"文昝也叫他，"上哪儿去？"

宝绽头也不回："这轮我弃权。"

文昝也蹙眉，一把按住他的膀子。

宝绽回过头："那天从你车上下来让雨浇了，嗓子不好，不行吗？"

文昝也疑惑地松开手，他能肯定宝绽没感冒，摘下耳返跟在他身后，看着他虽不高大但竹子一样挺拔的背影："你在这儿打过工，为了出道？"

宝绽摇头："为了还钱。"

文昝也意外，这个唱戏的似乎和他想象的不太一样。

"你歌唱得真好，"宝绽忽然说，"把我震着了。"

文昝也脚步稍顿。

"高音又稳又透，下次听听你的低音。"

"低音也不赖，"文昝也那副天王范儿又来了，"正经的男团主唱出身。"

宝绽点点头："那大哥不让你过，不公平。"

公平！多少年了，文昝也就没听过这个词儿。

节目组的工作人员在侧门口等着。电梯里的情况，他们知道，本来要暂停录制的，结果贺导发话了，让嘉宾自由发挥。宝绽经过导演车前，贺导特地打开门，学着旧时候戏园子的称呼，半是尊重半是玩笑地打个招呼："宝老板！"

　　　　　　　　　　　　　　　窄红：完结篇

宝绽仰起俊秀的脸，春风般笑了。

西山爱音园，东花厅。

匡正坐在漏窗下的沙发上，跷着二郎腿，左边是应笑侬，右边是段钊，段小钧隔着一只珐琅茶几，坐在斜对面。

"所以这个小W只是想红，蹭个热度？"匡正挑眉。

段钊答："目前看是这样。"

匡正掏出烟："胆儿真肥，这种名都敢冒。"

段钊眼疾手快地给他点上："按这些十八线小明星的逻辑，陆染夏这种级别的画家才不会跟她一般见识，就算真见识了，她顶多发个声明，明里暗里埋怨人家不原谅她，照样浑水摸鱼，而且到目前为止，她从没露过脸，一直戴着太阳镜。"

她是自作聪明，打死她都想不到，这个世界上根本没有小W这个人。

匡正想了想："随她吧。"

"嗯，"段钊给他拿来烟灰缸，"反正对咱们没影响。"

段小钧瞧着他那个殷勤的样子，嘲了一句："马屁精。"

段钊听见，扭脸一笑："我拍我老板的马屁，天经地义。"

"拍吧，"段小钧冷笑，"别踢着你。"

"段小钧，"匡正捏着眼角，"房成城那个烂摊子，你抓紧给他卖了，多拖一天，万青就多赔一天，别把他的养老钱都赔没了。"

匡正有指示，段小钧立马老实，耷拉着脑袋咕哝："知道了。"

这时廊上传来说话声。转眼间，花厅的门从外头推开，段汝汀讲着电话进来："……你告诉佩特迅，不要跟我谈条件，三亿九就是三亿九，这个月末，合同能签就签，不能签我们就换供应商。"

说完，她把电话挂了，回过头，视线在应笑侬身上一绕，落到匡正脸上。

匡正也看着她，跷着腿，抽着烟。

段汝汀的相貌不错，薄眼皮大眼睛，要是穿裙子，一准儿是个名媛，眼下一身定制的瘦版西装，左胸上别一只莲花胸针，也有一股风流劲儿："这位是？"

"段总，幸会，"匡正站起来，从内怀掏出名片，"万融臻汇，匡正。"

"知道你们，"段汝汀的年纪不大，气势却是从小养出来的，两指夹着名片一转，扔到身后的条案上，"粉鸡的东家，前一阵风头很盛。"

"过奖了。"匡正能感觉到她的气场，和应笑侬不一样，不算锋利，但绵里藏针，"我是段铎先生的私银。"

段汝汀的眼神一动，投向应笑侬："怎么个意思，老大要回来？"

段铎要是回家，第一个夺的就是她的权。

应笑侬坐在匡正身后的椅子上，端端的，一副大娘娘派头。匡正替他答："鸟飞出去久了迟早要归巢，何况这个巢现在不太稳。"他说话不尖锐，但字字到位，"作为段铎先生的私银，我来送一程。"

段汝汀明白了，视线从应笑侬身上收回来，正儿八经放在匡正身上。

146

段汝汀瞧着匡正，意味深长地笑笑："那，匡总，多多指教。"

匡正微微颔首，意思是"彼此彼此"，这时他的手机响了。是宝绽，他坐回沙发上，接通电话："喂？"

工作中，他的语气本来控制得好好的，结果宝绽的声音"哥——"一传过来，他的状态立马变了，带着一种少见的柔软："嗯？"

段汝汀的眉头挑了挑，堂堂万融臻汇的总裁，上一秒还气势迫人，下一秒突然就铁汉柔情了，她有点儿起鸡皮疙瘩。

"哥，你什么时候回来？"宝绽在那边催。

匡正瞥一眼段汝汀，压低声音："快了。"

屋子不大，周围几个人听得清清楚楚，应笑侬从进这屋就没什么表情，这时候受不了地别过脸。

"咳咳！"段钊清了清嗓子，仰头盯着天花板。

段小钧没出声，不自在地瞥向一旁。

段汝汀瞧着对面那仁兄弟，一个个主意大着呢，从来是你说东我偏说西的，眼下的反应却如出一辙，头一回有了一家人的样子。

"又不是在外地，"宝绽埋怨，"今晚回来吧。"

匡正的嘴角一点点往上翘，绷不住："车不好开，往返得六个小时。"

那边静了片刻，咕哝一句："原来你在翡翠太阳等我下班，一等就好儿个小时，也没听你说时间久。"

匡正不是那种受人管的男人，但宝绽管他，他就很乐意，整个人轻飘飘的，一脸享受。

"回来吧，"宝绽加上一句，"我给你做好吃的。"

匡正也想回去，但他到段家才两天，还没打开局面："明天，最迟后天，我回去陪你吃晚饭。"

段汝汀坐在条案旁的茶台边，边洗茶边听他打电话，极其烦躁。

这不是反感，而是因为匡正这个人，只要他在，段家三个儿子之间就隐隐地团结起来，把她这个唯一的女儿隔绝在外。不仅如此，匡正身上那种男人的温情、踏实的家庭感都让她觉得陌生，进而产生一种好奇。

匡正又哄了两句，把电话递给应笑侬："要跟你说话。"

段汝汀没想到，不只匡正，连他家里人都和老大认识。

"喂，"听应笑侬的口气，两人的关系还很近，"嗯，他住得好，吃得也好——"

匡正连忙凑过去，虚着声："你得说饭没他做得好。"

应笑侬翻了个白眼："……肯定没家里吃得舒服。"

匡正就近监督，应笑侬又说了两句，临了要挂电话，段钊插上一句："给宝哥带好。"

毕竟是吃过一顿饭的关系，应笑侬替他传话："金刀给你带好。"

段汝汀倏地皱眉，老三也和他们认识，甚至用的是小名。

"那个……"只要有段钊的地方，就有段小钧，"我也给宝哥带好。"

应笑侬耐着性子："段钧也给你带好。"

宝绽对段钧这个名字没印象，应笑侬破天荒地，向段小钧看过去。

"中间加个'小'，"被他直视着，段小钧不习惯，"我在外头用的名。"

"哦，段小钧。"应笑侬从不仗着正房老大的身份刁难人，只是冷漠，无视这个家和这些所谓的弟妹。

段汝汀和他们就隔着六七米，但中间有着巨大的落差，人家那边哥哥弟弟的，她这里孤家寡人，大房、三房、四房，因为某种她不知道的原因联系在一起，让她感到一股无形的压力。

这时花厅的门从外打开，段有锡坐着轮椅盖着毛毯，被老管家推了进来。

匡正挂断电话，所有人同时起身。段有锡的视线掠过几个孩子，落在应笑侬身上，病中的眼睛亮起来，接着看到匡正——一个高级经理人似的家伙，他以为他是段汝汀那边的，严厉地问："你是？"

"段老，"匡正礼貌问好，"我是段铎先生的私银。"

段有锡没反应过来："谁？"

匡正干脆说了另一个名字："应笑侬。"

应笑侬，"全世界都笑你不男不女"，这是段铎离家那天段有锡的话。他立刻看向叛逆的大儿子。

应笑侬对这个爸仍然没好脸色，只点了点头。

段有锡的态度变了，对匡正和蔼下来："辛苦。"

段汝汀亲眼看着老头子的变化，脸上没流露出什么，心里却像横着一把刀，她从小到大那么努力，时时刻刻咬紧牙关，像男人一样扛起爱音集团，无论心酸还是光彩，她的父亲从来视而不见。

"小铎，"老爷子眼里只有这个大儿子，"跟我来一下。"

老管家推着他转身，应笑侬跟上去，给匡正使了个眼色，让他一起来。与东花厅一廊之隔的小花园里，满塘盈盈的荷叶，段有锡停在凉亭前的向光处，应笑侬站在近前，匡正远远地站在水边。

"不是说不接班吗，"老头子侧过头，斜着眼，"怎么把私银找来了？"

应笑侬最烦他这种得意样儿，没搭理。

"你小子，"老头子倒笑了，"一个人在外头连私银都有了，不愧是我儿子。"

"朋友而已，"应笑侬照实说，"我只会唱戏。"

一个"戏"字，让父子俩的关系又跌回冰点，段有锡冷下脸，应笑侬望着莲池远处的野鸟："让老二接班吧。"

段有锡立目："胡闹！"

"她懂集团，"应笑侬给他讲道理，"是最合适的人选。"

可老头子不讲道理："不可能。"

应笑侬来气："你让我管，我什么都不懂，我连总公司有几个供应商都不知道！"

"不知道就从头学！"老头子的气性比他还大，"不就是几十家公司吗？在你手里败光了，我也愿意！"

"你这才是胡闹！"段家那么多孩子，只有应笑侬敢跟老头于这么说话，

"爱音不是你一个人的,还有我妈的心血!"

"就是你妈的心血,"段有锡说了心里话,"那几个小的才没资格拿!"

应笑侬瞪着他,也翻了底牌:"我妈的心血,绝对不能倒。"

段有锡沉默了。

应笑侬再次说:"交给老二。"

段有锡绝情地答:"她是女人。"

女人怎么了,女人比男人差什么?应笑侬挑衅:"我在台上是假女人,"他对自己毫不留情,"比女人还不如。"

段有锡的脸登时发白,仿佛承受着剜心的痛苦,毛毯上的手颤抖着:"你……的那些嗜好,我可以不管,只要你回家。"

应笑侬从没见过他这样子,认输、败了、低头,是癌症拿走了他的傲气?还是人到老年,不得不跟子女妥协?

段有锡开始咳嗽,呼吸也很吃力。应笑侬连忙上去,扶住他的肩膀。

"让我每天看见你,"老头子说,"别让我带着遗憾走,你明明……"他握住肩膀上应笑侬的手,"是我最爱的孩子。"

应笑侬的眼眶忽然发烫,鼻腔里像挤开了一只柠檬,眼泪下一秒就要落下,他生硬地抽回手,转身离去。

匡正看着他匆匆向荷塘另一边走,想了想,沿着弯曲的石子路绕去凉亭前。

段老爷子的脸色很差,残烛般,萎靡在灿烂的阳光下。

匡正走到他面前,从草丛里拎了一块扁平的石头,抻着西裤坐上去,方便老人俯视他。

段有锡瞧着他的举动,这么体面的年轻人,却肯如此狼狈地坐在地上,心里对他大致有了一个判断:"要是和段铎说一样的话,就免了吧。"

还真是一样的话,事实上,老二接班的建议就是匡正提的:"段老,小侬他——"

他叫段铎"小侬",段有锡马上问:"你们很熟?"

匡正笑笑:"不瞒您说,去年7月,您通过万融的白寅午去老城区的京剧团找小侬,办事的人就是我。"

段有锡眯起眼,逆着光打量他。

"不只如此,我在万融投行部做M&A的时候,段小钧是我一手带出来的，"匡正骄傲地说，"他现在是成熟的并购分析师。"

段有锡意外，老四，他确实交给万融了，白寅午说这小子自己找了个能干的师傅，原来就是眼前这个人。

"老三段钊，我叫他金刀，是我手下全权负责艺术品投资的副总。"匡正总结，"您的三个儿子，都非常优秀。"

不，段有锡明白，是他们碰到了优秀的人。

"至于小侬，他打电话叫我来的时候，没有谈财产继承，"匡正真诚地注视着段有锡，"他说的是家族延续。"

家族延续。段有锡苍老的眼睛眨了眨，似乎被触动了。

"三井集团的创始人说过，比起生儿子，他更愿意生女儿。"

段有锡咳了咳，困难地呼吸："为什么？"

"因为儿子要是个浑球就没办法了，"匡正笑着答，"如果是女儿，可以给她选最优秀的丈夫。"

段有锡也笑了，笑是笑，却摇了头："女儿生的孩子，不姓段，即使姓段，身上也没多少我的血。"

"段老，我是做私银的，看过太多的起起落落。"比如千禧的董大兴、动传的房成城，"金钱、企业、资产，所有这些都可能在一夜之间消失，"匡正语重心长，"只有家族，能长久地传承下去。"

财富也只有附着着一个团结的家族，才可能永续。

"罗斯柴尔德家族传承了二百年，洛克菲勒家族延续了六代，爱马仕家族的成员超过一千人，要守住家族的心血，不该选一个钟意的人，而是要选一个合适的——"

匡正的话没说完，段有锡突然捂住胸口，急促地气喘，似乎还伴着尖锐的疼痛，整张脸挛缩成一团。

"段老！"匡正腾地起身，把他从轮椅上抱下来，同时朝荷塘另一侧喊，"小侬——"

147

段汝汀给了匡正一拳，匡正忍了，段老爷子毕竟是在他身边犯的病，他能理解。

爱音园没有专业的医疗设备，只有一间临时改建的疗养房和一个十六人的医疗组，应笑侬当机立断，送老头子上医院。

去的是私人医院——加拿大人办的金角枫，擅长癌症和老年病治疗。入院一检查，只是肺癌继发的疼痛症状，给老爷子打了一针杜冷丁，老爷子痛苦地睡着了。

匡正没走，全程跟着，段家人分成几拨：段钊和段小钧在病房里守着；段汝汀在病房外的休息室；应笑侬陪着匡正，在最外面的客厅。

夜晚很静，消毒水味儿混着助眠的薰衣草香，匡正在沙发上对付了一宿，第二天一早，在嘈杂的人声中睁开眼睛。

客厅里站着五个人，都有些年纪，看穿着、做派，像集团的董事，其中一个握着应笑侬的肩膀，激动地说："小铎，你终于回来了！"

应笑侬叫他"邹叔"，还有其他几个叔叔，低声说了会儿话，一起进病房。

匡正搓着脸起身，刚整理了一下西装，又来了一拨探病的。这伙人相对年轻，最多四五十岁，应该是管理层中的少壮派。休息室的门开了，段汝汀走了出来。

他们马上迎过去："段总！"

段汝汀抬起手："老家伙们在。"

那些人对视一眼，压低声音："老爷子怎么样？"

"越来越不好。"

"听说……大少爷回来了？"

段汝汀立刻瞥了匡正一眼，那些人随即噤声。

匡正拢了拢头发，本想出去抽根烟，这时应笑侬陪着邹叔他们出来，一伙儿老的，一伙儿少的，在眼前的方寸之地相遇。

客厅里短暂地沉默，接着，少壮派先打招呼："邹董、刘董、王董……"

老家伙们点点头，温和地回应："都来啦。"

"来看看老爷子。"

"我们刚看了，"邹叔说，"老爷子打了针，睡了，你们回吧。"

这是越俎代庖下逐客令，少壮派们没买账，齐齐看向段汝汀。

段汝汀轻笑："是睡了。"她给老家伙们面子，但又说，"等醒了叫你们过来。"

这个局面，匡正看得清清楚楚，段家的问题绝不只是小辈之间的问题，邹叔那句"小铎，你终于回来了"，背后是元老们对少壮派长期掌权的不满，段家要是真斗起来，应笑侬和段汝汀不过是两面旗子，背后各有各的利益集团煽风点火。

无论是元老们还是少壮派，他们的目标不可能和段家的目标一致，对家族统一来说，这是一股强大的离心力。

匡正的手机响，他掏出来一看，竟是白寅午："喂，老白！"

"你小子，"白寅午的声音轻快，"干了那么大的事儿，也不来和我唠唠一下！"

他指的是粉鸡一鸣惊人、万融臻汇跻身头部私银行列，这是镶在匡正名字上的两枚勋章，谁也拿不掉："想唠唠，怕你损我。"

"在哪儿呢？"白寅午问。

"在医院，"匡正背过身，"朋友的父亲住院。"

提到医院，白寅午忽然沉默。

匡正蹙眉："老白？"

"你要是有空，"那边说，"来我这儿一趟。"

白寅午找他，匡正没说的："现在就过去。"

他跟应笑侬打了个招呼，从金角枫开车去金融街。远远地，就看到高高矗立的万融双子星，他曾经是那里面的一颗钉子、一个齿轮、一只蚂蚁，是白寅午的安排，让他走上了背水一战、向死而生的路。

匡正走进西楼，所有目光都向他投来，认识的、不认识的，都兴奋地叫着"匡总"，他穿过这些仰慕者，坐电梯上62层，敲响白寅午的门，抬头挺胸走了进去。

还是那间明亮的办公室，弥漫着馥郁的葡萄酒香，在看到白寅午的一瞬间，匡正怔住了。

"老白？"这个人瘦了，不是三斤五斤，而是不正常地迅速消瘦，匡正盯着他，"你怎么了？"

"挺好啊。"白寅午像往常一样，给他准备了酒，只是这一次，他拿出了自己的珍藏——1900年的玛歌堡，花大价钱收的，匡正以前总嚷着要喝，他从来不给，"西楼这边的烂事儿太多，你看把我累的。"

匡止将信将疑，到沙发上坐下。

　　　　　　　　　　　　　　　　　　　　窄红：完结篇

"你这波干得漂亮，"白寅午递酒给他，"把上边全给震了，他们烦我，但我的徒弟让他们刮目相看！"

匡正在意他的憔悴，没接这个茬儿，而是说："我说的朋友爸爸，住院的，"他看着杯中酒衰老的橘红色，"是段有锡。"

白寅午愣了，段有锡得癌症，他或许知道，但匡正正处于段家风暴的核心，他绝对想不到。

"段家即将面临大震荡，"匡正端着杯，老酒，不敢用力晃，"万融臻汇将作为私人银行参与，这个家族、依附于家族的集团、集团的近万名员工、买了股票的普通股民，都可能被波及。"

白寅午认真打量他，这小子比半年前更沉稳、更霸气了，青出于蓝而胜于蓝，足以让他放心。

两人聊了不大一会儿，白寅午却显得很累，匡正从62层下去，没到停车场，而是去了对面东楼，上60层，找单海俦。

单海俦见到他，很热情，揽着他的膀子，都没让他到屋里坐一坐，直接带他到66层，去见万融"云端"的董事们。

那么长一条走廊，他们从这边走到那边，门一扇扇打开，匡正像个天降的骄子，被每一位大佬吹捧着，奉为上宾。

这帮董事很有意思，有个姓赵的，聊了没两句就问匡正："我昨天和G&S的张副总吃饭，他说现在有个烟波致爽俱乐部，入会的都要挤破头了，你听说过吗？"

烟波致爽，宝绽的买卖，匡正莞尔："知道，在财富圈很有名。"

赵董的眼睛唰地亮了："鼎泰的杜老鬼好像也是那里头的，还是个什么名誉会员，前两天见着我，趾高气扬的！"

话里话外，他想知道匡正的私银部有没有入会的门路。

这对匡正来说不算事儿："我和他们的时主席很熟，赵董，你等我信儿。"

姓赵的惊了，他以为匡正怎么也得托托关系，没想到这么年轻的小伙子，能量却大得吓人："叫什么董啊，"他忙给他添茶，"叫叔！"

还有一个姓马的，一见到匡正的个头、长相，劈头就问："小匡多大了？属什么的？是不是独生子？"

匡正猜他有女儿，便胡诌自己有女朋友。那家伙很失望，合计合计，居然打听道："是信托部的杜茂茂吗，听说你们谈过？"

匡正这才知道高层间有这种不靠谱的传闻，赶紧辟谣："私银的业务和信托部有接触，打过几次交道，不是那种关系。"

"哦……"马董欲言又止，那个惋惜的样子，就差问匡正能不能和女朋友分手，他这里有个含着金汤匙出生的掌上明珠。

一整层的董事全走完，单海俦和他下到60层。

电梯里就他们俩，匡正终于有机会问："单总，老白没事儿吧？"

单海俦的脸明显一僵，反问过来："他有什么事儿？"

匡正觉得他在装傻："他瘦得不像样儿。"

"是吗？"电梯恰好到了，单海俦拍着他下去，"走，到我那儿再喝一杯。"

万融东楼前的停车场，《箱之声》节目组正在布置场地。前方路口，泱泱娱乐的保姆车闪着灯拐过来，车上，小黄捧着个平板电脑嚷嚷："节目组太偏心了！"

"怎么？"宝绽今天穿着一件改良长衫，领子略高，微有些掐腰，温柔的象牙色，前胸、袖口、下摆各有几处霞似的红。

"你在夜店救人那段多飒啊，"小黄撇嘴，"他们居然不给播！"

"本来就是唱歌节目，播那些干什么？"宝绽不以为意，"节目组肯定有考虑。"

小黄斜他一眼："您可真'大气'！"接着嘟囔，"你弃权，便宜都让文昝也占了。"

宝绽望着窗外高耸的万融双子星，假装没听见。

小黄非凑到他边上，学着女粉丝的语气给他读视频评论："哥哥好可怜！哥哥明明唱得那——么好，居然不给通过！"

宝绽让他逗笑了，化过妆的眼尾轻挑，白长衫衬着，清俊多情。

"哥哥，哥哥！我们的鼓励你能看到吗？我们永远——"

"好啦，"宝绽推开他，准备下车，"鸡皮疙瘩掉一地。"

"你比别人少一期曝光，"小黄放下平板电脑，给他开门，"排名已经掉到第四位了！"

"不是还没垫底——"宝绽往下迈，赶巧车边过来一个人，差点儿撞上，他迅速扒住车门："抱歉！"

"宝哥？"路过的是小W，戴着一副粉红色太阳镜，白T恤配旧牛仔裤，清新得像一颗柠檬糖，"你可真灵活！"

他们是第一次见面，小W却能一眼认出宝绽，还这么清新脱俗、亲切自然地叫"哥"，职业助理小黄的脑中警铃大作。

"宝哥，我特喜欢你的风格。"不出所料，她接着套近乎，"上期翡翠太阳你弃权了，我好可惜！那个，你本来想唱什么呀？"

这种套路，小黄见多了，新人半路进组，急着抱大腿，刚想让宝绽别理她，背后突然有人过来，冷冷给了一句："别挡路。"

宝绽回头一看，是一身深色西装的文咎也。

"九爷！"小W一看来了咖位更大的，战略方向立马变了，"我是你的粉丝！"

文咎也那么跩的人，居然骚气地冲她笑："是吗？"

宝绽以前看不懂这家伙，但那晚在翡翠太阳，从车上到电梯里，他们对彼此多少有些了解，这个笑一看就是职业假笑。

小W追着文咎也去了，小黄拿肩膀顶宝绽："瞧见了吧，什么叫渣男，跟咱们像冷冷的冰雨，跟人家就沙漠里的小爱河！"

宝绽觉得不是："你别瞎说。"

"啧，"小黄倚"老"卖"老"，"农夫与蛇、东郭先生与狼、你与文咎也，现实会给你上沉痛的一课！以我闯荡娱乐圈多年的——"

正说着，他的短信响，解锁手机一看，是个陌生号码，发过来一句话："告诉宝绽，要唱什么、不唱什么、什么没唱，没必要跟任何人说。"

"这个……"小黄费解，刚才在这儿的除了他和宝绽、小W，就是……

"文咎也。"宝绽能肯定。

小黄一脸问号。

"他怎么有你的手机号？"宝绽问。

"所有助理的号码都在联络表上，"小黄突然反应过来，指着那个陌生号，"我的天！这这……这个不会是九爷的私人号吧？"

宝绽掏出手机，把文咎也的号码存进通讯录。

"不是，宝哥，"小黄踮着脚扒他的肩膀，"他这是好心提醒你？你们的关系什么时候变得这么好了？"

宝绽拿开他的小胖手，转身去找节目组的车。

小黄追着他："我说真的，宝哥，我不信文大渣男有这好心，他肯定对你有什么企图……哎，宝哥，你等等我！"

148

宝绽从节目组的车上下来，拿着自拍杆。面前是万融东楼气派的大门，西装笔挺的人们步履匆匆。

他曾去过万融西楼，那天也穿着一件白长衫，基金会同意借戏楼给如意洲，他雀跃得像一只鸟，坐着公交车来找匡正，看到的却是银行精英们异样的眼光、陌生人的轻蔑和前台小姐别有深意的笑容。

所以，今天这个挑战地点，对他来说格外有压力。

"宝哥？"小黄感觉到他的迟疑。

"没事儿，"宝绽沉肩立颈，"走。"

他们走了进去。嘈杂的大堂，忙碌的人群，有那么一刹那因为他而安静，轻云红霞的长衫、薄施粉黛的面孔、优雅隽秀的神态，像一只鹤扑簌簌落进鸦群，又像一缕光，照亮了纷杂的红尘世界。

"啊！是那个……"

"……《箱之声》！"

"妈呀，本人比视频里还漂亮！"

周围响起窃窃私语，宝绽不去听，他昂着头，只走自己的路。一袭长衫又怎样，京剧演员又如何，他就是他，再也不会为别人的目光而自卑，为自己的格格不入而惭愧，他已然立起来，敢于平视这一切。

走上节目组指定的电梯，他背门而立，一起乘梯的还有七八个人，年纪都不大，虽然一水儿的黑灰色西装，但脸上有蓬勃的朝气。

宝绽举起自拍杆，从手机屏幕上看，背后的几个人怪怪的，没一个面对着门，都半侧着身，时不时偷看他。

宝绽有点儿讪讪的，但稳了稳神儿，面对镜头酝酿好情绪，正要开口，突然咔嚓一响，有人开着手机音效偷拍他。

宝绽不习惯陌生人这种举动，下意识回头，可能是看他转了过来，其他人跟风拍照，其中一个开了闪光灯，唰的一下，晃了他的眼。

"喂！"小黄马上挡到宝绽身前。

　　　　　　　　　　　　　　　　窄红：完结篇

开闪光灯的是个男的，连忙收起手机："抱歉，昨晚去老城墙拍照，忘换模式了。"

"一句忘了就完了？"旁边一个短头发的女孩儿说。

"就是，这么近，太刺眼了。"其他女孩儿帮腔。

男的咕哝："我又不是故意的……"

"哎，你什么态度……"

"没事儿，"宝绽怕他们吵起来，眯着眼做和事佬，"闪了一下而已。"

男的不高兴地低下头，没一会儿就下了电梯。

宝绽重新面对着厢壁，眼前有点儿花，那个短头发的女孩儿凑过来："你好……我从《箱之声》第一期就关注你了，拉着同事朋友给你刷了好多个小红心！"

如意洲有观众、有知音、有捧珠人，唯独没有粉丝，宝绽不知道怎么应对这样直露的好意，稍偏过头，微微颔首："谢谢。"

松竹一般的人，温柔得像一缕风，女孩儿红了脸，得寸进尺地要求："能不能……跟你合个影？"

宝绽的脸衬着长衫珍珠色的高领，半垂下眼："抱歉，我不是明星。"

女孩儿仰视着他，呆呆的。

宝绽有些局促地说："我只是个京剧演员。"

京剧演员和明星，两者之间有什么不同，一时谁也说不清，但"京剧"两个字似乎有着神奇的魔力，让女孩儿有种折辱了他的错觉："啊，抱……抱歉！"

宝绽笑着摇了摇头，背过身不再说话。

安静的电梯里，气氛不错，他本该接着挑战，可出乎大家意料的是，他竟放下了自拍杆。小黄不解地皱起眉头，到52层，最后一个路人下去，他才忍不住问："宝哥，你怎么不唱，这伙人肯定捧场！"

宝绽不徐不疾地答："还有两次机会。"

小黄沉不住气："就这么浪费了一次，多可惜！"

宝绽也可惜，但之前的两期节目他不是白上的，多少受了文昝也的影响，变得小心、谨慎："严格来说，他们已经不算路人了。"

小黄一愣，反应过来，《箱之声》的规则是"路人"给嘉宾反馈，说过话的人算不算路人不好界定，即使节目组认可，视频上了平台，也可能遭到其他嘉宾的粉丝质疑，弄不好还会取消成绩，分数拉低一截不说，对宝绽的形象也没好处。

"宝哥……"小黄眨巴着眼睛，"你成长得也太快了吧？"

轿厢动了，继续上行，指示灯过了60层，在65层停下，宝绽屏息面对镜头，挑起舌尖润了润嘴唇。

电梯门缓缓打开，进来的是个四十多岁的男人，高个子，拢得油亮的短发，西装是阿玛尼的，戴一对铂金底金箔袖扣，手里拿着一只小巧的牛皮包。

见到宝绽的背影，他怔住了，仿佛从没见过这样的艳色，像是误入了仙境的凡胎。

宝绽在手机屏幕上看到他的脸，搞金融的男人，和匡正有点儿像，视线不小心对上，宝绽倏地移开眼，有种难以取悦的矜持。

那人按下28层，电梯开始下行，但他没转过去，而是盯着宝绽。

宝绽尽量忽视他的视线，秉着气，运着劲儿，如水的目光投向镜头，华丽开嗓："我自关山点酒，千秋皆入喉，更有沸雪酌与风云某！"

那人挑了挑眉，显然没料到宝绽会唱歌——红白相间的长衫，本该是婉丽多情的，出口却是"千秋"与"沸雪"，带着一股峭拔的英气，于刚柔相济间惊艳了感官。

宝绽的嗓音极美，吊得高，但不炸，剔透地穿过鼻腔，从眉心中央漾出来，像光滑的丝绸，又像经年的醇酒，在电梯这么一个小小的空间，唱出了沧海桑田："我是千里故人，青山应白首，年少犹借——"

叮的一声，电梯在60层停下，金属门向两侧打开，扑鼻是淡淡的酒气，一个高大的男人走进来，宝绽一抬眼，蓦地噤声，抿住嘴唇不唱了。

匡正在单海俦那儿喝了两杯，微醺着出来，一进电梯却看到了宝绽，像是一场白日的绮梦，缥缈得如同蜃楼。

电梯门再次合上，匡正没转身，甚至忘了按楼层。宝绽化了妆，和浓墨重彩的戏妆不一样，淡淡的，只勾了眼角、眉梢，黑发自然垂在额上，嘴唇湿湿地红，带着些许稚气。

呃……小黄瞧着面前这俩大哥，一个一身阿玛尼，另一个一布里奥尼，都是大佬。

宝绽的脸映在手机屏幕上，神情和方才截然不同，柔软了，慌乱了，带着某种不知名的羞怯，慢慢涨红了脸。

匡正刚向前迈了一步，旁边的小白胖子立刻压上一步，满脸的戒备，防贼一样瞪着他。

匡正扫他一眼，再看看宝绽手里的自拍杆，意识到他们在工作，便强压下酒精带来的兴奋，停在那儿，他不着痕迹地转开眼，视线落在对面的男人身上。

这时宝绽再次开腔，本该接着唱"银枪逞风流"，谁知他把声线一转，用娇媚的小嗓，蕴着缱绻的女儿气，唱了另一首歌："台下人走过，不见旧颜色，台上人唱着，心碎离别歌！"

这歌声一出，穿阿玛尼的那位大哥惊了，惊他忽阴忽阳、勾魂摄魄；小黄也惊了，惊他唱男人高亢入云、唱女人柔情似水。

手机屏上的宝绽垂着眼，颤动的睫毛下是胭脂色的双颊，唱旦角，唇是含着的，含着春、含着嗔，婉转地唱："情字难落墨，若唱须以血来和——"接着流波回转，一双星子似的眼投在屏幕上，恁地风华绝代，"戏幕起，戏幕落，谁是客？"

短短几句词，却像用绵绵的相思织了一张网，痴缠、柔腻，充斥着这个小小的空间，令置身其中的人魂不守舍、难以自持。

电梯里静了，只有橘红色的指示灯在向下闪动，穿阿玛尼的男人还有几层就要下去，他迫不及待地打个招呼："你好？"

他一搭腔，宝绽就算挑战成功，施施然回身。

那人掏出手机："方便加个微信吗？"

宝绽呆了呆，无措地站在那儿。匡正这时伸出手，随便编了个称呼："是鼎泰的王总吗？"

那人当然不是什么王总，被他横插一杠子，神色不悦。

匡正潇洒一笑："万融臻汇，匡正。"

万融私银部的匡总，如今的金融圈无人不知，那人意外，马上换上一副相见恨晚的表情，握住他的手："敝姓程，富荣做贵金属的。"

"程总，"匡正掏出名片，"幸会！"

正说着，28层到了，匡正作势要送他下梯，那人回头瞧了又瞧，不好意思再问宝绽要联系方式，懊恼地笑着，迈出电梯。

他们走出去，电梯门徐徐合拢。小黄盯着那道越来越窄的缝隙，咋了下舌，下一秒门缝里突然插进来一只手，小黄吓了一跳。电梯门重新打开，匡正挦着西装领子走进来，他的车停在B2，但为了送宝绽，他在一片密密麻麻的圆形按钮中轻轻按下一层。

149

电梯到一层，小黄护着宝绽往外走，匡正双手插兜跟出去，离着五六米远，亦步亦趋。

出了万融东楼，匡正目送他们走向一片用隔离栏杆圈出来的停车位。十几辆统一的黑色越野车，很正规，宝绽轻云般的身影从中间穿过。忽然，右边的一辆车唰地拉开门，从里头递出来一瓶矿泉水。

匡正皱起眉头。那是个年轻男人的手，骨节分明，小指上戴着一只银色尾戒，宝绽对他笑笑，迎着3月末的日光，灿烂得晃眼。

匡正走上去，眼见着宝绽接过水，轻快地说着什么，小黄一扭头看到他，催着宝绽快走。

宝绽抬头看到匡正，下意识叫了一声："哥……"

哥？小黄张大了嘴巴。

匡正侧头往越野车里看。一张帅得无法无天的脸，他竟然认识，是曾经被万融臻汇狠狠蹭过一次热度的"渣男"文咎也。

文咎也也认得他。那次的艺术沙龙，匡正出席，虽然他只远远看了一眼，但这位私银总裁的浑蛋样儿深深印在他脑子里。

气氛一时有些紧绷，宝绽忙给他们介绍："哥，这位是文老师。"

宝绽叫文咎也"老师"，匡正不舒服。

宝绽叫匡正"哥"，文咎也更不舒服，他一直猜宝绽是带资进组，没想到带的是万融臻汇总裁的资。

匡正半天没开腔，宝绽又说："文老师是前辈，挺照顾我的。"

匡正仍然沉默，要是知道宝绽有朝一日会跟文咎也一个组、受他的"照顾"，他绝不会为了一只粉鸡找他的不痛快。

文咎也瞪着匡正，满眼的冤家路窄，但他再怒再不平，也不敢明目张胆跟资本过不去，他干了十年艺人，知道艺人的边界在哪里。他只是冷冷地收回目光，砰地拉上车门。

宝绽怔了怔，看向匡正，匡正顺手揽着他的背，领他往前走。

"你是几号车？"匡正注意到每辆越野车上都有编号。

"7号。"宝绽答，接着又说，"哥，你别担心我。"

匡正停步。

宝绽不知道他和文旮也有什么过结，也不多问，只是说："我录我的节目，不用别人照顾，也不怕别人来找茬儿。"

匡正看着他，那么漂亮，却毫不纤弱，生机勃勃的，像一朵向阳的花："没人敢把你怎么样。"

宝绽抿了抿唇，指着隔离栏外泱泱娱乐的保姆车："到我车上坐会儿？"

匡正想去，但现在不是时候："我得回医院。"

医院？宝绽倏地抬起眼。

"小侬的爸爸，"匡正神色凝重，"情况不太好。"

"那……"宝绽忧心，"小侬怎么样？"

"他在钢丝绳上悬着呢。"匡正说的是实际情况，在那个家，应笑侬没有母亲，没有朋友，只有错综复杂的家族斗争和一帮心怀鬼胎的叔叔伯伯，"我不能离开太久。"

应笑侬有事儿，宝绽没说的，只是问："那晚上……"

匡正笑起来："晚上回家。"

匡正从金融街回到金角枫。长长的白色走廊里，恰巧段有锡的老管家从病房里出来，他上去打个招呼，有些唐突："请问……段老真的没立遗嘱？"

这么敏感的问题，老管家却回答得干脆："没有。"

匡正想了想："那家族办公室的负责人是哪位，我想跟他谈谈。"

家族办公室是超级富豪的标配，类似高净值家族自己的私人银行，聘请业内知名的财务、法律、金融顾问，只对本家族的资产负债表负责，职责涵盖家族财富的保值增值、成员的人身安全、后代的教育培训、遗产分配和慈善事业等。

"段家没有家族办公室。"老管家答。

匡正愕然："这么大的产业，除了集团的日常运营，税务规划、财富管理、跨境资本配置这些都是谁在做？"

"可能是集团吧？"老管家说，"我只管西山的园子，别的不清楚。"

匡正难以置信，段家的情况比他预想的还糟，这一家人不只缺乏基本的血脉亲情，甚至连一个像样的家族管理构架都没有，一旦危机爆发，很可能就迅速从内部崩溃。

他忧心忡忡地走进病房。客厅里，应笑侬一个人坐在窗下的沙发上，换了一身行头，不再是扎眼的重工夹克和裤裙、短靴，而是简单的白衬衫黑西裤，显然在重病的父亲面前，他暂时放下了自己的执拗。

匡正从小冰箱里拿出两瓶水，递一瓶给他："老爷子怎么样？"

"醒了，"应笑侬搓了搓脸，"老三陪着呢。"

匡正到他身边坐下，挨得很近："早上那几个董事，跟你说什么没有？"

应笑侬很敏感，挑起眉。

"山雨欲来风满楼，"客厅里明明只有他们两个，匡正却把声音放得极低，"除了我，你谁也别信。"

"没说什么，"应笑侬低语，"邹叔他们是看着我长大的。"

"没用，"匡正摇了摇头，"这种时候，你身边除了刀子就是刀子。"

正说着，一墙之隔的休息室里传来争吵声，是女人尖细的嗓子："……我们虽说不是你亲妈，但也是长辈，你这什么态度！"

听声音，是四房的。

"就是，看你都成什么样子了，"这个是三房，"别人家的姑娘像你这么大，孩子都能叫妈了，你呢，谈过一个男朋友没有？"

她们在针对段汝汀，打蛇打七寸，专挑她的痛处掐，但段汝汀不是她们这些单细胞的阔太太，她在集团经的是大风大浪，因为经过风浪，所以她知道嗓门高没有用，匡正几乎听不到她的声音。

"……不男不女的，你还有理了！"四房的调门又高了一截，"我告诉你，赶紧找个人嫁了，别给咱们段家丢脸！"

三房的脾气还不错，不知道段汝汀怎么激的她，这会儿也跟着嚷嚷："集团的事用不着你操心！段家有儿子，轮不着你这盆迟早要泼出去的水！"

她们是想逼她结婚，放弃集团的管理权，这种想法，匡正能理解，但口无遮拦地对骂实在是拙劣，他走过去，敲了敲门。

休息室里静了，几秒种后，三房、四房黑着脸出来，看见匡正，明晃晃剜了他一眼，先后走出套房。

敞开的房门里，是穿着西装马甲的段汝汀，横抬着二郎腿，没有一点儿女人的样子。匡正迈进去，把门在身后带上。

段汝汀盯着他，视线从眉骨下方扫过来，匡正迎上去，拖把椅子到她对面坐下："段总。"

段汝汀只给了他一个字："滚。"

匡正当然不可能滚，正相反，他笑了："段总的情绪管理还欠火候。"

"你跟我爸说什么了，"她声音不大，但充满压迫感，"让他犯这么大的病。"

这是她此时此刻最关心的问题，无关财产，无关权力，只关于父亲的身体。匡正意识到，她伪装得再强大、再冷硬，内心深处仍然有着女人的柔软，有对父亲的爱："我跟段老说，希望他能考虑让你接班。"

闻言，段汝汀的脸上闪过片刻的惊诧。

"这也是段铎先生的意见，"匡正率先抛出橄榄枝，"目的只有一个，不让段家乱，不让爱音集团乱，在最短的时间内实现平稳过渡。"

段汝汀没那么天真："老大真这么想？"

匡正颔首。

段汝汀冷笑："他可怜我？"

匡正反问："你觉得他会可怜你吗？"

不会。段汝汀静下来，想想匡正的话，突然发笑："老大怎么想其实都狗屁不顶，老头子同意吗？那帮虎视眈眈的老家伙同意吗？这种烂好人，我也能当，"她断言，"我和老大注定是敌人，与他怎么想无关。"

她看得很透，匡正向前倾身："只要段家的四个继承人团结一心，段老的意见、元老们的意见、所有不利的局势，都可以逆转。"

不得不承认，段汝汀刹那间有动摇，"团结"，这个她从没想过的可能性，像暗夜的歧路上一盏微弱的灯，亮了那么一下，但很快熄灭了。"知道你和那三个关系好，"她狡猾地绕开话题，反问，"是不是我把你拿下，就把他们都拿下了？"

匡正欣赏她敏捷的思路，轻笑："你拿不下我。"

段汝汀眯起眼："没有钱权和美色拿不下的男人。"

"巧了，"匡正耸肩，"我就是。"

段汝汀蹙眉，这时病房的门在她身后打开，段钊快步走出来。"老板，"他把手机给匡正看，上头是一张双人照，左边是戴着菱形太阳镜的小W，右边是穿着白色长衫的宝绽，背景是万融东楼前的停车场，还有一辆编着7号的黑色越野车。

匡正神色一凛，从椅子上站起来。

"小W刚发的微博，"段钊低声说，"她和宝哥在一个节目组。"

150

匡正停好车，掏出家门钥匙，也不知道宝绽的耳朵怎么那么灵，啪嗒啪嗒跑过来给他开门，门一开就拉着他，递给他新买的奶油蛋糕。

匡正端着蛋糕。天还没黑，最后一缕阳光透过纱帘照在宝绽脸上，照得一个眸子暗、另一个眸子亮，像一块化了一半的蜜糖。

"宝儿，"匡正自己没吃，倒拿个叉子给他，"小W是不是在你们那个组？"

"嗯，"宝绽叼住叉子上的蛋糕，"她总戴个太阳镜，又没有真名字。小黄说那是她的人设，我觉得怪怪的。"

匡正说："离她远点儿。"

她并不是真的小W，一个十八线女明星为了搏出位敢撒那么大的谎，她在宝绽身边，匡正不放心。

"九爷也这么说。"宝绽舔着嘴上的奶油。

匡正问："文昝也？"

宝绽点头："他脾气挺臭的，总摆明星架子，还爱教训人，但是——"他想了想，用蓝天的话说，"他人不坏，有一次小W想套我的话，他帮我解了围。后来他还跟我说，组里的女嘉宾少接触，尤其是她。"

匡正皱起眉头，把叉子扔到盘子上，把盘子放到一边："我发现你怎么总在外头跟这个那个乱交朋友？"

文昝也是这样，梁叔、小先生也是这样，还有那个康慨，七七八八的，让匡正不省心。

宝绽大咧咧地抹了把嘴："你不就是我这么乱认识的吗？"

一句话，就把匡正噎住了。

"对了，"宝绽洗了个手，又踩雷区，"一冬没见着大黑了。"

大黑怎么样了，不知道，反正匡正的脸黑了，他是真纳闷儿，他这个操心费力的干哥哥怎么每每沦落到和一只狗并列？

第二天匡正到金角枫，想给段家的三个儿子开个会，等达成一个共识后再去和段汝汀谈第二轮。他跟医院借了个小会议室，应笑侬和段铎都到了，段小钧却迟迟没出现。

"他的车在楼下，"段钊站起来，"我去找。"

匡正伸手拦住他，他们兄弟之间的关系很微妙，一句话说不好可能就谈崩："我去。"

他出了会议室，沿着长长的走廊往前走，同时拨段小钧的号码，那边正在通话中，他没挂电话，边等他切线边往两边刚消过毒的空病房里看。这时前边的休息区传来模糊的说话声。

"……你不要动，我眼下用不着钱。"是段小钧，"少不了我那一份，你别瞎操心了，就算家里一分钱不给我，靠战国红，也够我这辈子横着走。"

匡正挂断电话，在拐角前停步。

"邦妮，我不需要律师团队，"段小钧很坚决，"我知道你是为我好，但我不想先下手为强，更没穷到要在家里搞钩心斗角这一套！"

邦妮，匡正有印象，西楼信息部那个胖丫头，小圆脸，爱笑，很阳光。

"你不用劝我了，"段小钧接着说，"你记着，B.D.对我来说不只是个随时可以提现的联合账户，那是我的事业，"他强调，"也是你的事业。"

B.D.？匡正惊诧，在去年的战国红分岔危机中，和中国区版主雁翎甲发布联合声明的账户就是B.D.，今年春节前后，它已经超过小顾，成为除创始人外全球最大的战国红持有者，账户价值在十亿美元左右。

匡正恍然大悟，这个B.D.，难道是Bonnie & Duan？

"可能吧，"段小钧掏出烟，"我是小儿子，没有危机感——"

"段小钧。"匡正跨过拐角，站到他面前。

段小钧愣了，把烟从嘴里拿出来，塞回烟盒："老板叫我，挂了。"

老板，这是匡正的专有称呼，除了他，段小钧没有第二个老大。匡正记得，决定战国红生死的前夜，他和段小钧见过一面："那时你是因为我才发联合声明的？"

段小钧短暂地沉默，然后说："发布联合声明对我有利，"他轻描淡写道，"如果没有那份声明，战国红现在只是个不入流的野鸡产品，可能已经从世界上消失了。"

"但你做决定的时候，"匡正盯着他的眼睛，"并不知道这个结果。"

对，段小钧当时什么都没想，只想帮匡正一把。

"那不重要，"他耸耸肩，"事实是我的身家翻了近百倍，我做了一个正确的决定。"

他笑笑，擦过匡正要往回走，匡正叫住他："为什么，默默做这么多？"

段小钧停在那儿。

"我对你算不上好，"匡正回忆在M&A那段日子，"我是个坏脾气的VP，虐过你，教你的东西也——"

"你教的比任何人教我的都多。"段小钧打断他，"我有爸爸，还有两个哥哥，"稍顿，他改口，"两个'半'，但他们没一个教过我，这个家，你也看到了，它就不像个家。"

匡正扭头和他对视。

"你就像我的父亲、我的哥哥，"段小钧说，"我不缺钱，缺的是精神上的指引，是能告诉我这辈子该往哪走、该怎么走的人。"

匡正还记得，这小子死皮赖脸叫他"哥"，他太渴望了，渴望得到年长者的关爱。

"你对我很重要，"段小钧低下头，"你是一个榜样。"

匡正说不感动是假的，但两个大老爷们儿一口一个"重要"，他不自在，沉吟片刻："雁翎甲是谁？"

"不知道，"段小钧答，"只在论坛联系过一次，传言他就是战国红的创始人。"

匡正点了点头，拍拍他的肩膀，和他并肩往回走，远远地，看见段钊站在段有锡的病房门口，急急喊了一声："老板！"

匡正直觉有事儿："怎么了？"

段钊眉头紧锁："老二带了一帮高层来逼宫！"

逼宫？匡正拨开他走向病房，推门进去，见应笑侬站在客厅里，正愤愤地盯着休息室的门。匡正径直闯进去，屋里有七八个穿黑西装的大个子，或坐或立，齐刷刷地看向他，是专业的安保人员。

匡正的视线移到最里面的病房门，那伙人立刻过来挡着，一门之隔，屋里是病入膏肓的段老爷子和迫不及待的段汝汀。

"爸，"段汝汀坐在病床旁的软椅上，后面站着一排西装革履的少壮派，"集团的骨干们都想来看看你。"

段老爷子的状态很不好，因为呼吸困难，二十四小时靠坐在床头，人更瘦了，几乎塌陷在被子里，灰蒙蒙的眼睛转过来。

"集团市场部总经理，"段汝汀介绍，"宋海洋。"

被叫到名字的人走上来，深鞠一躬："董事长好。"

"集团财务部主管，"段汝汀叫下一个，"陈有志。"

差不多的穿着，差不多的脸："董事长好。"

接着是："爱音地产总裁，庞辉。"

"董事长好。"

之后还有爱音医疗、爱音科技、爱音文化等，段老爷子面无表情，听着他们没完没了地问候。全介绍完，段汝汀说："爸，我十七岁进集团，半工半读，从最底层的文员干起，整整八年了，现在虽然管着集团的业务，但还只是个小董事。"

段老爷子把目光投向她。

段汝汀挺直背脊，终于说："CEO的位子一直空着。"

段老爷子审视她，又看看她身后的那帮高管，吃力地笑了："你岁数还小。"

段汝汀马上说："段铎只比我大一岁。"言下之意，她知道，这个位子，还有将来的董事长，都是留给老大的。

段老爷子没否认，转过头，半阖上眼。

段汝汀被他无视了，强压着怒火："我为什么不行？"她追问，"因为我是老二，是女人？"她不服，"还是因为我不是徐爱音的孩——"

听到那三个字，段老爷子虚弱的身体里迸发出一股力量："不许你提她的名字！"

段汝汀的脸瞬间僵硬，瞪红了眼眶："我不配提她，是吗？"

段老爷子没回应。

"因为我和我妈，她才走的，是吗？"

段老爷子弓着后背，似乎很难受。

"所以你就和我妈离婚……"

"集团是我和徐爱音的心血！"忍着胸腔里的疼痛，忍着往事的折磨，段老爷子说。

"集团也有我的心血！"段汝汀从椅子上站起来，"我不在乎什么财产，我也不要钱！八年了，我为集团奋斗了八年，你不能就这么把我辛苦经营的事业抢走，塞给一个什么都不懂的——"

"什么你的事业！"段老爷子抬起头，一张濒死的脸，分外残忍，"我给你你就有，不给你你就没有！连你都是我生的！"

段汝汀的颧骨煞白，她质问这个生她养她的人："那我作为一个人的价值呢，我所有的努力呢，在你眼里，就什么都不是吗？"

"什么都不是，"段老爷子绝情地说，"你做得再多……咳咳，再好，也没有用！"

他太不讲道理、太伤人了，段汝汀紧紧攥着拳头，要不是穿着一身男装，甚至要掉下泪来。"爸，"她颤着声音，"今天当着你的面，还有高管们，我做个保证，你把集团交给我，我用一辈子守护它，终身不嫁——"

砰的一声，匡正踹开房门闯进来，身后是那帮健壮的安保人员，被应笑侬他们几个撕扯着拦在外面。

匡正的头发乱了，西装扣子也掉了一颗，他抻平领子，看向段汝汀身后的高管们，冷冷命令："外人都出去。"

段汝汀双眼充血，有股要杀人的劲儿："你就是段家最大的外人。"

"我代表段铎、段钊、段钧三位继承人站在这里，"匡正和她针锋相对，"请你让你的高管们出去，段老现在很虚弱。"

继承本来就是段家的私事，高管们交换一个眼神，鱼贯而出，房门在匡正身后关上。安静的室内，他毫不客气："段汝汀，你过分了。"他用一种长辈的口气，居高临下，掷地有声。

从没有人对段汝汀这么说过话："我想怎么干，轮不到你教我。"

匡正瞥一眼病床上的段老爷子："让医护人员进来，我们出去谈。"

段汝汀没动。

"你知道你在干什么吗？"匡正没把她当女人，只当作一个平等谈话的对手，"你在亲手打碎你最重要的东西！"

"我知道什么对我重要，"段汝汀抖了抖西装，走到他面前，"我的事业、我的独立价值、我的人格。"

"你在挑动少壮派和元老们的斗争！"匡正告诉她，"你在把你的家族推向悬崖。"

"不破不立，"段汝汀扬着下巴，"迟早会斗出一个输赢。"

"你不要被利益集团利用，"匡正试图说服她，"他们各有各的盘算，但我们，要的是段家的统——"

"我不要！"段汝汀很激动，因为刚才段有锡的那番话，因为这么多年在这个家遭受的不公，"匡正，别欺负我是个女人，女人也有追求成功的权利，"她急喘着，"女人也可以像男人一样，一往无前，杀出一条自己的路。"

匡正定定看着她，没反驳。

"而你，"段汝汀歪着头，扯着他没了一只扣子的西装前襟，"太碍眼了。"

151

应笑侬从病房大楼里出来。阳光灿烂，停车场对面的围墙下有一片金色的木槿花，他走过去，在如茶的花枝间坐下，苍白的脸，比花更艳。

父亲、手足、财产……他疲惫地揿了揿太阳穴，掏出手机拨时阔亭的号码，单调的电话铃响了半晌才有人接起来："小侬！"

听到熟悉的声音，应笑侬说不清心里的感受："……时大傻子。"

"这么多天了，你怎么也不来个电话！"

应笑侬绷紧的神经放松下来："想我了？"

"滚。"

"我没给你打，你就不能给我打过来？"

"我怎么那么爱给你打电话？"时阔亭嘟囔，"你家高门大户的，我添什么乱。"

应笑侬捡了根木棍，捅脚底下的蚂蚁窝："让我听听小宝的声音。"

"算了吧，你撩五分钟，我哄半小时。"

"少废话，"应笑侬顿了顿，"我想他了。"

时阔亭叹气："他一直哭，刚睡着。"

"拉肚子了？"应笑侬担心，"发烧了？"

"想你想的，"这几天时阔亭也累，一个人带孩子，一个人撑着俱乐部，"成天伸着小手要妈妈，我跟他说你回娘家了。"

应笑侬磨牙："姓时的，你皮又紧了是不是？"

"是紧了，"时阔亭跟他叫板，"您老什么时候回来收拾我？"

应笑侬扔下捅蚂蚁洞的小棍儿："我爸得癌了。"

电话那头沉默。

"晚期，"应笑侬很平静，仿佛在说别人家的事，"没几天了，都等着分财产。"

"你在哪儿呢？"时阔亭马上说，"我过去。"

应笑侬的眼眶有点儿热，忍着："你别来。"

"你不是想小宝吗，我抱孩子看你去。"

应笑侬想象了一下那个画面，一米八几的大老爷们儿抱着个叫"妈"的小婴儿，拖家带口来找他，他丢不起这人："算了吧，我见着你就烦。"

时阔亭没理他的臭嘴："你有事儿，哥们儿必须在。"

应笑侬笑了："不用，老匡在我这儿，有事儿他顶着。"

有匡正帮忙，时阔亭放心，换个手接电话："我说，我和小宝在家等你，天塌下来咱们一起扛。"

"嗯，"应笑侬的声音很轻，"挂了。"

"喂，"时阔亭叫住他，"那什么——"

应笑侬仰着脖子，瞧着头上金灿灿的木樨花，映着大片无云的碧空。

"我没跟你说过我爸吧？"时阔亭深吸一口气，"他四十多岁有的我，对我要多好有多好……可我总觉得跟他有代沟，特别是我妈走以后，他喝大酒，像是变了个人，要不是有宝绽，我不知道离家出走多少回了。"

应笑侬第一次听他说时老爷子的事，原来他们俩一样，都是父亲盼星星盼月亮，人过中年才有的儿子。

"后来我爸住院，我寻思，老家伙要走就走吧，岁数也大了。"时阔亭讲得很慢，"但他真走的那天……"

应笑侬屏住呼吸，从时阔亭的言语间，他听出了懊悔。

"要是老天爷能再给我一次机会，我一定珍惜最后那几年，哪怕他往死里喝酒，揍得我满地找牙。"

应笑侬绷住嘴角。

"但是，"时阔亭缓缓呼气，"没机会了。"

"子欲养而亲不待，"应笑侬抬头望向三楼病房，回答，"我知道了。"

他挂断电话，起身上楼。段汝汀和高管们已经走了，小客厅里只有匡正和两个小段，他穿过休息室走进病房。护士正往老爷子的雾化器里打药，见他进来便放下东西，出去了。

应笑侬在床边坐下，段有锡阖着眼，仰靠在垫高的枕头上，咬着牙，忍受癌细胞侵蚀带来的剧痛。

"药……"老爷子连绵地咳，又咳不出什么，应笑侬在医生办公室看过片子，他的胸腔里全是积液。

他想要止疼药，桌上就有两片，应笑侬去拿，这才发现自己的手是抖的，像他这样"不肖"的儿子，面对病入膏肓的父亲，原来也没法无动于衷。

老爷子抿了药，含口水吞下，抬起眼，看到一张意料之外的脸，三分阳七分阴，像是揉了油的缠丝玛瑙，美得堂皇。

他愣住了，盯着这个难以取悦的儿子，不敢相信他在这儿，一束光似的，照亮了自己的病床。

"看什么看？"应笑侬冷着脸，坐回椅子上，冲他扬了扬下巴，"好好躺着。"

"我看我大儿子……"段有锡回不过神儿，"长得真好。"

废话。应笑侬翻了个白眼："我妈长得就好。"

是，他像徐爱音，太像了，一舒眉一转眼，活灵活现。"还知道来床前看我，"段有锡的脾气倔，好话不会好好说，"看我什么时候死？"

应笑侬一口气堵在嗓子眼儿："你以为我愿意看你？我哥们儿让我来的。"

哥们儿……段有锡的神色有点儿怪，板着脸没说话。

"行了，你睡吧，"应笑侬别过头，明明是关心，却把话拗着说，"养足精神好骂我。"

段有锡不肯睡，怕一闭眼这个儿子就不见了，语气强硬，却说着服软的话："你那些破事儿，我懒得管了。"

应笑侬以为他指的是唱旦角儿，哼了一声。

"日子是你自己的，"段有锡似乎纠结着什么，神情复杂，"你想怎么过……和谁过，从今往后我由着你。"

嗯？应笑侬拧起眉头，觉着他这话好像有点儿不对头。

"你那……哥们儿，"段有锡使了老大的劲儿，挤出一句，"小伙子挺精神。"

啊？应笑侬有种不好的预感。

"你们租那房子，我找人去过了，"段有锡的表情很尴尬，"我看了照片，人……还过得去。"

应笑侬呛了口唾沫，腾地站起来："死老头子，你说什么呢！"

段有锡那么古板的人，摆了个"别装了，都明白"的暧昧表情，不大自然地说："都怪你妈，把你生得太漂亮。"

我去！应笑侬抓起段有锡扔在床头的手机。是锁屏界面，他理所当然地输入他妈妈的生日，屏幕抖了抖，居然没通过。

他火气蹿了上来："密码！"

段有锡的声音不大："你生日。"

应笑侬怔了怔，手掌不自觉地收紧，硬绷着脸，默默输入自己的生日，下一秒屏幕再次抖动，密码错误。

应笑侬翻起眼皮："你老年痴呆了？"

"阴历。"段有锡瞧着这个傻儿子，段家上下没人不知道他们母子的阳历生日，他不可能用来当密码。

应笑侬有点儿讪："我阴历生日多少？"

"十月二十。"

农历十月二十，即使段有锡真得了阿尔兹海默症，也不会忘记这个日子，一个大风天，他的第一个孩子呱呱坠地，哭声响亮，那么漂亮。

应笑侬点开手机相册，里头密密麻麻全是自己的照片——绣着麒麟头的黑色夹克、高高翻起的彩裙水袖，怀里吃着指头的小宝，背后护着他们过马路的时阔亭，一家人在笑，笑弯了眼睛，任谁看都其乐融融。

"你的人生，"段有锡枯瘦的面孔上，一双眼窝深深凹陷，"我管不了，也没法管，再说……我也看不见了。"

"不是——"应笑侬想解释，又不知道从哪儿解释起，"孩子是他捡的，和我没关系！我说别捡，他非不听，捡了孩子又让我带，我……"

段有锡什么都没说，只是宽容地看着他，他从没这么释然，像是年久的刀子锈了刃口，又像是一支残烛就要烧尽，让应笑侬清楚地感觉到，这个强硬的男人，这个固执的父亲，就要离他而去。

他不再辩解，此时此刻，他们父子跨过了那道横亘已久的沟壑，带着矛盾，试着妥协，彼此坦然相对。

"匡正，"段有锡忽然说，"我看老二挺喜欢他。"

应笑侬的眼睛都要从眼眶里瞪出来："你哪只眼睛看见你女儿喜欢他？"他俩明明都快打起来了！

"老二憷他，"高层逼宫时，段有锡亲眼看着段汝汀和匡正交锋，"除了我，她还没慑过谁。"

"得了吧你，"应笑侬实话实说，"匡正是我这边的人，就咱家现在的情况，老二不出手动他就不错了，怎么可能——"

忽然，他意识到了什么。段有锡向来不乱讲话，他既然这样说，或许是有松口的意思，想按匡正的建议，在继承人问题上重做考虑。

"我还没听过你唱戏。"这时段有锡转移了话题。

应笑侬一愣，"戏"，这是他爸最厌恶的字眼儿。

段有锡剧烈地咳，捂着胸口说："给我来一段。"

来一段，说得像个懂戏的行家。应笑侬想了想，慢慢从椅子上起身，不施脂粉，没有行头，左腕向前挽，是牵缰，右手往上捋，是挑翎，双眸一定，活脱脱一个不可方物的双阳公主。

"抖丝缰催动了桃花战马，"他的嗓子是真甜，一汪水儿似的，润到人心坎里，"为驸马冒风霜奔走天涯！"

段有锡一眨不眨盯着他，不情愿，却不得不承认，他这儿子天生就是唱戏的，一举手一投足，如玉如虹。

应笑侬翩然旋身："绿野暗暮烟横夕阳斜下，只留得青山间一片红霞，燕归巢鸟投林情堪入画，"他微眯着眼，意态婉然，"我双阳走岭南离国撇家！"

离国撇家。段有锡苍老的眼角湿润了，这个儿子离家太久，久得他这个做父亲的情愿拿出一切，换他回心转意。

应笑侬勾起嘴角，漾出一个靡丽的笑："声萧萧惯长征千里战马，高耸耸峻山岭又无人家，顾不得路崎岖忙催战马——"他双眉一挑，正对着病床上的父亲，"行来在歧路口，路现双岔！"

他们父子、整个段家、爱音集团，眼前正面临着一条性命攸关的岔路口，这步走对了，大家安然无恙，要是走错了，顷刻间就粉身碎骨。

窗外的阳光泛着宝石般的金红，洒在应笑侬背上。段有锡几乎用尽最后一丝力气欣赏这份美，然后轻轻地说："让匡正找律师来，我要立遗嘱。"

152

宝绽火了，因为电梯里缠绵悱恻的一首歌、一个柔情似水的眼神。

万融东楼那期节目一上平台，就迅速横扫各大自媒体热度榜，把他推上流量尖峰的是疯狂的粉丝转发和话题讨论。

一夜之间，宝绽在《箱之声》的点赞排位大涨，直超文昝也成为总积分第一名，他在微博和风火轮的个人账号也水涨船高，二十四小时吸粉逼近百万。

而这一切，宝绽心里清楚，不是源于自己的唱功，也并非什么戏曲的魅力，只是因为一段男声女唱。

他叹一口气，推开直播间的门。今天是星期五，节目组安排了全员大直播，下午五点半开播，半夜十二点半结束，十位嘉宾依次上直播席，与粉丝零距离互动。

今天他没穿西装，也没着长衫，而是披了一条雾蓝色古风刺绣大袖衫——蓝天亲自给选的，肩线流水般一泻而下，长摆如云如雾拖在地上，衬着他韧竹似的身形，有介于男性与女性之间的风流。

一进门，他和文昝也走了个对面。那家伙是韩系妆，皮肤像拿砂纸抛过光，整个人闪闪发亮，看见他，冷着脸擦过去。

宝绽和他谈不上好，但私底下递个水发个短信，还算默契，自从匡正出现，他们的关系才急转直下。

直播间三百平方米，立着大大小小的手机和平板电脑，其中一台架在环形的补光灯上，对面墙上印着《箱之声》和风火轮的大标识，周围贴着密密麻麻的赞助商标识。

十个嘉宾，加上各自的工作人员，屋子里乱糟糟的。宝绽在角落坐下，掏出手机准备复习一下公司发来的注意事项，身边有人叫："宝哥。"

宝绽抬头。是张荣饭局上那个"小天使"，穿着一身带银闪的打歌服，美瞳是柔和的金棕色："小周。"

"哥，你几点上播？"小周问。

宝绽疑惑，所有嘉宾的上播时间都公布在助理群里："十一点半。"

小周先是点头，然后苦笑："我是五点半。"

周末下午五点半，学生们在放学路上，上班族要么叫外卖准备加班，要么收拾东西约饭约电影，和宝绽的十一点"黄金档"比起来，是个死亡时段。

宝绽不知道说什么好，小周接着卖惨："我已经连着三周排名垫底了。"

他走的是偶像路线，人长得精致，歌也潮流，是个有潜力的新人，但在《箱之声》这种拼表现力和个人魅力的节目里，显得平庸、乏味。

"宝哥，"他直说，"你帮帮我。"

宝绽为难，帮他，怎么帮，难道跟他互换时段？

"宝哥，你的积分已经第一了，不差这一场直播，"小周低下头，很局促，"我不行，下午五六点根本没有流量，这一期我等于又陪跑，公司说……我要是再没有曝光度，就放弃我。"

他说得真惨，那张无辜的脸，谁见了都会心软，但宝绽知道他的真面目。在张荣的饭局上，女服务员在他身边烫伤了手，他却无动于衷，继续吃花生米，他的无助、可怜，都是在做戏。

宝绽垂下眼，没说话。

"宝哥，"小周压低声音，"求你了。"

他同样了解宝绽，在张荣的那场饭局上，宝绽穿着名牌戴着名表，却肯帮受了伤的服务员端菜，是个有同情心的人。而他能利用的，正是这种人。

两人目光相对，彼此的人品心知肚明，正在这时，文咎也从洗手间回来，一眼看见小周在宝绽身边，皱了皱眉。他在娱乐圈混了十多年，《箱之声》里都是些什么咖、几期节目下来谁涨谁跌、眼下一个个正琢磨着走哪几步棋，他一清二楚，小周这种货色往宝绽身边一凑，他就知道他想干什么。

文咎也记匡正的仇，连带着厌烦宝绽，但此时此刻，他看那个耍心机的小偶像更不顺眼，凶巴巴叫了一声："宝绽！"

九爷隔着大半个屋子喊人，直播间唰地静了，大伙儿纷纷抬头。

这么多双眼睛盯着，文咎也一点儿不怵，牛轰轰地，指着离宝绽老远的饮料柜："给我拿瓶水。"

宝绽有点儿蒙，没动弹。周围开始窃窃私语：

"哎哎哎，九爷要大牌了。"

"渣男自己没长手啊。"

"你们幼不幼稚，小朋友。"

"啥？"

"这周的积分榜谁上位了没看见？"

宝绽望向文昝也。那家伙傲慢地瞧过来，一张冰冷的脸，其实外冷内热，借着器张跋扈，帮过他不止一次。

"不是吧？宝绽就抢了他一次第一，他就给人家下马威？"

"不然呢，文昝也这个级别的咖，用得着跟个唱戏的新人耍大牌？"

"人心险恶……"

不，宝绽清楚，文昝也不是那种人，他确实是老油条，也玩过小手段，但没有意义的"大牌"他绝不会耍，下一秒，宝绽站起来。

"喂喂喂！"直播间骚动了，满屋子的人都以为他要和文昝也正面刚，暗戳戳解锁手机准备录像。

宝绽却没遂他们的意，他抱歉地冲小周笑笑，侧过身，去给文昝也拿饮料。

"不是吧，"马上有人嘀咕，"这么没脾气？"

"不是没脾气，是没骨头。"

"一个唱戏的，你让他有多大胆儿？"

"啧，没劲。"

宝绽听着那些只言片语，不为所动，他知道这些人唯恐天下不乱，都想嚼着别人的晦气当快乐，他不可能让他们如愿。

"宝哥，"小周怕他借着这个茬儿开溜，连忙跟上去，"时段的事儿——"

宝绽不应声，拒绝的意思很明显。小周急了，一把抓住他的大袖："宝哥，你犯得着跟我计较这点儿东西？"他扫一眼周围，低声说，"你和平台的大佬总称兄道弟，想要什么要不成？"

他指的是张荣，宝绽蹙眉。

小周目光灼灼："你抬一抬手，就有我一条活路，"说到这儿，他脸色难看，嘴角的肌肉有些抖，"难道要我在这儿给你跪下？"

跪？宝绽难以置信地审视他。他是认真的，那双眼睛过于执拗，这个人豁出去了，为了一次直播、一个时段，连尊严都能不要。

"小周……"

"宝哥，你别逼我。"

宝绽觉得可笑，自己的时段，不愿意换就成了逼迫。他瞥一眼文昝也，再看看这屋子里形形色色的人，小周要是真扑通跪下，就是今天《箱之声》直播后台最大的新闻，那自己在这场闹剧里成了什么人？

区区一个时段，不值得。

"行，"他点头，"你换去吧。"

小周的脸亮了，一瞬间，从一把危险的刀变成一团热情的火。文昝也远远看着，看着宝绽的克制和温和，不高兴。

宝绽拿了水给他送去，文昝也盯着他，一路盯到面前。西柚味的运动饮料，是助理常给他备的那种，他却没接，哼了一声，不屑一顾地走开。

吃瓜群众又开始感慨："我去，九爷真践。"

"顶流就是顶流，范儿在那儿呢。"

"得啦，五分钟前还说人家是渣男。"

"要你管。"

宝绽握着那瓶水，孤零零地站在原地。

新的时段很快公布，工作人员催着宝绽上直播席。小黄手忙脚乱，拿着纸笔坐到他旁边，趁话筒还没开，哭丧着脸抱怨："为啥要换啊，凭什么换啊！"他瞄着那点儿可怜的在线人数，"你看看这才几个人！"

宝绽面前是白亮的补光灯，屏幕上的脸是他的，也不是他的，肤色白得不自然，唇色又过于红艳，纤细的眉毛挑在如雾的黑发下，像换了种性别。

"小黄，"他问，"这美颜怎么关？"

"你还有心思管美颜？"小黄的胖脸拧成一团，"我都没敢给蓝姐打电话，一会儿她看见微信，非骂死我不可！"

这时耳机里有工作人员指示："嘉宾开话筒。"

五点半，直播开始，宝绽抿起嘴唇，顺了顺衣领，把背脊挺直，以一股如今的年轻人少有的英气面向屏幕："喜欢《箱之声》的朋友们，大家好。"

他的喉咙有些紧，不大适应这种交流方式，他在屏幕这边问好，那边却静悄悄，只有不断刷新的粉丝留言：

"哥哥好！"

"？？？宝宝开场？？？"

"超话里吵了一天，宝九谁是箱之声一哥，现在知道了。（九爷果然压轴！！！）"

"有没有搞错！凭宝宝的积分，五点半？！"

"你家出道两个月，还想要几点？"

"五点半，哥哥太吃亏了，节目组故意的吧！"

"宝宝粉看这里！宝宝已上播！求扩散！速来直播间集合！"

留言刷得太快，宝绽看不过来，他第一次上直播，脑袋晕乎乎的，机械地照着预先准备的台本走流程。半个小时其实一眨眼就过去，尽管粉丝不断在评论区摇旗呐喊，但到了五点五十七分，在线人数仍然没有突破五万。

宝绽可以不在意曝光度，但小黄不行，眼看着时间所剩无几，他已经在心里给今天的热度画了个叉，与其说挫败，不如说不甘。正在这时，评论区上方突然刷出来一片大大小小的红心，快速卷成旋涡，炸得满屏缤纷的星光。

小黄瞪大了眼睛。

宝绽不知道怎么了，屏幕上炸个不停，数不清的旋涡和星光前后叠加，糊了大半个评论区，那里现在是一片感叹号垒成的墙。对面的桌子上，工作人员一个个像是定住了，露出震惊的神色。

宝绽收回目光，在持续的红心刷屏中看到一条新出现的提示："ID'路边等你'送出'爱的魔力转圈圈'×10。"

爱的……魔力转圈圈？宝绽差点儿笑出声。这是什么？

小黄在纸上给他写提示："爱的魔力转圈圈，风火轮最大的礼物，价值99999个轮子！"

宝绽用眼神询问："99999个轮子很多吗？"

小黄又写道："相当于9999人民币。"

宝绽惊了。

小黄接着写道："他一次刷十个，已经刷了十二次！"

将近一百二十万！宝绽看向屏幕，那个人还在刷。"路边等你"这个ID，他不熟悉，但论做派和气度，像极了如意洲那帮捧珠人。"感谢这位朋友的礼物，"他想了想，委婉地说，"大家来看直播，心意我领了，但冲动消费——"

忽然，在一片"惊现贵妇粉"的评论队列中，"路边等你"闪过一条留言："我不是冲动。"

宝绽微仰着头，衬着雾蓝色的刺绣大衫，那个"愿闻其详"的姿态着实漂亮。

"路边等你"："我想点一首歌。"

宝绽挑了挑眉。

"路边等你"："《巧合》。"

一瞬间，宝绽知道他是谁了："小先——"那个特别的称呼差点儿脱口而出。

153

六点整，宝绽下播，同时"百万点歌"话题迅速冲上热搜榜首位，紧随其后的是"爱的魔力转圈圈"，连《巧合》这首老歌都短暂地挤进了前二十，小 W 顺位上播的时候，《箱之声》直播间的在线观看量已经突破一百万。

一个没人要的"死亡时段"，却在最后三分钟爆冷冲顶，所有人看宝绽的眼神都变了，他不是个没来头的小人物，相反，这种操作背后一定有大资本的加持。

宝绽从直播间出来，立刻给小先生打电话。那边接得很快，带着笑意："宝老板。"

宝绽被他那堆"魔力圈圈"刷蒙了，脱口而出："你干什么啊？"

小先生认识他这么久，头一次听到他这种口气，不礼貌，不得体，一瞬间拉近了他们的关系："我怎么了？"

"还不承认？"宝绽凶巴巴的，"就是你。"

小先生直接在电话那边笑出来："好好好，是我还不行吗？"

"什么叫是你？"宝绽沿着走廊往前走，"《巧合》那首歌——"

"是梁叔，"小先生说实话，"他刷的礼物。"

宝绽愣住，语气随即缓和下来："梁叔身体怎么样？"

"康复得不错，能坐起来看直播了，"小先生用一种打趣的口吻，"他现在是宝宝粉，天天抱着平板给你点赞冲榜。"

宝绽的粉丝自称"宝宝粉"，可爱又好记，但宝绽觉得太奶气，颧骨泛了红："你别什么都往梁叔身上扯。"

"我没扯，"小先生哭笑不得，"他刚才按铃叫秘书，说你直播间人太少，要给你刷礼物，我过去凑了个热闹而已。"

梁叔、小先生、私人秘书，三个大男人围在一起刷"魔力转圈圈"，宝绽想象了一下那个画面，说不出地违和。这时前头的电梯门开了，蓝天怒气冲冲地出来，看见他，给了一个凌厉的眼神。

宝绽挂断电话，跟着她走进直播间对面的屋子。是个空会议室，蓝天关上门，回身质问："谁让你跟人换时段的？"

宝绽意外，没想到她会为了这件事亲自过来。

"谁同意的？"蓝天提高调门，"你问过我吗？"

宝绽一时语塞。

"十一点半这个时段，"蓝天甩下包，"是你的，也是公司的。"她毫不掩饰怒气，"我不管你是什么背景，背后有多少大佬保着，在我这儿，你得守我的规矩！"

"蓝姐……"宝绽知道自己欠考虑了，但没觉得这是个多大的事儿，"擅自换时段是我不对，应该先跟公司打个招呼，还好没造成损失——"

"没损失？"蓝天冷笑，"你上热搜了，热搜的好处你捞着了吗？"

宝绽茫然。

"你告诉我，"蓝天点着桌面，"你今晚的数据是多少？"

宝绽没留意这些，下播时听小黄说了一嘴："不到二十万。"

"你知道《箱之声》现在的流量是多少？"蓝天指着对面，掏出手机给他看，"六点半，二百九十二万人在线！"她啪地扔下手机，"你这个热搜是给谁上的？"

宝绽反应过来，他是给《箱之声》做了嫁衣裳……

"是给启力传媒的小W、八风造星的小周、成咎工作室的九爷，你后头的所有竞争者！"

到这一刻，宝绽才明白蓝天在气什么，"热度"和"资源"是娱乐圈趋之若鹜的东西，他却不屑一顾。

"你开这种口子，"蓝天狠狠拍了把桌子，"是想让圈里人都知道你宝绽好欺负、我们泱泱娱乐是吃素的吗？"

这一声动静很大，直播间那边都听到了，一个个大眼瞪小眼，立着耳朵听。文咎也皱了皱眉，推门出去。

会议室的门是蓝天关的，却没关严，文咎也盯着那道缝，马上明白她的火不是冲着宝绽，而是冲着对面那些人，她在警告他们，宝绽的性格软，但他的老板足够硬气，谁也别想来捡便宜。

文咎也轻笑，转身要回去，这时听到背后说："宝绽，你入行也有一阵了，对热度、名气这些真的一点儿不在乎？"

文咎也好奇蓝天为什么这么问，偌大的娱乐圈，热度为王，谁能不在乎？

许久，宝绽的声音传来："姐，你知道我出道的目的，只是为了戏。"

戏？文咎也一下子没理解。

"我个人是冷是热、红了还是黑了，无所谓，"宝绽清楚地说，"只要多一个人看到京剧，对京剧有兴趣，我就值了。"

文咎也怔在那儿，有私银托着的宝绽、和娱乐圈格格不入的宝绽，来蹚这趟浑水果然不是为了名利，而是为了一个小得可怜的理想，他想靠艺人的影响力挽救一门衰微的艺术。

"可这么久了，"宝绽的声音落寞，"我没正经唱过一回戏。"

"也哥，"助理从直播间那边冒头，指着手表，"快到点儿了，车在底下等着。"

文咎也在《箱之声》的档是十二点，他七点半还有个电视台的通告，得先走。寻思片刻，他朝助理招了招手。

"宝绽，"蓝天语重心长地说，"咱们不谈你的眼界、人品，单论条件和资源，你在这个圈子想火，没人压得住你。"

火，多少人梦寐以求的东西，宝绽却没有野心，他看得通透，文咎也的傲慢冷漠、小周的卑微甚至卑劣，或多或少都与这个字有关。

"蓝姐。"这时有人在门缝外打招呼。

"小李，"蓝天认识，文咎也的助理之一，"有事？"

"那什么，"小李笑呵呵进来，"我们也哥一会儿有个电视台的通告，可以带个嘉宾过去，让我来问问你有没有需要。"

电视台是主流媒体，无论曝光度还是覆盖范围，都不是《箱之声》这种网络平台能比的，蓝天诧异地看向宝绽。

"《星综艺》。"小李直接报名字，是一线卫视频道的当家节目。

这是个大人情，蓝天马上说："宝绽，你去一趟。"

工作上的事儿，宝绽听她的，点个头，跟着小李往外走，经过蓝天身边，听她低语了一句："可以啊，把九爷捋得这么顺。"

宝绽一愣，刚要否认，蓝天轻轻推了他一把，露出了赞许的笑容。

宝绽走出会议室，文岙也正和两个助理等电梯，余光瞧见他，转身当没看见。宝绽明白他的意思，隔着几步站在后头。这时直播间的门开了，小W下播出来，特别热情地叫："宝哥！"

匡正提醒过，不要和这个女人有接触，宝绽下意识后退："你好。"

宝绽的能量，今天全直播间都见识了，小W套近乎的意图很明显："哥，你要走啊？"

"啊……"宝绽简短地答，"回家。"

"正好，我也要走，"小W无视他的冷淡，"咱们一起吧。"

宝绽刚想拒绝，小W又说："哎呀，我得请你吃个饭。"说着，她要给助理打电话订饭店，"进组这么久，咱们还没好好聊过呢。"

"不用……"宝绽最怕死缠烂打这套。文岙也翻了个白眼，回身搭住他的肩膀，毫不客气地掉过去："你有完没完？"

突然挨了一句，小W太阳镜下的脸僵住了，气氛紧绷，宝绽想说点儿什么缓和一下，正巧电梯到了，文岙也揽着他进去，正眼都没给小W一个。

电梯直达地下停车场，助理们簇拥着两人上文岙也的车。一辆黑色保姆车，奶白色座椅，他们一左一右坐在后座，隔着一段微妙的距离，从大厦的指定出口缓缓驶离。

目的地离这儿不远，二十多分钟路程，文岙也喝了口水，不咸不淡地说："匡正真舍得给你花钱。"

宝绽不喜欢他提匡正时的口气，没应声。

"两分钟三百多万。"

他指的是"爱的魔力转圈圈"，宝绽看向窗外："不是他。"

文岙也哼笑，显然不信。

"是另一个朋友。"

文岙也惊讶，扭头看着他，这种分分钟砸个几百万的朋友，他居然有不止一个。

"谢谢，"忽然，宝绽转过脸，那样一双真诚的眼睛，能看到人心里去，"你……和他们说的不一样。"

文岙也不习惯他的坦率，更不习惯他这些话。"他们，"他挂着某种冰冷的笑意，"在他们嘴里，我是买来的影帝，你是不知道哪个富婆包养的小三。"

不堪入耳的话，令宝绽拧起眉头。

"我在'他们'嘴里活了十年，已经面目全非了。"

宝绽捕捉到他脸上一闪而过的愤懑："那个影帝……"

"为了角色，我在意大利的华人社区待了五个多月。"文咎也笑着，有些玩世不恭的样子，但膝盖上扣紧的手掌泄露了他的不甘，"一百分钟的电影，我拍了二百零三天，纺织厂里的所有活儿，我都能干。"

那大概是一部关于华人移民的电影，宝绽没看过，但不得不承认，他多多少少也信了"他们"的话。

"影帝什么的，其实无所谓。"文咎也故作洒脱，"在普拉托[1]首映的时候，不少来看电影的华人织工都哭了，他们才是我的桂冠，"他滑动喉结，慢慢地，扯出一个笑，"我尝过的酸甜苦辣，网上那些黑子不会懂。"

他说着无所谓，说着不在乎，但宝绽知道，做了十年公众人物，他的心已经伤得千疮百孔，想起在翡翠太阳的电梯里他不断重复的"别碰她"，文咎也经历过的东西，除了他自己，没人能想象。

"所以，你不是'渣男'，对吗？"

"哈，"文咎也又笑，他总是靠笑来掩饰情绪，"从入行到今天，我交过三个女朋友，最长的两年零四个月，最短的二十八天，最近这个——"

他停住，避开宝绽的目光，宝绽敏感地察觉到，这可能就是他和匡正的过结所在。

"去年夏天分的手。她家是做证券的，年初破产了，她长得好，想进演艺圈赚快钱，需要曝光度，"文咎也轻描淡写，"我给她行了个方便。"

宝绽久久没说话，再开口，和缓而郑重："我哥……要是有什么做得不对的地方，我替他道歉。"

文咎也觉得好笑，匡正那种手握数十亿资本流向的大人物："你替得了吗？"

"替得了，"宝绽毫不犹豫，"我说的话，他都认。"

文咎也眯起眼睛打量他，漂亮，聪明，背后靠着金山银山，却仍干净得像一汪水，这种人要是不唱戏，好像真不知道该干什么了。

保姆车拐了几个弯，开进电视台的地下停车场，沿着箭头到达指定位置。

1.普拉托：意大利华人最多的城市，毛纺织业中心。

助理下来开车门，宝绽一只脚踏下去，背后文咎也说："今晚你敞开了唱。"

宝绽回过头："唱……什么？"

"戏啊，"文咎也同时回头，挑起一个笑，"我的show time都给你。"

说罢，他潇洒不羁地迈出去，砰地甩上车门。

154

匡正在金角枫五楼东翼的会议室里，房间是医院提供的，段家的四个孩子都在，还有各自的律师，组成了一个临时律师团，对遗嘱细节讨价还价。

对于专业问题，匡正不参与，坐在窗下的沙发上看手机。他打开微博推荐，热门里好几条都是穿着雾蓝色汉服的宝绽，那么风流，那么美，却被庸俗的礼物雨刷了满屏。区区几百万，匡正不介意，他介意的是《巧合》这首歌。

"世上的人儿这样多，你却碰到我，"去年夏天在世贸步行街，宝绽在夜色中唱，那是唱给他的，匡正蹙眉盯着那个ID——"路边等你"。

等什么？哪条路？

"老板，"这时段钊拿着手机过来，坐在他的沙发扶手上，"小W发了条微博。"

"嗯？"匡正心情不好，换了个方向靠着。

一条转发过万的微博，只有短短两句话："下播啦，新人真不好当，说的不是我，是宝老板。"

匡正的眉头拧得更紧了。

"她一般只有几千转，"段钊低声说，"这条转这么多，是因为带了宝绽。"

匡正点开评论，热评第一条是宝绽的粉丝："十八线炒作女请自重。"

很普通的发言，匡正点开这条评论下面的回复，果然，热度在这儿呢："非黑非粉，在现场，B本来是十一点档，硬被挤到五点的，某天王还耍大牌，使唤他拿水。"

B是宝绽，"某天王"无疑是文咎也了，匡正的火噌地蹿了上来。突然，会议室的门从外头推开，本该在病房陪着的老管家气喘吁吁地进来，对着满屋子的人，只叫了一个名字："小铎！"

会议室里静了一瞬，应笑依第一个冲出去。接着，所有人反应过来，一窝蜂跟上，挤着一台电梯下三楼。

病房的隔音很好，推开休息室的门才能听到里头的哭声，是三房和四房的。匡正的头皮发麻，段老爷子好不容易答应立遗嘱，段家的危机眼看着要有一线曙光，死神却在这个时候挥起了镰刀？

一进病房，就听到监控器持续而尖锐的"嘀——"声，电子屏上横着一条平直的线，主治大夫是个六十多岁的荷兰人，他垂下淡蓝色的眼睛，摇了摇头。

三房和四房哭得更凶了，应笑侬走上去，很慢，像是不敢相信，隔着一段距离盯着病床上的人。段有锡走得很安详，没有紧皱的眉头，没有扭曲的表情，仿佛是累了，又好像得偿了所愿，终于撒手人寰。

"老家伙……"应笑侬的声音很轻，挑着一侧眉毛，压着另一侧，是在控制强烈的情绪，"喂，老家伙！"

他是段家的老大，是段有锡二十多年里唯一认定的儿子，他站在床前，没人敢贸然上去和他并肩。

"爸……"一滴泪猝不及防地从眼角滑落，应笑侬陡然喊出来，"爸！"

这一刻，他明白了时阔亭的话，"没机会了"，对这个顽固的父亲，无论爱还是恨，都没机会了，从今天起，他是一个真正的孤家寡人，无父无母，要在这个世上孑然而立。

段小钧随后上去，接着是段钊、段汝汀，他们或多或少都有一些茫然，那么强硬的父亲，一座山、一堵墙一样的大家长，就这样溘然长逝。

接下来的十分钟，是这个大家庭最和谐的十分钟，所有人一起悲伤，一同哭泣，直到平静被打破，有人说起了财产，接着，场面乱了。匡正冲过去的时候，四房正紧紧揪着段汝汀的衣领。

"你迟早得嫁出去！"她嚷，"别想带走段家一分钱！"

"松手，"段汝汀瞪着她，"小老婆，松手！"

"你叫谁小老婆？！"段小钧指着她的鼻子。

在段有锡的床前，他们互相攻讦，匡正抱着段小钧的肩膀往后拖。

"你们这些废物、寄生虫！"段汝汀挣开四房，正了正领口，"一个个不知道都在干什么，趴在我守着的江山上做好梦！"

匡正吼她："你少说两句！"

"姓匡的，"段汝汀掉转枪口，"我爸走了，你显得更碍眼了！"

"碍着你抢财产了吧？"四房在后头嚷。

段汝汀冷笑："钱都给你们，我只要集团！"

"你想得美！"四房攥起段小钧的手，"集团才是生蛋的母鸡，你当我们傻，吃你甩给我们的残羹冷饭？！"

匡正忍着她的魔音穿耳："遗嘱草稿已经拟好了，大家的律师都首肯，只要依样做一份协议——"

"什么协议，"忽然，三房开口，"我可不同意签协议，我和老头子是法定配偶，段家的财产我占一半。"

段钊愕然："妈！"

"去你的一半！"四房把耳环摘下来往她脸上扔，"玩浑的，咱们鱼死网破，谁也别想好！"

三房被珍珠耳环打了脸，横起来："那就打官司，看法院怎么判！"

"够了！"应笑依吼了一嗓子，只一声，屋里就静了，不是他嗓子亮，是段有锡这么多年的偏爱，树立了他在段家独一无二的地位。

他转过身，那个沉稳的样子，不是风华绝代的大娘娘，而是金口玉牙的太子爷："要吵滚出去吵，别在我爸床前表演。"他越过众人问老管家："我爸走前留没留话？"

"有，"老管家说，"老爷子要回西山，回佛室，回金床。"

佛室是徐爱音的屋子，金床是她死前睡的床，应笑依说不清这一刻的感受，只吐出两个字："回家。"

"家"，他终于能平静地把那个园子叫家，那里埋着他的母亲，也会埋下他的父亲，还有他这么多年的怨恨和叛逆。

段家人张罗送段有锡的遗体回爱音园，匡正没和大部队一起走，尽管刚才段老爷子床前已经乱成那样，他仍然不放弃，留下来和律师仔细过了一遍遗嘱要点，试图最大限度地维护段家的统一，保障应笑依的利益。

开车回西山的时候，已经是清晨四点半，天光早早地在东方亮起，照着车前蜿蜒的山路。匡正往前开，心却远远地落在后头，想着宝绽，想着他是不是受了文咎也的委屈，想着他是不是也正这样不安地想着自己。

拐过一道S弯，眼前似乎闪了一下，接着砰的一响，风挡玻璃大面积皲裂，车子随之失控打转，猛地撞向山路外侧的隔离带。

一切发生在几秒间，对匡正来说却漫长得骇人，他亲眼看着山壁拍来又远离，云和灰岩交替，他死死踩住刹车，直到轰隆隆的引擎哑火，窗外是杂树丛生的山渊。

"呼……呼……"耳边是自己急促的喘息，握着方向盘的两臂绷得僵硬，他强迫自己冷静下来，视线慢慢聚焦在风挡玻璃上，右侧靠上的位置有一个小洞，规则的边缘，速度应该很快，像是……他出了一身冷汗，是子弹。

匡正难以置信，下意识转过头，下一秒，就在副驾驶的真皮靠背上看到一个小洞，他试着抠了抠，抠出一个发烫的金属物件。

他迅速握紧手掌。是段汝汀。"碍眼"，她说过不止一次。

匡正控制不住，从心底升起一股恐惧，生命受到威胁，没人能不忌惮，市值数百亿元的集团公司，她为此杀一两个人，算不上什么。

匡正揩了把汗，子弹射在副驾驶上，这是她的一个警告。

拿起手机，他第一个拨出去的号码不是警察的，不是父母的，而是宝绽的，铃声一遍又一遍重复，直到一个哝哝的声音响起："嗯，哥……"

匡正的心瞬间安定，寒意退去，泛起一丝暖。

"哥？"宝绽没听到他的声音，揉着眼睛坐起来。

匡正好久才说话："宝儿。"

"哥，你没事儿吧？"

"没事儿，"匡正捏着手里那枚弹壳，"想你了。"

"不对，"宝绽太了解他，"你的声音不对。"

匡正呼出一口气，让自己放松："做了个噩梦。"

"哦，"宝绽这才信了，抱着手机重新躺下，"你什么时候回来？"

按匡正过去的性格，至少要冲到西山向段汝汀兴师问罪，但现在他有宝绽，不想玩命了："今天就回。"

"真的？"宝绽高兴坏了，"我下午在君悦有个会，节目组全员都到，不能偷跑。你要是早到了家了，冰箱里有拆骨肉！"

"好，"匡正温柔地说，"晚上见。"

他等宝绽挂了才结束通话，想了想，又给应笑侬打过去。

应笑侬压根儿没睡，一秒接通："匡哥。"

"小侬，"匡正有些难开口，"之后的事儿……"

"之后的事儿，"应笑侬抢先说，"不麻烦你了。"

匡正一愣。

"老头子不在了，我这时候太强势，就怕刺激到老二和少壮派，"应笑侬一夜没睡，一直在权衡利弊，"遭殃的是段家。"

所有人都在争财产的时候，他仍能以家族和集团的利益为重，匡正很佩服："你不争，三房、四房也会争。"

"三房、四房不是老二的对手，"应笑侬想得很明白，"再说，还有元老们，一统江山不成，最后无非是划江而治，各房妥协罢了。"

妥协，也就意味着爱音集团要被分割，形同肢解。

"市值会掉。"

"嗯，"应笑侬知道，"至少不会断崖式崩溃，只要骨架子还在，肉就能长出来。"

这是"青山"和"烧柴"的关系。匡正赞同："有任何需要，随时找我。"

应笑侬简短地答："好。"

清晨五点的山路，匡正孤零零坐在裂了玻璃的豪车里，他点了根烟，把子弹壳揣进西装内袋，下车去后备箱拿折叠铲。火星在嘴边亮着，他扛着铁铲走到车前，对准破裂的前风挡，狠狠戳下去。再也没人知道，4月的一个清晨，曾有一颗子弹射进他的车窗，而他抹掉了痕迹，把恐惧和愤怒咽下肚子。

155

宝绽在电视台唱了一出《清官册》，穿着那一身云霭般的雾蓝大袖，唱着"朝臣待漏五更冷，铁甲将军夜渡津"，青葱的脸，却有卓然的英气，是夜半窗边的一缕光，又是荷塘枯叶上的一滴露，让听惯了"oh baby"[1]和"check it out"[2]的导演组耳目一新。

节目是录播，一周后才上卫视频道，《星综艺》剪了十五秒的预告片，当晚起在广告时段插播。七个嘉宾参加的综艺，宝绽一个人占了三秒半，第二天他到戏楼的时候，连门房都兴奋地迎上来："宝处，今早在电视上看见你了！"

1.oh baby：哦，宝贝。

2.check it out：英语说唱常用语，有"听着点儿"等意。

这就是传统媒体的影响力，好的、坏的，一夜之间家喻户晓。宝绽腼腆地笑笑，上楼到自己房间，关上门，偷偷看手机。

网上已经炸开了锅，有一段现场观众发的三十秒视频，一晚上被轮转了一万多遍。晃动的镜头里，宝绽的风流分毫不减，那是不依赖任何现代技术手段的美，是京剧艺术赋予他的独特魅力。

上万条评论，大多是粉丝的"啊啊啊啊"，宝绽匆匆滑过，在满屏的"彩虹屁"中寻找那样一些只言片语：

"原来不看京剧，粉上宝宝后才开始接触，《大探二》《失空斩》《红鬃烈马》，还有这出《清官册》，越听越喜欢，谢谢宝老板，让我认识了另一个世界。"

"想起小时候跟着奶奶听戏，听不懂一直闹，现在我听懂了，奶奶已经不在了，以后我会好好听戏的，为了宝宝，为了奶奶！"

"我也是京剧演员，半改行状态，唉，天上地下……"

"希望看到更多传统艺术，我们年轻人喜欢的！"

"支持宝宝，支持京剧！"

宝绽红着眼眶看那些话，他知道，其中很多是谬赞，但即使是不切实际的夸奖，即使数万评论中只有这么寥寥数语，他也觉得充满了力量，他还能闷头往前走，把这条窄路一步步踏宽。

中午在小食堂吃过饭，他拎着一只纸袋子，准备去君悦开会。一出屋，他就听到楼下传来女人的哀求声："……你让我进去吧，我真是宝处的朋友！"

"说了不能进。"门房拦着，态度很客气，"咱们这儿是会员制，别说你，就是开奔驰的大老板，没有卡也不让进。"

争执间有孩子的哭声。宝绽快步下去，在阳光灿烂的门口，看到一个抱孩子的女人，简单的短发，一条褪色牛仔裙，肥大的T恤上有几块显眼的污迹。那是张熟悉的脸，打扮却陌生："红姐？"

门口的女人回过头，看到楼梯上一身西装的宝绽，不大敢认："宝处……"

真的是她，大半年没见，老了，或者说沧桑了，有中年女人才有的疲惫。宝绽领她到贵宾室，给她倒了水，逗着她怀里的孩子问："家里挺好的？"

红姐没听见，注意力全在屋里奢华的陈设上，视线转了一圈，喃喃地说："如意洲……成了……"

成了吗？宝绽也看着这间屋子，招待的都是大佬，出入的净是富豪，但这似乎不该是评判如意洲成败的标准。

"我在电视上看见你，"红姐喝一口水，激动地说，"你唱寇老西儿[1]，'一轮明月早东升'！"

宝绽笑着点头："你走没多久我们就搬家了，你怎么找过来的？"

"我先去的白石路，剧团成了培训中心，我就给小侬打电话，"说着，红姐有些落寞，"他……没和我多说，给了我这个地址。"

"你别多想，"宝绽解释，"他家里最近有事儿。"

"哦，"红姐并没释然，她在如意洲最困难的时候离开，是临危掉队的那个，"他就算怪我，也是应该的。"

人活在这世上，各有各的难处，宝绽岔开话题："孩子真可爱。"

"男孩儿，大年三十生的，"聊起孩子，红姐露出笑容，"还太小，不该抱出来，可我实在急着见你。"

她出趟门，家里都没人帮她看一眼孩子。

"你一个人带吗？"

红姐的表情不大自然："我老公……是二婚，孩子判给他了，一直是他妈带着，没精力管我这个，我妈身体又不好……"

怪不得，她成了现在这个样子。宝绽还记得她离开如意洲那天，窈窕的背影，那么洒脱，他以为她是去过好日子，没想到，好日子到头来不过是另一场磋磨的开始。

"宝处，"红姐捏着水杯，"我急着找你，是有事儿……"

宝绽看她的穿戴，孩子又小，以为她是缺钱。楼上保险柜里有七八十万现金，但眼下不方便去拿，他便打开支付宝："红姐，当时你走得急，团里还欠着你三个月的生活费，一晃拖了这么久，你别怪我——"

"宝处，"红姐把眼眉一挑，透着刀马旦的泼辣劲儿，"说什么呢，我万山红抱着孩子来看你，就为了钱？"

宝绽唰地红了脸，手机上是转账界面，钱数已经打上了，两万整。红姐抓着他的手，把屏幕扣过去："要是有一丁点儿想着钱，我'万'字倒着写！"

宝绽羞愧地抿起唇，她没变，还是过去那个干脆利落的红姐，弱质女

1.寇老西儿：寇准，《清官册》的主要人物。

流，却从不叫人看扁。

"我后悔了，"话到这分儿上，红姐干脆说，"我舍不得筋斗，舍不得花枪，我……还想唱。"

宝绽意外，瞧着她那张被喂奶和缺觉折磨得发黄的脸。

"过去我觉得女人总要有个归宿，过日子、生孩子，今天早上给儿子换尿布的时候我还这么想，"说着，红姐笑了，"直到在电视上看见你。"

雍容大气的宝绽，铿锵婉转的宝绽。

"看见你，听见那段二黄，我的心才重新跳起来，"红姐晃着臂弯中的婴儿，"说句矫情的话，人到了什么时候，都得有念想。"

理想、事业、价值，女人也不例外。

"儿子我能带好，戏我也能唱好，"红姐笃定地说，有一步跨出去不回头的勇气，"就怕你不要我。"

宝绽没马上应，而是问："你和家里商量了吗？"

"我会做给他们看的，"红姐昂着头，好像只要宝绽一声令下，她就提刀上马，"我不属于任何人，我就是我自己。"

宝绽被她这句话触动了，她是贤惠的妻子，也是操劳的母亲，但首先，她是她自己。"行，"他拍板，"你不忘如意洲，如意洲也不会负你。"

红姐喜出望外，不停地道谢。宝绽拍拍她的肩膀，还是把两万块打过去，当是给孩子的见面礼，然后带她看了一圈戏楼，领她上迈巴赫，亲自送她回家。

之后，宝绽从红姐家去君悦。会是下午两点的，为了方便嘉宾休息，节目组给每个人安排了房间，路上宝绽给文笞也发短信："你在哪屋？"

那边回复："2318。"

一起发过来的还有一串字母："dashuaibi99。"

宝绽皱了皱眉，复制粘贴到微信，果然，是个用马赛克色块做头像的用户，ID是"笞笞归一"。

到了酒店，宝绽直接上23层。叮的一声过后，电梯门打开，好巧不巧，门外是正要下楼的小W。"宝哥？"她疑惑，"你不是在22层吗？"

她记得每个嘉宾的房间号，宝绽顿了顿："我……上来找个朋友。"

"哦，"小W笑笑，这么暗的室内，她仍然戴着太阳镜，"那一会儿见。"

宝绽点个头和她错身，沿着走廊往里走，找到2318，按下门铃。

微信响了一声："到了？"

宝绽回复："开门。"

门啪嗒打开，文咎也裹着一条浴巾站在那儿，正用手巾搓头发，宝绽避着他那一身湿淋淋的肌肉："一会儿就开会了，你洗什么澡？"

文咎也转身进屋："你信我的，不到四点，这会开不上。"

"啊？"宝绽傻了，他还急着回家见匡正。

"这帮人，"文咎也把手巾往床上一扔，靠着桌角点了根烟，"要是都那么准时，节目组吃饱了撑的给我们开房间？"

宝绽垮下脸，回手带上门。

"怎么，"文咎也甩上打火机，"有人等？"

宝绽没回答，把纸袋子递过去。

文咎也喷着烟，从里头掏出来一个礼盒，正中是粉鸡的剪影标志，单手打开，是一对漂亮的石榴石袖扣。

"艺术家合作款，全球限量，编号001。"宝绽咕哝，有点儿磨不开，"谢谢你啊，带我上节目……"

文咎也啪地扣上盒子，反手扔回来："不要。"

宝绽愣了："为什么？"

文咎也一点儿不客气："我和这只鸡有仇。"

他直来直去，宝绽也不见外，又把礼盒扔回去："不要就给别人，反正我拿来了。"

这小子挺倔，文咎也咂了下嘴。

满屋子烟，窗帘还拉着。"你也不怕熏着嗓子，"宝绽唠唠叨叨，去掀帘子开窗户，"尼古丁全吸肺里了。"

"这个歌王那个歌后，哪个不抽烟？"文咎也懒洋洋跟过去，"你不抽？"

"不啊。"宝绽推开窗。

文咎也摁住他拉窗帘的手："真不抽？"

"干吗？"

"来一口。"文咎也把烟递过去，他抽得差不多了，只剩一截烟屁股。

"不要。"宝绽嫌他脏，往后躲。

"来一口！"文咎也逗他，两人离得近，宝绽看见他脸上的痘印："你皮肤好糙啊。"

文咎也不当回事："十来岁就化妆，能好吗？"

"我也十来岁就化妆，没像你这样。"

文咎也瞧了瞧他："你这不是涂着粉底吗，和我素颜比？"

"没涂，"宝绽把脸往他眼前凑，"我平时不涂那玩意儿。"

文咎也不信，掐着他的脸蛋拧了一把，然后捻捻手指："你们唱戏的用什么化妆品，自带护肤功能？"

宝绽被他掐疼了，给了他一脚往外走，走到门口，微信响了一声。是身后那家伙，发过来一首歌。

"你们唱戏的嗓子实，唱歌咬字太重。"文咎也叼着烟，把窗帘重新拉上，"发你首粤语歌听听，体会一下人家那种唇齿间缠绵悱恻的感觉。"

歌名是《处处吻》，宝绽点击收藏，推门走出去："谢了。"

156

文咎也说中了，节目组的会四点半才开上，宝绽回家的时候已经七点了，路上接了个电话，是个不认识的号码。

"你好？"宝绽没当回事，以为是广告推销。

"你好，"对面是一把宽厚的好嗓子，"是宝绽老师吗？"

被称作老师，宝绽不大习惯："您是……"

"我姓查，"对方自我介绍，"市剧团的。"

宝绽反应了一下，不认识市剧团姓查的。

"家父是韩文山韩总的朋友，"对方很客气，"听过宝老师的戏。"

姓查，韩哥的……宝绽想起来，是市剧团的前团长，引荐韩文山来如意洲看戏的老先生："您好！查老身体还好吗？"

"硬朗着呢，"听声音，对方有四五十岁，言语间透着一股官气，"中午跟我在剧团小食堂吃饭，电视上播宝老师的《清官册》，他赞不绝口。"

宝绽谦虚："哪里……"

"宝老师，"对方单刀直入，"市剧团下周末在大剧院有一场折子戏演出，缺个轴子，不知道您有没有时间？"

宝绽愣了，这是要请他参演："您……不是开玩笑吧？"

"我在市剧团抓业务，演出的事儿从来不开玩笑。"

原来他是个领导，宝绽不理解："为什么找我？"

在正统京剧圈，市剧团是高不可攀的，曾将自视甚高的应笑侬斩落马下，他宝绽只是个私人小团的团长，何德何能被这样的"大团"看得起？

果然，电话那边沉默了。

宝绽多少猜得到，早上他上电视，晚上橄榄枝就抛过来，那只是个三秒钟的小预告，市剧团什么时候变得这么势利了？

"因为您上了电视。"没想到，对方直接承认道。

一瞬间，宝绽绷紧了脸。

"专业院团这么多年轻演员，没几个上过电视，"对方说，"而且我上网查了，您最近在年轻人中很有影响力。"

宝绽的声音冷下去："查老师——"

"宝老师，"对方抢先说，"传统戏的观众在流失，从京剧到地方戏，无一幸免。"他陈述事实，却有一种恳求的意味，"您有热度，有粉丝，我想请您帮京剧把年轻人拉回来，哪怕只有一个人。"

宝绽缓缓眨了下眼，他这些话，和自己的想法不谋而合。

"多一个观众进剧场，对京剧的存活和发展就有意义。"小查领导几分落寞、几分心痛地说，"时代变了，我们不去找观众，难道等着观众来找我们？"

是的，所以宝绽才不顾一切去闯娱乐圈，才硬着头皮在风火轮做直播，今天市剧团的这个电话，某种程度上是对他默默努力的一点儿回应。

"报酬方面，"对方知道如意洲的体量，也知道宝绽的身价，"可能达不到您的要求，但我们会尽力——"

"我不要报酬，"宝绽这时开口，"查老师，下周末大剧院，我携如意洲全体演员，去给您助阵。"

利落的语气，干脆的表态，电话那边再次沉默，两个相差二十岁甚至见都没见过一面的人刹那间惺惺相惜："好，宝老师，我明天正式给您，哦，不，给如意洲剧团出邀请信，期待和您面谈。"

"好。"宝绽大气回应。

那边道一声"感谢"，挂断了电话。

握着手机，宝绽难以平静，他们如意洲即将和市剧团站上同一方舞台，放在过去，他连想都不敢想。应笑侬曾经说过，和市剧团井水不犯河水不算本事，能并肩合作才叫能耐。原来不切实际的幻想，一步步走下来，竟然真的实现了。

到家进门，他迫不及待要和匡正分享这个消息："哥！"

屋里却黑着灯，匡正还没回来。"哥？"

宝绽换了鞋，从一楼找到二楼，偌大的家里只有他自己。

站在廊灯下，他望向窗外寂寞的山路，渐浓的夜色放大了失落感，他垂下头，兜里手机忽然响了，他掏出来："蓝姐……"

那边劈头就是一句："你上文咎也屋里去干什么！"

宝绽呆了呆。

蓝天的语气很差："你这几天别露头，等我再联系你。"

宝绽没说一句话，电话断了，他觉得不对劲儿，点开微博。果然，热搜上挂着他和文咎也的名字。

一条图文爆料，他没看文字，只盯着那些图片。是从君悦对面的建筑物偷拍的，前几张窗帘大敞着，露着宝绽的脸，从第三张开始，文咎也出现了，给他喂烟，像是一对狐朋狗友。

第二天，宝绽到如意洲，在三楼的练功房，越想越憋屈。网上说文咎也是渣男，他和文咎也抽一根烟，肯定也是渣男，只是更会玩儿，打着国粹的幌子，舞着京剧的人设，道貌岸然地骗流量。

宝绽脊背的肌肉绷起来，一个僵尸摔下去[1]，砸得地板砰的一声响。

陈柔恩下楼去取快递，听见动静吓了一跳，抬着头往上看，楼下传来门房的声音："先生，我们这儿是会员制，没有卡不能进。"

来的是个年轻男人："我办张卡，行了吧？"

陈柔恩觉得那嗓子耳熟，走下去，在戏楼门口看到一个高挑的人影，一身白色机能风街头潮牌，酷炫的束脚工装裤，白椰子鞋，白色棒球帽，帽子外还罩着夹克帽，脸上是一副镶钻的银色太阳镜。

"办卡需要两位会员的推荐，"门房抱歉地说，"还要有俱乐部主席的签字。"

"你们这儿——"对方没想到一个京剧团搞得这么严，犹豫了一下，摘

1.摔僵尸：戏曲表演中的技巧动作。

掉太阳镜，"我是你们老板的朋友。"

纯白的帽檐下是一张棱角分明的脸，稍稍化着淡妆，陈柔恩愣在那儿，眼睛直了。

门房仔细瞧了瞧他，肯定地说："不认识。"

"九……九……九……"背后有人"啾啾"。

文旮也回过头，大红的楼梯上站着一个女孩子，长头发大眼睛，挺漂亮，只是那身打扮……

陈柔恩穿着一套典型的"九爷风"嘻哈装——荧光T恤、肥裤子，手腕上还套着个骷髅护腕，噔噔噔跑下来。

"小陈姑娘，"门房探着头问，"你们认识？"

陈柔恩涨红了脸，太兴奋，光顾着盯偶像，没答话。

"认识。"文旮也顺水推舟，朝她挨过去。

"哦——"门房看他们往一块儿一站，那个身高、长相，还有麻袋似的衣服裤子，怎么看怎么般配。

陈柔恩领文旮也上楼，心跳过速，说话磕巴："宝……宝处在三楼……的练功房！"

文旮也嗯了一声："我自己上去。"

他长腿一迈，几步跨上高高一截楼梯，拐过缓步台，留下一句："谢了。"

陈柔恩盯着那片亮白的身影，一副"我家哥哥最帅"的花痴表情，中气十足地喊："不谢！"

练功房的门敞着，入眼是一块"烟波致爽"的中堂，水墨大字下是正穿着水衣踢圆场的宝绽，脚背漂亮地勾起，一踢，带着短促的风声。

"为什么叫你宝处？"文旮也走进去。

宝绽倏地转过身，惊讶地看着他。

文旮也掀掉帽子，抓散头发，有些邪气："处男的处？"

宝绽蒙了："你怎么……"

"我问蓝天要的地址。"

宝绽的表情不大自然："怎么不先打个电话……"

文旮也向他走去，坦率地说："这波应该是冲我来的，连累你了。"

宝绽没来得及答话，门口忽然传来冷冷的一声："九爷。"

文旮也应声转身，来人一身黑西装、擦得锃亮的皮鞋，是匡正。

157

"九爷，"匡正带着一股煞气，"冤家路窄啊。"

文昝也把帽子扣上，两手插兜，一点儿不憷他："匡总。"

"有什么事儿你冲我来，"匡正看到了网上那些八卦，因为和文昝也的过结，不得不多想，"别招惹宝绽，他和你的圈子、我的圈子都没关系，他只想唱戏。"

文昝也和他对视。一个精彩的、令人畏惧的男人。

"粉鸡那件事，"匡正盯着他的眼睛，有一说一，"万融臻汇蹭了你的热度，从个人角度，我可以道歉——"

"不需要，"文昝也懒洋洋的，"宝绽替你道过歉了。"

匡正微怔。

"他说，"文昝也眯着眼，"他的话，你都认。"

匡正倏地转过头，宝绽穿着一身水似的白衣站在那儿，似乎知道自己自作主张了，有点儿怯："哥，我——"

匡正没让他说完，回身面对文昝也，毫不迟疑："对，他说的话，我都认。"

文昝也挑了挑眉，擦过匡正要走，走到一半，回头问宝绽："哎，发你那歌，学了吗？"

"啊？"宝绽反应了一下，他说的是《处处吻》，"学了。"

"行，"文昝也压低帽檐，"晚点儿联系。"

说完，他翻上帽兜，带着一股天王巨星的跩劲儿，大摇大摆地走了。

他前脚走，萨爽后脚跑进来，嚷着市剧团的邀请函到了。宝绽接过信，仔仔细细看了一遍，心里的烦躁稍平复了一些。

匡正拉着他翘班。两人好久没安稳地吃一餐家里饭。宝绽做了葱油饼、八宝带鱼、拔丝地瓜，还有煮得熟烂的牛蹄筋，满屋子是久违的香气。

吃过饭，宝绽洗了澡，擦着湿漉漉的头发吃杧果。手机在茶几上响，他拿起来一看，是文昝也。

匡正在厨房那边炖燕窝，回头瞄了一眼。

宝绽把电话挂断。

"谁？"匡正装作随意。

"文咎也，"宝绽不骗他，"我挂了。"

匡正没说话，满意地点个头。

吃完水果，宝绽拿着手机上二楼，刚进卧室，电话又来，还是文咎也。他捂着话筒犹豫了一阵，第二次挂断。

这回文咎也不打电话了，改发微信："干吗挂我电话？"

宝绽回他："我哥在。"

那边静了挺久，发过来一句："你们住一起？"

宝绽还没回，文咎也就把那条撤回去，换了一句："你看下微博，准时过来。"

宝绽于是点开微博，消息界面，好几万条转发通知，他立刻戳进去。是文咎也发博圈了他："哥们儿@如意洲宝绽，14：30，来风火轮连麦。"

"我的天……"宝绽盯着红成一片的消息栏，一时不知所措，看一眼表，离两点半还有五分钟，他连忙给文咎也发微信："干什么你！"

文咎也秒回："不干什么，带你上位。"

上……宝绽无语："我不去，我不会连麦。"

文咎也够狠："我几千万粉丝，你不来，就是全网晾我。"

宝绽飞快地打字："你这是强人所难！"打完想了想，他删掉，重新输入："照片的事，蓝姐已经生气了，这种时候我们不应该互动——"

文咎也的消息先一步到："我跟蓝天打过招呼了。"

宝绽愕然："她同意了？"

文咎也发了条语音过来："宝绽，你觉得你现在算红吗？我告诉你，你在风火轮和微博再红，也不过是个网红。"

话题转得太快，宝绽摸不清他是什么意思。

文咎也上午去如意洲找他，就是要说这件事："蓝天很清楚，能快速带你出圈的人，只有我。"

宝绽缓缓眨了下眼，有点儿明白了，他们是想借这次话题炒一波热度。

"我带你进主流视野，之后品牌代言和影视资源自然会来找你。"文咎也老练地说着这些，"什么时候连街边大妈都认识你了，你才是真的红。"

可宝绽不在意，红、资源、出圈，他想都没想过。

"到那个时候，你有了左右受众喜好的能力，"文旮也知道他在意什么，"你才有资格说，你是来振兴京剧的。"

一句话，宝绽就动摇了："可是我哥……"

"你是艺人，'红'是你的工作，"文旮也是前辈，说话强势有力，"你哥应该理解你，而不是束缚你。"

宝绽陷入沉思，迟迟没有回复。

文旮也最后发来一条："别磨蹭，立马给我上来。"

事已至此，宝绽不再纠结，离开卧室去书房，把手机架在桌上，登录风火轮账号。他一上线，评论区就炸了。文旮也的连麦申请在页面上闪，宝绽没工夫看评论，他点击"接受"，直播界面切换，文旮也和他出现在同一个画面里，穿着一身镭射渐变限量T恤，化着全妆，开着美颜，坐在艺术家亲签的巨型潮玩前，弯了弯嘴角："来啦。"

宝绽轻轻颔首，在奢华的水牛皮高背椅上坐好。

评论区疯狂地刷：

"啥意思，真是狐朋狗友？"

"还能啥意思，没点儿关系九爷能这么卖力地带？"

"真的是，京剧圈也人心不古。"

"宝绽这个颜值真能打，没开美颜胜似美颜。"

"宝绽背后！那幅画！"

宝绽背后挂着一幅《粉鸡》——拍卖会上他随口一问，匡正从万融臻汇拉回家的，右下角有陆染夏的亲笔签名，保守估值在五千万元左右。

评论区继续炸：

"前两个月苏嘉德刚拍了一幅，好像还没这个大，好几千万，都上热搜了！"

"贫穷不光限制了我的想象力，还限制了我的审美观，这画的是个啥！"

"还说什么画啊，没人看见角落里那个转表器吗……"

"？？？转表器是什么？"

"看见了，我酸了，有两块RM[1]。"

"宝宝竟然是豪门？"

1.RM：理查德·米勒，瑞士顶级腕表。

宝绽背后的矮柜上放着个小转表器，六表位的，摇着几块日常戴的机械表，都是如意洲客人逢年过节的礼物，他挪动椅子，找个角度把转表器挡住。

楼下匡正炖好了燕窝，等着他下来吃。自从宝绽当了"明星"，刷微博就成了匡正的日常，搜索栏里的关键字永远是那个，每天超话里还要打个卡，这会儿一进超话就看到新置顶："宝宝九爷连麦中，宝宝粉快去支持呀~"

连麦？匡正看了看楼上，皱着眉头打开风火轮，一进文昝也的直播间，就听到吉他和合成器的轻快旋律：

"你在播弄这穿线游戏，"文昝也打着响指，对着镜头深情地唱，"跟他结束，她与他在一起，你小心——"

屏幕另一边是穿着浴袍的宝绽，刚洗了澡，发梢还滴着水，稚嫩、生涩："一吻便颠倒众生——"

文昝也接过去："一吻便救一个人！"

《处处吻》，他们交替着唱，广东话特别的发音，唇齿摩擦，气息轻送。匡正的脸色越来越差。

相反，屏幕里的文昝也笑起来："一吻便偷一个心——"

宝绽跟着他的节奏："一吻便杀一个人——"

文昝也循循善诱："一串敏感一串金——"

宝绽亦步亦趋："一秒崎岖的旅行！"

匡正啪地拍下手机，茶几上的燕窝盅晃了晃，冒出一缕如烟的热气。

158

市剧团的汇报演出是周六晚上七点半，事前没做什么宣传，宝绽也只发了一条短微博。本来是一场再小众不过的演出，门票却在开售后三分钟内售罄，二手市场上，池座前几排的票价甚至飙到了一万八千八百元。

演出当天，大剧院外的喷泉广场上挤满了黄牛和来自全国各地的粉丝，鲜花气球扎成的应援墙绕着广场花坛摆起了长龙。

这一晚对如意洲别有意义，应笑侬从西山赶回来，穿着一条粉蓝色绣月季的新褶子，头戴绢花、水钻、点翠蝴蝶，坐在大剧院的化妆间里出神。

"想什么呢，"背后有人过来，"我的大娘娘。"

应笑侬回眸。是时阔亭，一身隆重的双排扣戗驳领黑西装，配海军蓝领结，大长腿一抬，在沙发椅上坐下。

"哟，"应笑侬把眼眉挑起来，"时主席。"

时阔亭自从做了主席，打扮变了，头发长了些，用啫喱抓得人模狗样，为了稳重，还架了一副泰八郎的平光镜，只有冲着应笑侬的时候，会笑出一个小酒坑："家里的事儿搞定了？"

"算是吧。"应笑侬揉着胭脂的眼睫垂下去，"股权均分，财产三房占大头，老二暂时掌舵，能平稳一阵子。"

时阔亭知道他不容易，亲爹走了，兄弟不和，集团分裂，目前这个局面，他一定是挣了命维护住的。

"那你不成大款了？"时阔亭逗他，"我得抓紧机会傍住啊！"

"滚。"应笑侬微微露出一点儿笑模样。

时阔亭挪了挪，朝他靠过去："晚上回家我给你泡碗方便面，再来一套时家独门的卸骨马杀鸡，让你感受下哥们儿的热情！"

"滚远点儿，"应笑侬觑着他，"穿这么风骚，怎么不下楼去接客？"

池座第一排有三十个座位，市剧团留了一半，给如意洲和万融臻汇的VIP留了一半。按理说，时阔亭这个俱乐部和基金会的双料主席应该在下头陪着。

"宝绽和匡正应酬呢，"时阔亭拍了把大腿，嬉皮笑脸，"我陪你。"

"哎，小宝呢？"应笑侬想起来，"你陪我，孩子谁带？"

时阔亭给他正了正鬓边的绢花："让红姐帮着看会儿。"

"红姐？"应笑侬还不知道万山红归队的事儿。

时阔亭点个头："她回来了，今晚本来想上一出《竹林记》，宝绽怕她刚生完孩子拿不起来，没让她上。"

应笑侬好久没见到红姐，有些感慨："女人真不容易，当时为了结婚生子退的团，现在孩子那么小，又要回来拼。"

段老爷子去世后，他的性子有点儿变了，少了些泼辣，多了些落寞，看在时阔亭眼里，没来由地心疼。"来，"他起身摊手，"哥们儿抱抱。"

应笑侬看傻子一样看他："抱你妈啊？"

时阔亭翻个眼皮："我想抱你，行了吧？"

应笑侬不情不愿地站起来，挺嫌弃地往他跟前一站。下一秒，时阔亭就拥住他，怀抱宽大，有亲人般的力量："难事儿都过去了，有哥们儿呢，还有宝绽、匡正，咱哥几个在一起，谁也不怕。"

应笑侬怔了怔，弯起嘴角："行啊，都会关心人了。"

"那必须的，"时阔亭没句正经的，"你是我孩儿他妈嘛……"

应笑侬扬起彩裙给了他一脚："欠揍吧你，狗嘴里吐不出象牙！"

时阔亭笑着给他捋好水袖，开门出去，一抬头碰着个熟人——市剧团办公室的郭主任，时老爷子曾经的学生，时阔亭叫师哥，在如意洲最难的时候，他拎着他爸的砚台去找过他，一晃眼大半年过去了。

"阔亭……"郭主任上下打量他，有点儿不敢认。

"师哥！"时阔亭今非昔比，却和过去一样叫他。

"你小子，"郭主任拍拍他的肩膀，触手是高级西装的质感，"变样了！"

"跟着宝绽穷折腾，能不变吗？"时阔亭单手插兜，风度翩翩，"宝绽在楼下，你见着没有？"

见着了，大明星前呼后拥的，郭主任半开玩笑道："团长和书记陪着呢，还有好几个大老板，我哪说得上话！"

时阔亭笑了："改天，我攒个局，咱们师兄弟好好聚聚。"他言谈间有种过去没有的大气，像经惯了风雨的韧竹终于在阳光下挺直了腰，让人刮目相看。

"阔亭啊，"郭主任羡慕，也钦佩，"真是出息了，师傅他老人家要是在天有灵，看见你这么争气……无憾了！"

说到父亲，时阔亭五味杂陈，这些年如意洲遭过的罪、经过的坎儿，只有他和宝绽知道，从一无所有到今天的局面，不是外人眼里的一套西装、一个局能度量的，但他什么都没说，只是笑笑。

楼下响起了开场钟，头一个登场的是陈柔恩的《对花枪》，高亢有力的嗓子，大开大合地唱："跨战马，提银枪，足穿战靴换戎装！今日里我上战场，来寻忘恩负义郎！"

市剧团的班底，大剧院的场地，无数民间团体梦寐以求的舞台，这一夜，如意洲登了上来。潮水般的掌声，星火似的灯光，被数千观众围绕簇拥着，宝绽站在侧幕边，看着这一切，百感交集，像是走了长长一段崎岖路，终于到头了。

从老城区那样一栋破旧的建筑到市中心煌煌的戏楼，再到今夜的大剧院主舞台，磨破了脚、打碎了牙，一切心酸、委屈全往肚子里咽，只把最耀眼的光彩留给看客，这就是戏曲演员，淬火饮冰、不计得失的一群人。

《对花枪》《锁五龙》《拾玉镯》，一出出精彩的表演，陈柔恩、张雷、萨爽，一副副年轻的面孔，无论有编制的还是野蛮生长的，到了台上都一样，只有一个念头——往猛了唱，往狠了摔，要让观众不虚此行，让他们见识见识什么叫国粹！

中场休息，演员、场面都从侧幕下去，宝绽在出口等着，等邝爷擦好鼓面，揣着檀板鼓槌，颤巍巍走向他。

"宝处！"老人家出了不少汗，但精神头实足，红光满面。

宝绽笑着挽住他，亲热又敬重，领他去洗手间。

一老一小，从明亮的演员通道上走过。

"死而无憾啦。"邝爷感慨，瞧着头顶气派的天花板和艺术品似的吊灯。

宝绽握住他苍老的手："这话可说早了，咱爷俩得往前看，还有更好的。"

邝爷蓦地有些恍惚，那个没妈的宝绽、拽着时阔亭哭鼻子的宝绽，如今独当一面、飒爽风姿，真的长大了。他扭过头，想好好看一眼这孩子，身边的年轻人却蹲下去，跪在他脚边，给他系旧旅游鞋上散开的鞋带。

"往后都是好日子，"宝绽说，声音不大，"鞋穿久了别舍不得扔，咱们吃最好的、用最好的，我和师哥孝敬你。"

头上落下一只手，轻轻拨弄他的头发。宝绽抬起脸，邝爷慈祥甚至有些心疼地看着他，叫了一声："宝儿。"

这一瞬，宝绽想哭，咧开嘴，却笑："哎。"

"你该想想自己了。"

宝绽缓缓眨了下眼。

邝爷说："成个家。"

宝绽的眼睫抖了抖："我……有戏。"

"如意洲不是你的家，"邝爷一辈子没结婚，老了，却怕宝绽受孤苦，"你得有自己的家，有个人疼你……"

宝绽起身挽着他，把他往洗手间带："快点儿，一会儿该敲钟了。"

老爷子不肯动，斜着眼睛瞧他。

"干吗？"宝绽孩子似的催促。

邝爷仔细端详他，像是怕老糊涂了记不清这张脸："想来口烧刀子。"

烧刀子，80度，老爷子好些年不碰了。宝绽知道他今儿高兴，哄着说：

"好，这就去给你买，下了戏咱爷俩喝个痛快！"

十分钟后，市剧团的《挑滑车》开锣，扎绿靠的大武生英武登台，起霸、走边，虎虎生风，鹞子翻身激起了台下一浪高过一浪的掌声。眼花缭乱的枪花和技惊四座的摔岔之后，是应笑侬的《凤还巢》。

堂皇的舞台上，粉面桃腮的大青衣袅娜而来，蓝色的绣花褙子，白水袖像两片出岫的云，舒着卷着，在鬓边一翻，场上响起他婉转清丽的唱腔："本应当随母亲镐京避难，女儿家胡乱走甚是羞惭！"

这是全中国最好的舞台，闪着五彩的霓虹，挂着市剧团的招牌，曾经是应笑侬少年时的梦，但在这梦的入口，他被一竿子打了出去，跌落凡尘。

"那一日他来将奴骗，"应笑侬且娇且嗔，唇齿间似有珠玑，"如今若再去重相见，他岂肯将儿空放还？"

今夜他回来了，头顶着绚烂的光，脚踏着宽阔的台，台下是如饥似渴的观众，还有池座一排那些市剧团的领导，所有辜负过、看轻过他的人，都亲眼见证着他抖擞羽毛，凤鸟一般，乘着如意洲的浩然风，重新归巢。

宝绽和多小静在侧幕候场，一个穿绿蟒，另一个穿红蟒，如翡翠似珊瑚，一对漂亮的青年老生。

大轴子是《珠帘寨》，市剧团跟如意洲合演，小查本来想让宝绽挑梁，但宝绽不肯仗着名气抢主人的风头，坚决让多小静挂头牌，他退而其次，给她配二路老生。

多小静踢着蟒袍，顶着一对丈来长的雉鸡尾，潇洒不羁地走上台，手里一盏熠熠的金杯，遒劲有力地唱："太保推杯——换大斗！"

她是个女人，却有一嗓子顶到天的豪气，唱进了观众的心，唱活了戏里的人。宝绽站在她身边，虽不是主角，但放眼台下，满场都是亮着他名字的灯牌，那是他素昧平生的粉丝们，千里迢迢来点亮他的星夜。

多小静颤着满盔的珍珠点翠，剑眉横挑，斜睨着宝绽："天高地久恩少有，这一杯水酒你要饮下喉！"

宝绽微微一笑，执起山水折扇："用手儿接过梨花盏，学生大胆把话言！"

他一张口，台底下就炸了，满耳是女孩子的尖叫声，一群听惯了Hiphop、R&B[1]的人，因为宝绽的风采，第一次为古老的京剧喝彩，她们仿

1.R&B：一种源自非裔美国人艺术家的音乐风格。

佛一粒粒种子，落在戏曲这片厚土里，埋下小小的希望。

唱到咬劲儿的地方，邝爷的鼓点慢了半拍，但很快，他打了个花儿赶上来，一处微小的纰漏，几乎没人注意，宝绽却皱起眉头。

接着，鼓声散了，越来越飘，像是赶着什么，又像是力有不逮，宝绽边唱边替邝爷吊着一颗心，直到多小静扬起白髯，陡地一个翻高："中军帐上挂了帅，众家太保两边排，一马踏入唐室界，万里的乾坤扭转来！"

最后一个鼓点落下，整场大戏完美收官。

幕布缓缓合上，演员、伴奏和收道具的工作人员一股脑儿拥上台，一双双手向宝绽握过来，他却逆着他们，向水蓝色的侧幕走去。邝爷孤零零坐在那儿，睡着了似的耷着脑袋，手里紧紧握着檀板，鼓槌掉了，落在那双穿旧了的旅游鞋边。

159

宝绽红着眼眶登台谢幕，身处大舞台的中央，被鲜花和掌声簇拥着，面前是黑压压的观众席，金色的灯光从头上洒下来，晃了眼，刺了心。

邝爷倒了，悄然无声地，就倒在离他不足十米的台侧，脸色惨白，几乎摸不着脉搏，最后那一段西皮流水，他是用命在托着，托着宝绽的光彩，托着如意洲的荣耀，托着京剧百年的尊严。

台下狂热地欢呼，宝绽的内心却悲凉，所有这些喝彩和激赏，他曾梦寐以求的东西，都换不回邝爷那颤巍巍的一声"宝儿"。

眼角湿了，他抿紧嘴唇，把脸埋在手中盛放的花朵间，玫瑰、百合红白相错，悲喜交加的一瞬，闪光灯亮成一片，像一眨一眨的星。

幕布落下，宝绽扭身摘掉髯口，和鲜花一起塞给工作人员，也顾不上卸妆，提着蟒袍跑向演员出口。120救护车停在剧院后身，时阔亭正护着担架上救护车，回头瞧见他，伸出手，用力把他握住。

演出之后是庆功宴，匡正替如意洲撑着场面，应笑依跟在他身边，两人配合着应酬寒暄，酒过三巡后匆匆赶到医院。

宝绽在急救室旁边的楼梯间，头套摘了，妆用湿巾草草擦过，留着薄薄一层胭脂。他见到匡正，像绷紧了的弦陡然卸力，露出久违的脆弱：

“哥……”

一声“哥”，眼泪就要掉下来，他不想让时阔亭和应笑侬瞧见，便转过身，对着白得发亮的墙壁。

匡正走上去，轻轻地，从背后把他抱住，宝绽喃喃地说：“要是没有这场戏，邝爷……不至于走，”他的声音沉痛，“都怪我，怪我一门心思想着出人头地……”

“宝儿，”匡正攥住他蟒袖里冰凉的手，“邝爷是看着你的光彩走的，在如意洲最辉煌的时候，他没有遗憾。”

老人家没有遗憾，可他却成了宝绽的遗憾，眼泪控制不住，倏忽滑下面颊。

“医生怎么说？”应笑侬小声问时阔亭。

“心梗，”时阔亭低垂着头，“送来的时候已经晚了。”

七十多岁的老人，忍着胸腔深处的剧痛，为了台上那个光芒四射的侧影，竭尽全力，用手中的檀板和鼓槌送他上青云路。

“邝爷到最后都想着我……”宝绽的眉头皱得人心疼，“我还没来得及跟他说……我有家了！”

匡正的心揪起来，一切的困顿、磨难，他都可以替宝绽扛，唯独生老病死，他没办法扭转，捋着那副薄肩，他回头叫：“小侬，酒。”

80度的烧刀子，宝绽上妆前特地去买的，应笑侬带来了，不大的玻璃瓶，递过去。

“度数太高，”匡正拧开瓶盖，“你少来点儿，宽宽心。”

宝绽没应声，他和邝爷说好的，下了戏要喝个痛快。

匡正把酒递到他嘴边，辛辣的酒气乍然入喉，说不清是烫的还是辣的，只觉得整个口腔都烧起来，热流涌向胸口、胃肠，暖了四肢百骸。

这时匡正的电话响。是单海俦。他接起来，还没开口，那边说：“过来一趟，定位发你了。”

匡正揉着宝绽的短发，想都没想：“我走不开，家里有事儿。”

单海俦没多说，只给了三个字：“是老白。”

心里什么地方突然跳了一下，匡正短暂地犹豫：“知道了。”

他擦干宝绽的眼角，把酒交给应笑侬，嘱咐了时阔亭几句，下楼上车，点开微信看到定位。果然，地址是市第一医院，下面有病房号。

他还记得上次见面时白寅午消瘦的面颊以及单海俦的讳莫如深，心开始往下沉，他催促司机快走。

到了市一院，他在相似的楼群中找到那一栋那一层，电梯旁的指示牌清楚地写着"肿瘤科"。明亮的长走廊里，他走得有些虚浮，一样的白墙和消毒水味儿，他恍然成了宝绽，怕听到坏消息，微微绷紧了身体。

匡正敲门进屋。这是个大套间，白寅午穿着一身略小的病号服，正坐在床边脱袜子，看见他，明显愣了一下。

匡正沉着脸，径直到床前坐下。白寅午很早就离婚了，没有孩子，洗手间里有哗哗的水声，应该是护工。窗边一角立着一个大花篮，挂着写着"早日康复"的绸带，是万融工会一惯的风格。

"怎么弄的？"白寅午先开口，带着虚弱的笑意，"脏兮兮的。"

匡正一愣，低头看向自己的胸口，蓝西装上蹭着宝绽的胭脂，淡淡的一抹红。

"我才要问你，"他用手指去蹭，"你怎么回事儿？"

白寅午的笑敛住了，眼神垂下去，片刻抬起来："癌症。"

匡正把指尖上的那点儿红在掌心揉散："什么癌？"

白寅午撇撇嘴，故作轻松："和段有锡一个毛病。"

段有锡已经不在了。肺癌！

匡正立刻从床边起身。这时水声停了，"护工"拎着刚洗好的破壁机走出来，一身浅灰色的运动卫衣。匡正意外，竟然是单海俦。

白寅午马上埋怨："谁让你叫他来的？"

单海俦把破壁机放在窗台上，从行李箱里翻出一条抹布，慢悠悠地擦："我不告诉他，以后他知道了——"

"我知道了，"匡正接过话头，用平静的语气说着危险的话，"东楼的那帮浑蛋，谁也别想痛快。"

单海俦就是东楼的，擦破壁机的手停下来，笑了笑："你小子，说话越来越狂了。"

狂吗？匡正不觉得："老白变成今天这样，是有人在压榨他、折磨他，一步步蚕食他的心血，"他说的就是万融高层，东楼顶上那帮贪婪的大佬，他早看不惯了，一时搂不住火，"我不替他出头，谁替他出头，你吗？"

"匡正！"白寅午喝止他。

老白得了这么重的病，匡正有情绪很正常，单海俦明白，扔下抹布转过身："我看你是在外头待野了，不知道天高地厚。"

对。匡正不知道。"我的天是自己一块块拼起来的，地是我一脚脚踩出来的，"他很傲气，他有傲的资本，"我手里抓着的每一样东西，都不是别人施舍的，是在外头饿着肚子流浪，一点点博的。"

单海俦眯起眼睛，貌似警告，实则是提醒："小子，你手里有这么多东西，万一哪天被人盯上，抢了怎么办？"

抢？匡正微怔，眉头倏地挑了一下，似乎从他的话里意识到了什么。

三天后，如意洲给邝爷出殡，时阔亭和宝绽披麻戴孝，一起给老爷子摔的盆。送葬车队不长，二三十辆车，匡正的迈巴赫打头，天不亮就从萃熙华都门前开出去，够低调了，还是有人发微博投土豪bot[1]。

骨灰入土，摆席谢客。下午一点多，宝绽顶着苍白的脸赶到《箱之声》的录制地——一座偏僻的佛学院，离市区二百多公里。节目组给嘉宾们订了宾馆，大野地里一栋小三楼，像农家乐。

小宾馆没电梯，小黄跟着宝绽爬楼。三楼楼口有两个村民模样的人在架梯子拉电线，小黄嫌环境乱，嘟囔了一句："干什么这是？"

那俩大哥挺热情，笑呵呵地说："安监控，这不是来了大明星嘛！"

小黄翻个眼睛，转头冲宝绽嘀咕："什么鬼地方，连监控都没有……"

宝绽不在意宾馆条件，在意的是佛学院这个拍摄地点。天底下形形色色的电梯，节目组非要跑到佛门净地来造话题博眼球，现在的娱乐圈，好像不出点儿格就没新意，不强行猎奇就没人看一样。

叮！手机响，是文笞也的微信："来我屋，301。"

农村宾馆的小破房里，文笞也穿着一身鸡血红的飞鱼服，化着俊朗的古风妆，让宝绽看他手机里的图片："太会给角度了你，热搜这张图绝了！"

那是宝绽在大剧院谢场的一幕，大特写，娇嫩的红玫瑰和白百合中间掩着小半张脸，足以入画的胭脂黛色，额间是一道窄窄的殷红。

想起那一晚，宝绽的心隐隐作痛，他别过头，在印着四大美人的布艺沙发上坐下，旁边的茶几上摆着几罐啤酒，包装和牌子都没见过。

---

1. bot：网络上接受网友投稿的博主。

文咎也挨着他坐，学着粉丝的口气："怎么了，宝宝？"

宝绽打起精神，横了他一眼："瞎叫什么？"

文咎也乐了，特欠儿地问："咱俩连麦，你那哥，"他给他拿啤酒，噗地打开，"没把你怎么着吧？"

匡正才没那么无聊。宝绽抿一口酒，入喉是啤酒花和茶叶的清香，淡淡的，还有一丝胡椒味儿："这什么酒？"

"嗯？"酒是助理搞的，文咎也不知道，"哪家私人酒馆的精酿[1]吧，回头我问问。"

令人惊喜的味道，宝绽咂了下嘴："我再拿一罐哈。"

"拿吧。"文咎也笑笑，忽然有人敲门。是小W，茶里茶气地说有事儿。

宝绽防着她："她来干什么？"

"我去看看，"文咎也吞了口酒，"看她作什么妖。"

门一开，小W就想进来，被文咎也一把按住门框，拦在外头。门砰地关上，宝绽在屋里刷微博，没一会儿就听见争吵声了，接着咚咚的，是后背撞在门上的声音，他腾地站起来。门外小W嚷了句什么，接着文咎也开门回来，左边脸上有个通红的手掌印。

宝绽呆住了："……怎么回事儿！"

"浑蛋"文咎也直接进洗手间去看脸："跟我玩投怀送抱，我也得看得上她！"

宝绽连忙跟过去："怎么动手了？"

"没事儿，"文咎也补了一层妆出来，"可能是看我带你带得风生水起，也想蹭一波，我先打个电话。"

他是打给危机处理团队，看得出来，他也觉得小W这一手有点儿反常："……行，我知道了，我先让人去调酒店监控。"

监控？宝绽心里咯噔一下："这儿……没有监控。"

文咎也惊讶地回过头，愕然看着他。

1.精酿：指精酿啤酒，啤酒的一种。

160

从录制开始，宝绽就和文咎也一组，小W在另一组，彼此没打过照面，也没什么异常。拍摄结束时已经是凌晨三点，嘉宾都不愿意在小宾馆过夜，冒着夜色各自回家。

宝绽到家时六点刚过。他和匡正一起吃了早饭，大工作日的，匡正不去上班，非缠着他说话，把那罐叫不出名字的啤酒打开了，客厅里有淡淡的酒香。

"下午陪我去趟医院。"匡正说。

医院？宝绽有点儿紧张。

"老白病了。"

"老白……"宝绽反应了一下，"什么病？"

"癌症，"匡正叹一口气，"肺癌。"

宝绽好久没说话。"没事儿，"匡正反过来宽慰他，"我和医生聊了，他情况还行，岁数不大，有抵抗力……"

宝绽轻轻握住他的手，像兄弟，像亲人，匡正享受他这份温情，嘴却贫："你怎么跟个小狗似的？"

宝绽哝哝的："我要是小狗，现在肯定狂摇尾巴，你抓都抓不住。"

匡正笑起来："为什么摇尾巴？"

"因为，"宝绽用一个灿烂的笑回应他，"想哄你。"

匡正嘴边的笑纹加深，缓缓点了点头。

宝绽没怎么睡，顶着两个疲惫的黑眼圈，和匡正一起上医院。

大白天的，单海俦不在万融指点江山，却泡在病房里给白寅午打豆浆。

白寅午躺在床上，瘦，但很精神，瞧见匡正领着宝绽进来，惊讶地坐起身，指着电视问单海俦："这不是刚才《星综艺》上那个——"

宝绽穿着一身漂亮的绀色西装，提着一个大袋子，很尊敬地弯了一躬，没像别人一样称"白总"，而是实实在在地叫："白叔。"

白寅午被他叫愣了，"叔"听着老，却把关系叫近了，略过冗长的寒暄客套，叫成了一家人。"不对吧？"他笑着伸出手，"匡正可叫我哥。"

宝绽腾地红了脸，放下袋子握上去，用的是两只手。通过一个小动作，白寅午就看到了他的赤诚。"行啊，你小子，"他打趣匡正，"认识大明星。"

"不是明星，"宝绽马上摆手，"只是京剧演员。"

匡正转过头，和单海俦对上视线。两人上次聊得不太愉快，匡正想缓和，碰了碰宝绽的肩膀，开玩笑说："那是你单叔。"

宝绽可不会再傻里傻气地叫"叔"了，瞪了他一眼，礼貌地叫："单总。"

"你好。"单海俦伸手过来。

宝绽还是两手握住，稍弓着背，有旧时晚辈对长辈的恭敬。

"本地人？"单海俦审视他。

"是，"宝绽没掩饰出身，他就是普普通通老城区的孩子，"南山区的。"

"唱京剧……"单海俦瞥一眼匡正，"烟波致爽俱乐部，熟吗？"

熟，宝绽太熟了："俱乐部主席是我师哥。"

单海俦一听就明白了，师弟挑大梁，师哥管场子，匡正身边的人，果然不是路边一抓一大把的杂草。他笑笑，从怀里掏出名片夹，一个颇正式的举动，说的话却亲切："有空来万融玩儿。"

宝绽收下名片，让匡正从袋子里拿东西，都是吃的，有店里买的，也有自己做的，摆了一桌子。明明是来探病，他却不像别人那样一本正经地问"良性还是恶性""癌细胞扩没扩散""手术有没有风险"。病房里一直是轻松的气氛，白寅午和单海俦那么深沉的人，一人拿着一根牙签，跷着二郎腿吃甜瓜。

临走前，宝绽和匡正去医生办公室，见了主治大夫，没塞红包，而是给了两套萃熙华都的礼品券，问清白寅午的病情和手术安排，客客气气地离开了。

两人到家时，太阳正落山，红色的霞光掩在层层叠叠的丘峦间，给大地罩上一层柔软的金色。宝绽和匡正不约而同，并肩走进家背后那片树林。参差的树影，静谧的小径，一个冬天没来，落叶厚了，枝丫密了，竟有些陌生。

"一直没见着大黑。"宝绽两天一夜没睡，直打哈欠。

"累吗？"匡正搭着他的肩膀。

"嗯。"宝绽微眯着眼。

"来，"匡正肉麻兮兮的，"哥给你松松背。"

宝绽笑了，正要说什么，突然右脚绊了一下，他一个踉跄，被匡正眼疾手快地抓住，下意识回过头。褪了色的枯叶底下，露出一块黑色的皮毛。

宝绽怔了怔，没反应过来，匡正扳着他的肩膀把他拽到身后，蹲下去拨开落叶。

宝绽微张着嘴，眼前是一片宽阔的后背，接着是温热的掌心抓住他，轻轻说了一句："咱们回去拿锹。"

宝绽茫然地跟着他往回走，心像让一团棉花堵住了。那是大黑，在融化的积雪下，在厚厚的落叶里，走得那么凄凉，寂然无声，甚至没有人陪一陪它，没有人在它最后的视线里给过一点儿关怀的目光。

取来锹，他们选中一棵向阳的枫树，挖了坑，希望来年秋叶落下的时候，大黑可以披上一层斑斓的色彩。它是一只流浪狗，可匡正失意的时候，它陪他在台阶上啃过骨头，野狗吠叫着扑来的时候，它义无反顾冲了上去，它有熠熠生辉的灵魂，即使死去，也值得被留恋、被纪念。

回到家里，天已经黑了，宝绽愣愣坐在沙发上，直着眼睛出神。邝爷走了，白寅午病了，连大黑都离他们而去，他忽然害怕，怕一切珍贵的东西都会在某个不经意的瞬间支离破碎，焦虑伴着恐惧从心底升起，这时微信叮叮响了两声。

他拿起手机，漫不经心地瞄了一眼，只一眼就定住了，是小黄发来的："宝哥宝哥！文昝也出事了！"

宝绽腾地从沙发上起来，开微博看热点。爆的是一段视频，开头是小W和文昝也在301门前推搡，手机录影，镜头晃得厉害，短短三四十秒，很难看出是谁在纠缠谁，直到小W用力推开文昝也，啪地给了他一巴掌，清楚地喊："流氓！"视频戛然而止，剪得非常专业，无论窥视感还是冲击力，都恰到好处。宝绽点开评论，不出意料，下头一水儿的漫骂、诅咒。宝绽气得指尖发抖，赶紧给文昝也打电话。那边好久才接起来："哥们儿，我没事儿，"短暂的沉默，"习惯了。"

习惯了，三个字，让宝绽一时没说出话。

"你放心，"文昝也大咧咧的，"老子这么多年也不是白混的，她——"

"我给你证明。"宝绽说。

文昝也呆住了："证明什么，你小子别犯傻我告诉你！"

窄红：完结篇

宝绽很坚定："真相。"

"去他的真相！"文峇也急了，"网上从来就没有真相，你帮不了我，别回复、别转发、别发表任何看法，管好你自己！"

宝绽想了想："我当时在你屋里，我说的话——"

这时匡正的手落在他肩上，宝绽回过头，缓缓眨了下眼，轻声说："哥，我一会儿跟你说——"

匡正动了动手指，跟他要手机。

"哥……"宝绽不愿意，匡正直接从他手里拿过电话："喂，我匡正。"

"我去，"文峇也骂了一句，"咱俩没什么好说——"

"有需要，"匡正打断他，"你开口。"

文峇也彻底噎住了。

"宝绽的朋友就是我的朋友，"匡正足够大气，"随时找我。"

说完，他把手机递回给宝绽，爱惜着，也宽容着，揉了揉他的头发。

161

宝绽挂了电话，打给蓝天："喂，蓝姐……"

蓝天压根儿没让他开口："和咱们没关系，你别管。"

宝绽没料到她是这个态度，哑住了。

蓝天在吃晚饭，咔嚓咔嚓嚼着黄瓜："文峇也有今天这个位置，背后有他的人脉，天王的关系都摁不住的事儿，我没办法。"

宝绽的手微汗："文峇也帮过我，不止一次。"

蓝天不是忘恩负义的人，但一行有一行的玩法："文峇也怎么说，让你帮了吗？"

宝绽没答话。

"你现在的处境非常尴尬。"蓝天的语气很严肃，"之前和文峇也走得太近，你眼下得赶紧剥离，谁问你你都不要回，任何场合碰上他，不要走近，不要说话，不要有眼神交流。"

"我做不到。"

蓝天的声音沉下来："你想惹火上身？"

"录节目总要碰到——"

"不会了，"蓝天放下筷子，"节目组明天一早会发声明，文昚也退出《箱之声》。"

宝绽愕然："这不是墙倒众人推——"

"文昚也已经同意了。"

宝绽马上说："我给他打电话——"

"上周，你的粉丝刚募集了一百零六万，捐给湖北的一个私人京剧团。"蓝天说起另一件事，"你这时候冒冒失失卷进去，把自己搞臭了，让这些真情实感支持你，为你掏了大把银子的粉丝怎么想，他们的心情，你考虑过吗？"

没有。宝绽还没有身为公众人物的自觉，他不知道明星的一个眼神、一句话，哪怕微博上的一个标点符号，都可能引起一场网络战争。

"别忘了你是为什么来的，"蓝天提醒他，"京剧。"

宝绽沉默了。

"这两天有个代言正在接触我们，顶级珠宝品牌，"蓝天用工作敲打他，"我争取让你代表品牌上月末的亚太珠宝展，公司已经在策划了。"

宝绽眼下没心思想这些，甚至觉得反感，他踩着文昚也爬上来，转过头，却把人家一脚踢开。

蓝天知道他的眼界，钻石、翡翠这些东西动不了他的心："本来不想告诉你，我给你看过几个影视资源，都是S级以上的制作，只要你稳稳当当的，明年，最迟后年，你就能带着如意洲去东南亚巡演了。"

出国演出，做第一支走出国门的私人京剧团体，这对宝绽来说是个不小的诱惑。

"听我的，"蓝天叮嘱他，"趴着，不要动。"

电话断了，宝绽望着窗外渐浓的夜色，长长地叹了一口气。

之后的一周，文昚也真的从《箱之声》消失了，积分榜上看不见他的名字，小W的排名却在不断上升，和身价一起涨起来的不光是粉丝数和曝光度，还有她在节目组的地位，也许是同情，也许是讨好，所有人都围着她，热情地嘘寒问暖。

好像没有人在意文昚也了。一周里，只有陈柔恩隔三岔五在朋友圈发文章，分析小W的爆料视频，试图还原事情的真相。宝绽给文昚也推过去，

窄红：完结篇

他还记得这个高挑的"啾啾"女孩儿，顺手一点，加了她的微信。

这些日子宝绽的心情一直不好，邝爷过世、老白重病、大黑离去、文咎也遭殃，所有的坏事情都赶到了一起，除了《箱之声》的录制和一周三次的戏楼演出，他哪儿也不去，成天窝在家里收拾东西。

床单、被罩全洗了，还有一堆裤衩、袜子。他整理衣柜的时候，匡正回来了，提着一个纸袋子，边换鞋边朝楼上喊："宝儿！"

宝绽擦着手下去。匡正脱了西装，正从袋子里往外拿东西，厚实的背脊，把圣罗兰的条纹衬衫绷紧了，显出清晰的肌肉走向。

宝绽夸他："身材真好。"

匡正笑起来，把袋子里的东西递给他。是一罐啤酒，从没见过的中国风设计，大气的鸦青底色上排布着玲珑的白鹤仙草与海水江崖。

宝绽的眼睛一亮："这什么酒？"

匡正抽掉领带，温柔地看着他："你尝尝。"

酒一开，丰富的白色泡沫就溢出来，和酒气一起弥漫而出的，还有淡淡的茶香："这不是……"宝绽抿上一口，果然有少见的胡椒味儿，是他那天给匡正带回来的小众私酿，"怎么换包装了？"

"配方，我买了，"匡正把啤酒罐转个方向，把酒标冲着他，"你不是喜欢吗？"

粗粝的魏碑体，极富冲击力的一笔字，酒的名字是"宝师傅"。

"让覃苦声找人设计的，京剧元素，画和字请的都是大家。"匡正弹响纸袋，"这几罐是样品，包装和口味还在调整，下个月投产。"

宝绽难以置信地盯着他。

"送你一条生产线，"匡正刮了刮他的鼻头，"不高兴的事儿别想了，想想开心的，想想哥。"

宝绽有多惊讶就有多感动，自己随手拿的一罐酒，竟换来匡正这么用心的回应，无论是逆境还是顺境，他哥都在他背后撑着他。

月末，亚太珠宝展在会展中心开幕，全球七十多家珠宝品牌参展，从钻石、祖母绿到红蓝宝，一片奢靡的珠光宝气中，名媛、巨星和时尚红人趋之若鹜。

宝绽作为品牌方的代言人全程出席，万融臻汇则以珠宝投资人身份出现，办了一场以珍珠翡翠为主题的"传统戏曲与东方装饰艺术座谈"，邀请宝绽做嘉宾，突出他在高端奢侈品市场的形象和影响力。

展会最后一天，各展商撤展在即，主办方安排了一次媒体见面会。宝绽穿着一身雾蓝色丝绒礼服，胸前别着价值七百万美元的钻石胸针，在十几个保镖的护送下进场。一上台，他就在策展人身边看到了文笘也。他穿着一套白色小燕尾，金色口袋巾配同色水滴形领针，头发利落地拢向脑后，没怎么化妆，淡淡的，有一份少见的儒雅。

蓝天说过，文笘也有他的人脉，这种时候能来参加活动，背后的资本一定下了功夫，特意挑展会收尾的一天，应该是想探一探大众和媒体的态度。

文笘也看到宝绽，目光有短暂的停留，但很快转向别处，明显的疏离，是不想给他惹麻烦。

几个大展商围过来，笑着把宝绽往中间让。这些天匡正一直在做公关，让韩文山和杜老鬼轮流做东，宴请这帮欧洲和中东的珠宝商，每一场晚宴宝绽都陪着，几顿酒下来，彼此已经成了朋友。

宝绽现在的英语不错，从日常生活到文学艺术都能聊一聊，和一家比利时品牌聊黄金镶嵌的时候，台下的一个人影引起了他的注意。

见面会还没开始，媒体记者都三五成群凑在一起，唯独这个人，穿过人群慢慢向台前接近。已经是5月的天气，他还穿着一件长风衣，衣襟拢紧，像是藏着什么东西。

宝绽蹙眉，接着注意到他的表情，憎恶或紧张，脸孔涨得发红，顺着他的目光看过去，视线尽头是文笘也。

而文笘也浑然不知，安保人员的注意力也在陈设的展品上，没人发现这个人的异常，眨眼工夫，他已经来到台前。

"Mr. Bao（宝先生）？"比利时展商发觉宝绽走神儿了，几乎与此同时，那个人把手伸进风衣，宝绽立刻警觉，吼了他一声："你干什么？！"

近百人的会场，寒暄、说笑，还有悠扬的弦乐重奏，被宝绽这一声突兀地划破。也是在这一刻，那个人露出凶狠的神情，从风衣里掏出一个矿泉水瓶，拧开瓶盖，狰狞地喊："渣男去死吧！"

短短一刹那，宝绽来不及反应这个人是谁、瓶子里装的是什么，还有蓝天的告诫和叮嘱，他直奔文笘也，在众目睽睽之下把他推开。

"啊啊啊！"台下响起女记者悚然的尖叫。宝绽被泼中了，劈头盖脸，从礼服到胸针，到脚下雪白的地台，滴滴答答，一片猩红。

会场乱起来，保安举着电棍一拥而上，闪光灯亮个不停，还有手机的拍照声。宝绽知道自己一定很狼狈，满身的赤色，他以为是鸡血或狗血，但闻了闻没有腥味儿，应该只是红色颜料。

"流氓！畜生！"那个人被保安摁住，扯着脖子还在嚷，"强奸犯凭什么上台？！还明星呢，老子今天替天行道！"

宝绽瞪着那个歇斯底里的家伙，心头涌起一股强烈的不平，他不顾记者的镜头，不顾蓝天那些影视资源，也不顾什么东南亚的演出机会，带着半面触目的血红，用京剧老生炯炯的眼睛，用一把玻璃般的声音，愤然说："文咎也没有做！"

周围瞬间静了，所有人都盯着他，没料到他敢公然替文咎也"翻案"。宝绽迎向那些探寻的目光，他不是个果决的人，总是瞻前顾后，有时候甚至显得软弱，但做人得讲良心，他毫不犹豫："他不是流氓，任何人都没资格冤枉他！"

那个人被保安往下拖，边挣边喊："他不是？都让人拍下来了！你凭什么替他叫屈，你知道个屁！"

"宝绽！"文咎也在背后拉他，宝绽没理，他就是要替他叫屈，他要说出真相："我知道他没做，因为我当时就在房间里！"

台下一片哗然。视频里小W甩那一巴掌的时候，宝绽就在文咎也背后的那扇门里，他为什么在那儿？他在这场丑闻中又扮演了什么角色？

保镖围上来，宝绽被无数双手护着下台，眼前一片混乱，文咎也全程跟着，用口袋巾擦他脸上的"血污"。

他让宝绽给飒着了，但该骂还是得骂："你小子傻啊！我都是臭大街的渣男了，你管我干什么，非得一起往火坑里跳吗？！"

自媒体时代，瓜田和吃瓜群众之间没有时差，泼血事件从发布到上热搜只用了十几秒钟，当时匡正正在万融臻汇给管理层开会，看到微博首页宝绽血淋淋的脸，他腾地从椅子上起来，把会议丢给段钊，匆匆下楼。

他没打电话，宝绽的电话现在一定是占线的，泱泱娱乐、《箱之声》、大大小小的品牌方，一个也不会放过他。匡正替他揪着心，吩咐司机马上回家。

一开始，舆论并没有明显的倾向，毕竟宝绽替别人挡了一身血，那气势、那劲头，一般人只有佩服的份儿：

"我现在还是蒙的，这是……路见不平一声吼？"

"非黑非粉，宝绽跟文咎也真是好朋友吧？"

"宝绽太飒了，一脸血那一下我看了八百遍，路转粉！"

"美、美强惨？"

"不愧是唱京剧的，眼神儿绝了，宝绽杀我！"

"是的！！！看得我都想学京剧了！"

"姐妹我已经在学了~"

"姐妹我也学了！不过我家这边没有京剧班，我学的评剧……"

"真有吃人血馒头的，还不少呢，你家哥哥再帅再仗义，那瓶血他是替渣男挨的！"

"就是，粉丝高潮的时候想没想过人家受害者？"

"好大一口锅，谁受害还不一定呢，等一个反转。"

"小W捅瞎人一只眼的事全网都失忆了？还真是不用洗都白，立白！"

"哇哦，捉鬼游戏，文咎也、宝绽、小W，谁是鬼呢？"

匡正很清楚，小W不可能坐等被宝绽翻成鬼，她一定会发声。果然，他刚进家门，网上的风向就变了，因为小W发了一条微博："不想牵扯更多人，一再隐忍，这一行太艰难，太多看不见的压力，不知道我还能扛多久。"一句话，三十多个字，从始至终没提宝绽，但话里话外都是宝绽的影子，他似乎就是那个该被"牵扯"进来的人，有钱有背景，也许还利用背景给小W施过压，她没明说，反而暗示了很多东西。这女人玩的一手好手段。

匡正眯起眼，沉着脸给段钶打电话。这时外头传来引擎声，他返身去开门。宝绽疲惫地站在那儿，鬓角和头发上还带着没拭净的"血迹"："哥，你怎么在家……"

匡正一把拉住他，紧紧地。

宝绽哝哝地说："我闯祸了。"

匡正没责备，也没安慰，只问："蓝天怎么说？"

宝绽先是沉默，过了半晌，他松开匡正，进屋："她让我道歉。"

蓝天的意思是，让宝绽承认在媒体面前说了谎，他那天不在文咎也的房间，也不知道什么真相。连道歉文案她都拟好了，已经发到宝绽的微信里。

承认一个小错挽回一个大错，把真的变成假的，把小W这条恶心的水蛭甩掉，匡正赞同这个思路："你打算怎么做？"

"我不可能道歉，"宝绽不假思索，"我没有错，我说的每一句话都是真——"

手机在裤兜里响，他掏出来，是时阔亭："师哥，我没事儿，你和小依别担心。"

时阔亭叹了口气："你可真行，万一是硫酸呢？"

宝绽一怔，这才感到后怕："当时……没想那么多。"

"你说你，万一有个好歹，如意洲怎么办？"时阔亭埋怨他一句，接着说，"那什么，戏楼的演出，先停一阵吧。"

宝绽愣了："为什么？"

"今天这件事，如意洲得有个姿态。"

"什么姿态？"宝绽不理解，"我又没做什么？"

"风口浪尖上，咱们大张旗鼓地开戏，你想想，媒体会怎么写？"时阔亭显然经过深思熟虑，"再说现在的情况不明朗，客人也不好来——"

"时阔亭！"宝绽急了，"他们不信我，你也不信我？我对天发誓，我说的——"

"我知道，"时阔亭不用他说，"全世界都不信你，我也会信你，可宝绽，我不是全世界，如意洲有观众，烟波致爽有会员，娱乐圈那些烂事儿不能影响剧团的声誉，剧团是咱们的命。"

宝绽哑然。

"小依在写文案，一会儿发俱乐部公众号。"自从当了主席，时阔亭变成熟了，"我会给会员挨个打电话道歉，你安心处理你的事儿——"

他道歉，为了自己道歉，宝绽听不下去，啪地挂断了电话。攥着手机，他转而上微博，憋着气，较着劲儿，想看看"全世界"都说了他什么：

"狗男男恶心着我了，穿个高定戴个钻石也是狗！"

"真的狗，还玩泼血这一套，渣男影帝不是白当的。"

"好恶心这俩男的，猥亵人家小姑娘。"

"上次这俩也是在个什么酒店，谁知道当时屋里有没有别人。"

"性侵只有一次和无数次，希望别的受害者也能站出来发声！"

"我还给宝绽花过钱呢，半个多月的工资啊！"

"我不信，宝绽不是那样的人，他只是太单纯、太仗义，信了文咎也就不会怀疑。"

"好大一朵白莲，您真是太单纯、太仗义，信了宝绽就不会怀疑。"

"抵制宝绽，抵制箱之声，抵制京剧！"

"关京剧什么事？"

"没有京剧这个标签，谁认识他宝绽什么东西，长得好看的鲜肉多了去了。"

"什么鲜肉，都二十八九了，三张大叔！"

"就是，本人实矮，不到一米八，不蹭京剧的热度，他能红？"

宝绽唰地闭上眼，陌生人的恶意超乎他的想象，年龄攻击、身高羞辱，这些他都能接受，他不能接受的是，京剧跟着他一起挨了骂。

"宝绽——"这次匡正没叫他"宝儿"。

"哥，"宝绽打断他，"我想静一静。"

他上楼，洗了澡，坐在书房的窗前擦头发，脑子里乱糟糟的，涨满了网上那些骂声。委屈、憋闷，他怎么也想不通，自己说的明明是真话，他们为什么却选择相信谎言？像是被人兜头打了一棍子，想还手，却找不到方向。

手机在桌上，里头太多恶毒的话，他忍不住去看——越是难受越想看，自虐似的，在心里一遍遍地反驳："不，不是那样，不是……"

忽然，一条视频从指尖下滑过，画面上有一张熟悉的脸，结实、黑瘦，是鲁哥。

宝绽意外，点进去，晃动的镜头里一个男人在催促："说说嘛，鲁子，说说！"

鲁哥忙着搬货，没抬头："有什么可说的？"

"那个宝绽不是跟你动过手吗，都进局子了！"

鲁哥瞄一眼镜头："打架是打架，两码事儿。"

"别磨蹭，快点儿！你爆个料，咱哥几个也火一把！"

鲁哥拍了拍劳动手套，走过来。宝绽看着他越来越大的脸，曾经一个团的兄弟，偷了大伙儿的切末，讹了他一万块钱，如今又要在他的伤口上捅刀。这一刻，他明白了文笤也的冷漠、他的玩世不恭，他笑着说："我尝过的酸甜苦辣没人懂。"

"宝绽干不出那种事儿。"鲁哥一言以蔽之。

宝绽愣了愣，倏地睁大眼睛。

"说什么呢，鲁子，让你爆料！"

"就这，没了。"说完，鲁哥回去继续搬货。

"不是，你……他打你白打啦！"

"一码归一码。"

"你少充好人！他睡人家小姑娘——"

"他就不是那种人！"鲁哥喝止他，然后说，"他说没干就是没干，他从来不撒谎。"

一瞬间，宝绽心里的那个结，开了。

162

宝绽从楼上下来时，天已经黑了，匡正在客厅嚼着薯片看财报，一抬头瞧见他："饿吗，给你泡个面？"

大晚上的，八九点了，宝绽说："哥，我去趟戏楼。"

匡正没问为什么，把笔记本关机："我陪你去。"

"不用，"宝绽穿鞋拿钥匙，"我都叫小郝了。"

匡正起来穿外套："让他回去。"

他总是这样，没有多余的话，"你需要，我就在"。

他开的是帕纳梅拉，宝绽坐副驾驶座，和以前一样。车子发动，红尾灯唰地亮起，轰的一声从别墅区开出去。夜晚的路又黑又长，他们却那么熟悉。

"好久没给你开车了。"匡正说。

是啊，他们都有了各自的司机。"原来一上车你就把西装外套脱给我，"宝绽怀念那些日子，"总有股好闻的橘子味儿。"

匡正单手把着方向盘："现在你的西装比我的都多了。"

所有这些好东西，西装、快乐、自信，都是匡正给的，宝绽想想这段日子自己得到的，不禁露出欣慰的笑容。

匡正瞄着他的神情："不难受了？"

"没什么可难受的，"宝绽看着窗外漆黑的夜色，"网上骂我骂得再凶，也是不相干的人，我身边真正重要的是你、师哥、小侬，"甚至包括打过一架的鲁哥，"你们都无条件相信我，我不珍惜你们，却去在意那成千上万个叫不出名字的陌生人？"

"宝老板，"匡正一副打趣的口吻，短促地按了声喇叭，"长大了。"

"师哥都长大了，"宝绽苦笑，"我哪能还缩在你翅膀底下？"

匡正承认，时阔亭这事儿处理得很像样："那是小侬调教得好。"

"哥，"宝绽轻声说，"谢谢你。"

在书房那几个小时里，他什么都想明白了。匡正是不赞成他替文咎也挡血的，也不赞成他咬着牙死不"认错"，他只是没有说。他在体谅自己的情绪，而自己呢，习惯了被包容、被迁就，这一次，别说是为了如意洲，就是为匡正，宝绽也会妥协，向娱乐圈的规则妥协，向这个冷酷又强大的网络妥协。

到戏楼时，十点钟刚过，一下车，匡正接了个电话。是很久没联系的房成城，他摆了摆手，让宝绽先进去。

深夜的戏楼静谧、古旧，戏唱久了，无人时仿佛也能听到戏腔，随处一个角落似乎都藏着灵魂。宝绽来这儿不为别的，只为了看一眼自己的起点，看一眼他和时阔亭要用毕生来守护的东西。

走进剧场，黑暗中一排排无人的座椅，他在中间一排正中的位子坐下。台上亮着两盏小灯，光影朦胧，似真似幻。可比起娱乐圈的浮华，比起那些吃人的虚名，这才是真实。

他在台上流过的汗是真的，肩膀上振起的风是真的，雷鸣般的掌声是真的，说到底，唱戏的折也要折在台上，不能稀里糊涂倒毙在别处。

他打开手机，给蓝天发了一条微信："蓝姐，我要退了。"

不甚明了的一句话，蓝天回得却快："想好了？"

想好了，不是因为这条路难走，而是这条路再辉煌、再闪耀，也到不了宝绽想去的地方，他回了一个字："嗯。"

这次那边许久才回复："好，保重。"

宝绽退出微信，上微博。好几万条未读信息，他不看，把蓝天的道歉文案复制粘贴，在后边加上一句话："感谢大家的厚爱，缘尽于此，两相别过。"发送按钮在右上角，他点下去。

几乎与此同时，台上响起簌簌的脚步声，一个人影从侧幕上来，先是左右看了看，然后摆了个极难看的架子，嘴里念着"仓台仓台"，闹着玩儿似的走了个圆场。

光太暗，看不清是谁，宝绽没想理，那人忽然在台前站定，吊起嗓子唱了一句："我正在城楼观山景！"

《空城计》，诸葛亮。宝绽第一次来戏楼，唱的也是这一折，那时他还怕把场子唱空了，匆匆噤了声。

"耳听得城外乱纷纷，"那人年纪应该不大，火候还嫩，但嗓子是真漂亮，不像宝绽的高而脆，他抑扬顿挫，有金属般的堂音，"旌旗招展空翻影——"

手机屏幕灭了，宝绽定定看着台上。那人夸张地扬起衣摆，做了个样板戏的动作，嗓子一转、一挑："却原来是司马发来的兵！"

宝绽从观众席上起来，台上那家伙吓了一跳，愣了两秒，一溜烟从侧幕跑了。

"喂！你……"宝绽着实喜欢他的嗓子，追出去。

匡正在大门口，电话还没打完。房成城把万青制药卖了，又做了点儿小投资，都不见起色，眼看着这辈子难再翻身，他绕了一圈又回来找匡正，想请他帮着做个退休方案："说实话，这么多私银，我只信得过你。"

匡正心里说："你要是真信我，就不会落到这步田地。"

房成城没了过去的傲气，稳当多了："我现在手里就这些钱，你别嫌弃……"他如今这个情况，到哪儿都是二流客户。

匡正提醒他："你得做好心理准备，要是真退了，你以后的消费水平恐怕只能维持现在的一半。"

"没问题，"房成城马上答，"我已经没心气儿了，怎么着都比坐吃山空强，我那俩孩子还小，我得给他们留钱。"

他不到四十岁，已经在想别人五六十岁才想的事，这是被接连的惨败吓怕了。

"行，我安排，会根据通胀率和你的资产情况，做一个长期投资方案，可以保证你和家人每年拿到一笔稳定的收入。"

"好！好！"房成城连连道谢，"匡总……你多费心！"

他太客气了。匡正想起和他第一次见面，在如梦小筑的别墅，有私人泳池、成片的园林，房夫人温柔地笑着，两个孩子阳光可爱，他们对坐在沙发上，聊的是上亿元的生意。

往事不堪回首，男人最怕的是从高处滑落，再也爬不回去。匡正唏嘘，挂断电话，一个人影突然从戏楼里冲出来，不偏不倚撞到他面前，他迅速反应，脚下一绊，抓着胳膊把他摁倒。

是个十七八岁的半大小子，寸头，穿一件白色工作服，身上有股油烟味儿。

"干什么的？"匡正扳着他的小臂，拿膝盖顶住他的腰眼儿。

那小子疼，疼得整张脸皱成一团，可性子倔，愣不回话。

匡正的手狠起来："问你话呢！"

他扛不住了："我……我是对面的小工！"

对面？匡正朝马路另一侧看："朝鲜饭店？"

那小子点头："我每天晚上过来送菜……"

如意洲一天三顿确实都从朝鲜饭店订，两家隔着一条马路，他们大厨有时候干脆过来掌勺："送菜的你跑什——"

"哥！"宝绽从楼里追出来。

匡正一分神的工夫，那小子猛地从他手底下蹿了出去，出笼的豹子一样，一眨眼，跑没影了。

"怎么回事儿？"匡正问。

宝绽也说不清，只觉得天上掉下来一个戏坯子，啪嚓，落在他眼前。"哥，"他从夜半的长街收回目光，看向匡正，"我发微博了。"

匡正有些意外，但不惊讶，他知道宝绽是拎得清的。

"不光道歉，"迎着初夏的夜风，宝绽说，"我退出娱乐圈了，没跟你商量……"

本是一个沉重的话题，匡正却笑，笑得怪帅的："真的假的？"

他一笑，气氛就松了，宝绽点亮手机屏幕给他看："真的！"

不长一段文字，阅读量却惊人，匡正习惯性看数据："文岔也转发了。"

"啊？"宝绽凑过来，"不能吧？"

文岔也已经几周没发过微博，因为只要他说话，回应的就是谩骂，可为了朋友，今天他第一时间转了，他是想告诉那些"嫉恶如仇"的人，宝绽是清白的。

"九爷……"他真的够爷们儿，宝绽心里发酸，怪自己全身而退，留文岔也一个人在漩涡里挣扎，在圈子里继续浮沉。

"这小子不错。"匡正伸手过来，揽住宝绽的肩膀，"他有私银吗？"

宝绽倏地抬起头。这时匡正来了条微信，他看一眼，问宝绽："你上热搜了吧？"

"上不上能怎么地？"宝绽毫不关心，"回家。"

匡正拉着他："你看看。"

宝绽觉得他奇怪："有什么可看的——"但还是点进去，他是在热搜上，不过不是第一位，实时第一是刚蹿上来的："小W身份造假！"

宝绽愕然，马上进话题，就在两分钟前，新锐画家陆染夏发微博，他曾经被一个叫小W的女孩儿捅伤了一只眼睛，但那个小W并不是眼下这个风生水起的小W。

当事人发声指认，网上彻底炸了。一个连身份都不实的女人，迅速失去了可信度，再加上宝绽退圈，所有曾经握在她手里的矛都掉转了方向，百倍千倍，向她扎回去。

这就是网络的力量，洪流一般，所到之处，摧枯拉朽，它不属于任何人，最公正也最偏激，它成就了一些人，也把一些人打得粉碎。

陆染夏？宝绽认识，粉鸡拍卖会结束后一起吃过饭……他立刻看向匡正。

"这才刚开始，"匡正笑了笑，带着锋利的狠意，"就算你不在这个圈子玩儿了，她也别想在这个圈子混。"

宝绽瞠目结舌："你什么时候……"

匡正拉着他的手："走，回家。"

宝绽追着问："是我在楼上静静的时候？"

走到车边，匡正又有电话过来。是单海俦的，匡正怕是白寅午有事，立马接通："喂？"

单海俦的声音低沉："提前给你透个信儿。"

透信儿？匡正蹙眉。

"总行要来人了。"

"什么意思？"匡正没理解。

"和西楼一样的意思，"单海俦说，"万融臻汇会成为第二个投行部。"

而匡正，将是第二个白寅午。

第六折

如意洲

163

在亢奋的吃瓜群众眼里，宝绽是从娱乐圈败走的，但实际上，他只是不屑于再玩这个真真假假的游戏。他把京剧带到了娱乐产业的最前沿，唤起了这个时代一点点的文化记忆，他想做的、能做的，都做到了。

两周之后，如意洲重新开唱，星期六晚上，全员反串，折子戏专场。

这半个月时间，网络世界差不多把宝绽忘了，而小W却在匡正和文咨也的双重夹击下度日如年。身份造假只是个开始，诈骗、坐台、用身体换资源，各种各样的负面新闻不停地往外爆，有真的也有假的，她能无中生有，匡正当然能以其人之道还治其人之身。

如意洲后台，大伙儿上好了妆，聚在一起等开戏。

屋里人不少，却很安静，宝绽出了这么大的事儿，大伙儿都怕影响上座儿。一片寂然中，走廊上传来婴儿的哭声，还有急促的脚步声。接着，红姐抱着孩子推开门："对不住对不住，来晚了！"

她儿子随她，皮肤白，长得也好，就是能哭，一张嘴要把人的天灵盖炸开。陈柔恩赶紧上去哄："怎么了这是？来来，我抱抱。"

她今晚串的是武生，一身黑快衣，脸是俊扮，但在印堂上画了一个黑八字儿，是杀嫂下狱、时运不济的武松。红姐儿子一抬头看见这两笔黑，嗷呜，哭得更厉害了。

"哎，祖宗！"应笑侬放下水杯，坐着红木大椅发话，"抱过来。"

他梳的大头，线尾子一边一绺搭在肩上，八宝的头面，白花裙子玫红袄，右边系着一条"喜上梅梢"的腰巾子，是《卖水》里的小花旦。

红姐抱着孩子过去，看他倚着个挺大的婴儿床，时主席的公子正扒着床围子，眨巴着眼睛往外瞧。

"哟，后台还安排这个？"红姐觉得新鲜。

"时主席的特权，"应笑侬拍拍婴儿床，"团里的福利，你不用用？"

红姐哪能不用？她立马把儿子放进去，胖小子本来哭得挺凶，一瞧见小宝，害羞还是怎么的，傻了似的盯着他，没声了。

"你家小宝真好看，"红姐端详道，"怎么越长越像你呢？"

没有血缘关系的两个人，能像到哪儿去。应笑侬却笑了："谁带像谁，"他捋着小宝没几根毛发的脑袋，"这大双眼皮儿，长大了肯定是个美人。"

大人们聊天，两个孩子坐在床上大眼瞪小眼。小宝不高兴红姐儿子上他的床，小胖手搓了搓，啪地，给了他一巴掌。

结结实实一下子，红姐儿子疼着了，委屈巴巴地捂着脸，小宝也不哄他，嘴着嘴冲他瞪眼睛。红姐儿子吃了吃手，嘿嘿笑了，爬过去，亲亲热热地挨着他。

"我说红姐，"陈柔恩凑上来，"你儿子脾气可真好……"

萨爽从外头跑进来，一身打衣打裤，鬓边插着黄的粉的绢花，线尾子在身后一甩，是《武松打店》里的孙二娘："我的天，满了满了！"

"什么满了？"陈柔恩来了条微信，拿起手机看。

"座儿满了！"萨爽斜眼瞥着她的屏幕，酸溜溜地说，"还跟那个九爷联系呢？"

"要你管，"陈柔恩头也不抬，"再看我换防窥膜了。"

红姐边逗孩子边感叹："真没想到，能爆满。"

"憋了半个月，能不满吗？"应笑侬挑着眉毛吊着眼，扮的是花旦，却有股雍容华贵的劲儿，"都是老票儿，戏瘾上来了抓心挠肝。"

红姐问："网上的事儿，算过去了？"

"网上的事儿，"应笑侬哼笑，"这帮大佬能信？他们自己的公关团队成天在那儿发假消息，吃自己的饭，砸对手的碗，阴招儿玩得溜着呢。"

红姐不解："那咱们还停演……"

"表面文章，"应笑侬是大家族出来的，见得多，人就通透，"都知道是'戏'，不得不做罢了。"

红姐点点头："也就我们小老百姓，傻乎乎把网上那些事儿当真。"

"小老百姓才不傻呢。"应笑侬正了正顶花，准备登台，"资本搭台子，爆料的唱戏，少得了叫好的观众吗？真说起来，咱们唱的是假戏，人家那才是真刀真枪的活剧，狗血热闹随便看，还不花一分钱，你说捧场的人傻吗？"

所以才有乐此不疲的吃瓜群众，才有越来越盛的爆料，这和旧时候抻着脖子看行刑没什么不同，只是互联网时代最廉价的娱乐方式而已。

正说着，匡正到了，穿着一身隆重的戗驳领黑西装，进门先问："宝绽呢？"

"里间，"陈柔恩指着后台最里头的换衣间，"时哥也在。"

匡正往里走，不大一扇门，敲了敲，走进去。小小的屋子里，站着一对璧人。时阔亭一袭风流粉蟒，宝绽一身白龙箭衣，两个人都是紫金冠，戴翎子，四只雉鸡尾高高摩着天花，颤巍巍缠在一起。

一个是《小宴》的吕布，另一个是《伐子都》的公孙子都，都是惊世的美男子，都有一身披靡的功夫，飒沓着，倜傥着，端端站在一处。

匡正像是不敢认，看宝绽吊起的眼尾，看他颊上淡淡的胭脂，看他眉间那一道冲天的红。台上应笑侬已经唱起来，水灵灵的小嗓儿，蜜里调着油："清早起来菱花镜子照，梳一个油头桂花香，脸上擦的是桃花粉，口点的胭脂是杏花红！"

桃花粉，杏花红，都不及宝绽这一刻的颜色，虽不是袅袅婷婷的白娘子，却有少年枭雄勃然的英气。

如意洲还是那个叱咤的如意洲，应笑侬的《卖水》，陈柔恩、萨爽的《武松打店》，时阔亭、万山红的《小宴》，宝绽的《伐子都》，一出接一出，把满座的贵客唱得沸腾。戏后，一帮大佬抢着做东，要请宝老板去吃饭，恭迎他回来，回到这个云端金镶玉嵌的小天地。

一大早，万融臻汇的几个中层齐刷刷地站在前厅。

黄百两主管法务部，穿着一身深灰色西装，系番红色真丝领带，冷冰冰垂着眼，慢条斯理地擦眼镜。

他身边，夏可也是一身好行头，胸针是镶钻的，皮鞋是纯手工的，毕竟管着整个后勤部，也算是财大气粗。

来晓星比他俩低调得多，简单的树脂眼镜，还是蓬蓬的卷毛，作为公司中台部门的主管，一张娃娃脸略显稚嫩。

"我说，"夏可拿胳膊肘顶黄百两的肋条，"总部派个副总下来，什么意思？"

黄百两戴上眼镜，从纤细的金边下觑着他："你再使点劲儿，我肋骨断了。"

"你这么脆，"夏可怼他，"上次我撞你身上，怎么没把你撞死？"

来晓星在旁边犯嘀咕："咱们这形势一片大好，总部突然空降个副总，别有什么幺蛾子吧？"

"十有八九，"汪有诚从后头上来，经典的藏蓝色西装，纯白衬衫，镀金领带夹，中指和无名指之间夹着一支烟，吸上一口，"恐怕来者不善。"

他这么说，三个人都静了。

"姓冯这个，老丈人是总行的董事，"汪有诚的脸少有地白，妖精似的不见血色，"之前在香港分行干，去年刚回来，这就升执行副总了。"

他在万融管人事，按理说匡正应该把人力资源交给他，但因为段钊是副总人选，艺术品投资那摊又离不开他，汪有诚就成了客户部门的主管。

"这么牛吗，"夏可咋舌，"那可不好斗——"

正说着，段钊从办公室里出来，束腰西装窄领带，擦过他们往外走。黄百两叫住他："金刀，干什么去？"

段钊懒洋洋的："见人、赔笑、搞钱。"

"总行来人，你不在不好吧？"

"我管他来人还是来鬼，"段钊哼笑，"来给老板找不痛快，我还给他脸？"

他是故意放鸽子的，段老爷子去世后，三房分着的实惠最多，段钊手里捏着七八家上市公司，真不用给一个执行副总面子。

他前脚走，匡正后脚从楼上下来，黑西装配翡翠领针，领带结在喉间高高拱起，一打眼："金刀呢？"

没等夏可几个编瞎话，汪有诚答："苏嘉德秋季那个项目，他去对接。"

匡正点个头，没多说。不一会儿，冯宽到了，单海俦亲自带着来的，还有两个办事的人事人员。匡正很有风度，上前去握了手，回身介绍自己这班兵。

他这伙人是真绝。黄百两头一个，不微笑不握手，硬邦邦来一句："冯总好。"

夏可更倔，挺着腰背着手，只点了个头。

来晓星不是有意为难人，他是天然呆，刚毕业的大学生似的，弱弱挥了挥手。

冯宽的脸色难看透了，他知道匡正的地盘不好进，但没想到连中层都敢给他下马威。这时汪有诚夹着烟伸手过来，温和地笑笑，把"总"字省了，直接叫："老冯。"

一次尴尬的到任。

黄百两他们领冯宽上二楼会议室，匡正陪着单海俦在后头，单独乘小电梯。

"为什么是冯宽？"匡正问。

单海俦冷淡："哪那么多为什么？"

"冯宽和我关系不错，上头没人知道这个？"

"对，"单海俦瞥向他，"我挑的他。"

为什么？匡正盯住他，目光强硬。

"因为他弄不过你。"单海俦捋了捋领带。

匡正挑眉："你们万融没人弄得过我。"

"你们万融"？单海俦笑了："论业务，是没人弄得过你。"

匡正正要说话，单海俦敛去笑容："可比阴险，你还嫩。"

这时电梯到了，单海俦跨出去："冯宽这个人，至少不玩阴的。"

大会议室里，单海俦带着冯宽坐一边，匡正和他的人坐另一边。人事人员简单介绍了冯宽的履历，单海俦开始传达总行的精神。夏可他们百无聊赖地听着，当听到"万融臻汇不是某个人的私银，而是万融的私银"时，大伙儿变了脸色，但没来得及反应，只有汪有诚从座位上起身，晃着手机说："我接个电话。"

他穿过屋子走出去，而他的手机屏自始至终都黑着。他明确表达了对总行的不满，他曾经就在那个权力的中心，被一脚端下来，是匡正接着他，让他不至于脸着地，摔得他妈都不认识。

会后，一众人把单海俦送走。冯宽没着没落，不去自己的办公室，赖在匡正屋里发牢骚："老弟，我有什么办法，我也是受害者！"

匡正坐在他对面，跷着二郎腿。

"我在总行干得好好的，你以为我愿意来？"冯宽叫屈，"我老丈人在万融排第六，我就是屁都不干，躺着也躺成执行副总了！"

他说得没错，匡正的不满不是冲他。

"要不是老单没完没了找我谈，我能到你这儿受这个气？"

说来奇怪，匡正忽然想起，他刚干出点儿名堂的时候，给白寅午打过一

窄红·完结篇

个电话，那时他说，"老白，你等我，万融臻汇是我们俩的"。

当时白寅午说什么来着？他说："匡正，你还年轻，很多事情看不透。"

当时匡正不信他的邪，现在信了，他确实年轻，没看透这个卑鄙的世界。

他一直不说话，冯宽有点儿瘆得慌："我没办法，你有办法吗？老白都没办法，他现在还在医院躺着！"

匡正从沙发上起来，冯宽的视线追着他，看他脱了西装，打开酒柜，拿出一对漂亮的海波杯，回身问："百龄坛和白州，你喝哪个？"

汪有诚的手机放在办公桌上，静音，但一直在震，全是短信，没完没了，每天都要来几通。发件人是代善，微信已经拉黑了，他就用短信轰炸。

"回我吧，给你认错了。"

"给你跪下了！"

"回我一个字，骂我也行。"

汪有诚没理，十多分钟后，前台响起接待小姐清脆的嗓音："先生，欢迎，早安。"

汪有诚抬起头。大门口进来一个人，沉稳的黑西装，没系领带，头发上抓着薄薄一层发蜡，自然地垂落，是代善，只是换了个样子，认不出了。

汪有诚惊讶地望着他。这个人变了，变得保守、低调，像匡正那样稳重得体。

人来人往的办公区，代善一眼看见他，径直过来，眸子里有种疯狂的东西——他没变，不过是换了身皮，骨子里仍是那个张狂恶劣的人。

汪有诚掐熄烟，抓了把头发走上前。离着一段微妙的距离，他说："代善，咱俩没什么说的，朋友做不成了。"

代善笑起来，很无赖地冲他扬着下巴，正要说话，匡正和冯宽并肩走过来。

匡正是代善的天敌，是他敏感神经网络最脆弱的那一段，他跨来跨去也跨不过去的坎儿："匡总，好久不久！"

"好久不见，"匡正皮笑肉不笑，"这么早，代总有什么贵干？"

"来看看你，"代善瞄一眼冯宽，"看你混得怎么样，是不是又被万融摆了一道。"

他知道东楼想介入私银业务，这小子，消息还是那么灵通。

"托你的福，"匡正淡淡的，"现在万融臻汇还姓匡。"

"哦？"代善插着口袋眯起眼，"看来让匡总趴下，还得是我出手。"

有意思了，匡正慢慢勾起嘴角："好啊，代总，"投行部的老对手，他倒有些期待，"等你放马过来。"

164

吃过午饭，宝绽溜达着来到朝鲜饭店。他没走正门，而是绕到后头的小胡同，走员工通道进后厨。

前头服务的是漂亮的朝鲜姑娘，后头干活儿的都是中国人，穿着统一的白色工作服，在鸡头鸭脚和菜叶子之间忙碌。

宝绽一身休闲西装，没戴什么宝石，但还是和这里的人格格不入。他们看到他，愣愣地绕开，没人认出他是对面戏楼的老板，也没人知道他几个星期前还是风口浪尖上的明星。他们不关心一切，除了工钱、游戏排位和步行街上打工的小对象。

忽然，宝绽听到有人嚷嚷："……少废话，你欠揍啊！"

"来！你来！往这儿揍！"

这嗓子宝绽认识，不是很高，但透，小钟似的，有金属般的堂音，他循声过去，在冷库旁的旮旯里看到了他要找的人。

那小子被四五个人围着，都没他高，但很壮实，把他死死摁住，晃着拳头喊："还钱！三万块，催了你快一年！"

"我没还吗？"那人抻着脖子，"我一个月三千八，给你们两千，还怎么的？！"

"孙子，五分的利！两千够干吗的？"

"嘴给老子放干净点儿！"

宝绽皱起眉头，可惜了那条好嗓子。

"就这么多，要不你们攮了我！"

"两千五！"

"两千！"

"两千二！"

"两千！"

最后那伙人给了他两拳，骂骂咧咧走了。那么凶的人，经过宝绽身边时却安静，他们看得出他是有钱人，钱比拳头硬，他们乖得像羊。

隔着一段距离，宝绽问："没事儿吧？"

那人抬起头，极短的头发，显出锋利的五官，眉毛浓黑，眼仁也是，目光却像一把火，含着愤怒或不驯，熊熊地燃烧。

他认得宝绽，桀骜的眸子移开了。

"你叫什么？"宝绽问。

那人揉着被打的肚子，没骨头似的萎着，不应声。

"你到我那儿唱过戏。"

"唱了，怎么地！"他突然凶起来，"我什么也没拿！没碰你东西！就在台子上踩了两脚，你想怎么着！"

宝绽什么也不要，他只有善意："那你跑什么？"

"我……"那人哑巴了，他也不知道自己跑什么，他这种人，大概是习惯了。

"你多大？"宝绽走近他。

那小子的眉毛从始至终皱着，犹豫了一阵："十七。"

宝绽看他的手指，上头有许多伤口，但指甲缝很干净："你怎么不上学？"

"嗨，"那人笑了，"学有什么好上的？"

宝绽被这句话触动了，时阔亭要给他交学费的时候，他也是这么说的，当时他心里想的是，他没资格上学，他该去干活儿，挣钱吃饭。

于是，宝绽问："想不想学戏？"

那人的眼睛忽然亮了，只是一瞬，很快熄灭："给钱吗？"

宝绽清楚地答："不给。"

"那不干。"那小子转个身，拎起一筐踢倒的菜，走了。

宝绽没再喊他，转身出去，半路遇着一个倒垃圾的小工，打听出了那小子的名字。他姓霍，叫霍匪，土匪的匪。

回到如意洲，宝绽在门口碰上了红姐。她来练功，儿子坐在电动车的车框里，呀呀地冲宝绽晃小手。

他帮她抱孩子，两人一起上楼，聊了几句《穆柯寨》的身段。宝绽回屋，她逗着儿子去找时阔亭。

红姐一进屋，见应笑侬在，坐在门口的沙发上和小宝玩手指头，时阔亭在办公桌后，西装外套搭在椅背上，对着电脑，正在核算基金会支出。

"阔亭。"红姐走上去。

"在呢。"时阔亭应一声，眼睛没离开屏幕。

红姐笑着问："有女朋友没有？"

"啊？"时阔亭跟着笑了，指着应笑侬，"我天天和他泡一起，哪来的女朋友？"

应笑侬没搭理他，哼了一声。

红姐靠在桌边："姐给你介绍一个？"

时阔亭还没反应，应笑侬的眼睛挑起来了，晶亮地盯着他俩。

"那敢情好。"时阔亭把最后一个数填进表格，点击保存。

"是我老公他们单位领导的女儿，"红姐是个热心肠，看剧团这伙人都老大不小了，有合适的就替他们留意着，"二十六，跳中国舞的，特漂亮，一米七三，我见过两回，人又爽快又——哎，你听我说没有？"

"听呢，听呢。"时阔亭把日期标好，关掉电脑。

"挺有能力的，开网店，还干直播，"红姐把儿子给他，掏出手机，"我这儿有照片，你看看。"

时阔亭抱着孩子，往她手机上看。确实漂亮，一头长发，乌黑的，没染过，嘴角有一颗小痣，笑起来很撩人。他正要夸两句，咣当一声，应笑侬把脚边的椅子踢了，撞在墙上，横倒在屋子中央。

红姐吓了一跳，时阔亭赶紧捂住孩子的耳朵："应笑侬，你发什么疯！"

小宝吓着了，小脸蛋皱成一团，应笑侬站起来，背对着时阔亭把他搂紧，一言不发。

气氛绷得厉害，时阔亭转向红姐，接着刚才的说："我没上过什么学。"

"啊……"红姐瞄着应笑侬，"她学历也不高，再说，你经济条件在这儿摆着。"

应笑侬突然插了一句，语气挺冲："那小宝呢，怎么办？！"

红姐愣住了。

"不是我说，你今天吃枪药啦，"时阔亭的声音高起来，"你等人家红姐把话说完！"

红姐只好硬着头皮说："我侧面问了，她不在乎，又不是亲生的……"

"吓，"应笑侬冷笑，"说得好听，现在是不在乎，结了婚以后呢，有了孩子呢，我们小宝成什么了？"他回过头，狠狠瞪了时阔亭一眼，"有后妈就有后爸。"

"不是，你怎么回事，"时阔亭不知道他发什么脾气，"我还不能找媳妇了？"

应笑侬没说不让："你先想想小宝！"

"怎么着，小宝是我一个人的孩子啊，"时阔亭戗他，"你不是他爸啊？"

应笑侬也来劲了："你找个老婆逍遥快活，把孩子扔给我，凭什么？！"

"你也找啊，小宝，咱们两家带。"

"我不像你，"应笑侬撂下话，"我不找！"

红姐一看这架势，从时阔亭怀里把孩子抱回来，草草劝了两句，走了。

关上门，屋里就剩他们俩，时阔亭走上去："行了吧，祖宗？"

应笑侬哄着小宝，不搭理他。

"你说人家好心好意来了，你好意思冷着脸驳人家？找个借口推了就完了。"

应笑侬耷拉着眼皮，满肚子的不痛快。

"消消气吧，"时阔亭老大个主席，给他做小伏低，"大娘娘？"

"去，"应笑侬终于出声了，"把椅子扶起来。"

时阔亭就乖乖去扶椅子，扶起来又拿笤帚把地扫了，边收拾屋边说："我知道你心疼小宝，我也心疼，咱们俩是一条心。"

一条心，应笑侬心说，才不是一条心。

"来，我看看我儿子。"时阔亭挠着小宝的胖下巴，把他抱起来，"这孩子，越长越像你了。"

应笑侬瞧着他："扯淡。"

"真的，"时阔亭讨好他，"都这么说，你看这眼睛，跟你一样一样的，好看。"

应笑侬的气这就消了，稍稍地，还有点儿笑模样。这时，时阔亭说："你放心，我不找，小宝就是我亲儿子，我一辈子宠着他。"

万融臻汇三楼，总裁办公室。

这两天净是给匡正打电话的，都是原来金融街的同行，听说他这儿来了个抢班夺权的副总，有好奇的，有幸灾乐祸的，轮番轰炸。

匡正刚撂下一个这样的电话，段小钧来了，手工西装羊皮鞋，头发收拾得锃亮，一抬腿，在他办公桌前坐下。

"你可饶了我吧。"匡正捏着额头靠向椅背。

"冯宽？"段小钧摇了摇头，点上一支烟，"不是这事儿。"

匡正意外，扬着下巴等他说。

他这儿，段小钧熟，自己去倒了杯酒，晃着杯子回来："昨天去了个排队，市场部的多，听好几个人说，有大机构在买爱音科技的股份。"

爱音科技在段汝汀名下。匡正挑了挑眉。

"我回去看了，不光爱音科技，她手里的那几家——爱音文化、爱音医疗、爱音地产，都有人在持续买入。"

匡正坐直身体："你是说……"

"只是猜想，"段小钧抿一口酒，经年的威士忌，有醇和的麦芽香，"再说，就算有猫腻，老二的产业也和我没关系。"

不，有关系，到底是一个集团，都挂着"爱音"两个字，一个爸的亲姐弟，打断骨头连着筋。"这事儿交给我，"匡正点了点桌面，"你给我留个段汝汀的电话。"

段小钧走后，匡正想来想去，先给杜老鬼打了个电话。

"匡正啊。"那边很亲热。

匡正也不生分："杜哥。"

"怎么着，有事儿？"

"爱音旗下的几个公司，您熟吗？"

听到爱音，杜老鬼静了一下，然后说："段家的嘛，跌了几个月了。"

是跌得厉害，因为掌舵人去世，四房子女分了家产，匡正说："市场严重低估。"

杜老鬼没马上说话，耐人寻味的沉默之后，他笑了："你小子，鼻子真好使！看在宝老板的面子上，我给你透个底，"他低声说，"是有人瞄上了。"

果然没错，是恶意收购。

"对方是谁，"匡正马上问，"您知道吗？"

"不知道，"杜老鬼拒绝，"知道我也不能说，坏规矩。"

匡正道了谢，挂断电话，这才给段汝汀打过去。私人号码，第一次没

窄红：完结篇

接，第二次接起来："哪位？"

"我，"曾经的敌人，一颗子弹的恩怨，"匡正。"

165

段汝汀在西山，匡正开车过去，兜里揣着那枚子弹壳。

段老爷子去世后，西山空了，连三房、四房都搬了出去，只有段汝汀，和以前一样住在跨院，她在这里最没有位置，却对这个园子的执念最深。

匡正到的时候，她正在工作，戴着一副无框眼镜，冷淡地从电脑上抬起眼。这是他们时隔不久的再会，很难说谁胜了，匡正迫于压力退出段家争产风波，而段汝汀呢，虽然得到了集团权重最大的几家公司，但对董事局仍没有控制权。

匡正解开西装扣子，坐到她面前。

段汝汀审视这个男人，精明、准确、有侵略性，他来电话让她查爱音科技的股份，她查了，真就有问题。两周内持续有人在市场上买入，能追踪到来源的不足5%，不到国家规定的收购公布标准。

"这是有目标、有计划的狙击式收购。"匡正给事件定性。

段汝汀知道，形势严峻，但她不知道匡正来这里的目的，他和她没有任何关系，如果非要说的话，那就是——

一枚子弹壳，叮的一声，匡正丢在桌上。

段汝汀瞧着那截黄铜色的金属，笑了："匡总什么意思？"

"段汝汀，"匡正没工夫跟她打太极，"生死存亡了，别兜圈子。"

他想开诚布公，想一笑泯恩仇，可惜，段汝汀不信任他："5%而已，生死存亡？"她轻描淡写，"你吓唬谁呢？"

吓唬？匡正向前倾身："路易威登宣布收购爱马仕的时候，持股已经超过17%，爱马仕家族的人都毫无察觉，你要等到那个时候才紧张吗？"

恶意收购大多是隐蔽性的，等猎物反应过来，已经被掐住了喉咙。段汝汀怕了，但不得不表现出强硬，匡正不是她的人，这可能是个阴谋："你回去告诉老大，家都分了，少来惦记我——"

"段铎不知道我找你。"匡正说。

段汝汀没料到，惊讶写在脸上。

"他还不知道这件事。"匡正指着桌上那枚子弹壳，他选择在今天、在这个时候把它抛出来，是想摊开一切，消除彼此间的猜忌，坦诚相见，"你得信任我。"

段汝汀怎么可能信任他，她当他是敌人，她曾向他打过一颗子弹。

"你的股票一直在跌，换句话说，爱音被市场严重低估了，高卖低买，你们是巧取豪夺的最佳目标。"匡正干了十年兼并收购，对这些玩法他烂熟于心。

"被低估的公司多了，"段汝汀轻哼，"谁的股票不跌——"

"对，"匡正反问，"他们为什么盯上你？"

段汝汀其实知道答案，她移开了视线。

"因为你们分了家，"匡正一针见血，"两个配偶、四个孩子、一帮元老，你们的股权太分散了，要拿下你们每一个都易如反掌！"

他说得对，段汝汀无从反驳。到了这一刻，她才清楚地认识到，匡正一直强调的"统一"有多重要。

"我告诉你，"匡正接着说，"爱音科技只是个突破口，你们拿段家的产业不当回事儿，说分就分，人家要狙的，却是你整个爱音集团！"

一记重锤。段汝汀垂下眼，慢慢摘掉眼镜。

匡正站起来："段家现在只有一条路。"

段汝汀抬头盯着他。

"统一，"匡正还是那句话，团结才是力量，"现在不晚。"

段汝汀却摇了头："爱音没有钱。"

对抗恶意收购需要大笔的钱，眼下爱音业绩下挫、股价低迷，无力与逐利资本抗衡。

"我去找大额贷款。"匡正已经想了对策。

段汝汀没料到他肯为段家做这么多，终于从红木椅上起身。

"我需要你的支持，"匡正是来江湖救急的，却没有故作姿态，"没有你，我开不了家族会议，做不了股权架构，我们保不住段家。"

他说"我们"，第一次，段汝汀试着把他当成自己人，微微地，点了头。

匡正从西山回家时已经很晚了。他进门时，一楼的灯亮着，饭菜做好

窄红：完结篇

了，在锅里温着，糖醋鱼、菠菜花生、热腾腾的大米饭，还有一块奶油蛋糕。他大口大口吃着，宝绽从楼上下来了，两人正要说话，手机在兜里响。

"没睡呢吧？"是冯宽。

匡正放下筷子："说事儿。"

冯宽做贼似的悄声："总行要来查账。"

账？匡正懒洋洋的："查谁？"

"查谁，"冯宽捏着嗓子吼他，"查你！"

匡正皱起眉头。

"听我老丈人说，是代善来了一趟，给上头出的主意。哥们儿，只能帮你到这儿了，我老婆等我看电视呢，挂了啊。"

接着，电话就断了，匡正骂了一句："浑蛋！"

"怎么了？"宝绽坐到他身边。

匡正没应，起来给段钊打电话，他没在账上做过手脚，但任何账目，只要查，就不怕挑不出毛病。"把我惹急了，"末了，他来了一句，"鱼死网破！"

"哥？"宝绽知道万融总行最近的动作，也知道匡正面临的压力。

"没事儿，"匡正放下电话转过身，冲他笑，"你哥什么也不怕，韩文山那儿，杜老鬼那儿，哪儿都有我的位置。"

宝绽叫韩文山、杜老鬼一声"哥"，可让匡正去给他们打工，大事小事听他们吩咐，宝绽舍不得："万融臻汇是你一手做起来的，凭什么你走？"

不是匡正想走，而是总行卸磨杀驴，逼他，要把私银从他手里抢走："我不走，就是第二个老白，甚至更惨。"

说到底，万融臻汇不是他匡正的，而是万融集团的，这个道理，宝绽懂："哥，只要你自己不走，凭你的本事，谁能赶走你？"

匡正没明白他的意思。

"你在万融臻汇一天，就是总裁，"宝绽和富豪称兄道弟，在财富圈往来周旋，见得多了，早不是过去那个傻乎乎的小演员，"私银的资本、人脉、门路，随你用，万融的势力再大，他压不了整个金融行吧，总有你使回马枪的时候。"

匡正愣了，一眨不眨地盯着他。

"说句不好听的，等你用私银的资源把自己的后路铺好了，"宝绽说的是杀人不见血的话，用的却是闲话家常的语气，"人、项目、客户，你想带谁走带谁走。"

但不能就这么灰溜溜地"逃命",说出去,会成为金融街的一个笑话。

"老白做不成的事儿,"他站起来,笔直,有林冲、秦琼的气魄,"咱们不一定不行。"

摆万融一道,昂着头走!匡正难以置信地打量他。那个单纯的宝绽,在娱乐圈吃了亏的宝绽,从误解和伤害中走出来的宝绽,真的长大了。

"我……"匡正一时语塞,"我想想。"

"嗯,"宝绽温温的,不逼他,"该进还是该退,咱们缓一步,再想想。"

匡正从怒气中冷静下来,抓起手机,给白寅午打电话。

"喂,"那边接起来,第一句话就是,"你小子,居然没辞职。"

有能耐的人都有脾气,按匡正的脾气,不可能受得了这种辱。身为师傅,白寅午看着他落进和自己一样的境遇,说句心里话,不想他走自己的老路。

匡正却笑了:"我弟弟让我再等等。"

弟弟,他说的是宝绽。白寅午有些惊讶,匡正面对这一切时太沉得住气了:"我可能还不够了解你,赶你去私银的时候,你也挺住了。"

"那也是宝绽,"匡正轻笑,"让我甭管好坏,先迎头赶上。"

白寅午没料到:"你小子,有识人的运气。"

宝绽是匡正这辈子最大的收获,用质朴化解他的傲慢,用温柔化解他的刚硬,他帮他把着人生的方向,做了这么多,却大音希声,他就像水,随形就势,却足以穿石。

"没有他,"匡正说,"就没有我今天。"

过了几天,晚上下了戏,宝绽又去朝鲜饭店,他放不下那条金石般的嗓子,放不下那个又惨又坏的男孩儿。

嘈杂的后厨过道里,那小子在搬菜,繁重的体力活儿,他挥汗如雨,一抬头看见宝绽,面无表情转个身,要走。

"霍匪!"宝绽叫他的名字。

那小子停步,咣当扔下菜框,气势汹汹地过来。宝绽下意识往后退,退到墙角,被他一拳头砸在耳边:"你打听我?"

宝绽从他身上感觉到一股戾气,粗暴、凶狠,是他从没接触过的一类人:"我想跟你聊聊。"

"老子没空跟你聊，"霍匪瞄一眼宝绽的领口，似乎没揍过西装革履的人，不知道从哪儿下手，"再让我看见你，鼻梁给你打折！"

他是虚张声势，他不敢。"聊聊都怕，"宝绽激他，"不至于吧？"

"嘁，"那小子笑了，不上他的当，"你图我什么？"

十七八的孩子，满嘴是交易。

"我图你嗓子好。"

"滚吧，嗓子值几个钱？"

"你只要有钱就行吗？"

"有钱，"霍匪抓了抓那头寸长的短发，"命都卖给你。"

宝绽在极近处和他对视，一双火似的眼睛，真漂亮："我没钱。"

"哼，"霍匪拽起他的西装领片，"就知道你们这帮有钱人都抠到骨头里了！"

这时别的小工从这儿过，拿帽子抽了一把他的肩膀："干什么呢！到点儿下班了！"

一听下班，霍匪立马放开宝绽，就地把手套一撸、工作服一扒，扔到脚下的菜筐上，去储物间门后抽了两根棍子和一个钢筋剪，拎着往外走。他拿的东西有点儿怪，宝绽跟了上去。

6月的夜是有声音的，车流声、人声、万物在熏风中躁动的声响，霍匪走小道，在长长短短的胡同中穿行。对于幽暗的、没有光的角落，他轻车熟路，宝绽在后头跟着，跌跌撞撞。

"你找死啊！"那小子回头骂。

宝绽没应声，不知道说什么，他确实是多管闲事。

"滚！"霍匪怒了，朝他比画棍子。

宝绽没走，隔着二三十米，很执拗。

"行，"霍匪撂狠话，"有种你一会儿别跑！"

没多久，到了一片老旧的居民区，远远看去，不大一块空地上聚了好几十人。宝绽愣了，停住脚，看着霍匪拎着家伙走过去。

两伙人，在唯一一盏路灯下争吵，没说几句，果然动手了，叫嚣、嘶吼、叮叮当当，宝绽至少十年没见过这种规模的斗殴。双方都是血气方刚的年轻人，一些家庭不幸的孩子，但真敢下手，十几分钟，就会有人折断肋骨、血气胸，甚至丢了命。

人和人卷成一团，宝绽找不着霍匪，混乱中，有人喊了一嗓子："警察来了！"

可能是放风的喊的，也可能是附近的居民喊的，人群轰的一下散了。宝绽转身想跑，一眼看见路边倒着一辆共享单车，他立刻掏手机扫码，同时喊："那小子！"

这一声真亮，穿透大半个黑夜，循着这声，霍匪从路灯光下跑来，挂着半脸血。宝绽已经扶起车跨上去，看见他，脱了西装往地上一扔，蹬车就骑。

骑出去二三十米，背后一重，腰上搂过来一双手，很热，而且湿。宝绽低头看，他的白衬衫红了。"你小子疯了！"他骂，"都什么年代了，你跟人打架斗殴！"

霍匪笑着，谈不上紧张，甚至没有一点儿兴奋："你不懂。"

不懂？宝绽就因为"打人"进过局子："等你让警察抓进去，坐着牢还得赔医药费的时候，就知道我懂不懂了！"

"要命一条，"霍匪很无赖，"你们这帮有钱佬，不懂我们这种人的生活。"

他错了，宝绽也是从这种生活出来的，不同的是，他那时候有时阔亭，有应笑侬，后来有匡正，他是无数苦孩子中幸运的那一个。

"你多大？"共享单车载不住两个人，霍匪紧扒着他。

宝绽四舍五入："三十。"

霍匪来一句："哦，大叔。"

宝绽不服气，他前一阵在网上还被叫"鲜肉"，但转念一想，霍匪比他小一轮，叫他叔没什么不对："你不上学，你爸妈不管？"

后头静了，没应声。

宝绽又问："你怎么欠的债？"

"不是我欠的，"霍匪的语气有点儿躁，"是我爸。"

老子欠的债，找一个未成年小孩儿要，这不对头，宝绽又想问，被霍匪抢了先："你成天缠着我，到底想干吗？"

说到重点了，宝绽问："你是不是喜欢唱戏？"

"老掉牙的玩意儿，谁喜欢？"霍匪不承认，"我年纪轻轻的，说出去都丢人。"

宝绽来气："那你大晚上跑到我那儿去唱？！"

霍匪说话轻飘飘的："唱着玩玩。"

不，他的行腔、咬字，都是长时间模仿的结果，他喜欢戏，宝绽再一次问："跟我学唱戏，你愿不愿意？"

背后又是沉默，霍匪拍了拍他的肩膀："前边右拐，小珍路左拐。"

这个话题没再继续，宝绽知道，他是不敢，一个连生存都成问题的人，没胆子去追求别的，何况在这个时代，学了戏，可能连饭都吃不上。

先右拐，再左拐，到小珍路路口，眼前是个挺大的夜店。"走，"霍匪跳下车，扒拉宝绽一把，"陪我玩玩。"

宝绽跟他过去，带着腰上的两片血迹。霍匪认识这儿的人，走的是后门，离舞池还有老远，就听见隆隆的音乐声。

霍匪把T恤从头上扒下来，揩掉脸上的血，一转身，露出背上文着的游龙。左青龙，右边却没有白虎。他十七岁，绝口不提父母，早早就出来闯荡社会——那条龙代表的不是凶恶，而是他幼小心灵中的恐惧，更多的是对这个残酷世界最微不足道的一点儿恫吓。

霍匪把T恤系在腰上，一回头看见宝绽的眼神，如火的眸子暗了一下，大咧咧地搭着他的背："老子全身上下，这条龙最贵！"

他揽着宝绽走进舞池，扑面而来的音乐声浪潮般把他们吞没。形形色色的男女，赤橙黄绿的灯光，还有飞溅的啤酒沫，霍匪享受这一切，随着音乐左右摇摆。

他有一背漂亮的肌肉，肌肉上腾着那条龙，低腰牛仔裤松松挂在胯上，耳后有血，肩膀和胳膊上有口子，那么耀眼，又那么伤。

有女孩儿给他酒，不止一个，他喝一瓶，给宝绽一瓶。灯球的光从他头上射下来，落进宝绽眼里，闪烁着，把一切都变得不真实。

打碟的换了歌，恰巧，是匪正给他唱过的那一首："心里的花，我想要带你回家，在那深夜酒吧，哪管他是真是假，请你尽情摇摆，忘记钟意的他，你是最迷人的，你知道吗？"

166

霍匪真把宝绽带回家了。

从夜店出来时已经是凌晨三点，宝绽让霍匪跟他上医院，那小子却说：

"上什么医院？"他撬了一辆电动车，"上我家。"

他家离市中心不远，一栋八九十年代的老楼，小得不能再小的单间，只有一张床、一张破沙发、两个捡来的柜子，柜门是坏了的。他在里头翻了翻，翻出一瓶古铜色的液体。

"那是什么？"宝绽问。

"酒精。"霍匪拧开瓶盖，扒着肩膀就要往伤口上倒。

"等会儿！"宝绽把小瓶子抢过去，"这是酒精？"

霍匪嫌他烦："用过几次，变色儿了。"

宝绽难以置信地盯着他。

"混了点儿血，没事儿！"

宝绽转身："我去给你买药。"

"你怎么跟我妈似的！跟你说了没事儿，酒精就是杀毒——"霍匪看他把大门打开，赶紧说，"等等等，还有红药水！"

他又去柜子里翻，翻出一个崭新的小红瓶，写着"汞溴红溶液"。宝绽这才明白，几块钱一瓶的红药水，他都省着用。

他们在床边坐下，伤痕累累的胳膊、肩膀，还有绽开肉的眉骨，皮肤微微抽动，宝绽的动作很轻："疼吗？"

霍匪不习惯别人给他上药，不大自在，管灯单调的白光照在宝绽脸上，照得他光彩夺目，霍匪问："你头发怎么那么亮？"

宝绽瞥他一眼："发蜡。"

霍匪还是盯着他，用一种好奇的目光，仿佛远在天边的星星一下子到了近前，他脱口而出："你在台上真飒。"

宝绽挑起眉："你看过我演出？"

那小子不好意思了，低下头："有时候送菜正好碰上。"

这时，头上落下来一只手，揉了揉，稍纵即逝："还说你不喜欢戏。"

霍匪的耳根子红了，像没被人摸过的野狗，用力在宝绽碰过的地方蹭："我不喜欢！是我妈……她喜欢。"

终于，他讲起了家人，宝绽起身，把红药水放回柜子上。

背后，霍匪说："其实是后妈。"

他还是个孩子，有单纯的倾诉欲，他也有感情，想对人说话，只是没人肯听。

"原来她在家总听戏,《定军山》《空城计》什么的,听得多了,我就会了。"

原来?宝绽小心翼翼地问:"她去哪儿了?"

霍匪答得干脆:"人不在了。"

宝绽不意外,稍有些黯然。

"尿毒症。"霍匪很平静,想了想,又说,"也不是她喜欢,是她儿子唱戏。"

宝绽环顾这间小屋,又老又旧,窗户都关不严,可能是哪个亲戚等着拆迁的房子,顺手把他扔在这儿:"你和你后妈感情不错?"

"她对我行。"霍匪点点头,"我爸先走的,家里没什么钱了,她都没扔下我。"

他碰上个好母亲,宝绽想,不像自己,连亲妈都舍得把他丢掉。

"她把她亲儿子扔了。"接着,霍匪说。

宝绽倏地转过头。

"她想嫁给我爸,我爸不要她儿子,她就没带。"

宝绽直直瞪着他。

"也不能怪她,她之前那个老公揍她,喝了酒往死里揍,她一个女人,被逼得没辙了。"

男人喝酒、儿子唱戏,宝绽的指尖轻颤。

"她想她儿子,想得没法儿,就听戏。"

她想?她想,为什么不去看孩子?宝绽努力控制着语气:"她没去找过?"

"一开始是没脸找,"霍匪叹了口气,"后来得病了,去找,找不着了。"

怎么就找不着了,一个大活人,成心找哪有找不着的?

"她儿子叫什么?"

"不知道,她从来不提。"霍匪没注意宝绽的表情,"她去她儿子高中打听了,说是考上了大学,之后就不知道了,可能都不在这个城市了。"

在,他在啊!宝绽在心里喊,霍匪说的人就是他。

"她对她儿子还是有亏欠,"霍匪咂了下嘴,"他的同学、朋友,总能知道的,可她一个也不认识。"

对,所以她才找不着,找不着时家,找不着如意洲。

"日子那么难,她都没扔下我。"霍匪岁数不大,但经得多,明白事儿,"可能就是她后悔扔了亲儿子,想在我这个假儿子身上弥补吧。"

宝绽艰难地开口:"你有她照片吗?"

霍匪摇头。

"怎么可能？"宝绽不信，"连张自拍都没有？"

"谁没事儿闲得自拍？"霍匪撇嘴，"又不是二十来岁的小姑娘。"

宝绽忽然想到什么，掏出手机，打开音乐播放器："这首歌，你听过吗？"

欢快的前奏之后，一个甜甜的女声响起："世上的人儿这样多，你却碰到我，过去我没有见过你，你没见过我……"

霍匪一脸嫌弃："这什么年代的歌，老得掉渣了。"

他没听过，宝绽不得不问："你后妈……她姓什么？"

"金，"霍匪说，"金子的金。"

姓金，宝绽缓缓眨了下眼。金爱红，他这辈子都忘不掉的名字。收起手机，他一言不发地走向门口。

"哎？"霍匪从床上跳下来，"你犯什么毛病，说走就走，我送你！"

砰的一声，门在背后关上，宝绽快步下楼，感应灯一层一层亮起。他冲破这片属于上个时代的黄光，一猛子扎进黑夜，扎进那团说不清道不明的情绪。

《巧合》，她不听了，听起了京剧，是良心上过不去了，或是年过半百才发现到头来孑然一身，在生命最后的时刻，她终于想到了自己的儿子。

宝绽的心像让一团乱麻堵着，他幻想过无数次和妈妈重逢的场面，他怨她，指责她，甚至冷冰冰地不理她，没有一种是这样的，从一个不相干的人嘴里听到关于她的只言片语——她已经不在了。不在了。宝绽又发了疯似的后悔，后悔没有早点儿去找她。一个大活人，成心找哪有找不到的？找到她，是爱是恨，当面说个明白！

他停步，面前是漆黑的夜色，街道和楼群，完全不认识，晚风吹来，脸上冰凉，伸手一摸，是泪。

他今非昔比了，一个电话就有司机来接他，但他还是拨通那串熟悉的号码。"哥，"孤独的夜，他需要亲人，"你来接我吧。"

匡正到的时候，天蒙蒙亮，宝绽抱着胳膊坐在路边，西装没了，衬衫两边有干涸的血迹，匡正把外套脱下来披在他身上，扶着他上车。

"怎么回事儿？"匡正熄火，"你微信说晚点儿回来，这都早上了。"

宝绽靠在副驾驶座上，没说话。

匡正揉了揉他的头发："衣服呢，血是怎么回事儿？"

"你摁住那小子，"宝绽答非所问，"朝鲜饭店的。"

"嗯？"匡正蹙眉头。

"我要教他唱戏，"宝绽没头没脑地说，"我要让他上学、过好日子，我——"

"宝儿，"匡正解开安全带靠过去，"你怎么了？"

宝绽这才看向他："哥……"他湿了眼眶，那么可怜，他没妈了，真真正正地没妈了。

"有我呢，我在……"匡正温柔地安慰。车窗外，晨曦初露，金色的朝霞从城市另一边升起，投来新一天的曙光。

匡正把宝绽送回家，陪他吃过早饭，又安顿他上床睡觉，接着开回市区。他约了段家的四个继承人在如意洲见面。匆忙赶到戏楼，刚停好车，他接了个电话。

"万融臻汇的账有问题。"是单海俦。

"不可能。"匡正很肯定，段钊办事儿从不出纰漏。

"去年年底，你发过几笔大额奖金。"

匡正停步，那是战国红分岔的时候："发个奖金也算毛病？"

"都是公司的钱。"单海俦说，"上头认定了，你用公款培植自己的势力。"

"公司的钱？"匡正冷笑，"私银的每一分钱都是我带人赚回来的！"

"你跟上头解释吧。"单海俦要挂电话。

"等等，"匡正硬着头皮问，"上次跟你提的大额贷款，有戏没戏？"

"别想什么贷款了，"单海俦长长地叹一口气，"公司不会再给你任何实质或形式上的支持，你先把自己琢磨明白。"

电话断了，匡正的脚步沉重起来，段家正是用钱的时候，自己这边却掉了链子，巧得就像是……他眉头一挑，像是有人在阻挠这笔贷款。他干了十年M&A，有某种职业猎手的直觉，这场狙击式收购并非来自别处，对手很可能正出自金融街。

他到三楼，推开茶室的门。四个姓段的都在，各看各的手机，各忙各的买卖，除了应笑侬，他没有生意，他眼里只有爱音。

匡正在桌边坐下，掏根烟点上，却没有抽："贷款泡汤了。"

老三、老四抬了下眼，段汝汀则沉着脸，露出质疑的神色。

"万融不支持我，"屋里都是自己人，匡正没什么可掩饰的，"万融想拿掉我。"

一家没有商业银行支持的私银，就像一台没水可抽的水泵，价值大打折扣。

"我找的人绝对可靠，"段钊马上说，"账上——"

匡正摆了摆手："欲加之罪，何患无辞？"

"老板，"段小钧靠过来，"要不要我去活动一下？"

他们关心的都是匡正，而不是段汝汀，只有应笑侬，一副大娘娘的派头，用指尖轻点桌面，明明白白地说："匡哥，你给我算算，我手里那几家公司能挪出多少，先拿去用。"

167

老大要割肉救老二，老三、老四没想到，段汝汀自己都怔住了。

长子就是长子，关键时刻，还是应笑侬跨出了这一步。

没等匡正开口，段汝汀先摇头："不，你那边暂时不能动。"

"对，"匡正同意，"先自保再互助，咱们脚底下这根钢丝比以往任何时候都细。"换句话说，收购与反收购的战争，稍不留神就会粉身碎骨。

段汝汀是做实业的，思路跟应笑侬不一样："咱们不能被一只看不见的手牵着鼻子走，得化被动为主动。"

"小侬，"匡正的脑子快，"你和元老们走得近，你出面，去收购他们手里的股份。"

漂亮。段汝汀欣赏他的敏捷，就是这一手，开始反杀。

"元老们年纪都大了，"匡正说，"比起股票，他们或许更喜欢钱。"

"没错，"段汝汀赞同他的观点，"争遗产的时候我研究过他们每一个人，大概率倾向于套现。"

这个女人可以。匡正向她投去赞许的一瞥，转向老三、老四："金刀、段小钧，老大吃紧的时候，你们的资金跟上。"

匡正开口了，段钊和段小钧没说的，但兄友弟恭、姐弟情深什么的，他们不习惯，甚至反感，双双闷着声，不表态。

应笑侬看向这两个弟弟，一个在私银独当一面，另一个在M&A纵横捭阖，比他这个唱戏的出息多了："我知道你们不喜欢我。"

老大开了金口，没人敢接茬儿。

"可形势逼到这儿了，"雍容华贵的嗓子，掷地有声，"你们再不喜欢我、恨我，咱们兄弟间的事儿，往后放。"

段铎，段有锡眼里唯一的真金，大家族中长歪了的那根梁柱，眼见暴风雨就要临头，他却挺起来，要替段家顶这口气。

"老头子活着的时候，没把咱们拢到一块儿。"应笑侬环视他这帮手足，"血缘拢不住咱们，名字前头那个'段'字也拢不住，但集团能，爱音的每一份股票能，这堆钱就是捆也会把咱们捆成一团，死都死到一起。"

死到一起，这是段家孩子的宿命。

"人家杀到家门口了，"一双大青衣的眼睛，看到哪儿都带着一股劲头，"要按我的脾气，谁敢拎着刀来，他就别想好走！"

这次会面是匡正牵头，但收尾的是应笑侬，他给段家的反收购定下了调子，爱音要扛住，不光扛住，还要反手一刀，杀他个血溅当场。

散了会，段汝汀回爱音科技，段钊回万融臻汇，段小钧回金融街，应笑侬下楼换了身衣服，打车去得意城，找他邹叔。

爱音集团有五个元老，邹叔是其中占股最多的一个，应笑侬到的时候，他正在院子里抬掇一株日本来的小松，叫宫岛大阪。他边修枝叶边感慨地说："这人哪，跟树一个样，甭管怎么长，得向着光，长得支棱，长得漂亮。"

应笑侬听出他话里有话："怎么着，邹叔，寒碜我哪？"

"是夸你，"邹叔笑了，"夸你长得好。"

应笑侬确实长得好，不务正业，从家里跑出去，在如意洲的台子上支棱了起来，在烟波致爽那个富豪俱乐部里光芒四射。

"不像我那混账儿子，"邹叔骂了一句，"屁都不是！"

他儿子不成器，全爱音都知道。顺着这个话头，应笑侬试探："既然经商不行，就多搞点儿钱做个信托，一辈子也就衣食无忧了。"

邹叔点头："我是这么想的。"

"那邹叔，"应笑侬挨着他蹲下，"您老股票出手的时候，想着我点儿？"

瞬间，邹叔的脸僵了一下，但很快恢复了笑容："小铎，你什么时候对这些感兴趣了？"

应笑侬不经商，但敏锐写在他的骨头里，他嗅到了，这家伙有问题：

"邹叔？"

老家伙剪着松枝，不说话。

应笑侬眯起眼："叔，你的股票——"

"小铎，"邹叔放下剪刀，"儿子没本事，当爹的就得替他挣，挣钱这个事儿，情分归情分，生意归生意。"

对，为了生意，情分可以不要，应笑侬冷起脸："邹叔，直说吧，股票，您想卖给谁？"

姓邹的和段老爷子有情分，和应笑侬没有，看在老段的面子上，他叫他一声"小铎"，老段不在了，什么老大、老二、老三、老四，都是丧家犬："段铎，你不要不自量力。"

"他们是谁？"应笑侬问。

邹叔不可能回答。

应笑侬又问："他们给你开什么价码？"

关于这个，邹叔痛快地回答："三倍。"

应笑侬没料到，是一个天价。

"你出得起吗？"

应笑侬出不起。

"你出得起，"邹叔笑起来，"我也卖给你。"

应笑侬被他这个笑激怒了："他们要收购爱音！"

"我知道，"姓邹的是老油条，怎么可能不知道，"和我没关系，爱音卖给谁都不姓邹，我给你爸爸干了一辈子，也该得着点儿实惠。"

应笑侬瞪着他，老家伙看着他长大，掐过他的脸蛋摸过他的头，背后捅起刀来一点儿都不手软。突然，应笑侬抓起地上那把剪刀。

邹叔愣了，盯着他的手，又白又细，只听咔嚓一声——

宫岛大阪，有古朴苍劲的姿态，有绿雾层峦的枝丫，一剪子下去，头没了，翩翩落下，滚到邹叔脚边。

"恭喜发财。"应笑侬站起来，啪地扔下剪子。

他从得意城出来，闷头走，走出老远，才想起给匡正打电话："对方已经渗透到了爱音高层。"

匡正短暂思索，直接问："什么价位？"

应笑侬懊恼："三倍。"

匡正惊讶，这么厚的资本，金融街上有这个实力的……

"我再去下一家。"应笑侬不认命，"五个元老，我就不信都是狼心狗肺！"

结果都是狼心狗肺。下午五点半，应笑侬最后一个电话打过来，五个有投票权的董事全部倒戈，唯一的好消息是，其中有两笔还没有成交，其中包括邹叔的。

"我们还有机会。"匡正怕他心态崩。

应笑侬已经崩了："现在主要是钱！"

股份优势一旦失守，爱音就不姓段了，甚至"爱音"这两个字都可能消失，那是应笑侬母亲的名字，是徐爱音留给这个世界最后的回忆。

匡正没答话，挂断了电话。他在万融臻汇待到晚上九点多，到如意洲的时候，宝绽刚下戏，唱的是《上天台》，穿着明黄色的大蟒，额上还有汗。他摘掉髯口，握住匡正的手："哥，你怎么了？"

匡正的疲惫写在脸上，回握住他的手，没说话。

"万融臻汇的事儿？"

万融臻汇正被总行虎视眈眈，从行政到财务，话语权都不在匡正手上。

"还是段家的事儿？"

段家正被一双黑手攥着，从资本市场、从董事局、从各个看不见的角落蚕食、鲸吞。

入行十年，第一次，匡正有了穷途末路的无力感，如果说被从M&A踢到私银是他个人事业的一次地震，那么这次来自金融街的内外夹击则是他职业生涯的生死之门，走好了，或许能闯出一片新天地，走不好，之前的成就、荣耀就会一把赔光。

Once and for all，dice away[1]。

168

匡正是被一通电话吵醒的。

"老板……"段钊的声音有点儿颤，"萨得利发公告了。"

1.Once and for all，dice away：类似孤注一掷的意思。

萨得利，金融街上臭名昭著的"恶棍"，见谁都说自己是做风投的，其实一直专注于恶意收购。匡正没觉得意外，他已经预判到了。

"萨得利正式公布了收购爱音集团的计划，"段钊的语气紧绷，"同时宣布已经持有爱音12.8%的股份，具体数字，我还在核实。"

"好，我知道了。"收购与反收购的遭遇战，正式明朗化。

段钊的电话刚断，段小钧打进来，劈头就是一句："是代善那孙子！"

匡正毫无波澜，不是冤家不聚头，他让代善放马过来，人家却不跟他玩明的，早在暗处搭好了弓，瞄准他。

"难办了。"段小钧比段钊还紧张，"代善到萨得利之后把把开大牌，从没失过手，他发布收购计划，市场会起反应的！"

代善曾是金融街上最好的操盘手，改行做了"公司猎手"，豪夺之气有过之而无不及，他这时候放出目标，是要引各路投机资本下场，和他一起围猎，爱音面临的将是一场血腥屠戮。

匡正放下段小钧的电话，微信提示开始往外跳。是段汝汀，她建了个群，群名叫"同气连枝"，匡正第一个进群，接着，段小钧、段钊先后加入。几分钟后，应笑侬的天女头像出现在成员列表，他的ID很凑巧，叫"岂曰无衣"。

"岂曰无衣，与子同袍。王于兴师，修我戈矛，与子同仇。"

正是在这个群里，段家的管理架构初步成形。在匡正的主持下，段家成立家族委员会，以集团的名字命名，由应笑侬担任会议召集人，段汝汀担任决策执行人，段钊和段小钧分别作为协调人，制订了《家族宪法》，起草了《家族公约》，明确了段家近期的三件大事：

第一，集团内各公司交叉持股，四位家族成员分别持有兄弟公司35%的股份，以威慑萨得利，增加逐利资本的投机难度；

第二，在家族委员会下设立家族办公室，由匡正任临时总裁，同时出任家族顾问及集团董事局名誉董事；

第三，制定反收购策略：对内，由应笑侬游说董事局、段汝汀安抚管理层；对外，由匡正负责联系相关企业及金融机构，拜票结盟。

在《家族宪法》的末尾，匡正留下了一段话，他说："每一位创业者都希望企业能够永存，但月有阴晴圆缺，海有潮汐涨落，财富并非恒常不变，不变的只有家族，若家族延续下去，企业自然随之生长，希望段家的二代、三代及以后的若干代能够明白这个道理，以家族荣誉为第一位，热爱家族，共同维护家族事业的统一。"

写下这段话，匡正发觉，万融把他扔到私银没扔错，他收获了，也成长了，即使这就让他从私银毕业，他也没有遗憾。

这段日子匡正很忙，宝绽有一次半夜下楼摔着了，在家休养，他回不来，就让来晓星来照顾，帮着递递水拿拿药什么的。来晓星来不要紧，康慨跟屁虫似的也来了，往宝绽的沙发床前头一坐，大惊小怪地问："不是，怎么着，不是练家子吗？"

宝绽烦他，卷着被子不吱声。

"按理说你唱戏的，平时摔摔打打，身体应该挺好啊，"康慨拽他被子，"怎么弱成这样？"

宝绽让他说得脸红，给了他一嗓子："你有完没完？！"

"宝哥？"来晓星端着热牛奶从楼下上来，一头卷毛拿企鹅皮筋儿在头上扎了个小鬏儿，衬着一张仓鼠脸，怪可爱的。

"你又怎么惹宝哥啦？"他冲康慨一瞪眼，那小子就消停了，摆着个作揖手势，把牛奶接过去放桌上："没有，这讨论病情呢……"

说到病，来晓星关切地问："宝哥，老板说你练功摔着了，没事儿吧，摔哪儿了？"

"没事儿，"康慨替宝绽说，"摔着屁股了。"

来晓星吃了一惊："唱京剧这么危险啊。"

"我还好，大多是文戏，"宝绽端起牛奶杯，"我们团的武活儿，萨爽算重的。"

来晓星对萨爽有天然的好感，都是战国红的"同志"，革命友谊万古青。

"他是武丑，有些角色很吃功夫，"说到戏，宝绽如数家珍，"像《雁翎甲》的时迁，要从四五米高处往下翻，不留神真容易伤着。"

"雁——"来晓星睁大眼睛，"翎甲？"

"雁翎甲，"宝绽重复这三个字，"《水浒传》里时迁盗甲的故事，传统的武丑戏。"

来晓星缓缓眨了下眼，若有所思。

宝绽在家没待两天，心里挂着戏楼，更挂着霍匪——他妈去世是那小子送的终，论起来两人算兄弟，宝绽心疼他干重活儿，更怕他又出去打架。屁股刚好点儿，他就叫小郝送他去朝鲜饭店。

大白天的，霍匪居然没在，一打听，是他把白班推了，只干晚班。宝绽要来他的电话，打过去。第一遍没接，第二遍，那小子凶巴巴地嚷："谁啊？！"

"宝绽。"

霍匪知道他的大名，如意洲的宝老板，脾气好了不少："什么事儿？这儿忙着呢。"

"不上班，"宝绽一副当哥的口吻，"哪儿疯去了？"

"没有，"霍匪还很认他这股哥劲儿，"找了个新活儿，两边干。"

新活儿？宝绽想看看："在哪儿，地址发我。"

"哎，你别来，你来干什么，这都有规定，上班时间——"

宝绽说："看看你。"

一句话，那边就没声了，挂了电话，发个短信过来，有地址，还有他的微信号。宝绽把地址转给小郝，在隆禧城步行街，一家叫"耳语"的连锁店。

听名字就知道是做耳部护理的，俗话叫采耳。大堂里站着一排穿旗袍的女技师，宝绽给小郝叫了一个，自己点的是霍匪，开了两个包间。

包间里养着金鱼荷花，是个挺有档次的店。宝绽脱掉西装，把领带扯松："一天打两份工，不累吗？"

霍匪给他把西装挂上，拽个美容凳坐下，拍着面前大红的按摩床："掏耳朵比搬菜轻松多了，这活儿我托人才找着，都挂彩了。"

挂彩？宝绽脱掉皮鞋："好多人打架那次？"

霍匪点个头："挺有门路一大哥，说好的，我跟着打一架，他给我介绍到这儿来。"

宝绽有些意外，耍勇斗狠是假，讨生活才是真，当时霍匪说他不懂，看来他真不懂，每个阶层都有自己交换资源的逻辑和方式。

"来，"霍匪玩着黄铜耳勺后头那团白绒球，"哥们儿让你爽一把。"

宝绽上床躺下，有点儿躲："你行不行，别给我捅坏了。"

"我给你轻轻地。"霍匪放上背景音乐——《高山流水》《渔舟唱晚》那种，然后捏起宝绽的耳朵尖，特地用绒球那头。他刚探进去，宝绽就打了个哆嗦，从耳朵眼儿到头皮，再到肩膀、肚子、脚趾尖，全麻了。

"嗯……"他眯着眼，舒服地哼了一声。

霍匪继续往里掏，抖着手腕，让毛球在耳道上快速地搔。

"哎……"宝绽说不好这种感觉，他第一次来采耳，很痒，但总感觉下一秒就会疼，在微妙的疼与不疼之间，像是某种折磨，又奇怪地让人上瘾，"慢……慢点儿……"

"舒服吗？"霍匪在耳边问。

"还……还行。"

"才还行？"霍匪把绒球抽出去，耳道里空了。

宝绽捂住那半边脸，很烫。这回霍匪拿了个更大的毛球，紫红色，炸着几根纯黑的长羽毛，小掸子一样，朝他扫来。先是耳廓，然后是脸颊、脖子，羽毛滑过的地方像有电流，麻酥酥地起鸡皮疙瘩，宝绽勾起脚趾，很不喜欢霍匪干这个。他有一条好嗓子，该训练，该唱戏，该在台上闪闪发光。

他握住那团毛，忽然说："到如意洲来吧。"

霍匪愣住了。

"我教你唱戏。"

霍匪的表情难以形容，像是受宠若惊，又像是自暴自弃，"唏"地笑了一下，还是那句话："有钱拿吗？"

"没钱。"宝绽也是那个回答，但这次他多了一句，"除了钱，知识、修养、尊严，你要什么我给你什么。"

为什么单单是钱不行？因为宝绽也穷过，知道钱对一个穷小子是多大的诱惑，钱是交易，是以一物换一物，不该成为一个人抉择人生的理由。他要让霍匪、这个十七岁的孩子明白，钱只是成功的副产品，绝不是成功本身。而知识、修养、尊严，这些霍匪连想都没想过，他不敢想，对一个社会底层的孤儿来说，其中的每一样都比钱更稀缺。

宝绽离开以后，霍匪的心乱了，像陡地从一潭死水中活过来，再也按捺不住。怀着某种从没有过的希冀，他回朝鲜饭店上晚班，刚换上工作服到洗菜池，一个小工拿胳膊肘顶了顶他："那阔佬今天又来了，找你。"

"啊。"霍匪含混地应了一声。

那人看他没反应，又跟旁边的人说："总找他，好几次了。"

他们好事地问："怎么认识的？"

霍匪知道他们的心态，酸，也好奇。其实连他自己都不敢相信，天上会掉下来这样的好事，掉下来这样一个关心他、爱护他的人。

下了夜班，他克制不住内心的兴奋，冲过马路，跑进如意洲。他不知道宝绽在不在，只是冲动使然，没想到宝绽真的在，独自在没有观众的舞台上排练，半披着一条红蟒，光影朦胧，铿锵遒劲地唱："头戴着乌油盔，齐眉盖顶，身穿着荷叶甲，剔透玲珑！"

这戏霍匪没听过，他没听过的戏太多了。红生戏[1]《水淹七军》，这一句不是常见的西皮二黄，而是梅花板吹腔，演的是关老爷掌帅印大败曹兵。

宝绽的扮相实在精彩，没勒头，没勾脸，拿足架势往那儿一站，就是一幅画、一把刀，一个眼神砍到人心里去。

霍匪站在台下仰望他，像仰望遥不可及的星，又像觊觎一把触手可得的月光，下定决心："我跟你唱！"

169

宝绽一周没登台，心里很对不住座儿，特地排了一出如今不大演的戏——《水淹七军》，徽班进京时的老剧目，唱做并重。

匡正早早来给他捧场，一排一号，他刚入座，杜老鬼到了。

"杜哥。"匡正要起身，杜老鬼拍拍他的肩膀，挨着他坐下。

"别的地方你敬着我，"杜老鬼有点儿揶揄的意思，"在如意洲，一排一号最大。"

换了别人肯定要客套两句，匡正却不玩虚的，二郎腿一跷，半开玩笑："大不敢说，亲是真的。"

杜老鬼哈哈大笑，欣赏他这个劲儿："最近不好过吧？"

匡正沉重地点头。

"宝老板跟着上火了？"杜老鬼靠过来，"刚在走廊上碰见，我看他瘦了。"

匡正叹了一口气："我尽量不让他操心。"

杜老鬼靠得更近了些，压着声音："对冲基金要下场了。"他指的是爱音这场收购战。

匡正眉头一挑，他早知道会有大玩家参与狙击，但真到了这一刻，他还

是本能地恐惧，恐惧巨额资本搅起的惊涛骇浪。

"都不看好段家，"杜老鬼跟他耳语，"老的不在了，那几个小的，不行。"

他说的是实话，匡正听着。

杜老鬼不跟他见外，就五个字："趁早退出来。"

退出来，保住钱、名誉和漂亮的履历，让段家在旋涡的中心自生自灭。但匡正不是那种人。"不能退，"他没犹豫，"金融街这么长，总该有一个傻子对恶意收购说'不'。"他就是那个傻子，"杜哥，以卵击石，我拼了。"

他要当金融街上的出头鸟，杜老鬼挑起微有些泛白的眉毛，觉得他没自己想象中"聪明"，但也惊叹，惊叹这个年轻人身上的豪气和那股杀身成仁的魄力。

"就算死在这儿，"匡正斩钉截铁，"我认了。"

人生总是有那么一两个时刻，让辣得不能再辣的老姜感慨，长江后浪推前浪，金融街这张牌桌上是该换一批新人了。

开场锣鼓敲起来，小堂鼓、急急风[1]，十足热闹，之后是唢呐，吹的是《哪吒令》。在喧腾的吹打声中，宝绽勾着银朱脸，戴着贴金点翠的夫子巾，挂黟三绺，扎黄靠披红蟒，提着一把专斩英雄头的青龙刀，威风八面地走上台。

温酒斩华雄的关老爷，刮骨疗毒的关老爷，单刀赴会的关老爷。匡正看着他，看他拖刀、挦髯、撒袖，台上台下数米之隔，他恍然悟了宝绽的心思，他选这出戏不是偶然，而是要演给他看，让他明知不可为而为之，去义无反顾、勇往直前。

散了戏，匡正和宝绽并肩上三楼。那间古色古香的小屋里亮着旖旎的红光，匡正放松下来，玩笑似的："我的关老爷。"

宝绽挑着眼眉看他，还带着戏里的英气。

"如果，"匡正握着他的肩膀，很用力，"我是说如果，我什么都没了——"

"不会的。"

"你听我说——"

宝绽打断他，很坚决："你有我。"

匡正愣了一下。

1.急急风：锣鼓点的一种。

宝绽抓住他握在自己肩头的手："哥，就是倾家荡产，我也支持你。"

匡正没想到宝绽会说出那四个字——倾家荡产，他的产业是烟波致爽，价值数亿的富豪俱乐部，为了自己，他不要了？

"因为你做得对，"宝绽说，"帮小侬，帮金刀，还有小钧，帮他们对抗恶意收购，你是我的英雄。"

一瞬间，匡正的心被什么灼热的东西击中了，他欣赏宝绽，欣赏他的纯粹、天然。此时此刻，他欣赏他的正直，欣赏他在波折面前临危不乱。

"戏在哪儿都能唱。"宝绽想过，想透了，"在这间戏楼，在马路边，在福利院，秦琼还是秦琼，"他冲他笑，"我不怕，大不了从头再来。"

匡正凝视着他，他一直认为是自己罩着宝绽，在金钱上，在阅历上，现在才发现，原来是宝绽在罩着他，从情感上，从思想上。

"天大的难，"宝绽拉着他两只手，郑重地包在掌心，"咱们俩，共进退。"

同一栋楼，二层，时阔亭在应笑侬屋里收拾东西，小宝有点儿闹脾气，气哼哼地扒着床栏杆，应笑侬摇着个拨浪鼓哄他。

小宝喜欢听他唱戏，应笑侬就捏着小嗓，轻轻地给他唱："什么花姐？什么花郎？什么花的帐子？什么花的床？"那嗓子真甜。

时阔亭忍不住去看，看他顾盼生姿，烂漫得云霞一样："什么花的枕头床上放？什么花的褥子铺满床？"

小宝笑了，呵呵地，伸手要抓拨浪鼓。

应笑侬不给他抓，旋个身，咚咚地打着鼓点："红花姐，绿花郎，干枝梅的帐子，象牙花的床，"爱音正在崩溃，他的家族正在沉没，可他给小宝的，从来只有快乐，"鸳鸯花的枕头床上放，木樨花的褥子铺满床！"

时阔亭走上去，盯着那柔软的背，听着那段娇俏的唱，忽然说："我在烟波致爽的股份，还有在万融臻汇的钱，都给你准备好了。"

"时大傻子，"应笑侬装听不懂，"你说什么呢？"

"你家需要钱，我这儿有，不多——"

"我家要用钱，"应笑侬截住他，"和你有什么关系？"

时阔亭没回答。

应笑侬定定瞧着他。

时阔亭让他瞧得来气，撑回去："你说有什么关系？"

应笑侬不说，非让他说。

时阔亭也是被他欺负惯了，没脾气："除了宝绽，你是我最交心的朋友。"

应笑侬看他那个热心耿直的样子，过了半晌，笑了。

隔天，匡正约了张荣，在富美华的茶吧。他先到，往角落里一坐，给应笑侬发微信："一定把姓邹的稳住，他的股份，我们必须拿下。"

应笑侬秒回："现在关键是钱。"

匡正告诉他："钱不用你管，我去找。"

他正在打字，张荣到了，穿着一身白色高尔夫套装，气色不错，匡正起来跟他握手。正彩近几个月的行业表现非常亮眼，再加上风火轮源源不断的现金流，他自然春风得意。

"手头有个大项目，"张荣拈起茶，抿了一口，"最近没顾上找你。"

"所以我来找你，"匡正开门见山，"有个投资。"

张荣捏着杯，徐徐地转，没接茬儿。

"爱音集团，有没有兴趣？"

"爱音……"张荣假模假式地蹙眉，"不是被那个什么盯上了吗？"

"萨得利，"匡正向前倾身，"他们急需一位白衣骑士。"

白衣骑士，反收购策略的一种，面临恶意收购的公司，向其他公司或机构投资者请求帮助，达成合作后，结盟加入的这家公司就被称为白衣骑士。

匡正等着他回答，张荣却垂下眼，叮的一声放下杯子。

匡正瞧着那只杯子，心里知道结果了。

"哥们儿，"果然，张荣拒绝他，"咱们这交情，我不跟你兜圈子，爱音的白衣骑士，你别考虑我了。"

匡正第一个考虑的就是他，正彩有钱，不光有钱，它还是一只正处于上升期的猛兽，撑得住爱音："怎么，信不过我的眼光？万融臻汇可从没让你赔——"

"爱音是块肥肉，"张荣打断他，直截了当，"但代善找我，比你找我，早了一个月。"

匡正怔在那儿，没理解他的意思。

"我那时候不知道是你，"张荣说，非常坦率，"就算知道是你，在商言商，我也不会为了哥们儿义气放弃一笔好买卖。"

所以，对爱音，他有兴趣，只是没通过匡正，而是通过代善。

"所以，"匡正眯起眼，"你就是萨得利资金的幕后支持者？"

没错，代善一个月前就抄了匡正的后路，把张荣拉上了船。

匡正笑了，笑自己的愚蠢："对，你一进来就说手头有个大项目。"

寒暄时不经意的一句话，他却没放过，张荣真心佩服："是，是爱音，收购完成后，萨得利会做第一轮剥离，能拆的拆，能卖的卖，剩下好的，我正彩要。"

到那个时候，爱音集团将不复存在，连这个名字，都会被扔进历史。

"收手吧，哥们儿，"张荣劝他，"爱音和你没关系。"

有关系，匡正捏起拳头，他答应过段家，要帮他们渡过难关。

"说句不好听的，"张荣重新端起茶，"你斗不过我的钱，以正彩的资金体量，国内没有几个对手，"他绝不是危言耸听，"除非神仙下凡，否则爱音必死。"

<u>170</u>

萨爽在自家楼下站着，穿着一条白T恤，仔裤裤脚盖住脚踝，下面是一双干净的新球鞋，远远看见陈柔恩，使劲儿招手。

"师姐！"他跑上去，迎着风，像个刚从球场下来的高中生。

陈柔恩拎着老大一个袋子，里面有猫粮、猫梳、猫砂盆，他一把接过来："你来就得了，买什么东西？"

"你不用下来，"陈柔恩甩甩手，"我又不是没来过你家。"

"你来过多少回，"萨爽冲她笑，"我也得下来接你。"

上楼进屋，厨房那边小小地"喵"了一声，陈柔恩循着声过去，在餐桌底下看见一个不大的纸箱子，簌簌在动。

萨爽跟她说自己捡了只猫，不会养，让她来看看。她拢着裙子在纸箱边蹲下，里头是一团蓬蓬的毛球，雪白的，没有一根杂毛："这是你捡的？"

"啊，"萨爽把猫砂、猫粮拎出来，在客厅里收拾，"就在前边那个垃圾站。"

陈柔恩托起小猫端详，尖尖的耳朵蓝眼睛，鼻头是漂亮的淡粉色，爪子乖乖蜷着，上头连个泥点子都没有："你花多少钱捡的？"

窄红：完结篇

萨爽光顾着收拾东西，没走心："不贵，三千八。"

说完，他反应过来，把手里的东西往地上一摁，捏住脑门儿。

陈柔恩抱着猫过去，踢了踢他的屁股："又犯什么毛病你？"

萨爽可怜巴巴抬起头："我那天听你跟红姐说，喜欢猫……"

"满大街谁不喜欢猫，"陈柔恩问他，"我喜欢你就买啊？"

萨爽扬着脖子，有点儿磕巴："你喜欢……咱就买呗。"

"少来，"陈柔恩往椅子上一坐，"团里挺忙的，哪有工夫养这个？"

"我养，"萨爽挨着她坐下，"你有空来看看就行。"

正说着，陈柔恩来了个微信。是文咎也，发了一段录音棚的视频，然后问："有空吗，我让助理去接你？"

陈柔恩喜欢录音棚，跟文咎也提过，她之前和如意洲去录过一回歌，一直念念不忘。她正要回复，萨爽凑过来，酸溜溜地说："姐，咱不理他行吗？"

"别闹我。"陈柔恩侧过身。对文咎也的微信，她必须全神贯注字斟句酌，删删改改八百遍才能回。

萨爽苦着脸："他哪儿好？"

陈柔恩反问："他哪儿不好？"

"他……"萨爽说不出来，磨蹭了半天，嘀咕一句，"他挺大岁数了，跟这个处跟那个处的，不像我清清白白一条身子给你留——"

"滚一边去，"陈柔恩让他恶心着了，浑身的鸡皮疙瘩立起来，"您那清白身子您收好，我不要。"

"不是，姐，"萨爽抢她的手机，"你实话实说，姓文的有我年轻吗，有我可爱吗，有我对你好吗？"

陈柔恩假装凶他："手机还我！"

萨爽这坛子醋酿了老久，今天终于啪嚓打翻："不给！"

陈柔恩有点儿来气，不是气他耽误自己回文咎也的微信，而是气这小子长能耐了，敢抢她的手机。"行，萨爽，"她放下小猫，站起来，"你和九爷比——"

"他不就是比我高、比我帅吗？"

陈柔恩补刀："人家还比你有钱！"

萨爽不在乎钱，他也不信陈柔恩在乎钱："钱算什么，重要吗？"

"钱是不重要，"陈柔恩呵呵地笑，"可一个男人没钱还看不起钱，你觉得很骄傲？萨爽，你就是个没长大的小屁孩儿！"

"没长大"三个字让萨爽愣住了。陈柔恩从他手里抢过手机，扭头往门口走："我才发现你和网上那些喷子一样，女孩儿喜欢帅的，你们说肤浅，喜欢有钱的，你们说拜金，我们喜欢什么样的才对，一事无成的？"

啪！她推门出去，话说得有点儿重，可脾气上来了控制不住，气哼哼走到小区垃圾站旁边。手机响，是文昝也发了个"？"过来。

陈柔恩本来想去录音棚，可和萨爽这么一吵，什么心情都没了，草草回了一句："谢谢九爷，我今天有事，不去了。"

她赌气走了，萨爽心里也不痛快，绕着地上的猫砂盆转了好几圈，把小猫一抱，回屋打开他那一排骨伽机，上网。

登录战国红论坛，拉格朗日在线，他上去就问："拉老师，你多大？"

那边沉默了很久，打出一行字："鸡毛，我们挺投缘的。"

雁翎甲："？"

拉格朗日："可我是男的。"

这回换萨爽沉默了。

拉格朗日："我也不搞网恋。"

雁翎甲："滚。"

拉格朗日："那你问我多大！"

雁翎甲："你有女朋友吗？"

拉格朗日："？？？难道……你是女的？"

萨爽一口老血卡在嗓子眼，噼里啪啦敲键盘："放心，我对你一bit[1]兴趣都没有。"

来晓星在电脑前皱眉头，屏幕对面那个人是萨爽，他能肯定。"雁翎甲"是个出现频率极低的词，"战国红"也一样，这么稀有的两个词同时出现在一个人身上，雷同、巧合的概率几乎为零。

拉格朗日："那你有女朋友吗？"

雁翎甲答非所问："我被嫌弃了。"

拉格朗日："？"

陈柔恩说他没长大，萨爽不服气："嫌我不成熟，你这方面有没有经验，

---

1. 一bit：一点儿。

岁数大的女孩儿是不是都想得多？"

岁数大的？来晓星和萨爽见过一面，努力回想他那天有没有提过这样一个女孩儿，这时对面忽然问："你说我要是把手里的东西都卖了，能换多少钱？"

我——去！来晓星的眼睛差点儿没从眼眶里瞪出来，他指的是战国红——目前国际市场上升值最快的主流金融产品："你疯了吧，鸡毛！"

雁翎甲是战国红中国区的版主，也是全球交易平台的实际控制者，更是这片虚拟宇宙传说中的创世神，他动了退出的念头，小红最有可能的结果就是跳水！

拉格朗日："只要你点下交易键，战国红就面临崩溃。"

雁翎甲："真的假的，这么严重？"

拉格朗日："小红现在的体量还有限，像雁翎甲和B.D.这种级别的账户，一笔小交易都会引起全社区的关注，如果大规模套现，一定会造成持有者的恐慌，接着就是市场震荡。"

萨爽创造了战国红，但对由此而生的金融逻辑一无所知："小红只是我的一个游戏，她让我快乐，可……"

拉格朗日："可什么？"

雁翎甲："我不能永远玩游戏。"

就像陈柔恩说的，小屁孩儿总要长大，毛头小子迟早要变成男人。

雁翎甲："我要想想现实世界，我得让我姐瞧得起。"

电光石火间，来晓星想起来，萨爽身边确实有一个比他大的女孩儿。试探着，他打出那个名字："陈柔恩？"

这三个字从战国红论坛黑红的背景上跳出来的时候，萨爽怔住了。

拉格朗日："你喜欢陈柔恩？？？"

汪洋般无垠的网络，一支不知名的小箭当头射来，正中萨爽的靶心，他的第一反应是恐惧，刚想装傻糊弄过去，那边发过来一句："认真的？你有她高吗？"

萨爽的小爆脾气上来了："我今年长了两厘米，已经和她一边高了！"

拉格朗日："可是兄弟，女生显高啊……"

萨爽怒了："就一个身高，有那么重要吗？！"

来晓星想了想："颜值也……"

萨爽拍了个"凸"过去，接着，他敲下一行字："拉老师，你是谁？"

来晓星莫名激动，要认亲了，和战国红账户编号第一的男人，手指正要落向键盘，旁边一台电脑的屏幕微微一闪，他下意识看过去，眼神定住了。

雁翎甲："问你呢，我们见过吗？"

拉格朗日："鸡毛，你已经在卖了吗？"

雁翎甲："卖什么？"

拉格朗日："小红！"

来晓星盯着电脑上战国红对美元的比价："小红在跌！"

萨爽蹙眉，立刻滑椅子去看隔壁的电脑，战国红交易平台上，转手量暴增。

拉格朗日："你跟我说实话，你是不是在匿名交易？"

雁翎甲的回复快速且肯定："没有，我发誓。"

来晓星相信他："好，我去找老板。"

他离开座位，背后的电脑屏静止了几秒，缓缓打出一个名字："来晓星！"

匡正在三楼办公室，段小钧坐在他对面，一人面前一杯酒，都没动。

"代善这手够绝的。"段小钧掸着烟灰，正彩这条路被堵死了，不光堵死了，还从朋友变成了敌人，张牙舞爪横在爱音面前。

匡正承认，代善这把玩得漂亮，正彩的资金池足以把爱音这场收购战变成"碎钞机"，他需要海量的钱："我们只有B.D.了。"

段小钧盯着他："你想好了吗？"

B.D.是仅次于创始人的第二大账户，一旦开始抛售，势必引起战国红的贬值，包括万融臻汇和如意洲在内的大量户头会出现短时期的资产缩水。

如果赢了，这些钱可能涨回来；如果输了，大伙儿一起倾家荡产。

尽管如此，匡正还是点了头。

"好，"段小钧也痛快，"B.D.是我和邦妮的联合账户，我去说服她——"

"老板！"突然有人敲门。

听声音是来晓星，匡正掐灭烟："进来。"

来晓星抱着个笔记本，谨慎地关好门，看了段小钧一眼，没说话。

匡正摆了摆手，意思是没事儿，让他说。

来晓星神情紧绷，打开笔记本屏幕："有人在做空战国红。"

171

是代善。他不光提前拿下了正彩，而且早早布局，在匡正怀着最后一线希望的时候落子绞杀战国红，让他山穷水尽，走投无路。

论捅刀子，无论意识、手法还是戏剧性，代善都是一流的。

晚上匡正没回家，给宝绽打了个电话，在办公室抽烟到深夜。凌晨一点，空无一人的黑暗中，他拨了个号码。

"喂，"电话接通，他问，"在哪儿？"

那边是被吵醒的，很冷淡："肯特山。"

匡正又问了一遍："哪儿？"

"蒙古国，乌兰巴托以东160公里。"

匡正粗略估算了一下："我中午到。"

"你到成吉思汗机场，我派人去接你。"

"中午见。"匡正挂断电话。

他租了架飞机直飞乌兰巴托，一下机，就有五六辆越野车来接，从飘着羊油气的首都开出去。四个半小时，窗外的景色从城市变成草原，渐渐地，有背着枪的骑手从地平线上迎过来，架着鹰在车队前头开路。

6月，漠北的草已经过膝。匡正在路上查了，肯特山，蒙古族圣山，成吉思汗死后埋葬在附近的起辇谷，它有一个响亮的中文名字——狼居胥山。

霍去病大败匈奴后曾在这里祭天，辛弃疾也留下了"元嘉草草，封狼居胥，赢得仓惶北顾"的名句，这片山岭就是历代武将梦寐以求的"封神"之地。

车队在一大片毡包群前停住，匡正下车。头上不时有无人机飞过，他往四周看，天苍苍野茫茫，地势平展开阔，如果没有空中巡逻，只要一把反器材狙击枪，一公里之外就可以把毡包里的人打成两截。

穿着蒙古袍的大汉领他往营地深处走。大大小小的白色帐篷，掀开其中一顶，匡正弯腰迈了进去。

奶茶的香气，还有羊肉烤得熟烂的味道，小先生坐在番红色的波斯地毯上，斜靠着丝绸软垫："匡总，坐。"他指着自己对面的位置，一张漆着红油的窄桌，摆着茶、羊腿和镶着绿松石的蒙古短刀。

匡正坐下，抿一口茶，是咸的："来避暑？"

6月的蒙古高原，南风微凉，还带着春日最后的料峭，小先生踩着翘头靴，上身什么都没穿，懒懒地披着一条熊皮袍子，胸前挂着一块纯金的佛牌，背面有一颗吞财虎头，是老年头的龙婆本[1]。

"写生，"他眯起浅淡的眸子，仿佛一头叫不上名字的野兽，"也打猎。"

打猎，富豪的血腥嗜好。匡正低头看向木盘里的羊腿，右后腿，金黄色，滴着油。

"没想到你会来找我。"小先生说。

匡正抬起眼。

"段家要不行了？"他人在千里之外，但什么都知道。

匡正拿起刀："我为什么不会来找你？"

小先生想了想，从皮裘里坐起身："因为宝老板？"

匡正不喜欢他提宝绽，尤其在这个时候。

"去年夏天，家族要我来中国，"小先生摆弄胸前那块佛牌，"那天是我母亲的忌日，我喝多了，在完全陌生的城市，有个人保护了我。"

是宝绽。"当时我也在，"匡正瞧着他，"我让他别管你。"

小先生笑了："像你说的话。"他靠回皮袍子，"几个月后，我和他又见面了，巧的是，他母亲和我母亲喜欢同一首歌。"

《巧合》？匡正意外。

"我们泰国人是信佛的，"小先生的眼神变了，沉沉地，盯住匡正，"相信缘分。"

他话里有话，匡正不自觉地握紧短刀，上头的绿松石有些硌手。

"所以我才会认识你。"小先生向前倾身，带着迫人的气势，"如果不是宝老板，我不会接你的电话，你也没资格坐在这个位置上。"

匡正敏锐地察觉到，他在给自己施压，宝绽似乎不是他的目的，而是一个切入点，这种气氛他很熟悉，是谈判前的心理压制。

匡正放松了，甚至感到了饿，他不再废话，直入主题："爱音在北美的

1.龙婆本：龙婆本大师，又称"伏虎罗汉"，泰国当代三大圣僧之一，也指龙婆本大师和龙婆本庙制作的佛牌。

业务一直开展得不错，如果——"

小先生打断他："我要东南亚和欧洲。"

好大的胃口！匡正挑了挑眉："我要钱。"

他们俩旗鼓相当，谁也玩不了谁。

"可以，"用钱换业务，相当于用鸡蛋换母鸡，小先生不亏，"一个萨得利，费不了我们何家多少钱。"

"你搞错了，"匡正拔出蒙古刀，"我用你的钱，不是对付萨得利。"

"嗯？"小先生蹙眉。

"人家举着刀向我砍，我就乖乖找一张盾扛着？"匡正好笑地摇摇头，这是把好刀，片下来的羊肉纤薄、整齐，"我大老远跑到蒙古来，向你张一回嘴，"他用拇指压着刃上的肉，送进嘴里，"你得给我一把'刀'。"

小先生瞪着他，这家伙都被萨得利逼到墙角了，还不撑，还想着反杀？

"要保爱音，和萨得利缠斗没用，得杀它背后的人，我——"匡正缓缓嚼着肉，"要收购正彩的股份。"

什——么？！正彩不是一家公司，而是一个集团，而且正在扩张，小先生被他的胆气震住了，一时失语。

"萨得利能收购爱音，我也能收购风火轮，"匡正凶猛地笑着，"不就是金钱游戏吗？比钱，你怕他们？"

小先生不是第一天认识匡正，知道他脑子灵、手腕硬，但没想到他有这样的嗅觉和眼界，他是做大事的，窝在万融臻汇那么个小地方，屈才了。

"把正彩逼退，萨得利自然会退，"匡正停了停，目光冷下去，"不，到时候萨得利想退，都无路可退。"

小先生一闪肩，抖掉皮袍子，胳臂和胸口的肌肉绷起来："我父亲有十三个孩子，十二个和我不是一个妈，"他可以下手宰萨得利，但要收购正彩，这个赌局太大，"我在家里要坐得稳，一步都不能踏错。"

匡正不管他什么家族压力，只是问："你敢不敢？"

小先生板着脸，不作声。

"我是没路可走了，"匡正给他加劲儿，"你现在提什么条件，我都会答应。"

小先生仍然不说话。

于是匡正也缄默，专心吃那条羊腿。肉很好，细腻柔嫩，应该是不到两岁的小羊，他吃到一半时，小先生再次开口："我要签对赌协议。"

匡正眉头一挑，放下刀。

"爱音保住了，我分我那份红，要是没保住——"这个二十多岁的船王继承人不仅冷酷，而且狠辣，"我要段家四房的全部股份，每一分钱，你们都得赔给我。"

条件太苛刻了，匡正擦净手："一点儿情面都不讲？"

"我是何家的正房长子，"小先生告诉他，"我从小受的教育是，家族第一，生意其次，道德、仁义、爱，全都不重要。"

答应他之前，匡正出去透了口气。午后的草原有一种博大的美，西边天上悬着云海，云海下面是羊群，太远了，云和羊都像是静止的，一样的温吞，一样的白。他拍了张照片给宝绽发过去。

几秒钟后，宝绽的电话到了："哥！"

匡正要替段家做一个重大决定，他静不下心："你要是在我身边就好了。"

宝绽的声音很温柔："我在啊。"

匡正笑了："在哪儿？"

清风吹过草叶，泥土的气息扑面而来，匡正忽然想起海子的那首诗，他大学时特别喜欢，在老 Kindle 第一本书的第一页：

> 姐姐，今夜我在德令哈，夜色笼罩，
> 姐姐，我今夜只有戈壁，
> 草原尽头我两手空空，
> 悲痛时握不住一颗泪滴。

此时的匡正就在草原尽头，空着双手，急着握住些什么，宝绽便把自己交到他手中，他说："我在你心里。"

一瞬间，匡正有热泪盈眶的冲动，太难了，数亿、数十亿资本压在他头上，每过一秒钟，仿佛就要压断他一截骨头。

望着天边的云彩，他缓缓念："我把石头还给石头，让胜利的胜利，今夜青稞只属于她自己，一切都在生长……"

宝绽知道这首诗，海子的《日记》，他 Kindle 里第一本书的第一页，寂静的夜里，他读过无数遍。

匡正叹息般说："姐姐，今夜我不关心人类——"

430　　　　　　　　　　　　　　　　　　　　　　　　　　窄红·完结篇

宝绽接下去，轻轻地和："我只想你。"

匡正同意了小先生的条件，说定了，三天后在如意洲签约。

他从乌兰巴托飞回来，一落地就给段汝汀打电话，让她查萨得利近几年的交易，想揪出几次违规操作，向市场监管部门举报，扰乱代善的节奏，拖慢他的收购步伐。

还没出机场，在来来往往的人群中，匡正看到一个身影——显眼的好西装，重工领带，不是别人，正是春风得意的代善。

"哟，匡总，"代善也看见他了，打个招呼，"冤家路窄啊！"

他们在步履匆匆的人流中相对，爱音这场收购结束后，他们之中会死一个。

正彩和战国红这一局，代善先下一城："匡总这黑眼圈，都不帅了。"

匡正笑笑，第一次，他认真打量代善，这小子长得不丑，只是左脸上有三颗针扎似的小痣，添了些奸猾的味道。

"找钱去了？"代善问。

匡正看向他身后，那边是北美来的航班："彼此彼此。"

"匡正，"代善胸有成竹，"这回你弄不过我。"

匡正提醒他："你应该知道，战国红有中国背景。"

代善没明白他的意思，反应了一下，耸耸肩："金钱无国界。"

是吗？匡正不苟同："你找境外资本高杠杆做空，万一崴泥，你就得跳楼。"

拿命赌钱，代善一贯的作风，绝的是他每次都能赢。"金融街哪年没几个跳楼的？我倒要看看，咱们俩谁先跳。"他的眼神凶起来，冒着火，像要把匡正一口吃掉，"你早就被万融抛弃了，一无所有，你只有你自己。"

他说得对，匡正没反驳。

匡正越是冷静，代善越恼火："匡正，你是 Ace[1]，我也是，你看看咱们那几期，金融街从东到西，只出来咱们两个，"他贴上去，肩膀碰着匡正的肩膀，"咱们对上了，你我这辈子注定是敌手！"

说完，他用力擦过匡正，扬长而去。

---

1. Ace：纸牌 A，意为王牌。

172

夜里，宝绽穿着练功的水衣子，腿上架着一把老胡琴，在如意洲的戏台上，拉着西皮摇板转流水，他身边，霍匪站得笔直，有模有样地唱：

> 大太保好似温侯貌，
> 二太保有如浪里蛟，
> 三太保上山能擒虎，
> 四太保剑斩龙一条！

是《珠帘寨》"数太保"一折，宝绽的拿手好戏。

> 五太保力用开山斧！
> 六太保双手能打滚龙镖，
> 七太保花枪——

宝绽的琴停了，从屁股底下抽出竹尺，"啪"的一声抽在他背上："气口！这句的气口在哪儿，记不住吗？！"

霍匪长这么大，父母从没管过他，宝绽对他这么严厉，他不习惯，瞪着眼睛强忍着，倒一口气接着唱："七太保花枪真奥妙，八太保钢鞭逞英豪，九太保双铜耍得好，亚赛个秦叔——"

宝绽的琴又停了，对他锱铢必较："这句不行，咬字上的巧劲儿没出来。"

霍匪磨着牙，把T恤从头上拽下去，狠狠甩在台上，重新唱："九太保双铜耍得好，亚赛个秦叔宝！"

红彤彤的戏台上，他露着结实漂亮的背，还有背上那条张牙舞爪的龙："十太保手使青龙偃月刀，十一太保虽然他年纪小，一个倒比那一个高！"

短短一段唱，宝绽过了一遍又一遍，磨得霍匪一肚子火，完事儿他捡衣服就要走，被宝绽叫住："上哪儿去？"

霍匪翻着眼睛："不是唱完了吗？"

"谁说完了？"宝绽拿竹尺指着脚下，"过来，裤子脱了。"

哈？霍匪一把抓紧裤腰，瞄着台下空荡荡的观众席："要……要干什么你？"

"我的徒弟，光能唱不行，"宝绽是真心教他，"后桥、下岔，都得拿得起来。"

"谁是你徒弟……"霍匪有点儿不好意思，"再说，你这楼里都是摄像头。"

"走廊上装了，这儿没有。"宝绽拿着师傅的架子，"快点儿，脱裤子！"

霍匪涨红了脸，唰地拉下牛仔裤拉链，里头是街边买的印花大裤衩，裤裆上有个吐舌头的黑狗头。

宝绽捏着竹尺："后桥，能下吗？"

霍匪缩着膀子，虚掩着裆："什么是后桥？"

宝绽帮他把衣服裤子捡起来，扔到椅子上："下腰。"

霍匪点个头，两手朝上仰起脸，腰上给劲儿往后探，一点点落下去，稳稳当当。

"行啊，小子，"宝绽笑了，"有把好腰！"

听到这么随口一句夸，霍匪乐坏了，非绷着脸装不耐烦："可以了吧？"

宝绽看他拱起的那个形，不大满意："不行啊，还得练，来，横岔。"

霍匪让他折腾得一身汗，直摆手。

"竖岔，"宝绽晃着竹尺，"快点儿！"

霍匪骂骂咧咧爬起来，提了提花裤衩，右脚向前左脚向后，慢慢劈下去。

可能是岁数小，他筋骨还算软，裤裆离地只有十多厘米。

霍匪感到有点儿疼："就到这儿了。"

宝绽两手搭着他的肩，往下摁了摁。

"哎哎，疼……"霍匪刚一叫唤，宝绽就按着他坐下来，用全身的重量压住他。

"我去你妈啊！"霍匪惨叫，扒着宝绽想把他拽下去，宝绽却不松手，紧紧箍着他："忍一忍！数二十个数！数完就起来！"

二十个数？一个数霍匪也受不了，他先是揪宝绽，然后掐他的肉，怎么都弄不开，只能抓着他嘶吼，眼泪都逼出来了。

"压筋都疼！"耳边，宝绽告诉他，"我像你这么大，我师哥也是这么帮我的！"

霍匪恨死他了，闭着眼，嘶嘶吸气："到没到！多少个数了！"

"十、九、八……"宝绽边数，又往下压了压。

"我去你妈，宝绽！我废了你！我让你哭着喊爸爸！"霍匪疼抽了，吱哇乱叫，突然起了一股劲儿，冲着宝绽的脖子根，一口咬下去。

"啊！"宝绽吃痛，从他身上跳起来，霍匪身上一下子轻了，两手捂着裤裆倒在台上，呼哧呼哧喘气。

缓了一会儿，他汗涔涔起身。宝绽不见了，后台那边有水声。他揉着大腿根，一瘸一拐走过去。

宝绽洗了把脸，正对着墙上的大镜子看伤口，水衣子脱了半边，颈窝里很红，有一排牙印。

霍匪挠了挠头，站到他身后："没事儿吧？"

宝绽瞅着镜子里的男孩儿，生机勃勃，有一双火似的眼睛。

"我不是故意的，"霍匪耷拉着脑袋，"是你非——"

宝绽转过来，透过湿漉漉的额发看着他："朝鲜饭店的活儿，辞了吧。"

霍匪仍垂着头。

"我养活你。"宝绽说。

霍匪的脑子有点儿胀，一阵阵发麻，心跟着也麻了，像要坏在胸腔里。

宝绽握住他的膀子："明天给你做身练功服，咱们像模像样的。"

霍匪没说话。

宝绽知道今天疼着他了，撸了撸他的头发："我这儿有学徒钱，不多，你先把高利贷还上，咱们——"

这时身后响了一声。是化妆桌上的手机。宝绽去看，是匡正："我到了。"

他扭头跑出去，留霍匪一个人在那儿戳着，满脑子都是人家要养他。傻小子用力搓了搓脸，搓得颧骨通红，然后在屋里乱走，来来回回，心静不下来。

好半天，不见宝绽回来，他推门出去，见走廊上空无一人。他转身折回后台，穿过侧幕，刚往台上迈了一步，就倏地缩回头。宝绽在台下，无光的暗处，不是一个人，还有一个男的。匡正看着宝绽的脖子那儿有一个清晰的牙印："谁干的？"

宝绽把衣领子掩上："那小孩儿。"

小孩儿？匡正骂："哪个小兔崽子？"

"霍匪，"宝绽说，"我徒弟。"

匡正见过那家伙，野了吧唧的小狼狗："他咬你干什么？"

"练功，"宝绽抿起嘴，"我把他弄疼了。"

匡正皱眉头，宝绽跟他说过霍匪的事，他没多说什么。

"你昨晚没回来，"宝绽担心他，"上哪儿了？"

"不是给你发照片打卡了吗？"匡正开玩笑，"草原。"

宝绽知道是草原："你上内蒙古干什么去？"

"外蒙，"匡正说，"蒙古国，小先生让我给你带好。"

宝绽愣愣看着他，他去求小先生了，他一定是走投无路了。

匡正拢了拢他的头发："叫小郝送你回家，我有个会，得回公司。"

宝绽给他捋领带："我等你吧。"

匡正叹一口气："我明早还有会。"

宝绽心疼他："哥，你多久没睡了？"

"飞机上睡了，"匡正对他笑，"乖，就这几天，等着我。"

<u>173</u>

深夜十一点，匡正在万融臻汇开紧急会议，参加会议的还有四个人：段小钧和邦妮、小顾以及来晓星，会议的议题只有一个——战国红。

"我说一下目前的情况，"匡正直奔主题，"萨得利利用境外投机资本，高杠杆做空战国红，截至十分钟前，战国红对美元的比价跌了八个点。"

小顾一言不发，盯着桌对面的段小钧。

"在座的都是战国红的大账户，"匡正环视四人，"账面已经受到影响。"

段小钧回看着小顾，他们是战国红版图上位列第二、第三的"大诸侯"，这是第一次在现实世界会面。

"我建议，"匡正敲了敲桌面，"战国红即使几天内跌破80%、60%甚至更多，请各位保持冷静，不要急于脱手。"

简而言之，他希望万融臻汇旗下的各个账户能够联合，共同对抗这次做空。

"B.D.和小顾，"匡正的气场很稳，"加上我万融臻汇，我们几家占了战国红江山的四分之一强，只要我们能扛住，萨得利就别想从战国红吸走一分钱。"

这也是在保护所有战国红持有者的利益，保护这个产品。

"诸位有什么意见？"

段小钧事先做过邦妮的工作，两人对视一眼，表示同意。

匡正看向小顾。

"四分之一强，"小顾皱眉头，"你们有没有考虑到创始人账户，万一他开始卖——"

"不会的，"来晓星这时开口，"我就是代表创始人坐在这里，我可以替他表态，他会和他创造的宇宙共存亡。"

战国红的创世神选择和万融臻汇站在一起，匡正手里至少握了一半的胜算，小顾缓缓点头："我还有最后一个问题。"

匡正愿闻其详。

"你跟我提过的那个……如意洲，它抛不抛？"

这话一出，所有人都向匡正看去，如意洲是他的底线，全万融臻汇都知道，他自己可以赔，但如意洲不行。

短暂的沉默后，匡正笑了："好问题。"

他掏出手机，开免提拨号，嘟嘟声响了很久，电话接起："匡哥，你等会儿……"

这个声音又沙又脆，是应笑依。

"喂……"这才是时阔亭，如意洲账户的持有者，烟波致爽俱乐部的主席。

"阔亭，我开了免提，"匡正先说明情况，然后告诉他，"如意洲名下有大量金融产品战国红，目前在跌，你什么意见？"

不出所料，时阔亭沉默了。

打这个电话，匡正其实是冒风险的，不久前，时阔亭还为了正彩的股票掐过他的脖子。

那边反问回来："你什么意见？"

匡正的意见很简单："我的判断是，不卖。"

时阔亭再次沉默。

匡正等着他，视线转向小顾。

几分钟的死寂，时阔亭深吸一口气："我听你的，如意洲和万融臻汇共进退。"

"好，"匡正这一声不是应答，而是赞赏，赞赏他如今的魄力，"我知道了。"

电话挂断，他微微一笑，给了小顾一个满意的答复。

凌晨散会，匡正回办公室睡了一觉，九点半起来继续开会，参会的还有四个人：应笑侬、段汝汀、段钊、段小钧。

小先生在草原提的条件，他第一时间通知到段家每个人。经过一晚上，他们应该都考虑得差不多了。在宽大的会议桌上，每个座位前摆着一张纸、一支笔，桌子中间放着一个小垃圾桶，充当临时投票箱。

"来吧，"匡正没有废话，"少数服从多数。"

对赌，一旦反收购失败，萨得利就会得到爱音，段家人的股份则会被小先生收割，通俗点儿讲，就是一无所有。

"还来得及，"匡正两手握拳放在桌上，"我可以通知何胜旌，取消签约。"

啪嗒一声，应笑侬把笔扔进投票箱："没什么可投的，我赌。"他毫不犹豫，"爱音要是没了，我要一堆死钱有什么用？"他是老大，想给兄弟们打个样儿。

可这不是演电视剧，狂拽酷霸的主角对着镜头甩几句漂亮话，这是现实，每一分钱都是真金白银，经不起玩笑。

会议室的时间仿佛静止了，一脚生一脚死的事，匡正不催促。至少过了半个小时，段小钧拿起笔："我有战国红，战国红崩了，我还有老板教我的本事，我饿不死，"说着，他把笔丢掉，"我赌。"

段钊紧随其后，转了个漂亮的笔花："老头子的遗产，我们三房分得最多，没有股份，还有现金、不动产，够我妈养老了。"

至此，所有男性成员都把目光投向段汝汀。她历来是少数派，女孩儿、段家唯一留在集团的人、把家族事业当成自己事业的傻瓜，所以她舍不得股权，因为失去爱音，她就失去了全部。

匡正理解她，她的兄弟们也理解，但要做抉择，理解没有用，她拧开笔，慢慢写下意见，把纸对折，塞进票箱。

匡正是开票人，他把垃圾桶收回，掏出那张纸，小心打开，神色瞬间变得凝重："四张票，三张弃权——"

"等等！"应笑侬腾地站起来，"我们同意对赌！"

"是啊！"段小钧和段钊有点儿蒙。

"可你们没写票。"匡正的表情严肃，绷着绷着，忽地笑了，把那张纸转向众人，"一票赞成。"

众人惊讶，那个利益至上的段汝汀、凶猛强硬的段汝汀，居然投了赞成票！段钊狠狠拍了一把桌子，掌心生疼："可以啊，老二！"

"滚，"段汝汀这辈子第一次以大局为重，一脸的烦躁，"少跟我说话。"

"你这一票，"段小钧兴奋地指着她，"我能记一辈子！"

匡正靠向椅背，终于呼出一口气："三天后，如意洲签约。"

这三天，匡正一刻也没闲着，先是和段汝汀给爱音做评估，接着跟段小钧确认收购案细节，之后由段钊和黄百两出合同，再跟小先生的家族办公室反复拉锯，到第三天早上四点半，对赌合同终于敲定。

拿着这份合同，匡正把小先生迎进如意洲三楼的茶室。小先生很正式，一身经典西装，系领带，棕色皮鞋，犀利的眼神扫过几个偏房，落在应笑依身上。

他伸出手："回来了？"

应笑依握住他："回来了。"

都是大家族的长子，对方身上扛着什么责任，彼此一清二楚。

小先生转身要入座，应笑依叫住他，向他介绍身边的人："我家老二，段汝汀。"

段汝汀愣了，小先生也皱起眉头。乱七八糟的弟弟妹妹，在正式场合是没有资格露脸的，应笑依却认真："她是未来爱音的总裁。"

小先生给他面子，稍点个头。

段汝汀的神情难以形容，不是因为一个总裁的头衔，而是多年的奢求一朝实现，那么简单，只是一个认可。

"老三，"应笑依接着介绍，"段钊。"

段钊走上来，挺胸抬头，锋利着，如同一把好刀。

"老四，"最小的弟弟，应笑依拍拍他的肩膀，"段钧。"

段小钧不卑不亢："您好。"

小先生再次颔首，他能感觉到，段家兄弟之间有一股无形的力量，将他们牢牢拧成一股绳。

合同签得非常顺利，之前双方已经确认过许多遍，现在依次在自己的位子上签字，然后交换、握手。

"三个工作日，"小先生说，"我的资金到位。"

助理收起合同，递上另一份文件。"在这之前，匡总，"他把文件推向匡正，"我给你买了一份要员保险，你签个字。"

某些企业进行重大项目时，会为核心员工购买人身保险，一旦该董事或高管因疾病、事故无法履行职责，企业将得到一笔数目可观的赔偿。这有点儿拿匡正的命换钱的意思。

段汝汀不满："是不是太赤裸裸了，何总？"

"爱音，正彩，战国红，"小先生看向匡正，目光强硬，"上百个亿砸进去了，万一萨得利狗急跳墙，一枪把你干掉，"他眯起眼，"爱音没了你，根本玩不动这把大牌，到时我何家不成了全世界的笑话？"

他考虑的是何家的利益，但在段家兄弟看来，他欺人太甚。

应笑依沉下脸："通差——"

匡正抬起手，盯着那份保险："你说得有道理，"他泰然自若，翻开合同，"我看看，我在你眼里值多少钱。"

"老板！"段钊和段小钧替他不平。

段汝汀强压着火，匡正是在为他们段家受辱。

然而形势逼人，匡正利落地签了字，把保险推回给小先生，只说了一句话："我等着你的钱。"

小先生带着两份合同走了，匡正送他下楼。应笑依从座位上起身，脸是垂着的，他沮丧，为段家的现状，为自己的无能为力，这时面前伸过来一只手——细长的女人的手掌，是段汝汀。

应笑依看向她，这么多年，他们第一次看清对方，眉目间竟有些相似。流着同样的血，他们是手足。

应笑依握住那只手，紧紧地，接着，第三只、第四只手扣上来，段家的四个孩子并着头凑成一团。段老爷子一定想不到，他死后，这些桀骜的子女竟会戮力同心，把个人的命运系于家族之上，为这一个"段"字舍生忘死。

174

小先生资金到账的当天，匡正联系了房成城。

房成城是动影传声的创立者，和风火轮的董事、高管们称兄道弟，他几次浮沉，匡正都没袖手旁观。这次他自告奋勇，替匡正去游说自己的老部下，愿意出让股份的，他许诺高额补偿，不愿意套现的，也表态将全力支持爱音的收购。

同一天，中午12点整，战国红中国区版主雁翎甲发布声明，第一次向全社区公开自己战国红创始人的身份，同时呼吁来自世界各地的持有者不要恐慌，停止大面积抛售，对做空资本说"不"。

12：03，战国红第二大账户B.D.跟进，转载了雁翎甲的声明，明确主张坚守阵线，拒绝抛售。

12：05，战国红第三大账户小顾跟进，做出了同样的承诺，表示不会趁乱交易，力争稳定战国红价格。

12：17，战国红社区唯一有影响力的金融机构、中国万融臻汇做出对恶意做空的应对决定："全力抵制，绝不低头。"

至此，战国红一线账户联盟正式形成。

一周后，应笑侬率领段家兄弟，在各个直播平台召开线上记者会，霸气宣布已持有风火轮21.6%的股份，成为正彩短视频业务的最大股东，并声称不会停止对正彩集团的收购，爱音的下一个目标将是半导体板块。

消息一出，舆论哗然。

从记者会下来，应笑侬拿着股权转让合同去了得意城。那棵没了头的宫岛大阪松依然在，他邹叔没舍得扔，还好好地活在向阳的窗下。

之前说好的五倍价格，双方落笔签字。画下最后一个句点，邹叔由衷地感慨："不愧是老段的儿子！"

应笑侬收起合同，一言不发。

"你长大了，"邹叔端详他，"不是小时候那个伸着手让我抱的小铎了。"

应笑侬抬起眼："你也不是那个摸着我头问我吃不吃糖的邹叔了。"

　　　　　　　　　　　　　　　　　　　　　窄红：完结篇

他们隔着一张方桌对视，应笑侬越来越强干，而邹叔老了，两鬓已经斑白，除了这点儿股份换来的钱，他双手空空。

"邹叔，"应笑侬起身，"钱别都给儿子了，自己留点儿。"

邹叔意外，他还会关心自己。

"我知道，"应笑侬晃了晃手里的合同，"这些股份你一直挺着没卖，就是在等我。"

邹叔转开眼，像个怕被看出心事的老人："你想多了，我只是在等你的好价。"

无所谓了，反正爱音的股份他没卖给别人，卖给了段家的孩子。应笑侬转身要走，邹叔不舍地叫住他："小铎。"

应笑侬回身。

"这么多年，"邹叔靠坐在椅子上，有些伛偻，"我还没听过你唱戏。"

应笑侬笑笑："我唱旦角的，太扭捏。"

邹叔直起身，忽有些当年驰骋商海的劲头："是不是爷们儿，不在喉咙粗细上。"

这话说得在理。应笑侬清了清嗓子，望着窗下那株宫岛大阪，秉着气唱："说什么花好月圆人亦寿，山河万里几多愁，胡儿铁骑豺狼寇，他那里饮马黄河血染流！"

是《生死恨》的韩玉娘，弱质女流，却有一颗不惧强虏的心。

"尝胆卧薪权忍受，从来强项不低头，"应笑侬也一样，虽是个唱戏的，但在家族荣誉面前，他寸土不让，"思悠悠来恨悠悠，故国月明在哪一州！"

好一个"权忍受"，好一个"不低头"，邹叔出神地看着他，看着那纤腰薄背从自己家走出去，去迎门外的日光，去闯更大的世界。

宝绽坐在迈巴赫后座，前头小郝停稳车，回过头："宝哥，到了。"

马路对面是上次那家采耳店，玫瑰色的门脸。宝绽走进去，恰巧，霍匪就在大堂，正给一位散台的客人掏耳朵。

穿着旗袍的年轻姑娘迎上来："先生，一位吗？"

宝绽指着霍匪："我等他。"

姑娘瞄一眼他的穿戴，热情地说："先生，您可以先到二楼包间等，我们有铁观音、大红袍……"

这时霍匪下钟了，床上坐起来的是个四五十岁的阿姨，一头蓬蓬的卷发，红裙子，踩着锥子似的恨天高，拽着他的胳膊："小伙子手法真不错！"

霍匪边收拾工具边笑着道谢。

那阿姨不撒手，缠着他问："小伙子多大啦？"

霍匪也不拒绝，谎报了一岁："十八。"

"那刚上大学嘛，"阿姨的眼睛亮起来，"和我儿子一边大，暑假啦，出来打工？来，阿姨照顾你生意，先加个微信——"

"霍匪！"宝绽喊了他一声。

霍匪回过头，不光他，整个散台区的客人都往这边看。前台的姑娘看宝绽不像来消费的，板起脸："先生，私人事情麻烦私下处理，现在是我们的工作时间。"

宝绽顶回去："我买他的工作时间。"

姑娘当他是开玩笑："先生，瞧您这话说的——"

宝绽掏出钱包，卡位上一排VIP卡，他没动，而是抽出一沓现金，三千多块，轻轻放在桌上，转身上楼："让他过来。"

霍匪到前台交工牌，那位阿姨跟着一起，颤巍巍地结账，老大的不高兴："有钱真是了不起，几分钟都等不了！"

霍匪在她的小票背面写上自己的名字，撂下一句："那是我哥！"

宝绽坐在大红色的按摩床上，西装脱了，随手搭在身边，阳光从身后的窗子照进来，像要把他融化，霍匪戳在门口，没进去。

"过来。"宝绽叫他。

霍匪耷拉着脑袋，别别扭扭："有什么事儿，你说吧。"

宝绽拿着师傅的架子："我让你过来。"

霍匪挪了一步。

"你这孩子，"宝绽严厉起来，"快点儿！"

霍匪于是蹭过去，宝绽一打眼，在他右手腕上看见一道新伤："怎么弄的？"

"让云刀[1]刮了一下，"霍匪咕哝，"没事儿。"

宝绽盯着那道伤，拉起他的手："不是让你把工作辞了吗？"

1.云刀：采耳的工具。

　　　　　　　　　　　　窄红：完结篇

霍匪抽回手："把工辞了，我吃什么？"

"我给你学徒钱。"

"我凭什么拿你的钱，"霍匪咕哝，"你是我什么人？"

宝绽没作声。

霍匪接着说："我得自力更生。"

这是个好孩子，懂道理、有骨气，不轻易接受他人的施舍。宝绽垂下眼，有些艰难："我跟你说实话，你后妈——"

后妈？霍匪抬起头。

"她扔的那个儿子，"宝绽说，"唱戏的那个儿子——"

霍匪似乎预感到了什么，皱起眉头。

宝绽对上他的眼睛，有些红："就是我。"

霍匪惊诧了，不敢相信这世界这么小，靠着《空城计》一段西皮流水，竟串起了这样一段奇妙的缘分。

"回来吧。"宝绽哄着，像个真正的哥哥。

回？回哪里，那座富丽堂皇的戏楼？霍匪自问，他曾经属于那里吗？

"练功服给你做好了。"宝绽温柔地，看进他的眼睛，"我教你唱戏，让你读书，再送你出国留学。"他很认真，"我没有的，你都会有。"

他没有的？霍匪嘟囔："你金枝玉叶的，什么没有？"

宝绽给了他两个字："青春。"

霍匪不明白。

"我妈走的时候，我也是十七八，"宝绽笑了，苦涩，"我上大学，是师哥省吃俭用供我的；我打工，一个星期五十块钱。剧团最穷的时候，没水没电，我们在月光下排练，这就是我的青春。"

霍匪难以想象，像宝绽这样的人上人，也经历过那样艰难的岁月。

"我和你一样，在社会最底层挣扎过，不同的是，我有师哥有朋友。"宝绽攥了攥他的手，"现在你有我了，我不会离开你，我会让你幸福。"

幸福，霍匪想都没敢想过的东西，猛一下砸在他头上，让他发蒙。

"只要你好好的，"宝绽很温柔，"踏踏实实唱戏。"

霍匪怕他的温柔："我是社会人，背上还有条龙，你不怕我起坏心？"

宝绽笑了："从你出去打架只是为了找一份工，我就知道，你是个好孩子。"

霍匪脸红了，老半天没说话，再开口，有些局促："龙……"

"什么？"宝绽没听清。

"龙，"霍匪重复，终于露出了这个年纪的孩子该有的紧张，"要不要洗掉？"

宝绽反应过来，他是觉得有文身的人不该唱戏，怕自己身上这条龙给京剧抹了黑。

"为什么要洗掉？"宝绽反问他。

"啊？"霍匪说，"我怕他们——"

"他们是谁？"宝绽又问。

霍匪答不出来，宝绽告诉他："你是什么样的人就做什么样的人，这个世界的喜好和你没关系，不要扭曲自己去讨好任何人，知道吗？"

霍匪懵懵懂懂，但还是点了头。"行，"宝绽摇着他的手，"那叫哥吧。"

"去你的！"霍匪不好意思了，一把甩开他，"你想得美！"

宝绽灿烂地笑着，拎起外套："走，带我去看看妈。"

他们的妈妈并没葬在墓地，而是骨灰在殡仪馆的寄存区，因为寄存只要一点儿钱。

密密麻麻的小格子里，写着她名字的骨灰盒占着一席之地。这里很热闹，人来人往，地上落着踩扁的菊花和各式各样的烟头，一个完全不适合凭吊的地方，宝绽却流了泪，霍匪揽着他的肩膀，把他用力搂紧。

宝绽原谅了她。很简单，怨恨已随着逝者而去，留下的只有一点儿模糊的爱，供活着的人回忆。

两人从殡仪馆出来时，匡正来了个电话，说他今晚还是回不了家，战国红依然在跌，万融臻汇的损失已经到了能够承受的边缘。

去年11月，雁翎甲和B.D.的一篇联合声明成功把战国红从分岔危机中拯救回来，不过短短半年，三大账户却无法阻止一场非理性的抛售，改变的不是持有者，而是战国红本身，它从小社区变成了大市场，市场在乎的，从来只有利益。

匡正在来晓星的电脑前使劲儿摁烟头的时候，张荣到了，气势汹汹，一进贵宾室就指着他的鼻子骂："姓匡的，你是不是忘了，你是我的私银！"

他来兴师问罪，说明局势的天平已经倾斜，匡正有底了："兄弟，你应该清楚，我对你没敌意。"

张荣知道，但冷静不了，他已经失去了风火轮的控制权，不能再被割走更多肉。

"在商言商，"匡正说，"我不能为了哥们儿义气，放弃一笔好买卖，对吧？"

这是张荣的原话，他磨着牙："匡正，你跟我缠什么？你那战国红都快跌废了，万融臻汇的损失，你坐牢赔吗？"

呵呵，匡正笑了："代善告诉你的？"他挑起眉，"他一定没告诉你，他搞战国红加了多少倍的杠杆吧？他也没告诉你，卖得凶的都是欧美账户，战国红中国区甚至整个亚洲都在挺着，我们还没认输！"

张荣曾经说过，他不想跟境外投行合作，因为他是个有国家荣誉感的人，匡正抓的就是他这一点："代善跟你说，战国红垮了你们就能赢？"他冷笑，"代善是什么人，你未必清楚，但我是什么人，你一定知道。"

是的，张荣了解匡正，他是个君子，但凶起来，有气吞万里如虎的本事。

"退出吧，"匡正劝他，"还来得及。"

不能退，为了爱音，张荣已经砸了太多钱。

"出来混，"匡正拍拍他的肩膀，"有赚就有赔——"

这时贵宾室的门从外头撞开，匡正一愣，瞪起眼："怎么不敲门？！"

"老……老板，"是来晓星，"战国红——"

张荣倏地转过头。

"战国红上电视了，"来晓星喃喃的，像是难以置信，上电视了……"

175

萨爽握着筷子，一眨不眨地盯着食堂墙上的电视。电视上正在重播昨晚的节目，报道的是金融产品战国红正面临的做空危机，以及中国区玩家在这场灭顶之灾中坚守阵线表现出的惊人魄力。

扎着红色领带的主持人说："熟悉中国历史的朋友们都知道，战国是群雄逐鹿的时代，也是由分裂走向统一的时代，而红色，既是鲜血的颜色，也是生命的颜色，希望战国红能顺利渡过这次难关，让世界金融圈看到我们中国投资者的力量。"

中国投资者的力量，萨爽知道，中国投资者并没有什么特殊的力量，中国人只是比别人多了一样东西——团结。几千年来的春种秋收需要团结，背井离乡出门闯荡时需要团结，甚至网上买个东西都要拼团，中国人比谁都明白，只有团结才能扛住命运的击打，才有资格对强大于己数倍的敌人说"不"。

这时一双筷子伸过来，往他碗里夹了块肉，萨爽抬起头。是陈柔恩。

"看什么电视？"她凶巴巴的，"吃饭。"

上次在萨爽家，他们闹了不愉快，紧接着战国红出事，萨爽就没顾上服软，现在瞧着碗里这块肉，心里有点儿小得意："怕我饿啊？"

陈柔恩点头："我怕你饿死。"

萨爽直接被哽出内伤："我死了正好，录音棚就敞亮了。"

陈柔恩皱眉头："什么录音棚？"

"就那个录音棚啊，"萨爽酸溜溜的，"大写加粗带闪光的，九爷的录音棚！"

陈柔恩横他一眼，咕哝："我又没去，谁知道闪不闪光。"

萨爽愣了，不大相信地瞧着她。

"看什么？"陈柔恩瞪眼睛，"吃你的肉。"

"不是，"萨爽凑过来，"你怎么……没去啊？"

"不是让你搅和了吗？"陈柔恩拍下筷子，"我气成那样，哪还有心思找别人玩儿？"

萨爽一下子乐了，端起碗，嚼着肉扒饭，真香。

陈柔恩看他还往电视那边看，扒拉他："成天盯着电视，电视里有花儿啊？"

"战国红，匡哥的生意，"萨爽塞着一嘴饭，"我关心关心。"

"用不着你，冲锋陷阵是英雄的事儿，咱们小老百姓，"陈柔恩又给他夹了块肉，"好好吃饭。"

萨爽囫囵把饭吞下去："英雄？"

"嗯，"陈柔恩拿筷子点着电视，"你听那名儿，雁翎甲，说不定也是个懂戏的。"

英雄！他姐说他是英雄！萨爽的小心脏差点儿从胸口里蹦出来。他掏出手机往桌上一拍，唰地点亮屏幕，大红的底色，上头水墨丹青的三个字——战国红。

陈柔恩瞄一眼："干吗，你不是一直用这个屏保？"

……

萨爽垮着脸，有点儿担心他们孩子将来的智商："姐，你怎么这么笨啊？"

"说谁呢你！"陈柔恩抄起手机，正要打，宝绽到了，时阔亭起来给他盛饭，一回身，看他领进来一个小伙儿，大高个儿，最精神的是那双眼睛，火似的。

"我给大家介绍一下，"宝绽搭着霍匪的肩膀，"我徒弟，霍匪。"

"徒弟"俩字一出，场面顿时炸了，陈柔恩第一个不干："凭什么啊，团长，你怎么不收我？"

"就是，宝处，"萨爽也一脸不乐意，"团里男女比例已经够失调了，你还弄这么大一帅哥进来，是成心让我姐挑花眼哪！"

陈柔恩刚才那一下没打着他，这时候抢了上去。宝绽笑着给霍匪介绍这帮哥哥姐姐——"活宝"萨爽、"女夜叉"陈柔恩、"大娘娘"应笑侬、"好师哥"时阔亭，大伙儿有说有笑。

忽然，匡正来了个电话，宝绽接听，那边比他这边还吵："喂？哥！"

万融臻汇在庆祝，香槟和彩纸喷了一地。

昨晚的黄金时段，电视上播了一期解析战国红的节目，只有半个小时，金融市场却立刻做出了反应，纷纷猜测是政府出手"救市"的信号。

1997年，索罗斯做空香港，中央政府提出"人民币不贬值"的立场，使这条金融巨鳄铩羽而归。毫不夸张地说，中国至今仍是那一代国际投机资本的PTSD[1]。政府"可能"出手，这样一个不确定的预期[2]，就足以令市场震撼。

整整一夜，匡正眼看着战国红起死回生，断崖式的抛售奇迹般中止，仿佛有一只无形的手，在这片死伤无数的战场上轻轻点了下休止键。

就在刚刚，由中国人创立、中国资本主导的金融产品战国红，蹒跚着回到之前的高点，架在万融臻汇脖子上的刀终于落下，冰消雪融。

匡正知道自己赢了，不仅赢了战国红，还有爱音、正彩、萨得利，他赢了清迈何家的对赌，赢了自己这条命！

"……听到了吗？！"他对着电话喊，周围的欢呼声震耳欲聋，他激动着，千言万语就一句话，"宝绽！"

1.PTSD：创伤后应激障碍。
2.预期：经济学术语，例如：所有人都预期一支股票会涨，都买入这支股票，结果就是这支股票真的涨了，反之亦然。

挂断电话，他抽掉领带，脱下西装甩在地上，这是一个男人最辉煌的时刻，是一生只有一次的玩命劫后余生的狂喜。所有人都过来和他拥抱，段钊、黄百两、来晓星，包括冯宽，搂着他的膀子骂："匡正，你个浑蛋！我老婆都以为我瘆了！"

匡正把他从自己身上拽下来："我都没瘆，你瘆什么！"

"我是监军！上头天天问我你赔了多少，我胆儿肥了帮你瞒着！"他扒开自己的头发，"看见没有，斑秃！"

匡正拍拍他的肩膀，贴着他的耳朵："这些都是你的。"

冯宽一怔，匡正已经擦过他，走进狂欢的人群。

办公区另一边，汪有诚握着手机走进洗手间。是代善的电话。他关好门接起来，那边颤颤地说了三个字："我完了。"

汪有诚知道，代善玩脱了，这次死无葬身之地。

这种时候，代善有太多话可以讲，他却只是说："你来看我一眼。"

汪有诚没出声。

"我们曾经是朋友……"代善嘶嘶吸气，可能是嗑了什么，冷静不下来。

汪有诚仍然没说话。

"呵呵，"代善笑了，"你的心怎么那么硬，连看我是怎么死的都不肯吗？"

汪有诚不信他会死，不过破产负债、身败名裂而已。

"你会后悔的。"代善说。

汪有诚了解他，这是个习惯了威胁、热衷于撒谎的人："代善，我们早不是朋友了。"

代善先是沉默，接着开始耍赖："你不是这样的，以前——"

"不是以前了，"汪有诚冷冰冰地说，"各走各的路吧。"

他挂断电话，从洗手间出来，眼前是一张张兴奋的脸，不是他心狠，而是他去了能给代善什么呢？接过段钊递来的酒，他一饮而尽，兜里的手机静悄悄的，那个人没再打过来。

匡正回家睡了一天一夜，宝绽推了所有演出，在家陪了他一天一夜。星期六一早，他们一起出门。

今天是段家的家宴，匡正穿了一身暗紫色礼服，宝绽同样盛装，银灰色燕尾服配钻石胸针，戴领结和腰封，头发柔软地拢在额头上，一笑，丝绒般甜美。

宴席设在西山老园林老宅子，正房正屋的东偏厅，大圆桌，很有些旧时代达官显贵的味道。偏厅外是一间不小的休息室，应笑侬来得早，在窗边摆弄兰花。

匡正拉着宝绽过去，笑着问："阔亭没来？"

应笑侬回他一句："他来谁带孩子？"

匡正想想，也对："你们也该请个阿姨了。"

应笑侬摇头："又不是朝九晚五的，能带还是自己带，别看小宝小，不会说话，其实什么都懂，我可不想让他受委屈。"

正说着，老四到了，一身经典礼服，手里挽着个姑娘，微胖，是邦妮。

匡正有些诧异，凭段小钧的家世、样貌，找什么样的美女都不为过。互相打过招呼，他们端着茶走到一边。

"怎么着，定下来了？"匡正问。

段小钧点个头："就是我妈还有点儿不满意。"

匡正想起四房在段老爷子床前往三房脸上甩耳环的样子，她不满意太正常了："我以为你会找个漂亮的。"

段小钧反问："邦妮不漂亮吗？"

匡正耸了耸肩，确实，邦妮有灿烂的笑容："漂亮，就是胖了点儿。"

"胖瘦不是判断美丑的标准，"段小钧晃着茶，"在我眼里，她最美。"

匡正纳闷儿："什么时候打得这么火热了？"

"战国红是她拉着我投资的，那是我和她两个人的账户，这么多次起起落落，你让B.D.挺住，B.D.就死扛，换一个女人试试？"

匡正懂了，他觉得美的，是邦妮的内心。

"美女看看得了，"段小钧不屑一顾，"老婆是要过一辈子的。"

匡正觉得自己还不够了解他，这小子似乎比他想象中成熟……段小钧神秘兮兮贴过来，把礼服扣子解开："老板，你摸摸我的胸，是不是跟你的一边大了？"

"滚。"匡正一把推开他，心里默默收回前言。

段钊和段汝汀是最后到的，爱音很多具体操作是他们在配合。匡正领着宝绽走过去。

"这位是……"段汝汀打量宝绽。

"我弟弟，"匡正大方介绍，"姓宝，绽放的绽。"

段汝汀记得匡正电话里那个"宝哥"，原来竟是这么近的关系。

宝绽也端详她，匡正说过，段家老二是个女的，可瞧眼前这位，西装西裤黑皮鞋，怎么看都是个秀气的先生。他们握了手，一起走进偏厅。

桌上摆着茶和几道开胃菜，落座前，应笑依提议："咱们先敬老头子一杯？"

他在家说话向来是有分量的，大伙儿纷纷赞同，三三两两拐进正堂。威严的老屋里，段老爷子的遗像摆在当中，应笑依叫来酒，一人一小盅。

"爸，"这一声叫迟了，他不免遗憾，"今天来的都是家里人，一起敬你一杯酒。"

段有锡那么死硬的人，临终这张照片却慈祥，含笑看向这些优秀的子女。

"爱音保住了，"应笑依告诉他，"收购了新业务，成立了家族办公室，往后，"他举起杯，"我们会更好。"

匡正宝绽和一众弟妹站在他身后，同时举杯。

简简单单，就这么两句话，他问大伙儿："干了？"

一屋子人，声音都不大，但异口同声，就有肃然的气势："干了！"

干了，没几年的白酒，辛辣有余，醇香不足，还得酿。好在前头的日子长着呢，拿宝绽的话说，别着急，慢慢来。

176

宝绽给霍匪做了一条长衫，和自己那条一样，是黑色的，只是金线绣的是下山猛虎，在嶙峋的山石间回望。

在韩文山家二楼的小客厅，宝绽给他整理长衫的领子，还有胸口、肩膀，把每一处褶皱都捋平。霍匪低头看着他，用力记住他对自己的好。

"背挺直，"宝绽拍了他一把，"脖子立起来，站如松！"

霍匪乖乖站好，不是听话，只是想让他高兴。

"宝老板！"背后，韩文山迎出来。

"韩哥，"宝绽领着霍匪过去，稍一拱手，"我徒弟，霍匪。"

韩文山惊讶："嚯，都收徒啦！"

宝绽腼腆地点头："这周末想让他唱一段，怕大伙儿不认得，冷场，先带他到诸位行家跟前走一圈，头一个就来叨扰你。"

"好事儿啊。"韩文山俊朗大气，向霍匪伸出手，"小伙子，唱老生的？"

霍匪知道他是大老板，很紧张，磕巴着，手也没注意握："我……我那个……"

"孩子还小，"宝绽替他解释，"才十七。"

"长得精神，"韩文山是个不拘小节的人，"不错。"

他领他们去卧室。来之前，宝绽特地叮嘱了，客人家里有病人，可见到床上那个了无生气的人形时，霍匪还是呆住了。

宝绽走上去，俯身在床前："嫂子，我来了。"

韩夫人没反应，眼睛半开着，盯着天花板。

韩文山摇了摇头，意思是，她快不行了。

上次来，她还勉强能认识人，宝绽心里酸："我们……"他回头看看霍匪，"准备了一段《游龙戏凤》。"

"来吧，"韩文山笑了，温柔地捋着他夫人的头发，"让她高兴高兴。"

《游龙戏凤》，讲的是正德皇帝微服出游，在梅龙镇偶遇李凤姐，醉心于她的美貌，撩拨挑逗的故事。

霍匪扮正德，宝绽给他配李凤姐。黄钟大吕的须生，这时候拈起兰花指，一副小儿女作态："月儿弯弯照天涯，请问军爷你住在哪家？"

霍匪大马金刀，倜傥风流："大姐不必细盘查，天底下就是我的家！"

"住了。"宝绽捏着小嗓，自有一股娇俏劲儿，"我想这一个人不住在天底下，难道还住在天上不成？"

"我这个天底下与旁人不同，"霍匪摆了摆手，"外面一个大圈圈，里面一个小圈圈，我就住在紫禁城内！"

"啊，军爷，"宝绽跐起脚，"我好像认识你！"

"哦，"霍匪朝他偎过去，"你认得我，是哪个？"

"你是我哥哥的——"

"什么？"

"小舅子！"

韩文山笑了，转头去看他夫人，她仍盯着天花板，枯骨般无知无觉。"在头上取下九龙帽，避尘珠照得满堂红！"耳边是那么明亮的嗓子，他的心却暗了。

短短一折戏，唱到末了，宝绽羞怯地掩着脸："就在这店中寻一梦——"

霍匪舒眉展目，揽住他的肩："游龙落在凤巢中！"

从屋里出来，韩文山把宝绽叫到一边，低声说："你嫂子没几天了。"

宝绽仰视着他，抿住唇。

"我和她没孩子，"韩文山环顾四周，"这点儿家当，一半给渐冻症研究，另一半留给如意洲。"

宝绽愕然："韩——"

韩文山打断他："你不要推辞，你宝老板不差钱，这笔钱也不是让你花，是给你和你徒弟一个安心。"他是如意洲第一个正儿八经的观众，说的是体己话，"你哥那行风险大，戏楼也不是你的，将来这些都没了，你们还有这笔钱，可以无拘无束地唱戏。"

做生意的人最懂兴衰荣辱，他替如意洲想得远，想到了宝绽和匡正没想到的地方。

"到了什么时候，"韩文山说，"都别放弃唱戏。"

宝绽感他这份恩，重重地点下头。

星期五晚上，如意洲开大戏。萨爽的《雁翎甲》、陈柔恩的《打龙袍》、应笑侬的《望江亭》、宝绽的《打渔杀家》，一波接一波的高潮过后，霍匪扎着八卦巾，穿着八卦衣，挂朝珠蹬厚靴，摇着鹅毛扇施施上台。他唱的是《空城计》，诸葛亮带着两个琴童在小小的西城抵挡司马懿的雄兵。这戏是他和宝绽初见那天唱的，抑扬顿挫，沉稳大气：

> 西城的街道打扫净，预备着司马好屯兵！
> 诸葛亮无有别的敬，早预备下羊羔美酒，
> 犒赏你的三军！

刚学艺的小子，很难说唱得多好，但主顾们很给面子，喝彩声不断。他唱罢了，宝绽登台，携着他一起给大伙儿鞠躬。

"诸位，周末好。"他一开腔，那才是众望所归，座儿上一片压不住的掌声。

"谢谢，谢谢新老朋友的抬爱。"宝绽拉着霍匪，"这是我徒弟，姓霍，单名一个匪，土匪的匪。"

观众们笑了。

"今儿我给他改个名儿，"宝绽事先没和霍匪商量，"改成斐然的斐，因为——"

台底下静了，等着他说。

"因为他将来要接我的班，掌如意洲的戏。"

举座哗然，连霍匪都愣了，宝老板选了个接班人，这是富豪京剧圈里的大事。

"如意洲到这间戏楼一年了，"宝绽感慨，"这一年里，我们收的戏票钱数以千万计，用这些钱，"他郑重地说，"我们资助了全国各省的民间剧团七家、地方戏校十三所、戏曲从业人员一百零五人，包括京剧、蒲剧、汉剧、秦腔、河北梆子和武安落子。"

听戏的老板们震住了，他们从手指缝里漏出去的一点儿钱，到了如意洲，却帮助这么多人坚持了梦想。

"今天向各位做个汇报，大伙儿交到基金会的钱，"宝绽说得清清楚楚、明明白白，"我们一分也没有乱花。"

霍匪凝视他，从近得不能再近的地方，从灿烂的舞台灯下，那么亮，却没有宝绽身上的光耀眼。

"我之前去了趟娱乐圈，没走好，狼狈回来了，"宝绽自嘲地笑，"这事儿没人跟我提，但我知道，是怕我难堪。"

确实，这不是件光彩事，如意洲的宝老板是明珠，若说这颗好珠子上有什么疵，就是在网上被人泼的那盆脏水。

"今儿我自己提，是我想明白了，"宝绽很恳切，"我把劲儿使差了，京剧从兴盛到衰落两百多年，哪是我去娱乐圈两个月、攒几个粉丝就能重振起来的？"

台下有人肃然起身，是韩文山。

"这事儿，靠我一个人不行，"宝绽缓缓摇头，"要靠许许多多人、一代又一代人，发扬是个慢功夫，靠的是传承！"

台下越来越多的人站起来，黑压压的，挤满了他的视线。"我决定，俱乐部要加大对基金会的拨款比例，未来如意洲的发展方向，"宝绽深吸一口气，"将是发现、资助、培养更多有才华的年轻人。霍斐，只是他们中的第一个！"

如雷的掌声从小小的戏台下蔓延，侧幕边，应笑侬和时阔亭肩挨着肩。

"瞧我师弟说的，多好！"

应笑侬板着脸："定少班主这么大的事儿，他跟你商量没有？"

"这有什么可商量的？他定，他说什么都对。"

应笑侬横了他一眼："你就不怕他把对你的好分给别人？"

"不是早分了吗？"时阔亭撇嘴，"给老匡。"

"那不一样，"应笑侬较真，"除了老匡，他对咱俩最好，现在来了一个——"

"等会儿，"时阔亭明白了，"你不是怕分了对我的好，是怕分了对你的吧？"

对，应笑侬就是怕霍匪掐了他的尖儿，原来宝绽对他最好，最拿他当回事儿，张嘴闭嘴"小侬"，现在满眼都是那臭小子。

"你看你，挺大人了，"时阔亭逗他，"不是还有我呢吗？我捧着你——"

"起开，"应笑侬拿胳膊肘顶他，"谁要你捧！"

"哎。你……"

前头宝绽出去送客，本想带着霍匪认一认几个大客户，却不知道这小子跑哪儿去了。他回来挨屋找，在二楼的洗手间找着了，那小子正扒着池子吐呢。

"没事儿吧？"宝绽上去捋他的背，这是勒头勒着大血管了。

霍匪摆摆手："没……事儿。"

"来，"宝绽心疼他，"唱戏的苦，这才刚开始。"

霍匪抹一把嘴："我不怕。"

宝绽笑了，伸出两手，给他揉脑门和太阳穴。

"今儿唱得不错，稳。"夸完，他又抱怨，"你小子长这么高干吗，我胳膊都举酸——"

话没说完，霍匪霍地蹲下去，蹲在他脚边，眼巴巴瞧着他。

宝绽一愣，摸了摸他的头，轻轻说了一个字："来。"

他领霍匪下楼，绕着一楼大厅往深处走，走到最里头一间屋，推门进去。屋中间有一套中式桌椅，上头立着三个红漆牌位，是时老爷子夫妇和邝爷。宝绽去小柜里又抱出一个新漆的木牌，还有一瓶酒，摆在旁边。木牌上是金爱红的名字。

"咱俩来的时候，"他说，"把咱妈摆上。"

霍匪看着他在桌前的软垫上跪下，咚的一声，磕了个头："师傅，师娘，邝爷，"然后他叫，"妈……"

不知道为什么，霍匪的鼻子酸了。

宝绽颤着声，虔敬地告诉他们："我收徒了。"说着，他转过身，向霍匪伸出手。

霍匪提上一口气，到他身边跪下，两个人并肩磕了头，一同干了三杯酒，默默攥住对方的手。

宝绽的嗓子是玉，圆润、通透，霍匪的嗓子是金石，沉厚有力，他们俩在一起，就是金子镶在玉上，从今往后，会一起顶起如意洲，让这块百年的牌子光彩夺目。

177

天蒙蒙亮，汪有诚的电话响了。他摸到床头柜上的手机，4点54分。是代善。

"喂……"他接起来。

"身边有人吗？"代善问。

汪有诚沉默。

"要是有人，"代善说，"就不打扰你了。"

汪有诚叹了口气："你说吧。"

"萨得利破产了。"

汪有诚知道，是做空战国红的高杠杆压垮了它。

"你可能不信，"代善笑了，声音听起来格外空旷，"这辈子，我只有你这么一个朋友。"

汪有诚从床上坐起来，电话里有明显的风声："你在海边吗？"

"海边？"代善举起手，迎着风，"没有，我在萨得利。"

这么大的风，他只可能在楼顶，萨得利那栋楼有五十七层！

"代善，你听我说——"

"你还记得我们刚认识时那首歌吗？"代善问。

"你待那儿别动，"汪有诚下床穿衣服，"你等着我！"

"I am friend to the undertow，"代善唱起来，那么轻，那么柔软，"I take

you in, I don't let go—"歌名叫《回头浪》，是汪有诚曾经很喜欢的歌：
"我是一股回头浪，我把你吞没，我绝不放手。"

穿衣服的手慢下来，旋律就在他脑子里，还有那些歌词，哼着哼着，他
和代善一起唱：

I wanted to learn all the secrets,

from the edge of a knife,

from the point of a needle,

from a diamond,

from a bullet in flight

……

（我想知道刀锋边缘的所有秘密，还有针尖上的、钻石里的、一颗
飞行中的子弹的……）

清晨的光从窗外照进来，照亮了汪有诚的脸，他轻轻地哼："I am friend
to the undertow..."

这一次，电话里只有他一个人的声音。

"代善？"汪有诚握紧了手机。

回答他的只有呼呼的风声。

"代善？"他放轻了声音。

"代善！"他怕了。

"代善……"他没站稳，手机掉下来，摔在地上。

一大早，匡正拎着水果到医院。白寅午正靠在床头吃早饭，屋里只有一
个护工，收拾起餐盒。

老白状态不错，朝他招招手："哟，咱们中国的金融神话来了。"

"说什么乱七八糟的。"匡正到他床前坐下。

白寅午指着手机："朋友圈都这么说，满屏全是你的新闻，看得我烦死了。"

匡正轻笑："手术怎么样？"

"很成功，"白寅午捂着胸口，刀口还没愈合，"医生说挺五年，五年没

复发，我这条命就算捡回来了。"

"五年，"匡正对他有信心，"一晃眼就过去了。"

白寅午看着他，用一把沧桑的目光："匡正，你比我强。"

同样是被万融榨干后一脚踢开的弃子，他们走上了截然不同的路。

"没什么强不强的，"匡正很清楚，关键时刻是宝绽拉住他，让他冷静下来审时度势，"我只是运气好一点儿。"

好在一年前的盛夏白寅午给了他一个地址，让他在芸芸众生中见到了宝绽。

从医院到万融，匡正把辞职信递到单海俦桌上，单海俦没接："老大说了，让你自己去顶层见他。"

"不必了，"匡正在沙发上跷起二郎腿，"以后有的是机会。"

守住爱音、稳定战国红，搞垮萨得利，这一战足以让他在这条街上跻身大佬的行列。

"你小子，"单海俦拍了把桌子，"运气真好。"

匡正蹙眉。

"关键时刻，国家把你救了。"

匡正摇了摇头。

白寅午说他强，他说是自己运气好，单海俦说他运气好，他又不认同："是我们所有一线账户不要命地挺在那儿，做一块石头、一堵墙，才让世界看见了我们，如果我们第一时间就抛了，谁知道我们是谁？我们只是泡沫。"

俗话说，尽人事，听天命，人把事做到了，"天"自然会看见。

单海俦怔怔盯着他，无言以对。

匡正起身系上西装扣子，要走，单海俦叫住他："代善跳楼了。"

匡正一顿。

"就今天早上，金融街口都封路了。"

匡正并不快意，踏错一步，这就是他的命运，只差着一点点。

他从60层下来，刚上车，杜老鬼的电话到了："行啊，你小子，把万融炒了！"金融街的消息就是这么快，"老弟，以后咱们要平起平坐了。"

"杜哥，"匡正微微一笑，"到什么时候，你都是我哥。"

他刚放下杜老鬼的电话，克莱门打了进来："老板，你辞职了！"

匡正捏住额头。

"万融都地震了！"说完，克莱门纠正道，"不对，整个金融街都地震了！"

确实，金融街就这么长，匡正这种大王牌，十二三年也出不了一个。之后，各种各样的电话打进来，有恭喜的，有惊叹的，更多的是挖角，匡正都淡淡地，礼貌地回一句："谢谢哥，我已经有地方了。"

在所有这些电话的最后，段汝汀的电话才到，虽然在家族里排第二，但在爱音，她是坐头把交椅。匡正看着窗外繁忙的街景："就等你的电话。"

段汝汀笑了："什么时候到岗？"

"给我一周时间，"匡正揉着太阳穴，"我休个假。"

挂断电话，他给应笑依打过去："喂，我要上你家打工了。"

那边哼了一声："您匡总到哪儿不是拔尖的，是我们段家求着你，好吧？"

他这张嘴，匡正不服不行。

"对了，"应笑依问，"你家那儿附近还有没有空房子，我这儿租约快到期了。"

"君子居怎么样？"

君子居敢情好，可那儿的房子谁弄得到？

"说正经的呢。"

"我在那儿买了两套，"匡正说的就是正经的，"送你和阔亭一套，咱们做邻居。"

应笑依惊讶于他的门路和手笔，但不客套："谢了，匡哥。"

"咱们是一家人，"今时今日，匡正才是真正的春风得意，"钥匙和房本，我让宝绽给你带过去。"

宝绽在北郊买了块墓地，把妈妈的骨灰从殡仪馆迁出来，下葬这天，匡正陪着，两个人一起扫了墓上了香，冒着蒙蒙的微雨走出墓园。

两人上了车，却没回家，司机直奔机场。两个人的护照在匡正兜里揣着，宝绽那本之前就办好了，只是一直没用过。

到了航站楼，他们走特殊通道上停机坪。阴霾的天空下停着一只巨大的"白色飞鸟"，机身后部和尾翼上喷着绚丽的红色。"欢迎乘坐宝绽的私人飞机，"匡正打个了响指，"'胭脂宝褶'号。"

"胭脂宝褶"是宝绽的微信名，他惊讶得瞪大了眼睛。

匡正领他走上舷梯，机组人员在舱门后站成一排，鞠躬欢迎。专属管家引着他们进机舱，脚下是长绒地毯，窗边有几对宽大的真皮坐椅，流线形的吧台上摆着粉的蓝的鸡尾酒。

"你什么时候……"宝绽合不上嘴。

"之前飞蒙古的时候就想买了，"匡正脱下西装扔到沙发上，"你的小飞机，喜欢吗？"

宝绽用力攥着手，说不出话。

飞机缓缓起飞，越过阴霾，投向湛蓝的高空。气流平稳后，专属管家推开舱门："宝先生，有您的包裹。"

宝绽人还是蒙的："我的？"

"请您签收。"管家递上一张纸，上面全是外文。

宝绽稀里糊涂签了字，管家放下一个装饰着黑色蝴蝶结的篮子，走了出去。

"看看吧。"匡正站到他身后。

肯定又是什么惊喜，宝绽有心理准备，边拆篮子边说："你肯定又乱花——"

突然，一个活生生的小东西从篮子里钻出来，"汪"地叫了一声。

宝绽吓了一跳。那是一只几个月大的小狗，纯黑的，睁着水汪汪的大眼睛，不是很漂亮，但像极了一个老朋友——事实证明，他的准备永远会被匡正的用心打乱。

"大黑走，你很难过，"匡正在背后说，"现在小黑来了，我不在家的时候，它可以陪着你。"

宝绽的鼻子发酸，努力忍着："这么帅的小狗，应该叫威廉。"

威廉、沙沙、斯图尔特，都是匡正给大黑起过的名儿。

"大名威廉，小名小黑。"匡正拍拍他的肩膀。

宝绽觉得幸福，幸福得不真实。

"还记得海子的诗吗？"匡正问，"'姐姐，我在德令哈'。"

宝绽记得，在匡正最艰难的时候，在蒙古国，他们隔着千里一起念："姐姐，今夜我不关心人类，我只想你。"

"你猜，我为什么知道这首诗？"匡正弯起嘴角。

宝绽有点儿不好意思："肯定是偷看我的Kindle了呗。"

匡正就知道他会这么说。"不，"他看进他的眼睛，"那是我的Kindle，目录里第一本书的第一页。"

宝绽显得茫然，没理解他的意思。

匡正说："那是我的Kindle，大学毕业时我顺手给了学弟，屏幕上有一道划痕，是我暑假回家，我妈不小心摔的。"

宝绽难以置信，轻轻说了一句："骗人……"

"无限的伟大之处正在于，它可以使极小概率的事件发生，甚至重复发生。"

宝绽知道这句话，在他的二手Kindle里，不是书的内容，而是一句注释："那是……你写的？"

"我写的，在北大图书馆。"

宝绽仍然不信，这种巧合，就像世上有千千万万人，而我……注定要遇到你。

"对了，"宝绽刚想接茬儿，匡正把一枚戒指对着窗口，迎着窗外纯净的天光，"看到了吗，里面有字。"

宝绽眯起眼，那圈细细的金属上确实刻了字，不是他的名字，而是一串长长的没有任何规律的字母："这是什么？"

即使舱里只有他们两个，匡正还是贴到他耳边："是我战国红账户的钱包密码。"

宝绽瞠目。匡正开始买入时，战国红还是名不见经传的野鸡产品，经过"11·13事件"，经过全球资本大半年的买进卖出，尤其是这次做空危机后的暴涨，战国红已经是个庞然巨物，时至今日，这个钱包至少价值数亿美元。

"如果有一天，"匡正把这枚戒指给他戴上，郑重其事，"我不在了，拿着这笔钱，你和如意洲仍然可以光彩夺目。"

"哥……"宝绽摸着那枚戒指，不是为钱，而是为匡正对他的这份心，珍之重之。

"别告诉任何人，"匡正耳语，"连阔亭和小侬也不行。"

"我知道，"宝绽点头，"这是——"

"我们俩的小秘密。"匡正朝他挤挤眼睛，"走，咱们去喝一杯。"

<u>178</u>

爱音集团在金融街买了栋楼，73层，就在万融双子星对面，家族办公室和集团投资部设在这儿，还有新成立的爱音金融。顶楼是匡正的总裁室，穿过层层云雾，盘桓在可望不可及的高处，俯瞰着整条金融街。

匡正到岗这天是星期三，他一出电梯，就听前头办公室里有人在吵。

"……你都是副总了，跟我抢什么屋！"这个声音又快又急，是夏可。

"你还知道我是副总？"段钊拿腔拿调，"让你上哪儿就上哪儿，服从分配！"

73层整整一层其实只有一间办公室，就是匡正的总裁室，算上休息室、娱乐室、运动室、大小会议室和阅览室，面积近千平方米，配有独立的电梯，唯一多出来的是总裁室附带的助理办公室。

"跳槽手续都办完了吗，"匡正推门进去，"一个个这么有精神？"

助理室里，万融臻汇的几个兄弟都在，段钊腾地从办公桌后起身："老板！"

匡正冲他皱眉头："楼下大半层都是你的，在这儿闹腾什么？下去。"

段钊理亏，狠狠瞪了夏可一眼。

匡正转向黄百两："你的法务部怎么样？"

"得招几个人，"黄百两一身高定西装，银制领带夹，优雅的金边眼镜，"要好的，尤其是精通欧美商法的。"

匡正转个身，拿下巴颏点着汪有诚："跟人力资源要。"

汪有诚有些惊讶，匡正手底下不只管着家族办公室，还有投资部，甚至整个集团的金融业务，这栋楼的人事主管相当于万融的一个执行副总了。

"来晓星。"匡正扭过头。

"到！"小仓鼠从黄百两身后冒出来。

"你那块呢？"

"我这儿一切正常，"来晓星推着黑框眼镜，"就是现在虚拟金融板块越来越大，我想和数据支持分开，并列两个部门。"

"没问题，"匡正首肯，"具体计划报段总。"

最后，他把视线投向夏可。大伙儿都有着落了，只有这小子，眼巴巴地等分配。

"你……"匡正欲言又止，"你小子还得历练。"

夏可肉眼可见地垮下脸："老板……"

"跟我吧，"匡正笑起来，"我带带你。"

什么？满屋子人都向夏可投去羡慕忌妒恨的目光，顶层这么好的办公室，就这么归他了！

匡正转身往外走，指着门上黑色的金属名牌："从今天开始，夏特助，你到得比我早，走得比我晚，准备好受虐。"

"凭什么！"身后传来段钊的怒吼。

还有黄百两，摇着头说："金融街最话痨的特助诞生了。"

夏可贱兮兮地追出去："老板，我愿意！"

匡正走进自己的总裁室，熟悉了一下环境。他刚打开电脑，小顾到了，往他办公桌前一坐，跷起二郎腿："恭喜匡总啊，这么大摊子，未来有什么规划？"

他直来直去，匡正也不绕圈子，就一句话："东出海，西出关，全球布局。"

小顾笑了，放下腿："能不能带我玩儿？"

"嗯？"匡正蹙眉。

"我们顾家的家族办擅长科技和新概念领域投资，合到你这儿，你不亏，"小顾的眼神锋利起来，"有钱，咱们一起赚。"

联合家族办公室，国外并不鲜见，"体格"越大"拳头"越硬，谁会嫌钱多呢？匡正看向这个年轻的家族掌舵人："我到位，你是第一个来祝贺的。"

"那当然，"小顾在他这儿，有说话的资本，"咱们是共患难的关系。"

战国红事件以来，他们一路并肩合作，匡正点头："等你的计划书。"

"下周一我就让人给你送过来。"

小顾来得快，走得也快。他刚出去，新上任的夏特助捏着一沓请柬和贺信敲开门："老板，卡我拿上来了，花篮在一楼，我让他们沿着走廊摆——"

"这些小事儿不用告诉我，"匡正接过卡片，大致翻了翻，"你是我的助理，你定。"

夏可微红了脸："是！"

各种券商和基金的贺卡，还有大集团董事局的贺信。其中有一张万融的，印着匡正熟悉的金色标志。翻开内页，是他们老总的私人宴会——邀请爱音集团名誉董事兼家族办公室总裁匡正先生参加。

匡正淡淡一笑，他跟单海俦说过，金融街不大，迟早有见面的机会，这才短短一周，他的话就应验了。

放下卡片，他转身望向窗外的长街。一年前，他在万融西楼的格子间里给各种各样的公司做乙方，之后被踢出来，转而在私银做甲方，但对挑剔的富豪客户们来说，他仍是个小乙方。今天，坐在这个位置上，他终于是这条街上真正的甲方了，不用再仰任何人的鼻息，可以傲视群雄。

拿起手机，他拨通时阔亭的电话，那边传来震耳欲聋的哭声："喂！匡哥，什么事儿？"

匡正把手机拿远："小侬不在家？"

"是！"时阔亭抱怨，"他一不在家，小宝就闹！"

匡正提醒他："如意洲和烟波致爽的账户，你记得迁过来。"

"我抓紧！"时阔亭嚷，"后天晚上八点，小宝的周岁宴，也是霍斐的拜师宴，你那边的人，我都替你请到了，你早点儿来！"

他喊，匡正也不自觉地提高音量："好！"

星期五晚上八点，如意洲包下富美华顶楼一整层，请的人不多，只开了十桌，邀的都是共患难同富贵的好朋友。

匡正提前半小时到场。席面上已经人头攒动，宝绽的如意洲一桌，他的家族办一桌，还有韩文山、杜老鬼这些戏迷和房成城、小顾这样的老客户，市剧团的小查领导带着多小静和张雷来捧场，陆染夏、覃苦声也来了，随后是蓝天和文峇也，还有胖胖的小黄。

张荣姗姗来迟，远远和匡正打了个招呼，算是一笑泯恩仇。

段家人分坐了几桌，应笑侬挨着时阔亭，段钊端着茶数落夏可，段汝汀坐在小顾身边，段小钧带着邦妮到白寅午和克莱门之间坐下。这么些人，数康慨有意思，本该上客户那桌，非往来晓星身边挤。

"你哪儿的？"夏可挤兑他，"少往中军大帐凑。"

康慨拿眼斜他："我算家属。"

黄百两问："谁的家属？"

来晓星弱弱出声："你们别欺负我徒弟了，让他坐吧……"

匡正在热闹的人群中寒暄，一回头，瞧见一袭米色的身影。是小先生，这么乱的场面，他居然到了，足见如意洲在他心里的分量。

匡正走上去，风度翩翩地伸出手："宝绽好大的面子。"

小先生握住他，浅淡的眸子似有笑意："是你的面子大。"

匡正挑了挑眉，在嘈杂的人声中和他对视。

"以后少不了合作，"在小先生眼里，匡正已不是宝老板的哥哥、一间小私银的管事，而是可以共谋大事的伙伴，"咱们一起巡游，一起狩猎。"

这话一语双关，说的像是打猎，其实是指全球市场上的资本和项目角逐，匡正揽住他的肩，谈笑着引他入座。

如意洲今天都穿红，红襟白袖，举手投足间潇洒风流。开席先是东道主讲话，然后是少班主拜师，宝绽坐在台前正中的太师椅上，端正漂亮，时阔亭和应笑依傍在他左右，萨爽领着霍斐上来，陈柔恩递过茶。

按老规矩，拜师要磕头，可今天这么大的场面，下跪就免了，敬了茶叫一句"师傅"就算礼成。

霍斐擎着茶上去，见宝绽坐在耀眼的灯光下，穿着一身鲜丽的红，抿着笑等他。

茶热，霍斐的心更热，小心翼翼。他把茶碗放在宝绽手中，看他拿好了，便扑通一声跪下去，俯在他脚边，叫了一声："师傅！"

"这孩子，"宝绽赶紧拉他，"快起——"

咚咚咚，霍斐又往地上磕了三个头，当着这么多双眼睛、这么多个见证人，他立下誓愿："我霍斐这辈子，到死都守在师傅身边，寸步不离！"

台底下笑了，十七八的孩子，不知道一辈子有多长、死有多重，但这份忠心可嘉。

宝绽喝了茶。时阔亭去贵宾室把他儿子请出来了。时小宝扎着一对羊角鬏，穿着阿玛尼新款的童装，脚上是一双可爱的小皮鞋，平常在大戏楼见惯了观众听惯了锣鼓点，一点儿不怯场，颇有富家公子的样子。

今儿说是周岁宴，其实是找个机会让他正儿八经认干爹。宝绽身边加了一把太师椅，匡正春风得意地坐上去，时阔亭把小宝抱到他们脚边，推着他屁股哄："来，小宝，磕头。"

时小宝是什么身价？如意洲的孩子王，烟波致爽的太子爷，脖子昂得老高，伸出一只小胖手，看了看宝绽，又看了看匡正，都是他喜欢的帅叔叔，啪啪，一人的皮鞋上打一下，给盖上他的章。

满堂大笑，孩子小，这就算是磕过头了。宝绽和匡正一起把他抱起来，搂在怀里喂糖吃。应笑侬指着小宝对霍斐说："瞧见没有，你将来得听他的。"

这么大点儿个奶娃娃，霍斐不服气："凭什么？"

"你是少班主，接的是宝处的班。"应笑侬给他将这里头的关系，"这是时主席的宝贝儿子，往后连俱乐部带基金会，还有你，都归他管！"

霍斐的脸眼见着青了。

"霍斐，"时阔亭听不下去，"别听他瞎说，逗你呢！"

应笑侬笑得花儿一样，扭身朝台下喊："老二！我儿子，领养手续办完了，家族委员会给加上！"

段汝汀举起夹烟的手："知道了！"

小宝喜欢好看的，自打见着霍斐，眼睛就直了，伸着胳膊要他抱抱。霍斐被应笑侬推上去，硬着头皮把他抱起来，软软的，香香的，窝在怀里暖烘烘的，像抱着个小炸弹，他耸着肩弓着背，一脸的受罪样儿。

宝绽和匡正挨桌去敬酒，光敬酒不行，还得给剥糖、给点烟，把满座的宾朋都敬过，回到如意洲这桌。应笑侬拉着宝绽忆苦思甜，匡正把萨爽叫到一边，郑重其事："我敬你一杯。"

话一说，萨爽就明白了，战国红做空危机时，他们并肩奋战过。

匡正拿眼神瞄着陈柔恩："没告诉小陈？"

萨爽摇了摇头。

匡正给他支招儿："小女孩儿都喜欢大英雄。"

"没人能做一辈子的英雄，"萨爽说，"但我对我姐这份心，是一辈子的。"

匡正没想到他会说出这些话。

"我希望她喜欢的是我，个头不高，长得也普通，一个傻小子，"萨爽把酒干了，"而不是雁翎甲的光环。"

不愧是战国红的创始人，有见地。匡正也倾杯，这时身后有人招呼："请贵客们移步，这边拍照！"

酒店有专门拍大合照的阶梯台，宝绽和匡正坐在一排当中，如意洲在一边，家族办在另一边，其他人先后上去，也不分什么老板明星，大家都是朋友，因为如意洲这段缘邂逅在这里，欢聚一堂。

匡正向宝绽伸出手，宝绽的眼眸明亮，回手握住他。

"好，准备！"酒店请的是专业摄影师，"看这里，一、二、三——"

咔嚓一声，温暖的时光被精密的机械捕捉，半边是红长衫，半边是黑西装，半是历久弥新的国粹，半是亦正亦邪的资本，在这个红火热闹的时刻，在宝绽和匡正握起的手中，过去和未来交融在一起，世界将变得更好，端的是——

如意洲上，致君如意，

沧海云帆，烟波致爽。

（正文完）

番外一

噩梦

宝绽抱着胳膊睡得正香，桌上电话响。他皱着眉头动了动，没接。

昨晚唱了大戏，下了戏又跟韩哥他们去喝庆功酒，折腾到挺晚，现在头疼得厉害。他抱着脑袋想再睡会儿。

这时，有人敲门。

"嗯……"宝绽强撑着睁开眼，模糊的视线里是一张金属办公桌。

门嘎吱一声从外头推开，探进来一个脑袋："老板？"

宝绽对这个称呼有些陌生，更让他陌生的是眼前的电脑屏幕，花花绿绿，闪着他看不懂的股市行情。

"老板，熔合的张总到了。"

宝绽看向说话的人——小脸儿，一双挺机灵的眼睛，是萨爽。人是熟的，可那小子穿着一身笔挺的高级西装，胸袋里还塞着丝绸领巾，从里到外透着股怪劲儿。

"我请他进来？"萨爽问。

宝绽蒙蒙的，顺口应："嗯……"

萨爽带门出去，宝绽低头往自己身上看——定制西装，腕上是一只万宝龙计时码表，摸摸裤子口袋，揣着烟和打火机……

"宝总！"熔合的张总笑眯眯地进来，身后跟着萨爽。

宝绽起身迎过去，他很肯定，这人他不认识。

三个人到沙发上坐下，开始聊，从每股收益到流动负债再到库存股份，宝绽一个字也听不懂，再加上头疼，他全程黑着脸没说话。

张总的表情越来越不自然，其间宝绽的几次沉默更是让气氛降到冰点，萨爽边打圆场边抽出口袋巾，偷偷擦汗。

宝绽心里急，可眼下的情况实在诡异，他只睡了一觉，醒来却变了一个人……啪的一声，张总拍了把大腿，站起来："宝总，你的意思，我明白了。"

啊？宝绽跟着站起来。他有什么意思？他有意思吗？

"我回去再跟董事会沟通，"张总语重心长地说，"我理解你的不妥协，也尊重你的意见，这样，你给我点儿时间，我一定给万融一个满意的答复。"

万融？宝绽惊讶，这里是万融，那……

萨爽送张总出去，回头朝宝绽挤眼睛，同时比着大拇指："老板，厉害！"

门啪嗒一声关上，宝绽明白了，他和匡正……像是互换了人生。

他忙拿手机准备给匡正打电话。点开通讯录，第一个居然不是匡正的名字，他往下翻，来来回回找了两遍，没有找到匡正。

宝绽有点儿慌了，忽然"时阔亭"三个字从他指尖下滑过，他立刻点下去。

电话秒接，"师哥"两个字还没出口，那边先嚷过来："金价真涨飞了！行啊，哥们儿，我得好好谢你！"

宝绽整个人愣住。

"还有上次那个IPO的案子，"时阔亭的声音没变，但狂傲的语气完全不像他，"我明天飞苏黎世，下周飞伦敦，等我回来找你，咱俩好好喝一杯。"

宝绽确信了，不光是他和匡正，连整个如意洲都和万融的世界翻转了。

"好，"他的声音有点儿颤，"叫上小侬。"

"小侬？"时阔亭静了片刻，"小侬是谁？"

"啊，我是说……段铎。"

"段大少爷啊，"时阔亭哈哈笑着，"我找他不好使，得你找他，他给你面子！"

挂断电话，宝绽茫然看向身后的落地窗。入云的写字楼，熙熙攘攘的金融街，在这个镜面翻转的世界，他和匡正还没有相遇。

没有相遇，就制造相遇。

宝绽关掉电脑，推门离开办公室，在万融57层的办公区，他看到了扎着高马尾的陈柔恩，她穿着一身利落的职业装，正夹着烟用英文讲电话。宝绽的汗毛竖起来，这一切太怪异。

他下楼拦了辆出租车，司机师傅问他上哪儿，他说去萃熙华都，想了想，又改口："南山区白石路。"

南山区，如意洲的老剧团，停水停电，一无所有。

下了车，他从自来水管漏水形成的小沟上迈过去。20世纪50年代的筒子楼里传来咿咿呀呀的胡琴声，班主的房间在二层，他三步并作两步往上跑。

挂着"烟波致爽"中堂的屋子里，当中有一张旧沙发，棕红色的皮面泛白开裂，上头端端坐着一个人，裹着锦绣绫罗，厚底靴蹬在小茶几上，向门外看过来。

宝绽屏住呼吸，这个人曾是他自己，眼窝里揉满了胭脂，眉间有一道窄窄的红，直冲到额上。

"哥……"他脱口而出。

匡正第一次见他时，他就是这个样子，一把长发扎在头顶，两肩松松罩着一件黑缎大氅，绣满了彩云飞鹤。

"你找谁？"对方开口。

宝绽一愣，这个声音不是匡正的。他一下子乱了，急切地在那对眉目间分辨，似有若无地，他认出来了，那是段家老三段金刀。

猛然间，宝绽有不好的预感，他还没来得及细想，一只大手从他背后伸过来，搭上他的肩膀。宝绽半回过头，肩上是一把雪白的水袖，还有女蟒袖口特有的华丽刺绣。

"找哪位？"背后的人问。

一个唱旦角的，声音却浑厚，那嗓子宝绽再熟悉不过，是匡正。

……

在这个镜面翻转的世界，匡正变成了乾旦……宝绽不愿意面对这个恐怖的现实，硬着头皮不肯转身，肩膀上拉他的力气越来越大，边拉边叫："……宝儿，宝儿？"

"嗯……"宝绽绷着嘴巴缩起脖子。

"宝儿，"匡正把他翻过来，"别睡了，快点儿。"

宝绽不情不愿地睁开眼，面前真是匡正，只不过他穿的不是戏服，而是条纹衬衫，胸口敞开着，他唰地扯掉领带："怎么趴在沙发上睡着了？小侬他们来了。"

"啊？"宝绽一时反应不过来。

"小侬和阔亭，"匡正把他从沙发上拉起来，"不是你说腌的罗非鱼味道不错，让他们今天过来尝尝？"

罗非鱼……对，宝绽前两天腌了一条挺大的罗非鱼，要找大伙一起尝鲜。这才是真实的世界，匡正不是唱戏的，他也不是搞金融的，各安其位。

"哦……"他揉着眼睛跟匡正下楼，"我刚才……做梦了。"

匡正轻笑："梦到什么了？"

"梦到——"宝绽欲言又止。

"嗯？"匡正停步，转过身。

宝绽看着他那张偶像剧男主人公的脸，想象了一下他男扮女装的样子，忍不住打了个哆嗦："真是个噩梦啊……"

番外二
时小宝的家人们

1

"时小宝！"

傍晚时分，市第一高中大门口，放学的人流里挤出来一个女孩子，穿着运动校服，长得很漂亮，身量也不矮，追着前头一个穿短裤的男孩儿。

"你等等我！"

时小宝皱起眉头，甩着头发一转身："楚灿，干什么？"

女孩儿显得局促："信……信你看了吗？"

"撕了。"时小宝一言以蔽之，转身继续走。

撕……撕了？楚灿的心陡然下坠，她在原地呆了片刻，不甘心地追上去："时小宝！"

时小宝翻了个白眼，再次转身。

楚灿鼓起勇气："撕了是什么意思，我哪儿配不上你？"

"你放学不回家学习，跟我嚷嚷这些破事儿就是配不上我，"时小宝下巴颏一扬，"才高一就学人家早恋，你这个学委不想当了？"

呃……时小宝是他们学校的异类，留着一头长发，成天不是用链条包就是铆钉鞋，居然这么热爱学习？还要了命地一身正气？！

楚灿有点儿蒙，这时路边隆隆响，拐过来一辆少见的重型机车，车上是个高大的男人，一身黑色猎装皮衣，一双扎眼的马丁靴，摘下头盔，露出火一样的眼睛。

楚灿下意识后退一步，这个颜值，不是，这个气势，在市一高门前朴素的小路上简直逆天。

时小宝走向那个男人，接过头盔戴上，大长腿一跨上了机车，与校园格格不入的链条、铆钉立刻与机车和谐了。楚灿张着嘴，目送他们扬长而去。

窄红：完结篇

2

"时小宝!"

第二天放学,楚灿还是挤出人流,锲而不舍地追着时小宝。

"你又要干什么?!"时小宝转过身,把书包往地下一扔,一副要打架的样子。

真……真帅啊!楚灿硬板着脸:"我是来劝你,迷途知返!"

嗯?时小宝眯起眼,一脸问号:"大姐,你没事儿吧?"

"虽然你穿奇装异服,学习也不好不坏,但我一直觉得你乐观开朗、为人仗义,对同学热情——"

"所以呢?"时小宝打断她的话。

"没想到……"楚灿痛心疾首,"没想到你竟然和社会人混在一起!"

时小宝的表情更迷了,不是很理解"社会人"的意思。

"你才高中交友就这么乱……"楚灿的声音低下去。

交友?谁?时小宝成功被她吸引了注意力。

"我承认,"楚灿捏起拳头,"那个人很帅……"

时小宝拎起书包:"说什么呢你?!"

楚灿后退:"昨……昨天接你那男——"

时小宝把书包甩到背上:"那是我小叔!"

霍斐,如意洲的大徒弟,宝老板的干弟弟,他跟着叫小叔。

楚灿心乱了,小叔?小……叔!是呀,小叔来接侄子放学,顺理成章!楚灿的心明亮起来,这时路口拐过来一辆宝马9系,车门打开,下来一个人。

楚灿呆住了,那人实在太漂亮,眉眼如画,重工刺绣的夹克配短裙,是明星级别的美女姐姐,只见时小宝跑上去,张开双臂喊:"爸比!"

爸……比?爸比爸比爸比爸比爸比……

楚灿吃了一口风,独自凌乱。

3

"时小宝！"

放学时，楚灿又追上来，时小宝已经习惯了她跟着，没反应。

"时小宝。"楚灿追上他，和他并肩往前走。

初夏的日光亮闪闪的，还不至于炎热，透过行道树的枝丫层层筛下来。

"你怎么不叨叨了？"时小宝踢着石子。

楚灿摇了摇头。

时小宝不解地看着她。

"以后我要守护你，"楚灿认真地说，"守护你和家人。"

时小宝满脸黑线，他跟不上这人的脑回路，考试厉害的人发散思维都这么强吗？

"你不用多想，"楚灿温柔地笑着，她是那种甜美风的、学霸女神的人设，活活被时小宝和他家人刺激成了这样，"我很包容的，你以后有不开心的事，都可以跟我讲。"

不开心的事？时小宝蹙眉："包容什么？"

"你爸比……"楚灿转个身，面向他倒着走，脸上摇曳着斑驳的树影，"很漂亮，我说真心话，这没什么丢人的，就是你妈妈，可能有点儿辛苦……"

正说着，又到了那个魔性路口，这回路边停着一辆宾利，楚灿盯着翅膀形状的车标，很难没有不好的预感。果然，时小宝干脆地喊了一声："干爹！"

干……爹？什么干爹？哪种干爹？！楚灿脑子里又开始循环："干爹干爹干爹干爹干爹……"

司机下车为时小宝开门，车里坐着一个颇有风采的男人，脸清瘦，肩背是笔直的，有古时候人的风骨。

"这么人模狗样。"楚灿还是愤怒了。

4

楚灿找了她的一个闺密，放学时提早出来，一起在那个路口等时小宝。

"我说，"闺密有点儿怕，"咱们还是别惹他吧？"

楚灿往前头张望："为什么？"

"你上次说的那种机车，我上网查了，一百多万呢。"

"那有什么，"楚灿这两天见惯了大世面，"来接他的还有宝马、宾利。"

闺密一听，不干了："放我走！"

偏巧时小宝到了，链条短裤，一双雪白的长腿，头发随意散着，铆钉包搭在肩上。

"小心他的包，"楚灿提醒，"堪比凶器！"

看见她们，时小宝停步。

楚灿迎上去，没叫他全名："小宝。"

时小宝看看她闺密，肉眼可见地无语："楚灿，你又搞什——"

这时，今天的车到了，普普通通，一辆奔驰CL600，刹车踩得嘎吱响，一个男的下来，很高，奔着楚灿过来。

楚灿提起一口气，打定了主意，绝不向恶势力低头。

"就是你吗，"男人高她一大截，嘴角有个酒坑，"这两天总缠着我们小宝？"

"是我，"楚灿不卑不亢，骄傲地昂着头，"我是他同班同学。"

男人解开西装扣子："你叫什么名字？"

时小宝赶紧拦着他："爸！"

爸……爸？楚灿顿时傻了，整个人从里往外发虚，乖乖立正站好，规规矩矩叫了一声："叔叔……"

旁边闺密一听，背起书包，扭身跑了。

5

也不知道是怎么传的，这天放学，市一高前头的路口聚了不少人，都是学生，男男女女，吃着零食玩着手机，貌似在附近闲逛，其实都是来看热闹的。楚灿很生气，把她闺密拉到一边："有毛病吧你，要害死我吗？"

"我也没想到会这样，"闺密垮着脸，"我只跟楠楠说了。"

楠楠是她邻居，出了名地大嘴巴。

"赶紧给我清场。"楚灿着急。

"怎么清？"闺密可怜巴巴，"这都汇聚成人民的汪洋大海了……"

时小宝到了，他一出现，吵闹的人群立刻肃静，别看楚灿是个女孩子，这时候她很勇，冲到人群里："别看了别看了，都回家！"

"走啊，堵在这儿干什么？"

"还有你，快点儿，别磨磨蹭蹭——"

"行了，"时小宝拉了她一把，"这么多人，你赶得过来吗？"

"小宝，"楚灿很自责，"是我不好，给你惹麻烦了。"

正说着，今天的车到了，学生们兴奋起来："什么车什么车？你们认识吗？"

一辆黑车，车标是个圆润的三角形，里头叠着两个M。

"不是说豪车吗，"高中生们不认识，很失望，"这是什么野鸡山寨——"

司机拉开迈巴赫的车门，爱音集团董事局主席段汝汀迈下来，一身高定，手里的烟还没抽完。现场的女学生们顿时炸了，车可能是山寨了点儿，但人是实打实的霸道总裁范儿。

"妈呀，好帅！"女学生们甩着贫乏的形容词，"好帅好帅好帅！"

段汝汀瞧着眼前这阵仗，拧起眉毛。

时小宝耷拉着脑袋走上前去，很丢脸地叫了一声："姑姑。"

等等，姑姑？

"女"字旁加个"古"的"姑"吗？爸爸的姐妹那个……姑？现场唰地陷入死寂。

6

楚灿陪着时小宝穿过市一高旁边的小公园，因为昨天的风波，他家人不在原来的路口接他了，楚灿很过意不去，全程低着头不说话。

"小宝！"前头树荫下站着一个人，一身闪瞎人的好西装，身后停着一辆劳斯莱斯。

楚灿停步，问了一个她一直疑惑的问题："你家怎么这么多男的，没有女的吗？"

"有啊，"时小宝说，"我姑姑。"

"你姑姑也不是很女人，好吧……"楚灿无语凝噎。

"楚灿是吧，"男人走过来，他有一把低沉的嗓子，"家在哪里？"

楚灿指了指反方向："南山区，我坐公交。"

"来吧，"男人揉了揉时小宝的脑袋，"我送你一段。"

啊？劳斯莱斯？楚灿连连摆手："不不不用，我……"

时小宝瞥了她一眼，她乖乖上了车。

"Daddy，"时小宝从小冰箱里拿出饮料，"下周伦敦金价是不是要跌？"

伦敦金价？Daddy？楚灿不知道哪个更震惊，干脆放空了大脑，不思考。

"你买了？"他Daddy眯了眯眼，"小挫一下，不用管它。对了，你何叔叔让你去趟苏黎世，你的画他看了，要给你讲讲。"

时小宝把嘴一撇："不去，《定军山》的身段我还没学会呢。"

他Daddy显然不吃他这套："听话，明早去机场，油都给你加好了。"

楚灿不想思考的，但还是禁不住想，什么飞机需要自己加油？

"啊啊啊！"时小宝哀号，"瑞士实在太闷了！"

哦，原来是要去瑞……瑞士！楚灿吞了口唾沫，呜呜呜，时小宝跟她果然不是一个世界的人！